HEYNE <

Das Buch

Caldan ist zehn Jahre alt, als seine Eltern von den Schergen des Kaisers ermordet werden. Er selbst entkommt seinen Verfolgern und findet in einem Kloster Unterschlupf, wo er von den Brüdern in den Grundlagen der Arkanen Magie unterrichtet wird - denn Calden ist talentiert. Eines Tages, so hofft er, wird man ihn als Novizen in den Orden aufnehmen. Doch acht Jahre später zerbricht dieser Traum in tausend Scherben, als Caldan bei einer Prügelei einen Mitschüler, Sohn einer reichen Adelsfamilie, verletzt. Mit nichts in der Tasche außer einem Beutel Kupferdukaten und zwei geheimnisvollen, magischen Ringen, die angeblich seinen Eltern gehörten, wird er aus dem Kloster geworfen. Er muss den Ort verlassen, der ihm ein zweites Zuhause geworden ist. Die Ordensbrüder. Und Jemma - seine erste große Liebe. Verzweifelt schifft sich Caldan nach Anasoma ein, eine der mächtigsten und buntesten Städte des mahrusischen Reiches. Er bewirbt sich um Aufnahme bei der Zauberergilde, denn dort glaubt er, mehr über die Ringe und das magische Erbe seiner Familie herausfinden zu können. Doch die Welt außerhalb der Klostermauern ist dunkel und gefährlich - und sie wird noch immer von den Mördern seiner Eltern beherrscht ...

Der Autor

Mitchell Hogan entdeckte mit elf Jahren seine Liebe zur Fantastik, als ihm zum ersten Mal *Der kleine Hobbit* und *Der Herr der Ringe* in die Hände fielen. Seitdem füllt sich sein Bücherregal stetig mit Fantasy- und Science-Fiction-Romanen. Inzwischen hat er seine große Leidenschaft zum Beruf gemacht und arbeitet als freischaffender Schriftsteller. Sein Debütroman *Die Feuer von Anasoma* wurden mit dem Aurealis Award ausgezeichnet. Mitchell Hogan lebt mit seiner Frau und den beiden gemeinsamen Töchtern in Sydney, Australien.

Mehr über Autor und Werk erfahren Sie auf:
www.mitchellhogan.com

MITCHELL HOGAN

Die Feuer von Anasoma

Roman

Aus dem Englischen von
Michael Siefener

WILHELM HEYNE VERLAG
MÜNCHEN

Titel der englischen Originalausgabe:
A CRUCIBLE OF SOULS

MIX
Papier aus verantwortungsvollen Quellen
FSC® C014496

Verlagsgruppe Random House FSC® N001967

Deutsche Erstausgabe 04/2017
Redaktion: Diana Mantel

Printed in Germany
Karten: Maxime Plasse
Umschlagillustration und -gestaltung: Ann-Kathrin Hahn,
DAS ILLUSTRAT, München
Satz: GGP Media GmbH, Pößneck
Druck und Bindung: GGP Media GmbH, Pößneck
ISBN: 978-3-453-31813-7

www.heyne.de

Das Mahrusische Reich
(und Umgebung)
Wüste
Indryalla
Serdanne
Isnel
Ralkol
N
Meliror
Attrym
Smaragdmeer
Sotharle-Union
der Städte
Schikur
Das Mahrusische Reich
Eremita
Die Hauptstadt
Flussrand
Anasoma
Wüste
Die Steppe
Wüste
Die Dareske-Ruinen
Plasse
2015

Die Stadt
Anasoma
Totgaulviertel
Aschehügel
Fluss Modder
Gräberviertel
Wellenbrecher
Friedhof
Westgrab
Hafenviertel
Fluss Stock
N
Fünf-
blumenviertel
Parkviertel
Kohl-
dorf
Gereinigtes
Gebiet
Wellenbrecher
Galgen
PLASSE
2015

PROLOG

Ein blutiges Rinnsal troff an dem kalten Stahl von Aldrichs Schwert herunter. Die Tropfen fielen auf trockenes Laub und sprenkelten es rot. Er drückte den Rücken gegen den knorrigen Stamm des alten Baumes, und die raue Borke zerkratzte ihm die Haut durch das Hemd hindurch. Dreißig Ellen entfernt lag der noch warme Körper des Mannes, den er eben zu Fall gebracht hatte. Der eine Arm war ausgestreckt und griff noch nach einem Messer, das im Unterholz lag. Etwas an dem Leichnam roch falsch, und an seiner Erscheinung war etwas Seltsames. Der Körper wirkte irgendwie ... zusammengepresst, dichter als ein gewöhnlicher Mensch.

Aldrich hatte die Augen geschlossen, hielt die Luft an und wartete. Alles war still.

Eine schwache Brise blies über ihn hinweg und brachte den Duft von Apfelblüten aus einem Obstgarten in der Nähe sowie die kühle Feuchtigkeit eines herannahenden Sturmes mit. Die Blätter raschelten im Wind.

Er öffnete die Augen, streckte den Kopf an dem Baumstamm vorbei und sah, dass niemand dem Mann, den er getötet hatte, gefolgt war. Aldrich stieß einen Seufzer der Erleichterung aus. Sie waren entweder dumm oder allzu selbstsicher – aber eigentlich glaubte er nicht, dass sie dumm waren. Dann wischte er seine Klinge am Mantel des Mannes ab und behielt dabei den Wald im Blick. Schließlich steckte er das Schwert zurück in die Scheide und eilte dorthin, wo er seine Frau und sein Kind zurückgelassen hatte.

Aldrich sah sie, noch bevor sie ihn bemerkt hatten. Er pfiff leise, und Iselle drehte sich um und winkte ihm erleichtert zu. Sie eilten einander entgegen und begrüßten sich.

»Sie rücken noch immer vor«, sagte Iselle, »und mein magisches Wirken wird nicht mehr lange halten. Wenn es regnet, ist es damit aus.«

Die kleine Nerissa hielt sich an ihrem Arm fest, ihr Körper war vor Erschöpfung ganz zusammengesunken. Sie presste den Kopf gegen den Bauch ihrer Mutter, und Iselle strich ihr über das Haar.

Es schmerzte Aldrich, als er sah, dass die beiden die Anstrengungen nicht gut ertrugen, denn ihnen fehlten die Vorteile, die er genoss. Außerdem hatte er sie in den vergangenen Tagen heftig antreiben müssen. Der Staub der Straße bedeckte ihre Stiefel und Hosen, und tief eingesunkene Augen spähten aus den rußbefleckten Gesichtern. So war es eben, wenn man drei Tage ununterbrochen auf den Beinen war.

Iselle seufzte und schaute die Straße entlang bis zu der Steinbrücke, die mit Flechten und Moos überzogen war und einen schmalen Fluss überspannte. Das Tageslicht verschwand bereits. Erschöpft stützte sich Iselle für einen Moment auf Nerissas Schulter, aber als das Kind murmelnd protestierte, richtete sie sich wieder auf. Sie hatte gar nicht bemerkt, was sie getan hatte.

»Geduld«, sagte Aldrich und atmete tief den Wind ein, der aus der Richtung ihrer Rücken herbeiwehte. Dabei bemerkte er den Geruch von Schweiß und ungewaschenen Körpern. Er wusste, dass Iselle und Nerissa dies nicht wahrnehmen konnten. Und er wusste auch, dass vieles sich klären würde, bevor der Sturm auf sie traf.

Der Tag hatte schlecht begonnen und war mit erschreckender Schnelligkeit noch schlechter geworden. Wenn er bloß nicht darauf bestanden hätte, die Nacht in der Herberge zu verbringen! Es war ein großer Fehler gewesen, denn während sie geschlafen hatten, waren ihre Pferde gestohlen worden. Ja, er hatte für seine Familie Unterschlupf und Rast gesucht, aber nicht um den Preis ihres Lebens.

Iselle ließ Nerissa los, legte die Hände an die Lippen und flüsterte einige Worte, die von der Brise weggetragen wurden. Wenige Augenblicke später kam ein kleiner Umriss zwischen den Bäumen hervor und flatterte aufgeregt hin und her. Schließlich landete die dunkelgrüne Libelle in Iselles hohlen Händen, die Papierflügel des Insekts ragten dabei über die Handflächen hinaus. Die Libelle wirkte zerknittert und erschöpft, als ob sie lange, schnell und ohne Rast geflogen wäre. Es verblüffte Aldrich immer wieder, welche Magie Iselle wirken konnte, einzig indem sie winzige Runen auf ein Blatt Papier schrieb.

Aldrich bedeutete Iselle und Nerissa, ihm zu folgen, und sie gehorchten, auch wenn ihre Glieder in der kühlen Abendluft schon allmählich steif wurden. Als sie die Mitte der Brücke erreicht hatten, legte er plötzlich die Hand auf den Griff seines Schwertes und lockerte es in der Scheide.

»Geht in den Wald. Bleibt immer in Bewegung. Ich komme später nach.«

»Warum? Was hast du vor?«, fragte Iselle.

Aldrichs Magen krampfte sich zusammen. Er befürchtete, dass sie es schon wusste und sich vor dem fürchtete, was er vorhatte. Zwar hegte er keine Zweifel an seinen Fähigkeiten, aber er hatte sich schon oft gefragt, wie es sein würde, wenn er nicht die geringste Aussicht auf einen Sieg hatte.

»Sie sind zu nahe. Wir können nicht mehr vor ihnen davonlaufen.« Ihm selbst wäre es vielleicht möglich gewesen, aber Iselle und Nerissa besaßen nicht die Kräfte, die er sich durch jahrelange Ausbildung angeeignet hatte. »Du weißt, dass ich es tun muss. Ich muss versuchen, sie aufzuhalten. Du weißt doch, was geschehen wird, wenn sie die Kleinodien in die Finger bekommen. Versucht, durch den Wald zu entkommen. Mithilfe deiner Magie müsstest du eigentlich in der Lage sein, ihnen aus dem Weg zu gehen.« Er deutete auf ihre Libelle.

»Nein! Wir sollten zusammenbleiben. Mein Wirken kann sie von uns fernhalten, und sie werden unsere Spur verlieren. Wir können es schaffen!«

Aldrich schüttelte den Kopf. Es war an der Zeit, sich ihnen zu stellen. Wenn er die Verfolger aufhielt, konnten seine Frau und seine Tochter möglicherweise entkommen, und zumindest würde er dann etwas anderes tun können, als andauernd nur wegzulaufen. Zumindest für eine Weile würde der Gejagte auf diese Weise zurückschlagen.

Er schob Iselle und Nerissa vor sich her. »Geht jetzt. Ich kann sie aufhalten und vielleicht sogar töten, aber ihr müsst euch beeilen.«

Tränen stiegen in Iselles Augen. Sie wischte sie mit dem Handrücken weg.

»Nicht ...«, krächzte sie und atmete heftig. »Komm zurück zu mir ... zu uns.«

»Das werde ich. Ich verspreche es.« Aldrich drückte einen zärtlichen Kuss auf Nerissas Stirn, zog Iselle in eine heftige Umarmung und schmeckte das Salz der Tränen auf ihren Lippen. Widerstrebend schob er sie wieder von sich.

Iselle nahm Nerissa bei der Hand. »Mögen die Ahnen mit dir sein«, sagte sie.

»Und mit euch. Geht jetzt, schnell!«

Er sah ihnen nach, als sie die Brücke überquerten und auf der Straße in Richtung des Waldes liefen. Als sie die erste Baumreihe erreicht hatten, hielt Iselle inne und warf einen Blick zurück. Sie griff in ihre Tasche, zog etwas daraus hervor und schleuderte es in die Luft. Es war eine Papierlibelle, die kurz flatterte und für einen Moment über Iselle schwebte. Dann winkte diese, und die Papierlibelle flog zurück zur Brücke und landete in einem Baum neben dem Fluss.

Aldrich entledigte sich seines Mantels, damit dieser ihm beim Kampf nicht im Weg war. Als Nächstes zog er sein Schwert und setzte sich mit untergeschlagenen Beinen mitten auf die Brücke. Er hatte sich in die Richtung gewandt, aus der sie vorhin gekommen waren. Der Griff und die Parierstange seiner Waffe waren schartig und abgenutzt, aber die Klinge war noch stark. Das Schwert hatte ihn durch viele Zweikämpfe und etliche Schlachten gebracht. In das erste Drittel des Stahls hinter der Parierstange waren magische Runen eingeritzt. Auch ohne sie wäre das Schwert außergewöhnlich, aber mit ihnen war es *mehr* als außergewöhnlich. Aldrich schloss die Augen, öffnete sich der herankommenden Nacht, beruhigte sich schließlich langsam und reinigte dabei seinen Geist.

Die Zeit verging. Der Mond brach mit seinem Licht durch die Wolken. Hinten auf der unbefestigten Straße bewegte sich ein Schatten.

Und noch einer.

Aldrich öffnete die Augen. Vierzig Ellen entfernt stand ein stämmiger Mann in dunklem Grau, Mantel und Haare flatterten im Wind. Wie der erste Mann, den Aldrich erledigt hatte, wirkte dieser gleichsam zusammengepresst - dichter als normal.

»Sei gegrüßt«, rief der Fremde. »Wie ich sehe, sind die beiden Damen ohne dich weitergegangen. Egal. Ich bin mir sicher, dass sie nicht weit weg sind. Wir werden sie später einholen.«

Ein Schatten löste sich von einem Baum neben der Straße und verfestigte sich zu einem weiteren Mann, der hinter den ersten huschte.

Es können höchstens fünf sein. Aber wenn es doch noch mehr sind ... Aldrich schob den Gedanken beiseite. Es hatte keinen Sinn, sich jetzt solche Sorgen zu machen.

Vor der Brücke gesellte sich eine Frau zu den beiden Männern. Nun verließen weitere Schatten den Schutz der Bäume. Die Gruppe wuchs auf dreizehn Gestalten an und breitete sich in einem Halbkreis um ihren Anführer aus. Weitere blieben im Wald versteckt, aber Schatten schwirrten umher, knarzendes Leder und klirrendes Metall verrieten ihre Gegenwart.

Aldrich holte tief Luft und rief in sich einen Zustand der Ruhe hervor. Die Nacht wurde klarer, die Einzelheiten waren besser zu erkennen. Sein ganzes Leben war er dem Weg des Schwertes gefolgt und hatte dabei stets nur eines gefürchtet: dass er sterben würde, weil er versagt hatte. Seine Meister hatten stets behauptet, er könne nicht versagen, wenn er entschlossen und sein Geist stark war. Das stimmte in der Theorie, aber manchmal trat einem die Wirklichkeit in den Hintern und machte einen zum Narren.

Du wirst nicht versagen, wenn du den Tod hinnimmst. Aldrich hatte den Tod nie gefürchtet ... er hatte nur gefürchtet, nicht gut genug zu sein.

Er bewegte sich und nahm eine Schutzstellung ein. Noch

einmal holte er tief Luft und stieß sie durch die Nase wieder aus. So wurde er eins mit seinem Geist.

»Wir müssen nicht kämpfen«, sagte der Anführer. »Du bist nur einer, und wir sind viele. Du wirst verlieren. Das Licht des Mondes reicht kaum aus. Vielleicht schaffst du es, einen oder zwei von uns zu töten, aber wozu? Warum willst du dein Leben für nichts wegwerfen?«

Während er sprach, bewegten sich seine Gefährten. Sie zogen schon ihre Schwerter und waren bereit, die Brücke auf sein Zeichen hin zu stürmen.

Er hat keine Ahnung, dachte Aldrich. *Zu wenig Licht. Eigentlich müssten sie es inzwischen wissen. Für diesen Fehler werden sie teuer bezahlen.*

»Vielleicht seid ihr diejenigen, die ihr Leben wegwerfen«, sagte Aldrich mit erhobener Stimme, sodass alle ihn hörten. »Ich kann euch nicht passieren lassen. Schließlich habe ich geschworen, sie mit meinem Leben zu beschützen. Wenn ich hier sterbe, dann soll es so sein. Ich bin mir sicher, dass ihr alle den nächsten Sonnenaufgang erleben möchtet, aber wenn ihr auf diesem Weg weitergeht, werden einige von euch nicht mehr die Gelegenheit dazu haben. Wenn ich an eurer Stelle wäre, würde ich umdrehen und fliehen.«

Der Anführer grinste und fletschte dabei die Zähne. »Tötet ihn«, rief er in die Dunkelheit, und seine Gefährten huschten um ihn herum und auf die Brücke.

Innerhalb eines einzigen Herzschlags, schneller, als sich jeder gewöhnliche Mensch bewegen konnte, sprang Aldrich über den Zwischenraum hinweg. Seine Klinge schwirrte mit fließenden Bewegungen durch die Nacht. Er überwand die Abwehr eines stämmigen Mannes, schlitzte ihm die Kehle auf und hatte den nächsten schon erreicht, noch bevor die anderen überhaupt reagieren konnten.

Der Anführer fluchte in einer rau klingenden Sprache. Aldrich verstand ihn nicht, aber er vermutete, dass seine Gegner nun begriffen hatten, wem sie gegenüberstanden.

Er drehte sich beim Kämpfen zuerst nach links, dann nach rechts, riss einem Mann den Arm bis zum Knochen auf, stieß einem anderen das Schwert in die Brust und zog es wieder heraus, bevor die Übrigen zu ihm aufgeschlossen hatten. Wie er es vorhergesehen hatte, führte die geringe Breite der Brücke dazu, dass sich ihm stets nur drei Personen gleichzeitig nähern konnten.

Dumm. Keine Zeit für Stöße. Konzentriere dich ganz auf Hiebe. Die Klinge war ein gleißender Wirbelwind. Er hielt die nächsten drei Männer einen Augenblick lang zurück, während er nach Schwächen in ihrem Kampfstil suchte.

Da.

Aldrich warf sich nach vorne. Funken flogen, als die beiden Schwerter aufeinanderprallten. Sein Gegner wich zurück, als wollte er aufgeben, doch dann sprang er mit ausgestrecktem Schwert wieder vor. Doch Aldrich wand sich, wich der Klinge aus. Er beugte sich wieder nach vorne, wobei seine Bewegungen fließend wie Wasser waren, und sein Angriff traf auf Fleisch. Einen Herzschlag später lagen zwei weitere Männer am Boden. Aldrich hieb nach rechts und links, ohne seinen Gegnern die Gelegenheit zu geben, selbst die Initiative zu ergreifen. Er versuchte, sie zusammenzutreiben, damit sie sich gegenseitig behinderten.

Ein scharfer Schmerz und ein Strahl warmer Feuchtigkeit warnten ihn, dass er einen Schnitt über seinen Rippen erhalten hatte.

Sie waren gut, aber er wusste, dass sein Geist stärker war ...

Fließend tänzelte er vor und drehte sich in Abwehrhaltung nach links, als der Nächste angriff. Seine Klinge fuhr hoch und prallte gegen das andere Schwert auf der rechten Seite. Er hieb von oben zu, dabei bohrte sich die Klinge tief in das Fleisch zwischen Hals und Schulter, und ein weiterer lebloser Körper sackte zu Boden.

Plötzlich fraß sich Stahl tief in Aldrichs Oberschenkel. Er keuchte unter dem brennenden Schmerz auf, drückte gegen die Wunde und versuchte, den Blutfluss zu stillen, und in diesem Augenblick stürzten sie wieder auf ihn zu. Sein Schwert war jetzt ein totes Gewicht in seiner Hand, und eine andere Klinge überwand seine schwache Gegenwehr und trennte ihm die Schulter bis zum Knochen auf. Doch er beachtete den sengenden Schmerz nicht weiter, sondern schlug die feindliche Klinge beiseite, während ein weiteres Schwert seiner Kopfhaut einen Schnitt beibrachte.

Dann stieß er zu, und sein eigenes Schwert zerschnitt ein Gesicht. Er warf sich ohne einen Gedanken an seine Verteidigung auf seine Feinde, schlitzte einen Arm vom Handgelenk bis zum Ellbogen auf und trieb einem anderen Gegner die Schwertspitze in den Kiefer.

Plötzlich kam ein Stoß von der Seite, der sich tief in seinen Bauch bohrte. Er verspürte eine eisige, beißende Kälte, und ein Gefühl von Taubheit breitete sich um die Wunde herum aus. Schwäche legte sich über ihn.

Aldrich sackte auf seine Knie und ließ sein Schwert fallen. Jeder Atemzug kratzte in seiner Lunge wie Glassplitter. Er stützte sich mit einer Hand auf dem Boden ab und schaute dem herannahenden Anführer in die Augen.

Vergebt mir. Ich habe euch beide im Stich gelassen.

Stahl blitzte auf …

Iselle geriet ins Taumeln, Schluchzer schüttelten ihren Körper. Nur die unbedingte Notwendigkeit, Nerissa in Sicherheit zu bringen, verhinderte, dass ihr Kummer sie überwältigte. Tränen rannen über ihr Gesicht und tropften zahllos vom Kinn herunter.

»Mama, was ist los?«

Nerissas Stimme klang schwach. Iselles Bewusstsein war gerade zweigeteilt. Die eine Hälfte war auf ihre Notlage gerichtet, und mit der anderen Hälfte schaute sie durch die Augen der Libelle. Sie richtete ihre Aufmerksamkeit kurz auf das Hier und Jetzt. »Nichts, mein Liebes. Es ist ... nichts. Lauf weiter.«

Dann sandte sie ihre Sinne zurück zu ihrem magischen Wirken und betrachtete wieder die Brücke, auf der sich die Verfolger sammelten. Der Anführer, ein breitschultriger, dunkelhäutiger Mann mit einer Nase wie ein Adlerschnabel, stieß in diesem Moment Aldrichs leblosen Körper mit dem Fuß an. Iselle unterdrückte ein Stöhnen.

Der Mann schüttelte den Kopf, als er die Leichen betrachtete, die um den Kämpfer herumlagen - es war Aldrichs letzter Versuch gewesen, seine Familie zu retten. Zehn Tote und Verwundete.

»Berührt von den Ahnen«, sagte der Mann. »Was für ein Pech.«

Seine verbliebenen Gefährten versammelten sich um Aldrichs Leichnam, ihre verschwitzten Körper dampften in der kühlen Abendluft. Der Mann griff nach dem Schwert, aber seine Hand hielt inne, und er stieß ein Zischen aus. Offenbar spürte er die Kraft, mit der Iselle die Klinge aufgeladen hatte. Er schob seinen Stiefel darunter und hob dann den Fuß. Das Schwert fiel über den Rand der Brücke mit einem lauten Geräusch in das Wasser und versank in den kalten Tiefen.

»Kommt. Wir müssen noch die Frau und das Kind erwischen.«

Bei seinen Worten richtete Iselle wieder ihr ganzes Bewusstsein auf diese Szene und sandte ihrer Libelle dort etliche Befehle. Das Geschöpf stieß sich dann mit seinen gefalteten Papierbeinen ab und erhob sich in die Luft. Es umkreiste die Brücke kurz, sammelte noch mehr Informationen mit seinen magischen Augen und erkannte die scharlachrote Aura der Männer. Dann flog es auf den Wald zu und an den beiden Kämpfern vorbei, die schon vorausgeschickt worden waren.

Iselle wusste, dass ihr nicht viel Zeit blieb. Sie versuchte, Nerissa weiter anzutreiben, aber ihre Tochter hatte einfach keine Kraft mehr. Der Waldpfad behinderte mit seinen Unebenheiten ihr Fortkommen. Die Wurzeln der Bäume rechts und links schienen in dem schwindenden Abendlicht aufzuspringen und sich um ihre Beine zu schlingen. Iselle hob Nerissa hoch, drückte sie an ihre Brust und trug sie tiefer in den Wald hinein.

Das Mondlicht war äußerst schwach, und das Letzte, was sie jetzt noch gebrauchen konnten, war ein verstauchter Knöchel. Sie betraten eine Lichtung, an deren Rand sich eine Feuergrube befand, die von Steinen aus dem Fluss eingefasst war.

Iselle blieb kurz stehen und holte Luft, während sie die Tatsache von Aldrichs Tod in den hintersten Winkel ihrer Gedanken verbannte. Dann versuchte sie zu erkennen, wo der Pfad auf der anderen Seite der Lichtung weiterführte. Sie schauderte, schluckte, unterdrückte ein Schluchzen. Nach wenigen Augenblicken riss sie sich wieder zusammen.

»Komm näher, Nerissa. Wir stecken in Schwierigkeiten. Bleib erst einmal dicht bei mir. Ich werde dir gleich sagen, was du tun sollst.«

»Ja, Mama.«

Als sie sich umdrehten und weiterlaufen wollten, hielt Iselle plötzlich inne. Zwei dunkle Gestalten standen zwischen ihnen und dem Pfad auf der gegenüberliegenden Seite der Lichtung. Die beiden bewegten sich nicht – offenbar erwarteten sie nicht, dass Iselle weglaufen würde. Und Iselle wusste, dass es keinen Sinn hätte, blindlings in den Wald zu rennen, denn ihre Verfolger würden sie ohne Mühen einholen. Sie handelte mit einem Mal gelassener, als sie sich fühlte, und legte ihren Mantel um Nerissa, damit ihre Tochter vor der abendlichen Kälte geschützt war.

Sie war zu jung, um in diese Sache verwickelt zu werden.

Iselle kniete nieder, sah ihrer Tochter in die Augen und fuhr ihr mit dem Daumen über die Wange.

»Wenn die bösen Männer kommen, werde ich sie ablenken. Dann musst du so schnell laufen, wie du kannst. Tust du das für mich, Nerissa?«

Iselle zog sich die beiden Ringe von den Fingern. Der eine glitzerte silbern im schwachen Mondlicht, der andere war aus mattem Knochen geschnitzt und wirkte keineswegs wertvoll. Sie zog beide auf die Kette, die sie um den Hals getragen hatte, und legte sie dann Nerissa um. Schließlich drehte Iselle sie so, dass die beiden Ringe unter der Kleidung des Mädchens versteckt waren. »Verwahre sie gut. Du musst sie beschützen, was auch immer geschehen mag.«

»Ja, Mama. Ich kann zwar laufen«, sagte Nerissa, »aber ich bin so müde ...«

»Mach dir keine Sorgen, Kleines. Ich bin mir sicher, dass du so schnell sein kannst wie der Wind, wenn es nötig wird. Bleib in der Nähe, und vergiss nicht, was ich dir gesagt habe. Lauf so schnell du kannst, wenn du glaubst, dass sie nicht in deine Richtung sehen. Folge dem Pfad, und bleib nicht stehen, auch wenn ich nicht bei dir bin. Ich werde dich später einholen.«

Iselle griff unter ihr Hemd und holte ein Blatt Papier hervor. Es war tintenschwarz, und die Oberfläche war mit winzigen silbrigen Runen bedeckt, die in geraden Linien entlang verliefen. Jeder Meistermagier, der die Prüfungen bestanden hatte, kannte diese Magie. Sie gehörte zu einer der letzten Aufgaben: das Erschaffen einer Endgültigkeit. Mit geschickten Fingern und der Gewandtheit langer Übung faltete Iselle das Papier und murmelte dabei kaum hörbar vor sich hin.

Weitere Männer traten zwischen den Bäumen hervor, kamen auf die Lichtung und machten sich daran, sie und Nerissa zu umzingeln. Iselle schaute sich verzweifelt nach einem Fluchtweg um und hielt inne, als sich der breitschultrige Mann, den sie zuvor durch die Augen der Libelle auf der Brücke gesehen hatte, an zwei anderen vorbeidrückte und einige Schritte auf sie zumachte.

»Wen haben wir denn hier?«, fragte er. »Habt ihr euch vielleicht verlaufen und braucht Hilfe? Meine Brüder und ich sind euch gern zu Diensten.«

Iselles Mund war trocken. »Nein, vielen Dank«, erwiderte sie, während sie das Papier weiterfaltete.

»Wie schade.«

Seine Benutzung des Wortes *Brüder* enthüllte ihr mehr, als ihr lieb war. Es waren also nicht nur angeworbene Söldner, und vielleicht besaßen sie sogar eigene magische Fähigkeiten. Iselles Wirken würde viel mehr Energie benötigen, als sie zunächst geglaubt hatte, und die Magie nahm ihr möglicherweise zu viel Kraft, sobald sie einmal entfesselt war.

Der Atem stockte ihr in der Kehle, aber sie zwang sich zu sprechen. »Schon gut, schon gut, ihr habt uns erwischt. Nehmt die Ringe, aber lasst uns gehen.«

Sie hob die Handfläche, auf der nun eine kleine Schachtel aus Papier lag. Silberne Runen glitzerten auf der Oberfläche.

Der Mann betrachtete die Schachtel argwöhnisch. »Vielleicht sollten wir wirklich zu einer gegenseitigen Übereinkunft kommen ... Ich nehme die Ringe. Gib sie mir.«

»Hol sie dir ... und mögen dich die Ahnen dafür auf ewig verdammen!«

Sie warf die Schachtel hoch in die Luft, wo sie über Iselles Kopf schwebte, während die Runen im Mondlicht glänzten.

Der magisch aufgeladene Gegenstand drehte sich erst langsam, dann immer schneller, und seine Bewegung erschuf einen unheimlichen klagenden Laut, der immer stärker wurde. Ein scharfes Knacken erfüllte plötzlich die Lichtung, und Feuerzungen tanzten um die Schachtel herum.

Auf ein Zeichen des breitschultrigen Mannes stürmten seine Gefährten mit gezückten Klingen auf Iselle zu und schrien aufgeregt.

Sie kamen zu spät.

Iselle kreischte und hob die Hände über den Kopf. Eine einsetzende heftige Brise peitschte ihre Haare in alle Richtungen. Blitze schossen aus ihren Händen in die Schachtel. Sie spürte, wie ihre Kräfte schwanden und sie unter der ungeheuren Anspannung immer schwächer wurde, bis sie schließlich nichts mehr von sich geben konnte.

Dann brach sie zusammen und schaute hoch zu Nerissa, die vor Angst zitterte und bebte. *Lauf*, dachte sie verzweifelt, als sie sah, wie ihre Tochter nur dastand und sie mit großen Augen anstarrte.

Lauf!

Die Brise erstarb so plötzlich, als hätte es sie nie gegeben. Mit einem lauten Knirschen brach die Schachtel auseinander. Nerissa keuchte vor Entsetzen auf, als silberne Blitze durch die Lichtung zuckten und von einem Mann zum nächsten schossen, deren Haut versengten und Adern schwärzten. Eine Schockwelle rollte über den Boden, wirbelte Staub hoch und riss die Männer zu Boden. Sie stießen schreckliche Laute aus – es war ein Schreien und Brüllen –, und sie zuckten und wanden sich, als die Blitze in sie fuhren. Rauch stieg von Haut und Kleidung auf.

Dann erstarrten alle Bewegungen. Nur noch missgestaltete Haufen glommen jetzt auf dem Boden. Schwerter steckten in den geschwärzten Händen der verbrannten Leichen.

Die Brise des herannahenden Sturms blies den Rauch, der über den Leichen geschwebt hatte, auf den Fluss zu. Ein Schluchzen quoll von Nerissas Lippen, und ihre Brust fühlte sich so eng an, dass sie kaum atmen konnte. Nerissa beugte sich vor und berührte ihre Mutter sanft an der Schulter. Doch sie regte sich nicht.

»Oh nein! Oh nein! Oh nein! Bitte wach auf. Bitte ...«

Mit einem Knirschen bewegte sich der Körper ihrer Mutter und rollte über den Boden. Versengtes Gras zerfiel unter ihr.

Nerissa betrachtete die furchtbare Szenerie. Das Mondlicht und die Schatten verwandelten die Lichtung in einen grauenhaften Albtraum. Sie unterdrückte ein weiteres Schluchzen, legte die Hand vor den Mund und biss in der Anstrengung, nicht zu schreien, so fest auf die Knöchel, dass Blut kam.

Mit der anderen Hand berührte sie den Körper ihrer Mutter. Er war heiß – viel zu heiß –, und sie wusste, dass sie nun allein war. Tränen strömten aus ihren Augen. Sie hörte die Stimme ihrer Mutter im Kopf: *Lauf so schnell du kannst!* Aber sie war müde und hatte Angst, dass ihre Beine sie nicht mehr tragen konnten.

Doch der Gedanke, mitten unter Leichen zu sein, erfüllte Nerissa mit Schrecken und neuer Kraft. Sie floh in den Wald, sprang in ein Gestrüpp am Rande der Lichtung und achtete nicht einmal auf die Dornen, die ihr die Haut zerkratzten. Dabei schlängelte sie sich ganz nah über den Erdboden und machte sich so klein wie möglich. Dann hielt sie schließlich erschöpft inne und ließ sich auf die Erde fallen, wo sie lange liegen blieb, kaum atmete und einfach nicht glauben konnte, was sie vorhin gesehen hatte. Sie *wollte* nicht glauben, dass ihre Mutter nicht mehr da war - dass sie nie mehr zurückkommen würde.

Eine in den Augenwinkeln wahrgenommene Bewegung schreckte sie gleich wieder auf, und ihr Herz hämmerte in der Brust.

Ungeheuer.

Sie unterdrückte einen Angstschrei und presste sich noch fester gegen das Erdreich.

Ein Wolfsrudel war von dem Geruch des Fleisches angelockt worden und umkreiste im Schutz der Baumreihe argwöhnisch die Lichtung. Dann bewegte sich der größte Wolf auf einen der Leichname zu. Vorsichtig setzte er eine Pfote vor die andere, kroch immer weiter vor und wirbelte dabei kaum Asche auf. Als seine Nase schon fast die Überreste des Menschen erreicht hatte, schloss sich plötzlich eine versengte Hand um seine Kehle.

Nerissa wimmerte.

Der Wolf knurrte und versuchte sich zu befreien, aber die Hand ließ ihn nicht los. Eine weitere Hand schoss hervor und zeichnete ein Symbol auf seinen Pelz, und das Tier bewegte sich nicht mehr. Das Symbol erinnerte Nerissa an die Runen, die ihre Mutter bei ihren magischen Handlungen benutzt hatte.

Der Rest der Wölfe sah gebannt zu, wie sich der geschwärzte Leichnam regte, den Kopf hob und ihn gegen das Tier lehnte, das er gefangen hatte.

Die Hand zeichnete auf dem Boden ein weiteres Symbol. Kalte Luft drückte auf Nerissa herunter und summte. Das Fell des Wolfs schrumpfte auf einmal, die Haut spannte sich und schmiegte sich eng um die Knochen. Der Mann sog die Luft ein, drückte den Mund gegen die Schnauze des Wolfs, atmete aus, und der Wolf nahm plötzlich wieder seine normale Gestalt an. Dann riss die geschwärzte Haut der Leiche auf, blätterte in großen Flocken ab und enthüllte eine graue Kruste darunter. Die Haut an dem einen Arm fiel vollkommen ab, und die Knochen klapperten zu Boden und zerbrachen.

Das Gewinsel der Wölfe hallte durch die dunkle Nacht. Der seltsame neue Wolf zitterte und heulte. Er taumelte, sank zu Boden. Nach einigen Augenblicken kämpfte er sich wieder auf die Beine und stand bebend und mit heraushängender Zunge da.

Während dieser Wolf den Pfad hinunter zur Brücke lief, fielen die anderen Mitglieder des Rudels über die Toten her. Nerissa hielt sich die Ohren zu und schluchzte in den Staub. Die Stimme ihrer Mutter flüsterte in ihren Ohren: *Lauf so schnell du kannst. Lauf wie der Wind ...*

Also kämpfte sich Nerissa durch das Gestrüpp und kam schließlich auf der anderen Seite heraus. Und sie lief. Sie lief, als ob alle Gespenster der Ahnen hinter ihr her wären, sie fressen und ihr die Knochen brechen wollten.

1

Caldan glitt seitwärts über die festgestampfte Erde und bewegte sein Holzschwert in eine mittlere Abwehrposition. Schweißperlen liefen an seinem Rücken herunter, und nach dem letzten Schlagabtausch keuchte er heftig. Dabei versuchte er, den Schmerz in seiner Schulter nicht zu beachten – am Ende der Nacht würde sich dort sicher eine Prellung bilden. Er kniff die Augen gegen das Gleißen der Sonne zusammen und behielt Amara fest im Blick.

Ihr Grinsen war zum ersten Mal erschienen, als sie seine Abwehr durchbrochen hatte, und nun wurde es immer breiter. Ihre Haltung deutete an, dass sie bereit war. Sie hielt das Schwert hoch erhoben, und ihr Körper war reglos. Caldans verletzte Schulter würde sie nicht dazu bringen, ihre Angriffe auf ihn einzustellen.

Ganz im Gegenteil.

Sie ist zu gut, dachte er. Trotz der ganzen Übungen in den letzten Wochen war er selbst hingegen nicht besser geworden.

»Noch einmal«, sagte er und senkte sein Schwert zu einer niedrigen Abwehrhaltung, dann sprang er sie an. Er hieb in rascher Folge auf sie ein, aber sie parierte mit großer Leichtigkeit, während er immer wieder versuchte, ihre Klinge nach unten zu drücken.

Mühelos blockierte sie sein Schwert und rammte es zur Seite. Sie drang abermals durch seine Abwehr und schlug ihm mit der stumpf gemachten Spitze ihres Schwertes gegen den Brustkorb. Er ächzte auf, hielt sich die Rippen dort fest, wo sie ihn getroffen hatte, fiel auf seine Knie und stützte sich mit einer Hand auf dem Boden ab. Inzwischen atmete er langsam und flach - mehr konnte er wegen der Schmerzen nicht tun.

Meister Krige trat auf die beiden zu, sein schwarzes Gewand flatterte dabei im Wind. Er legte die Hand auf Caldans Schulter, dann verpasste er ihm einen sanften Klaps gegen die Schläfe. Caldan verneigte sich vor dem Meister der Klingen und hörte ihm zu.

»Du musst dich stets *innerhalb* des Musters bewegen, und du musst jeden Augenblick in dem Muster verbringen.«

»Es tut mir leid«, brachte Caldan mühsam hervor. »Ich glaube, ich bin heute nicht in der richtigen Verfassung dafür.«

Dieses Mal war es kein sanfter Klaps, und Caldans Kopf flog unter Meister Kriges Ohrfeige zur Seite.

»Nun, ich hoffe, du wirst in deinem ersten ernsten Kampf in der richtigen Verfassung sein - denn sonst bist du bald tot.« Meister Krige sah Amara an, die sich jetzt auf ihr Schwert stützte und noch immer grinste. Schweiß lief an ihrem Gesicht herunter und durchfeuchtete ihr Kampfhemd.

»Genug für heute«, sagte Krige und entließ sie mit einer knappen Handbewegung.

Sie salutierte spöttisch vor Caldan, ging zum Waffenständer und hängte ihr Schwert daran.

Krige setzte sich mit untergeschlagenen Beinen auf die Erde, sein Gesichtsausdruck war nicht zu deuten. »Was hast du falsch gemacht? Oder, wichtiger noch, was hat sie richtig gemacht?«

»Ich … ich bin mir nicht sicher«, sagte Caldan. »Ich habe versucht, sie niederzuzwingen, damit sie nicht mehr angreifen kann, aber ihr Schwert ist einfach durch meine Abwehr gefahren und hat mich getroffen. Ich kann es mir nicht erklären.«

»Dein Geist war einfach nicht bei der Sache. Zu Beginn hast du versucht, sie zu besiegen und ihr Schwert nach unten zu stoßen, damit sie nicht mehr hochkommt. Du besitzt nicht den Geist des Angriffs. Du musst mit dem Körper, mit dem Geist und mit dem Schwert umgehen. Und du musst den Geist dazu bringen, dass er ihr nicht erlaubt, dich anzugreifen. Da du das nicht getan hast, konntest du dich nicht fest genug an sie klammern, und sie hat dich verletzt. Erinnere dich gut daran, denn wenn du gewinnen willst, musst du in vollkommener Harmonie zuschlagen. Deine Hände allein reichen dafür nicht aus.«

»Ich verstehe noch immer nicht, was Ihr mit dem ›Geist‹ meint.«

»Eines Tages wirst du es verstehen. Auch Amara begreift es noch nicht vollkommen, aber sie steht kurz davor. Meditiere heute Abend darüber.«

Caldan nickte. »Aber sie ist sehr gut.«

»Ja. Du brauchst mehr Übung, wenn du sie besiegen willst.«

Caldan stand auf und blickte finster drein. »Ist das alles für heute, Meister?«

»Ja. Denke morgen, wenn dich deine Prellungen schmerzen, an das, was ich dir heute gesagt habe.« In Kriges Stimme lag ein Lachen. »Harmonie. Geist und Körper zusammen. Geh jetzt. Ich kann keine jungen Möchtegern-Schwertkämpfer mehr sehen, die über ihre eigenen Füße stolpern.«

Caldan machte eine knappe schmerzhafte Verneigung und humpelte mühsam zum Wasserfass. Dabei wallte in seinem

Körper plötzlich Hitze auf, und er zitterte. Das Gefühl ging schnell vorbei, wie es in den letzten Wochen stets der Fall gewesen war, und wurde durch Kälte ersetzt. Jetzt bekam er Kopfschmerzen.

Caldan zog sein verschwitztes, beschmutztes Hemd aus und schöpfte sich mit den hohlen Händen kaltes Wasser über den Körper, dann wusch er sich das Gesicht. Der Kopfschmerz nahm langsam ab, und er beugte sich über das Fass und trank. Als er das tat, packte ihn plötzlich eine Hand im Nacken und tauchte sein Gesicht unter Wasser. Einen Augenblick lang kämpfte Caldan gegen die Kraft an, die ihn niederdrückte, doch dann ließ diese nach, und er riss den Kopf wieder aus dem Wasser.

Caldan atmete tief ein und blinzelte sich das Wasser aus den Augen. Ihm gegenüber stand die grinsende Jemma.

»Gibt es da unten irgendetwas Interessantes?«, fragte sie, verschränkte die Arme vor der Brust und lehnte sich gegen die Mauer.

Er holte noch einmal Luft und bemerkte plötzlich, wie schön sie war. Das Sonnenlicht machte ihr Gesicht hell und hob die dunklen Augen hervor, durch ihre verschränkten Arme spannte sich das Hemd ein wenig und zeichnete ihre Kurven nach ... Caldan schaute zur Seite. *Hör auf*, tadelte er sich selbst. *Sie will nur dein Freund sein.*

Aber warum hatte er stets das Gefühl, dass sie ihn anstarrte, wenn er ihr den Rücken zuwandte? Er war sich seines nackten Oberkörpers und Jemmas Blicke nur allzu deutlich bewusst, und so zog er rasch das Hemd wieder an, ohne seiner Haut die Zeit zum Trocknen zu gewähren.

Jemma sah währenddessen das Fass an und zupfte mit den Fingernägeln an einem Holzsplitter. Ein schwaches Schimmern lag auf ihren Wangen.

»Danke für die Erfrischung«, sagte Caldan. »Nach dieser Übung habe ich das wirklich gebraucht.«

»Anscheinend ist es dir gelungen, mehrere Male getroffen zu werden. Was ist passiert?«

»Nichts. Ich habe mich bloß nicht genügend konzentriert.«

Jemma schnaubte verächtlich. »Wann hat es dir je an Konzentration gemangelt? Du bist der sturste und zielstrebigste Mensch, den ich kenne!« Sie fuhr ihm mit der Hand über den Arm. »Stimmt etwas nicht? Etwas, das du mir noch nicht gesagt hast?«

Caldan schüttelte den Kopf. »Nein. Es ist vermutlich nur der Druck, den die Meister auf mich ausüben. Ich brauche nur ein heißes Bad, ein gutes Essen und ein wenig Wein, damit ich mich entspannen und für eine Weile an etwas anderes denken kann.«

»Und angenehme Gesellschaft, hoffe ich«, fügte sie hinzu.

»Wie wäre es mit einer Partie Dominion heute Abend? Ich habe ein Spielbrett für ein paar Stunden reserviert. Es ist mir sogar gelungen, eines der ruhigeren Zimmer dafür zu bekommen. Eigentlich wollte ich allein ein paar Dinge üben, aber wenn du Lust auf ein Spiel hättest ...«

»Das klingt gut. Also dann, bis nach dem Abendessen.«

Caldan sah ihr nach, als sie wegging. Warum musste das Leben nur so kompliziert sein? Ihr Bruder Marlon würde ihn noch mehr hassen, wenn er glaubte, dass sie sich regelmäßig trafen. Marlon kümmerte sich nur um sich selbst und um den Ruf und das Ansehen seiner Familie.

Caldan kratzte sich am Kopf und drohte am Zustand seines Hemdes zu verzweifeln. Vor dem heutigen Abend würde er ein sauberes finden müssen. Für die meisten anderen Schüler wäre das keine Schwierigkeit, aber für ihn stellte es ein echtes Problem dar.

Es ging ihm zwar etwas besser als etlichen der ärmeren Familien in der Stadt, aber er war nicht so wohlhabend wie die anderen Schüler – und stand keineswegs auf einer Stufe mit ihnen. Dafür sorgten schon seine mageren Besitztümer. Als er zu seinem Zimmer ging, erkannte er, dass er zum ersten Mal einen guten Eindruck auf Jemma machen wollte.

»Caldan? Bist du da?«

Caldan spähte um die Tür seines Kleiderschrankes herum und sah Bruder Maksim, einen der geweihten Mönche des Klosters der Sieben Pfade. Maksim schirmte die Augen vor dem Gleißen der Sonne ab, die durch das einzige Fenster des kleinen Raumes schien und sich auf dem gewienerten Boden spiegelte. Seine Blicke flogen über die Papierbündel, die auf der Liege ausgebreitet waren. Während er Caldans Zimmer inspizierte, schwankte ein Umriss vom Rand des Fenstersimses auf ihn zu. Es war ein Löwe, der aus dunkelbraunem Papier sorgfältig gefaltet worden war. Winzige schwarze Runen überzogen das Tier, dessen Schritte unsicher wurden, bevor es ganz stehen blieb. Maksim runzelte die Stirn über dieses magische Gebilde.

»Ja, Bruder«, sagte Caldan. »Was kann ich für dich tun? Ich bitte um Entschuldigung für diese Unordnung. Gerade hatte ich noch nach etwas gesucht.« Er deutete auf den Kleiderhaufen, der einen Teil des Bodens bedeckte.

Maksim warf einen Blick auf die dort liegenden Kleidungsstücke, dann auf den Papierlöwen und sah schließlich wieder Caldan an. »Die Meister wollen dich morgen sehen, vor dem Abendessen. Bitte sorg dafür, dass du vorzeigbar bist. Du bist nur aufgrund ihrer Duldung hier, vergiss das nicht. Also benimm dich entsprechend.«

Die jüngeren Mönche betonten gerne bei jeder Gelegenheit seine Position. Caldan ärgerte sich über Maksims Tonfall.

»Du magst mich vielleicht nicht als Mitglied deines Ordens ansehen, Bruder, aber ich bin schon viel länger hier als du oder die meisten der jüngeren Brüder. Ich gebe dir einen guten Rat: Betrachte mich nicht als Außenseiter. Die Meister tun das auch nicht.«

Der Mönch zögerte und verlagerte sein Gewicht von einem Fuß auf den anderen. »In den letzten Tagen waren die Meister nicht in guter Stimmung. Vielleicht wollen sie über deine Stellung hier reden, wenn du in ein paar Monaten die Mündigkeit erreichst, aber genau weiß ich das nicht.«

Caldan erkannte die kaum verhüllte Spitze in Maksims Worten. Einige Male hatten er und die Meister darüber gestritten, was er als Mündel des Klosters tun und lassen durfte, solange er nicht geweiht war. Vielleicht hatten sie inzwischen über seine Zukunft entschieden.

»Möglicherweise. Aber wir werden abwarten müssen, nicht wahr? Danke, Bruder. Gibt es sonst noch etwas?«, fragte er und verneigte sich.

Maksim schüttelte den Kopf, drehte sich um und ging.

Caldan betrachtete den Kleiderhaufen auf dem Boden und seufzte. Er bückte sich und hob einige Kleidungsstücke auf. Dabei kam er zu der Überzeugung, dass das, was die Meister von ihm wollten, wichtig sein musste. Schließlich war er noch nie zu einem Treffen gerufen worden, wenn es nicht um bedeutende Themen gegangen war.

Also stopfte er die Kleidungsstücke in seinen Schrank, ging zu der Schüssel auf dem Tisch und wusch Hände und Gesicht mit lauwarmem Wasser. Er trocknete sich mit einem Handtuch ab und fuhr sich mit den Händen über den rasierten Schädel. Sein Kopf war schon wieder borstig und musste bald geschoren werden. Es war ein regelmäßig wiederkehrendes Übel. Caldan hatte damit begonnen, den Gepflogenheiten der Mönche zu folgen und sich den Kopf zu scheren, weil er glaubte, dies würde ihnen zeigen, wie dankbar er für ihre Hilfe war, aber inzwischen gingen ihm viele ihrer Gewohnheiten gegen den Strich. Und er fragte sich, was sie wohl hinsichtlich seiner Stellung hier im Kloster beschlossen haben mochten. Er war der Beste in vielen praktischen Künsten wie Dominion und magischem Wirken, und er beschwerte sich auch dann nicht, wenn ihm dumme und sinnlose Aufgaben übertragen wurden. So hatte er zum Beispiel nie gefragt, warum der Hof der Meister dreimal täglich gefegt werden musste – er tat es einfach. Seine Fähigkeiten entwickelten sich rasch, und einige Meister hatten bereits angedeutet, dass sie erfreut sein würden, auch nach dem Eintritt seiner Mündigkeit mit seiner Ausbildung fortfahren zu dürfen, falls er damit einverstanden war.

Caldan war ganz in seinen Gedanken verloren und bemerkte nur am Rande, wie eine kleine Rauchfahne aus dem Papierlöwen aufstieg. Plötzlich brach eine Flamme durch die Oberfläche und breitete sich rasch aus, bis das ganze Tier davon eingehüllt war.

»Bei den Ahnen!«, fluchte er und vertrieb den Rauch mit den Armen, während er schnell das Fenster öffnete. Er zog eine Grimasse, als er den glimmenden Aschehaufen betrachtete. Das war der fünfte, der in genauso vielen Tagen verbrannt war. Irgendetwas machte er falsch.

Aber was? Schnell warf er die Überreste aus dem Fenster.

Eine Glocke schlug viermal und zeigte damit die Stunde an. Er lief aus der Tür und eilte zu seiner Verabredung mit Jemma. Auf dem Weg rieb er sich die Ascheflecken von den Händen.

Die Funken flogen, doch Caldan nahm den Lärm des knisternden Feuers kaum wahr. Der Flammenschein tanzte durch den Raum, verdrehte jeden Umriss und verzerrte alle Perspektiven. Yasmin hatte Jemma begleitet, jetzt kniete sie vor dem Feuer und stocherte in dem brennenden Holz herum. Da sie sich nicht für Dominion interessierte, beachtete sie Jemmas und Caldans Spiel kaum. Mit ihrem blonden Haar und der blassen Haut war sie wie die eine Seite einer Münze, während Jemma die andere war.

Jemma hielt den Kopf schräg, hatte die Stirn gerunzelt und richtete ihre ganze Konzentration auf das Spielbrett. Es war von viel besserer Qualität als die, die Caldan üblicherweise benutzte. Außerdem war es groß, maß vier Schritte an den Seiten, und das dritte, oberste Bord war so hoch, dass man sich auf einen Stuhl stellen musste, um es zu erreichen. Die meisten Spielsteine bestanden aus geschnitztem Obsidian, aber es gab auch einige aus klarem, rosigem oder rauchfarbenem Quarz in Gestalt von mythischen Kreaturen und stilisierten Menschen.

Nachdem seine letzten beiden Züge Jemma verblüfft und ihre Pläne zunichtegemacht hatten, war sie um das Brett herumgegangen und hatte das Spiel aus allen Blickwinkeln heraus mit gerunzelter Stirn betrachtet. Sie hatte offensichtlich keine Ahnung, welche Taktik sie anwenden sollte, damit sie aus ihrer misslichen Lage herauskam, und es musste ihr bewusst sein, dass sie sich in einer sehr heiklen Position befand.

Sie begreift nicht, dass sie schon verloren hat.

Caldan wollte zuvorkommend sein und bot den beiden jungen Frauen Erfrischungen von einem Teller an, auf dem sich in Scheiben geschnittene Früchte befanden, und schenkte ihnen dazu aus einer Flasche Wein ein. Er war es nicht gewohnt, eine andere Person zu bewirten, von zweien erst gar nicht zu reden, und er wusste nicht, ob er sich mehr auf das Spiel oder auf die jungen Frauen konzentrieren sollte. Auf der einen Seite hielt er sich so nahe wie möglich bei Jemma und Yasmin auf und plauderte mit ihnen, so gut er es vermochte, auf der anderen Seite beachtete er sie zwischendurch gar nicht mehr, sondern analysierte nur das Spiel.

Jemma nahm ein Stück Birne vom Teller und warf ihm dann einen finsteren Blick zu. »Verflucht sollst du sein! Warum bist du nur so gut in diesem Spiel?«

Caldan lächelte abwehrend und hob die Hände. »Harte Arbeit und ein nicht unbeträchtliches Talent.«

Jemma murmelte etwas Unverständliches. Sie kaute zuerst auf einem Fingernagel, dann auf der Birne herum und warf einen kurzen Blick auf Yasmin. Dann trat sie näher an die Seite des Brettes heran, damit sie einen besseren Überblick bekam. Ihr blieb nur noch ein einziger Zug, während Caldan fünf übrig hatte. Vor dem Spiel hatte er beschlossen, sich selbst zu benachteiligen, indem er diese nicht benutzte, aber natürlich hatte er ihr davon nichts gesagt.

Yasmin bediente sich bei den getrockneten Feigen. »Es scheint mir, dass er dich in der Hand hat. Im Spiel zumindest.«

Jemma rümpfte die Nase. »Beim nächsten Mal kannst du in deinem Zimmer bleiben und dich alleine beschäftigen.«

Yasmin kicherte. »Sei nicht böse, nur weil du verloren hast. Du hast noch nie gegen Caldan gewonnen, und es sieht auch nicht so aus, als würde sich das in der nächsten Zeit ändern. Außerdem bin ich froh, dass ich mitgekommen bin. Schließlich muss jemand euch beide im Auge behalten, damit keine Gerüchte entstehen. Ein junger Mann und eine junge Frau stundenlang allein in einem Raum ... Wer weiß, was die Leute denken würden? Ihr solltet euch sorgfältig überlegen, wie oft ihr zusammen gesehen werden wollt.«

»Es ist doch nichts dabei, miteinander Dominion zu spielen«, sagte Jemma.

»Hm«, meinte Yasmin. »Aber ihr müsst zugeben, dass es Gerede geben könnte, wenn ihr beide nachts zusammen seid. Zum Beispiel wäre Marlon sicherlich sehr aufgebracht, wenn er etwas Unschickliches hören würde.«

»Die Leute denken sowieso, was sie wollen, egal, ob sie dafür Beweise haben oder nicht. Stimmt das etwa nicht, Caldan? Zwischen uns läuft schließlich nichts.«

Sein Gesicht wurde heiß. Er wandte sich von den beiden jungen Frauen ab und tat so, als würde er das Spielbrett eingehend betrachten. »Äh ... ja. Nein.«

»Wir können nur hoffen, dass Marlon das genauso sieht«, meinte Yasmin.

»Nun, wenn er die Wahrheit wissen will, muss er mich bloß danach fragen.« Jemma betrachtete ihre Finger und wischte sie an ihrer Hose ab.

Aus den Augenwinkeln sah Caldan, wie sie sich zu ihm umdrehte.

»Ich habe keine Möglichkeit gefunden, aus deinem klugen kleinen Hinterhalt herauszukommen. Ich nehme an, du hast gewonnen.«

»Ja. Entschuldigung«, sagte er kleinlaut.

Yasmin sah Jemma an und rollte mit den Augen.

»Es war eine sehr gemeine Falle«, sagte Caldan, »die sich vorhin erst ergeben hat. Ich sollte sie in Erinnerung behalten. Wenn du meine Strategie ein paar Züge früher bemerkt hättest, wäre es viel knapper geworden.«

Jemma nickte. »Einige Meister sagen, dass du sie eines Tages übertreffen wirst. Du seist zwar nicht so begabt wie der berühmte Schüler Kelhak, aber auf alle Fälle außergewöhnlich.«

»Niemand ist so gut wie Kelhak«, sagte Caldan und schüttelte den Kopf. »Manchmal glaube ich, er ist nur ein Mythos.«

Yasmin kaute auf einer Feige herum, leckte sich die Lippen, räkelte sich auf ihrem Stuhl und rückte näher an die Weinflasche heran. »Was ist da drin, Caldan? Nachdem ich mir eure Schlacht angesehen habe, könnte ich einen guten Tropfen vertragen. Das war ganz schön ermüdend.«

»Yasmin«, sagte Jemma, »du weißt doch, wie du dich nach einem Glas Wein aufführst. Caldan soll doch nicht glauben, du seist eine Trinkerin, oder?«

»Ein Schluck kann nicht schaden. Außerdem glaube ich, dass ich heute Abend etwas gegessen habe, was mir nicht bekommen ist.«

Jemma trat an den Tisch und nahm die Flasche an sich, bevor Yasmin sie packen konnte. Sie brach das Siegel, nahm einen raschen Schluck und schloss die Augen in offensichtlichem Behagen, als sie den Wein auf der Zunge schmeckte.

»Hui, Caldan, wo hast du denn den her? Du darfst deinen guten Wein nicht an uns verschwenden, das sind wir doch gar nicht wert.«

Jasmin griff nach der Flasche. »Das ist deine Meinung. Ich für meinen Teil sehe nicht ein, warum wir einen guten Tropfen verschmähen sollten, wenn er uns angeboten wird.«

Caldan schaute an sich hinunter und glättete eine Falte an seinem Hemd. »Es ist ein Geschenk von einem Freund. Mir wäre sogar diese halbe Flasche zu viel. Es ist besser, sie zu teilen, als sie zu verschwenden.«

Jemma zögerte, trat an ihn heran und sah ihm in die Augen. »Ein ›Freund‹, der in Schwierigkeiten gesteckt und Hilfe gebraucht hat?«

»Ja. Es war etwas Unbedeutendes. Bei gewissen Dingen sind den Stadtwachen die Hände gebunden. Und manchmal ist ein anderer Ansatz nötig, um eine Schwierigkeit zu beseitigen.«

Jemma stieß einen verzweifelten Seufzer aus und warf Yasmin, die mit gehobenen Brauen dasaß, einen raschen Blick zu.

»Wie lange machst du das schon?«, fragte Jemma. »Und was sind das für Schwierigkeiten, mit denen die Stadtwache nicht umgehen kann?«

»Wie ich schon sagte: kleine Sachen. Die Leute haben eben manchmal Probleme, das ist alles. Und die Wachen brauchen Beweise, bevor sie tätig werden können.«

»Ach, brauchst du etwa keine?«

»Nein, so ist es nicht. Ich kann gewisse Dinge bloß besser einschätzen. Weil ich aufmerksamer bin als sie. Ich sehe Muster. Darin bin ich gut. Manchmal muss ich tätig werden, noch bevor die Wachen alarmiert werden können, aber meistens bin ich in der Lage, eine Lösung zu finden, und die Wachen übernehmen den Rest.«

»Du *arbeitest* also für die Wache?«

»Nein ... eigentlich nicht. Die Leute bitten mich, etwas zu unternehmen, wenn sie nicht genügend Beweise haben, um zur Stadtwache zu gehen, und sie geben mir für meine Dienste, was sie können: Silberdukaten, Speisen, Wein - was immer sie erübrigen können. Aber da manche Familien nicht viel haben, übe ich mich bei ihnen in Bescheidenheit.«

Jemma trat an das Spielbrett heran und nahm einen Stein aus Rosenquarz auf, der die Form einer seltsamen pelzigen, geflügelten Kreatur hatte. Sie fuhr mit dem Finger über die Umrisse, schwieg eine Weile und sagte dann: »Auch wenn es nicht gegen das Gesetz des Kaisers verstößt, könntest du doch mit dem Kloster in Schwierigkeiten geraten, weil du die Zauberergilde hintergehst. Diese Insel gehört noch immer zum mahrusischen Reich.«

Yasmin schwieg eine Weile, dann sagte sie: »Vielleicht braucht unser Freund hier etwas, womit er sein Leben würzen kann. Oder vielleicht ist er ein Mann von edler Natur, der einfach den weniger Glücklichen zu Hilfe eilt. Siehst du dich selbst als einen guten Menschen, Caldan?«

»Ich will bloß helfen. Für manche Menschen außerhalb des Klosters ist das Leben schwer. Die meisten Schüler haben Börsen voller Geld, das ihnen ihre Eltern geschenkt haben, und sie haben keine Ahnung, wie hart das Leben in der wirklichen Welt sein kann.«

Jemma stellte den Spielstein zurück auf das Brett und lächelte. »Jetzt haben wir genug Bedeutungsschweres geredet. Reich uns den Wein, Yas. Ich bin ganz ausgetrocknet, und mein Hirn braucht etwas Entspannung nach dieser schwierigen Partie.«

Doch stattdessen reichte Yasmin die Flasche an Caldan weiter. »Zuerst sollte Caldan etwas bekommen. Er hat sich das schließlich verdient.«

Jemma rümpfte die Nase und lachte. »Also gut, der Gewinner des Spiels sollte wohl eine Belohnung für seine Mühen erhalten. Aber gib sie mir, wenn du fertig bist.«

Caldan ergriff die Flasche, wischte mit dem Ärmel über die Öffnung und nahm einen Schluck. Und das tat gut. Er fragte sich, ob Yasmin über das, was sie gehört hatte, schweigen würde, denn sie war schließlich nicht seine, sondern Jemmas Freundin. Wenn sie ihm schaden wollte, konnte sie dies nun mit Leichtigkeit tun.

Hör auf damit, sagte er zu sich selbst. *Es ist ihr doch vollkommen gleichgültig, was mit dir geschieht.* Die Wärme des Feuers und der Wein, den er getrunken hatte, halfen ihm beim Entspannen. Bisher hatte er den Abend genossen und war zufrieden damit, zu dieser späten Stunde in Jemmas und Yasmins Gesellschaft zu sein.

Die Holzscheite verbrannten im Kamin langsam zu Kohle, und das Schweigen zwischen den Gesprächen wurde immer länger. Schließlich gähnte Yasmin, und Jemma lächelte ihr zu. Beide standen auf.

Jemma beugte sich über Caldan, der auf seinem Sessel zusammengesackt war. Mit dem einen Bein schaukelte er, und seine Augen waren halb geschlossen.

»Wir müssen jetzt gehen. Morgen früh haben wir Unterricht im magischen Wirken, und wir wollen nicht weniger als unser Bestes geben, da noch nicht entschieden ist, wo jeder Einzelne am Ende des Jahres stehen wird. Trink nicht den ganzen Wein allein, ja?« Sie schlenderte zur Tür und sagte im Rausgehen noch: »Gute Nacht.«

Yasmin winkte über ihre Schulter hinweg, als sie durch die Tür traten. Spuren ihres Parfüms schwebten noch in der Luft und gingen allmählich im Geruch des kokelnden Feuers unter. Caldan mühte sich aus seinem bequemen Sessel, legte einige Äste auf die Kohlen und fachte das Feuer zu neuem Leben an.

Ohne Vorwarnung fuhr ihm ein stechender Schmerz durch die Beine. Er geriet ins Taumeln und musste sich an der Wand abstützen. So plötzlich, wie der Schmerz ihn überfallen hatte, verschwand er wieder. Caldan sog die Luft durch die zusammengepressten Zähne ein und richtete sich langsam auf. Das war nicht das erste Mal gewesen. Während der letzten Wochen hatte er immer wieder solche Schmerzanfälle gehabt. Vielleicht war es ein Wachstumsschub? Er war sich nicht sicher.

Caldan ging hinüber zum Spielbrett und machte sich daran, die Steine zurück in die mit Samt ausgekleideten Behälter zu legen. Bald bemerkte er, dass seine Handlungen geradezu ehrerbietig waren, als ob die geschnitzten Spielsteine eine tiefere Bedeutung besäßen. Nachdem er den letzten weggelegt und die Schachtel für die nächsten Spieler offen gelassen hatte, hielt er inne. Seine Stimmung hatte sich beträchtlich aufgehellt, als die beiden Mädchen bei ihm gewesen waren, doch nun, da er wieder allein war, stieg die Mutlosigkeit erneut auf ihn herab. Jemma und ihre Versuche, sich mit ihm anzufreunden, machten für ihn die Zeiten, in denen er allein war, nur noch schwerer.

Aber sie will *mit mir befreundet sein, und deshalb muss ich vielleicht nicht mehr alleine sein.*

Von dieser Welle der Hoffnung getragen, machte er sich auf den Weg zur Tür, wobei er den Rand des Spielbrettes mit dem Finger nachfuhr. Er seufzte, betrachtete die Steine und hielt bei einem Rauchquarz inne. Dieser glich einem dünnen, in Federn gekleideten Mann, der etwas in der rechten Faust hielt. Diese Figur wurde der Reisende genannt. Niemand wusste, was er darstellen sollte, ob er einem alten Helden oder Schurken nachgebildet war, oder was er in der geballten Faust hielt. Dieser Stein war auf dem Spielbrett unberechenbar: Je nachdem, wo er gerade stand, wechselten seine Eigenschaften von einem farbigen Quadrat zum nächsten. In der letzten Zeit war er in vielen Strategien vorgekommen, die Caldan in seinem Spiel angewandt hatte, und er hatte etliche Gegner damit überrascht. Wegen seiner Unbeständigkeit wurde der Reisende nicht oft eingesetzt, doch inzwischen war er zu Caldans Lieblingsfigur geworden, denn seine Instabilität fügte dem Spiel einen neuen Schwierigkeitsgrad hinzu, der es für Caldan noch interessanter machte.

Er schenkte dem Raum einen letzten Blick und überprüfte, ob sich alles an seinem Platz befand. Zufrieden schloss er die Tür hinter sich und begab sich zu seinem Zimmer. Öllampen erhellten die Korridore auf seinem Weg. Es war gut, nun ein wenig zu schlafen, bevor er am nächsten Tag seine Pflichten wiederaufnehmen würde, den Unterricht im magischen Wirken besuchte und sich mit den Meistern traf.

2

Am nächsten Tag stieg Caldan etwas später als sonst die letzte Treppenflucht hoch und ging dann durch den Korridor, der ihn zu den Zimmern führte, in denen das magische Wirken gelehrt wurde. Schwaches Licht aus Lampen, die mit Waltran gefüllt waren, erhellte den Weg. Magische Kugeln hätten eine bessere, beständigere Lichtquelle geboten, aber sie waren teuer, und die Mönche hielten nichts von Luxus.

Steinstatuen schmückten den Gang. Viele ähnelten Steinen des Dominion-Spiels oder schienen zumindest irgendwie damit in Verbindung zu stehen. Trotz ihres vertrauten Aussehens machten ihn diese unheimlichen Kreaturen und missgestalteten Menschen immer wieder nervös, wenn er sie sah, und er beschleunigte seine Schritte.

Vor einer großen Tür mit Beschlägen aus grauem Stahl blieb er stehen. Die Oberfläche war voller Schnitzereien aus Runen und Wächtersymbolen, von denen er einige erkannte. Ihr Stil sprach von hohem Alter. Die Tür schwang mit knirschenden Angeln auf.

Unzählige dunkle Holztische und Stühle, die mit Zaubermaterialien und Büchern beladen waren, erweckten den Eindruck großer Unordnung. Auf Regalen an der einen Wand befanden sich Schnitzwerke aus Holz und Stein sowie eine

Reihe technischer Geräte, deren Funktionen er nicht kannte. Vor den anderen drei Wänden standen Tafeln, die mit Kreidediagrammen und Texten bedeckt waren.

Die meisten Schüler und Schülerinnen saßen auf bequemen Stühlen, und einige arbeiteten an unterschiedlichen Tischen. Auch wenn Caldan schon seit einigen Jahren zusammen mit ihnen lernte, nickte er ihnen nur kurz zu, als sie ihn bemerkten - zumindest jenen, die sich wenigstens die Mühe machten, seine Gegenwart überhaupt anzuerkennen. Einige der Mädchen bewunderten gerade einen goldenen, mit Edelsteinen besetzten Armreif, den Mariska herumzeigte. Vermutlich handelte es sich um ein Geschenk ihrer reichen Eltern. Vielleicht war er sogar magisch aufgeladen, und da auch die Edelsteine für Caldan von Interesse waren, näherte er sich der Gruppe. Aber zwei Mädchen schlossen sogleich die Lücke, auf die er zugehalten hatte, kaum dass sie sahen, dass er zu ihnen ging. Er hätte es wissen müssen, dass sie sich nie ändern würden. Schon früh hatte er gelernt, sich nicht in die Gespräche der reichen Schüler und Schülerinnen einzumischen, denn dann wurde nur allzu deutlich, dass sie nicht an ihm interessiert waren - und dass das, worüber sie redeten, für ihn keinerlei Interesse besaß.

Also ging er zu seinem Tisch am hinteren Ende des Raumes und setzte sich. Ein paar Schüler hatten sich in aufgeschlagene Bücher vertieft und versuchten, vor den bald anstehenden Prüfungen so viel wie möglich auswendig zu lernen. Da Caldan kein Schüler, sondern ein Mündel des Klosters war, musste er sich diesen Prüfungen nicht unterziehen, wofür er unendlich dankbar war.

Die Tür öffnete sich, und Meisterin Kilia trat ein. Sie war eine runzlige, dürre Nonne, die Caldan nur bis zur Brust reichte. Wie stets trug sie zerknitterte dunkelbraune Kleidung und hatte die grauen Haare zu einem Knoten zusammengebunden, der mit lackierten Metallnadeln in Form gehalten wurde. Sie humpelte durch den Raum zu dem großen ausgepolsterten Stuhl im vorderen Teil, machte es sich auf ihm umständlich bequem und hob den Blick. Mit durchdringenden grünen Augen sah sie alle Versammelten an, und die wenigen Schüler, die vorgaben, aufmerksam zu sein, vermochten ihrem Blick nicht lange standzuhalten. Mit einem Grunzen betrachtete sie die Unordnung.

»Heute nimmt jeder nach dem Unterricht seine Arbeit mit«, sagte Kilia. »Ich will, dass nichts hierbleibt. Ansonsten wird es sofort in die Müllgrube geworfen.«

Seufzer des Unwillens antworteten ihrer Ankündigung. Die meisten Schüler hatten mit Stein, Ton oder Metall gearbeitet, und einige ihrer Werke waren sehr schwer.

»Beschwert euch nicht bei mir, wenn ihr Hilfe braucht. Wenn ihr meinem Rat gefolgt wärt und leichtere Materialien wie zum Beispiel Holz benutzt hättet, wärt ihr jetzt nicht in Schwierigkeiten.«

»Wir sind nicht alle in der Lage, mit Pergament zu arbeiten, so wie Caldan«, sagte Eben. »Einige von uns normaleren Schülern brauchen härtere Materialien. Unser hölzerner Zauber hält nicht lange vor, und bei Papier ist es noch schlechter.«

So ein Verhalten verblüffte Caldan immer wieder. Es schien schon das tausendste Mal zu sein, dass einer der Schüler diese lächerlichen Einwendungen vorbrachte. *Hört auf, euch darüber Gedanken zu machen, was andere Leute können, und konzentriert euch auf eure eigenen Gaben*, hätte Caldan gern zu ihnen gesagt. Wenn sie weniger Zeit mit Beschwerden und mehr mit Lernen verbringen würden, dann würden sie herausfinden, dass das Wirken von Magie gar nicht so schwer war.

»Ich bin mir sicher, dass auch du ein Talent hast«, erwiderte

Kilia. »Es ist bloß noch vor uns verborgen.« Ihre Bemerkung rief ein wenig Kichern hervor, aber es erstarb unter ihrem finsteren Blick.

»Jeder hat Stärken und Schwächen, wenn es um die Magie geht. Denkt immer daran«, fuhr sie fort. »Einige von euch besitzen eine Gabe, die die Kräfte besser hervorlockt, so wie es bei Caldan der Fall ist. Andere sind in der Lage, harmonische Werke zu erschaffen, die viel länger Bestand haben. Jeder ist anders.«

Eine weitere Schülerin meldete sich zu Wort. Es war Tamara, ein junges Mädchen. »Niemand ist heutzutage noch gezwungen, einen Zauber so schnell zu wirken, dass die Materialien, die er dazu braucht, so leicht sein müssen, damit er sie überall bei sich haben kann. Die Tage, in denen Schnelligkeit entscheidend für die Schlacht und Selbstverteidigung war, sind vorbei.«

»Sie haben doch nie existiert!«, rief Owyn aus. Er war ein Junge, der erst vor Kurzem ins Kloster gekommen war und dessen Talent ihn bereits in diese Klasse befördert hatte.

»Es gibt viele Bücher über die Zauberer aus den alten Zeiten und ihre Angriffsmagie: über Feuer vom Himmel oder das Zerschmettern von Burgtoren«, gab Tamara zurück.

Meisterin Kilia erhob sich, und Schweigen senkte sich über den Raum. »Alte Geschichten sind nichts als das: alte Geschichten. Einige Menschen glauben noch immer, dass Zauberei auf diese Weise eingesetzt werden kann, aber ist irgendjemand von euch zu so etwas in der Lage? Hat jemand von euch jemals jemanden gesehen, der so etwas kann?« Sie schwieg und wartete auf eine Antwort. Es kam keine.

Caldan beugte sich vor, damit ihm kein Wort der Meisterin entging. Die Geschichten enthielten zumeist ein Körnchen Wahrheit, und er glaubte, dass jede Magie, die nach der Zerschmetterung verloren gegangen war, wiederentdeckt werden konnte. Manchmal träumte er davon, dass er herausfand, wie er Kleinodien herstellen konnte. Es war ein Traum, den die meisten, die die Gabe der Magie besaßen, in ihrer Jugend träumten. Und es war reine Fantasie, denn in den Tausenden von Jahren seit der Zerschmetterung hatte es niemand auch nur ansatzweise geschafft.

»Natürlich nicht«, beantwortete Kilia ihre eigene Frage, »denn es ist unmöglich. Oh, ich bin mir sicher, dass viele von euch es versucht haben, als ihr herausfandet, dass ihr die Gabe der Magie besitzt. Ihr hattet den Kopf voller Geschichten, die euch eure Mütter erzählt haben oder die ihr in den alten Märchenbüchern gelesen habt. Aber es ist nicht möglich. Die Magie dient nur zur Erschaffung von nützlichen Gegenständen. Ein guter Magier ist ein wertvolles Mitglied der Gesellschaft, nicht der Armee.«

Wieso sollte es unmöglich sein?, fragte sich Caldan. *Wir wissen, dass Kleinodien existieren, und jemand muss sie gemacht haben. Warum sollte es kein magisches Wirken in der Schlacht geben? Nur das Wissen darum ist verloren gegangen, und was verloren gegangen ist, kann wiedergefunden werden.*

Ein weiterer Schüler hob die Hand und sprach, nachdem Kilia ihm zugenickt hatte.

»Wertvoll, aber langweilig.«

»Wirklich langweilig?«, fragte Kilia und hob die Brauen. »Ihr Schüler mit eurem behüteten Leben ... Ihr habt keine Ahnung, was im Rest der Welt vor sich geht. Was glaubt ihr wohl, wie ich zu meiner Beinverletzung gekommen bin?«

»Wir glauben, Ihr seid eine Treppe heruntergefallen«, sagte Mikkala unter lautem Gelächter.

Kilia lächelte trocken. »In Wahrheit ist es schon vor langer Zeit passiert, als ich noch jung und dumm war – wie ihr.«

Im Raum wurde es leise, als sich die Schüler und Schülerinnen bemühten, jedes ihrer Worte mitzubekommen. Caldan wurde klar, dass sie noch nie gehört hatten, wie die Meisterin zu ihrem Humpeln gekommen war. »Damals war ich mir meiner selbst und meiner Fähigkeiten zu sehr bewusst, bis ich etwas begegnet bin, das ... anpassungsfähig war, wie ich es ausdrücken möchte. Mein Steinwirken schlug fehl, und ich wurde verletzt. Es war keine Zeit mehr, etwas Neues in Stein oder Holz zu wirken und es mit Runen und Offenbarungen zu bedecken. Ich war damals froh, dass ich noch ein paar Blätter Papier hatte, zu denen ich Zuflucht nehmen konnte.«

Es war still im Raum geworden. Kilias Eindringlichkeit war zu viel für ihre Zuhörerschaft.

Caldan stützte die Ellbogen auf dem Tisch ab. »Wogegen habt Ihr gekämpft? Was ist passiert?«

Sie sah ihn eingehend an. »Was es war, bleibt besser ungesagt. Und was passiert ist ... Ich bin von dort so schnell geflohen, wie ich konnte.« Kilia hielt inne und regte sich auf ihrem Stuhl. »Jeder hat eine Vorliebe oder besondere Befähigung für die eine oder andere Art des magischen Wirkens. Einige benutzen Holz oder Metall, aber nur sehr wenige nehmen dazu Papier. Wie ihr inzwischen wisst, liegt der Unterschied in der Haltbarkeit. Die Kräfte, zu denen ihr durch eure Quelle Zugang habt, bedürfen eines Ankers, und der Anker sowie das Wirken müssen die Kraft aushalten, die in sie hineingezwungen wird. Wenn man etwas schaffen will, das Bestand hat, braucht man Zeit und härtere Materialien, und man muss sich anstrengen. Am einen Ende des Spektrums haben wir das Papier und am anderen die Kleinodien. Die Magie kann sich jedes Materials bedienen, aber dessen Stärke entscheidet darüber, wie lange sie Bestand hat. Anders ist es nur bei jenen Zauberern, deren Gabe es ihnen ermöglicht, schwächere Materialien länger einzusetzen, als alle anderen es können.« Sie stand auf, verlagerte ihr Gewicht auf das gesunde Bein und stützte sich auf dem Stuhl ab. »Für heute habe ich genug geredet. Ich will, dass ihr euch in vier Gruppen aufteilt und die Theorien zur Erschaffung von Kleinodien diskutiert. Am Ende der Unterrichtsstunde werdet ihr uns anderen jeweils die besten Theorien präsentieren.«

Eine weitere Welle aus Ächzen und Stöhnen schwappte durch den Raum. Owyn erhob seine Stimme darüber: »Aber seit Tausenden von Jahren ist es niemandem mehr gelungen, Kleinodien zu erschaffen!«

Kilia lächelte. »Dann werdet ihr vielleicht berühmt.«

Caldans Klopfen an der Tür hallte durch den ganzen Korridor, und er zuckte unwillkürlich zusammen. Während er auf eine Reaktion wartete, kaute er an seinen Fingernägeln.

»Herein!«, bellte eine befehlsgewohnte Stimme von drinnen – Meister Rastar, falls er sich nicht irrte.

Caldan riss sich zusammen, trat durch die Tür und sah, dass drei der älteren Meister an einem Tisch in der Mitte des Zimmers saßen. Sie alle sahen aus, als hätten sie Eisennägel verspeist. Die Meister regten sich auf ihren Stühlen und tauschten schnelle Blicke aus, ihre Gewänder raschelten dabei.

Umsonst sah sich Caldan nach einem leeren Stuhl um, aber wie immer gab es keinen. Den Meistern gefiel es, wenn ihre Besucher stehen mussten.

»Um der Ahnen willen, Junge, komm doch endlich herein!«, sagte Meister Rastar und schenkte ihm einen ernsten Blick, als er die Tür schloss. Rastar war ein blasser, runzliger Mann mit einem flaumigen grauen Bart. Es schien ihm zu gefallen, dass Caldan nervös war.

Caldan zögerte einen Augenblick, bemerkte das offene Fenster und beschloss, sich in die kühle Nachmittagsbrise zu stellen. Auf dem Tisch befanden sich die Überreste eines Mittagsmahls sowie ein Stapel mit Briefen in braunen, mit Wachs versiegelten Papierumschlägen. Neben den Briefen lag ein Päckchen, das halb so groß wie eine Faust war. Es war eng mit Öltuch umwickelt und mit einer Kordel zugebunden.

Gegenüber von Rastar saß Meister Delife. Er war größer und dünner als Rastar und sauber rasiert. Ein wenig von den beiden anderen entfernt saß der dritte Meister, Joesal, mit dem Caldan bisher nur wenig zu tun gehabt hatte. Alle drei waren kahlköpfig, denn sie hatten sich das Haupthaar gemäß ihrer Vorschrift geschoren, aber auf Joesals Kopf zeigte sich eine Stoppelschicht.

Delife sagte: »Schon seit vielen Jahren unterstützen wir begabte junge Menschen, denen es sonst - aus welchen Gründen auch immer - nicht vergönnt gewesen wäre, in unserem Kloster unterrichtet zu werden. Es ist unsere Pflicht, dieser Insel so viel Hilfe zu geben, wie es uns möglich ist. Manche sind aus armen Familien gekommen, andere hatten eine schwierige Kindheit so wie du, und wir wissen, dass ihr alle ein besonderes Verständnis benötigt, während ihr euch an euer neues Leben anpasst. Unsere einfache klösterliche Existenz ist nichts für jeden, aber wir geben, was wir können, ohne dabei um Entlohnung zu bitten. Doch wie alles muss auch dies einmal zu Ende gehen.«

Delife hielt inne, um seine Gedanken zu sammeln, und Caldan nutzte die Zeit für eine Zwischenbemerkung.

»Ich bin dankbar für alles, was Ihr für mich getan habt, aber wie Ihr schon sagtet, können auch die guten Dinge nicht ewig andauern. Deshalb bitte ich darum, für mich zum Ende des nächsten Jahres eine Stellung oder einen Platz auf dem

Festland zu finden. Und gern hätte ich dafür natürlich Referenzen von hier. Es wird eine Weile dauern, bis Ihr einen solchen Platz für mich gefunden habt, und deshalb möchte ich es jetzt schon ansprechen. Bis dahin kann ich weiterlernen und mich auf meine zukünftige Rolle vorbereiten. Nach meinem Fortgang werde ich einen Teil meiner Einkünfte der nächsten Jahre als Zeichen der Wertschätzung an das Kloster schicken.« Er sah die drei Meister hoffnungsvoll an. Es war eine gute Idee, über die er in den letzten Tagen viel nachgedacht hatte. Sie würden kaum etwas dagegen einwenden können.

Die Meister sahen sich kurz an. Dann schüttelte Rastar den Kopf, und Joesal senkte den Blick auf die Tischplatte, als ob er plötzlich besonders an der Maserung des Holzes interessiert sei.

Delife holte tief Luft. »Das glaube ich nicht«, sagte er.

Caldans Gedanken rasten. Sie hatten etwas geplant, vermutlich mit Billigung des Höchsten Meisters. Aber Caldans Plan war vorteilhaft für sie. Selbst wenn sie eine andere Vorstellung hatten, konnte diese nicht vorteilhafter für sie sein als sein eigener Vorschlag.

Bevor Caldan etwas einwenden konnte, hob Meister Joesal die Hand und gebot ihm zu schweigen.

»Wir haben deine Lage eingehend erörtert und eingesehen, dass das Kloster es nicht mehr zulassen kann, dich gemeinsam mit den zahlenden Schülern in den Unterricht zu schicken. Einige von ihnen haben deine Anwesenheit schon in Briefen an ihre Familien erwähnt, und es wurden Fragen gestellt. Die Eltern einiger Schüler wollen es nicht, dass ihre Kinder Umgang mit Angehörigen der niederen Klassen pflegen. Wir ...« – er deutete auf die Meister am Tisch – »... müssen unsere Haupteinnahmequelle schützen, wie unangenehm uns das auch sein mag. Wir haben beschlossen, dass du nun alt genug bist und unseren Schutz nicht mehr brauchst. Es ist uns ein Herzenswunsch, dass es zwischen uns deswegen keinen Streit geben wird, auch wenn du bei uns bleiben willst.«

»Wie viel Zeit bleibt mir noch? Ich hatte damit gerechnet, noch bis zum Ende des nächsten Jahres hierbleiben zu dürfen. Eigentlich habe ich nicht viel gelernt, was mir auf der Insel hilfreich sein könnte. Das heißt, wenn ...« Er verstummte, als er begriff, was nun folgen würde.

»Wir halten es für das Beste«, sagte Delife, »wenn du so bald wie möglich zum Festland aufbrichst. Wir haben dir schon einige Referenzen verschafft.« Er tippte mit zwei Fingern auf das Bündel Briefe. »Es sollte dir nicht schwerfallen, Arbeit zu finden, wo auch immer du hingehen willst.«

»Wir empfehlen dir die Stadt Anasoma als erste Anlaufstelle«, sagte Joesal. »Sie ist eine der Gründungsstädte des Reiches, und es gibt Schlimmeres, als dort neu anzufangen.«

Caldan ging mit unsicheren Schritten zum Tisch und stützte sich mit den Händen darauf. Er spürte, wie ihm das Blut aus dem Gesicht wich und sich sein Magen umdrehte.

»So bald wie möglich?«, fragte Caldan. »Und was ist mit meinen Projekten? Was ist mit den jüngeren Schülern, deren Tutor ich bin?«

»Es wird alles geregelt werden«, sagte Rastar. »Du kannst deine Projekte entweder mitnehmen oder hierlassen. Der Unterricht wird von Bothar übernommen, der sich als vielversprechend dafür erwiesen hat.«

»Ihr beliebt zu scherzen ...«, begann Caldan, doch Rastar schnitt ihm das Wort ab.

»Du hast nicht viele Freunde oder Familienangehörige, von denen du dich verabschieden müsstest.«

Caldan sah ihn finster an. »Nein, ich habe überhaupt keine Familie, wie Ihr ganz genau wisst.«

»Ich wollte dich nicht beleidigen.«

Delife hob beide Hände. »Wir alle wissen, dass dies kein angenehmes Gespräch ist, aber es gibt da einige Dinge, die dir nicht bekannt sind, Caldan. Sieh uns nicht so grimmig an, und beruhige dich wieder. Es gibt gute Gründe für unsere Entscheidung, also höre uns bitte zu.«

Caldan sah von einem Meister zum anderen, biss die Zähne zusammen und verschränkte die Arme vor der Brust. Langsam atmete er tief ein und aus, während die Meister beobachteten, wie er sich bemühte, die Kontrolle über sich zurückzuerlangen. Er zitterte und versuchte zu schlucken, aber seine Kehle war zugeschnürt. »Kann ich denn nichts vorbringen, was Eure Entscheidung rückgängig machen könnte?«

»Hör zu, was wir dir mitzuteilen haben«, meinte Delife. »Dann wirst du die Lage verstehen, in der du und wir uns befinden.«

Bei diesen Worten nickten Rastar und Joesal und bedachten Caldan mit einem grimmigen Blick.

»Ich habe Eure Worte von vorhin gehört und verstehe sie sehr genau.«

»Das glaube ich nicht«, erwiderte Rastar. »Wenn wir etwas tun könnten, damit du bei uns bleibst, dann hätten wir es schon längst getan. Aber es gibt kein Zurück mehr. Wenn du uns angehört hast, wirst du sicherlich begreifen, warum du nicht im Kloster bleiben kannst.«

»Wollt Ihr damit sagen, dass Ihr es lieber sehen würdet, wenn ich bleiben könnte?«

»Natürlich würden wir das!«, sagte Delife.

»Ja, zweifellos«, fügte Joesal hinzu.

»Was ist denn das Problem?«

»Eigentlich«, sagte Delife, »bist du so begabt, dass wir dich nicht verlieren wollen, und wir hätten es sehr begrüßt, wenn du dich entschieden hättest, bei uns zu bleiben, um uns im Kloster zu helfen und einen Teil des Unterrichts zu übernehmen.«

Caldan runzelte die Stirn. »Aber?«

Delife rang die Hände. »Ah, ja ... Es wird dir neu sein, aber deine Familie war im Kloster tatsächlich wohlbekannt - das ist einer der Gründe, warum wir dich damals überhaupt aufgenommen haben.«

»Ihr ... kanntet meine Familie?«

Nach all der Zeit erzählen sie mir das gerade jetzt, und dann wollen sie mich wegschicken, als ob nichts geschehen wäre?

»Allerdings. Deine Eltern sind oft hierhergekommen, um sich Rat bei uns zu holen und von uns zu lernen. Und ich muss zugeben, dass wir auch viel von ihnen gelernt haben. Doch angesichts ihrer Gaben ist das nicht sehr erstaunlich.« Delife warf Rastar einen raschen Blick zu, und dieser zuckte mit den Schultern. Er schwieg kurz, bevor er fortfuhr. »Wir haben einiges vor dir geheim gehalten, während du herangewachsen bist, zu deinem eigenen Schutz und weil wir der Meinung waren, dass du manches erst hören solltest, wenn du älter bist. Doch jetzt haben wir beschlossen, dir gewisse Tatsachen mitzuteilen, bevor wir dich fortschicken. Daher haben wir dich zu diesem Treffen gebeten.«

»Was meint Ihr damit, wenn Ihr sagt, dass meine Eltern *Gaben* hatten?«

Rastar rutschte auf seinem Stuhl hin und her und räusperte sich. »Beide besaßen eine Eignung zum magischen Wirken, genau wie du. Das Talent deiner Mutter war außerordentlich, besonders ihre Arbeit mit Metallen. Anscheinend war auch deine Großmutter in den magischen Künsten bewandert gewesen, und dein Großvater war es in der Schwertkunst. Offenbar wurden die Gaben in der Familie weitergegeben.«

»Nicht an mich«, sagte Caldan. »Meine Schwertkunst ist bestenfalls mittelmäßig.«

»Ach, so übel ist sie gar nicht, und dein Wirken ist alles andere als schlecht. Du hast eine Gabe, die fast an die deiner Mutter heranreicht. Ich kann Anteile von beiden in dir erkennen.«

Caldans Augen wurden feucht, und er blinzelte die Tränen schnell wieder weg. »Also kanntet Ihr sie gut?«

»Ja. Ich habe sie sogar noch am Tag vor dem ... Unfall gesehen. Sie waren hergekommen, um ein paar Dinge zu besprechen, bevor sie sich wieder auf den Weg zu ihrem Gehöft gemacht haben.«

»Einen Augenblick bitte. Wenn das magische Wirken meiner Mutter außergewöhnlich war und sich mein Vater in den Schwertkünsten auskannte, warum waren sie dann bloß Bauern?«

Rastar seufzte. »Sie hatten sich versteckt.«

»Wovor?« Sicherlich waren sie nicht auf der Flucht gewesen. Caldans früheste Erinnerungen standen mit dem Haus auf der Insel in Verbindung. Aber wenn sie ... »Dann ... das Feuer ... das bedeutet ...«

Rastar hob die Hand und schnitt damit Caldan das Wort ab. »Bevor du voreilige Schlüsse ziehst, solltest du uns zu Ende anhören. Nein, wir sollten am Anfang beginnen. Deine Eltern kamen einige Jahre vor deiner Geburt zu uns, und obwohl sie sehr unter sich blieben, war es doch offensichtlich, dass sie vor jemandem oder etwas weggelaufen waren. Für gewöhnlich kommt niemand auf die Insel, um hier Landwirtschaft zu betreiben. Normalerweise verlassen die Leute die Insel sogar, um auf dem Festland ihr Glück zu suchen. Wir sind sehr abgeschieden und ... nun ja, manche wachsen hier auf und bleiben, aber viele sind der Meinung, dass es anderswo besser sei.« Er machte eine Handbewegung in die Ferne. »Doch ich schweife ab. Deine Eltern schienen aufrechte Leute zu sein, und wir hießen sie willkommen, genau wie die anderen Einwohner, mit denen sie in Kontakt kamen. Aber es widerstrebte ihnen, über gewisse Dinge zu reden, und sie schienen andauernd über ihre Schulter zu schauen. Außerdem zeigten sie ein unnatürliches Interesse an allen, die die Insel besuchten.«

»Sie waren also auf der Flucht und hatten sich versteckt, und sie hatten Angst, dass ihnen jemand folgte?«

»Zu dem Schluss waren wir gekommen. Während der Jahre hatten wir sie recht gut kennengelernt und beschlossen, zur Sicherheit der Insel und zu unserer eigenen herauszufinden, was los war. Am Ende hatten sie keine Schwierigkeiten, es uns zu erklären, sobald wir ihnen versichert hatten, dass wir Mönche keine Geheimnisse ausplaudern. Wir wussten inzwischen, dass sie gute Menschen waren, und sie wussten, dass sie uns vertrauen konnten.«

Caldan ballte die Hände zu Fäusten. »Wurden sie ... wurden sie umgebracht?«

Rastar sah ihn mitfühlend an und antwortete: »Ich fürchte ja, allerdings wissen wir nicht, wer es getan hat.«

»Aber sie haben Euch doch gesagt, dass sie sich verstecken und wer sie jagt. Also müsst Ihr wissen, wer es war.« In Caldans Augen stach es, und er rieb sie.

Rastar schüttelte den Kopf. »So einfach ist das nicht. Deine Mutter Nerissa hat uns gesagt, dass ihre Eltern – also deine Großeltern – ebenfalls getötet wurden, als sie noch sehr klein war, und sie musste dabei zusehen. Seitdem hatte sie sich so gut wie möglich durchgeschlagen und ihr Glück darin gefunden, deinen Vater zu heiraten und mit ihm zu leben. Ihre Gabe des Wirkens war ziemlich bemerkenswert, und so hatte sie keine Schwierigkeiten, Arbeit zu finden. Aber sie konnte nicht vergessen, was mit ihren Eltern geschehen war. Sie suchte nach Informationen über sie, was eigentlich eine unschuldige Sache und für sie als Tochter ja ganz natürlich war. Aber was sie herausfand, machte ihr Sorgen – große Sorgen. Gewisse Leute begannen, nach ihr und nach dem Grund für ihre Suche zu fragen.« Rastar spreizte die Hände. »Sie erzählte uns nur wenig von dem, was sie herausgefunden hatte. Anscheinend kamen deine beiden Großeltern aus dem Reich und hatten für den Kaiser gearbeitet. Nicht direkt für ihn natürlich, aber für eine der Abteilungen des Reiches.«

Sie wussten es, dachte Caldan. *Die ganze Zeit hindurch wussten die Meister viel mehr über meine Eltern, als sie mir gesagt haben.* Vermutlich hatten sie ihn von diesem Wissen abschirmen wollen, solange er noch nicht mündig war, aber er konnte das Gefühl nicht abschütteln, dass er belogen worden war – oder dass die Menschen, denen er vertraut hatte, ihm die Wahrheit zumindest vorenthalten hatten.

»Bitte, Meister Rastar«, sagte Caldan, »habt Ihr eine Ahnung, wer meine Eltern getötet hat?«

»Wir wissen es nicht«, sagte Rastar. »Mit Sicherheit wissen wir nur das, was wir dir nun gesagt haben: dass sich deine Eltern vor etwas gefürchtet haben, was sie herausgefunden hatten, und deshalb fliehen mussten. Sie wollten dir und ... und deiner Schwester ein normales Leben ermöglichen, mögen sich die Ahnen um sie kümmern.«

Alle drei Mönche sahen Caldan tief in die Augen. Sie wirkten erschöpft und besorgt, er konnte den Kummer in ihren Blicken lesen. Seine Brust fühlte sich wie zugeschnürt an, und er konnte kaum noch atmen, so wie es immer war, wenn seine Schwester erwähnt wurde, die ebenfalls in dem Feuer gestorben war. Seine Augäpfel brannten, und er riss den Blick von den Mönchen los und schloss die Augen.

Mit leiser Stimme fügte Joesal hinzu: »Sollten wir ihm die, äh, Ringe überreichen?«

»Ja«, antwortete Delife. »Gibst du sie mir bitte?«

Gewänder raschelten, und ein Stuhl wurde über den Boden geschoben. Caldan öffnete die Augen wieder und sah den Raum vor sich nur noch verschwommen. Er blinzelte einige Male, und sein Blick wurde wieder klarer. Delife stand mit ausgestreckter Hand vor ihm. Darauf lag das kleine Päckchen, das sich vorhin auf dem Tisch befunden hatte.

»Hier, bitte«, sagte der Meister mit einer gewissen Dringlichkeit in der Stimme. »Sie gehören dir. Deine Mutter hat sie uns vor dem Unfall mit der Bitte überlassen, sie zu untersuchen und aufzubewahren.«

Caldan streckte die Hand aus und nahm das Päckchen entgegen. Die Kordel fühlte sich rau an. Zögerlich band er sie auf und wickelte das Öltuch, das sich unter der Verpackung befand, mit zitternden Fingern aus. Zwei Ringe lagen auf dem Tuch, der eine silbern und so groß wie der Nagel seines kleinen Fingers, der andere war aus Knochen und ein wenig größer. Der silberne Ring erregte seine Aufmerksamkeit zuerst. Die Oberfläche war mit einem Knotenmuster bedeckt, in das zwei stilisierte Löwen mit Onyxaugen eingearbeitet waren. Die Ausführung war so fein, dass er sogar die Krallen und Zähne erkennen konnte. Die Innenseite des Rings war mit Symbolen geschmückt, die ihm nicht vertraut waren.

Er runzelte die Stirn und betrachtete das Metall, aus dem der Ring bestand. Es war nicht ganz die Farbe von Silber, sie wich ein klein wenig davon ab. Dann riss er die Augen auf, schaute hoch zu Delife, der ihm ein Grinsen schenkte. *Ist das wirklich ein ...*

»Ja«, bestätigte der Meister seine unausgesprochene Frage. »Das ist ein Kleinod. Es hat deiner Familie gehört, und jetzt gehört es dir. Es wurde beschlossen, dass du inzwischen reif genug bist, es in Besitz zu nehmen, schließlich siehst du deiner Mündigkeit entgegen. Wie du weißt, sind diese Dinge sehr wertvoll und kein Spielzeug für spitzbübische Kinder.«

Caldan schnappte laut nach Luft. Ein Kleinod, das seiner Familie gehört hatte? Und jetzt wurde es ihm übergeben, so wie es auch der Fall gewesen wäre, wenn seine Familie noch leben und seine Mündigkeit feiern würde. Sein Geist war voller Gedanken und Möglichkeiten. Wie war seine Familie in den Besitz von etwas so Seltenem und Wertvollem gekommen? Könnte es einen Hinweis darauf geben, wer sie gewesen und woher sie gekommen waren?

Er drehte den Ring mehrfach zwischen seinen Fingern hin und her und konnte noch immer nicht glauben, dass dieses Kleinod nun ihm gehörte. »Danke«, stammelte er. »Ihr hättet ihn behalten können, und ich hätte nie von seiner Existenz erfahren.«

»Ha! Du weißt, dass wir so etwas niemals tun würden.« Delife nahm das Packpapier, die Kordel und das Öltuch an sich und legte alles auf den Tisch. »Der Knochenring scheint mir die armselige Kopie eines Kleinods zu sein. Ich fürchte, er ist wertlos und hatte für deine Mutter vermutlich nur eine ideelle Bedeutung. Aber das Kleinod ... sein Ursprung und seine Funktion sind uns unbekannt geblieben, obwohl wir es eingehend untersucht und dabei auch magisches Wirken eingesetzt haben. Doch wie du aus deinem Unterricht weißt, ist das nicht ungewöhnlich. Eines der Symbole ist die Variation eines Zeichens, das wir heute für ›Schutz‹ benutzen, aber wir sind uns nicht sicher, ob es wirklich dasselbe bedeutet. Sei vorsichtig damit, Caldan. Behalte es immer bei dir, und zeige es niemandem. Der Besitz von Kleinodien hat schon oft zu Schwierigkeiten geführt - und sogar zu Diebstahl und Mord.«

Caldan nickte, drehte den Ring hin und her und spürte alle Einzelheiten. Er betastete ihn, weil er sich vergewissern wollte, dass er real war. Den Knochenring steckte er in die Tasche. »Also sollte ich ihn nicht tragen?«

»Gute Güte, nein! Es ist viel zu wertvoll, um ihn offen zu zeigen. Versteck ihn irgendwo, bis du eine bessere Lösung findest. Wie wäre es mit einer Kette um deinen Hals?«

Caldan nickte. »Das erklärt aber noch nicht, warum ich das Kloster verlassen und ins Reich gehen soll.«

»Das stimmt«, sagte Delife. »Wie ich schon sagte, wissen wir nicht mit Sicherheit, wer deine Familie umgebracht hat. Aber wir wissen, dass der Kaiser begabte Menschen zu schätzen weiß, und das hatte auch deine Mutter bereits herausgefunden. Aber sobald sie in seinen Diensten stehen, ist es sehr schwer, diese wieder zu verlassen, und anscheinend hatte deine Familie einige äußerst wertvolle Gaben.«

»Ihr glaubt, meine Mutter ... nein, meine Großeltern wurden getötet, weil sie die Dienste des Kaisers verlassen haben?«

»Das wäre eine Möglichkeit. Eine von vielen.«

Joesal räusperte sich und richtete sich auf seinem Stuhl auf. »Es kommt vor, dass viele Generationen einer Familie in den Diensten des Kaisers bleiben - das heißt, zumindest diejenigen, die eine ungewöhnliche Gabe haben. Deine Mutter hat eine Fähigkeit zum magischen Wirken gezeigt, genau wie du. Ich könnte mir vorstellen, dass das Reich den Verlust einer so wertvollen Gabe nicht einfach hinnehmen wollte. Vielleicht haben die Agenten des Kaisers sie aufgespürt und zur

Rückkehr aufgefordert, oder andere Personen waren an ihnen interessiert. Wer kann das schon sagen?«

Caldan dachte über die Worte des Meisters nach und nickte langsam. Auch wenn es für ihn schwer vorstellbar war, dass jemand einen Menschen töten würde, nur weil dieser nicht bereit war, für ihn zu arbeiten, hatte er doch schon von vielen erschreckenden Ereignissen auf dem Festland gehört.

»Glaubt Ihr, dass hinter mir ebenfalls jemand her ist?«, fragte er. »Sollte ich mich verstecken?«

Rastar seufzte und rieb sich den Nacken. »Es hat deinen Eltern nicht geholfen, und wir glauben, es würde auch dir nicht helfen. Du warst hier in Sicherheit, aber wenn jemand deine Familie im Auge behalten hat, wird er wissen, dass du existierst. Ein Junge ist keine Bedrohung, aber ein erwachsener Mann mit der Gabe der Zauberei ist schon eine ganz andere Sache.«

»Das ist es also gewesen?«, fragte Caldan. »In ein paar Wochen, vielleicht einem Monat, muss ich von hier weggehen?«

»Wir können dich nicht beschützen, falls jemand herkommt und nach dir sucht.«

»Bisher war ich in Sicherheit, und Ihr habt nicht einmal daran gedacht, mir all das mitzuteilen! Was hat sich plötzlich geändert? Ich bin nicht ... vorbereitet auf das Festland. Es gibt so vieles, was ich nicht weiß und noch lernen muss ...«

Delife schob die braunen Papierumschläge über den Tisch. »Was sich verändert hat? Ganz einfach: Jetzt bist du alt genug, um die Wahrheit zu erfahren. Und das bedeutet, dass du uns sowieso verlassen würdest - dein eigener Vorschlag macht das sehr deutlich. Du wirst es irgendwann einsehen. Wir können dir etliche sehr gute Referenzen bieten, und du wirst eine kleine Menge von Silberdukaten erhalten, die dir erst einmal weiterhelfen wird. Weißt du, ich erinnere mich

gut daran, wie ich als junger Mann in die Welt hinaus-
gen bin und ...«

»Ja, vielen Dank, Delife«, sagte Rastar. »Ich bin sicher, Caldan wird später noch nach deinen Reiseerfahrungen fragen. Jetzt muss er erst einmal eine Menge erledigen und über vieles nachdenken, bevor er in ein paar Wochen aufbricht. Wir werden uns zu einem späteren Zeitpunkt weiter unterhalten, sobald er das verinnerlicht hat, was wir ihm heute gesagt haben. Damit wird er fürs Erste eine Menge zu tun haben.«

Caldan ballte die Fäuste, damit seine Hände nicht zitterten. »Nun, vielen Dank. Das ist so unglaublich hilfreich von Euch!« Er zog die Briefe an sich. »Jetzt muss ich gehen. Wie Ihr schon gesagt habt, gibt es eine Menge, worüber ich nachdenken muss.«

Delife stand auf und reichte ihm die Hand. »Wir wünschen dir das Allerbeste, junger Mann. Ich weiß, dass diese Erfahrung dir trotz der widrigen Umstände von großem Nutzen sein wird.«

Caldan sah die dargebotene Hand finster an, doch dann wurde sein Blick sanfter. Vielleicht war er zu hart zu den Mönchen, schließlich kannte er sie nun schon fast sein ganzes Leben. Möglicherweise würde er eines Tages hierher zurückkehren müssen, also sollte er nicht im Streit fortgehen. Er biss sich auf die Zunge, streckte den Arm aus und drückte Delifes Hand kurz, aber fest. Dann verließ er den Raum und zog die Tür leise hinter sich zu.

3

Caldan erwachte mit einem Ruck, seine nackte Brust hob und senkte sich heftig und war schweißbedeckt. Er fühlte sich wie ein Fisch an Land und rang nach Luft, während ein Rinnsal aus Schweiß ihm von der Stirn in den offenen Mund lief. Der salzige Geschmack half ihm, in die Realität zurückzukehren. Schwer atmend richtete er sich auf und fiel sofort wieder zurück – er hatte im Moment einfach nicht die Kraft, aufrecht zu bleiben. Er schüttelte den Kopf und versuchte auf diese Weise, das Gefühl des Grauens zu vertreiben, das von seinem Albtraum übrig geblieben war.

Auch nach so vielen Jahren war die Erinnerung an jenen Tag noch nicht verblasst. Feuer und Blut. Es war zehn Jahre her, seit er vom Spielen heimgekommen war und bei der Rückkehr zusehen musste, wie das Haus seiner Familie verbrannte. Die Vordertür hatte weit offen gestanden, und durch sie hatte er sowohl seine Eltern als auch seine Schwester im Innern sehen können. Sie hatten reglos auf dem Boden gelegen. Er hatte versucht, sie zu erreichen, aber die Hitze war zu stark gewesen, er war nicht einmal bis zu der Tür gekommen. Deutlich erinnerte er sich an sein Weinen und an den Rauch – und an einen metallischen Geruch.

Inzwischen war er sich sicher, dass er die Verzweiflung, die er damals verspürt hatte, nie wieder vergessen würde. Es gab keinen einzigen Tag, an dem die Erinnerungen nicht wieder an die Oberfläche kamen. Zumeist wurden sie durch unbedeutende Dinge oder Umstände ausgelöst: durch den Anblick eines kleinen Mädchens, das die Straße entlanglief, durch das orangefarbene Glimmen von Kohlen in einem Kaminfeuer oder durch den metallischen Geruch, wenn eine mächtige Magie ausgeführt wurde.

Das Licht des späten Nachmittags schien durch das Fenster herein und verlieh dem Raum und seiner Einrichtung ein seltsames Aussehen: Es war, als würde das Licht durch einen Vorhang aus Rauch gefiltert. Von dort aus, wo Caldan lag, die Hände hinter dem Kopf verschränkt, konnte er nicht viel sehen. Ein Dominion-Spielstein aus Rauchquarz, der den Reisenden darstellte, stand auf dem Fenstersims. Er hatte die Figur vor einiger Zeit aus einer Laune heraus bei einem der teureren Dominion-Händler in der Stadt gekauft. Seitdem stand sie auf dem Sims und setzte Staub an.

Seit zehn Jahren war das hier sein Zimmer. Er betrachtete mürrisch die sparsame Möblierung und das deutliche Fehlen persönlicher Habseligkeiten. Das hier war zwar der Ort, an dem er gelebt hatte, aber es war offensichtlich nicht sein Zuhause.

Caldan schloss die Augen und dachte an den Tag, an dem er im Kloster eingetroffen war – viel zu jung und völlig am Ende durch den Verlust seiner Familie. Dieser Ort war ihm damals so seltsam erschienen, so anders als alles, was er bisher gekannt hatte. Es war bizarr, dass er das Kloster umso seltsamer empfand, je mehr er sich daran gewöhnte, da die Menschen, die hier lebten, ganz anders waren, als er es immer geglaubt hatte – was besonders für die Meister galt.

Er musste zittern, als eine weitere Hitzewelle durch seinen

Körper fuhr, gefolgt von einer schneidenden Kälte, und die Haare an seinen Armen richteten sich jetzt auf. In den letzten Tagen hatte er sich nicht wohlgefühlt, und diese Hitzewallungen schienen immer schlimmer zu werden.

Ruckartig stand er auf, fiel aber gleich wieder zurück aufs Bett, denn starker Schwindel übermannte ihn. Sein Körper schmerzte, und in seinem Magen rumorte es. Er ruhte sich noch ein paar Augenblicke aus und fragte sich, ob er einen Arzt aufsuchen sollte, doch dann knurrte sein Magen hungrig. Verwirrt runzelte er die Stirn. Während des letzten Monats war er andauernd hungrig gewesen und hatte alle paar Stunden etwas essen müssen. Das Seltsamste an alldem war, dass es ihn nach grünem Blattgemüse verlangte und ebenso nach Pilzen und Käse. Er fragte sich, ob das eine Auswirkung seiner Anspannung war, aber durch die vielen körperlichen Übungen hatte das zusätzliche Essen nicht zu Fett, sondern zu Muskeln geführt. Einige Mönche waren der Meinung, er sei stämmiger geworden. Der Schwertmeister hatte sogar gesagt: »Nur noch ein wenig mehr und du musst mit einem Breitschwert trainieren!«

Das erinnerte Caldan daran, dass er nachsehen musste, ob ihm sein gutes Hemd noch passte. Heute Abend war die Versammlung. Nach dem Tag, den er gehabt hatte, fühlte er sich zwar nicht danach, noch irgendwohin zu gehen, aber er hatte Jemma sein Wort gegeben.

Er durchwühlte seine Habseligkeiten auf dem Boden des Kleiderschranks und suchte nach seiner Medizin. Schließlich zog er einen Lederbeutel hervor, der die Mischung aus Kräutern und Arzneien enthielt, die er gegen die Schmerzen in Kopf und Körper gekauft hatte.

Vorsichtig löste er die Riemen, leckte über seinen Finger und tauchte diesen in den kleinen Beutel. Er rieb sich die

Mixtur auf die Zunge und zog angesichts des bitteren Geschmacks eine Grimasse. Es war nur eine kleine Menge, aber sie würde ihm helfen, den Abend zu überstehen. Weniger hätte nichts genützt, und mehr hätte ihn ganz benommen gemacht.

Caldan fühlte sich noch immer unwohl, doch er schlüpfte schließlich in seine graue Hose und die schwarzen Lederstiefel mit den schmucklosen Eisenschnallen. Einen Augenblick lang zögerte er, doch dann zog er das cremefarbene Hemd mit den Perlmuttknöpfen an. Normalerweise legte er keinen Wert auf sein äußeres Erscheinungsbild, doch er hatte das Gefühl, sich für heute Abend herausputzen zu müssen, denn er wollte unbedingt zeigen, dass die Meister ihn nicht aus dem Gleichgewicht gebracht hatten. Vielleicht war auch Jemma der Grund dafür ... Das Hemd war enger als vor einigen Monaten. Wenn er so weiterwuchs, würden ihm bald die meisten seiner Kleidungsstücke nicht mehr passen.

Dann wusch er sich Gesicht und Hände. Inzwischen waren die Hitzewallungen verschwunden, und die Medizin hatte ihn angenehm beruhigt. Als er sich mit einem sauberen Handtuch abtrocknete, schlug die Abendglocke. Er schüttelte den Kopf und stieß einen Seufzer aus. Es war also Zeit für die Versammlung.

Caldan nahm je zwei Stufen auf einmal. Er blieb auf dem oberen Ende stehen und sah sich auf dem Platz um. Rechts von ihm lag der Strand, und zu seiner Linken führte eine gepflasterte Straße am Ufer entlang.

Eine Obsidianstatue der Herrin Misterin, einer der ersten Siedlerinnen auf der Insel, stand in einem Springbrunnen mitten auf dem Platz. Sie war elegant mit Seetang umkleidet und hielt in der einen Hand eine Muschel, aus der Wasser spritzte, das von einer unterirdischen Quelle hergeleitet wurde.

Caldan tauchte die Hand in das Wasser, das über die nassen Füße der Herrin Misterin rann, und benetzte auch das Gesicht der Statue - es sollte angeblich Glück bringen. Dann ging er die gepflasterte Straße entlang.

Kurze Zeit später blieb er vor der Treppe stehen, die hinunter zu der Halle führte, in der die Versammlungen der Schüler stattfanden. Die Schüler stammten aus reichen Familien und waren Nächte des Feierns und Schwelgens gewöhnt, auch wenn die Mönche dies nicht gern sahen. *Sie sind so privilegiert, dass sie die Möglichkeiten, die sie verspielen, gar nicht erkennen*, dachte Caldan. Die meisten lernten viel weniger, als sie eigentlich sollten. Er fragte sich, warum das Kloster nichts dagegen unternahm. Aber er kannte die Antwort: Weil die Mönche von den Dukaten der Schüler leben mussten.

Und so hatte sich mit der Zeit ein unsicherer Waffenstillstand herausgebildet. Es wurde den Schülern erlaubt, zusammenzukommen und Dampf abzulassen, solange sie nicht allzu sehr über die Stränge schlugen. Dafür mussten die Schüler für ihre Versammlungen die Räumlichkeiten in der Zitadelle weit weg vom Kloster benutzen, wo die Wachen aber immer noch ein Auge auf sie haben konnten.

Die Halle lag im Nordflügel der Zitadelle. Torbögen führten auf einen Balkon, von dem aus man in einen Garten blicken konnte. Die Wände wurden von Gobelins und Gemälden bedeckt, auf denen Szenen aus der Geschichte dargestellt waren, die den Herrschern der Insel Eremita zum Ruhm verholfen hatten: die Auffindung der Höhlen der Alten, die Unterdrückung des Vulkanausbruchs oder ein Dominion-Spiel zwischen Meistern. Öllaternen, die von der Decke hingen, verbreiteten einen warmen gelben Schein, und Girlanden aus

Blumen der jeweiligen Jahreszeit waren entlang der Wände drapiert und verströmten einen süßen Duft. In der Mitte jeder Wand standen Tische voller Speisen und Erfrischungen, und in einer Ecke war eine Bühne errichtet worden, wo ein Musikerquartett gerade eine beliebte Melodie spielte. Diese Musiker waren ein Luxus, den sicherlich einer der reicheren Schüler bestellt hatte.

Caldan sah niemanden, den er näher kannte – aber er sah viele, denen er lieber nicht begegnen wollte, und so stieg er die Treppe hinunter und nahm sich ein Glas mit Fruchtpunsch. Er trank schnell, wobei ihm die Süße fast den Hals zuschnürte. Dann ging er zu dem Tisch mit den Getränken zurück, vermischte den Punsch mit Wein und nahm vorsichtig einen weiteren Schluck. Dieses Mal war er trinkbar – gerade so.

Ein blasses, von blondem, wuscheligem Haar eingerahmtes Gesicht erschien vor ihm: Yasmin. Sie hatte sich für das Fest hergerichtet und trug ein tief ausgeschnittenes Kleid aus einem dünnen Stoff, der nur wenig der Fantasie überließ. Caldan errötete und schaute weg. Vermutlich wäre es ihr nicht erlaubt gewesen, dieses Kleid auf dem Festland und unter der Aufsicht ihrer Eltern zu tragen.

»Caldan, wie schön, dich heute Abend hier zu sehen.«

Ihre Stimme war ihm zu säuselnd, und er fragte sich, was sie vorhatte. »Es freut mich auch, dich zu sehen, Yasmin«, erwiderte er. »Ich ... Kommst du gut mit deinen Studien voran?« Innerlich verfluchte sich Caldan für eine so dumme Frage. Heute Abend wurde gefeiert, die Schüler wollten den Unterricht und die Prüfungen vergessen. Aber irgendwie machte Yasmin ihn immer nervös. Er schaute hinunter auf den Stoff, der sich über ihren Brüsten spannte, bevor er sich am Riemen riss und den Blick wieder abwandte. Vielleicht, wenn er sich auf die Musiker konzentrierte ...

»Glaubst du, die anderen Jungs werden in meiner Gesellschaft genauso langweilig sein wie du?«

»Nein! Ich meine, ja! Ich meine ...«

Yasmin kicherte hämisch über sein Unbehagen. Caldans Gesicht brannte, als er die Falle erkannte, die sie ihm mit ihrer geschickten Frage gestellt hatte. Er war verloren, wenn er sie bejahte, und er war verloren, wenn er sie verneinte. Also schaute er einfach über ihren Kopf hinweg. »Hast du Jemma gesehen?«

»Ah, Caldan ... die Wahrheit kommt ans Licht.«

Caldan sah sie scharf an und versuchte, ihre Selbstgefälligkeit zu Fall zu bringen. »Und was soll das für eine Wahrheit sein?«

»Ich bin nicht blind, wie du vermutlich schon bemerkt hast. Genauso wenig wie die meisten anderen Leute.« Sie seufzte und berührte ihn sanft am Arm. »Jemma ist meine Freundin, und ich kenne sie besser als die meisten anderen. Deine Gedanken sind so deutlich und klar wie die Sonne.«

»Das stimmt nicht. Sie ist nur eine Freundin. Du weißt, wie die anderen Schüler mich behandeln, und deshalb weiß ich jede Freundschaft sehr zu schätzen. Und was geht dich das eigentlich an?«

»Ich will genauso wenig wie du, dass man ihr wehtut. Und manche Leute sähen es nicht gern, wenn sich die Dinge weiterentwickeln. Ihr beiden habt schon zu viel Zeit miteinander verbracht, und das ist nicht unbemerkt geblieben.« Caldan schnaubte verächtlich, aber sie fuhr fort: »Außerdem habe ich gehört, dass du wahrscheinlich nicht mehr lange bei uns bleibst.«

Caldan starrte sie verwundert an. »Wie ...? Was ich mache, geht niemanden etwas an. Und was Jemma macht, ist ebenfalls ganz allein ihre Sache.« Wenn Yasmin es wusste, dann wussten es vermutlich auch die anderen Schüler ... einschließlich Jemma. Jetzt musste er sie dringender denn je sprechen und ihr alles erklären.

»Es sei denn, sie wird verletzt, denn es liegt in der Verantwortung ihrer Freundin, das zu verhindern.«

Er konnte nicht glauben, was sie gerade gesagt hatte. »Ich weiß, dass du versuchst, sie zu beschützen, aber Jemma ist für sich selbst verantwortlich und kann allein entscheiden, was sie tun und was sie lassen will. Aber obwohl ... nein, *weil* ich ihre Freundschaft so schätze, werde ich nichts tun, was sie verletzen könnte, vor allem weil ich nun bald fortgehen werde. Allerdings wüsste ich gern, wie du es herausgefunden hast.«

»Jemand, mit dem ich befreundet bin, hat es mir gesagt.« Sie zuckte die Achseln. »Aber es ist gut, dass du gehst. Um ihretwillen.« Sie winkte ihm zu. »Lebewohl. Versuch einfach, nicht in allzu große Schwierigkeiten zu kommen.«

Er stand da und beobachtete, wie sie sich einen Weg durch die Menge bahnte. Erst als sie weg war, überkam ihn die Erkenntnis.

Sie hat recht.

Seltsamerweise konnte er sich nun besser entspannen. In Menschenmengen war ihm stets unwohl zumute, aber er beschloss, sich trotzdem einen schönen Abend zu machen. Es war nötig, dass er für eine Weile alles vergaß, was in den letzten Wochen geschehen war.

Langsam bewegte er sich um eine Schülergruppe herum und erspähte Jemma vor einer der Wände. Wie immer war sie von ihren Freunden und Freundinnen umgeben. Er zögerte, aber sie hatte ihn schon bemerkt. Schnell entschuldigte sie sich bei der Gruppe und eilte herbei, um ihn zu begrüßen. Sie trug eine eng anliegende schwarze Hose und ein knappes schwarzes Hemd sowie eine feine silberne Halskette und einen silbernen Armreif.

Sie sah wie immer atemberaubend aus.

»Hallo, Caldan. Möchtest du tanzen?« Jemma deutete mit dem Kopf auf den Raum vor den Musikern, wo sich schon einige Paare zum Takt der Musik drehten. Caldan war so überrascht, dass er zur Antwort nur nicken konnte.

Sie ergriff seine Hände und führte ihn zur Tanzfläche. Einige Leute starrten sie an, zweifellos waren sie von seiner Gegenwart genauso abgestoßen, wie sie von Jemma verzaubert waren. Unschöne Kommentare waren zu hören – so laut, dass alle sie mitbekamen.

»... hätte ich niemals für möglich gehalten ...«

»... verstehe nicht, warum sie sich dazu herablässt ...«

Caldan versuchte, die Bemerkungen nicht zu beachten, und bemühte sich, eine gute Zeit zu haben, doch schon der Gedanke an diese Worte machte es ihm schwer, sich zu entspannen. Sie wollten gerade mit dem Tanzen beginnen, als die Musik aufhörte.

»Großartig abgepasst«, sagte Jemma.

Die Musiker stimmten ihre Instrumente, bevor sie mit dem nächsten Lied begannen. Jemma ließ seine Hände nicht los und beugte sich zu ihm.

»Ich hoffe, du bist ein geschickter Tänzer«, flüsterte sie ihm ins Ohr.

»Es sollte reichen. Ein paar Dinge kann ich ganz gut.« Er lachte kurz auf. »Genug geschäkert, die Musik setzt gleich wieder ein!«

»Oh ... schäkern wir miteinander?«, fragte sie mit einem Lächeln. Bevor er etwas darauf antworten konnte, spielten die Musiker die ersten Töne eines lebhaften Liedes, an dem sich Caldan und Jemma dann mit ihren doch recht mageren Tanzkünsten abarbeiteten – aber immerhin gelang es ihnen, einander nicht auf die Füße zu treten.

Etliche Lieder später hatte Caldan das Gefühl, die bisher beste Nacht seines Lebens zu genießen. Ein schönes Mädchen wollte mit ihm tanzen, und es war ihm über alle Unterschiede hinweg eine enge Freundin geworden.

Und vielleicht noch mehr?

Er wollte nicht mehr früh von dem Fest aufbrechen, so wie er es am Anfang vorgehabt hatte. Allmählich ging ihnen der Atem aus, und sie beschlossen, eine Pause einzulegen und ein paar Erfrischungen zu sich zu nehmen. Als Caldan zwei Gläser Wein besorgt hatte, entschuldigte sich Jemma bei ihm, weil sie sich ein wenig frisch machen wollte, da ihr heiß vom Tanzen geworden war. Caldan rief ihr nach, dass sie sich draußen treffen sollten, wo die Abendluft sie abkühlen würde.

Er schob sich durch das Gedränge der Leiber hinaus auf den Balkon. Hier befanden sich glücklicherweise nicht so viele Menschen, und eine kühle Brise blies ihm über den Kopf, trocknete den Schweiß und verschaffte Erleichterung nach den Anstrengungen des Tanzens. Caldan lehnte sich an die Balustrade und schaute auf den vom Mondschein beleuchteten Garten. Dabei entspannte er sich ein wenig und nahm einen Schluck Wein. Einige Leute wandelten unter dem Balkon zwischen den Bäumen umher – zumeist Pärchen, wie er neidisch bemerkte. *Es muss schön sein, nicht mit den Schwierigkeiten belastet zu sein, denen ich mich gegenübersehe*, dachte er. Ein junger Mann blieb stehen, pflückte eine Blume und steckte sie seiner Gefährtin ins Haar. Ihr sanftes, erfreutes Lachen drang zu Caldan herauf.

Plötzlich prallte jemand gegen seinen Rücken und stieß ihn dadurch zur Seite. Der Wein spritzte auf sein Hemd und sprenkelte es rot. Caldan drehte sich um, fluchte und stand Marlon gegenüber, der vom einen bis zum anderen Ohr grinste. Marlon war dunkel, groß und schön wie seine Schwester Jemma. Durch seine Arbeit mit dem Schwert war er athletisch und bewegte sich mit einer mühelosen Anmut, die sehr gefährlich wirkte.

Doch im Gegensatz zu Jemma betrachtete er Caldan – wenn er ihn überhaupt betrachtete – mit unverhohlener Verachtung.

»Du scheinst dich bekleckert zu haben«, sagte Marlon höhnisch. »Vielleicht solltest du schlafen gehen, schließlich kannst du hier nicht herumlaufen wie ein schmutziger Mann aus dem Volke. Ach, ich vergaß! Du bist ja ein schmutziger Mann aus dem Volke!«

Einige seiner Spießgesellen, die ihm auf den Balkon gefolgt waren, lachten über diesen Versuch einer geistreichen Bemerkung. Caldan spannte sich an, als sich Marlon zu ihm vorbeugte und an ihm schnüffelte. »Und was ist das für ein Gestank?«

Weiteres Kichern drang aus der rasch größer werdenden Menge. Die Schüler ganz hinten fragten, was hier los sei.

»Wie gut, dass du diesen kleinen Unfall hattest, denn jetzt kannst du endlich gehen, um dich umzuziehen und zu waschen!« Er drehte den Kopf und grinste seine Freunde an.

Caldan seufzte. Er hatte gehofft, dass so etwas heute Nacht nicht passieren würde. »Entschuldigt mich«, sagte er und versuchte, sich einen Weg durch die Menge zu bahnen.

Marlon streckte die Hand aus und packte seinen Arm mit festem Griff.

»Lass mich los«, forderte Caldan.

»Nicht so schnell«, sagte Marlon und drückte Caldan zurück gegen die Balustrade. »Wir mögen dich und den stinkenden Dreck nicht, aus dem du gekrochen bist.« Er neigte sich vor und blies Caldan seinen sauren Atem ins Gesicht. »Man hat mir gesagt, dass du oft mit meiner Schwester zusammen gesehen wurdest - viel öfter, als mir bewusst war. Sie hat es vorhin sogar mir gegenüber zugegeben, als ob es ihr gleichgültig wäre, was die Leute über sie oder den Ruf unserer Familie denken. Aber *mir* ist es nicht gleichgültig, und als ich dich mit ihr tanzen gesehen habe ... nun ja ... wenn ich dich noch ein einziges Mal mit ihr erwische, werde ich dir wehtun. Ist das klar?«

Caldan schüttelte den Kopf. »Deine Schwester mag mich, und sie kann selbst entscheiden, mit wem sie sich trifft.«

Ohne Vorwarnung schlug Marlon zu. Doch Caldan fing den Schlag ab und rammte ihm dafür die Faust in den Bauch. Marlon taumelte leicht, machte einen Aufwärtshaken und traf Caldan an der Hüfte.

Hände aus der Menge trennten die beiden.

Marlon richtete sich auf und wurde von zwei anderen Schülern festgehalten. Rasch kehrte sein anmaßendes Gehabe zurück. »Jetzt wird nicht mehr gespielt, du Bastard! Wir müssen es anderswo hinter uns bringen, ohne dass sich diese Idioten einmischen können.« Er fuhr sich mit der Zunge über die Unterlippe. »Heute Nacht auf dem Übungsplatz. In einer Stunde.«

Caldan schluckte. »Von mir aus gern, aber welche Waffen nehmen wir?«

»Das kannst du entscheiden«, sagte Marlon mit einem Lächeln. »Es wird ja doch keinen Unterschied machen.«

Caldan erkannte, dass Marlon recht hatte, aber dieser anmaßende, aufgeblasene Raufbold durfte nicht glauben, dass er Caldan eingeschüchtert hatte. »Hölzerne Übungsschwerter«, sagte er und hörte überall in seiner Nähe ungläubiges

Luftschnappen. Marlons Schwertkünste waren ohnegleichen unter den Schülern.

»Also gut, Schwerter«, sagte Marlon und schaute Caldan etwas verwirrt, aber zufrieden an.

Caldan nickte langsam, und die Schüler ließen ihn los.

Marlon drehte sich um, ohne ein weiteres Wort zu sagen, und ging zurück in die Halle, während seine Gefährten ihm folgten. Die Menge dünnte sich aus, bis schließlich nur noch Caldan und einige andere Schüler auf dem Balkon waren. Er spähte nach drinnen, entdeckte Jemma und sah, wie Marlon ihr wütend etwas zuflüsterte und dabei ihren Arm festhielt. Marlon schaute sich noch einmal um, und schließlich ließ er Jemma los. Sie entfernte sich sofort von ihm.

Ein älterer Schüler, von dem Caldan nur den Spitznamen kannte - Federkiel -, näherte sich ihm leise.

»Du weißt, dass er versuchen wird, dir wehzutun?«, meinte Federkiel.

Caldan rieb sich die Augen. »Ja, das weiß ich.«

Das Mondlicht schien durch die Wolkenflecken hindurch, die über den Übungsplatz zogen. Er bestand aus festgestampfter Erde und war umgeben von Steinmauern. Nichts hatte sich in der Zwischenzeit an diesem Ort, den Caldan so gut kannte, verändert, aber heute Nacht verlieh der Mondschein ihm ein düsteres Aussehen, das Caldan eine Gänsehaut verursachte.

Ohne Vorwarnung fuhr eine weitere Hitzewelle durch seinen Körper und vertrieb das Gefühl der Kälte. Er schwankte auf den Beinen, und ihm war schwindlig.

Es freute ihn, dass sein Gegner und die Bewunderer, von denen er stets umgeben war, noch nicht da waren und seinen Moment der Schwäche nicht sahen. Caldan ließ seine Ausrüstung vor einer Mauer fallen, setzte sich und lehnte sich mit dem Rücken gegen den kühlen Stein. Wenige Atemzüge später fühlte er sich wieder besser und stand auf.

Er hatte nicht die geringste Ahnung, warum er sich auf das hier eingelassen hatte. Ein Teil von ihm verstand die Notwendigkeit, sich zu wehren und etwas zu unternehmen, bevor er weggeschickt wurde. Aber er war sich sicher, dass es ihm gleich nicht anders ergehen würde als einem Bauernjungen, der von einem beliebten Schüler eine Lektion erteilt bekam. Vermutlich würde sich in ein paar Monaten niemand mehr daran erinnern, nicht einmal im Scherz. Caldan wusste genau wie alle anderen, dass er trotz seiner eigenen beträchtlichen Schwertkünste unterliegen musste. Die Ahnen lachten über ihn, das war ihm klar.

Er musste versuchen, sich zu entspannen. Auch wenn eine Niederlage unausweichlich war, konnte er sich wenigstens wehren und hoffen, dass er dabei nicht allzu schwer verletzt wurde. Eine leichte Taubheit berührte seine Haut, und eine weitere Hitzewelle durchfuhr ihn. Schnell riss er sich zusammen und machte einige Dehnübungen.

Endlich schlenderte Marlon durch eine der Öffnungen in den Mauern, natürlich gefolgt von seinen Freunden. Hinter dieser Gruppe eilten weitere Schüler herbei, die das Schauspiel als Teil des nächtlichen Unterhaltungsprogramms sehen wollten.

Caldan fühlte sich noch immer ein wenig schwach. Er beugte sich vor und hob sein stark benutztes hölzernes Übungsschwert auf. Dann machte er ein paar Schritte ins Mondlicht hinein und zeigte so, dass er bereit war.

Wie gewöhnlich ließ sich Marlon viel Zeit mit der Vorbereitung. So gefiel es ihm. Nachdem er sich herausgeputzt und seine Kleidung immer wieder gerichtet hatte, marschierte er mit dem Übungsschwert in der Hand auf Caldan zu, ein breites Grinsen im Gesicht.

Von den Schülern war müßiges Geplapper und gelegentlich eine launige Bemerkung zu hören, doch die Gespräche brachen ab, als die Menge bemerkte, dass der Spaß nun losging.

Caldan und Marlon blieben in geringer Entfernung voneinander stehen. Es war noch so viel Raum zwischen ihnen, dass sie sich mit ihren ausgestreckten Schwertern nicht berühren konnten, aber es reichte aus, um die Übungswaffen zu kreuzen. Caldan schwitzte, während Marlon eine Studie in selbstgerechter Zuversicht war. Sie hielten die Schwerter gegeneinander, und Caldan bemühte sich, in einen Zustand geistiger Ruhe zu gelangen, in dem er nicht mehr nachdachte, sondern sein Körper nur noch reagierte. Er war sich sicher, dass Marlon dasselbe versuchte - oder schon erreicht hatte.

Lange Augenblicke verstrichen, und keiner von beiden wollte als Erster zuschlagen. Caldan wusste, dass sich Marlon seiner Fähigkeiten sicher war. Marlon konnte darauf warten, dass Caldan die Initiative ergriff, und würde sie ihm dann abnehmen.

Eine Wolke glitt vor den Mond und schnitt ihnen kurz das Licht ab. Sie blieben reglos, nur ihr Brustkorb hob und senkte sich leicht, während sie atmeten. Die Menge regte sich, wusste nicht, wie sie sich verhalten sollte, denn der Spaß begann nicht so, wie es sich die Zuschauer erhofft hatten.

»Mach ihn fertig!«, rief jemand, und nun mischten sich auch andere ein.

»Zeig es uns, Marlon!«

»Tu ihm nicht weh ... jedenfalls nicht zu sehr!«

Caldan machte einen Schritt zurück und senkte sein Schwert, als ob er gern noch eine Weile warten würde, doch dann sprang er plötzlich vor und führte einen heftigen Stoß in die Richtung von Marlons Bauch.

Marlons Schwert bewegte sich so schnell wie ein Blitz. Damit schlug Marlon Caldans Klinge beiseite, und sein Schwert flog auf Caldans Seite zu. Dieser schaffte es gerade noch, den Angriff abzuwehren. Ein zweiter Schlag, ein zweites Parieren, vorsichtiger diesmal, da jeder den anderen auf die Probe stellte, dann holte Caldan rasch und flach Luft und führte eine ganze Reihe von Hieben aus - die allesamt von Marlon abgefangen wurden.

Erregung zischte durch die Menge. Das war es, weswegen sie hergekommen waren. Sie wollten einen Kampf sehen, in dem sich niemand zurückhielt - einen echten Kampf, bei dem es darum ging, den Gegner zu verletzen. Der eine war schon beinahe ein Meister, während der andere dazu bestimmt war, zu verlieren und am nächsten Tag ein paar böse Prellungen aufzuweisen. Die Menge schrie nach Blut und verlieh ihren Gefühlen immer lauter Ausdruck. Die Atmosphäre wurde beständig stickiger, als die Spannung stieg.

Caldan schlug zu und parierte, während sie sich umtänzelten. Stöße folgten Finten, jeder Angriff ging nahtlos in einen Gegenangriff über.

Die Schwerter prallten gegeneinander und bewegten sich nun so schnell, dass Caldan ihnen nicht mehr folgen konnte. Also vergaß er seine eigene Waffe und konzentrierte sich ganz auf Marlons Bewegungen: Er reagierte, wenn es nötig war, und handelte, wenn es möglich war. Der Tanz wurde mit jedem Schritt und jedem Angriff intensiver.

Caldan atmete stoßweise. Seine Hände bebten bei jedem Zusammenprall, und Schweiß tropfte ihm von Gesicht und Körper. Er wusste, dass Marlon gerade erst begonnen hatte, denn seine Bewegungen waren vollendet. Öffnungen in Caldans Verteidigung blieben unbeachtet, weil Marlon stets so zuschlug, dass Caldan das gegnerische Schwert kaum abfangen konnte. Marlon sorgte dafür, dass die Menge das Schauspiel genoss.

Caldans Füße rutschten über die Erde nach hinten. Er saugte die Luft in seinen knochentrockenen Mund. Seine Haut brannte, während der Kampf gnadenlos weitertobte. Er wusste, dass er verlieren musste, und dieses Wissen ärgerte ihn, auch wenn ihm von Anfang an klar gewesen war, dass es zu keinem anderen Ergebnis führen konnte.

Bei den Ahnen, ist mir heiß! Sein Fieber erreichte immer wieder neue Höhepunkte. Es war nicht gerade hilfreich, dass er Marlons Verteidigung nicht durchbrechen konnte. Er musste es beenden. Letztlich war es besser, im Kampf bewusstlos geschlagen zu werden, als mit einem Jammern den Übungsplatz zu verlassen.

Also führte er vier heftige Hiebe gegen Marlons Schwert und versuchte, dessen Verteidigung aufzubrechen, doch schon spürte er Marlons Schwertspitze an seinen Rippen. Sie fuhr so grob über seine Haut, dass sie diese ritzte.

Caldan zog sich zurück, und die Menge johlte. Blut tropfte an seinem Oberkörper herunter und mischte sich mit dem Schweiß. Der Schmerz zwang ihn zur Aufmerksamkeit, und die nächsten Angriffe parierte er geschickter. Es gelang ihm sogar, seinen Gegner ein wenig zurückzutreiben. Caldan schüttelte kurz den Kopf, um wieder klar denken zu können. Sein Blick war ein wenig verschwommen, und das Blut brannte in seinen Adern wie geschmolzenes Metall.

Erneut machte Marlon einen Schritt nach vorn, sein Grinsen war inzwischen durch grimmige Entschlossenheit ersetzt worden. Beide Schwerter wirbelten durch die Luft und schlugen mit erschreckender Heftigkeit gegeneinander. Marlon wollte Caldan unbedingt verletzen, und Caldan wollte unbedingt auf den Beinen bleiben. Schweiß brannte ihm in den Augen, und er blinzelte. Marlons Verteidigung bot eine winzige Möglichkeit, und Caldan schlug zu … und wurde abgewehrt. Er begriff, dass es nur eine Finte gewesen war. Marlon spielte mit ihm.

Caldan wirbelte herum und wand und drehte sich. Das Blut raste durch seinen Körper und verbrannte die Haut von innen. Marlons Schwert bewegte sich, als ob es lebendig wäre, und Caldan vermochte der Spitze kaum noch auszuweichen. Er wusste, dass er nicht mehr lange durchhalten konnte. Doch er spürte, wie sich etwas in ihm regte, und er beschloss, einen letzten Versuch zu unternehmen.

Also hob Caldan das Schwert und hieb zu, machte mehrere Finten und Stöße mit blendender Schnelligkeit. Er hätte beinahe innegehalten, denn die plötzliche Stärke und Schnelligkeit seines eigenen Angriffs verblüffte ihn. Aber er sah, wie Marlon verzweifelt die Schläge parierte und es ihm kaum gelang, auszuweichen. Dann fuhr Caldans Schwert an seinem Arm entlang. Kurz zeigte sich der Schock in Marlons Gesicht.

Caldan war in eine Raserei geraten, aber seine Kraft nahm rasch ab, und der Schweiß rann in Bächen an seinem Körper herunter. Er führte noch einmal eine ganze Reihe von Schlägen aus. Marlon parierte sie, aber seine Reaktionen wurden langsamer und langsamer. Ohne nachzudenken, versuchte Caldan, Marlons Schwert nach unten zu zwingen, als es ihn ansprang. Er sah die plötzlich sich öffnende Lücke in der Deckung, sprang vor und rammte sein Schwert mit aller ihm noch verbliebenen Kraft gegen Marlons Oberkörper.

KNACK!

Das Bersten seines Schwertes und das Brechen von Marlons Rippen hallten über den ganzen Übungsplatz. Die abgesplitterte Holzklinge fuhr in Marlons Brust ... und drang bis zum Griff ein.

Entsetzen packte Caldan, als er sah, was er getan hatte.

Mit einem Ausdruck der Überraschung im Gesicht sackte Marlon zu Boden, und Blut quoll um das zerbrochene Schwert herum aus der Wunde.

Die Schüler keuchten vor Grauen auf. Manche wichen ein paar Schritte zurück, und ihnen stand das Entsetzen ins Gesicht geschrieben, andere rannten an Marlons Seite und versuchten, den Blutfluss zu stillen.

Caldan sank auf die Knie. Sein Verstand war eine Masse aus Hitze und Unglauben, und sein Herz hämmerte ungeheuer schnell. Unwillkürlich bemerkte er, dass niemand an seine Seite eilte. Dann schluckte eine Mauer aus Finsternis sein Bewusstsein.

4

Das Schild über der Tür der Taverne schwang quietschend in der kalten Abendbrise hin und her und warf schwache Mondschatten auf den Eingang. Aidan zog sich den Mantel enger um die Schultern und versuchte so, die Kälte des Windes ein wenig zu lindern.

Er schaute hoch zu dem Schild und kniff die Augen zusammen. Auf das Holz war das Gesicht einer schwarzen Ziege gemalt, die an einer Blume kaute. DIE SCHWARZE ZIEGE stand in säuberlicher Schrift unter dem lächerlich aussehenden Gesicht.

Diese Taverne war die einzige in einem Umkreis von vielen Meilen. Da die Nacht hereingebrochen war und der kalte Wind stach und biss, hatte die Anführerin der Gruppe, Lady Caitlyn, beschlossen, dass dieses Haus für sie ausreichen musste. Das hölzerne Gebäude wirkte recht solide, aber die Stallungen waren in einem schlechten Zustand, und Unkraut wucherte um die Häuser herum.

Aidan runzelte die Stirn. Ein unordentliches Haus war oft ein Anzeichen für Arbeitsunwilligkeit und Trägheit, und die Trägen waren offen für die Wege des Bösen. Die Verlockung eines einfachen Lebens war für die geistig Schwachen oft unwiderstehlich. Und das war der Grund, warum es Menschen wie ihn gab. Er schnaubte verächtlich angesichts des Tons und der Richtung seiner Gedanken. Jetzt klang er schon fast wie Caitlyn, und das gefiel ihm nicht.

Er drehte sich um und schaute in die Dunkelheit, die ihn umgab. Die Wohngebäude und Läden, die sich um die Taverne scharten, lagen an den wenigen dunklen Straßen und Gassen. Aus einer dieser Gassen kamen zwei Männer, angeführt von Lady Caitlyn. Die Männer führten vier Pferde an der Leine. Sie näherten sich langsam der Taverne, müde von vielen Tagen anstrengenden Reisens.

»Aidan, wurden die Männer alle untergebracht?«, fragte sie.

Caitlyn führte ein paar Dutzend Söldner an, die sie in den Jahren um sich geschart hatte, seit sie ihren Kreuzzug begonnen hatte. Es waren harte Männer, die oft zum Exzess neigten – Männer, mit denen sich Aidan normalerweise niemals zusammengetan hätte. Aber Caitlyn benutzte, was sie bekommen konnte, damit die Arbeit erledigt wurde.

»Ja, Mylady. Dicht hinter dem Waldrand.«

Sie nickte und drehte sich zu den anderen beiden um: Anshul cel Rau und Chalayan. »Bringt die Pferde in den Stall, bürstet sie, und kommt dann in die Taverne. Wir werden heute Nacht hierbleiben und morgen in aller Frühe aufbrechen. Wir befinden uns schon in der Nähe der abgeirrten Landarbeiter. Ich spüre es.«

Sie führten die Pferde in den schäbigen Stall und kicherten, als Chalayan sagte, dass die Unterkunft der Pferde sicherlich nicht viel schlechter als ihre eigene war.

Caitlyn wandte sich der Tür zu und betrat die Taverne. Aidan folgte dicht hinter ihr. Es war ein typischer abgelegener Ort, von denen er während der letzten fünf Jahre schon viele gesehen hatte, nachdem er im Alter von achtzehn Jahren sein

Zuhause verlassen hatte. Der Boden bestand aus groben Holzdielen, und ein loderndes Feuer in einem großen Steinkamin wärmte den Raum. Hinter der Theke standen Fässer mit den örtlichen alkoholischen Getränken, und davor stand ein heruntergekommen wirkender Wirt, der Caitlyn eine Weile von oben bis unten ansah, bevor er weiter die Krüge mit einem fleckigen Stofffetzen polierte. Bei ihrem Eintreten schauten einige Gäste auf, wandten sich aber rasch wieder ihrem Bier und ihren Gesprächen zu. Doch wenn jemand einen ausreichend scharfen Blick hatte, dann waren ihm die Umrisse der Schwerter unter den Umhängen der Neuankömmlinge nicht entgangen – und auch nicht das Schimmern fein geschmiedeter Kettenhemden.

Doch Aidan bezweifelte, dass hier jemand einen so scharfen Blick hatte.

Caitlyn begab sich zu einem leeren Tisch in der Nähe des Feuers und setzte sich auf einen der wackligen Stühle. Aidan gesellte sich zu ihr und suchte den Raum nach Anzeichen für möglichen Ärger ab. Eine dickliche, schwitzende Kellnerin machte sich auf den Weg zu ihnen und musste sich dabei einen Weg durch eine überlaute Gruppe von Bauern bahnen.

Caitlyn stieß Aidan mit dem Ellbogen an. »Dem Zustand dieses Ortes nach zu urteilen würde ich sagen, dass sie die Wirtstochter ist. Zumindest passt sie hierher. Sie sollte wenigstens ihr Hemd richtig zuknöpfen.«

Aidans Blick wurde von der Andeutung von nackter Haut angezogen, aber er riss sich zusammen und schaute sogleich wieder weg. Caitlyn saß neben ihm! Was würde sie bloß denken?

»Was wollt Ihr haben?«, fragte das Mädchen mit müder Stimme.

Caitlyn starrte in das Feuer, also musste Aidan antworten, wobei er dem Mädchen aber nicht in die Augen sah. »Was ist denn zu empfehlen?«

»Ziegeneintopf kostet einen Kupfer, Suppe auch. Bier kostet einen Kupfer, Wein zwei«, leierte das Mädchen mit gelangweilter Miene herunter und schien die eigentliche Frage gar nicht gehört zu haben.

»Sehr aufschlussreich, vielen Dank«, sagte Caitlyn. Sie rollte mit den Augen, zog einen weiteren Stuhl heran und legte einen gestiefelten Fuß darauf.

Aidan spürte, wie sein Gesicht warm wurde. Der Grund dafür war nicht das Feuer. »Wir nehmen viermal Eintopf, dreimal Bier und einmal Wein, bitte.«

Das Mädchen blinzelte und wirkte verwirrt. »Entschuldigung, aber seid Ihr sicher, dass Ihr das alles essen könnt?«

Aidan wollte gerade etwas erwidern, als er sah, wie Caitlyn ihre Aufmerksamkeit auf das Mädchen richtete. Ihre erhobene Hand gebot ihm Einhalt, noch bevor er ein einziges Wort herausgebracht hatte. Er konnte ihre Gedanken beinahe hören: *Es ist stets die Pflicht des Adligen, höflich zu sein.*

»Wir werden zu viert speisen«, sagte Caitlyn. »Die anderen beiden kümmern sich gerade um die Pferde und werden gleich hier sein.« Sie legte einen Silberdukaten auf die schmierige Tischplatte. »Behalte den Rest.«

Mit einer blitzartigen Bewegung wurde die Silbermünze eingesteckt, und das Mädchen eilte so schnell wie möglich zur Küche.

Caitlyn griff in ihre Schultertasche und legte ihr Lieblingsbuch auf den Tisch: *Über Krieg und Strategie* von Troylin. Bereits der Anblick des Buches rief in Aidan alle Erinnerungen an den letzten Feldzug wach ...

Der Angriff auf die Festung der Jukari-Kannibalen war

schrecklich gewesen. Blutend und vollkommen verdreckt – und so erschöpft, dass er bald zusammenbrechen würde – war es ihm gelungen, irgendwie zu überleben und nur eine Schnittwunde an der Wange davonzutragen. Auch Caitlyn und einige ihrer Gefährten hatten es geschafft. Der Rauch hatte die Sonne rot gefärbt, und hinter den Festungsmauern hatten Gebäude, Leiber und Blut gebrannt. Die gegnerischen Männer und die Jukari waren überwältigt, zerschmettert, und das Blut war überall dort, wo sie lagen, scharlachrot aus ihnen hervorgeströmt.

Die Jukari waren eine pervertierte, langlebige Rasse, die während der Zerschmetterung entstanden war. Trotz ihrer verderbten Kraft und Macht hatten Caitlyn und ihre Gruppe triumphiert und ihre schwierige Mission erfüllt, die genauso gefährlich wie ehrenwert gewesen war.

Dennoch hatte Aidan Caitlyns Taten hinterfragt. Er wusste, was sie manchmal über ihn dachte: *ein schwaches Herz und ein schwacher Magen und zu sanft, um deutlich zu erkennen, was nötig ist*. Caitlyn hatte ihn böse angestarrt, als er ihre Entscheidungen vor den anderen Männern infrage gestellt hatte, als ob die Schnittwunde an seiner Wange ihm ein Recht verliehe, das seinem Stand nicht zukam. Aidan hatte sie gefragt, was sie mit der örtlichen Bevölkerung machen sollten, die den Jukari gedient hatte. Er hatte darum gebeten, sie am Leben zu lassen, da er genau wusste, dass jene Menschen nur die Möglichkeit gehabt hatten, entweder zu dienen oder getötet und gefressen zu werden.

Aber für Caitlyn war der Tod manchmal eine edle Möglichkeit. Und die *einzige* Möglichkeit. Rein. Unerbittlich. Nur ein Quäntchen Mitleid, ein Schimmer von Schwäche und das Böse würde gedeihen. Das war es, was sie stets predigte – und was er nicht verstand.

Sie sind Lügner, jeder Einzelne von ihnen, hatte Caitlyn gesagt. *Man nimmt keine Jukari gefangen und auch nicht ihre zu ihnen übergelaufenen Diener. Sie haben sich dazu entschieden, ihre Menschlichkeit zu verraten und Werkzeuge für die Vernichtung und Versklavung ihrer Mitmenschen zu werden. Sie sind durch und durch verderbt. Töte sie alle, Jukari und Menschen*, hatte sie Aidan befohlen. *Sie haben sich dem Verderben ausgeliefert und verdienen keine Milde. Wenn du das Böse auslöschen willst, dann musst du es vollkommen vernichten. Es ist wie ein Krebsgeschwür. Wenn du Gnade zeigst oder zögerst, lässt du Reste übrig, die erneut wachsen werden.*

Der Befehl wurde gegeben, der Befehl wurde ausgeführt, und so endete ein weiterer großer Tag im Leben der Lady Caitlyn. Und eine weitere Enklave der Abscheulichkeit. Die Vernichtung des Bösen – das war ihr einziges Ziel. Aidan hatte um die Seelen der Jukari-Gefangenen geweint – und um seine eigene.

Er fuhr aus seiner Erinnerung hoch, als der schmuddelige Wirt vier Krüge auf den Tisch knallte. Der Mann grunzte und ging dann zurück zur Theke. Caitlyn zog den Krug, der keinen Schaum hatte, zu sich heran und nahm einen Schluck Wein. Sie wirbelte ihn im Mund herum, als wollte sie den Geschmack der Straße wegspülen. Dann spuckte sie ins Feuer, das sogleich zischte und knisterte. Einige Gäste schauten zu ihr, als sie dieses Geräusch hörten, wandten sich aber rasch wieder ab, nachdem Caitlyn sie finster angeschaut hatte.

»Jemand hier kennt meine Beute«, sagte sie mit fester Stimme. »Das kann ich spüren.«

Aidan schluckte. Als Caitlyn das letzte Mal etwas Ähnliches gesagt hatte, hatte sie ihre schrecklichen Überredungskünste so lange angewendet, bis sie die Wahrheit herausgefunden hatte. »Wir sollten …«

Die Tavernentür wurde wieder geöffnet, und cel Rau und Chalayan traten ein. Cel Rau bemerkte Caitlyn und Aidan vor dem Kaminfeuer, und die beiden Männer gesellten sich zu ihnen, zogen die Stühle unter dem Tisch hervor und setzten sich.

Aidan betrachtete sie, als sähe er sie zum ersten Mal: Chalayan, den Zauberer, der vermutlich sogar seine eigene Mutter häuten würde, wenn er glaubte, dass sich Macht in ihrem abgebalgten Kadaver befinden würde. Er hatte seine eigenen Ziele, aber er diente Caitlyn willig - zunächst. Und Anshul cel Rau, der Schwertmeister aus der baumlosen Steppe, dessen Geschick mit seinen beiden Schwertern legendär war. Die beiden Männer waren schon seit Jahren in Caitlyns kleiner Truppe, und wie alle anderen wussten auch diese beiden, dass es keine Rast gab, wenn es um die Überwindung des Bösen ging. Es war eine oft undankbare Aufgabe, denn viele Städte und Dörfer waren so sehr mit sich selbst beschäftigt, dass sie das ganze Bild nicht zu erkennen vermochten. Caitlyn wurde nicht müde zu betonen, dass die meisten Leute nicht sehen konnten, wie tief die Wurzeln des Bösen manchmal reichten und wie weit sie sich ausbreiteten. Das Ausmerzen des Bösen war immer blutig, und der Preis dafür war bisweilen hoch. Manchmal war er zu hoch für Aidan - aber nicht für Caitlyn. Sie war bereit, jeden Preis zu bezahlen, wenn sie dafür die Welt von aller Niedertracht befreien konnte.

Bei den Ahnen: »Niedertracht«! Er dachte sogar schon in ihren Worten!

Chalayan schaute sich in dem Schankraum um und rümpfte die Nase. »Mylady, ich habe stets mein Vertrauen auf Eure Fähigkeit bekundet, sofort zu bemerken, wenn etwas nicht richtig ist, aber hat Euch Eure Nase diesmal vielleicht doch in die Irre geleitet?« Er nippte an seinem Bier und zog eine Grimasse. »Das Einzige, was an diesem Ort nicht stimmt, ist die Qualität des Biers.«

Anshul cel Rau nickte, auch wenn er seinen Humpen in einem einzigen Zug zur Hälfte geleert hatte. »Zu heftig«, meinte er – er machte nicht gern viele Worte.

Caitlyn sah zu, wie er den Rest seines Krugs trank, sich dann auf seinem Stuhl umdrehte und alle Personen im Blick behielt. Er hatte beide Hände auf die Griffe seiner Schwerter gelegt, als ob er von den unauffälligen Gästen Schwierigkeiten erwarten würde. Doch die meisten waren schon so betrunken, dass sie kaum mehr stehen konnten, von einer ernsten Bedrohung ganz zu schweigen.

»Ich würde Golddukaten gegen Silberdukaten wetten, dass die Bauern hier durchgekommen sind«, sagte sie. »Wenn ich eine Spielerin wäre.«

Wieder hörte Aidan die unausgesprochenen Worte: *Spielen ist etwas für die, die einen schwachen Willen haben, und für die Unmoralischen.*

Chalayan tauschte mit Aidan einen raschen Blick aus, bevor er erwiderte: »Mylady, um ehrlich zu sein, wissen wir nicht, was die Landarbeiter getan haben oder in welchem Umfang sie an den Ereignissen beteiligt waren.«

Sie wischte den Einwand des Zauberers mit einer knappen Handbewegung weg. Ihr Blick wirkte plötzlich verschwommen, als ob sie sich an etwas erinnerte, das schon lange zurücklag. Aidan wusste mehr über ihre Vergangenheit, als ihm lieb war. Ihr Onkel hatte sie jahrelang schrecklich missbraucht. Bis sie ihn getötet hatte.

Caitlyn rieb sich die Augen und holte tief Luft. Sie sah die anderen an. »Unser Informant Steyn hat Nachrichten über seltsame Ereignisse in Eberlauf geschickt, das ganz in der Nähe liegt. Sein Brief enthielt sowohl sonderbare als auch beunruhigende Informationen. Die örtlichen Zeugen haben ein seltsames Benehmen bei zwei Landarbeitern festgestellt. Sie waren bekannt dafür, dass es ihnen dauernd an Geld mangelte, aber plötzlich erschienen sie im Ort in der guten Kleidung von Kaufleuten, waren gewaschen und hatten die Haare sauber geschnitten - ganz im Gegensatz zu ihrem üblichen verstaubten, ungepflegten und schäbigen Erscheinungsbild. Steyn ist ihnen eines Nachts gefolgt, als sie einen Friedhof besucht haben, ein Grab aushoben und zwei formlose, in Leinwand eingewickelte Bündel hineinlegten. Daraufhin hat Steyn diese wieder ausgebuddelt, nachdem die Landarbeiter gegangen waren, und er fand zwei vertrocknete graue Leichen - menschlich, aber völlig ausgetrocknet.« Caitlyn hielt inne, als ob sie wollte, dass diese Informationen bei den anderen langsam einsanken. »Ihr wisst, was das bedeutet.«

Cel Rau grunzte. Chalayan warf dem Schwertkämpfer einen raschen Blick zu. Aidan wollte eigentlich schweigen, denn Caitlyn sollte keinen weiteren Grund erhalten, an ihm zu zweifeln. Jedoch ...

»Ich glaube nicht, dass irgendeiner von uns ...«

»Das Böse«, flüsterte Caitlin.

Aidan und die anderen schwiegen. Es hatte keinen Sinn, mit Caitlyn zu reden, wenn sie in dieser Stimmung war. Nachdem sie die Botschaft erhalten hatte, waren sie schnell in Richtung Eberlauf geritten, wo sie Steyn befragt hatten, und danach waren sie den zwei erstaunlich veränderten Landarbeitern nachgejagt, die vor ein paar Tagen südwärts gereist waren. Sie waren in beinahe gerader Linie nach Anasoma unterwegs, was an sich bereits seltsam war. Für gewöhnlich verliefen die Wege der Händler und Reisenden nach Anasoma zunächst nach Osten und auf den Ozean zu, bevor sie an der

Küste endlich nach Süden abbogen. Auf diesen guten Straßen war das Reisen viel einfacher, und die Gefahr eines Zusammenstoßes mit Banditen war geringer. Während Caitlyns Truppe keine Schwierigkeiten mit Banditen hatte - ein Blick auf die abgehärteten Männer und die vielen Waffen, die sie bei sich trugen, reichte aus, um jeden abzuhalten, der Unfug im Sinn hatte -, würden zwei einsame Landarbeiter keine so leichte Reise haben. Sie hatten lange überlegt, warum ihre Beute diesen Weg genommen haben mochte, doch sie waren zu keinem vernünftigen Schluss gekommen. Und das beunruhigte Caitlyn sehr - mehr, als Aidan es für gerechtfertigt hielt.

Er schluckte einen Mundvoll Bier hinunter und wischte sich über die Lippen. Nachdem sie kurze Zeit später ihren Ziegeneintopf gegessen hatten, machte sich Caitlyn von ihren Gedanken frei.

»Es ist Zeit«, sagte sie leise. »Der erste Schritt bei der Jagd auf das Böse besteht darin, keine Gnade zu zeigen. Chalayan ...«

Der Zauberer sah sie an und runzelte die Stirn. »Ja, Lady Caitlyn?«

»Geh nach draußen, mach die Männer bereit und vergewissere dich, dass niemand aus diesem Gebäude entkommen kann.«

Aidan ließ den Kopf sinken und starrte die Bodenbretter an. Er biss die Zähne so fest zusammen, dass es schmerzte.

Chalayan leckte sich über die Lippen, warf Aidan und cel Rau einen raschen Blick zu und trat durch die Tür.

»Mylady ... Caitlyn«, bettelte Aidan. »Wir müssen das nicht tun.«

»Natürlich müssen wir es tun. Jemand hier weiß etwas. Wir dürfen nicht zaudern, während das Böse unbehelligt bleibt.«

Aidan atmete tief ein und ballte die Hände unter dem

Tisch zu Fäusten. Caitlyn beobachtete ihn eingehend, als ob sie nach einem Anzeichen für Widerspruch suchte. Sie musste nichts sagen – sie wusste, dass er schwach war.

Dann gab sie cel Rau ein Zeichen, und der Schwertkämpfer postierte sich bei der Tür.

Caitlyn stand auf und zog ihr Schwert. Die Klinge schimmerte orangefarben in dem Feuerschein, der aus dem Kamin drang. Aidan wurde von dem Gedanken überfallen, dass dieser höllische Anblick Caitlyns Seele widerspiegelte. Ihr Fanatismus für das Gute konnte in sich selbst eine Form des Bösen sein ...

»Alle hören mir jetzt zu!«, rief sie.

Die Stimmen verstummten, und verwirrte, verängstigte und schockierte Mienen waren zu sehen, als sich die Köpfe der Anwesenden in ihre Richtung drehten.

»Wir sind vom Kaiser damit beauftragt worden, das Böse auszurotten. Einer von euch weiß etwas, und ich werde herausfinden, wer es ist und was er weiß.«

Aidan hob den Blick und bemühte sich um einen harten Gesichtsausdruck. Er musste Caitlyn unterstützen. Es war nicht das, was er wollte, aber zuerst kam die Pflicht ...

Sie deutete mit ihrem Schwert auf den Wirt, der einen Schritt zurückwich. »Ich glaube, wir fangen mit dir an.«

Ein leichter Nieselregen trieb durch das Lager der Truppe. Die Abenddämmerung hatte eingesetzt, und sie hatten eine Wiese neben der Straße gefunden, die ihr Ruheplatz für die Nacht werden sollte. In der Nähe plätscherte ein Bach, der sie und ihre Pferde mit frischem Wasser versorgte, und einige Kochfeuer brannten verstreut über das Lager.

Aidan spannte eine Plane zwischen zwei Schösslingen, die Wind und Regen abhalten sollte. Er kochte sich Tee auf dem gemeinschaftlichen Feuer und trank ihn aus einem Blechbecher. Für einen kurzen Moment schloss er einfach nur die Hände darum und genoss die Wärme. Caitlyn war drüben bei Chalayan, sie besprachen etwas im Flüsterton. Aidan vertraute dem Zauberer nicht vollkommen. Jeder mit so viel Macht sollte unter Beobachtung stehen.

Er starrte ins Feuer. Der Nieselregen ging schon den ganzen Tag nieder, und alle froren und waren unleidlich. Vielleicht würde Caitlyn es den Männern erlauben, heute Abend große Feuer zu entzünden, die ein wenig Schutz vor dem entmutigenden Regen spenden konnten. Aber er bezweifelte es. *Drangsal ist gut für die Seele*, sagte sie oft. *Sie formt dich.* Manche der Männer waren gut, aber die meisten hatten sich Caitlyn nur wegen des Solds angeschlossen. Für einige waren das Gold- und Silberdukaten, für die übrigen waren es andere Vergnügungen. Sie hatte viele Überfälle angeführt, bei denen noch mehr Menschen getötet worden waren. Die Beute wurde gerecht verteilt, und wenn ihre Männer mit jenen, die Umgang mit dem Bösen gepflegt hatten, hart umgingen, schaute sie weg – selbst dann, wenn es sich um Frauen handelte. Als Aidan zum ersten Mal etwas dagegen eingewandt hatte, war sie ihm ins Wort gefallen. *Wenn du einen Pakt mit dem Bösen schließt*, hatte Caitlyn gesagt, *musst du auch die Konsequenzen tragen.*

Der Klang von Hufen lenkte seine Gedanken wieder in die Gegenwart. Alle Aktivitäten im Lager wurden einen Moment lang eingestellt, bevor Caitlyn Aidan ansah und nickte. Entschlossen ging sie zur Straße. Aidan kippte den Rest seines Tees hinunter und verbrannte sich dabei die Zunge. Er nahm seinen Schwertgürtel und legte ihn um, während er hinter Caitlyn hereilte. Die Späher waren zurückgekehrt, und Caitlyn nahm ihre Berichte gern persönlich entgegen. Zumindest hoffte er, dass es ihre Späher waren. In einem fremden Land konnte man nicht vorsichtig genug sein.

Er rannte über das feuchte Gras und blieb neben Caitlyn stehen, die in die Ferne schaute.

Als sich die Pferde näherten, stieß Aidan einen leisen Pfiff aus. Der Atem, der aus seinem Mund quoll, wurde sofort zu Nebel. Die Temperatur war nach dem Anbruch der Nacht stark gefallen.

Er hörte eines der Pferde schnauben, dann folgte ein Antwortpfiff.

Caitlyn seufzte neben ihm. Sie ließ den Griff ihres Schwertes los und streckte die Finger. Auch Aidan entspannte sich, dann zuckte er zusammen, als er bemerkte, dass er es ihr gleichgetan hatte. Er schüttelte sich. Inzwischen dachte er wie sie, handelte wie sie ... aber er wusste, dass er niemals zu dem werden konnte, was sie war. Langsam ... erwachte er. Zwar hinterfragte er Caitlyn nie, aber ihre Intoleranz und Brutalität waren deutlich zu erkennen und wurden immer schlimmer.

Wenige Augenblicke später zügelten die Späher ihre Pferde und stiegen ab. Caitlyn nickte beiden zu, als sie sich ihr näherten. Die Männer waren müde. Sie hatten den ganzen Tag damit verbracht, Spuren zu suchen, andauernd waren sie angespannt gewesen und hatten nach Gefahren Ausschau gehalten, und das forderte auch von abgehärteten Veteranen seinen Tribut.

Der ältere der beiden Späher, Watkins, trat vor, verneigte sich kurz vor Caitlyn und nickte Aidan knapp zu.

»Mylady, sie haben zur Nacht neben der Straße angehalten. Sie haben keinen sehr guten Ort gefunden und ein großes Feuer entzündet. Anscheinend wollen sie nicht unbemerkt bleiben.«

Caitlyn lächelte und nickte. »Danke. Geht, holt euch ein warmes Essen, und ruht euch aus.«

Die beiden erschöpften Späher führten ihre Pferde langsam auf das Lager zu.

Caitlyn stand im Nieselregen und schaute die Straße entlang, neben der in einiger Entfernung ein schwaches, orangefarbenes Leuchten zu bemerken war – das verräterische Anzeichen eines nächtlichen Feuers.

»Was glaubst du, warum sie nicht versuchen, ihr Feuer unauffällig zu machen? Sie müssen doch wissen, dass es hier Banditen gibt.«

Aidan biss sich auf die Lippe – das war eine Angewohnheit, die Caitlyn ihm auszutreiben versucht hatte. »Das kann ich nicht sagen. Man sollte doch glauben, dass sich Bauern mit der Jagd auskennen und wissen, wie sie sich im Gelände zu verhalten haben.«

»Wir werden es wohl erst dann erfahren, wenn wir sie zur Rede stellen. Sorge dafür, dass sich die Männer heute Nacht ausruhen können, damit sie morgen früh bereit sind. Nachdem wir in den letzten Tagen so schnell geritten sind, um diese beiden dort vor uns einzuholen, können wir die Pause gut gebrauchen.«

»Wir haben genügend Leute, um sie sofort zu überwältigen. Ich könnte die Männer zusammentrommeln und ...«

Caitlyn schnitt ihm das Wort ab. »In der Dunkelheit und im Regen? Vermutlich werden sie uns schon aus einer Entfernung von einigen Meilen hören und verschwunden sein, bevor wir ihr Lager überhaupt erreicht haben. Nein. Wir schlagen kurz vor Sonnenaufgang zu, und zwar hart und schnell.«

Aidan stimmte ihr mit einem Nicken zu. »In Ordnung. In den letzten Jahren habt Ihr uns nie in die Irre geführt.« *Glaube ich das wirklich? Ihr Verhalten wird immer schlimmer, und ich kann es allmählich nicht mehr ertragen.*

»Das will ich hoffen. Du wirst dich um die Männer kümmern, nicht wahr? Sorge dafür, dass es ihnen in der Nacht gut geht.«

»Das werde ich, Mylady, aber sie vermissen die Zeit, in der Ihr das noch selbst gemacht habt. Ihr könntet ...« – er deutete mit der Hand auf das Lager – »... mit ihnen reden, so wie Ihr es früher getan habt. Zeigt ihnen Euer altes Selbst. Es scheint mir, dass sie sich danach sehnen.«

»Ich ... ich werde darüber nachdenken. Ich stehe ihnen nicht mehr so nahe, wie es früher einmal der Fall war. Einige von ihnen ... ich glaube, sie verstehen unseren Auftrag nicht ganz.« Sie rieb sich die Schläfen und sah dann Aidan mit festem Blick an. »Vergiss nicht, dass wir die beiden lebend fangen müssen. Keine Unfälle. Erst wenn sie uns die gewünschten Antworten gegeben haben, können wir ihnen Frieden gewähren.«

Aidan versteifte sich. Neben ihm schloss Caitlyn die Augen. *Sie wartet auf meine Einwände*, dachte er. *Zwar hört sie nicht darauf, aber* ... Er konnte sich wirklich nicht davon abhalten, seinen Zweifeln Ausdruck zu verleihen. »Mylady, müssen wir die Leute wirklich so hart ... befragen?«

Zwischen ihnen schwebte sein Gefühl der Scham und Verlegenheit. Es schmerzte ihn, dass jemand, der ihm so wichtig war, ihn für schwach und verzagt halten konnte.

Caitlyn schwieg, es war, als ob sie seine Empfindungen spüren könnte. Sie wartete noch einige Augenblicke, bis sie sagte: »Du weißt, was wir zu tun haben. Überall gibt es Kräfte und Menschen des Bösen, und sie würden sich nicht zurückhalten, wenn sie dich in ihrer Gewalt hätten. Eine schwere Aufgabe erfordert harte Methoden. Wenn wir zurückschrecken, wird das Böse obsiegen. Was ist los mit dir? Du hast mit eigenen Augen das Grauen gesehen, zu dem es fähig ist. Wir haben gemeinsam die Tiefen ausgelotet, in die ein Mensch fallen kann.« Ihr Atem kam in kurzen Stößen. »Wir dürfen nicht schwach werden. Wir dürfen nicht aufhören, nach dem Herzen des Bösen zu greifen, wie unangenehm diese Pflicht auch sein mag.«

Caitlyn streckte den Arm nach ihm aus und drückte seine Schulter. »Wenn wir Schwäche zeigen und deswegen versagen, kann das Böse wachsen und gedeihen ... und dann haben wir *für immer* versagt.«

Sie standen in der kalten Nacht, und der Nieselregen machte ihren Atem zu Nebel.

»Aber ... wie können wir unsere eigenen unmoralischen Taten entschuldigen?«

Sie schüttelte den Kopf. »Es sind keine unmoralischen Taten. Es sind *notwendige* Taten. Wir kämpfen gegen das Böse, Aidan. Nichts ist schlimmer, als das große Böse entkommen zu lassen, nur weil wir uns nicht dazu durchringen konnten, ein kleineres Übel in Kauf zu nehmen. Einige Dinge müssen zum Besten des großen Ganzen hingenommen werden.«

»Ich meinte nur ... manchmal glaube ich, dass wir zu weit gehen.« Er starrte hinaus in die Nacht. »Zum Beispiel bei den Dorfbewohnern, die den Jukari geholfen haben. Sie hatten den Tod nicht verdient.«

Caitlyn schwieg wieder. Es war nicht das erste Mal, dass er dieses Thema zur Sprache brachte. Schließlich sagte sie: »Doch, das hatten sie.«

»Es war nicht richtig.«

Caitlyn kniff die Augen zusammen und sah ihn düster an. »Deine mitleidige Art spricht zu deinen Gunsten, aber wir dürfen in unseren Pflichten nicht nachlassen. Es darf nicht geschehen, dass dein Urteilsvermögen durch Zweifel getrübt wird.«

Aidan öffnete den Mund und wollte erneut etwas einwenden, doch dann schloss er ihn wieder. Es hatte keinen Sinn, mit ihr zu streiten. Und wenn er zu weit ging ... Sie hatte schon andere getötet, die sich ihrem Kreuzzug in den Weg gestellt hatten. Er wollte sich nicht zu ihnen gesellen.

Sie seufzte. »Komm, auch du brauchst Ruhe. Lass uns zurück zum ...«

In der Ferne brach das Feuer plötzlich in Lichtblitze aus. Ein Donnerschlag zerriss die finstere Nacht. Bäume knirschten und splitterten. Ein blendend weißes Gleißen fuhr durch die Dunkelheit. Dann noch eines.

Flecken schwammen vor Aidans Augen. Caitlyn zog ihn zurück zum Lager.

»Zu den Pferden!«, brüllte Aidan. »Lasst alles liegen und stehen, und steigt auf!«

Das ist der Grund, warum sie mich als ihre Nummer zwei behält: Wenn die Pflicht ruft, gehorche ich.

Einige Männer starrten auf die Blitze, die noch immer in der Ferne zuckten. Knirschende Laute und Donnergrollen hallten durch die Dunkelheit. Etliche orangefarbene Flecken erschienen: lodernde Feuer.

Caitlyn warf den Sattel auf ihr Pferd. Aidan tat dasselbe und zerrte den Riemen fest, während einer der Männer das Zaumzeug anlegte. Überall im Lager traten die Männer die Kochfeuer aus und machten sich daran, ihre eigenen Pferde zu besteigen. Einige scheuten, als ein weiterer mächtiger Donner grollte.

»Los!«, rief Caitlyn. »Nehmt alle mit, die bereit sind. Wir müssen so schnell wie möglich dorthin!«

Aidan nickte und stellte sich in die Steigbügel. »Alle zu mir und der Lady!«, brüllte er. Er trieb sein Pferd an und preschte aus dem Lager, Caitlyn folgte dicht hinter ihm.

Auf der Straße trieb Aidan sein Reittier zu einem Galopp an und führte es in die Finsternis hinein, wobei er darauf achtete, dass die Bäume zu beiden Seiten in stets gleichem Abstand zu ihm blieben. Dicht hinter ihm ritten Caitlyn und sechs ihrer Männer mit Fackeln, es waren diejenigen, die am schnellsten reagiert hatten. Ohne hinzusehen, wusste er, dass Anshul cel Rau und Chalayan unter ihnen waren.

Sie ritten auf das Lager der Landarbeiter zu. Der kalte Wind schlug ihnen ins Gesicht, und aus den Nüstern der Pferde stiegen Wolken aus heißem Atem auf. Schatten zuckten über die Straße und zwischen den Bäumen, und der flackernde Fackelschein verlieh dem wilden Ritt ein gespenstisches Gepräge.

Als sie bei den Feuern angekommen waren, sahen sie reglose Umrisse in dem schwachen Licht. Zwei Gestalten lagen an der linken Seite der Straße, wo ein von Steinen eingefasstes Lagerfeuer brannte. Drei weitere Leichen fanden sie auf der Straße verstreut und eine etwas weiter entfernt.

Dampf stieg von den Kadavern auf, und der Geruch von gebratenem Fleisch hing schwer in der Luft. Geschwärzte Kleidung war mit der Haut verschmolzen, die Gesichter waren eine Masse aus kleinen Blasen, das Haar war zu Stoppeln verbrannt.

Caitlyn betrachtete die Szene und gab eine ganze Reihe von Befehlen. »Findet die Landarbeiter! Und bringt die Leichen zum Lagerfeuer. Wir brauchen mehr Licht.«

Sie stieg ab und ging zu dem Feuer. Aidan und Chalayan folgten ihr. Die Leichen wurden über den Boden zu ihnen geschleift. Anshul cel Rau hielt sich im Hintergrund, sagte wie gewöhnlich nichts, suchte aber das Gebüsch um sie herum mit seinen Blicken ab. Chalayan wirkte nervös, seine Augen waren andauernd in Bewegung. Er hielt sein Kleinod fest in der Hand. Nachdem er das Bild vor ihm eingehend betrachtet hatte, ging der Zauberer weg und hockte sich an die Seite der Straße.

Die sechs Leichen wurden schließlich genau untersucht. Fetzen unverbrannter Kleidung zeigten deutlich deren mindere Qualität und starke Beanspruchung. Neben den Leichen lag ein Haufen aus Waffen, sie alle waren warm und geschwärzt: ein paar billige Schwerter, einige Messer und eine Keule. Was immer die Männer getötet hatte, war heiß genug gewesen, um Stahl zu schwärzen.

»Es sind Banditen«, vermutete Aidan.

Caitlyn brummte eine Zustimmung. »Wo sind die Landarbeiter?«

»Das hier sind die einzigen Leichen. Die Landarbeiter wurden entweder entführt, oder sie sind geflohen. Ihre Pferde sind jedenfalls verschwunden.« Er spähte in die Schatten. »So, wie es hier aussieht, scheinen sie davongekommen zu sein.«

»Chalayan ist völlig entsetzt«, sagte Caitlyn. »So habe ich ihn noch nie gesehen. Ich vermute, die Banditen haben sich zu viel zugemutet.«

Aidan nickte. »Dem stimme ich zu.«

»Und das bedeutet, dass die Landarbeiter etwas anderes sind, als sie zu sein scheinen. Und sie zögern nicht, brutale Macht einzusetzen, wenn es nötig ist. Wir müssen vorsichtig sein.«

Caitlyn sah hinüber zu Chalayan, der inzwischen ein paar Schritte in Richtung des verlassenen Lagerfeuers gemacht hatte. Er kniete davor nieder und legte die Hand auf die Erde. Kurz darauf erhob er sich wieder, wischte sich die Hände an der Hose ab und machte eine erstaunte Miene.

Caitlyn ging hinüber zu dem Zauberer, ergriff seinen Arm und führte ihn weg vom Rest der Männer. Aidan folgte den beiden. Chalayans Gesicht war aschfahl.

»Was ist hier passiert?«, fragte Caitlyn im Flüsterton.

Chalayan schüttelte den Kopf. »Ich weiß es nicht. Das ist eigentlich nicht möglich.«

»Es ist. Es ist geschehen. Was also ist hier los?«

Der Zauberer verlagerte sein Gewicht vom einen Fuß auf den anderen. Dann schaute er auf die Feuer in der Ferne, dann nach links, wo ein großer Baum auf die Straße gefallen war, als ob er umgestoßen worden wäre. Er leckte sich die Lippen.

»Wenn ich eine Vermutung wagen sollte ...«, begann er.

»Bitte«, sagte Caitlyn.

»Dann ... muss es alchemistisch gewesen sein. Eine Mischung aus Chemikalien und eine Entfesselung von Energie ... außer ...« Chalayan zögerte.

»Was ist los?«, fragte Aidan.

»Es gibt keine Rückstände und keinen Geruch nach alchemistischen Zutaten. Und doch ...«

»Was?«, fragte Caitlyn.

»Es existieren Rückstände von Zauberei.« Chalayan klang verwirrt.

Caitlyn fluchte leise. »Welche unheilige Macht haben wir da bloß aufgestöbert? Hat Zauberei das hier bewirkt?«

»Nein!« Chalayan hustete ein wenig Schleim aus und spuckte ihn in die Richtung der Leichen. »Ich meine, das ist nicht möglich. Es *muss* eine andere Erklärung geben.«

»Aber welche?«, fragte Caitlyn.

Chalayan konnte nur den Kopf schütteln.

»Nun, solange es keine andere Erklärung gibt, müssen wir also annehmen, dass sie mächtige Zauberer sind, deren Möglichkeiten alles übersteigen, was wir bisher gesehen haben.« Sie wischte sich die Hände an der Hose ab. »Was für ein Schlamassel.«

Chalayan schluckte und schloss die Augen. »Hier sind überall Rückstände von Zauberei, als ob ein besonders kräftiges magisches Wirken ausgeführt worden sei, aber ... so etwas habe ich noch nie erlebt.« Er zitterte. »Es ist, als hätte jemand versucht, sich aus ihrer Quelle zu bedienen, und dann die Kontrolle verloren. Aber wenn so etwas passiert, wird der Zauberer verschlungen, und wenn er stirbt, schließt sich die Quelle wieder. Hier aber sieht es nach absichtlichem magischem Wirken aus.« Er sah Aidan mit wildem Blick an.

Aidan konnte nicht glauben, was er da hörte. »Ein zerstörendes magisches Wirken?«

»Das ist nicht möglich«, sagte Caitlyn.

Chalayan lächelte schwach. »Genau das habe ich vorhin gesagt.« Er erbebte, rang gleichzeitig die Hände, und ein Schimmern trat in seine Augen.

»Das ist nicht gut«, sagte Caitlyn. »Zauberei sollte nicht zur Zerstörung eingesetzt werden, das widerspricht allem, was wir wissen. Ein solcher Vorteil darf dem Bösen keinesfalls überlassen werden.«

Chalayan schaute auf den Boden vor ihren Füßen. »Aber wir könnten sie ebenfalls auf diese Weise einsetzen! Stellt Euch nur einmal vor, was wir damit alles an Gutem bewirken könnten.«

Aidan gefiel das Glimmen in Chalayans Augen nicht – und auch nicht die Dringlichkeit in seiner Stimme.

»Nein«, sagte Caitlyn. »Aus diesem Wissen kann nichts Gutes erwachsen. Wenn Zauberer in der Lage sind, eine solche Macht zu entfesseln ...« Caitlyn richtete sich auf. »Wir haben das hier aus einem bestimmten Grund vorgefunden.

Wir müssen dafür sorgen, dass dieses Wissen niemals das Tageslicht erblickt und die Benutzer der Magie vernichtet werden.«

»Aber ...«

»Nein!« Sie schnitt Chalayan das Wort ab und zog ihn zu sich heran, bis sich ihre Gesichter berührten. »Bei dem Bösen kann es keine Kompromisse geben. Es ist unsere Pflicht, diese Zauberer aus der Welt zu entfernen, sodass sie niemanden mehr verderben können. Wir müssen mehr über sie herausfinden: woher sie kommen, wohin sie unterwegs sind und was sie vorhaben. Und dann vernichten wir sie.«

Aidan räusperte sich. »Es könnte einfacher sein, all das zu tun, nachdem wir mehr herausgefunden haben.«

»Wir werden unter den gegebenen Umständen tun, was wir können.« Caitlyn sah ihre Männer an, die vor den dampfenden Leichen standen und sich in gedämpftem Ton miteinander unterhielten. »Sind die Landarbeiter in der Nähe, Chalayan? Beobachten sie uns?«

Der Zauberer schloss fünf Atemzüge lang die Augen. »Nein«, flüsterte er. »Niemand beobachtet uns. Sie müssen sofort nach dem Angriff weggeritten sein.«

Caitlyn nickte. »Gut. Unsere Botschaft an die Männer lautet, dass das hier alchemistisch war - etwas, das dir nicht unbekannt ist.«

»Wir sollen sie anlügen?«, fragte Aidan. *Was ist bloß mit der Wahrheit um jeden Preis geschehen?*

»Wir tun, was wir tun müssen.« Caitlyn starrte Aidan in die Augen, bis er wegschaute. »Je weniger sie über das hier wissen, desto besser.«

Aidan verschränkte die Arme vor der Brust und richtete sich auf. Caitlyn klopfte ihm auf den Rücken.

»Guter Mann«, sagte sie und wandte sich den anderen zu.

»Herhören!«, rief sie. »Chalayan bestätigt, dass es alchemistisch war. Irgendeine Reaktion. Er hat so etwas während seiner Studien schon einmal gesehen. Lasst die Leichen hier liegen. Jetzt reiten wir erst einmal zurück zum Lager und untersuchen das Gebiet dann im Licht der Morgendämmerung. Wir wissen nicht, ob sie über die Straße oder querfeldein geflohen sind. Offenbar müssen wir ihnen wohl oder übel eine Nacht Vorsprung geben.«

Aidan sah, dass dies den Männern nicht gefiel, denn die Aufregung hatte ihr Blut erhitzt. Einige waren in der Stimmung zu töten.

Oder noch Schlimmeres zu tun.

Etwas, das Caitlyn vor langer Zeit gesagt hatte, hallte ihm in den Ohren wider. *Du musst mit dem arbeiten, was du hast, und wenn das Werkzeug die Arbeit gut macht ...*

5

Etwas Graues, Verschwommenes pulsierte in Caldans allmählich zurückkehrendem Bewusstsein. Das Blut pochte in seinem Kopf, und sein Körper fühlte sich so schwer wie Stein an. Er zwang sich, zu denken und zu konzentrieren. Nadeln aus Schmerz stachen ihm in die Augen, obwohl das Licht gedämpft war. Sein Mund schmeckte faul, und die Luft roch nach altem Schweiß und Erbrochenem.

»Hier, trink das«, sagte jemand.

Eine Schüssel wurde ihm an die Lippen gehalten, und er nahm einen kleinen Schluck warmer Brühe, dann gleich noch einen, den er schon gieriger trank. Ganz allmählich kehrte die Kraft in seinen Körper zurück, und der Schmerz im Kopf wich langsam.

Er befand sich in einem fensterlosen Raum, der nur mit einem Schemel neben der Pritsche, auf der er lag, ausgestattet war. Auf diesem Hocker befanden sich ein feuchtes Tuch und zwei leere Holzschüsseln. Eine Kerze, die in einer Ecke brannte, war das einzige Licht, und die Luft fühlte sich schwer und feucht an. Die verschwommene Gestalt eines Mädchens, das er nicht kannte, stand gegen die Wand gelehnt. Es gelang Caldan, eine zitternde Hand an sein Gesicht zu heben und sich die schmerzenden Augen zu reiben.

»Was ist passiert?«, wollte er fragen, aber er brachte nur ein ersticktes Krächzen heraus.

»Psst«, sagte das Mädchen. »Versuch, nicht zu sprechen. Sie haben gesagt, dass du für eine Weile sehr schwach sein wirst und deine Kräfte schonen musst.«

Sie faltete das feuchte Tuch und legte es ihm auf die Stirn, damit es ihm ein wenig Linderung und Kühlung verschaffte. Caldan versuchte, ihre Hand zu ergreifen und ihr zu danken, aber es gelang ihm nicht. Sein Arm fühlte sich bleiern an, er sackte herab, und Caldan konnte ihn nicht wieder heben.

»Ich muss sie darüber in Kenntnis setzen, dass du bei Bewusstsein bist«, sagte sie und eilte davon.

Caldan hörte noch, wie ein Schloss zugesperrt und ein Riegel vorgelegt wurde, bevor er wieder ohnmächtig wurde.

Als er das nächste Mal erwachte, hatte der Schmerz in seinem Kopf nachgelassen, und sein Körper fühlte sich viel leichter an. Die Schwäche von vorhin war vollkommen verschwunden. Zaghaft brachte er sich in eine sitzende Position und schaute sich um. Es war noch derselbe Raum, doch die zuvor leere der beiden Schüsseln war nun gefüllt. Er griff nach der einen und trank einen Mundvoll kalte Brühe.

Schnell stiegen Visionen von Marlon und dem Blut in ihm auf. Und von seinem Schwert, das in Marlons Brust steckte. Was war geschehen? Er hatte noch nie gesehen, dass eines der hölzernen Übungsschwerter zerbrochen war, und so fest hatte er doch auch nicht zugestoßen, oder? Er bemühte sich mit aller Kraft, genauer an den Kampf zu denken, aber die Erinnerung war in Einzelteile zersplittert, die er nicht wieder zusammensetzen konnte.

Bei den Ahnen, was hatte er getan? Lebte Marlon noch? Würde Jemma ihm je vergeben? Wie sah wohl seine Strafe aus? Fragen, Zweifel und Selbstbeschuldigungen schwirrten in seinem Kopf herum, aber er fand keine Antworten. Ihm wurde abermals schwindlig, und er legte sich wieder zurück und fiel sofort in einen traumlosen Schlaf.

Caldan erwachte ein weiteres Mal, und diesmal konnte er sich mühelos aufsetzen. Die Kerze war zu einem Stumpen heruntergebrannt. Tief atmete er die stickige Luft ein.

Er hatte keine Ahnung, was nun mit ihm geschehen würde. Vielleicht waren die Meister zu der Überzeugung gekommen, dass er Marlon hatte töten wollen, oder sie glaubten, es sei ein Unfall gewesen - aber das erschien ihm unwahrscheinlich. Seine Augen wurden feucht, als die Sorge um Jemma ihn zu überwältigen drohte. Es fiel ihm schwer, sich zu beherrschen, seine Gefühle beiseitezuschieben und sich ganz auf die missliche Lage zu konzentrieren, in der er steckte, aber zu seinem eigenen Besten musste er sich unbedingt zusammenreißen. Und er musste Jemma sehen, sie um Entschuldigung bitten und ihr erklären, dass er ihrem Bruder nicht hatte wehtun wollen.

Caldan schwang sich von der Pritsche und stand mit zitternden Beinen auf. Abermals betrachtete er das Zimmer eingehend und bemerkte zum ersten Mal, dass die Tür an der Innenseite einen Knauf, aber keine Klinke hatte. Er zog an diesem Knauf, doch die Tür ließ sich nicht öffnen. Also war er eingesperrt. *Das ist nicht gut.* Er taumelte zurück zum Bett und brach darauf zusammen. Dort bedeckte er die Augen mit einem Arm und versuchte, seine Gedanken zu sammeln.

Dann hörte er ein Klicken an der Tür, und eine Gestalt schlüpfte herein.

»Setz dich auf, Caldan«, sagte Meister Delife und schnitt jeden Einwand dadurch ab, dass er die Hand erhob. »Du bist in einer misslichen Lage. Ich muss dir sagen, dass in all meinen Jahren als Meister und auch während meiner Zeit als Novize und Bruder so etwas noch nie passiert ist. Es wurde heiß diskutiert, was zu unternehmen sei, und es war schwer, zu einer Übereinkunft zu kommen, aber es ist uns gelungen, die Aussprache in die von uns gewünschte Richtung zu lenken. Trotz der Schwierigkeiten, die sich daraus ergeben, wird es für uns und auch für dich eine gute Sache sein.« Er hielt inne, holte Luft und ließ seine Worte einsinken.

»Meister, ich ...«, begann Caldan.

»Bitte«, unterbrach Delife ihn und schüttelte den Kopf. »Viele haben gegen dich gesprochen und viele andere für dich. Ich bin ausgesandt worden, damit ich dir das Urteil der Meister verkünde, das kaum von dem abweicht, was du sowieso tun wolltest.« Er zog den Schemel heran, setzte sich und benutzte die Wand als Rückenlehne. Die Augen des Meisters waren gerötet und von dunklen Ringen umgeben.

»Es gibt einiges, was du nicht weißt, Caldan. Zum Beispiel hast du fast zwei Tage bewusstlos hier gelegen.«

»Zwei Tage? Aber das ist ... was stimmt nicht mit mir?«

»Um ehrlich zu sein: Wir wissen es nicht. Während du bewusstlos warst, haben die Ärzte einige Untersuchungen an dir durchgeführt, aber sie haben keine Ursache für deinen Zustand gefunden.« Müde rieb er sich die Augen. »Doch was noch wichtiger ist: Marlon lebt.«

Caldan stieß einen tiefen Seufzer der Erleichterung aus. Obwohl er Marlon hasste, wünschte er ihm doch nicht den Tod.

»Sei nicht allzu dankbar dafür. Er leidet große Schmerzen, und es wird lange dauern, bis er von dieser Verletzung genesen ist. Es bedurfte all unserer Fähigkeiten, sowohl der medizinischen als auch der magischen, um ihn vom Abgrund des

Todes wegzuholen. Letztlich hatte er einfach Glück. Es hat die ganze Nacht gedauert, sein Leben zu retten, und wir alle haben uns noch nicht vollständig davon erholt.«

»Zwei Tage bewusstlos«, wiederholte Caldan. »Ich kann es einfach nicht glauben.«

»Wir wissen nicht, warum du so lange bewusstlos warst und was deine Ohnmacht überhaupt ausgelöst hat. Sie war einer der Gründe, warum wir so lange darüber gestritten haben, was wir tun sollen.«

Caldan schüttelte den Kopf. »Aber jetzt fühle ich mich wieder wohl. Etwas schwach, doch ...«

»Das mag zwar sein, aber es muss einen Grund für deine Bewusstlosigkeit geben.« Meister Delife zögerte. »Ich muss dich etwas fragen, Caldan.« Er holte einen Lederbeutel hervor und schwenkte ihn vor Caldans Gesicht hin und her. Es war derjenige, der die Mischung aus Kräutern und Arzneien enthielt, von der Caldan hin und wieder eine Prise nahm. »Erkennst du das? Es wurde unter deinen Sachen gefunden.«

»Ja, natürlich. Es gehört mir. Ich habe in der letzten Zeit oft Schmerzen gehabt. Das ist nichts Ungesetzliches.«

Meister Delife bedachte ihn mit einem missbilligenden Blick. »Bist du wirklich in der Lage, die Dosis selbst festzulegen? Weißt du wirklich, wann es genug ist? Einige von diesen Mitteln haben Nebenwirkungen ... wie die Symptome, die du beschrieben hast. Sag mir die Wahrheit, Caldan: Wie viel nimmst du davon – und wie oft?«

»Nicht viel, das schwöre ich. Ich habe manchmal überall Schmerzen, und sie gehen bis in die Knochen. Ich habe etwas gebraucht, um sie zu betäuben, damit ich schlafen kann, aber ich nehme nicht jede Nacht von der Mischung.«

Delife sah ihn mit seinen braunen Augen eingehend an und faltete die Hände, offenbar dachte er über die Antwort nach. »Ich glaube dir, Caldan. Aber du hättest einfach um Hilfe bitten sollen und dich nicht mit irgendeiner Arzneimischung selbst behandeln dürfen. Vielleicht hat sie zu dem, was passiert ist, und zu deiner darauf folgenden Unpässlichkeit geführt.«

Davon war Caldan nicht überzeugt. Er nahm die Medizin schließlich auch deshalb, weil er sich dann in einem Kampf besser fühlte. Daher bezweifelte er, dass der Inhalt des Beutels zu seiner langen Bewusstlosigkeit geführt hatte. Gerade wollte er das Delife sagen, als dieser eine schwierige Frage stellte.

»Bedauerst du das, was geschehen ist?«

»Aber ich ... das war nicht meine Schuld! Ich kann mir nicht erklären, warum mein Schwert zersplittert ist, und Marlon ...«

»Alle wissen, dass du und er nicht gerade Freunde seid.«

Caldan schüttelte den Kopf. »Es geht sogar noch tiefer, aber trotzdem würde ich ihm niemals wehtun wollen - nicht so. Und ich würde ihn nicht *töten* wollen. Ich fühle mich schrecklich wegen dem, was passiert ist.« Doch am schlimmsten war für ihn der Gedanke, was Jemma nun von ihm halten mochte. Was er Marlon angetan hatte, war unverzeihlich. Sie würde ihn dafür hassen. »Es war nicht meine Schuld«, wiederholte er. »Ich wollte nichts von dem, was passiert ist.«

»Faktisch war es ein Waffenduell mit beinahe tödlichem Ausgang«, sagte Delife harsch. »Das Duell ist außer Kontrolle geraten, und einer der ... *Teilnehmer* ... wurde ernsthaft verletzt. Es ist schwer zu glauben, dass sich all dies rein zufällig ereignet hat.«

»Ich weiß nicht, wie es geschehen konnte. Es waren doch nur Übungsschwerter, wie wir sie andauernd benutzen. Es muss ein Fehler im Holz gewesen sein, ein Riss oder ...«

»Wie dem auch sei«, sagte Delife, »du hast uns vor eine schwierige Aufgabe gestellt. Wir können ein solches Verhalten nicht billigen, und die Tatsache, dass dabei jemand schwer verletzt wurde, macht es nicht gerade leichter. Marlons Familie ist wichtig - sowohl für dieses Kloster als auch für die ganze Insel. Unser Ruf wurde ernsthaft beschädigt.« Er hielt inne, drehte sich Caldan zu, zog seine Schultern zurück und holte dann tief Luft. Sein Verhalten wurde förmlich, und er sah Caldan in die Augen. »Glaube mir, wenn ich sage, dass es trotz der Umstände das Beste für dich ist. Ich fürchte, uns bleibt keine andere Wahl, und wir dürfen nicht länger warten. Bei uns hast du keinen Platz mehr. Deine Taschen wurden schon gepackt. Sobald es dir gut genug geht, wirst du zum Hafen gebracht, und dort wirst du das erste Schiff nehmen, das nach Anasoma segelt.« Delife biss sich auf die Lippe, als ob er eigentlich noch mehr hätte sagen wollen. Schließlich fügte er hinzu: »Leider mussten wir die Referenzen, die wir dir zuvor versprochen hatten, wieder an uns nehmen.«

Caldan öffnete den Mund, aber es kamen keine Worte heraus. Er sackte zusammen und ließ den Kopf sinken.

»Bitte«, krächzte er mühsam. »Dieser Ort ist mein ganzes Leben! Ihr habt mich vor vielen Jahren vor einer Existenz als obdachloses Waisenkind bewahrt. Wer weiß, wie lange ich auf der Straße überlebt hätte? Ich stehe so tief in Eurer Schuld und in der des Klosters, dass ich sie nie begleichen kann. Bitte ... gebt mir die Gelegenheit, alles wiedergutzumachen - allen gegenüber. Ich weiß, dass das, was ich getan habe, unverzeihlich ist, aber es war ein Unfall.«

Meister Delife blieb ungerührt. »Wir wissen, dass du uns sowieso in ein paar Wochen verlassen wolltest, aber die Lage ist so ernst, dass eine Bestrafung unerlässlich ist. Das siehst du doch sicherlich ein? Wir sind von vielen Personen außerhalb unseres Klosters abhängig, damit wir unsere Arbeit fortsetzen können, und wir dürfen unsere Beziehungen zu ihnen nicht für ein einfaches Waisenkind ohne einflussreiche Verbindungen aufs Spiel setzen, wie begabt es auch sein mag. Also können wir keine Kompromisse machen, wenn es darum geht, unser Wohlergehen und das des Klosters zu schützen. Wir ziehen deine Abreise einfach nur ein paar Wochen vor. Du kannst dich glücklich preisen, dass du keine schwerere Strafe erhalten wirst. Ich weiß, dass du es verstehst.«

Caldan bewegte sich nicht, er ballte lediglich die Hände zu Fäusten. Sie waren so gut zu ihm gewesen – die Meister, das Kloster –, und nun stellten sie ihren Reichtum und ihr Wohlergehen über ihn. Ihr eigenes Leben war ihnen wichtiger, als das Richtige zu tun. Er fühlte sich elend wie jemand, dem man in den Magen geboxt hatte. Kannte er die Mönche nach der langen Zeit wirklich?

Je länger er darüber nachdachte, desto mehr kam er zu dem Ergebnis, dass er sie durchaus kannte, was ihn sehr traurig machte.

»Oh, ich verstehe das allerdings.«

Delifes Miene verhärtete sich. »In diesen Zeiten tun wir, was wir tun müssen. Auch ich wünschte mir, dass die Situation eine andere wäre.« Er schaute sich in dem Zimmer um und sah nach, ob niemand sonst anwesend war, obwohl es vollkommen unmöglich war, dass sich hier jemand versteckt hielt. Zufrieden sagte er: »Nimm das.« Delife reichte Caldan eine lederne Börse, und als Caldan hineinschaute, sah er, dass sie halb mit Dukaten gefüllt war. »Du darfst all deine Habseligkeiten mitnehmen, aber ich habe nicht viele Münzen unter ihnen gesehen.« Er lächelte schwach. »Du brauchst etwas für einen Neuanfang. Es ist nicht viel, aber es wird dir helfen.

Zumindest reicht es aus, um dir für ein paar Tage ein Dach über dem Kopf zu verschaffen, und du kannst dir damit das eine oder andere kaufen, wenn du sparsam bist. Und dann bist du auf dich allein gestellt.«

Caldan schloss die Finger um die Börse, die hartkantigen Münzen drückten in seine Handfläche. Offensichtlich waren die Meister der Ansicht, dass es keinen anderen Weg gab, und Marlons Familie konnte - nein: *würde* - dem Kloster große Schwierigkeiten machen. Er spürte, wie sein Groll ein wenig nachließ. »Ich weiß nicht, wie das alles passiert ist. Ich ... es tut mir leid, dass es so gekommen ist.« Mehr brachte er nicht heraus.

»Es ist nun einmal geschehen, und wir müssen die Konsequenzen tragen. Und es macht uns erwachsen, wenn wir uns dem entgegenstellen, was das Leben uns zuwirft. Es mag nicht immer gerecht sein, aber es formt uns. Du hast großes Potenzial, Caldan. Es kann sein, dass du zu mehr bestimmt bist, als wir dir hier bieten können.«

Du willst dir einreden, dass ihr die richtige Entscheidung getroffen habt. Ich bin mir sicher, dass es euch nur um das Beste für mich *geht.* Aber er schwieg.

Delife betrachtete ihn eine Weile. »Du hattest bisher nicht viel Zeit, um das in dich aufzunehmen, was wir dir über deine Eltern erzählt haben. Aber wenn du eingehender darüber nachdenkst, wirst du dir zwangsläufig Fragen stellen. Und du wirst glauben, dass du Antworten auf diese Fragen erhalten musst. Ich möchte dir raten, damit vorsichtig zu sein. Sehr vorsichtig. Die Suche deiner Mutter nach Antworten hat vermutlich das Feuer ausgelöst. Und was Rache angeht ... nun, daraus erwächst nie etwas Gutes.«

»Ich weiß nicht, was ich tun werde. Im Augenblick ist das alles zu viel für mich.«

Delife nickte. »Ich beneide dich nicht um deine Lage, Caldan. Es gab eine Zeit, in der ich geglaubt hatte, du würdest einmal unserem Orden betreten. Vielleicht war ich einfach nur naiv. Aber die Vergangenheit holt uns alle irgendwann ein. Ich will dir einen Rat geben: Wenn du vorhast, etwas über deine Familie herauszufinden, solltest du damit anfangen, die Herkunft deines Kleinods zu erforschen. Derart wertvolle Gegenstände werden für gewöhnlich von denen, die sie sich leisten können, streng unter Verschluss gehalten. Ich könnte mir vorstellen, dass es Aufzeichnungen über alle existierenden Kleinodien gibt – es geht nur darum, diese Aufzeichnungen zu finden.«

Das Kleinod! Caldan schaute sich nervös in dem Zimmer um. »Wo sind meine Ringe? Meine Sachen ...«

»Mach dir keine Sorgen. Ich habe dafür gesorgt, dass wir es waren, die dein Zimmer ausgeräumt haben. Das Kleinod ist in Sicherheit, aber ich möchte vorschlagen, dass du es so schnell wie möglich an deiner Person versteckst.«

Caldan nickte erleichtert, und Delife stand auf, ging zur Tür und öffnete sie. Ein stämmiger Wächter trat ein. Er trug zwei zum Bersten gefüllte Säcke, stellte sie auf den Boden und ging wieder.

»Deine Sachen. Warte morgen früh vor dem Hahnenschrei auf den Wächter. Wenn die Sonne aufgeht, wirst du die Insel schon verlassen haben. Viel Glück – da draußen wartet eine harte Welt auf dich.« Delife warf einen letzten Blick über die Schulter und ließ Caldan allein.

Caldan hatte ursprünglich erwartet, ein Jahr Zeit zur Neuorganisierung seines Lebens zu haben und selbst entscheiden zu können, ob er auf der Insel bleiben wollte oder nicht. Erst vor Kurzem war diese Zeitspanne zu wenigen Wochen zusammengeschrumpft, und jetzt ... Morgen früh würde er also abreisen. Der Gedanke, das Kloster verlassen zu müssen, war niederschmetternd. Seine Freunde und der Ort, an den er gehörte ... alles war verloren.

Und was noch wichtiger war: Nun würde Jemma ihn hassen. Vermutlich konnte sie seinen Anblick nicht mehr ertragen. In den letzten Monaten hatte er immer öfter an sie gedacht. Er hatte versucht, nicht zu viel in ihre Freundschaft hineinzudeuten, aber in der letzten Zeit war sie ihm nicht mehr jenseits seiner Reichweite erschienen. Jetzt spielte das alles natürlich keine Rolle mehr. Der Anblick des zerbrochenen Schwertes in der Brust ihres Bruders hatte bei ihr sicherlich jeden Gedanken an ein mögliches Zusammensein mit Caldan vertrieben. Caldans Hoffnungen waren zerschmettert, zu Asche verbrannt und im Wind zerstoben.

Lange starrte er auf seine Habseligkeiten. Er schaute in die Säcke und versicherte sich, dass alles, was ihm gehörte, da war, aber er war nicht mit der gleichen Stimmung dabei, wie es der Fall gewesen wäre, wenn er sich aus freiem Willen auf die Reise zum Festland gemacht hätte. Caldan steckte die Ringe zwischen seine Unterwäsche und schwor sich, bald einen besseren Ort für sie zu finden, wo sie in Sicherheit waren. Sie waren schließlich das Einzige, was ihm von seinen Eltern geblieben war, und beide waren ihm lieb und wert - mehr als alles andere, was sich in den Säcken befand.

Er faltete einige der Kleidungsstücke, die er herausgezogen hatte, damit sie nicht so sehr knitterten, dann legte er sie auf den Rest seiner Besitztümer und band die Säcke sorgfältig zu.

Plötzlich setzte sich Caldan auf. Er war sich sicher, einige Stunden geschlafen zu haben. Etwas hatte ihn geweckt - aber was?

Es klopfte an der Tür.

»Hast du mich gehört? Steh auf! Du reist bald ab. Pack deine Sachen zusammen.«

Caldans Herz hämmerte in seiner Brust. *Bald?*

»He! Bist du taub? Hast du mich verstanden?«

»Ja!«, rief Caldan. »Ich habe es gehört.«

Er zwängte sich in ein zerknittertes Hemd. »Habe ich noch die Zeit, ein paar Sachen zu besorgen? Ich brauche das eine oder andere für die Reise.«

»Sofort zum Hafen mit dir! Befehl ist Befehl.«

Er wollte noch so vieles tun, bevor er aufbrach, aber offensichtlich blieb dazu keine Zeit. Eigentlich hatte er noch mit einigen Meistern sprechen und ihnen Lebewohl sagen sowie für ihre Freundschaft und für alles danken wollen, was sie für ihn getan hatten. Und Jemma ... Er musste unbedingt mit ihr reden und ihr seine Sicht der Ereignisse erklären, doch diese Gelegenheit würde er nun nicht mehr haben. Caldan seufzte und stand auf - und bemerkte erst jetzt das gefaltete Pergamentblatt, das jemand unter der Tür hindurchgeschoben haben musste, während er geschlafen hatte. Schnell hob er es auf, als sich die Tür öffnete. Zwei Wächter standen davor, der eine hielt eine Laterne in der Hand.

»Komm schon. Nimm deine Sachen, und folge uns. Wir haben nicht mehr viel Zeit. Die Schiffe legen in der Morgendämmerung ab. Beweg dich endlich!«

Caldan stopfte das Pergamentblatt in seine Hosentasche, ergriff die Säcke und ließ das einzige Leben hinter sich zurück, das er je wirklich gekannt hatte.

6

Caldan ging den hölzernen Kai entlang und blieb vor einem vertäuten Schiff stehen, in das gerade Vorräte und Handelsgüter für die Rückreise zu der Stadt Anasoma geladen wurden. Das Schiff schaukelte im Wellengang des Hafens und sah aus wie jedes andere, das er bisher gesehen hatte. Und doch empfand er diesen Anblick als unheilvoll – vor allem deshalb, weil er niemals an Bord gegangen wäre, wenn er die Wahl gehabt hätte.

Hinter ihm räusperte sich der eine seiner Wächter und machte einen Schritt auf ihn zu.

Caldan drehte sich um und betrachtete die Stadt und das Kloster. »Ich weiß. Macht euch keine Sorgen. Ich will nur noch einmal diesen Blick genießen.«

Er atmete die Seeluft, die nach Fisch und Teer roch, tief ein, und aus einem Lagerhaus mit einem Schild, das es als Eigentum der Handelsgesellschaft der Fünf Ozeane auswies, drang der Duft von Gewürzen und Kaffee zu ihm. Ein kalter frühmorgendlicher Wind blies, und das Meersalz prickelte auf seiner Haut.

Der Zweimaster war schon fast vollständig beladen und lag tief im Wasser. Gestalten huschten im schwachen Morgenlicht über das Deck und trafen eifrig Vorbereitungen zum

Ablegen. Der Name *Loretta* war mit großen gelben Lettern auf den Bug gemalt.

»Du solltest gehen«, sagte der eine der Wächter. »Wir müssen uns vergewissern, dass du an Bord bist und in die Obhut des Kapitäns kommst. Wir verpassen noch unser Frühstück, wenn du weiter hier herumstarrst.«

Caldan biss kurz die Zähne zusammen. »Wie rücksichtslos von mir.«

Seine hungrige Eskorte folgte dicht hinter ihm, als er über die ausgelegte Planke an Deck ging. Sie standen eine Weile da und betrachteten die Arbeiten auf dem Schiff. Ein älterer Matrose sortierte Seilstücke in einer Ecke, während aus einer anderen Richtung, wo ein Seemann mit einer groben Bürste das Deck schrubbte, der Geruch von starkem Essig herbeiwehte.

Es dauerte nicht lange, bis jemand die Neuankömmlinge wahrnahm. Dabei handelte es sich um eine kleine, sonnengebräunte Frau von etwa zwanzig Jahren, die sich das schwarze Haar zu einem Pferdeschwanz zusammengebunden hatte, der ihr bis zur Mitte des Rückens reichte. Sie war wie die übrigen Seeleute in grobe Stoffe gekleidet, die durch die harte Arbeit auf See stark beansprucht worden waren.

»Ist das der Gefangene?«, fragte sie und schaute an Caldan vorbei die Wachen an.

»Ich bin kein Gefangener!«, erwiderte er hitzig. »Wie kommst du denn darauf?«

»Da sind zum Beispiel die beiden Wächter, die dich im Auge behalten, und da ist die Tatsache, dass wir dafür bezahlt worden sind, jemanden in Gewahrsam zu nehmen und dafür zu sorgen, dass er nicht entwischt, bevor wir ablegen. Also scheinst du mir sehr wohl ein Gefangener zu sein.« Sie lächelte ihn an und enthüllte dabei gleichmäßige weiße Zähne.

»Ich ... ich ...«, stotterte er. »Sieh mal, ich bin kein Gefangener. Es war ein Unfall. Ich bin nur ...«

»Sicher war es das.« Sie zeigte auf den Kai und sagte zu den Wächtern: »Ihr Jungs könnt jetzt gehen. Überlasst ihn mir.«

»Bist du sicher, dass du allein mit ihm zurechtkommst?«

Die junge Frau deutete auf die Matrosen um sie herum. »Ich habe eine Menge Hilfe, wenn ich sie brauche. Die Mannschaft wird es nicht zulassen, dass einem ihrer Mitglieder etwas zustößt.«

»Also gut.« Die Wächter warfen Caldan und der Frau einen letzten Blick zu und stapften über die Planke zurück auf den Kai.

»In Ordnung ... was sollen wir jetzt mit dir machen?«, fragte die junge Frau.

»Ich bin noch nie auf einem Schiff gewesen. Es war bisher nicht nötig«, sagte Caldan.

Sie hob die Brauen und sah ihn an. »Das war eine rhetorische Frage. Aber trotzdem hast du sie nicht beantwortet.«

Caldan zog eine Grimasse. Seine Gedanken schwirrten umher. »Ich habe ein paar harte Tage hinter mir und bin etwas verwirrt.«

»Ich glaube, so geht es uns allen manchmal.« Ein Schatten flog über ihr Gesicht, war aber im Bruchteil einer Sekunde wieder verschwunden. »Ich bin Miranda. Wir sollten dich erst einmal zur Kapitänin bringen. Sie wird dich kurz in Augenschein nehmen und dir sagen, wie die Dinge während der Reise auf dem Schiff für dich stehen. Es werden aber nur ein paar Tage Fahrt sein, denn es ist keine lange Reise. Aber da du noch nie auf einem Schiff warst, könnte sie dir trotzdem lange vorkommen.« Sie sah jemand hinter ihm an und hob die Hand. »Ich kann ihn von hier aus übernehmen. Er scheint harmlos zu sein.«

Caldan drehte den Kopf und sah, dass ein brutal wirkender Seemann unmittelbar hinter ihm stand, einen hölzernen Belegnagel in der schwieligen Hand haltend. An dem Blick in seinen Augen und den Narben an seinen Knöcheln war abzulesen, dass er wusste, wie er diesen Gegenstand zu benutzen hatte.

Caldan drehte sich wieder zu Miranda um und fragte: »Ist das nötig? Ich bin kein Verbrecher. Zeig mir einfach meine Kajüte, und dann kann ich dir aus dem Weg gehen.«

»Klar«, sagte sie. »Aber wir müssen dich zuerst einmal herumführen, damit du weißt, wo alles ist: Essen, Scheißhaus und so weiter.«

Caldan war verblüfft. Keine Frau, mit der er bisher Umgang gepflegt hatte, hätte ein solches Wort in den Mund genommen oder auch nur in einem Gespräch eine Körperfunktion erwähnt. Falls Miranda erkannte, was sie gesagt hatte, schien es ihr zumindest gleichgültig zu sein, denn sie redete weiter.

»Und dann gehen wir natürlich zur Kapitänin. Sie redet gern mit den Passagieren.«

»Also los.« Caldan wollte es hinter sich bringen. Ein sauberer Schnitt war immer das Beste. Er ging auf die Tür zu, die in das Innere des Schiffes führte.

Doch Miranda hielt ihn auf, kaum dass er ein paar Schritte gemacht hatte. Ihr Blick war hart. »Wir gehen, wann und wohin ich sage, klar? Schiffe können gefährlich für Unerfahrene sein, und ich will nicht, dass du zu Schaden kommst, solange du unter meiner Aufsicht stehst. So mancher Tölpel hat sich schon verletzt, indem er etwas Dämliches getan hat, weil er einfach keine Ahnung hatte.«

Zum Beispiel indem er einen reichen Jungen in einem Kloster verwundet hat, dachte er verbittert.

Sie bedeutete ihm, ihr zu folgen, und schlenderte auf eine kleine Tür an der anderen Seite des Schiffes zu.

Caldan folgte ihr und duckte sich unter dem niedrigen Türrahmen hinweg. Drinnen umströmte ihn warme Luft, die nach Teer und Schweiß roch.

»Ich hoffe, deine feine Nase ist jetzt nicht beleidigt«, bemerkte Miranda, während sie einige Stufen hinunterstiegen.

Sie führte ihn durch das Innere des Schiffes, zeigte ihm Orte, an die er nur in Begleitung gehen durfte – die Quartiere der Mannschaft, den Frachtraum, die Kombüse – und solche, die ihm erlaubt waren – der Gemeinschaftsraum, das »Scheißhaus« und seine eigene winzige Koje.

Diese war kaum groß genug für ihn und nur durch einen Vorhang vom Rest des Raumes abgetrennt, in dem sich sieben weitere Kojen befanden. Privatsphäre gab es hier kaum.

»Wirf dein Zeug hier hinein«, sagte sie und deutete auf seine Koje. »Für das, was man uns bezahlt hat, kannst du nichts Besseres bekommen.« Sie zwinkerte ihm zu.

Caldan lächelte grimmig. »Ich kann mich nicht beschweren. Schließlich habe ich keine Wahl.« Er legte seine Säcke in die Koje und zog den Vorhang zu.

Miranda sah ihn an und hielt den Kopf schräg. »Also gut, jetzt gehen wir zur Kapitänin. Folge mir.«

Dann führte sie ihn durch einen Korridor, bog um eine Ecke und blieb vor einer geschlossenen Tür stehen, in der sich tiefe Einkerbungen befanden. Sie bemerkte, dass Caldan die Beschädigungen anstarrte. »Sie waren schon da, als die Kapitänin das Schiff gekauft hat. Möglicherweise wurde es einmal von Piraten geentert.« Sie zuckte die Achseln. »Wer weiß?«

Als Nächstes hämmerte sie mit ihrer Faust hart gegen die Tür, und ohne auf eine Antwort zu warten, öffnete Miranda die Tür und betrat die Kapitänskajüte. Caldan folgte ihr nach drinnen.

Die Kapitänin saß hinter einem Schreibtisch, der mit Karten übersät war, die an den Ecken von einigen Steinen, Büchern und nautischen Geräten aus Messing beschwert waren. Caldan hatte keine Ahnung, wozu diese Geräte dienten. Die Kapitänin hatte ebenfalls gebräunte Haut, aber sie war nicht so dunkel wie die von Miranda, und ihre Schultern waren breiter. Die Runzeln um Augen und Mund verrieten, dass sie älter war als Caldan und Miranda, vielleicht um die vierzig Jahre. Sie hatte die gestiefelten Füße auf den Tisch gelegt und hielt einen Becher in der Hand, aus dem Dampf aufstieg. Ein starker Duft nach Kaffee erfüllte den Raum.

Miranda öffnete den Mund, doch bevor sie etwas sagen konnte, hatte die Kapitänin sie mit einer Handbewegung zum Schweigen gebracht. Sie nahm einen Schluck Kaffee und zog eine Grimasse.

»Der Koch hat schon wieder den Honig vergessen. Dieser Bastard«, murmelte sie. Sie setzte den Becher erneut an die Lippen und blies den Dampf weg.

Hinter ihr strömte das Licht der Morgendämmerung durch die offenen Fenster. Eine kühle Brise trieb durch die Kajüte, die nicht so schlimm stank wie der Rest des Schiffes - zumindest nicht *ganz* so schlimm.

Die Kapitänin stellte den Becher vorsichtig auf dem Tisch ab, verschränkte die Arme vor der Brust und sah Caldan an.

»Ich bin Kapitänin Charlotte«, sagte sie. »Das hier ist mein Schiff. Mir gehört die *Loretta* jetzt schon seit zehn Jahren, und ich bin hier das Gesetz. Ich sage dir, wann du wohin gehen darfst, klar?«

Caldan bemerkte, dass die Worte jenen glichen, die er vorhin von Miranda gehört hatte. Sie musste sie von der Kapitänin übernommen haben. Er schaute hinter sich. Miranda betrachtete eingehend den Boden, und eine leichte Röte war in ihre Wangen gestiegen.

»Für mich siehst du ziemlich harmlos aus. Du bist aus deinen Kleidern herausgewachsen, nicht wahr? Kümmern sie sich im Kloster nicht um so etwas?«

Er hörte, wie Miranda hinter ihm kicherte und es mit einem Hüsteln zu überdecken versuchte.

Die Kapitänin sah sie finster an. »Es reicht, Miranda. Benimm dich bitte.«

»Entschuldigung, Kapitänin«, sagte Miranda.

Kapitänin Charlotte stieß ein Grunzen aus. »Glaube nicht, dass du mich damit zum Narren halten kannst. Manchmal bist du genauso schlimm wie der Rest der Mannschaft.«

»Es tut mir leid, Herrin.«

»Dessen bin ich mir sicher.« Charlotte betrachtete Caldan mit kaltem Blick. »Wie dem auch sei, mach der Mannschaft bloß keine Schwierigkeiten, denn du weißt, auf wessen Seite ich stehe. Wir sind dafür bezahlt worden, dich nach Anasoma zu bringen, und ich will, dass diese Reise genauso ereignislos verläuft wie jede andere. Wenn du mir in die Quere kommst, gehst du über Bord und wirst Haifutter. Habe ich mich klar ausgedrückt?«

Caldan erwiderte ihren Blick und nickte. Es gefiel ihm gar nicht, auf welche Weise er aus dem Kloster geschickt worden war, aber er würde nichts Unüberlegtes tun. Er hatte nun genug Zeit, sich mit seiner Lage auseinanderzusetzen.

»Gut. Miranda, sorge dafür, dass er sich in seine Koje trollt. Wir legen in einer Stunde ab, und wir beide haben noch viel zu tun.« Sie entließ die beiden mit einer knappen Handbewegung, lehnte sich auf ihrem Stuhl zurück und griff nach dem Kaffeebecher.

Miranda ergriff Caldans Arm, zog ihn durch die Tür und schloss sie hinter sich. »Das ist gut gelaufen«, sagte sie. »Offenbar mag sie dich sehr.«

»Das ist *gut* gelaufen? Ist sie immer so unfreundlich?«

»Immer ... außer wenn sie etwas getrunken hat.« Sie zögerte. »Aber ich sollte nicht über sie reden. Jetzt gehen wir erst einmal zurück zu deiner Koje. Wenn wir die Segel gesetzt haben, kannst du an Deck gehen. Die Mannschaft würde es nicht gern sehen, wenn du beim Ablegen dabei bist. Du könntest ihnen in die Quere kommen.« Sie schenkte ihm ein breites Lächeln. »Und du könntest dir die Eingeweide aus dem Leib kotzen.«

Caldan zog eine Grimasse. Sie begaben sich zu seiner Koje, und dort ließ Miranda ihn allein. Er zog den Vorhang auf, räumte seine Säcke beiseite, damit er genug Platz hatte, und legte sich hinein.

Dann erinnerte er sich an das gefaltete Pergamentblatt, das er auf dem Boden seines Zimmers gefunden und eilig in die Hosentasche gestopft hatte. Es fühlte sich rau zwischen seinen Fingern an und war mit einem Klecks aus Kerzenwachs verschlossen, in das kein Siegel hineingedrückt worden war. Er brach das Wachs, faltete das Blatt auseinander und erkannte sofort Jemmas fließende Handschrift:

Lieber Caldan,

niemand darf zu dir, und so habe ich den Wächter bestochen, damit er dir diesen Brief überbringt. Ich hoffe, er erreicht dich. Natürlich weiß ich, dass du Marlon niemals absichtlich wehgetan hättest, und obwohl seine Wunden ernst sind und mir große Sorgen bereiten, gebe ich dir nicht die Schuld dafür.

Nur durch Zufall haben wir erfahren, dass du weggeschickt wirst, ohne dich verabschieden zu können, aber ich musste dir unbedingt sagen, dass ich dir wegen dem, was passiert ist, nicht böse bin. Die Ärzte sagen, dass Marlon sich erholen wird, aber es wird eine Weile dauern. Er braucht dauernde Pflege, um die ich mich kümmern muss. Ich kann nicht mehr am Unterricht teilnehmen, was sehr ärgerlich ist, aber daran lässt sich nichts ändern, bis Marlon Fortschritte gemacht hat. Die Familie hat Vorrang. Meine Eltern würden schließlich wollen, dass ich mich jetzt ausschließlich um Marlon kümmere.
Es heißt, dass du nicht auf die Insel zurückkehren darfst, und das tut mir leid. Ich weiß, dass es dich hart trifft – mehr als jeden anderen hier. Dieser Ort ist dein ganzes Leben gewesen, und es ist schwer, etwas zurückzulassen, was einem lieb und wert ist – aber das Leben stellt Herausforderungen an uns alle, und es ist unsere Aufgabe, diese Herausforderungen anzunehmen.

Ein Klumpen bildete sich in seinem Hals und machte das Schlucken schwer. Die Worte verschwammen, und er rieb sich die Augen.

Aber ich schweife ab, und bestimmt bist du ganz von deinen eigenen Sorgen erfüllt. Ich werde deine Freundschaft und deine Wärme vermissen.

In liebevoller Erinnerung,
deine Jemma

Caldan faltete das Pergamentblatt mit langsamen, ehrfürchtigen Bewegungen zusammen und steckte es wieder in seine Hosentasche. Dann starrte er den dünnen Vorhang an, der ihn von dem Raum dahinter trennte. Er war erleichtert, dass sie ihn nicht für Marlons Wunden verantwortlich machte, aber trotz ihrer Zeilen hatte er das Gefühl, dass Jemma ihm die Zerstörung ihrer eigenen Freiheit niemals vergeben würde.

Das Schaukeln des Schiffes entspannte ihn, auch wenn der Wellengang hier im Hafen noch sehr sanft war. Er war sich sicher, dass die zweitägige Reise angenehm würde, falls sein Magen ruhig blieb.

Allmählich sank die Wirklichkeit seiner Lage in seine Gedanken ein, und er fragte sich, wie viel er noch ertragen konnte. Das Leben, das er kannte, war so schnell und so vollständig verschwunden wie Rauch, der vom Wind weggeblasen wird.

Er kniff seine Augen zusammen und rieb mit der Handfläche darüber. *Ungerecht* war das Wort, das ihm immer wieder in den Sinn kam. Aber in Wahrheit ging es ihm besser als vielen anderen. Besser, als es ihm eigentlich zustand. Vielleicht würde dieser neue Abschnitt seines Lebens ihn verändern, vielleicht würde ihm die Erfahrung ein besseres Verständnis für die Welt und einen neuen Blickwinkel auf sie bescheren.

Er atmete tief dic modrige Luft ein und stellte fest, dass er nicht still liegen konnte. Darum stieg er aus der Koje und ging nach oben, weil er sehen wollte, wie das Schiff durch die Morgendämmerung segelte.

Caldan trat an Deck und traf die Mannschaft in fiebriger Aktivität an. Er fand eine Ecke, wo er niemandem im Weg war, und lehnte sich gegen das Dollbord. Die frische Meeresbrise fuhr ihm durch die Haare und verschaffte ihm nach der muffigen Luft unter Deck Erleichterung.

Kapitänin Charlotte und Miranda standen am Ruder. Beide waren still und spähten hinaus in den Hafen.

»Wir müssen den Wind ausnutzen«, hörte er die Kapitänin sagen. »Ist alles bereit?«

»Ja, Herrin«, antwortete Miranda.

»Dann sage mir bitte, warum Takler Darcy schwankt wie ein Laken im Wind.«

»Bei den verdammten Ahnen«, fluchte Miranda. »Takler Darcy, du verfluchter Saufbold!«, rief sie mit rotem Gesicht. »Schieb deinen traurigen Hintern unter Deck, und zwar sofort! Jonas, klettere in die Takelage, und nimm seinen Platz ein.«

»Recht so, Herrin«, sagte ein anderer Matrose, als er auf dem Weg zum Mast am taumelnden Darcy vorbeikam.

Miranda wirkte, als würde sie gleich platzen. Sie presste die Lippen fest zusammen und blähte die Nüstern.

»Entschuldigung, Kapitänin. Ich hätte Darcy überprüfen sollen. Wir wissen ja, wie er ist, wenn er Landurlaub hatte.«

»Ja, das hättest du tun sollen. Egal. Was geschehen ist, ist geschehen. Pass beim nächsten Mal besser auf.«

Miranda nickte schnell und verlegen.

»Ich werde es noch einmal fragen: Ist alles bereit?«

Miranda hielt kurz inne, bevor sie antwortete. Sie betrachtete das Deck, die Masten, die Segel und die Mannschaft, und ihr Blick blieb für eine Sekunde bei Caldan hängen, bevor er weiterglitt. Caldan hielt die Luft an, denn er befürchtete, sie würde ihn wieder unter Deck schicken, während sie ablegten, aber zu seiner Überraschung tat sie es nicht.

»Ja, Herrin. Alles ist bereit.«

»Gut, dann werden wir lossegeln.« Kapitänin Charlotte rief so laut, dass ihre Stimme überall auf dem Schiff zu hören war: »Setzt die Segel! Alle Hände ans Segelsetzen!«

Lautes Rufen und Trampeln und Stampfen war zu hören, als die Matrosen auf ihre Plätze eilten.

»Ruhe, bitte!«, rief die Kapitänin.

Die gesamte Mannschaft der *Loretta* erstarrte plötzlich und verharrte in Totenstille. Das Schiff lag noch im Hafen und schaukelte sanft in der leichten Morgendünung. Die Wellen schlugen leise gegen den Rumpf.

Auch Charlotte stand still und schätzte den Wind ab. Sie schwieg einige Augenblicke.

»In die Wanten!«, rief sie schließlich. Ihr Ruf wurde überall auf dem Schiff wiederholt, und sofort waren die Segelhüllen mit Männern und Frauen bedeckt, die in der Takelage hochkletterten und dabei so geschickt wie Affen auf den Bäumen waren.

Während Charlotte etliche weitere Befehle gab, banden die Matrosen die Seile los, mit denen die Segel zusammengehalten wurden, und die Leinwände fielen mit einem Rauschen herunter. Seile wurden gespannt und befestigt.

Die *Loretta* bekam ein wenig Schlagseite, als der Wind in ihre Segel fuhr. Nach einem weiteren Stoß bewegte sie sich ruckartig vorwärts, und allmählich wurde daraus ein stetiges Gleiten. Sie war nun unterwegs, gewann an Geschwindigkeit, entfernte sich von den Kaianlagen, und das Rauschen, mit dem sie durch das Wasser schnitt, wurde immer lauter.

Caldan schaute zurück zum Hafen, und sein Blick wanderte an der hügeligen Stadt hoch, bis er schließlich auf dem Kloster ruhte. Dann drehte er den Kopf zum offenen Meer und der Brise hin, die von dort herbeiblies, denn so konnte er seine Miene vor den anderen verbergen. Seine Augen brannten, als ihn die Wut über seine Verbannung ergriff. Salzige Gischt, die von dem Schiff aufgeschleudert wurde, legte sich über sein Gesicht. Er schirmte es nicht ab und bewegte sich nicht, denn auf diese Weise waren seine Tränen bald nicht mehr zu erkennen.

Schnell verlor er jedes Zeitgefühl, als er am Dollbord stand und hinaus auf das Wasser starrte. Er bemühte sich, nicht zurück zu der Insel zu schauen, die in der Ferne immer kleiner wurde, und er schob jeden Gedanken an sie beiseite in dem Versuch, seine Schmerzen zu lindern.

Die Sonne war in einem wolkenlosen Himmel aufgestiegen und brannte nun auf das Deck herunter. Caldans Augen schmerzten vom Gleißen des Wassers. Er wollte sie schonen und sich beruhigen, und so ging er zurück zu seiner Koje. Dabei passierte er etliche Matrosen, die ihn gar nicht beachteten, denn sie waren zu sehr mit ihren Arbeiten beschäftigt.

Sobald er auf dem Festland eintraf, musste er sich eine billige Unterkunft und Arbeit suchen, aber darüber hinaus hatte er keine Ahnung, was er tun sollte. Er war sich sicher, dass es nicht allzu schlimm für ihn werden würde, denn er hatte im Kloster etliche Fertigkeiten und Kenntnisse erworben, aber er wusste, dass er so schnell wie möglich eine Arbeit finden musste.

Doch darüber konnte er sich Gedanken machen, wenn er Anasoma erreicht und beschlossen hatte, dort zu bleiben.

Er schüttelte sich aus seinem Tagtraum, kippte die beiden Säcke aus und verteilte den Inhalt in der Koje. Es war eine armselige Ansammlung von Besitztümern, die sein ganzes bisheriges Leben bedeuteten.

Dann sackte er auf der Koje zusammen und war plötzlich vollkommen erschöpft, sowohl körperlich als auch geistig. Er rieb sich die schmerzenden Augen. Nun brauchte er erst einmal Ruhe und Zeit zum Nachdenken über alles, was geschehen war, und er bezweifelte, dass dies nach der Landung in Anasoma noch möglich sein würde. Die kurze Seereise war vermutlich eine glückliche Fügung, damit er seine Gedanken sammeln konnte.

Er packte seine Sachen wieder ein, stellte die Säcke auf den Boden und verbrachte die nächsten Stunden damit, in seiner Koje zu liegen und die Augen geschlossen zu halten, während er zusammen mit dem Schiff sanft von einer Seite auf die andere schwankte. Zwar fühlte er sich nicht seekrank, was ihn überraschte, doch als ein Matrose herunterkam und ihm mitteilte, dass das Mittagessen fertig sei, lehnte Caldan ab. Er war zwar hungrig, aber nicht in der Stimmung, mit Fremden zu plaudern, die alle möglichen Fragen an ihn stellen würden.

Caldan bemerkte nicht, wie er einschlief, und irgendwann wurde er wach geschüttelt. Er schob die störende Hand weg und setzte sich benommen auf. Miranda stand vor ihm, hatte die Arme vor der Brust verschränkt und sah ihn mit missbilligendem Blick an.

»Hab gehört, dass du den ganzen Tag nichts gegessen hast«, sagte sie.

»Hm?« Caldan war noch sehr schläfrig. »Was geht dich das an?«

»Wir müssen dafür sorgen, dass es unseren Passagieren gut geht. Schließlich würden wir keine weiteren derartigen Aufträge mehr bekommen, wenn wir uns nicht hin und wieder um die Gäste kümmern.« Sie machte einen Schritt zurück. »Bist du etwa krank?«

»Nein, überhaupt nicht. Ich habe nur etwas Ruhe gebraucht, und ich bin nicht hungrig.« Sein Magen nutzte genau diesen Augenblick, um ein lautes Knurren auszustoßen, das seinen Worten Hohn sprach. Er grinste verlegen. »Ich nehme an, ich bin gerade überstimmt worden.«

Miranda erwiderte sein Lächeln. »Na los, komm schon. Wir werden dir jetzt etwas zu essen besorgen. Du bist den ganzen Tag hier unten gewesen. Draußen geht schon die Sonne unter. Mich überrascht es nicht, dass du Hunger hast.«

Caldan folgte ihr durch das Schiff zur Kombüse. Miranda suchte herum und stellte ihm dann einen hölzernen Teller mit grobkörnigem Brot, einen verschrumpelten Apfel und ein paar Scheiben kaltem angebranntem Fleisch zusammen. Die Zubereitung durch den Smutje hatte dazu geführt, dass keine Rückschlüsse mehr auf das Tier möglich waren, von dem das Fleisch stammte, aber Caldan war nicht mäkelig. Sein Magen knurrte erneut, als er den Teller von Miranda entgegennahm, und sie bedeutete ihm, ihr zu folgen.

»Warte«, sagte er. »Könnte ich bitte noch etwas mehr haben?«

Sie hob eine Braue und machte ihm mit einer Handbewegung klar, dass er sich selbst bedienen durfte. »Klar. Lass uns bloß noch etwas übrig.«

Er nahm einen weiteren Apfel, noch ein paar Scheiben Fleisch und einen kleinen Wasserschlauch. »Das sollte reichen. Jetzt können wir gehen.«

Sie betrachtete seinen übervollen Teller und zuckte mit den Schultern.

An Deck führte sie ihn in eine geschützte Ecke und bedeutete ihm, er möge hier essen. Sie stützte sich mit den Ellbogen auf das Dollbord und schaute dorthin, wo die Sonne verschwunden war.

»Schade, wir haben den Sonnenuntergang verpasst.«

Caldan empfand ihre Worte als ironisch und sah sie kurz an. Miranda sah den Sonnenuntergang doch jeden Tag, oder? Sein Blick glitt von ihrem Gesicht zu ihrem Körper unter der

Kleidung. Sie wirkte straff und athletisch ... Schnell hörte er auf, sie anzustarren, bevor sie es bemerkte, und richtete seine ganze Aufmerksamkeit wieder auf das Essen.

»Danke«, sagte er. »Für die Mahlzeit, meine ich.« Er stopfte sich eine Scheibe Fleisch in den Mund und kaute heißhungrig darauf herum. War das Rindfleisch? Es könnte auch Ziege sein, aber er vermochte es nicht zu sagen. »Ich bin immer dankbar für etwas zu essen«, murmelte er mit vollem Mund. »Als ich klein war, hatte ich nie genug davon.«

Bei diesen Worten sah Miranda ihn scharf an. Kurz legte sich ein Ausdruck des Kummers auf ihr Gesicht, dann betrachtete sie wieder das Meer. »Ich weiß, wie das ist«, sagte sie mit leiser Stimme.

Caldan schwieg, denn er wollte nicht zu neugierig erscheinen. Stattdessen aß er und hatte den Teller bald geleert. Das Brot war alt, aber wenn man es mit ein wenig Wasser mischte, konnte man es kauen und herunterschlucken.

»Äh ... bestünde vielleicht die Möglichkeit, dass ich noch etwas bekomme?«

Miranda lachte, wobei sich Grübchen an ihren Wangen bildeten, was er recht hübsch fand. Als er ihr zum ersten Mal begegnet war, hätte er diese andere Seite an ihr nie erwartet, zu diesem Zeitpunkt schien sie viel zu ernst zu sein.

»Meine Güte, bist du hungrig.« Sie betrachtete die eng anliegenden Ärmel seines Hemdes. »Du verwandelst dich doch nicht in einen Jukari, oder?«, scherzte sie und bezog sich damit auf die wilden Kreaturen, die in den Bergen lebten. Den Gerüchten zufolge waren sie doppelt so groß wie ein gewöhnlicher Mensch – und doppelt so stark behaart.

Er wusste, dass sich Miranda dabei nicht auf seine Behaarung bezog. »Ich glaube nicht, zumindest nicht heute. Wenigstens hoffe ich das nicht!« Sie lachten zusammen, dann setzte ein kurzes gemeinschaftliches Schweigen ein, bevor Caldan wieder etwas sagte.

»Weißt du, ich habe es ernst gemeint. Habt ihr vielleicht Gemüse - grünes, mit Blättern? Ich verspüre seit einiger Zeit einen Heißhunger auf Grünzeug.«

»Vielleicht verwandelst du dich in ein Kaninchen?«

Caldans Gedanken zuckten gerade zurück zu dem Kampf und zu seinem Schwert, das in Marlons Brust eindrang. Sein Lächeln verschwand. Er wusste, dass er sich tatsächlich gerade verwandelte - oder zumindest veränderte. Schon jetzt war er größer und stärker als die anderen Jungen in seinem Alter. Man musste sich bloß ansehen, was er Marlon angetan und mit welcher Kraft er das Schwert in ihn gerammt hatte. Nein, wenn er sich wirklich in etwas anderes verwandelte, dann eher in einen Jukari als in ein Kaninchen.

Davon sagte er natürlich nichts, sondern meinte nur: »Also los.« Er ging zurück zur Kombüse, und Miranda hatte Schwierigkeiten, mit seinen langen Schritten mitzuhalten.

In der Kombüse zeigte sie ihm das Gemüse, und er füllte sich den Teller mit Blättern, einige stopfte er sich sofort in den Mund. Miranda schüttelte den Kopf und lehnte sich gegen einen Tisch.

»Ich habe noch nie jemanden so viel essen gesehen.«

Caldan zuckte die Achseln, und eine leichte Röte überzog sein Gesicht. »Ich wachse noch.«

Miranda hob die Brauen. »Du solltest besser damit aufhören, solange du noch durch die Tür passt. Wie dem auch sei, unsere Reise ist kurz, und wir machen sie oft, deswegen müssen wir uns keinen Proviant aus Trockennahrung und hartem Brot anlegen. Wir füllen unsere Vorräte in jedem Hafen auf. Dadurch ist unsere Mannschaft besser gelaunt als viele andere. Unsere Kapitänin ist sehr fürsorglich, obwohl frisches

Essen weitaus mehr kostet. Nimm dir also, so viel du willst, solange sich die Mannschaft nicht darüber beschwert.«

»Danke. Ich kann es nicht erklären - ich bin erst seit etwa einem Monat so heißhungrig. Ich glaube, ich habe gerade einen späten Wachstumsschub«, sagte er und vertilgte den Rest des Gemüses auf seinem Teller.

»Das muss es sein.« Sie drehte an einer Locke, die sich aus ihrem Haarschopf gelöst hatte, und wickelte sie sich um den Finger. Caldan sah die Frage in ihren Augen, aber sie schien sich nicht zu trauen, sie zu stellen. Doch schließlich meinte sie: »Wieso musstest du eigentlich abreisen?«

Nun war es ausgesprochen worden. Caldan zögerte. Es war ein Thema, das ihn noch sehr schmerzte, aber er spürte gleichzeitig, dass er endlich mit jemandem darüber reden musste. Miranda war nett und wollte ihm offenbar zuhören. *Was kann es schon schaden?*

»Ich habe einen Unfall verursacht. Einer der anderen Jungs hat mich schikaniert. Es ist außer Kontrolle geraten. Er hat mich provoziert und dann zu einem Kampf herausgefordert. Die Schüler des Klosters regeln ihre Angelegenheiten manchmal auf diese Weise. Wir haben nur mit hölzernen Übungsschwertern gekämpft, aber ...« Er verstummte und holte einige Male tief Luft. »Ich muss die Beherrschung verloren haben. In der Hitze des Gefechts habe ich ihn zu hart erwischt. Meine Waffe ist gesplittert, und ... Ich weiß nicht, was passiert ist. Sie steckte plötzlich in seiner Brust.« Caldan schloss die Augen, als er das Entsetzen sah, das sich auf Mirandas Gesicht spiegelte. »Ich wollte das nicht.«

»Lebt er noch?«

»Ja. Sie haben gesagt, dass er irgendwann wieder ganz gesund werden wird.« Caldan öffnete die Augen und sah Miranda an. »Meine Erinnerungen sind ganz verschwommen.

Das alles war ein Fehler. Ich hätte nicht so wütend werden dürfen. Vor allem tut es mir wegen der Schmerzen leid, die ich damit meinen Freunden und den Menschen zugefügt habe, die für so lange Zeit meine Familie waren.«

»Na na, es ist niemand gestorben, und du bist kein Dieb. Ich kann also der Kapitänin und der Mannschaft berichten, dass der Gefangene gar nicht so schlimm ist und wir nicht auf der Hut vor ihm sein müssen.«

Caldan bemerkte, dass sie ihn beruhigen wollte, aber seine Stimmung hatte sich wieder einmal verschlechtert.

Ich vermute, es ist noch zu früh.

»Ich gehe jetzt zurück zu meiner Koje und ruhe mich aus. Vielen Dank für deine Freundlichkeit.« Er nickte Miranda zu und ging, während sie weiterhin gegen den Tisch gelehnt stand.

7

Am nächsten Morgen wurde Caldan durch den Lärm der Matrosen geweckt, die ihrer Arbeit nachgingen. Er schnüffelte und bemerkte, dass ein Teil des Gestanks in der Koje von ihm selbst kam. Seit Tagen hatte er sich nicht mehr gewaschen, und der getrocknete Schweiß hing an ihm und seiner Kleidung. Sofort beschloss er, etwas dagegen zu unternehmen, suchte sich frische Kleidung und machte sich auf den Weg zum Deck.

Die Sonne spähte bereits über den Horizont. Ein vollkommen ruhiges Meer hieß ihn willkommen. Nicht der leiseste Windhauch blähte die Segel.

Ein alter Matrose ging mit einem Tablett voller dampfender Becher über das Deck und gab jedem Seemann, der schon an der Arbeit war, einen davon. Er bemerkte Caldan und reichte auch ihm einen Becher - er war mit starkem Kaffee gefüllt. Der Matrose schenkte ihm ein zahnloses Lächeln und ging weiter.

In Caldans Nähe befanden sich zwei weitere Seemänner, die an ihren Bechern nippten. Caldan nahm einen Schluck Kaffee und hätte ihn beinahe wieder ausgespuckt. Offenbar hatte der Smutje wieder vergessen, die Bitterkeit mit Honig zu dämpfen.

»Flach wie'n See da draußen, Hai«, sagte einer der Matrosen – ein Mann, der kaum älter als Caldan war und dem ein stacheliges Gestoppel unter der Nase klebte, das wohl einen Schnurrbart darstellen sollte.

»Allerdings, Conall.« Hai, ein älterer Seemann mit einer Haut wie gegerbtes Leder, würgte ein wenig Speichel hoch und spuckte ihn über die Reling. »Scheint so, dass wir nicht so schnell wie sonst nach Anasoma kommen.«

»Jawohl«, meinte Conall. »Wahrscheinlich wird sie uns zur Arbeit am Schiff verdonnern. Keine Ruhe für die Bösen.«

»Wahrscheinlich wird sie uns eher die Schrullen austreiben, die wir in den letzten Wochen entwickelt haben. Auf dem Meer war alles so ruhig, und nach den drei Tagen auf Eremita sind ein paar Mann etwas zu behäbig geworden.«

»Entschuldigung.« Caldan machte einige Schritte auf die beiden zu. »Ich möchte euch nicht stören, aber wo kann ich mich waschen?«

Zwei neugierige Augenpaare betrachteten ihn von oben bis unten.

»Bist du dieser Mörder, den wir an Bord genommen haben?«, fragte Hai.

»Was? Nein! Ich habe niemanden umgebracht!«

»Ich hab gehört, du hast jemanden bei einem Duell aufgespießt. Sauber und kaltblütig.« Hai machte eine zustoßende Bewegung mit dem Arm.

»Sei vorsichtig«, fiel Conall ein. »Erwisch ihn nicht von der falschen Seite, oder du bist Haifutter!«

»Ha! Da braucht's schon mehr als dieses Bürschlein, um mich zu besiegen. Außerdem esse ich Haie zum Frühstück. Daher hab ich meinen Namen.«

»Also bitte!«, sagte der junge Matrose. »Deine Mutter hat jeden Kampf gegen dich gewonnen, bis du fünfzehn warst.«

»Halt's Maul! Nur bis ich dreizehn war!«

Die beiden Männer lachten herzlich. Conall wischte sich durch die Augen, dann wandte sich Hai Caldan zu.

»Nimm's nicht ernst, junger Mann. Wir scherzen nur. Haben in unseren Tagen eine Menge Mist geseh'n und lachen drüber, wann immer es geht. Wir wollen dich nicht beleidigen.«

Caldan wusste nicht, was er darauf antworten sollte. Sein Gesicht brannte vor Verlegenheit. Hai sah ihn mit einer Miene an, die beinahe Mitleid ausdrückte.

»Schäm dich nicht, Junge. Wir haben gehört, dass es ein Unfall war. Waschen willst du dich, sagst du?«

Caldan nickte nur, denn er vertraute nicht mehr darauf, dass ihm seine Stimme gehorchen würde.

»Da hinten. Siehst du den Kübel mit dem Seil dran? Hol dir etwas Meerwasser, und benutz den Schwamm da drüben. Du musst dich nicht schämen, wenn wir dir dabei zusehen. Ein kleines Schiff bedeutet, dass keiner hier Privatsphäre hat. Daran wirst du dich schnell gewöhnen.«

»Ich sag dir immer wieder, wir sollten keine Schwämme aus dem Meer holen«, meinte Conall.

Hai rollte mit den Augen. »Nicht schon wieder!«

»Ich sage dir, das ergibt einen Sinn.«

»Nein, tut es nicht.«

»Schwämme saugen Wasser auf, und wenn alle Schwämme vom Meeresboden aufgesammelt sind, was passiert dann?« Conall sah Caldan an. »Na? Was glaubst du?«

»Ich hab nicht die geringste Ahnung«, sagte Caldan.

»Nun, der Meeresspiegel wird natürlich steigen! Die Städte werden überflutet werden!«

Hai versetzte Conall mit der flachen Hand einen ordentlichen Klaps auf den Hinterkopf, bei dem Conall fast seinen Kaffee verschüttet hätte.

»Halt endlich den Mund, du Depp. Es reicht schon, dass ich mit dir zusammenarbeiten muss. Da muss ich mir nicht auch noch deinen Mist anhören.«

»Das stimmt wohl«, sagte Conall und rieb sich den Hinterkopf.

Caldan entfernte sich langsam von den beiden. »Vielen Dank. Ich werde mich jetzt waschen.«

»Gern geschehen. Achte nicht auf diesen dummen Kerl. Ach, und noch etwas. Wasch dir das Meerwasser mit etwas frischem Wasser ab, ansonsten hast du den ganzen Tag eine trockene und kratzige Haut.« Er nickte, und die beiden schauten wieder hinaus auf das Meer, während sie ihre Becher leerten.

Caldan warf den Kübel über Bord und holte etwas Meerwasser ein. Er hatte keine Seife, also musste es eben ohne sie gehen. *Noch etwas für meine Liste der unbedingt notwendigen Gegenstände.* Dann zog er sein Hemd aus, ließ aber die Hose an. Die Matrosen mochten es gewohnt sein, keine Privatsphäre zu haben - aber er war das nicht, und er wollte auf keinen Fall mit heruntergelassener Hose an Deck erwischt werden. Außerdem hatte er das Kleinod in seiner Unterwäsche versteckt.

Das Meerwasser war kalt, aber angenehm. Nachdem er sich die Haut heftig mit dem rauen Schwamm abgerieben hatte, füllte er den Kübel erneut und goss ihn sich über den Kopf. Das Ganze wiederholte er dann noch einmal. Als er tropfnass an Deck stand, frischte plötzlich der Wind auf und wurde zu einer leichten Brise. Er hob die Arme, schloss die Augen und ließ es zu, dass der Wind über ihn hinwegstrich, während er dem Knirschen des Schiffes und den Schreien der Möwen zuhörte, die über ihm kreisten.

Er hörte ein knusperndes Geräusch hinter sich, öffnete die

Augen, drehte sich um und sah, dass Miranda mit untergeschlagenen Beinen auf dem Deck saß, einen Apfel aß und ihn dabei betrachtete.

»Guten Morgen«, zwitscherte sie und nahm einen weiteren Bissen.

»Auch dir einen guten Morgen«, erwiderte er und schämte sich, weil sie ihn beobachtet hatte. Rasch zog er sich ein sauberes Hemd an und mühte sich ab, die engen Ärmel über seine Arme zu streifen, dann stellte er Kübel und Schwamm zum Dollbord. »Stimmt etwas nicht?«

»Nein, keineswegs«, sagte Miranda. »Ich genieße nur die frische Luft und deinen Anblick. Gut, dass du dich gewaschen hast. Ich wollte gestern nichts sagen ...« – sie rümpfte die Nase – »... aber du hast ein wenig streng gerochen.«

»Ich konnte vor meiner Abreise vieles nicht tun, was ich tun wollte, und ich war ... ein paar Tage eingesperrt. Es fühlt sich gut an, wieder sauber zu sein.«

Es fühlte sich wirklich sehr gut an. Das Salzwasser und der Schwamm hatten seine Haut rau und prickelnd gemacht, als ob er die alte Haut abgescheuert und neue darunter entdeckt hätte.

Miranda schaute ihn von oben bis unten an. »Du musst viel Sport getrieben haben. Das Kloster hat dich gesund gehalten.«

»Ja. Sie ... den Mönchen gefällt es, wenn die Schüler aktiv sind. Sie sagen, ein gesunder Körper verhilft zu einem gesunden Geist. Aber ich glaube, sie wollen die Schüler nur ermüden, sodass sie nicht mehr in der Lage sind, Unsinn zu machen. Im Wesentlichen aber hat der Unterricht hauptsächlich drinnen stattgefunden und war weniger anstrengend.«

»Hm ... wenn du es sagst ...«

Caldan stand still und genoss es, wie die Morgenbrise langsam seine Haut trocknete. Der Wind war nicht stark genug, um das Meer zu kräuseln, aber immerhin flatterten die Segel nun ein wenig. Er warf einen Blick auf Miranda. Sie schaute ihn noch immer an, während sie ihren Apfel fast vollkommen aufgegessen hatte. Nur noch das Kerngehäuse und der Stängel waren übrig, und schließlich schleuderte sie beides über Bord.

»Du brauchst jetzt das hier«, sagte sie und warf ihm einen Wasserschlauch zu.

Seine Haut fühlte sich tatsächlich gespannt an, und er erinnerte sich an den Rat des Matrosen, sie mit frischem Wasser abzuspülen. Also goss er es sich über Gesicht und Arme und rieb sich mit den Händen das Meersalz weg. Die Haut unter dem Hemd prickelte, aber er wollte es vor Miranda nicht wieder ausziehen.

»Danke.« Er nahm einen Schluck Wasser und spülte sich den Mund aus. »Die Matrosen haben gesagt, dass wir uns wegen des fehlenden Windes verspäten werden.«

»Conall und Hai? Ihnen kommt das wohl gerade recht. Aber es stimmt tatsächlich, dass uns das Wetter nicht gerade vorwärts treibt, wie du selbst sehen kannst. Gibst du mir ein wenig von dem ab, was noch in deinem Becher ist?«

Er reichte ihr den Kaffee entgegen und hoffte, dass kein Salzwasser hineingeraten war. Sie nickte ihm dankbar zu, setzte den Becher an die Lippen, nahm zuerst einen Schluck und trank dann den ganzen Rest.

»Ah! Es geht doch nichts über den Kaffee von jemand anderem am Morgen. Ich hole mir noch einen frischen Becher. Bis später.« Sie ging davon.

Den Rest des Morgens verbrachte Caldan damit, das Schiff zu erkunden, sowohl an Deck als auch unter Deck. Oben wirkte der größte Teil der Mannschaft gelangweilt, denn aufgrund der Windstille gab es nicht viel zu tun. Die meisten entspannten sich. Rasch wurden Würfel- und Kartenspiele organisiert, deren Teilnehmer sich immer wieder vergewisserten, dass Kapitänin Charlotte nicht in der Nähe war. Caldan nickte jedem zu, der ihn bemerkte, als er vorbeikam. Manche erwiderten seinen Gruß, andere taten es nicht oder gingen ihm gar absichtlich aus dem Weg.

Die andauernde leichte Bewegung des Decks und sein Schwanken nach rechts und links waren neu für Caldan, und in der Windstille hörte er stets das knirschende Holz und die ächzenden Taue. Seine Schwertausbildung im Kloster half ihm nun dabei, mit den Bewegungen des Schiffes fertigzuwerden, und der geringe Seegang machte es ihm einfach, an Deck herumzuspazieren. Bisher bemerkte er keine Anzeichen für eine Seekrankheit, und dafür war er sehr dankbar.

Am späten Nachmittag saß Caldan mit übergeschlagenen Beinen im Schatten und lehnte mit dem Rücken gegen das Dollbord. Seine Arme waren in der Sonne verbrannt, und er hatte großen Durst. Er nahm einen tiefen Zug aus einem Wasserschlauch. Das Wasser war warm und schmeckte wie Leder, bot aber trotzdem eine willkommene Erfrischung.

Wann immer er während des Tages geglaubt hatte, dass niemand ihn beobachtete, hatte er die Ringe berührt, die er weiterhin zwischen seiner Kleidung aufbewahrte. Und so hatte er immer wieder über die Kleinodien nachgedacht. Im Unterricht war dieses Thema angesprochen worden, aber es hatte keine Anschauungsstücke für die Schüler gegeben – sie hatten sich nur auf einige alte Berichte und das Wissen der Meister stützen können.

Die Kleinodien waren vor Tausenden von Jahren erschaffen worden, bevor die Zerschmetterung den größten Teil des Wissens zerstört hatte, das die Zauberer angesammelt und benutzt hatten. Diese Gegenstände kamen in verschiedenen Formen und Gestalten vor, doch meistens handelte es sich um Schmuckstücke, da sie einfach am Körper getragen werden konnten und schnell zur Hand waren, denn die meisten von ihnen waren passiv. Ihr Einfluss reichte nicht weit und beschränkte sich meist auf ihren Träger. Die Zauberer waren in der Lage gewesen, noch andere Gegenstände mit magischer Macht aufzuladen, aber keine waren wie die Kleinodien. Vor der Zerschmetterung hatten für gewöhnlich nur die Reichen und Mächtigen sie in Besitz gehabt, aber in dem folgenden Chaos hatten viele den Weg in andere Hände gefunden, sei es durch Verkauf, durch Zufall oder auf schlimmere Art und Weise. Der Besitz eines so exklusiven Gegenstandes wurde zum Zeichen des Einflusses und Reichtums in allen Schichten der Gesellschaft. Viele waren nun Schmuckstücke mit eigenen Familiengeschichten, die von Generation zu Generation weitergegeben und beschützt wurden. Wegen ihrer magischen Fähigkeiten - in manchen Fällen konnten sie sogar von Menschen ohne Gabe benutzt werden - und ihrer ungeheuren Seltenheit wurden sie sehr geschätzt. Arme Familien hielten die ihren verborgen, und die Reichen sicherten sie so gut wie möglich. Das führte dazu, dass Kleinodien nur selten zu sehen waren, damit sie kein Ziel für Diebe werden konnten.

Caldans Kleinod war sein einziger Hinweis auf seine eigene Familiengeschichte. Und es könnte auch zu seinem Tod führen. Dieser Gedanke deprimierte ihn. Delife hatte ihm geraten, nicht allzu tief zu graben, aber wenn er überhaupt keine Nachforschungen anstellte, war dieses Kleinod nichts anderes als ein Ring, der zwar wertvoll, aber für ihn von keinem praktischen Nutzen war - insbesondere dann nicht, wenn es ihm nicht gelang, die Funktionsweise dieses Kleinods herauszufinden. Die Mönche hatten es während der ganzen Zeit, in der sie den Ring in Besitz gehabt hatten, jedenfalls nicht geschafft.

Caldan seufzte. Er hatte keine Ahnung, wie er dieses Kleinod dazu benutzen sollte, mehr über seine Eltern herauszufinden, und er konnte es nicht verkaufen. Also blieb ihm nur die Hoffnung, dass es in einer so großen Stadt wie Anasoma jemanden gab, der in der Lage war, ihm zu helfen.

8

Kaum hatte Caldan sich rücklings auf die Planken, die noch ein wenig warm von der Sonne waren, gelegt, um die Sterne zu beobachten, gesellte sich Miranda zu ihm. Aus den Augenwinkeln sah er, wie sie sich ihm langsam näherte, dabei eine Menge Lärm machte und ihm so die Möglichkeit ließ, sie wegzuschicken, falls er keine Lust auf Gesellschaft hatte. Doch als er nichts einwandte, setzte sie sich im Schneidersitz neben ihn und schlug ihm vor, mit der Mannschaft am nächsten Morgen einen kleinen Schwertkampf zu veranstalten.

»Was?«, rief Caldan aus.

»Ich habe gesagt, falls morgen noch immer Flaute herrschen sollte, will die Kapitänin …«

»Ich habe gehört, was du gesagt hast«, unterbrach er Miranda. »Ich habe dich nicht darum gebeten, es zu wiederholen.«

»Worum dann? Egal. Die Mannschaft braucht ein wenig Übung mit dem Schwert, falls es Schwierigkeiten gibt, und Charlotte … nun, sie glaubt, du könntest das übernehmen.«

Caldan erinnerte sich daran, wie sein Schwert in Marlons Brust gefahren war, und er schüttelte den Kopf. Es war ihm unmöglich, so kurz nach dem Unfall wieder Schwertübungen zu machen.

Offenbar war das Miranda nicht klar, denn sie fuhr fort: »Es würde die Eintönigkeit durchbrechen. Man kann hier nicht viel tun, außer Trübsal zu blasen.«

»Ich blase keine Trübsal.«

»Wie du meinst.« Miranda schaute weg, aber vorher bemerkte er gerade noch ein Grinsen auf ihrem Gesicht. »Wenn du dich von allem unterkriegen lassen und tagelang schmollen willst, dann werde ich dich nicht daran hindern. Aber wenn du uns die Wahrheit über das gesagt hast, was passiert ist ...«

»Ich habe natürlich die Wahrheit gesagt.«

»... dann solltest du dich bemühen, die Vergangenheit hinter dir zu lassen und nach vorn zu schauen.«

Caldan schenkte ihr einen verärgerten Blick. Sie war nur wenige Jahre älter als er, und trotzdem wagte sie es, ihm Ratschläge zu erteilen? »Ich bin es leid, dass man mir Vorschriften macht. Ich glaube, ich weiß selbst, was das Beste für mich ist. In jedem Fall will ich nie wieder mit dem Schwert kämpfen und werde mir in Anasoma eine normale Arbeit suchen.«

Miranda sah ihn an, als wäre er etwas Unangenehmes, in das sie hineingetreten wäre. »Einfach so? Du hast keine Ahnung, wie es in einer großen Stadt zugeht.«

»Ich habe keine Ahnung?«

»Allerdings. Du kannst mir glauben, wenn ich dir sage, dass du es nach unserer Landung vermutlich nicht bis über den Hafen hinaus schaffen wirst, wenn du nicht weißt, wie es auf der Straße läuft.«

»Aber ich habe viel über Anasoma gelesen. Ich weiß, was mich erwartet.«

Miranda seufzte und war offensichtlich verärgert. »Hör mir zu. Lesen und Wissen sind nicht dasselbe. Du kannst nicht etwas lesen und dann glauben, du wüsstest, wie man in einer der rauesten Gegenden des Reiches überlebt.«

»Das ist Unsinn. Anasoma ist eine außergewöhnliche Stadt! Dort leben alle möglichen Menschen in Harmonie nebeneinander, und die größten Gelehrten reisen dorthin, um zusammenzuarbeiten und Gedanken auszutauschen.« Er machte aufgeregte Handbewegungen. »Die Adligen respektieren die unteren Schichten wegen der Arbeit, die sie verrichten, und die Arbeiterklassen wissen, dass die Tätigkeit der Adligen ebenfalls wesentlich für das Gemeinwohl ist.«

Miranda starrte ihn an, als wäre ihm gerade ein zweiter Kopf gewachsen ... und vielleicht noch ein dritter. Dann brach sie in Gelächter aus.

»Du hast wirklich keine Ahnung, was? Das Hafengebiet wird von Banden regiert, die wiederum hauptsächlich von den Kaufleuten beherrscht werden. Dort gehen die niedrigsten und hoffnungslosesten Huren ihrer Arbeit nach.« Kurz versagte ihr die Stimme, alles Gelächter war verschwunden. Sie senkte den Blick auf die Deckplanken, bevor sie weitersprach. »Den Unvorsichtigen stoßen dort manchmal schlimme Dinge zu.«

Caldan schüttelte ungläubig den Kopf. »Ich weiß nicht, welche Erfahrungen du gemacht hast, aber sie können nicht normal gewesen sein.«

»Ich habe überhaupt keine ›Erfahrungen‹ gemacht, aber ich weiß, was das für ein Ort ist. Jeder weiß das.«

»Nun, danke für die Warnung.« Er hatte über gewisse Schwierigkeiten in den großen Städten des mahrusischen Reiches gelesen, und er hatte auch in Gesprächen davon gehört. *Aber sicherlich unternimmt der Kaiser etwas dagegen. Schließlich hat er seinem Volk dauernden Wohlstand zugesichert.* Er hatte über die Erfolge gelesen. Und doch ... »Ich werde geeignete Vorsichtsmaßnahmen ergreifen, sobald wir dort sind«, sagte er ernst.

»Dessen bin ich mir sicher.« Es klang jedoch wie das genaue Gegenteil. Er beschloss, das Thema zu wechseln.

»Kommen wir zurück zu deiner Bitte von vorhin. Ich kann das nicht tun.«

»Mit uns üben?«

»Ja.«

»Ich verstehe. Nein, eigentlich verstehe ich es nicht. Warum nicht?«

»Ich kann es nicht.« Ungebeten schob sich das Bild eines blutigen Holzschwertes in seine Gedanken, und er sah, wie seine eigene blutüberströmte Hand den Griff hielt. Mit einem Kopfschütteln vertrieb er die Vision. »Ich kann es einfach nicht.«

»Wegen dem, was passiert ist?«

»Ich ... ja.«

Miranda rückte näher zu ihm heran und legte ihm die Hand auf den Arm. Ihre federleichte Berührung fühlte sich warm auf seiner Haut an, die kalt von der frischen Nachtluft war.

»Das ist schon in Ordnung. Wenn du nicht willst, dann machst du es eben nicht.«

Sie zog ihre Hand zurück, stand auf und lehnte sich gegen das Dollbord. Bald darauf gesellte sich Caldan zu ihr, und sie schauten gemeinsam hinaus auf die Schwärze des Meeres.

»Ich glaube nicht, dass ich noch lange auf diesem Schiff bleiben werde«, sagte sie und überraschte ihn damit.

»Warum nicht? Für mich sieht es so aus, als hättest du hier einen guten Platz gefunden, und die Kapitänin ist ganz in Ordnung. Warum willst du gehen?«

»All das Reisen und die andauernde Veränderung sind

nichts für mich. Für eine Weile war das gut und schön, aber ich weiß, dass das für mich nicht die richtige Art zu leben ist. Ich bin sowieso nur zur See gegangen, weil ich geflohen bin.« Sie sah ihn kurz an, und er wusste zunächst nicht, ob er neugierig sein sollte oder nicht.

»Willst du mir mehr erzählen?«, fragte er schließlich. »Ich bin ein guter Zuhörer.«

Miranda lachte. »Nein, das bist du nicht, und du hast es soeben bewiesen.«

Auch Caldan lachte nun. Es platzte einfach aus ihm heraus. »Vermutlich hast du recht.« Er war froh, dass die Sonne schon hinter dem Horizont versunken war und Dunkelheit über dem Meer lag.

Sie richtete sich auf, wischte sich die Hände an der Hose ab und fuhr mit den Fingern durch ihre Haare. »Ich gehe jetzt nach unten. Denk bitte über das nach, was ich gesagt habe. Bücher enthalten nicht immer die ganze Wahrheit.« Mit diesen Worten verließ sie ihn.

Caldan war sich nicht sicher, was er von Miranda halten sollte. Sie schien sich auf diesem Schiff heimisch zu fühlen, aber sie gab zu, dass es nicht das Leben war, das sie führen wollte, und deshalb würde sie nicht mehr lange hierbleiben. Es verblüffte ihn, dass jemand, der sosehr in sich zu ruhen schien, doch noch nicht seinen Platz im Leben gefunden hatte, und er dachte über seine eigene Lage nach. Er beschloss, an Land zuerst einmal eine Herberge zu finden, in der er bleiben konnte, bis er sich wieder gefangen hatte. Zum Beispiel konnte er sich bei den Gilden vorstellen oder bei den Adligen, und es sollte eigentlich nicht schwer für ihn sein, eine Stellung zu finden, die zu ihm passte. Sobald er in sicheren Lebensumständen war, konnte er über seine weiteren Möglichkeiten nachdenken.

Caldan hoffte nur, dass es nicht so schwierig werden würde, wie Miranda behauptete. Dabei dachte er an das, was sie gesagt hatte. Wenn auch nur die Hälfte davon stimmte, würde er noch eine Menge lernen müssen. Er war bereit zuzugeben, dass das Leben auf der Insel und im Kloster bei ihm möglicherweise zu verzerrten Ansichten geführt hatte, und es war dumm, anzunehmen, alle anderen Orte seien genauso wie jener, den er kennengelernt hatte.

Und dann war da noch die Tatsache, dass seine Eltern vor irgendeiner Gefahr auf dem Festland geflohen waren, wie die Meister behauptet hatten. Darüber sagten seine Bücher nichts.

Unwillkürlich tastete seine Hand nach dem Kleinod und dem Knochenring. Inzwischen hingen sie um seinen Hals an einer Kette, die er einem der Matrosen abgekauft hatte. Er vermisste seine Eltern ... und seine Schwester, die er nie richtig kennengelernt hatte. Seine Augen wurden feucht, er kniff sie zusammen und rieb sie mit den Fingerspitzen. Eine gewisse Entschlossenheit machte sich in ihm breit. Es war ihm ein Rätsel, warum sie umgebracht worden waren, und vielleicht würde er den Grund dafür nie herausfinden. Aber er musste wenigstens den Versuch unternehmen. Für seine Eltern und seine Schwester. Es bestand kaum die Aussicht darauf, dass derjenige, der ihnen das angetan hatte, seine gerechte Strafe dafür erhielt, aber vielleicht konnte er den oder die Menschen finden und ...

Und was dann? Rache nehmen? Er runzelte die Stirn und betrachtete dieses Wort und alles, was es bedeutete. Sicherlich würden es die Meister nicht gutheißen. Außerdem war er nicht die Art von Mensch, der jemanden kaltblütig umbrachte. Aber es gab auch niemand anderen, der um seine Familie trauerte. Niemand außer ihm war übrig, der sie rächen könnte.

Er schüttelte den Kopf und seufzte. Vermutlich fand er gar nichts über seine Eltern heraus, und diese blutigen Gedanken waren bloß dunkle Fantasien.

Doch sie waren alles, was er hatte. Ihm blieb die Wahl, entweder alles hinter sich zu lassen und einen Neuanfang zu machen oder andauernd über die Vergangenheit nachzusinnen und vielleicht die Fehler seiner Eltern zu wiederholen. Würde es ihn in den Tod führen, wenn er den Spuren folgte, die sie hinterlassen hatten? Er wusste es nicht. Aber er wusste, dass er nicht einfach alles auf sich beruhen lassen konnte. Das lag nicht in seiner Natur. Vielleicht hatten die Meister auch das gewusst.

Caldan verließ das Deck und ging zu seiner Koje. Obwohl er den Tag hindurch nicht viel getan hatte, war er todmüde.

9

Die untergehende Sonne hatte die von Unkraut überwucherten Straßen des verlassenen Ortes in ein blutrotes Licht getaucht. Ein warmer Abendwind blies Staub über die nahen Felder und von dort aus in den Wald hinein.

Es waren diese Felder, die Caitlyn und ihre Mannschaft zum Anhalten gebracht hatten, bevor sie den Ort mit seinen schmutzigen, baufälligen Hütten betraten. Die Felder waren erst vor kurzer Zeit gepflügt und besät worden. Kleine grüne Schösslinge sprossen in der zerrissenen Erde, und am nahen Fluss drehte sich langsam ein Mühlrad. Obwohl der Ort verlassen wirkte, zeigte das Mühlrad Zeichen von erst kürzlich durchgeführten Reparaturen: Die Gelenke waren neu befestigt und einige Streben ausgetauscht worden.

Den Spähern zufolge hatten die beiden Landarbeiter, die sie verfolgten, erst vor wenigen Stunden den Ort erreicht. Nach dem nächtlichen Scharmützel der Flüchtigen mit den Banditen hatten die Späher den ganzen Tag damit zugebracht, ihre Spur wiederzufinden. Natürlich wusste Aidan inzwischen, dass es keine gewöhnlichen Landarbeiter waren. Ihrem Verhalten nach waren sie als gefährlich einzustufen. Normalerweise verfolgte Caitlyn verbrecherische Zauberer nicht höchstpersönlich. In solchen Fällen benachrichtigte sie stets die Protektoren, aber aus irgendeinem Grund hatte sie das diesmal nicht getan. Es war, als ob sie nicht mehr loslassen könnte – als ob ihre Besessenheit sie im Würgegriff hätte und ihr nichts anderes übrig bliebe, als immer weiterzumachen und selbst die ganze Verantwortung zu übernehmen. Oder gab es eine einfachere Erklärung? Schließlich waren die Protektoren meilenweit entfernt, und es war unmöglich zu sagen, was diese Schurken noch alles tun würden, wenn sie nicht sofort aufgehalten wurden.

Caitlyn hatte sich auf einer kleinen Anhöhe im hohen Gras versteckt und hielt Wache. Neben ihr lag Aidan auf dem Bauch, und hinter ihm saß Chalayan im Schneidersitz. Purpurfarbene Schmetterlinge umflogen sie und landeten auf ihrer Kleidung.

Das trockene Gras raschelte, als sich der Zauberer nervös regte. Er war beunruhigt, seit sie die verkohlten Leichen der Banditen gefunden hatten, die auf die Landarbeiter gestoßen waren. Ihre Spur zu finden war schwerer gewesen, als Aidan es für möglich gehalten hätte – vermutlich war auch hier Zauberei im Spiel –, und Caitlyns Späher hatten große Mühe gehabt, die Gruppe in die richtige Richtung zu führen.

Nun hatten sie die beiden offenbar erreicht, falls sie die korrekten Schlüsse aus den Ereignissen im Ort zogen. Die Späher hatten Caitlyn gesagt, dass es einige Bewegungen in dem Dorf gebe, aber niemand es verlassen habe. Ein paar Männer und Frauen seien zwischen den Häusern und der großen Scheune in der Dorfmitte hin und her gegangen. Und keine Bauern waren hinaus auf die Felder gezogen.

Wärme aus dem Boden sickerte in Aidans Körper ein. Er atmete die warme Luft ein. Der Duft der Erde und des Grases prickelte und kitzelte in seiner Nase.

Caitlyn murmelte etwas Unverständliches.

»Wie bitte?«, flüsterte Aidan.

»Dies wird eine Nacht werden, in der das Gute über das Böse triumphiert. Ich bin mir sicher, dass hier etwas nicht stimmt, und ich irre mich nie ...« Nachdem sie verstummt war, kniff Caitlyn die Augen zu. Sie atmete heftig und gab dabei ein leises Keuchen von sich.

»Mylady«, flüsterte Aidan drängend. »Was ist los?«

Sie machte eine abwehrende Handbewegung. »Erinnerungen. Ich werde sie einfach nicht los. Chalayan«, sagte sie gerade so laut, dass er sie hören konnte. »Spürst du etwas an diesem Ort? Zauberei?«

Der Zauberer schüttelte den Kopf. Die dünnen Haarzöpfe über seinen Ohren schwangen sanft hin und her, jeder war mit einem andersfarbigen Band umwickelt. Aidan kannte diesen Mann gut und wusste, dass es Grund zur Sorge gab.

»Was ist los?«, fragte Caitlyn.

In allen Feldzügen, die sie gemeinsam unternommen hatten, war Chalayan nicht ein einziges Mal unterlegen gewesen, doch nun rieb er sich verzweifelt die Arme und schaute weg. Seine Kraft war eine Mischung aus ungeschliffener Gabe, konventioneller Zauberei und Stammesüberlieferungen, und sein Gefühl für Magie war ausgeprägter als das aller anderen Mitglieder der Zauberergilde. Caitlyns Beauftragung durch den Kaiser verlieh ihnen große Autorität und einen gewissen Spielraum. Das führte dazu, dass sie nicht einmal einen der kaiserlichen Zauberer mitnehmen mussten. Oder einen der Protektoren, die so strenge Regeln hatten.

»Chalayan ...«, warnte Caitlyn ihn.

»Ich brauche mehr Zeit«, erwiderte er angespannt.

Caitlyn kroch auf dem Bauch hinüber zu dem Zauberer, der trotz der warmen Luft zitterte. »Was ist los?«

»Einen Augenblick, bitte.«

Chalayan säuberte eine kleine Stelle vom Gras und zeichnete zwei Symbole in die Erde. Aidan kannte sie nicht. Der Zauberer hob die rechte Hand, zögerte, zeichnete ein weiteres Symbol. Er flüsterte einige gutturale, rau klingende Worte und schloss die Augen. Reglos saß er da. Sie warteten.

Chalayans Augäpfel bewegten sich unter den Lidern. Schweißperlen traten ihm auf das Gesicht und tropften hinunter. Die trockene Erde saugte sie sofort gierig ein. Mit einer Plötzlichkeit, die Aidan erschreckte, riss er die Augen auf und tilgte die Runen mit raschen Handbewegungen.

»Dieser Ort«, flüsterte er. »Ich habe Angst vor ihm.«

Aidan erstarrte. *Normalerweise hatte dieser Mann vor gar nichts Angst.*

Chalayan riss einige Grashalme aus und wand sie sich um die Finger. »Er ... mächtige Zauberei wurde hier gewirkt, viele Jahre hindurch. Dieser Ort fühlt sich ... falsch an.«

»Natürlich tut er das, Chalayan. Hier ist das Böse. Wir werden damit fertig.« Caitlyn lächelte ihn an und legte ihm die Hand auf den Arm.

»Nein, es ist mehr als das. Es ist tiefer als alles, was wir bisher erlebt haben. Diese beiden Männer sind irgendwo im Dorf. Und ich weiß noch immer nicht, wie sie das tun konnten, was sie getan haben.«

Caitlyn blickte in Richtung des Ortes. »Sie wissen nicht, dass wir hier sind. Wir werden sie überraschen.«

Aidan erhob sich und machte einen geduckten Schritt auf die beiden zu. »Das können wir nicht. Wir haben keine Ahnung, wie viele dort sind, wie stark sie sind und welche Mittel sie haben.«

»Wir können es«, sagte Caitlyn fest, »und wir werden es tun.«

Aidan fluchte leise. »Mylady, würdet Ihr ...«

»Nein. Diesmal ist die Überraschung unser Schlüssel zum Erfolg.«

»Aber ...«

»Aidan«, fuhr Caitlyn ihn an. »Ich habe entschieden.« Sie bedachte ihn mit einem finsteren Blick.

Sie verliert allmählich den Verstand, dachte Aidan. *Sie sieht mich als Belastung an – und vielleicht sogar Chalayan ebenso.* Er war besorgt, wütend und hin- und hergerissen. Aber die Pflicht verlangte es, dass er nachgab.

Sie duckte sich und schlich zurück zum Lager, währenddessen klopfte sie den Staub aus Hose und Hemd, und mit jedem Schlag stieg eine kleine Wolke auf.

Aidan beobachtete, wie Caitlyn auf die Männer zuging. *Abschaum. Mörderische Bastarde. Vergewaltiger. Warum sorgt sie sich so um das Böse überall auf der Welt und ist blind gegen das, was sich direkt unter ihrer Nase befindet?*

Er wandte sich an Chalayan. »Was ist los, mein Freund? Ich kann es spüren. Es ist ein Gefühl der dunklen Vorahnung. Wodurch wird es hervorgerufen?«

»Vielleicht durch gar nichts. Vielleicht durch alles.« Der Zauberer hob sein Kleinod an die Lippen. »Das hier ist ein schlechter Ort.«

Ohne ein weiteres Wort ließ er Aidan auf dem kleinen Hügel mit den Schmetterlingen allein.

Nach einer gefühlten Unendlichkeit versank die Sonne endlich hinter den Hügeln. Sterne glitzerten am Nachthimmel.

Aidan stand neben Caitlyn, als sie die Männer zusammenrief und ihren Plan erklärte

»Hört zu. Vier Mannschaften, die sich dem Ort aus den vier Himmelsrichtungen nähern. Jede Mannschaft schwärmt aus und sucht nach Lebenszeichen, während sie zum Dorfmittelpunkt strebt. Die große Scheune ist euer Ziel. Ihr solltet in der Lage sein, sie über die Dächer der anderen Häuser hinweg zu sehen. Macht keinen Lärm, und haltet Ausschau nach allem Seltsamen, das uns einen Hinweis auf das geben könnte, was hier los ist.«

Sie räusperte sich und redete weiter. Aidan bemerkte, dass sie sich bemühte, jedem einzelnen Mann in die Augen zu blicken. Einige waren nervös und machten die unbewussten Bewegungen von Männern, die sich vor dem bevorstehenden Kampf fürchteten. Andere lächelten oder grinsten frech, das waren jene, die das Blutvergießen und die Gewalt liebten, von denen Caitlyns Kreuzzüge für gewöhnlich begleitet wurden.

»Wir wissen nicht, was wir hier vor uns haben, und ihr alle habt gesehen, was mit den Banditen geschehen ist. Wir glauben, sie besitzen eine alchemistische Mixtur, die explodiert und brennt, aber ...« Sie hob die Hände. »Wir können es nicht mit Gewissheit sagen.«

Gemurmel erhob sich bei ihren Worten.

»Das bedeutet«, sagte sie laut, »dass wir unbedingt das Element der Überraschung brauchen. Sie haben keine Ahnung, dass wir hier sind, und das soll möglichst lange so bleiben.«

»Kann uns Chalayan nicht vor der Alchemie schützen?«, fragte Hannes und kratzte sich am grauen Bart.

Alle Augen richteten sich auf den Zauberer, doch er schüttelte den Kopf.

»Ich gehe mit einer der Gruppen«, sagte er. »Ich kann nicht bei allen vier sein, und selbst der Gruppe, die ich begleite, kann ich nur geringen Schutz bieten. Die Macht der ... Explosionen könnte ich nicht lange aufhalten.« Er sah kurz Caitlyn an und wandte dann den Blick ab.

Caitlyn schritt langsam den Kreis der Männer ab, die vor ihr standen. »Ihr alle wisst, warum wir hier sind. Wir haben die Gerechtigkeit auf unserer Seite, wie immer, und wie schon so oft werden wir siegen. Vertraut auf eure eigenen Fähigkeiten und auf die eurer Gefährten. Wir haben bösen Kreaturen aus den Zeiten vor der Zerschmetterung gegenübergestanden und auch verderbten Menschen, denen das Leben der anderen nichts bedeutet hat. Jedes Mal haben wir gesiegt!«

Im Fall der Jukari war es sehr knapp. Das war eine Erfahrung, die Aidan nicht so schnell wiederholen wollte.

Caitlyn fuhr fort: »Und wir werden abermals siegreich sein, denn unsere Sache ist gerecht ... und richtig.«

Ihre Augen leuchteten im Mondlicht, und heftiges Kopfnicken und zustimmendes Gemurmel folgten auf ihre Worte. Wieder einmal hatte sie so ihre Truppe erreicht - jeder Einzelne davon war bereit, für Caitlyn zu kämpfen, ohne Fragen zu stellen. Doch diesmal fühlte es sich falsch an ... als ob Caitlyn sich auf einen gefährlichen Pfad begeben hätte.

Mit einer knappen Handbewegung entließ Caitlyn die Männer, die in alle Richtungen davonschlurften und sich daranmachten, ihre Ausrüstung zusammenzupacken und sich zu den einzelnen Gruppen zu gesellen.

Aidan trat auf Caitlyn zu, dicht gefolgt von Chalayan und Anshul cel Rau. Die drei gehörten wie immer zu Caitlyns Gruppe.

Chalayan wirkte blass im schwachen Licht, und Anshul schob schon zum dritten Mal seine Schwerter in den Futteralen zurecht, seit Caitlyn ihre Ansprache begonnen hatte. Er sah sich unbehaglich um. Offenbar war Chalayans Nervosität ansteckend gewesen, und sogar der Schwertkämpfer schien sich nicht mehr wohlzufühlen.

Aidan dachte über ihre Lage nach. Seine Handflächen waren mit Schweiß überzogen, während er neben dem Zauberer und dem Schwertkämpfer stand. Es war, als ob sein Geist die

Anzeichen ihres Unwohlseins aufgenommen hätte und nun im Einklang mit ihnen vibrieren würde. Sowohl Chalayan als auch cel Rau starrten ihn an.

Caitlyn grinste ihn schief an. »Was ist los?«, fragte sie.

Er zögerte. *Sag es, du Feigling.* »Chalayan meint, das hier sei ein schlechter Ort, und angesichts dessen, was mit den Banditen passiert ist ... Ich glaube, wir sollten das Dorf länger ausspähen und erst herauszufinden versuchen, mit welchem Gegner wir es zu tun haben.«

Ihre Enttäuschung war beinahe handgreiflich zu spüren. »Mein Aidan! Immer vorsichtig, immer bereit, zurückzutreten und nachzudenken, während das Böse weiter auf dem Vormarsch ist.«

»Darum geht es hier nicht, Mylady. Wir wissen einfach nicht, mit wem ...«

»Wir schneiden es ab, Aidan. Wir brennen die Wunde aus, bevor sie sich entzünden kann. Wenn wir warten, ist es zu spät.«

10

Den ganzen Tag hindurch war das Meer ruhig geblieben, und Caldan hatte die Zeit damit verbracht, auf dem Deck herumzuspazieren und dabei den Schatten zu folgen, damit ihm nicht zu heiß wurde. Nun lehnte er sich gegen das Dollbord und beobachtete, wie die Mannschaft mit ihren Schwertübungen begann. Sie waren nicht einmal mittelmäßig, und viele von ihnen wären den Schülern im Kloster unterlegen gewesen. Der Gedanke an sein Zuhause und der damit verbundene Schmerz überfielen ihn unerwartet, und rasch folgte das Bild von Marlon, der blutend auf dem Boden lag. Caldan zuckte zusammen und wollte den Kämpfern den Rücken zudrehen. Doch noch während er das tat, näherte sich ihm ein Schiffsjunge und teilte ihm mit, dass die Kapitänin ihn um seine Gesellschaft in ihrer Kajüte bitte.

Kapitänin Charlotte winkte ihn dort zu einem Stuhl und plauderte mit ihm, aber es dauerte nicht lange, bis sie eine Truhe aufschloss und vorsichtig ein prächtiges Dominion-Spiel herausnahm. Die drei Borde und die Figuren bestanden aus acht verschiedenen Holzarten. Caldan erkannte Rosenholz, Ahorn, Eiche, Walnuss und eine Figur aus Platanenholz. Drei weitere waren ihm unbekannt.

Sie musste kein Wort sagen.

Die nächsten Stunden spielten sie Dominion ohne Unterbrechung. Caldan bemühte sich, alles andere dabei zu vergessen.

Er beobachtete die Kapitänin, die in ihrem Armlehnstuhl an der anderen Seite des Tisches saß. Draußen war die Sonne schon untergegangen, und eine willkommene Brise setzte ein. Charlottes Ellbogen ruhten auf ihren Knien, während sie das Problem auf dem Dominion-Spielfeld vor sich eingehend betrachtete.

»Das ist eine Falle, nicht wahr?«, fragte sie Caldan und sah ihn eingehend an.

Er zuckte die Achseln. »Das müsst Ihr natürlich in Erwägung ziehen.«

Zunächst hatte er sich gefragt, warum sie ihn herbestellt hatte, doch er hatte rasch begriffen, dass sie wegen der Flaute genauso gelangweilt wie die Mannschaft war und dringend eine Ablenkung brauchte, mit der sie sich die Zeit vertreiben konnte.

»Welches Holz wurde für Eure Figuren verwendet?«, fragte er.

»Versuch nicht, mich abzulenken«, sagte sie. »Ich weiß, was du vorhast.«

»Ich wollte nicht ...«

»Natürlich wolltest du. Jeder versucht alles, um sich einen Vorteil zu verschaffen.«

»Ich brauche keinen Vorteil.«

Charlotte bedachte ihn mit einem durchdringenden Blick. »Heißt das, dass ich kein Gegner für dich bin?«

»Ja ... das heißt, nein ... Ich meine, es macht viel Spaß, gegen Euch zu spielen.«

»Entspann dich«, sagte sie, richtete ihre Aufmerksamkeit wieder auf das Brett und murmelte etwas. In den letzten

Stunden hatten sie zwei gekürzte, für ihr Brett passende Spiele hinter sich gebracht. Charlotte hatte beide verloren, und auch in diesem dritten Spiel erging es ihr nicht besser.

Nachdem sie das Brett noch einige Minuten beobachtet hatte, setzte sie sich zurück, kratzte sich an der Wange und schenkte ihnen Rum nach. Sie hatten schon so viel getrunken, dass ihnen angenehm warm war, während nun die kühle Abendbrise durch die offenen Fenster hereindrang.

»Weißt du, eigentlich bin ich ziemlich gut darin«, sagte sie.

»Ihr seid wirklich gut. Allerdings erkennt Ihr die Muster immer erst dann, wenn es zu spät ist.«

»Und du hast nicht den geringsten Anstand«, erwiderte sie scharf.

Caldan hob die Hände zur Entschuldigung.

Charlotte runzelte die Stirn und verschränkte die Arme vor der Brust, dann schüttelte sie den Köpf und grinste reumütig. »Es tut mir leid. Ich bin es nicht gewöhnt zu verlieren. Ich habe schon manchen Dukaten beim Spiel gewonnen und glaube daher, dass ich die Muster sehr gut erkenne. Dieses Spielbrett und die Figuren habe ich bei einem anderen Spiel gewonnen.« Sie nahm eine der Figuren in die Hand und fuhr mit dem Finger sanft über die Maserung des Holzes. »Vielleicht habe ich einen schlechten Tag.«

Caldan nickte. »Vielleicht«, sagte er und zuckte die Achseln.

Sie beugte sich vor und bewegte mit knappen, zielstrebigen Bewegungen zwei ihrer Figuren. »Und was machst du jetzt?«

Caldan betrachtete die Veränderungen eine Weile, dann lächelte er.

»Was amüsiert dich daran?«, fragte Charlotte und nippte wieder an ihrem Rum.

Caldan schüttelte den Kopf. »Ich bin nicht amüsiert, sondern interessiert. Wisst Ihr, es war gar keine Falle.«

Charlotte fuhr zusammen, hustete und spuckte ein wenig Rum zurück in ihren Becher. Sie wischte sich den Mund mit dem Ärmel ab, sah Caldan an und grinste.

»Haha! Fast hättest du mich überzeugt. Natürlich war es eine Falle.«

Caldan bewegte nun zwei seiner Figuren. Mit großer Präzision stellte er beide auf ihre neuen Positionen. Dann lehnte er sich auf seinem Stuhl zurück und schaute aus dem Fenster auf die Sterne, die nun nach und nach im Nachthimmel erschienen.

Charlotte spähte angestrengt auf das Brett. Es vergingen einige Minuten, in denen kein Wort gesprochen wurde.

»Nun«, sagte sie schließlich und ließ die Schultern hängen, »das ist wirklich bemerkenswert. Du musst es schon von Anfang an geplant haben.«

»Das ist eine ganz alte Strategie, die man uns beigebracht hat. Anscheinend wurde sie zum ersten Mal vor etwa vierhundert Jahren angewendet.«

»Sie ist nicht alt, wenn man sie nie zuvor gesehen hat.«

»Das ist wohl wahr. Aber jeder kann Bücher über Dominion lesen und die Strategien selbst studieren. Diese hier kommt aus dem Band *Aufsätze über Dominion*, und sie wird auch in *Die Moral von Dominion* erwähnt.«

Charlotte starrte ihn verblüfft an. »Hast du diese Bücher gelesen?«

»Ja, wie alle Studenten. Warum? Was ist daran so erstaunlich?«

»Ich habe von diesen Büchern *gehört*, aber beide sind sehr selten. Angeblich gehören die einzigen Exemplare, die überlebt haben, dem Kaiser persönlich und der Zauberergilde. Sie gesehen zu haben, sie sogar gelesen zu haben ...« Sie verstummte und schüttelte den Kopf.

»Die Mönche besitzen eine große Bibliothek, und ihre Schreiber kopieren viele Bücher, damit die Schüler sie lesen können. Ich hätte Euch gern dort herumgeführt, aber ich fürchte, das ist jetzt nicht mehr möglich.«

»Vielleicht besichtige ich das Kloster einmal, wenn ich wieder dort vor Anker liege.« Sie richtete ihre Aufmerksamkeit erneut auf das Brett, atmete schwer und zog enttäuscht die Mundwinkel herunter. »Ich war mir sicher, einen Weg gefunden zu haben ...« Ihr Gesicht hellte sich auf, und sie lächelte. »Ich kenne die richtigen Leute, bei denen ich diesen Kniff anwenden werde!«, sagte sie und lachte. Ihre ehrliche Freude, einer neuen Strategie unterlegen zu sein, steckte Caldan an.

»Du bist ganz anders, als ich es erwartet hatte«, sagte Charlotte nach kurzem freundschaftlichem Schweigen, in dem der einzige Laut das Knirschen des Schiffes war, das in der stärker gewordenen Brise hin und her schaukelte.

»Was habt Ihr denn erwartet?« Die Vorstellung, dass andere Menschen ihn für einen Verbrecher halten könnten, gefiel ihm nicht, doch Miranda zufolge war es genau das, was sie dachten.

»Man hat mir nicht viel gesagt. Es hieß nur, dass der Passagier aus irgendeinem Grund aus dem Kloster verbannt worden sei. Da war die Annahme naheliegend, dass der Verbannte eine ... unangenehme Person ist.«

Caldan nickte. »Bei mir ging es um ... nun, um Geld und Einfluss. Das Kloster wollte beides behalten, und das schmerzt mich noch immer sehr, wenn ich ehrlich sein darf. Ich habe einen Sohn aus einer reichen Familie verletzt, und es bestand die Gefahr, dass sie ihre Kinder deshalb aus dem Kloster nimmt und es nicht mehr unterstützt. Ferner hätte sie andere Familien beeinflussen können, sodass auch diese ihre Kinder abmelden und ihre Zahlungen einstellen könnten, was das Leben der Meister schwierig gemacht hätte. Die Meister haben das getan, was sie für das Beste hielten – für sich selbst.«

»Ich sage es nicht gern, aber das ergibt einen Sinn. Geld regiert die Welt. Was wirst du tun, wenn wir in Anasoma angekommen sind?«

Caldan starrte in seinen Becher. »Das weiß ich nicht. Ich habe ein paar Dukaten, aber nicht viele. Ich dachte, vielleicht finde ich Arbeit als Hauslehrer bei einer reichen Familie oder als Gelehrter in einer Gilde. Aber ich bin mir nicht sicher.«

»Wie viel hast du denn?«

»Eine kleine Börse«, erwiderte er vorsichtig.

Sie hob die Brauen und machte eine ausladende Handbewegung. »Mir gehört dieses ganze Schiff. Eine kleine Börse würde mich nicht interessieren, selbst wenn ich eine Diebin wäre.«

Caldan spürte, wie ihm das Blut ins Gesicht stieg. »Entschuldigung, ich ... ich bin mit der ganzen Lage etwas überfordert.«

Charlotte gab ein Grunzen von sich, lehnte sich zurück und überkreuzte die Beine. »Aber du hast gesagt, du hast den Sohn einer reichen Familie verletzt. Ich kann mir nicht vorstellen, dass die anderen wichtigen Familien in der Stadt dich willkommen heißen werden, wenn sie von den Umständen deiner Verbannung erfahren.«

Caldan hob den Becher an seinen Mund und roch an dem dunklen Rum. Plötzlich hatte er keine Lust mehr, davon zu trinken. »Ich habe nicht daran gedacht, dass sie so reagieren könnten«, gab er zu. »Aber jetzt, wo Ihr es sagt ... Nun, ich brauche diese Familien nicht. Ich bin sicher, dass mich eine der Gilden aufnehmen wird.«

»Wenn das der Weg ist, den du einschlagen willst …« Es lag etwas in ihrer Stimme, das Caldans Aufmerksamkeit erregte. Sie bestätigte seinen Verdacht, als sie fortfuhr: »Weißt du, es gibt Orte in Anasoma und auch im Rest des Reiches, wo du Dukaten beim Dominion-Spiel gewinnen kannst, entweder durch Preisgelder oder durch Wetten. Und es gibt Turniere, die von Adligen und reichen Familien ausgerichtet werden, und dann sind da noch die Herbstspiele, die bald beginnen. Vergiss die anderen Wettbewerbe: die Bogenschützen, die Reiter, die Schwertkämpfer. Wenn du an einem Dominion-Kampf teilnimmst …« Sie verstummte und fuhr ein wenig später fort: »Jemand mit deinem Können wird nicht nur ein paar Münzen gewinnen, sondern vielleicht auch die Aufmerksamkeit der adligen Familien und der Gilden. Wie du weißt, haben gute Spieler hohes Ansehen.« Sie musste etwas in seinem Gesicht entdeckt haben, denn sie fügte hinzu: »Vielleicht weißt du es ja nicht. Wie dem auch sei, es könnte eine Möglichkeit für dich sein. Unterschätze dich nicht. Es ist lange her, seit ich in drei Spielen hintereinander so gründlich geschlagen worden bin.« Sie grinste wehmütig. »Sehr lange.«

»Sie bieten dem Gewinner ein Preisgeld?«

»Nicht nur dem Gewinner, sondern auch denen auf den unmittelbar nachfolgenden Plätzen. Wenn jemand eine außergewöhnliche Leistung zeigt, schenken ihm die Adligen oder die reichen Kaufleute Dukaten als Belohnung. Ich habe gehört, dass vor hundert Jahren ein Mann namens Kelhak alle Mitspieler in einem Dominion-Wettbewerb vernichtend geschlagen hat. Er hat den ersten Preis gewonnen und ist von der Menge buchstäblich mit prall gefüllten Börsen beworfen worden.«

»Kelhak? Seid Ihr sicher?«

»Ja. Das war sein Name, wie mir gesagt wurde. Warum?«

»Kelhak war ein Schüler des Klosters wie ich, aber er stammte aus einer reichen Familie. Er wurde ebenfalls verbannt, doch die Gründe dafür haben die Mönche nie verraten. Er war ein begabter Dominion-Spieler, und einige seiner Spiele werden noch heute von den Schülern studiert.«

»Das wusste ich nicht.«

»Was ist mit ihm nach dem Wettbewerb geschehen?«

»Keine Ahnung. Er ist verschwunden. Einige behaupten, er sei von einer adligen Familie aufgenommen worden, andere sagen, er sei mit einer Karawane nach Norden gezogen. Seit damals hat niemand mehr von ihm gehört. Vielleicht hat er einfach nur ein nettes Mädchen gefunden und ist sesshaft geworden.« Charlotte kicherte. »Noch ein Schluck und dann muss ich nach oben gehen und die Mannschaft beaufsichtigen.« Sie griff nach der Rumflasche, aber in ihren leicht angeheiterten Zustand stieß sie die Flasche von der Tischkante. Aber als sie einen ungeschickten Versuch machte, danach zu greifen, verfehlte sie ihr Ziel.

Caldan sprang auf die Flasche zu, packte sie und drehte sie mit der Öffnung nach oben, noch bevor sie eine Handspanne weit gefallen war.

»Und ich dachte, sie sei verloren«, meinte Charlotte. »Ich habe mich schon gesehen, wie ich die Glasscherben einsammle. Meine Kajüte hätte mindestens eine Woche nach Rum gerochen. Vielen Dank.«

»Gern geschehen«, sagte Caldan.

»Du hast gute Reflexe. Ich hätte nie geglaubt, dass sich jemand so schnell bewegen kann.«

»Das war vermutlich nur Glück.«

»Nein. Ich habe schon sehr flinke Menschen gesehen – meisterliche Schwertkämpfer und dergleichen –, aber du hast dich schneller als jeder bewegt, den ich je beobachtet habe.« Sie streckte ihm den Becher entgegen, damit Caldan ihn nachfüllen konnte.

Er gehorchte. »Das bezweifle ich. Meine Schwertkünste sind durchschnittlich. Jeder der Meister und alle wirklich guten Schüler im Kloster haben mich besiegt.«

Sie wirkte nicht überzeugt. »Du solltest trotzdem auch an Schwertkampf-Wettbewerben teilnehmen. Es hat keinen Sinn, bescheiden zu sein, wenn man sich ein paar Münzen und einen guten Ruf erwerben kann.«

Caldan schüttelte den Kopf. »Es gibt viele bessere Schwertkämpfer als mich. Ich bezweifle nicht, dass sie alle bei solchen Wettbewerben nach Münzen und einem ›guten Ruf‹ streben, wie Ihr es nennt.«

»Es kann nicht schaden, es trotzdem zu versuchen, oder?«

»Ich ... ich weiß nicht, ob ich das will.« *Aber ich weiß, was beim letzten Mal passiert ist, als ich ein Schwert in der Hand gehalten habe.* »Ich kann mich nicht einmal dazu bringen, an den Übungen der Mannschaft teilzunehmen. Ohne weitere Übung kann ich sicherlich gegen niemanden gewinnen, und ich glaube nicht, dass ich in der nächsten Zeit mit dem Schwert üben will.«

»Ich verstehe, warum du so zurückhaltend bist, aber du solltest trotzdem trainieren: Muskelaufbau, Gymnastik und dergleichen. In der Stadt könnte dir das zugutekommen. Einige Bezirke sind nicht allzu gesetzestreu. Man könnte sogar sagen, dass sie ausgesprochen gefährlich sind. Es ist zwar verboten, in der Stadt ohne besondere Erlaubnis Schwerter zu tragen, aber einige Männer benutzen stattdessen massive Spazierstöcke.« Sie tippte sich gegen den Nasenflügel. Ein schelmisches Lächeln flog über ihr Gesicht. »Natürlich könntest du auch das Leben eines Schatzjägers führen. Außerhalb des Reiches und der angrenzenden Königreiche liegen die Länder, in denen die Überreste der Zerschmetterung blühen und gedeihen: Jukari und dergleichen. Schatzjäger bestreiten ihren Lebensunterhalt damit, alte Ruinen zu durchkämmen und zu hoffen, dabei wertvolle Gegenstände oder gar Kleinodien zu finden. Das ist natürlich gefährlich, und nicht viele schaffen es, auf diese Weise Reichtümer anzuhäufen. Aber die meisten versuchen es immer wieder. Jemand wie du, der von den Mönchen in Zauberei und Schwertkunst ausgebildet wurde, könnte dabei im Vorteil sein. Mit ein wenig Glück mag es dir gelingen, bald reich zu werden.«

Caldan lachte und schüttelte den Kopf. »Ich werde darüber nachdenken.« Er sah an ihrer Miene, dass sie seine Ausflucht erkannt hatte. »Also gut«, gab er nach, »ich verspreche, Euren Rat ernst zu nehmen.«

»Du bist ein kluger junger Mann, und ich will nicht mitansehen müssen, wie du verstümmelt oder getötet wirst, nur weil du zu stur warst.« Sie lächelte ihn an. »Wenn ich zehn Jahre jünger wäre ...«

Wieder errötete Caldan, und sie lachte über seine Verlegenheit. Er mochte sie im Dominion-Spiel übervorteilt haben, aber ihr war es nun schon mehrfach gelungen, ihn aus der Fassung zu bringen. Er beschloss, den höflichen Rückzug anzutreten, und stand auf.

»Ich habe genug von Eurer Zeit beansprucht. Ich bin sicher, Ihr müsst gleich an Deck gehen und überprüfen, ob alles in Ordnung ist.«

Auch Charlotte erhob sich, dabei schwankte sie ein wenig. »Ja, jetzt wo der Wind auffrischt, sollte ich weitere Segel setzen lassen. Hol dir etwas zu essen, und denke über das nach, was ich dir gesagt habe.«

Nachdem Caldan gegangen war, betrachtete Charlotte versonnen das Dominion-Brett.

Ein höfliches Klopfen weckte sie aus ihrem Tagtraum. Miranda steckte den Kopf herein.

»Wie ist die Partie gelaufen?«, fragte sie und runzelte die Stirn. »Ihr habt sehr lange gespielt.«

Sie ist eifersüchtig, weil sie Gefallen an Caldan gefunden hat. Früher hätte ich sie vor dem Jungen gewarnt, aber jetzt ... jetzt ist sie alt genug, ihre eigenen Entscheidungen zu treffen. »Nicht schlecht - wenn du der Ansicht bist, dass drei Niederlagen in drei Spielen nicht schlecht ist.«

Mirandas Miene hellte sich auf. »Haha!«, krächzte sie. »Habt Ihr ihm die Münzen aus der Tasche gezogen?«

»Nein. Er hat *mich* besiegt.«

»Was? Das ist ...«

»Es reicht.« Charlotte sah sie finster an. »Du hast gegen meinen Rat beschlossen, auf dieser Reise den Seemann zu spielen, also verhalte dich auch wie einer.« *Miranda ist so seltsam. Sie besitzt genügend Dukaten, um sich zur Ruhe zu setzen, aber sie will sich unbedingt unter das gemeine Volk mischen.* »Geh an Deck, und sag der Mannschaft, dass ich gleich zur Inspektion komme. Die Ahnen mögen dir helfen, wenn da oben etwas nicht stimmt.«

Miranda schluckte und nickte. »Aye.« Sie zog den Kopf zurück und schloss die Tür.

Charlotte schaute wehmütig auf das Dominion-Brett. Dann nahm sie einen leichten Wollschal vom Haken an der Tür und machte sich auf den Weg zum Deck.

11

Als sie sich weiter dem Pier näherten, dachte Caldan, die Erinnerung an den im Meer treibenden Leichnam würde ihn für den Rest seines Lebens begleiten. Dieser Körper war bleich und aufgedunsen und so klein gewesen, dass es sich nicht um einen Erwachsenen handeln konnte. Die *Loretta* war so nah an ihm vorbeigesegelt, dass viele Matrosen mit ihrer Arbeit innegehalten und ihn angestarrt hatten. Manchmal war der Leichnam kurz unter der Wasseroberfläche verschwunden, als ob jemand an ihm gezogen hätte, und dann war er wieder aufgetaucht. Je länger Caldan ihn beobachtet hatte, desto röter war das Wasser um ihn herum geworden – es war, als würde sich ein Tintenfleck auf einem Blatt ausbreiten.

Kurz nachdem sie die Leiche in ihrem Kielwasser zurückgelassen hatten, legte ein Boot mit zwei Mann an Bord vom Kai ab und hielt auf den im Wasser treibenden Körper zu. Das Boot kam längsseits, und die menschlichen Überreste wurden mit langen Holzstangen, an deren Enden sich Metallhaken befanden, an Bord gezogen. Es waren tatsächlich nur noch Überreste, denn als das Boot bei der Leiche ankam, sah sie nicht mehr wie ein menschlicher Körper aus, sondern war nur noch eine zerfetzte Masse. Im Hafenbecken lebten kleine

Haie, und heute Morgen hatten sie einen Festschmaus erhalten.

Caldan wandte den Blick von diesem schrecklichen Bild ab. Die berühmte Stadt Anasoma war also wirklich nicht der strahlende Stolz des Reiches, wie er geglaubt hatte. Miranda hatte ja versucht, es ihm zu erklären, doch nichts bläute neues Wissen so nachhaltig ein wie ein gutes Beispiel. Der aufgequollene Leichnam, der ihn begrüßt hatte, zwang ihn dazu, die Stadt in einem anderen Licht zu sehen.

Um den Kai, an dem die *Loretta* schließlich vertäut wurde, trieben Abfall und Unrat auf der Wasseroberfläche. Seetang, Abwässer, tote Fische, Blätter und Äste sowie etliche Kleidungsfetzen verbanden sich zu einem ekelhaften Abschaum. Auf der Kaimauer neben ihnen sah er ungepflegte Kinder, die sich über den Rand beugten und das Wasser mit einem dreizackigen Haken durchkämmten, an dem ein dünnes Seil befestigt war.

Die Gegenstände, die sie dabei angelten, wurden in einen Weidenkorb gelegt, der so schäbig war, dass Caldan ihn niemals behalten hätte. Zum Glück blies eine steife Brise vom Meer her und vertrieb den größten Teil des Gestanks, aber er konnte sich vorstellen, wie es hier an einem heißen Sommertag riechen musste.

Ein wenig weiter landeinwärts bemerkte er auf Türmen, die knapp über die Hausdächer ragten, Bliden und andere Belagerungsmaschinen. Ein Wald von Masten umgab die *Loretta* und schaukelte sanft in der Dünung. Er sah Schiffe aller Arten und in sehr unterschiedlichem Zustand: Es gab alte und neue, einige waren durch Meeresstürme und fehlende Pflege zerzaust, und andere glitzerten, als seien sie erst gestern vom Stapel gelaufen.

Die hölzernen Kais reichten in das Hafenbecken hinein

und waren so lang, dass sie an jeder Seite zwei oder drei Schiffe aufnehmen konnten.

»Sie sind für Handelsschiffe gebaut«, sagte Hai hinter ihm. »Sie sollen von den einfachen Fischerbooten getrennt sein, damit es für die Amtspersonen leichter ist, sie zu inspizieren. Es gibt vier Anlegebereiche in Anasoma: für die Handelsschiffe, wo die *Loretta* nun liegt, für die Fischer, wo die Fangschiffe festmachen – hart arbeitendes Volk –, außerdem gibt es drei Steinpiers für die Schiffe der Adligen und des Kaisers. Und dann ist da noch der Friedhof im Norden. Da rotten alte, nicht mehr seetüchtige Schiffe vor sich hin.« Hai spuckte über die Reling ins Wasser. »Es sind Hunderte, zusammengebunden, Wracks und Rümpfe, die zwar noch schwimmen, aber nicht mehr fürs offene Meer taugen. Ich hab gehört, dass jetzt Menschen darin leben. Wie ein schwimmendes Armutsviertel.«

Conall stand neben Hai und wickelte ein Seil auf. Als er damit fertig war, schaute er sich verstohlen um, schüttelte das Seil aus und machte sich daran, es erneut aufzurollen. Offensichtlich wollte er dadurch schwereren Arbeiten entgehen.

Hai schnaubte verächtlich über das Verhalten des jungen Matrosen, obwohl er selbst ebenfalls gar nichts tat. »Eines Tages wird man dich erwischen, Conall, und die Kapitänin wird dich dafür in die Mangel nehmen.«

»Alle anderen sind beschäftigt. Ich würde ihnen nur im Weg stehen.«

Hai schüttelte den Kopf und wandte sich wieder an Caldan.

»Habt ihr Miranda gesehen?«, fragte Caldan. »Ich wollte … äh …«

Hai zwinkerte ihm zu und grinste. »Ich weiß, was du denkst, Junge. Aber sie ist mit der Kapitänin verwandt, also solltest du die Finger von ihr lassen, oder Kapitänin Charlotte wird sie dir eigenhändig abhacken.«

Conall und Hai kicherten, als Caldan spürte, wie ihm das Blut in den Kopf stieg.

»Ich wollte mich bloß von ihr verabschieden.«

»Natürlich wolltest du das. Sie ist aber beschäftigt.«

Caldan nickte und dankte Hai, denn er hatte endlich begriffen, dass ihr Gespräch mit ihm für sie nur eine weitere Entschuldigung war, sich vor der Arbeit zu drücken.

Als das Schiff vertäut war, legte die Mannschaft die Planke aus und machte sich daran, die Ladung loszubinden und zum Löschen bereit zu machen. Zwei Wächter von der Hafengarde hatten Position am Ende der Planke bezogen und warteten geduldig auf die Zollbeamten. Niemand konnte das Schiff verlassen, bis die Liegegebühren und das Zollentgelt bezahlt waren.

Caldans Säcke lagen zu seinen Füßen. Er musste sich zwingen, nicht andauernd mit der Hand nach den Ringen an seinem Hals zu tasten.

Zuerst war er so erpicht darauf gewesen, in Anasoma anzukommen und die Stadt zu sehen, aber jetzt hieß er die Verzögerung im Hafen seltsamerweise willkommen. Die Einzigartigkeit dieses Ortes verwirrte ihn – es war, als würden die Regeln, die bisher seine ganze Wirklichkeit beherrscht hatten, hier keine Anwendung finden. Das war befremdlich, um es milde auszudrücken. Diese Stadt war keineswegs der strahlende Ort, als den er sie sich vorgestellt hatte.

Es dauerte eine Stunde, bis zwei wichtig aussehende Männer über die Planke auf das Schiff kamen. Sie wurden von vier grimmig dreinblickenden Hafenwächtern eskortiert. Kapitänin Charlotte war von ihrem Herannahen rechtzeitig in Kenntnis gesetzt worden und begrüßte sie an Deck. Beide

Männer zogen Pergamentblätter aus den flachen Ledermappen, die sie bei sich trugen, und der eine machte sich Notizen, wozu er einen hölzernen Stift mit einer Metallspitze benutzte. Alle verschwanden unter Deck, um die Ladung in Augenschein zu nehmen und, wie Caldan vermutete, ein Bestechungsgeld einzustecken. Als die Beamten gingen, gaben sie der Kapitänin ein Pergamentblatt, auf dem nicht nur die untersuchten Güter aufgelistet waren, sondern auch die Erlaubnis verzeichnet war, dass Charlotte hier vor Anker liegen und Handel treiben durfte. Auf ihrem Rückweg zum Unterdeck bedeutete sie Caldan mit einem Kopfnicken, er solle auf ein Wort zu ihr kommen, bevor er von Bord ging.

»Jetzt, wo die Begutachtung vorbei ist, kannst du das Schiff verlassen.« Sie atmete erleichtert aus und blinzelte in die Sonne.

»Danke«, erwiderte Caldan. »Ich vermute, es ist alles gut gegangen? Ihr hattet doch keine Schwierigkeiten erwartet, oder?«

»Das hängt immer von den Beamten ab.« Sie zwinkerte ihm zu und steckte die Daumen in ihren Gürtel. »Manche machen mehr Schwierigkeiten als andere und glauben, sie könnten die Vorschriften weit auslegen und dadurch ein paar zusätzliche Dukaten verdienen. Aber wenn du die Vorschriften ebenfalls kennst, ist es leichter.«

Caldan nickte angesichts dieser Weisheit. *So ist es meistens.* »Irgendwelche Ratschläge für die Stadt?« Er deutete mit dem Kinn auf das Pier.

»Ja: Lass den Hafen so schnell wie möglich hinter dir. Hafenviertel nennen sie es hier. Geh über die Hauptstraße, die vor dem Pier beginnt, und bleib nicht stehen, bis du an eine große Kreuzung mit zwei Tavernen kommst. Die eine, die *Willige Meerjungfrau*, ist ein rauer Ort, während die andere, der *Otter*, deutlich besser ist. Dort sollte es dir möglich sein, zu einem vernünftigen Preis ein Zimmer für die Nacht oder sogar für länger zu bekommen.«

»Danke, das werde ich tun.«

»Und versuch nicht andauernd, so schrecklich höflich zu sein. Auf manche Leute wirkt das seltsam.«

Er hob die Brauen, nickte aber trotzdem. »Macht mich das in den Augen der anderen zu jemandem, den man leicht übertölpeln kann?«

»Genau. Du begreifst schnell.«

»Das war eine offensichtliche Schlussfolgerung.«

»Nicht für jeden, Caldan, nicht für jeden. Und noch etwas: Das Zimmer sollte etwa vier Kupferdukaten für die Nacht kosten. Je weiter du in die Stadt hineingehst, desto höher werden die Preise. Ich kann mir vorstellen, dass du so wenig wie möglich ausgeben willst, bevor du dir ein regelmäßiges Einkommen verschafft hast.«

Seine Geldbörse steckte innen in seiner Hose, angebunden an den Gürtel. Es war zwar schwer für ihn, an sie heranzukommen, aber so konnte sie wenigstens kein Beutelschneider stehlen.

»Und vielleicht möchtest du das Gereinigte Gebiet innerhalb der Stadtmauern besuchen. Es liegt in westlicher Richtung. Du kannst es nicht verfehlen. Ich könnte mir vorstellen, dass es für jemanden wie dich interessant ist.«

»Es gibt eines innerhalb der Stadtmauern?«, fragte Caldan verblüfft. Gereinigte Gebiete waren überall im Reich und den angrenzenden Königtümern verteilt. Es waren Orte, an denen Zauberei, magisches Wirken und Kleinodien nicht funktionierten. Diese Gebiete waren durch die magischen Kräfte während der Zerschmetterung derart verdorben worden, dass sie für alle, die Zugang zu ihren eigenen magischen

Quellen hatten, verboten waren. Er hatte gelesen, dass bereits das Betreten eines Gereinigten Gebietes eine Erfahrung war, die viele Zauberer schwach und verängstigt machte, auch wenn das vermutlich nur der Tatsache zuzuschreiben war, dass sie dort nicht mehr an ihre Kraftquelle herankamen, die sie zu dem machte, was sie waren.

»Geh hin, und sieh es dir an. Du solltest offen für neue Erfahrungen sein.« Charlotte drehte sich um und warf einen Blick auf das Meer, bevor sie sich ihm wieder zuwandte. »Nun denn, viel Glück.«

»Wisst Ihr, wo Miranda ist? Ich hatte gehofft, sie würde an Deck kommen, sodass ich mich von ihr verabschieden kann.«

»Sie hilft dabei, einen Teil der Ladung bereit zum Löschen zu machen. Ich dachte, ihr beide habt letzte Nacht schon lange miteinander geplaudert.«

»Das haben wir, und wir haben uns auch Lebewohl gesagt. Aber ich dachte ... Ach, egal.« Caldan wusste nicht, warum er seinen Aufbruch noch weiter hinauszog, aber er hätte Miranda sehr gern ein letztes Mal gesehen.

Charlotte legte ihm sanft die Hand auf die Schulter. »Mach dir nicht zu viele Gedanken. In den nächsten Tagen wirst du einiges erleben. Es ist nicht leicht, sich an einem neuen Ort zurechtzufinden. Ich beneide dich nicht darum.«

Caldan streckte die Hand aus. »Jetzt sollte ich wohl gehen. Es war mir ein Vergnügen, Euch kennengelernt zu haben, Kapitänin.«

Sie schloss ihre Hand um die seine und hielt sie in einem festen, warmen Griff.

»Mir geht es genauso. Du kannst mich Charlotte nennen. Wir laufen diesen Hafen regelmäßig an. Wenn du also einmal Zeit hast, für eine Partie Dominion an Bord zu kommen, wäre mir das sehr recht.«

»Das wäre schön.«

Er nickte ihr noch einmal zu und ging hinunter auf den Kai. Dort bahnte er sich einen Weg zwischen den aufgetürmten Fässern, den Kisten und einigen Pferdefuhrwerken hindurch, bis endlich die Straßen des Hafenviertels begannen.

Rote Lagerhäuser aus Ziegeln, mit breiten Toren und schmalen Fenstern und fleckig vom Salzwasser, säumten die Straßen. Unkraut wuchs auf manchen alten Dächern dort, wo Schindeln fehlten oder zersprungen waren. An einigen Gebäuden wurde gearbeitet, zum Beispiel wurden der Dreck und das Salz von vielen Jahren entfernt und undichte Dächer ausgebessert.

Die Straße war voller Menschen - Matrosen und muskulöse Fuhrleute, die zum Ein- und Ausladen der Waren gebraucht wurden -, aber niemand wirkte glücklich. Gut gekleidete Kaufleute eilten vorbei und hielten den Kopf gesenkt. Zweifellos waren sie in wichtigen Angelegenheiten unterwegs. Die Straße verlief über mehrere Brücken, unter denen Kanäle in die Ferne führten, und zwei größere Brücken überspannten bräunliche Flüsse.

Der Gestank des Treibgutes im Hafen überspülte Caldan. Die Brise, für die er bisher dankbar gewesen war, fuhr ihm nun unmittelbar in die Nase. Er hielt sie sich mit der Hand zu und musste husten. Ein Seemann, der gerade ein Netz flickte, grinste ihn an.

Die Stadt erstreckte sich, so weit das Auge reichte. Dächer, Terrassen, Kuppeln und Türme lagen vor ihm und verschwammen in der dunstigen Ferne. Die Dächer waren mit grünen Flecken und kleinen Bäumen gesprenkelt. Er vermutete, dass es sich um Terrassengärten handeln musste, auch wenn der Bewuchs hauptsächlich aus Unkraut und Moos zu bestehen schien. Vier Hafenwächter standen an einer

Straßenecke und beobachteten die Menge, in ihren abgeschabten Lederrüstungen und mit den grausam wirkenden Keulen sahen sie sehr Respekt einflößend aus. Er machte einen großen Bogen um sie.

Caldan schritt über das Straßenpflaster, bahnte sich einen Weg durch die Menge und nahm die nächste Hauptstraße stadteinwärts, wie Charlotte es ihm geraten hatte. Auf einem verblassten gemalten Schild an einem der Gebäude stand in einfacher Schrift *Tintenfischstraße*. Also ging er sie entlang, hielt sich dicht an den Häuserwänden auf der linken Seite und vermied die verschlammte Gosse, die am Rande der Straße verlief. Er kam nur langsam voran und überquerte Seitenstraßen und schmale Gassen. Bei den Gebäuden handelte es sich um heruntergekommene Wohnhäuser für die Bewohner des Hafenviertels, außerdem um billige Tavernen und Herbergen und um Läden und Geschäftshäuser. Vor vielen Türen standen kleine Räucherpfannen mit farbenfroh bemalten Schüsseln, die mit Nüssen oder Milch gefüllt gewesen waren, nun aber nur noch Asche enthielten. Aus manchen jedoch stieg noch der Rauch der Opfergaben auf. Ah, das Geisterfest. Die Bewohner von Eremita kannten eine ähnliche Feier, aber die Mönche hatten nichts für solchen Aberglauben übrig.

Oft musste er sich gegen eine Mauer drücken, wenn ein Wagen an ihm vorbeirumpelte, und einmal kam ihm eine Gruppe von Männern und Frauen in Ketten entgegen. Es waren verschmutzte Gefangene, die nach altem Schweiß und Urin stanken. Leere Augen starrten nach vorn oder auf den Boden. Die Wächter hieben auf einen der Männer ein, der auf die Knie gefallen war und zu lange zum Aufstehen brauchte. Eine Frau in der Menge spuckte in ihre Richtung aus, Abscheu zeigte sich auf ihrem Gesicht. Ein junger Passant grinste die

Frau an und schien etwas zu ihr sagen zu wollen, aber seine Gefährten zogen ihn fort.

Die kaiserlichen Soldaten standen an vielen Straßenecken. Etliche besaßen Bögen und Köcher voller Pfeile, die sie sich auf den Rücken geschnallt hatten. An einer Ecke stritt sich ein alter Mann mit einem jungen Adligen, gegen den er unbeabsichtigt gestoßen war. Obwohl der alte Mann sehr gebrechlich wirkte, vertrieben ihn die Soldaten mit ihren Keulen.

»Geh weiter«, sagte der eine und stellte sich damit offenbar auf die Seite des Adligen.

»Verdammte Köcherer«, murmelte der alte Mann, als er an Caldan vorbeistapfte.

Zweimal hielten die Soldaten - die Köcherer, wie sie hier genannt wurden - Caldan an und wollten von ihm wissen, wie er hieß und was er hier vorhatte. Als sie mit seinen Antworten zufrieden waren, wurde ihm das Weitergehen erlaubt.

Bald traf die Straße auf eine breite Kreuzung. Wie Kapitänin Charlotte gesagt hatte, befanden sich hier zwei Herbergen, in den anderen beiden Eckhäusern waren eine Schmiede und ein Lederwarenladen untergebracht. Es war offensichtlich, dass die *Willige Meerjungfrau* gröbere Leute anzog, denn ihr Wirtsschild war dreckig, verrostet und äußerst anzüglich. Er grinste über die schlüpfrige Darstellung, wandte sich aber dem *Otter* zu. In der offenen Tür blieb er kurz stehen, bis sich seine Augen an das Zwielicht im Innern gewöhnt hatten. Alle Tische waren leer, genau wie der Raum hinter dem Tresen.

Ein drahtiger Mann mit dünnen Lippen und fettigen Haaren kam hinter einem Vorhang hervor, der eine weitere Tür verdeckte.

»Guten Tag, Herr. Womit kann ich Euch dienen?« Er sah

Caldan von oben bis unten an, und seine Mundwinkel zuckten. »Vielleicht wäre die *Willige Meerjungfrau* drüben eher nach Eurem Geschmack?«

»Eine Freundin von mir, Kapitänin Charlotte von der *Loretta*, hat mir dieses Haus hier empfohlen.«

Bei der Erwähnung von Charlottes Namen hellte sich die Miene des Wirtes sofort auf. »Ah, natürlich. Eine liebreizende Dame.« Er rieb sich die Hände. »Wollt Ihr ein Zimmer mieten oder nur speisen?«

»Beides, wenn Ihr Eure Zimmer mit Verpflegung vermietet. Es macht mir nichts aus, in Eurem billigsten Zimmer zu nächtigen, denn ich habe nicht viel für Luxus übrig.«

»Natürlich, Herr. Ich will einmal nachsehen.« Der Wirt begab sich hinter die Theke und zog eine flache Holzkiste hervor, in der sich etliche Schlüssel befanden. Er nahm einen heraus und reichte ihn Caldan. »Dieser sollte ganz nach Eurem Geschmack sein: ein Schnäppchen für nur sechs Kupferdukaten die Nacht. Aber ich fürchte, bis zur nächsten Mahlzeit dauert es noch ein paar Stunden.«

Caldan betastete seine Geldbörse. Sie enthielt die einzigen Münzen, die ihm auf absehbare Zeit sicher waren. »Das ist in Ordnung. Aber sechs Dukaten? Kapitänin Charlotte hat mir gesagt, vier seien sicherlich ausreichend.«

»Für einen Freund von ihr kann ich diesen Preis wohl einrichten, auch wenn ich sagen muss, dass heutzutage die Steuern schrecklich hoch sind. Wie lange werdet Ihr bleiben?«

»Ich weiß es noch nicht. Mindestens eine Woche, vielleicht länger. Das hängt davon ab, wie rasch ich Arbeit finde.«

»Ah! Ihr solltet es im Händlerviertel versuchen - dort sind die Gilden und die Anschlagtafeln. Ihr könnt doch lesen, oder?«

»Ja.«

Nachdem sie ein paar weitere Freundlichkeiten ausgetauscht hatten, führte der Wirt Caldan zu seinem Zimmer und plauderte auf dem Weg dorthin ein wenig über dies und das. Der Raum war sauber, das Fenster war vergittert und wies auf eine schmale Gasse hinaus. Eine Pritsche mit einer Strohmatratze war das einzige Möbelstück, und wenn er die Arme ausstreckte, konnte Caldan die beiden gegenüberliegenden Wände berühren.

Es war viel zu tun - aber eines nach dem anderen. Er musste ein wenig Geld für Notwendigkeiten ausgeben, wenn er an diesem neuen Ort einen guten Start haben wollte. Also sollte er alles, was er brauchte, so schnell wie möglich kaufen.

Kurz darauf verließ er das Zimmer und schloss die Tür hinter ihm ab. Das Schloss war einfach, und Caldan bezweifelte nicht, dass jeder, der den Raum in seiner Abwesenheit betreten wollte, dies ohne große Schwierigkeiten tun konnte. Das war ein weiteres Problem, um das er sich noch kümmern musste, doch im Augenblick hatte er nichts, was des Stehlens wert gewesen wäre. Nichts außer seinem Kleinod, aber das wollte er stets bei sich tragen.

Er verließ den *Otter*, fragte nach dem Weg und fand rasch einen Markt, der auf einem öffentlichen Platz stattfand. Buden und Wagen drängten sich dicht aneinander. Manche Buden wirkten so, als würden sie immer hier stehen, während die Wagen wohl von den Bauern nur für diesen Tag in die Stadt gefahren worden waren, in der sie ihre Erzeugnisse verkaufen wollten. Es gab Fleisch - sowohl rohes als auch gebratenes -, Früchte und Gemüse, Kleider und Stoffe, Töpferwaren, Hüte und hundert andere Dinge.

Anders als auf Eremita waren die Männer und Frauen hier in vielen verschiedenen Stilen gekleidet - vermutlich kamen sie aus sehr unterschiedlichen Gegenden des Reiches. Die

Männer trugen Hosen wie auf Eremita, aber sie kombinierten sie mit grellfarbenen Hemden und Westen mit großen bunten Knöpfen. Nicht wenige hatten außerdem Hüte auf dem Kopf. Die Kleidung der Frauen war verschiedenartiger und reichte von Röcken bis zu Kleidern, Hosen und Blusen, doch einige hatten nur ein langes Band um Torso und Oberarme gewunden. Er musste sich bemühen, diese Frauen nicht anzustarren.

Nach und nach bahnte er sich einen Weg dorthin, wo Rauch in der Luft hing und herrliche Bratendüfte in die Menge trieben. Dort ging er an einigen Buden vorbei, in denen Honiggrillen und Raupen am Spieß verkauft wurden, und entschied sich schließlich für einen Stand, an dem es gebratenes Schweinefleisch gab, das in Scheiben geschnitten und im Fladenbrot angeboten wurde.

»Eine davon, bitte«, sagte Caldan und deutete auf eine mit Fleisch gefüllte Brottasche, in die ein Mann biss, der gerade den Stand verließ. Er bezahlte den geforderten Preis aus seinem schwindenden Münzenvorrat – es war dreimal so viel, wie er für ein gutes Essen auf Eremita hätte ausgeben müssen. Bisher entsprach die Stadt keineswegs seinen Erwartungen. Das Fleisch war fettig und zäh, aber wenigstens schmeckte es so gut, wie es duftete. Schnell verspeiste er sein Mittagessen, und eine Stunde später befand er sich auf dem Rückweg zum *Otter* und hatte einige Päckchen dabei, die er in einer neuen Ledertasche trug: Sie sollte seine alten Säcke ersetzen.

Als er wieder in seinem Zimmer war, packte er die Einkäufe aus: ein gebrauchter Rasierer, Seife, ein Dutzend Blätter gutes Pergament, Tinte und Feder, eine Handvoll Reißzwecken aus Metall und ein Messer. Der Rasierer und die Seife würde er später ausprobieren, wenn er ein öffentliches Badehaus gefunden hatte. Da der *Otter* für die Benutzung des hauseigenen Bades eine hohe Gebühr verlangte, würde er es vorerst gewiss nicht ausprobieren. Nach den heutigen Einkäufen war seine Börse bedrückend schmal geworden.

Mit großer Vorsicht schnitt Caldan zwei Rechtecke aus einem der Pergamentblätter, jedes hatte ungefähr die halbe Größe seiner Handfläche. Er nahm den Verschluss von der Tinte, legte sich auf den Boden, da das die einzige flache Oberfläche war, auf der er arbeiten konnte, und zeichnete auf jedes Rechteck vier Glyphen, allesamt in der Nähe der Ecken. Mit je zwei Reißzwecken in der Mitte heftete er das eine an den Rand der Tür, dicht neben dem Schloss, und das andere gegenüber an den Rahmen. Das würde ein paar Tage halten, was erst einmal ausreichte. Wann immer er sein Zimmer verließ, konnte er die Glyphen aktivieren. Sie würden eine Anziehungskraft zwischen Tür und Rahmen erschaffen, sodass die Tür nicht geöffnet werden konnte, selbst wenn sie unverriegelt war. Es war ein sehr einfaches, aber wirkungsvolles Mittel, das jedoch mit ein wenig Zeit von jedem anderen Zauberer leicht überwunden werden konnte.

Caldan gähnte und rieb sich die Augen. Obwohl es erst später Nachmittag war, quälte ihn schon die Müdigkeit. Die fremde Umgebung, die seltsamen Dinge, die er bisher gesehen hatte, und die Anstrengungen der neuen Stadt hatten ihn erschöpft. Er legte sich auf seine Pritsche und wollte ein kurzes Nickerchen machen, um danach herauszufinden, wo er sich morgen nach einer Arbeit umsehen konnte, doch schon bald war er in einen tiefen Schlummer gefallen.

Zwei Tage später logierte Caldan noch immer im *Otter*, und seine Börse war noch leerer geworden. Es war nicht weit von der Wahrheit entfernt, wenn er sagte, dass diese beiden Tage eine völlige Katastrophe gewesen waren.

Jetzt saß er an einem Tisch, nippte an einem Krug mit Birnenwein und wartete auf das Essen, das er bestellt hatte: Hammeleintopf, die billigste Speise auf der Karte.

Heute Abend ging es im Schankraum sehr geschäftig zu. Wenn man den Ladenbesitzern und Wirten glauben konnte, dann war das nun überall der Fall, weil viele Leute für das Herbstfest in die Stadt kamen. Heute Morgen hatte der Wirt des *Otter* noch versucht, die Miete für Caldans winziges Zimmer unter dem Hinweis auf die starke Nachfrage zu erhöhen. Caldan hatte entgegnet, das Zimmer würde aufgrund seiner Winzigkeit und des Fehlens jeglicher Möblierung sicherlich nicht nachgefragt werden, und es war ihm gelungen, den Wirt zu überreden, ihre gemeinsame Vereinbarung noch ein paar Tage beizubehalten.

Er hatte allerdings keine Ahnung, wie lange er noch bleiben würde, denn bisher war seine Suche nach Arbeit jeglicher Art erfolglos geblieben. Gleich am Tag nach seiner Ankunft hatte er seine Scheu überwunden und das Händlerviertel aufgesucht, weil er herausfinden wollte, ob es dort Aussichten auf eine Beschäftigung für ihn gab. Am Morgen war er erst zu einer Reihe von Gilden gegangen, von denen er hoffte, dass sie jemanden gebrauchen konnten, der des Lesens, Schreibens und Rechnens fähig und überdies in Geschichte und magischem Wirken unterrichtet worden war. Die Handwerkergilden – die der Zimmerer, Steinmetze, Lederverarbeiter und Weber, um nur einige zu nennen – waren zwar an seiner Lese- und Schreibfähigkeit sowie an seinen Rechenkünsten interessiert, wollten ihn aber erst dann einstellen, wenn er Mitglied der Schreiber- oder Buchhaltergilde geworden war. Also ging er zu den Gilden der Schreiber und Buchhalter, wo er erfuhr, dass kaum jemand aufgenommen wurde, der sein Handwerk außerhalb der Stadt erlernt hatte, auch wenn dies bisweilen vorkam. Nach einem kurzen Gespräch mit Gesellen aus beiden Gilden kamen diese überein, dass seine Kenntnisse nicht ausreichten, um die Prüfungen zu bestehen, und so würde er gegenwärtig nicht anerkannt werden. Außerdem betrug das Eintrittsalter in die Gilden zwölf oder dreizehn Jahre, und es war eine lange Ausbildungszeit bis zu den Prüfungen notwendig, bevor man den Gesellenstand erreicht hatte. Obwohl Caldan in einigen Disziplinen und Themen sehr belesen war, entsprachen seine Kenntnisse doch nicht einmal annähernd denen, die für einen Gesellen gefordert wurden, und wegen seines fortgeschrittenen Alters würde niemand ihn als Schüler aufnehmen.

Am Tag darauf waren die Gilden der Kaufleute für ihn das nächste Ziel, aber zu seinem großen Ärger hörte er die gleichen Geschichten wie am Vortag. Wohin er auch ging, immer wieder wurde er an einen bestimmten Ort im Händlerviertel geschickt: zum Markt der ungelernten Arbeiter.

Als er endlich dort eintraf, war es schon Mittag, und ein Blick auf die entmutigten und zerzausten Männer, die dort herumstanden und auf Arbeit für den Tag hofften, reichte aus, um ihn zu vertreiben. Die Arbeiter steckten in zerfetzter Kleidung, die mehr aus Flicken und Löchern als aus dem ursprünglichen Stoff bestand, und sie hatten schmierige, schmale Gesichter. So verzweifelt war er noch nicht, und er hoffte, es auch nie zu werden. Also machte er rasch kehrt und verließ die Gruppen der Männer, die sich zum Schutz vor dem Wind gegen die Mauern drückten, doch er fragte sich, wie er hier überleben sollte, sobald sein magerer Vorrat an Münzen aufgebraucht war. Der Weg, auf dem sich diese Männer befanden ... nun, es sah nicht einmal wie ein Weg aus, sondern wie eine Sackgasse. Sie lebten jeden Tag von der Hand in den Mund, standen herum und hofften auf Arbeit, die ihnen das zum Überleben nötige Essen verschaffte. Caldan fragte sich, wo sie übernachteten und was mit ihnen im Winter geschehen mochte, wenn der kalte Wind vom Meer her ihnen bis in die Knochen fahren musste.

Den Rest des Tages war er bis zum Sonnenuntergang in der Stadt herumgewandert. Er erinnerte sich an kaum noch etwas von diesem Nachmittag, denn seine Gedanken waren ganz auf sein Überleben und auf die Möglichkeiten gerichtet, sich ein paar Münzen zu verschaffen, die ihn durch die nächsten Tage bringen würden. Seine Lage war nicht annähernd so verzweifelt wie die der ungelernten Arbeiter, aber er fürchtete, sein Münzvorrat würde nicht mehr lange anhalten, insbesondere weil das Herbstfest die Preise für Essen und Unterkunft nach oben trieb.

Während seine Gedanken im Kreis liefen und ihn nirgendwohin brachten, war er, als es allmählich dunkel wurde, zurück in den *Otter* gegangen, und hatte sich an einen der Tische gesetzt, wo er nun auf das Abendessen wartete.

Caldan schwor sich, dass der Birnenwein, den er gerade trank, sein letzter Luxus sein sollte, bevor er ein verlässliches Einkommen gefunden hatte. Es ärgerte ihn, dass er nach all den Jahren im Kloster bisher nicht in der Lage gewesen war, jemanden zu finden, der seine vielfältigen Fähigkeiten gebrauchen konnte.

Doch als er an die Schüler im Kloster dachte, erkannte er, dass genau dies das Ziel der Mönche war. Nun ergab es einen Sinn für ihn. Das Kloster hatte sich den Ruf als Ort der Gelehrsamkeit erworben, an dem etliches gleichzeitig unterrichtet wurde, sodass es für die adligen Familien nicht nötig war, verschiedene Lehrer für die einzelnen Fächer und Wissenszweige einzustellen. Ihre Kinder wurden einfach für ein Jahr oder länger dorthin geschickt und lernten vieles über die verschiedenen Bereiche und Aspekte des Lebens. Eine eingehendere Ausbildung in dem Geschäftszweig, den ihre Eltern für sie vorgesehen hatten, erhielten sie dann bei ihrer Rückkehr. Die wenigsten der benachteiligten Kinder, die von den Mönchen aus Mitleid aufgenommen wurden, wie er selbst, verließen die Insel und blieben zumeist im Kloster. Deswegen war es nicht nötig, ihnen all die Fähigkeiten beizubringen, die sie zum Überleben in der Außenwelt benötigten.

Caldan blies verärgert in seinen Becher, was süße Weindüfte aufwirbelte. Die einzige Kellnerin der Taverne – er kannte ihren Namen nicht – knallte eine Schüssel mit Hammeleintopf vor ihn auf den Tisch und warf einen Holzlöffel sowie einen kleinen Brotlaib daneben. Er nickte zum Dank, aber sie hatte sich schon umgedreht und brachte eine weitere Mahlzeit an den Nebentisch. Auch wenn der Eintopf nicht sehr appetitanregend aussah – es war eine Schale mit fettiger brauner Soße und ein paar Fleischstückchen darin –, schmeckte er doch recht gut. Gewürze verdeckten den starken Hammelgeschmack und fügten eine Schärfe hinzu, die er angenehm fand, solange er etwas zu trinken hatte. Caldan genoss seinen Eintopf, nahm kleine Bissen Fleisch und Brot mit Soße und nippte immer wieder an seinem Wein.

Ein Mann und eine Frau waren in einer Ecke mit einer Dominion-Partie beschäftigt und benutzten dazu das Brett und die Figuren der Taverne. Vier Silbermünzen schimmerten neben dem Brett: Es ging also um einen hohen Einsatz. Caldan entschied sich dagegen, das Spiel zu beobachten, und lauschte stattdessen den Gesprächen im Raum.

Zwei Kaufleute in seiner Nähe beugten sich über ihren Tisch und steckten die Köpfe zusammen. Trotz des beständigen Raunens der anderen Gespräche konnte Caldan deutlich hören, was sie sagten.

»… dachte, ich kann einen höheren Preis für die Waren erzielen, ein paar Dukaten mehr für jedes Stück, aber sie wollten nicht nachgeben. Der verdammte Hauptkaufmann war aus Stein.«

»Typisch. Sie haben ihre Finger überall. Ich habe gehört, sie haben ein Lagerhaus unten am Hafen gekauft und auch noch ein paar Liegenschaften in seiner Nähe. Bald wirst du sie dafür bezahlen müssen, dass du deine Waren dort lagern darfst.«

»Das würde mich nicht überraschen. Sie sind in den letzten Jahren immer stärker geworden. Und sie scheinen einfach keinen falschen Schritt auf dem Markt zu machen.«

Dieses Gespräch war für Caldan nicht von Interesse, und so wandte er sich einem anderen zu.

»… schlechte Straße, die von den Bergen herunterkommt. Deshalb bin ich immer etwas früher zum Herbstfest hier. Zu viele Karren und Wagen auf den schmalen Pässen, dadurch werden sie gefährlich.«

»… und da sag ich zu der Bettlerin: ›Wenn du ’ne Kupfermünze willst, musst du sie dir verdienen, also mach, was ich sage, und du kriegst deinen Dukaten!‹ Hahaha. Da ist sie davongelaufen.«

»… den Kindern geht es gut, danke der Nachfrage. Der Kleinste fängt jetzt mit dem Laufen an.«

Bei einem Gespräch jedoch spitzte Caldan die Ohren. »Ich habe gehört, dass es in diesem Jahr auf dem Fest eine ziemliche Konkurrenz gibt. Ein Meister-Schwertkämpfer aus der Steppe hat sich eintragen lassen, und der Botschafter der Sotharle-Union der Städte kommt zum Dominion-Wettbewerb. Was würde ich nicht alles dafür geben, ihn gegen den Kanzler des Kaisers spielen zu sehen!«

»Ha! Das wird wohl kaum geschehen. Sie werden versuchen, ihn in den Qualifikationsspielen auszuschalten.«

»Wäre es nicht sehr schön, wenn dieser alte aufgeblasene Wicht von ein paar Emporkömmlingen aus der Stadt geschlagen würde?«

»Das wird nicht passieren. Er hat in den letzten Jahren jeden Wettbewerb gewonnen. Auch wenn ich diesen alten ausgetrockneten Vogel nicht mag, so weiß er doch, was er tut.«

Caldan hatte über die Länder gelesen, die das Reich umgaben, aber es war seltsam und aufregend zu hören, wie sich Menschen über sie unterhielten, die möglicherweise schon einmal dort gewesen waren. Die Sotharle-Union der Städte lag weit oben im Nordwesten und die Steppe im Südwesten. Sie wurde hauptsächlich von nomadischen Stämmen bewohnt, von denen er bisher nur gelesen hatte. Vor Hunderten von Jahren hatte das Kaiserreich versucht, die üppigen Grasländer der Steppe für sich zu beanspruchen, doch es gelang nur teilweise, bevor sich das Reich von den dort lebenden kriegerischen Menschen eine blutige Nase holte. Er dachte an das, was die Kapitänin Charlotte über die Schatzjäger gesagt hatte, die ihr Glück in der Wildnis suchten. Zwar konnte er sich eine solche Tätigkeit noch immer nicht vorstellen, aber aufgrund seiner düsteren Aussichten würde er vielleicht ernsthaft darüber nachdenken müssen.

Als es in der Taverne lauter wurde, kehrten Caldans Gedanken zum Dominion-Spiel zurück. Zu jedem anderen Zeitpunkt hätte ihn eine Partie oder auch nur das Gespräch darüber unweigerlich angezogen, und er hätte einige Stunden mit gleichgesinnten Leuten verbracht, doch heute Abend war es anders. Er war zu müde von den letzten Tagen und enttäuscht vom Beginn seines neuen Lebens in Anasoma. Aber nun hatte er eine Vorstellung davon, welche weiteren Anstrengungen er unternehmen konnte. Es wäre möglich, dass er doch das tat, was Charlotte ihm vorgeschlagen hatte, und sich bei einigen Wettbewerben auf dem Herbstfest einschreiben ließ. Aber es war bei Weitem nicht sicher, ob er sich so gut schlagen würde, dass er sich eine Börse voller Dukaten erkämpfen konnte, und ihm gefiel die Vorstellung nicht, sich ausschließlich auf sein Glück zu verlassen. Vielleicht konnte er versuchen, ein paar Münzen zu gewinnen, indem er Dominion gegen die Besucher von Tavernen in dieser Gegend spielte, aber irgendwie fühlte sich das nicht richtig an. Anderen ihre Dukaten abzunehmen, weil sie nicht die Gelegenheit hatten, gegen Meister zu üben und aus seltenen Büchern zu lernen, empfand er als ungerecht. Diese Möglichkeit würde er nur als letzten Ausweg in Betracht ziehen.

Mit hastigen Schlucken trank er den Rest seines Birnenweins, stand auf und wollte zurück zu seinem Zimmer gehen, um an einigen magischen Übungen und Mustern zu arbeiten. Als Nächstes wollte er nämlich die Zauberergilde aufsuchen und herausfinden, ob er vielleicht in diesem Umfeld seine Talente und Fähigkeiten anbringen konnte. Aus seinen Lektionen im Kloster wusste er, dass er recht begabt und einer der wenigen war, die Zugang zu seiner Quelle hatten. Es war ebenfalls nicht sehr aussichtsreich, wie bei den anderen Gilden, aber was blieb ihm sonst übrig?

Als er den Raum halb durchquert hatte, glitt sein Blick zu der Dominion-Partie in der Ecke zwischen einem Mann, der sich gerade mit einem zufriedenen Lächeln auf seinem Stuhl zurücklehnte, und einer Frau, die auf das Brett schaute und eine Grimasse zog. Sie schien fast besiegt zu sein. Ihre erste Ebene sah recht solide aus, aber die zweite und die dritte waren in völliger Unordnung. Wenn sie so weitermachte, würde das Spiel bald vorbei sein. Ihr Blick glitt zu den Silbermünzen neben dem Brett, während sie über den nächsten Zug nachdachte und dabei an einem Fingernagel kaute. Nach ihrer

Kleidung zu urteilen war sie nicht so wohlhabend wie der Mann ihr gegenüber, und sie wirkte, als ob der Einsatz dieses Spiels ihr Angst machte, seit sich das Blatt gegen sie gewendet hatte.

Aus einem Impuls heraus bahnte sich Caldan rasch einen Weg durch die Menge und begab sich auf sein Zimmer, wo er schnell ein paar Sätze auf ein Stück Pergament schrieb. Aufgeregt stieg er wieder nach unten, winkte die Kellnerin herbei und beauftragte sie damit, das gefaltete Pergamentblatt der Dame vor dem Dominion-Brett zu geben. Die Kellnerin zwinkerte ihm zu und kicherte, dann ging sie hinüber zu den Spielern.

Soll sie doch glauben, was sie will, dachte Caldan und schüttelte den Kopf auf dem Rückweg zu seinem Zimmer. Er wollte nicht bleiben und zusehen, ob die Nachricht übergeben wurde und wie die Reaktion der Dame ausfiel.

Caldan war bereits eingeschlafen, als ihn ein Klopfen an seiner Tür weckte und ihn in einen Zustand des Halbbewusstseins brachte. Zuerst glaubte er, geträumt zu haben, und lag lauschend auf seiner Pritsche, doch nach einigen Augenblicken wurde das Klopfen wiederholt. Er taumelte zur Tür, vergewisserte sich, dass sein improvisiertes magisches Schloss noch da war, und fuhr dann mit der Hand über die beiden Pergamentstücke. Ein leichtes Vibrieren und eine sanfte Wärme verrieten ihm, dass die Zauberei noch wirkte, aber er spürte, dass sie nicht mehr so stark war wie vor zwei Tagen. Das Pergament vermochte die Kraft nicht mehr lange in sich zu halten.

»Hallo?«, fragte er. »Wer ist da?«

Die Person auf der anderen Seite der Tür zögerte. Schließlich sagte sie: »Du hast mir eine Nachricht geschickt. Ich muss mit dir reden.«

Caldan fuhr noch einmal mit der Hand über den magischen Schutz, diesmal flüsterte er zusätzlich ein paar Worte. Dabei verschwanden die Vibrationen und die Wärme und hinterließen dafür einen Duft, der ihn an Zitronen erinnerte. Eigentlich hätte er wissen müssen, dass die Dame versuchen würde herauszufinden, woher die Nachricht gekommen war.

Er drehte den Schlüssel im Schloss und zog die Tür halb auf. »Guten Abend«, sagte er und unterdrückte ein Gähnen. »Entschuldigung, aber ich hatte schon geschlafen. Ihr müsst mir nicht für die Nachricht danken. Ich dachte, Ihr braucht vielleicht ein wenig Hilfe. Es hat so ausgesehen, als würde Euch das Spiel viel mehr bedeuten als Eurem Gegner.«

Sie stand im Korridor, und Verärgerung zeigte sich in ihrer Miene. »Ich wollte dir nicht danken. Hier hast du deine Nachricht zurück.« Die Frau streckte ihm das gefaltete Pergamentblatt entgegen.

»Aber ... warum? Ich habe Eure Lage gesehen, und es hat eindeutig so ausgesehen, als würdet Ihr Hilfe gebrauchen.«

»Der Anschein kann täuschen. Hier, nimm es zurück.« Sie drückte ihm das Blatt in die Hand.

»Ihr seid also nur hergekommen, weil Ihr mir sagen wolltet, dass Ihr meine Hilfe nicht braucht?«

»Ich bin hergekommen, weil ich dir sagen wollte, dass deine Vorschläge zum Gewinnen des Spiels wirklich elegant waren. Spielst du auf dem Herbstfest?«

Caldans Gedanken versuchten, dem Gespräch zu folgen. »Äh ... nein. Ich meine, es ist noch nicht sicher.«

Er runzelte die Stirn. Irgendetwas verstand er nicht. *Sie hätte das Spiel eindeutig verloren.* »Warum habt Ihr meine Hilfe nicht gebraucht?«

»Weil ich nicht gewinnen *wollte*. Ich habe das Spiel wirklich verloren, aber *glücklicherweise* habe ich die beiden danach gewonnen, nachdem er den Einsatz beträchtlich erhöht hatte.« Sie schenkte ihm ein schiefes, schelmisches Lächeln. »Er war schrecklich wütend, weil er so viele Silberdukaten verloren hat, aber man sollte nur dann wetten, wenn man es sich leisten kann zu verlieren, wie ich immer sage.«

Schließlich begriff er ihr Spiel. »Ich verstehe ... Ihr bestreitet Euren Lebensunterhalt durch das Dominion-Spiel?«

»In gewisser Weise«, antwortete sie. »Aber es ist schon spät, und ich brauche meinen Schlaf. Ich bin hergekommen, weil ich dir einen Rat geben wollte. Es mag annehmbar sein, in einem Freundschaftsspiel Hinweise zu geben oder Strategien vorzuschlagen, aber wenn es um Dukaten geht, solltest du dich zurückhalten. Wenn er geglaubt hätte, dass ich betrüge, hätte es schlimm für mich ausgehen können ... und auch für dich. Zumindest hätte ich dann die Münzen nicht behalten können. Also halte dich in Zukunft bitte aus den Angelegenheiten der anderen heraus.«

Caldan war nicht klar gewesen, dass er sie in Schwierigkeiten hätte bringen können, doch wenn er jetzt darüber nachdachte, war es eigentlich ganz klar. Es war dumm von ihm gewesen, und er dachte an den Rat, den Charlotte ihm gegeben hatte: Er sollte niemals zu höflich sein.

»Hm ... falls es hilfreich ist: Die Kellnerin hat geglaubt, ich wollte Euch einen Antrag machen.« Er spürte, wie er errötete. »Ich bin sicher, dass sie die Botschaft nicht anders gedeutet hat.«

Die Dame seufzte auf. »Das ist gut. Solange mein Ruf sauber bleibt, was das Dominion-Spiel angeht, kann es mir egal sein, was die Leute sonst von mir denken. Offenbar bist du neu in Anasoma. Denk einfach nach, bevor du handelst.« Sie drehte sich auf dem Absatz um, ging den Korridor entlang und stieg die Treppe zum Schankraum hinunter.

Caldan schloss die Tür, aktivierte das magische Schloss, legte sich auf seine Pritsche und verschränkte die Hände hinter dem Kopf.

Dumm, dachte er. Natürlich hätte jemand auf den Gedanken kommen könne, dass sie betrog, wenn seine Nachricht bekannt geworden wäre. Vielleicht nagte die Anspannung der letzten Tage schon zu sehr an ihm.

12

Mit einem lauten *Klack* fuhr der Riegel der massiven Tür ins Schloss, und Amerdan hielt inne und holte tief Luft. Die Straßen draußen waren voller Rauch, und der Geruch der Brände erfüllte ihm Augen, Nase und Kehle. Dann zog er den Perlenvorhang beiseite, der die Tür bedeckte, und die kleinen farbigen Kugelstränge klingelten. Er hatte sie so angeordnet, dass sie eine Girlande aus roten Rosen vor einem gelben Hintergrund bildeten, und an jedem fünften Strang hatte er ein silbernes Glöckchen befestigt – allerdings nicht am vierten oder sechsten, das war ihm sehr wichtig gewesen. Es waren Willkommensglöckchen für die Kunden und Warnglöckchen für ihn selbst.

Es war der letzte Tag des Geisterfestes, an dem angeblich die Geister der Ahnen zurückkamen, um die Lebenden zu besuchen. Priester führten Rituale durch, damit das Leiden der Geister gelindert wurde, und das Volk brachte Opfergaben dar, um die Ahnen zu besänftigen. Die spiritueller gesinnten Menschen bastelten ihre eigenen Figuren aus Stroh und Zweigen, die entweder Menschen, die sie gekannt hatten, oder ihre eigenen Ahnen darstellen sollten, und verbrannten sie zusammen mit Weihrauch in der Hoffnung, dadurch gegen die Gefahren geschützt zu sein, die von den Geistern ausgingen. Jede Figur, die jemanden symbolisierte, dem ein Unrecht geschehen war, trug einige Windungen aus schwarzem Stoff um den Hals. Heute war die letzte Gelegenheit, Feuer anzuzünden und symbolische Opfergaben an die Geister zu verbrennen, damit diese nicht in die Häuser kamen und Unglück brachten. Die meisten Leute entfachten diese Feuer vor ihren Gebäuden, da sie glaubten, dies sei der Weg, den die Geister ins Innere nahmen. Der Rauch der zahlreichen Feuer zerrte allmählich an seinen Nerven, denn es hatten einfach zu viele Leute zu viele umwickelte Gaben in die Flammen geworfen. Verbrannte Nahrungsmittel, verbranntes Pergament und verbrannter Stoff griffen seine Nase an und vermischten sich mit dem erstickenden Gestank von Dufthölzern. Er war froh, wieder in seinem Laden zu sein und alles hinter sich gelassen zu haben.

Amerdan holte mehrmals tief Luft und vertrieb damit auch den letzten Gestank, der ihm noch in der Nase haftete. Dann blinzelte er das Brennen in seinen Augen weg.

Sein Laden war leer. Leer und still. Er begab sich hinter die polierte Theke und hielt wie immer nach etwas Ungewöhnlichem Ausschau. Es gab Menschen hier draußen, die nicht verstanden, was er tat, und obwohl er stets vorsichtig war, konnte doch der kleinste Fehler zu seinem Untergang führen. Dann griff er nach oben und nahm Dotty, die auf einem Regalbrett saß, sanft in seine Hände. Bereits die Berührung der grauen Flickenpuppe rief die Gespenster seiner Schwestern herbei. Sie alle hatten Dotty geliebt. Aber sie alle waren gestorben oder so gut wie tot, und das war schon lange Zeit her. Er wiegte die Puppe im Arm und trat durch die Hintertür in den Hof. Seine Schweine grunzten und schnüffelten am Pferch. Sie waren noch hungrig.

Amerdan hatte eine Kohlenpfanne neben dem Brunnen

aufgestellt und sie mit Koks gefüllt, auch der Zunder lag daneben bereit. Er nahm gern Koks für diesen Tag, denn es brannte heiß und hell und hinterließ keine Rückstände. Und er hasste Unsauberkeit.

Vorsichtig setzte er Dotty an den Rand des Brunnens. Dort saß sie nun und sah ihn erwartungsvoll an.

»Bitte schön.«

Vielen Dank.

»Gern geschehen.«

Der Abend war bewölkt und kühl. Klänge aus der benachbarten Straße drangen an seine Ohren: Leute kamen auf dem Weg von einer Feier vorbei oder gingen zu einem Fest, dazu das Klappern von Tellern im Haus neben ihm, wo das Abendessen serviert wurde, das betrunkene Lachen von jemandem, der zu sehr gefeiert hatte, und das Grunzen seiner fünf Schweine. Es war finster im Hof, nur die Laternen der Vorbeigehenden warfen ihr Licht schwach über die Mauern. Er stand ganz still da, während die Kühle des Abends ihn überspülte, und nahm einen Teil der Ruhe, die sie spendete, in sich auf.

Was wirst du wegen der Zauberergilde unternehmen, Amerdan? Nichts, wie üblich?

Amerdan warf einen seitlichen Blick auf Dotty. »Verdammte Zauberer«, fluchte er. Sie schrieben ihm vor, was er zu tun hatte und was er verkaufen durfte. Als ob sie die Eigentümer aller seltenen Erden auf der ganzen Welt wären, auch wenn sie ihnen nicht gehörten. Außerdem sagten sie, er verletze das Gesetz und müsse aufhören, Grundmaterialien für die Zauberei zu verkaufen. »Dafür werden sie bezahlen«, schwor er.

Wann?, schien Dotty zu fragen. *Wir wollen, dass sie bestraft werden.*

»Bald.«

Du weißt, was sie mit uns gemacht haben.

Amerdan schloss kurz die Augen, als ihn die Erinnerungen an das, was der Zauberer seinen Schwestern angetan hatte, durchströmten. Und die Erinnerung an ihre Schreie. An ihr Blut. So viel Blut. Seine Hände zitterten, und er faltete sie, bis das Zittern nachließ.

Genug, beschloss er. Er holte ein kleines Päckchen hervor und nahm einen Feuerzweig heraus. Mit einer knappen Bewegung des Handgelenks fuhr er damit über die Brunneneinfassung, und der Phosphor entzündete sich. Bald knisterte ein Feuer in der Räucherpfanne.

Amerdan wartete geduldig, bis er der Meinung war, es sei heiß genug, dann sagte er in die Schatten hinein:

»Verehrte Ahnen, seid mein Schutz gegen das Böse und die Fangstricke der Gespenster, die durch das ewige Zwielicht zwischen unserer Welt und der Euren wandeln. Helft ihnen, Frieden zu finden, und leitet sie weg von hier, wo ihre Geister Schaden anrichten können.«

Dann beugte er sich über einen Weidenkorb zu seinen Füßen und entnahm ihm eine Handvoll kleiner Figuren, die aus Zweigen bestanden. Er hatte sie während der letzten Tage hergestellt und sich um jede kleine Einzelheit gekümmert. Jede Figur trug andere Kleidung aus Stoffstreifen, die er um Torso, Beine und Arme gewickelt hatte. Farbige Glasperlen waren als Augen auf die kleinen hölzernen Köpfe geklebt, und er hatte sie sogar mit lebensechtem Haar versehen. Es waren insgesamt siebzehn.

Amerdan nahm eine Figur nach der anderen, sah ihnen in die Augen, sprach einen immer gleichen kurzen Satz und gab ihnen dadurch einen Namen.

Die erste, das Abbild eines Mannes mit grünen Perlenaugen, wurde in die Kohlenpfanne geworfen. Die Flammen leckten gierig an der Opfergabe.

»Christophe Morrow, ruhe in Frieden. Suche nicht nach mir, komme nicht zu mir. Mein Leben und meine Seele sind dir versperrt, jetzt und für alle Zeiten.«

Amerdans Stimme zitterte. *Du hast Schlimmeres verdient, als einfach nur verbrannt zu werden.* Für das, was er Amerdans Schwestern angetan hatte, hätte der Zauberer tausend schreckliche Tode sterben müssen. Er spuckte auf die Figur, während sie von den Flammen verzehrt wurde.

Geduldig wartete er, bis das verhasste Abbild vollständig verbrannt war, bevor er weitermachte. Die zweite Figur ging in die Kohlenpfanne, sie stellte eine Frau mit einem kurzen braunen Rock dar.

»Lydia Fortescue, ruhe in Frieden.« *Meine erste Geliebte. Sie hätte nie an mir zweifeln dürfen.* »Suche nicht nach mir, komme nicht zu mir. Mein Leben und meine Seele sind dir versperrt, jetzt und für alle Zeiten.«

Wieder sah er zu, bis die Gestalt ganz vom Feuer gefressen wurde, bevor er sich der nächsten zuwandte.

Langsam wurde der Haufen aus hölzernen Figuren kleiner. Bei jeder wartete er einige Minuten, bis sie rückstandslos verbrannt war und sich der Rauch aufgelöst hatte. Als er nach der siebzehnten und letzten griff, war eine Stunde vergangen.

Er hielt diese letzte Gestalt einen Augenblick lang fest und fuhr über die wenigen Haarsträhnen an ihrem Kopf. Zwei Streifen aus rotem Tuch waren als Gürtel um die Hüfte und als Band um die Stirn gebunden.

Schließlich warf er sie auf die glühenden Kohlen und biss die Zähne zusammen, als sie Feuer fing.

So ein süßes junges Mädchen. Kaum mehr als ein Appetitan-

reger für meine Schweine. Siehst du, die armen Viecher sind noch immer hungrig.

»Daphne, ruhe in Frieden. Suche nicht nach mir, komme nicht zu mir. Mein Leben und meine Seele sind dir versperrt, jetzt und für alle Zeiten.«

Er blieb reglos und legte die Hand auf den Anhänger mit dem Kleinod um seinen Hals, das er damals dem Zauberer abgenommen hatte, während er die Kohlen und die Hitzewellen beobachtete, die von ihnen abstrahlten.

Ein lauter Ruf, den ein Zecher draußen ausstieß, durchbrach seine Gedanken, und er schüttelte sich. Die Abendluft hatte ihn trotz der Räucherpfanne abgekühlt. Erst jetzt bemerkte er, dass jemand an seiner Vordertür klopfte.

Dotty sah ihn mit ihren Perlenaugen an. *Es ist einer von ihnen.*

»Nein, das ist unmöglich. Sie haben mir eine Woche Zeit gelassen.« Amerdan packte Dotty, steckte sie unter sein Hemd und eilte in den Laden. Das Klopfen hielt an, während er die Tür entriegelte. Draußen stand ein dünner junger Mann, der kaum alt genug zum Rasieren war und abgewetzte, locker sitzende Kleidung trug. Er hatte die bleiche Hautfarbe von jemandem, der viel Zeit drinnen verbrachte. Und er roch nach Staub, alten Büchern und getrocknetem Schweiß.

»Was willst du ...«

»Ah, du hast *doch* geöffnet!« Der junge Mann wollte einen Schritt ins Innere des Ladens machen, aber Amerdan trat ihm in den Weg.

Er hat den Gestank der Zauberei an sich. »Ich habe heute schon geschlossen. Deshalb war die Tür verriegelt.«

»So früh? Egal. Ich weiß, dass dir die Zauberergilde gesagt hat, du sollst gewisse Mineralien und Erze nicht mehr verkaufen.«

»Na und?«

»Nun, ich hatte gehofft, ich könnte dir einige davon abnehmen, damit du keinen vollständigen Verlust hast. Es gibt da einiges, was ich für meine Studien gebrauchen könnte. Ich bin ein Zauberschüler. Aber ...« - er spreizte die Hände - »... leider fehlen mir die Dukaten.« Dann schaute er zu Boden.

Er kommt direkt vom Bauernhof, dachte Amerdan. Sicherlich war er erst vor Kurzem als Schüler verpflichtet worden und hatte feststellen müssen, dass das Leben in der Stadt teurer war, als er es erwartet hatte. Und nun war er hergekommen und wollte Amerdan übertölpeln. *Verdammte Zauberer. Einer ist so schlecht wie der andere.* Bei diesem Gedanken wand sich Dotty unter seinem Hemd und erinnerte ihn daran, was jener Bastard damals mit seinen Schwestern gemacht hatte – und beinahe auch mit ihm selbst.

Amerdan versetzte dem Schüler einen Fausthieb in den Bauch. Die Luft entwich hörbar aus dem Mund des jungen Mannes, und er faltete sich zusammen wie ein Blatt Papier. Er fiel auf Hände und Knie wie ein Hund, keuchte Amerdan an, öffnete und schloss den Mund, als wäre er ein Fisch an Land. Schnell eilte Amerdan um ihn herum und trat ihm in den Hintern. Während sich der Zauberer übergab, zerrte Amerdan ihn ganz in den Laden, warf die Tür zu und schob den Riegel vor.

Amerdan packte ihn an den strähnigen, fettigen Haaren und am Hosengürtel, schleppte ihn in das Hinterzimmer und von dort aus die Kellertreppe hinunter.

Er warf den Zauberschüler in den Raum am Ende der Stufen, stand kurz still da und atmete die Atmosphäre ein. Sie war warm und feucht. Die Luft war ... Segen. Er blieb reglos, ließ sich von der Luft umschmeicheln, sog die Düfte ein, genoss ihre Essenz. Die Luft war lebendig vor Versprechungen.

Ja, er würde wieder verwandelt werden, wie schon so oft zuvor. Auf seinen Armen bildete sich eine Gänsehaut.

Ein Ächzen ertönte vor ihm und störte seine Heiterkeit. Amerdan ging zu einer Wand und entzündete dort mit einem Feuerholz eine Lampe. Das Schimmern des Lichtes schälte eine Schicht aus Dunkelheit ab.

Der Schüler - nein, das Ding, das Gefäß, das zu leeren war - lag auf dem Steinboden und hielt sich den Unterleib mit den Händen fest. Seine Blicke folgten Amerdan angstvoll.

Für gewöhnlich war er bereit. War er vorbereitet. Alles musste richtig sein.

Aber nicht heute Nacht. Dafür hatten die Zauberer gesorgt. Sie waren in seinen Laden gekommen und hatten ihm befohlen, nichts mehr zu verkaufen! Was glaubten sie denn, wer sie waren? Und jetzt ... jetzt würde dieser Möchtegernzauberer dafür büßen.

Amerdan setzte Dotty auf ein Regalbrett neben der Lampe. Von dort aus konnte sie alles beobachten. Ihre Perlenaugen starrten tief in seine eigenen. Sie war bereit. Er auch.

»Uh ... bitte ...«, jammerte das Ding. »Warum ... tust du ... mir ... das an?«

Amerdan blieb stumm. Er sah zu. Und er genoss die Angst.

»Bitte«, wiederholte das Ding. »Mein Meister ... wird nach mir suchen ... Er wird dich finden.« Es schwieg eine Weile und versuchte, wieder zu Kräften zu kommen. »Er wird dich töten ... für dieses Verbrechen. Und ich werde ... dich brennen sehen.«

»Pst. Du weißt nichts von den tieferen Wahrheiten. Niedere Kreaturen erkennen nur selten ihre Beschränkungen. Das ist es, was sie ... unbedeutend macht.«

Amerdan zog eine lange, dünne Klinge aus der Scheide an seinem Gürtel, hielt sie gegen das Licht und suchte sie nach

Fehlern ab. Es war eine alte Angewohnheit. Er wusste, dass die Klinge makellos war, denn er kümmerte sich sehr um seine Werkzeuge.

»Warum?«, keuchte es. »Das darfst du nicht tun. Sie werden nach mir suchen.«

Amerdan drehte sich um und betrachtete das Ding. »Warum?«, wiederholte er desinteressiert. Die Gefäße stellten immer dieselben Fragen, fantasielos und unklug. Dabei sollte dieses Ding doch ein großer Geist sein – nichts Geringeres als ein Zauberschüler. Er schüttelte den Kopf. Talente und Fähigkeiten wurden an nutzlose Gebilde aus Fleisch und Knochen verschwendet. Nein, sie hatten es nicht verdient, denn ihre Schwäche hielt sie stets von wahrer Größe ab. Sie vermochten es nicht, sich über ihre Grundbedürfnisse zu erheben und sich zu verwandeln, wie er selbst es getan hatte. Der Zauberer, der seine Schwestern getötet hatte, war dumm genug gewesen, ihm sein Geheimnis zu offenbaren. Und Amerdan hatte es ihm genommen, zusammen mit seinem Leben. Seitdem hatten viele weitere Gefäße mit Gaben, die er für würdig hielt, ihre dürftigen Essenzen seinem Vorrat hinzugefügt.

Er zog sein Hemd aus und warf es auf den Boden, dann fuhr er mit den Fingern über seinen Oberkörper, der mit Narben übersät war. Sie waren Überbleibsel seines Erwachens, von dem bösen Zauberer in sein Fleisch eingeschnitten.

Sein Kleinod hing ihm um den Hals, wo es heller als das Licht der Lampe glühte.

Amerdan war genauso wie sie auf die Welt gekommen: unwissend und ahnungslos. Er hatte weder seine eigenen Fehler noch die der anderen um ihn herum erkannt. Aber er war auf die Probe gestellt worden. Und er war gegeißelt worden. Gereinigt. Neu gemacht. Zu etwas anderem umgeschmiedet. Zu etwas Stärkerem. Etwas Größerem.

Plötzlich sprang er quer durch den Raum und hockte sich rittlings auf das Ding. Es keuchte angesichts seiner Schnelligkeit und Stärke. Mit den Knien drückte er gegen seine Flanken, und die Augen des Dings folgten dem Weg des leuchtenden Messers, das vor seinem Gesicht schwamm. Ein fester, schneller Schnitt, und das Messer zog sich zurück. Das Gefäß schrie. Heißes rotes Blut tropfte aus der Wunde an seiner Stirn.

Amerdan fuhr mit der Hand über den Schnitt und schmierte sich die klebrige scharlachrote Nässe auf die Handfläche. Mit der blutbeschmierten Hand packte er das kugelförmige Kleinod vor seiner Kehle. Nur der rasselnde Atem des Gefäßes durchdrang die Stille.

Es wusste, was kam. Am Ende wussten es alle.

Amerdans Hand um das Kleinod erglühte rot, dann orange, dann gelb, als ein helles Licht aus dem Anhänger drang und durch sein Fleisch leuchtete.

»Bitte«, schluchzte das Ding. »Was pass…«

Der Atem wurde ihm abgeschnitten, als Amerdan das Messer fallen ließ und ihm die Kehle zudrückte. Er presste mit brutaler Stärke, und Knorpel knackte.

»Pst. Du bist ein Gefäß, und ich werde mich an dir laben. Du wirst zum Teil eines Ganzen werden, das größer ist, als du es dir vorstellen kannst.«

Verlangen erfüllte Amerdan und rann an seinem Rückgrat herunter. Er bekam eine Gänsehaut, und seine Haare richteten sich auf.

Das Licht leuchtete durch Haut und Knochen und wurde weiß glühend.

Das Gefäß ächzte wortlos, es war ein innerliches Heulen, gefärbt von Schmerz und Verlust. Ein schwaches Strahlen ging von seiner Haut aus und wurde mit jedem Augenblick stärker. Ein Faden aus glitzerndem Weiß erstreckte sich von

Amerdans schillernder Haut zu dem Gefäß. Der Faden wurde zu einer Schnur von der Dicke eines Daumens. Ein Pulsieren fuhr von dem Gefäß zu dem Kleinod und wurde von diesem aufgenommen. Amerdan kniff die Augen zusammen, und Tränen tropften durch die Lider.

Die Haut, die das Gefäß umhüllte, wurde grau, sie schrumpfte und bekam Risse, als das Leben aus ihr strömte. Unter Schaudern und Zucken kreischte Amerdan auf, als die Schnur verschwand und der Raum wieder dunkler wurde. Schatten flackerten vor der Lampe.

Er brach auf dem ausgetrockneten Ding zusammen und keuchte. Jetzt lag er ganz still da und sammelte Kraft.

Schließlich brachte Amerdan sich in eine kniende Position, während der graue, verschrumpelte Leichnam zwischen seinen Knien lag.

Er lachte. Es war das volle, kehlige, erleichterte Lachen von jemandem, der etwas überlebt hatte, das er niemals zu überleben erwartet hatte.

Nun schaute er zu Dotty hinüber und wischte sich die Tränen aus den Augen und von den Wangen. »Wir haben es wieder einmal durchgestanden.«

Dotty zwinkerte ihm in dem flackernden Licht zu. Seine Schwestern konnten beobachten, wie er sich entwickelte. Abermals lachte er – erfreut.

Mit einem Brüllen warf er den Kopf zurück und schrie den Himmel durch die Steine über ihm an. Die Muskeln an Armen und Oberkörper, von Adern durchzogen und geschwollen, spannte er an, bis sie vor Schweiß schimmerten.

»Wieder habe ich gelitten und überlebt!«, rief er. »Wieder trinke ich und erhalte das, was ich brauche.« Er streckte die Arme zur Decke, an dem einen lief ein scharlachrotes Band aus tropfendem Blut herab.

»Ich bin gebunden.« Das Herz pumpte heftig in seiner Brust.

»Ich bin gereinigt.«

»Ich bin ohnegleichen.« Er ließ die Arme fallen und sah den grauen Leichnam an.

»Ich bin viele ... Ich bin verwandelt«, keuchte er erschöpft.

Dotty saß auf dem Tisch in den Schatten, und in den Augen der Puppe zeigte sich das Schimmern eines Lächelns.

Später in der Nacht kam Amerdan aus seinem dunklen Keller hervor, während der Körper des Schülers leblos über seiner Schulter hing. Er pfiff ein schräges Lied, sperrte die Tür auf, die zu seiner verborgenen Kammer führte, und schob den Wandbehang davor.

Er stand im Hof und schaute hoch in den Nachthimmel. Das Mondlicht beschien sein Gesicht, und er glaubte spüren zu können, wie die Strahlen ihn mit Macht erfüllten. Natürlich war das reine Fantasie. Schließlich kannte er nur eine einzige Möglichkeit, Macht in sich aufzunehmen. Und nur die Begabten waren es wert, zu einem Opfer für ihn zu werden.

Es gab nicht viele, die er für wert erachtete, in ihn eingehen zu dürfen.

Er blieb beim Schweinepferch stehen. Schnüffeln und Grunzen begrüßten ihn. Daphne hatte ihren Appetit angeregt, aber jetzt war es Zeit für das Hauptgericht.

Also warf er den leblosen Körper in den Pferch, drehte sich um und ging wieder nach drinnen. Aufgeregtes Quieken und reißende Geräusche folgten ihm.

13

Caldan rollte wieder auf die Seite und schob seine dünne Decke weg. Er hatte sich die ganze Nacht herumgeworfen, war immer wieder aufgewacht und eingeschlafen und wieder aufgewacht. Seine Muskeln protestierten, als er sich erhob und reckte und streckte, bevor er ein wenig von dem stark gewässerten Wein trank, den er gekauft hatte. Der Wein löschte seinen Durst, hinterließ aber einen sauren Geschmack im Mund. Er vermisste das einfache, gute Trinkwasser aus dem Kloster, aber dem Wasser in der Stadt war trotz der zahlreichen Aquädukte nicht zu trauen, und so tranken viele Leute stattdessen Bier oder verdünnten Wein - wie er inzwischen auch.

Die Morgendämmerung erhellte allmählich das schmutzige Fenster seines Zimmers, und er verspürte die Notwendigkeit, nach draußen zu gehen und sich die Beine zu vertreten, bevor er sich ans Frühstück setzte. Er stieg die Treppe hinunter, ging durch den leeren Schankraum und trat auf die Straße, die zu dieser Stunde beinahe verlassen dalag, wenn man von einem oder zwei Frühaufstehern absah. Ohne nachzudenken, begab er sich nach links auf das Hafenviertel zu. Seit seiner Ankunft in der Stadt war er dort nicht mehr gewesen, und er fragte sich, ob diese Gegend vielleicht im Licht des Morgens besser aussah und angenehmer war.

Die Straßen und Gebäude an seinem Weg sahen völlig anders aus, da er nun aus einer anderen Richtung kam, und er hatte das unheimliche Gefühl, sich an einem seltsamen, unbekannten Ort zu befinden.

Anasoma war eine große Stadt. Der Marsch vom einen Ende bis zum anderen dauerte daher fast einen ganzen Tag. Wenn man dabei die Hauptstraßen nahm, wurde man durch den unablässigen Verkehr aufgehalten. Für Caldans Geschmack war die Stadt einfach zu groß, hatte zu viel Verkehr und zu viele Menschen, und auf den Straßen herrschte ein zu großes Chaos. Aber dieser frühe Spaziergang zeigte ihm eine andere Seite der Stadt, eine friedlichere, trotz des Gestanks von Urin, Rauch und Schweiß, der in der Luft hing. Die wenigen Leute, an denen er auf der Straße vorbeikam, sahen ihn jedoch nicht an.

Ohne die übliche Menschenmenge dauerte es nicht lange, bis er den Hafen erreicht hatte. Der *Otter* lag viel näher am Wasser, als er vermutet hatte. Schiffe schaukelten in der Dünung, die Decks waren verlassen, und nur ein paar Wächter aus den Mannschaften hielten Wacht. Am Ende des nächstgelegenen Kais lag noch immer die *Loretta*. Er entschied sich gegen einen Besuch, denn vermutlich schliefen noch alle – oder sie saßen betrunken in irgendeiner Taverne.

Einige dreckige, gestaltlose Haufen lagen hinter aufgestapelten Kisten, die mit Leinwänden abgedeckt waren – Obdachlose, die einen windgeschützten Platz für die Nacht gefunden hatten. Bald würden sie sich am Hafen aufreihen und darauf hoffen, dass das eine oder andere Schiff billige Arbeitskräfte brauchen würde.

Caldan ging einige Zeit an der Hafenfront entlang und bog schließlich in eine Seitengasse ein. Er wollte diesen Stadtteil erkunden und herausfinden, was er zu bieten hatte. Nachdem er einige Biegungen später durch eine schmale Gasse zwischen zwei Steingebäuden entlanggegangen war, stieß er auf einen Platz mit sechs Abzweigungen. Die Fenster und Balkone der Häuser, die um den Platz herumstanden, waren allesamt dicht verschlossen und versperrt. Er wählte seinen Weg nach dem Prinzip des Zufalls und tauchte ein in eine Reihe weiterer schmaler Gassen. Unrat lag hier und da aufgehäuft, und der Geruch von Verwesung erfüllte seine Nase.

Irgendwann drehte er um und wollte den Weg zurückgehen, auf dem er hergekommen war, doch plötzlich trat ein Mann aus einer dunklen Nische, in der sich Müll türmte. Er war breitschultrig und hatte wild dreinblickende Augen, die unter einem Büschel schwarzer Haare aus den Höhlen hervortraten. Schmutz überzog sein Gesicht, und Hautflecken zeigten sich durch die zerfetzte Kleidung.

»Hallo, du«, rief der Mann, und seine Augen zuckten nach links und rechts. »Hast du dich verlaufen?«

Ein Rascheln hinter Caldan alarmierte ihn. Er drehte den Kopf und sah, dass zwei weitere Männer hinter Unrathaufen an den Hauswänden hervorgekommen waren. Sie versperrten die Gasse.

»Ja«, sagte der eine von ihnen. »Scheint so, dass er Hilfe braucht, Zeke.« Er lächelte und zeigte dabei braune Zähne.

»Keine Namen, du Idiot!«, sagte der erste Mann.

Gar nicht gut, dachte Caldan. Er machte ein paar Schritte nach hinten, bis er die Hauswand im Rücken spürte, und versuchte, alle drei Männer im Auge zu behalten. »Ich habe mich nicht verirrt, ich habe nur eine falsche Abzweigung genommen. Es tut mir leid, wenn ich euch gestört habe, meine Herren.«

»Oh, meine *Herren*, ja?«, meinte der dritte abgerissene Mann, während sie allesamt näher rückten und einen Halbkreis um ihn bildeten. Nun klebte ein wildes Grinsen auf ihren Gesichtern.

Caldans Hand tastete nach seiner halb vollen Geldbörse. Er hatte nur noch wenige Dukaten übrig, aber er befand sich nicht in der Lage, darum zu feilschen. »Hier«, keuchte er. »Nehmt sie. Ich will keine Schwierigkeiten haben.«

Zeke machte ein mürrisches, höhnisches Gesicht. Die beiden anderen traten fast gleichzeitig einen Schritt vor. So etwas hatten sie offenbar schon oft getan. »Herzlichen Dank dafür, dass du uns etwas anbietest, das uns sowieso schon gehört. Soll das ein Witz sein? Wir finden nämlich, dass das gar nicht witzig ist, oder, Jungs?«

Sie lachten, als Zeke die Börse aus Caldans Hand riss und mit geübten Fingern durch das Leder fühlte. Seine Miene verdüsterte sich wieder.

»Was soll das denn? Da sind ja kaum Münzen drin! Das war's für dich. Du gehst nirgendwo mehr hin. Nägly, pack seinen Arm. Und du nimmst den anderen, Sticky.«

»Ich dachte, du hast gesagt: keine Namen«, meinte Sticky.

»Na ja, du hast ihm ja schon meinen genannt, nicht wahr?«, meinte Zeke.

Zekes Spießgesellen traten vor und packten Caldans Arme.

»Mehr habe ich nicht. Nehmt es, und lasst mich in Ruhe.« Caldan bemerkte erst jetzt, dass er gar nicht daran gedacht hatte, sich eine Waffe zu besorgen, denn bisher war ihm nichts in Anasoma wirklich bedrohlich erschienen. Schwerter waren hier verboten, aber nun wünschte er sich, wenigstens einen schweren Spazierstock gekauft zu haben.

Zeke trat auf ihn zu und stieß ihm den Ellbogen heftig gegen den Kopf, noch bevor Caldan überhaupt reagieren konnte. In seinen Ohren klingelte es, und die Gebäude um ihn herum schwankten wild. Seine Beine fühlten sich wie Gelee an, aber die beiden anderen Männer hielten ihn aufrecht. Er roch ihren fauligen Atem und den ranzigen Gestank ihrer Körper.

»Du verdammtes Stück Scheiße!«, rief Zeke. »Glaubst du wirklich, du kannst in unser Territorium hereinspazieren und bloß mit ein paar Münzen davonkommen? Ihr Jungs wisst, was passiert, wenn jemand den Wegzoll nicht bezahlen kann.« Zeke ging ein paar Schritte zurück und hob eine dicke hölzerne Planke vom Boden auf.

»Aber klar, Boss«, wieherte Sticky und packte Caldans Arm fester.

»Das ist richtig«, sagte Nägly und drückte Caldans Ellbogen. »Du hättest nicht herkommen sollen, weil du nicht hierhergehörst, und weil du uns nicht richtig bezahlen kannst, kriegst du jetzt 'ne Abreibung.«

Caldan spannte sich an und schüttelte den Kopf in dem Versuch, den Nebel aus seinen Gedanken zu vertreiben. Zeke hielt währenddessen die Planke mit beiden Händen und kam wieder auf ihn zu.

Angst und Wut kochten in Caldan hoch. Er riss die Arme zusammen, und zu seiner Überraschung gerieten Nägly und Sticky dadurch ins Taumeln und prallten vor ihm gegeneinander. Zeke versuchte, seinen Schwung zu bremsen, aber schon flog die Planke mit einem hässlichen Knacken gegen Sticky, der vor Schmerz und Schock aufschrie.

Caldan stieß das Knie vor und traf Nägly in den Magen. Der Mann fiel wie ein Stein zu Boden.

Zeke rammte Caldan gegen die Mauer. Er rang nach Luft. Eine Faust erwischte ihn an der Schläfe. Dadurch ging er in die Knie, das Blut rauschte in seinen Ohren, und Sticky riss ihm den rechten Arm hinter den Rücken.

»Du Bastard!«, brüllte Zeke, sein Gesicht war dunkelrot angelaufen. »Ich hau dir das Gesicht zu Brei!« Er machte einen

Schritt zurück, damit er besser ausholen konnte, und schwang wieder die Planke.

Gesplittertes Holz traf Caldan an der Wange und schlug ihm den Kopf gegen die Mauer. Brennender Schmerz breitete sich von der Wunde aus. Kupferiges Blut floss ihm in den Mund, und sein Blick verschwamm.

Er schüttelte den Kopf, schaute hoch und sah, dass Zeke wieder einen Schritt zurück machte. Die Planke bewegte sich zu einem weiteren Schlag.

Caldan ballte die linke Hand zur Faust und stieß sie Sticky in die Leistengegend. Ein ekliges Knacken war zu hören. Der Schläger quiekte auf, fiel zu Boden, rollte sich zu einem Ball zusammen und klemmte beide Hände zwischen die Beine.

Dann warf Caldan sich auf ihn. Der Wind, den die Planke verursachte, fuhr über seinen Kopf hinweg und durch die Haare. Die Planke traf gegen die Mauer, und der Aufprall riss sie Zeke aus der Hand.

Caldan rollte von Sticky herunter und kam taumelnd auf die Beine. Zeke ballte die Fäuste und lockerte sie wieder. Sowohl Nägly als auch Sticky lagen am Boden. Nägly sog heftig und unregelmäßig die Luft ein, und Sticky wimmerte wie ein sterbender Hund.

Und Zekes Miene war noch wilder und düsterer geworden. »Jetzt kriegst du es aber so richtig. Du wirst dir wünschen, nie geboren worden zu sein!«

Caldan warf einen raschen Blick auf die Einmündung der Gasse. Wenn er sich genug Raum verschaffen und dorthin fliehen konnte ...

Keine Zeit ...

Zeke stürzte ihm schon mit ausgestreckten Armen entgegen. Caldan wirbelte herum und schlug mit der Faust zu. In seinen Knöcheln krachte es, und scharfer Schmerz explodierte in seiner Hand. Zeke ging zu Boden und hielt sich den Kopf fest.

Caldan torkelte zur anderen Seite der Gasse und lehnte sich gegen die Mauer. Etwas Warmes tropfte ihm an der Seite des Gesichts herunter, wo die Planke ihn getroffen hatte. Vorsichtig betastete er die Stelle mit der Hand – sie war sofort scharlachrot. Blut tropfte auf den Boden. Er konnte sich einfach nicht auf das konzentrieren, was er als Nächstes tun sollte.

Zeke stand auf, verzog das Gesicht zu einem mörderischen Grinsen und riss Nägly auf die Beine. »Jetzt bist du tot! Ich bring dich um!«

Caldan stellte sich aufrecht und wischte die Hand an der Hose ab. Zeke und Nägly kamen von beiden Seiten auf ihn zu.

Ein Ruf ertönte links von Caldan. »Halt! Hafenwache! Was ist hier los?«

Zeke und Nägly reagierten sofort. Sie packten Sticky und schleiften ihn so schnell wie möglich die Gasse entlang, weg von der Stimme.

Caldan brach an der Mauer zusammen, als das Stampfen von Stiefeln näher kam. Zwei Paar hielten vor ihm an, während drei weitere in halbherzigem Trott weiterliefen.

Wenige Augenblicke später kehrten sie mit leeren Händen zurück, und nun umstanden ihn alle fünf Stiefelpaare in einem Halbkreis.

»Was führst du im Schilde?«, fragte eine raue Stimme.

Caldan hob den Blick und sah in fünf harte Gesichter. Die Männer waren wettergegerbt, steckten in weich gekochtem Leder, und metallbeschlagene Knüppel hingen an ihren Gürteln.

»Sie haben mich ausgeraubt«, krächzte er. Auf der einen Seite seines Gesichts hatte er kein Gefühl mehr.

»Bist du allein?«

Caldan nickte und zuckte unter dem Schmerz in seinem Kopf zusammen.

»Dann haben sie das natürlich getan. Was machst du denn allein in diesem Viertel? Weißt du denn gar nichts?«

»Anscheinend nicht«, sagte Caldan. »Ich wollte nur ein wenig spazieren gehen und die Gegend erkunden.«

Alle fünf Männer schüttelten angewidert die Köpfe. Einer spuckte in einen Haufen Unrat.

»Nun, das war ziemlich dämlich.«

»Jawohl«, meinte ein anderer.

Caldan ließ den Kopf hängen. Etwas Feuchtes, auf dem er vorhin zu sitzen gekommen war, durchnässte allmählich seine Hose.

»Du bist offensichtlich neu hier, also will ich dir ein paar Ratschläge geben. Halte dich an die Hauptstraßen, am besten in Begleitung von Freunden, und wandere nicht in der Nacht oder am frühen Morgen herum.«

»Könnt Ihr sie nicht fangen? Sie haben meine Börse gestohlen – all meine Dukaten.«

»Sie sind schon lange weg. Entweder erwischen wir sie auf frischer Tat, oder wir erwischen sie gar nicht.«

Caldan rieb sich die brennenden Augen. Er bemerkte ein Beben in seiner Stimme, als er erwiderte: »Und das war es dann? Ihr geht weg und vergesst sie?«

»Wir haben nicht die Zeit, die Straßen nach ihnen abzusuchen. So ist das nun einmal. Es hat keinen Zweck, sich darüber zu beschweren. Schließlich haben wir sie davon abgehalten, dich umzubringen, oder etwa nicht?«

Caldan nickte, was ihm wieder einen stechenden Schmerz im Kopf verursachte. Er hielt es für das Beste, sich eine Weile nicht mehr zu bewegen. »Vermutlich.« Fassungslos starrte er seine blutige Hand an.

Der Anführer der Wächter gab ein Zeichen, und starke Arme hoben ihn auf die Beine. Er konnte kaum aus eigener Kraft stehen.

»Fühlst du dich in der Lage, allein zu gehen?«

»Ich kann ohne Hilfe von hier verschwinden, aber sicher«, sagte Caldan. Er wollte den Gestank der Gasse und des ganzen Morgens weit hinter sich lassen.

»Wir helfen dir zurück zur Hauptstraße, von dort an bist du auf dich allein gestellt.«

»Er sieht nicht sehr gut aus, Sergeant. Vielleicht sollten wir ihn zu einem Arzt bringen.«

»Mist. Vermutlich hast du recht. Elpidia wohnt nicht weit von hier entfernt. Kommt, wir gehen zu ihr, aber passt auf, dass er mithalten kann.«

Caldan wurde wieder fest gepackt und ließ sich willenlos durch die gewundenen und krummen Gassen führen. Kurz schritt die Gruppe auf der Hauptstraße entlang, wo sie von den morgendlichen Passanten angestarrt wurde.

Die Männer blieben vor der hellrot gestrichenen Tür eines schmalen Hauses stehen. Ein Fenster zur Straße war mit einer geblümten Gardine geschmückt, und Bündel aus getrockneten Kräutern hingen davor.

Eine schwere Faust schlug gegen die Tür, woraufhin sich ein Gesicht im Fenster zeigte und rasch wieder verschwand. Die Tür wurde geöffnet und enthüllte eine Frau mittleren Alters, die eine graubraune Arbeiterhose, eine Bluse in derselben Farbe und eine Schürze mit vielen Taschen trug.

»Hafenwache«, begrüßte sie die Männer in ernstem Tonfall. »Was ist passiert?«

»Elpidia, es tut uns leid, wenn wir dich belästigen. Dieser Trottel hier ist zusammengeschlagen worden. Er blutet ein wenig.«

»Das sehe ich selbst.«

»Wir dachten, du könntest ihn dir vielleicht einmal anschauen. Er steht nicht allzu fest auf den Beinen.«

»Richtig. Bringt ihn herein.«

Caldan taumelte halb aus eigener Kraft in den Raum, halb wurde er gezogen. Man setzte ihn auf einen klapperigen Stuhl, der unter seinem Gewicht beunruhigend knirschte.

»Ein schwerer Bastard. Hätte ich nicht gedacht.«

»Ja.«

Ein böser Blick von Elpidia beendete das Gespräch der Wachen.

»Passt auf, was ihr sagt, Jungs«, ermahnte der Sergeant sie. »Wir sollten jetzt gehen. Schließlich haben wir noch eine Menge zu tun.«

Elpidia stemmte die Hände in die Hüften. »Dessen bin ich mir sicher.« Ihre Miene wurde sanfter. »Ihr habt das Richtige getan.«

Der Sergeant hielt den Kopf schräg und sah sie an. »Los, Leute, an die Arbeit.«

Ihr Murmeln verblasste, als sie den Raum verließen und die Tür hinter sich schlossen. Caldan blieb zusammengesunken auf dem Stuhl sitzen.

Eine Lampe schenkte ein wenig Licht, und er wagte es, den Kopf zu drehen und sich umzuschauen.

»Bewegt Euch nicht«, ertönte Elpidias Stimme hinter ihm. Nun, da die Wachen weg waren, klang sie sanfter. »Ich hole etwas gegen Eure Schmerzen und Wasser, damit Ihr Euch das Gesicht waschen könnt.«

Aus dem hinteren Teil des Hauses drangen bald klappernde Geräusche, und schließlich erschien Elpidia mit einer Holzschüssel und einigen Tüchern. Aus einer Tasche holte sie eine Phiole, die sie ihm entgegenstreckte.

»Trinkt das. Es hilft gegen die Schmerzen.«

Caldan schluckte den Inhalt herunter. Er kannte den bitteren Geschmack aus seinem Unterricht: Es handelte sich um ein mildes Schmerzmittel, das gleichzeitig eine beruhigende Wirkung hatte.

Elpidia zog sich einen Schemel heran und wrang ein dampfendes Tuch aus.

»Ihr redet nicht viel, oder?«, meinte sie.

Caldan zog eine Grimasse. »Entschuldigung. Es war ein harter Morgen.«

»Anscheinend.« Sie legte eine Hand fest auf seinen Kiefer und drehte seinen Kopf zur Seite. Dann wischte sie ihm das Blut aus dem Gesicht. Das Tuch war heiß auf seiner Haut, und ein durchdringender Geruch nach Kräutern lag in dem aufsteigenden Dampf.

»Sagt mir, ob es wehtut. Ihr habt da eine lange Platzwunde. Eure Haut ist gerissen.«

»Man hat mich mit einer Holzplanke geschlagen.« Er fühlte sich inzwischen etwas benommen. »Ich glaube, das Beruhigungsmittel wirkt bereits. Ich fühle mich ... betäubt.«

»Gut.« Elpidia fuhr damit fort, die Wunde an seiner Wange und die Haut in der Umgebung zu säubern. Mit jeder Berührung zerrte sie an seinem Gesicht, aber der Schmerz dabei war erträglich.

»Ich habe eine gute Nachricht für Euch: Es sieht nicht ernst aus. Also kann ich die Wunde vernähen. Ich habe auch meine Vorhänge selbst genäht, also sollte es am Ende nicht allzu schlimm aussehen.« Sie tastete mit dem Finger um die Wunde herum. »Es schwillt schon an. Ihr habt Glück, dass Euer Kiefer nicht gebrochen ist. Irgendwelche weiteren Verletzungen?«

Caldan schüttelte den Kopf. »Nur Prellungen, wie ich vermute. Und mein Stolz hat schwer gelitten.« Trotz seines etwas verschwommenen Blicks bemerkte er, dass Elpidia einen schlimmen Hautausschlag hatte, der vom linken Ohr bis zum Hals verlief.

Elpidia lächelte kurz, bevor sie wieder eine geschäftsmäßige Miene aufsetzte. »Ihr seid nicht hier aus der Gegend, oder?«

»Nein. Das ist wohl offensichtlich. Die Hafenwache hat das auch gefragt.«

»Es ist an Eurer Redeweise und Eurem Betragen abzulesen. Selbst zusammengesackt haltet Ihr Euch anders als die Einheimischen. Ihr wirkt ...« – sie suchte nach dem richtigen Wort – »... geerdet. Aber vielleicht ist das nicht der korrekte Ausdruck.« Sie stand auf. »Bewegt Euch nicht.« Dann ging sie zu einem Tisch, öffnete einen Krug, trug eine stechend riechende Salbe auf ihren Ausschlag auf und verschwand wieder hinter einem Vorhang, der eine Tür verdeckte.

Ein gurgelndes Geräusch aus einer Ecke des Zimmers erregte plötzlich Caldans Aufmerksamkeit. Auf einem Dreifuß stand eine Flasche mit einer gelblichen Flüssigkeit, die vor sich hin köchelte, und ein klares Destillat tropfte in eine Glasphiole. Von der gelblichen Flüssigkeit ging ein scharfer, unangenehmer Geruch aus. Auf demselben Tisch befanden sich ein Dutzend weitere Flaschen – alle waren mit verschiedenfarbigen Flüssigkeiten gefüllt und sorgsam beschriftet.

Elpidia kam zurück und bemerkte seine Neugier. Sie setzte sich wieder auf den Schemel neben ihm und hielt nun einen Stoffbeutel in jeder Hand. Mit dem Kopf deutete sie auf die köchelnde Flüssigkeit.

»Das sind Destillate für meine Arbeit. Ich verkaufe hauptsächlich Mittel gegen verschiedene Leiden wie zum Beispiel Verdauungsbeschwerden, Gelenkschmerzen oder Fieber.«

»Es riecht wie Königswasser. Säurehaltig.«

Elpidia blinzelte. Sie fuhr sich mit der Hand an den Hals, als ob sie den Ausschlag betasten wollte, doch dann besann sie sich eines Besseren. »Habt Ihr Ahnung von Alchemie?«

»Ein wenig. Dort, wo ich herkomme, hat man uns etwas darüber erzählt. Komisch, ich hätte nie geglaubt, dass Königswasser für eine Ärztin hilfreich sein könnte. Unsere Lehrer haben es früher für eine Zutat zum Elixier des Lebens gehalten, weil es Gold auflösen kann.«

»Sind sie inzwischen anderer Ansicht?«, wollte Elpidia wissen und runzelte die Stirn.

»Das Buch *Große Geheimnisse der Alchemie* besagt, dass es nicht hilft, flüssiges Gold zu trinken, um ein langes Leben zu erhalten.«

»Ich habe von dem Buch gehört, besitze aber kein Exemplar. Wo habt Ihr es gelesen?«

»In meinem Unterricht in Alchemie. Ich hatte aber kein Talent dafür. Ich habe mir ein paarmal die Finger verbrannt und zu viel vergossen.« *Wunde Finger, heiße Flüssigkeiten auf dem Boden, Schläge auf den Kopf durch den diensthabenden Bruder, während Jemma vergeblich versuchte, mit dem Lachen aufzuhören ...*

Bei dieser Erinnerung sackten seine Schultern nach vorn.

»Ist alles in Ordnung mit Euch?«

»Ja, Entschuldigung. Nachdem man herausgefunden hat, dass ich mehr Talent für das magische Wirken habe, durfte ich mich ganz darauf konzentrieren.« Er hielt inne. »Ich rede wirres Zeug, nicht wahr? Das muss das Beruhigungsmittel sein.«

»Es ist alles in Ordnung. Ihr werdet eine Weile hierbleiben müssen, bis seine Wirkung nachlässt und ich Euch unbesorgt wieder gehen lassen kann.« Elpidia ging zu einem anderen

Tisch und legte etliche getrocknete und pulverisierte Kräuter in den einen Stoffbeutel.

»Was sagt denn *Große Geheimnisse der Alchemie* über das Geheimnis des langen Lebens?« Sie hielt inne und wischte sich die Stirn mit einem weißen Taschentuch ab. Kleine Schweißtropfen waren darauf erschienen, obwohl es kühl im Raum war.

»Dass es keines gibt, zumindest nicht in der Alchemie. Der Text stellt die Theorie auf, dass eine Kombination aus Alchemie und magischem Wirken den Alterungsprozess aufhalten und ernste Krankheiten heilen könnte. Außerdem gibt es Geschichten darüber, dass die Menschen vor der Zerschmetterung viel älter geworden sind. Wenn das stimmt, dann ist dieses Wissen verloren gegangen.«

Elpidia wirkte verwirrt. »Bemerkenswert. Aber ich glaube, ich konzentriere mich besser weiterhin darauf, Geld zu verdienen. Sollen andere ihre Zeit mit der Suche nach dem Lebenselixier vergeuden.«

Caldan fuhr zusammen. Er hatte gar nicht daran gedacht, wie er sie bezahlen sollte. »Ah, da gibt es ein Problem«, begann er.

»Ihr könnt nicht bezahlen?«

»Ich fürchte nicht.«

Caldan ließ den Kopf hängen.

»Macht Euch keine Sorgen. Das ist der Grund, warum Euch die Wache hierhergebracht hat.« Sie nahm Nadel und Faden sowie eine Phiole mit einer klaren Flüssigkeit aus dem zweiten Beutel. »Die meisten Kräuterkundigen und Ärzte in der Stadt erhalten ein kleines Gehalt von den Mitgliedern des kaiserlichen Rates. Es soll die Kosten decken, die bei Fällen wie dem deinen entstehen.« Geschickt schob sie den Faden durch die Öse und hielt dann die Nadel in die farblose Flüssigkeit. »Manchmal geschieht hier in Anasoma auch etwas Gutes. Haltet still.«

Sie drückte die Haut zu beiden Seiten der Platzwunde zusammen und machte sich daran, sie zu vernähen. Caldan biss die Zähne unter dem scharfen Schmerz fest aufeinander und zuckte, als die Ärztin die Nadel mit schnellen Bewegungen durch sein Fleisch führte.

»Es ist wie das Vernähen eines Saums.«

»Danke.« Die verletzte Seite von Caldans Gesicht fühlte sich gespannt und wund an.

»Ihr müsst in zehn Tagen zurückkommen, damit ich den Faden entfernen kann – es sei denn, Ihr wollt es selbst machen.«

Der Gedanke daran, einen Faden aus seiner eigenen Haut zu ziehen, wirkte nicht sehr anziehend auf Caldan. »Ich glaube, es ist besser, wenn Ihr das macht.«

Elpidia nickte. »Wie Ihr wollt. Ich bin fast den ganzen Tag hier, Ihr könnt also jederzeit kommen. Wenn ich dennoch nicht aufmachen sollte, spaziert bitte nicht durch die Seitengassen, um die Zeit totzuschlagen, bis ich zurückkomme.«

»Ein guter Witz«, meinte er, auch wenn im Augenblick nichts witzig auf ihn wirkte. »Das werde ich nicht tun.«

Sie gab ihm den einen der beiden Stoffbeutel, der nun mit ihrer Kräutermischung gefüllt war.

»Brüht Euch damit zweimal täglich einen Tee auf. Eine Prise wird reichen, etwa so groß wie ein Dukaten. Nehmt nicht zwei, sondern drei Finger, um die Prise abzumessen.«

»In Ordnung, eine Prise zweimal täglich. Noch einmal vielen Dank.« Er versuchte, sich zu erheben, sackte aber auf den Stuhl zurück.

»Bleibt noch etwas sitzen, und bewegt Euch nicht«, sagte Elpidia. »Schont Euch, während das Beruhigungsmittel abklingt.«

Caldan gehorchte ohne ein Widerwort. Die betäubende Wirkung des Beruhigungsmittels führte dazu, dass ihm der Stuhl höchst bequem vorkam – wie ein gut eingelaufenes Paar Stiefel. Er schloss die Augen und hörte zu, wie Elpidia im Zimmer umherging.

Kurz nickte er ein, wachte aber wieder auf, als sie ihn an der Schulter packte. »Seid Ihr wach?«

»Ja, Entschuldigung.« Caldan gähnte. »Es fühlt sich an, als wäre der Tag schon vorbei.«

»Es ist noch nicht einmal Mittag.«

Diesmal gelang es ihm, ohne allzu große Schwierigkeiten aufzustehen, aber sein Kopf fühlte sich noch immer benommen an. Er schwankte und hielt sich an der Stuhllehne fest.

»Ihr müsst Euch schonen. Geht nach Hause, und ruht Euch ein paar Tage aus.«

Caldan gab ein hohl klingendes Lachen von sich. »Mein Zimmer ist nur bis heute bezahlt, und all meine Münzen sind weg. Ich könnte versuchen, ein paar meiner Habseligkeiten zu verkaufen, aber irgendetwas sagt mir, dass ich nicht viel dafür bekommen werde.« Er fuhr sich mit der Hand über Kopf und Gesicht und spürte seine kratzigen Bartstoppeln. »Aber ich sollte Euch nicht mit meinen Problemen belästigen. Entschuldigt.«

Elpidia runzelte die Stirn und kniff die Augen zusammen. »Wir alle haben unsere Schwierigkeiten. Manchmal hilft es, über sie zu reden.«

Caldan taumelte einige Schritte zur Tür, und als er sie erreicht hatte, fühlten sich seine Beine fester und sein Kopf klarer an. »Ich vermute, meine Geschichte ist kaum anders als die von vielen anderen, die nach Anasoma kommen. Aber ich habe den Eindruck, bisher eine ziemliche Pechsträhne gehabt zu haben.«

»Ein paar Straßen weiter den Berg hinauf gibt es ein Hospiz. Ihr könntet versuchen, dort für die Nacht aufgenommen zu werden.«

Caldan nickte. »Nochmals vielen Dank. Ihr habt mich sehr zuvorkommend behandelt. Ich habe ein paar Freundschaften auf dem Schiff geschlossen, das mich hierhergebracht hat, und ich will sehen, ob ich bei ihnen bleiben kann, bis sie wieder ablegen.« Er beugte den Kopf und trat nach draußen, dann zog er die Tür hinter sich fest ins Schloss.

Passanten schwärmten nun auf den Straßen umher, und er bemerkte, dass einige, die in seine Nähe kamen, plötzlich einen weiten Bogen um ihn machten. Sie kannten offenbar das Haus der Ärztin und befürchteten, dass er eine ansteckende Krankheit hatte. Außerdem war es sicherlich nicht hilfreich für sein Erscheinungsbild, dass sein Hemd blutverschmiert war und er Prellungen sowie eine frisch genähte Wunde im Gesicht hatte.

Ein großes Gewicht lastete auf Caldans Schultern, als er über die Straße schlurfte, die hinunter zum Hafen führte. Der Weg dauerte länger, als er erwartet hatte, vermutlich war er noch benommen von dem Beruhigungsmittel. Kapitänin Charlotte gegenüberzutreten und sie um eine Koje anzubetteln, bis das Schiff den Hafen wieder verließ, entsprach zwar nicht seiner Vorstellung von der Erwiderung der Freundschaft, die sie ihm gegenüber gezeigt hatte, aber ihm blieb wohl keine andere Wahl.

Im Hafen stellte er sich dem kalten Wind entgegen, der vom Meer herbeiwehte. Dieser Tag war der kälteste seit seiner Ankunft – das war ein Anzeichen dafür, dass sich die Jahreszeit wandelte. Rastlose Wellen zeigten weiße Schaumkämme, und die Gischt spritzte über die Kais. Dunkle Wolken türmten sich am Himmel auf, und die Stadt würde bald einen heftigen Regenguss erleben, falls er das Wetter richtig zu deuten vermochte.

Die obdachlosen Arbeiter hatten sich in Nischen und hinter Kästen und Ballen zusammengedrängt und trotzten dem eisigen Wind nur wegen der Aussicht auf ein paar Münzen oder etwas zu essen. Es waren arme, verzweifelte Männer.

Caldan ging am Hafen entlang zu dem Kai, an dem die *Loretta* festgemacht hatte. Er hielt den Kopf gesenkt, damit ihm die kalte Gischt nicht ins Gesicht spritzte. Zumindest war die Luft nun frisch, denn der übliche Gestank des Hafens war weiter ins Landesinnere geweht worden.

Am Ende des Kais blieb er stehen. Die Stelle, wo die *Loretta* gelegen hatte, war leer.

14

Vasile zupfte an dem gestärkten weißen Kragen, den er zu tragen gezwungen war, wenn er Recht sprach. Er schaute von seinem Tisch auf die Menge der Köpfe, die geduldig - oder ungeduldig - darauf warteten, dass ein Richter ihre Beschwerden behandelte. Der Gerichtssaal war so groß, dass er mehrere Hundert Bittsteller aufnehmen konnte, doch die hohen Decken und harten Steinwände sorgten dafür, dass jeder Laut verstärkt wurde - und nach einem ganzen Tag andauernden Lärms bekam Vasile darin stets Kopfschmerzen. Zumeist ungewaschene Körper schwitzten in dem heißen Raum und machten die Atmosphäre stickig und widerlich, was sein Problem nur noch verschärfte.

Lange Bänke waren in Reihen aneinandergestellt worden, sodass sich die Leute setzen konnten, aber sie waren überfüllt, und einige der weniger zimperlichen Bittsteller hatten sich mit dem Rücken zur Wand auf den Boden gehockt.

Vasile rieb sich über die Nasenwurzel, schloss kurz die Augen und winkte dann eine der Dienerinnen herbei. Eine Schweißperle rann ihm von der Stirn bis zur Nasenspitze. Er wischte sie schnell weg.

»Könnte ich bitte noch etwas Wasser haben?«

Das junge Mädchen nickte und eilte in Richtung der Küche

davon. Eigentlich wollte er lieber ein Glas kalten Weins, aber leider war die Einnahme alkoholischer Getränke während der Arbeit nicht erlaubt. Er faltete die Hände fest im Schoß unter dem Tisch, damit sie nicht mehr zitterten. Ja ... ein schöner, kühler, erfrischender Wein mit Schwitzwasserperlchen an der Außenseite des Glases. Perfekt. Bei dem Gedanken leckte er sich die Lippen.

Die Dienerin kehrte mit einem Becher Wasser zurück, den er ihr schnell aus der Hand nahm, bevor er sie mit einer Handbewegung wegschickte. Einige Schlucke später fühlte er sich geringfügig besser, auch wenn der gleichmäßige Lärm noch nicht abgenommen hatte – genauso wenig wie der Schmerz in seinem Kopf.

Vasile riss sich zusammen und betrachtete das Zuteilungsblatt für den heutigen Tag. Heute hatte er schon sechs Fälle verhandelt, und es war erst mitten am Vormittag. Er wusste, dass die anderen Richter nur in Ausnahmefällen mehr als drei oder vier Fälle an einem Tag bearbeiteten.

Dann nickte er einem Gerichtsdiener zu und bedeutete ihm, dass er für die nächste Sache bereit sei. Der Mann ging mit einem dürren Wächter in die Menge, nachdem er seine Liste überprüft hatte.

Ein dürrer Wächter? Sollten sie denn nicht groß und stämmig sein? Er runzelte die Stirn, verfolgte diesen Gedanken aber nicht weiter.

Der Gerichtsdiener kehrte wenige Augenblicke später mit zwei grob wirkenden Männern zurück. Nach ihrer staubigen und geflickten Kleidung aus heimischer Herstellung zu urteilen, handelte es sich um Bauern. Beide waren groß und von harter Arbeit geprägt. Der kleinere hielt einen abgetragenen Stoffhut in den Händen und drehte ihn wie den Hals eines Hühnchens, das er sich zum Abendessen braten wollte. Beide schlurften näher. Der große Bauer wirkte wütend, während der kleine mit dem Hut nervös herumzappelte.

Vasile ächzte. Vielleicht stritten sie tatsächlich über ein verschwundenes Huhn. *Welche anderen faszinierenden Fälle werden heute wohl noch vor mich gebracht?*

»Legt euren Fall dar«, verkündete der Gerichtsdiener.

Die Blicke des kleineren Bauern schossen von Vasile, den er bisher angestarrt hatte, zum Gerichtsdiener und wieder zurück. Er drehte seinen Hut nun besonders heftig zwischen den Fingern.

»Vor Euch?«, fragte er den Gerichtsdiener.

»Nein, vor mir«, sagte Vasile in verärgertem Tonfall.

»Oh, Verzeihung, Herr Richter. Äh ...« Er verstummte. »Nun, eine meiner Kühe ist verschwunden.«

Also keine Hühnchen, sondern Kühe. Fast ein Treffer. Vielleicht kann ich heute gebratenes Huhn zum Abendessen bekommen. Vasile leckte sich erneut die Lippen. *Weißwein passt gut zu Geflügel ...* Ruckartig richtete er seine Aufmerksamkeit wieder auf den Fall.

»Und?«

»Also, ja, sie ist verschwunden, und ich konnte sie nirgendwo finden.«

Vasile blinzelte.

»Ich habe gesucht und gesucht. Und ein paar Tage später habe ich von Shale hier gehört, wie er in der Stadt damit angibt, dass er eine seiner Kühe geschlachtet hat, weil er einfach zu viele hat, und dass er wie ein König speist, und zwar wochenlang, und auch das Fleisch für den Winter schon eingepökelt hat. Also habe ich zu mir gesagt, das ist doch komisch, sehr komisch, denn keiner, der bei Verstand ist, würde so etwas machen, bevor die Jahreszeiten wechseln, und außerdem ...«

»Ja, ja«, unterbrach Vasile ihn. »Du klagst Shale hier an, deine Kuh gestohlen und wegen des Fleisches geschlachtet zu haben.«

Der kleinere Bauer verlagerte sein Gewicht vom einen auf den anderen Fuß und schaute die ganze Zeit zu Boden. »Ja, das tu ich wohl.«

»Das stimmt aber nicht!«, rief Shale, der mutmaßliche Kuhdieb, aus. »Das war eine von meinen eigenen, und sie war alt und krank. Sie hätt's nicht mehr lange gemacht, also hab ich sie geschlachtet. Wie willst du dem guten Richter beweisen, dass es nicht meine, sondern deine Kuh war?«

Der Hut des anderen Bauern sah so aus, als würde er gleich unter dessen Händen zerreißen, aber der kleine Mann richtete sich auf und gab nicht nach. »Wir wissen doch alle, wie du bist, Shale. Glaub nicht, dass wir das nicht wissen!«

Vasile hob die Hand, und der Wächter trat herbei. Die beiden Bauern verstummten sofort und schauten einander mit roten Gesichtern wütend an.

Wenn die beiden sich zu einem Kampf entschließen würden, könnte der dürre Diener wohl kaum etwas dagegen tun. Er hätte beinahe über diesen Gedanken gelächelt.

»Shale, hast du die Kuh gestohlen und geschlachtet?«, fragte Vasile.

»Nein, Herr, das hab ich nicht getan.«

Vasile holte tief Luft und stieß sie langsam wieder aus. Er wartete, bis der große Bauer ihm in die Augen blickte. »Das hier ist ein Ort, an dem die Wahrheit oberste Priorität hat.«

»Prio... was?«, fragte Shale.

»Wo sie von äußerster Wichtigkeit ist.«

»Oh ...«

»Ich will dich noch einmal fragen: Hast du die Kuh gestohlen?«

»Nein, Herr. Wie ich schon gesagt hab, hab ich das nicht getan.«

Vasile setzte sich auf seinem Polsterstuhl zurück und bewegte die schmerzenden Beine etwas. »Also gut, Shale, dann will ich dir jetzt etwas sagen. Ich glaube dir nicht.«

Shales Kinnlade fiel herunter, und die Augen des kleineren Bauern weiteten sich.

»Ich glaube tatsächlich, dass dieser andere Mann hier recht hat.«

»Nein, Herr, so ist das nicht.«

»Es *ist* so.« Er wandte sich an den anderen Bauern. »Wie viel war die Kuh wert?«

Einige Augenblicke lang konnte der Bauer nichts sagen, dann gelang es ihm hervorzubringen: »Dank Euch, guter Richter, vielen Dank.«

Vasile wischte die Dankesbekundung mit einer Handbewegung beiseite. »Wie viel?«

»Ich hätt' vielleicht zwei Golddukaten für sie kriegen können, wenn ich sie hätt' verkaufen wollen.«

»Prima. Hiermit erkläre ich Shale für schuldig, fremdes Eigentum gestohlen und zerstört zu haben. Shale, du zahlst dem anderen Bauern - wie immer er heißt - zwei Golddukaten und weitere zwei als Gebühren an den Gerichtsdiener.«

»Also wirklich!«, rief Shale. »Das ist nicht gerecht. Ich hab' doch nichts getan.« Seine Blicke wanderten hin und her: zu Vasile, dem Wächter, dem Gerichtsdiener. »Das stimmt nicht!« Er ballte die Hände zu Fäusten.

»Du bist ein Lügner, Shale«, sagte Vasile fest. Er nickte dem Wächter und dem Gerichtsdiener zu, die Shale in einen Seitenraum eskortierten.

Zunächst kämpfte Shale noch ein wenig gegen die beiden

Männer an, aber allmählich stellte er seine Gegenwehr ein und fügte sich darin, gefangen genommen worden zu sein.

Der kleinere Bauer stand noch da und schien nicht zu wissen, was er nun tun sollte. Vermutlich war er verblüfft, dass sein Fall so schnell geklärt worden war und er eine Entschädigung erhalten würde.

»Du kannst ihnen folgen. Sie werden dafür sorgen, dass du deine Dukaten bekommst.«

Der Mann nickte dankbar und wollte bereits gehen, doch dann hielt er inne und sah Vasile an.

»Bitte, Herr, darf ich noch etwas sagen?«

»Ja?«

»Was ... ich meine, woher habt Ihr es gewusst?«

Vasile griff nach seinem Becher und trank einen weiteren Schluck Wasser. »Unser Handelsgut ist die Wahrheit. An diesem Ort kommt die Wahrheit ans Licht. Das kannst du deiner Familie und deinem Dorf sagen.« *Das wird für ihn reichen*, dachte Vasile.

Der Bauer nickte. »Das werde ich tun. Vielen Dank, Herr.« Er drehte sich um und folgte den anderen, damit er sein Gold einsammeln konnte.

So verging der Tag für Vasile. Fall folgte auf Fall, ein Antrag jagte den nächsten, und einer war so dumm und schäbig wie der andere. Nachdem Vasile wochenlang immer die gleichen Geschichten gehört hatte – tagein, tagaus –, erschöpfte ihn die Monotonie, und er wurde unempfindlich gegen die Menschen, die zu ihm kamen und sich Gerechtigkeit erhofften. Er konnte sich nicht einmal an die Gesichter der letzten Bittsteller erinnern. Sogar der dankbare Bauer mit der verschwundenen Kuh von heute Morgen war schon zu einem verschwommenen Nebel geworden. Kein Wunder, dass die meisten Richter nur ein paar Tage in der Woche arbeiteten und für den Rest der Zeit andere Pflichten vorschoben.

Es waren die Urteile, die Vasile den größten Kummer bereiteten. In den meisten Fällen war sein Ermessen außerordentlich beschränkt, und es gab eine Standardliste von Strafen für Verbrechen und Vergehen, die den Gesetzen des Kaisers entsprachen.

Manchmal wünschte er sich, die Strafen wären nicht so hart. Es war in seinen Augen zu grausam, einen Mann, von dem eine ganze Familie abhing, zu einem Jahr schwerem Dienst in einer Arbeitsbrigade zu verurteilen, nur weil er einen Laib Brot gestohlen hatte. Aber das Gesetz war unflexibel, und der Kaiser selbst, möge er ewig leben, hatte die Strafen als gerecht erachtet und festgelegt. Wer war Vasile, dass er dem widersprechen wollte? Außerdem wurden Arbeitsbrigaden überall im Reich benötigt, damit die Bauvorhaben des Kaisers verwirklicht werden konnten, angefangen von Straßen und Dämmen über Befestigungsanlagen bis hin zu den kaiserlichen Palästen.

Vasile war auf seinem Stuhl zusammengesackt und richtete sich wieder auf. Sein Hintern war taub geworden, und die Beine schmerzten. Er bewegte die Hüften hin und her und versuchte, wieder ein Gefühl in die Beine zu bekommen, war aber kaum erfolgreich dabei.

Das Licht in dem überwölbten Raum war während des letzten Falls, den er verhandelt hatte, schwächer geworden, und er freute sich schon darauf, zu einem Schoppen in seine Lieblingstaverne zu gehen – oder zu zwei oder drei, wenn er Lust dazu hatte, was meistens der Fall war.

Der Gerichtsdiener unterbrach seine Gedanken. »Der letzte Fall für heute«, verkündete der Mann mit bereits müder Stimme. »William Voltain und seine Klage gegen die Handelsgesellschaft der Fünf Ozeane, vertreten durch Luphildern Quiss, einen der Kaufmänner aus dem Vorstand.«

Vasile ächzte innerlich. Fälle, die mit Adligen oder einem der großen Handelshäuser zu tun hatten, waren in der Regel sehr verwickelt und langweilig. In seinem Kopf pochte es noch heftiger, und er überlegte, ob er den Fall auf morgen vertagen sollte. Nein, es war besser, die Klage sofort anzuhören und die Vorarbeiten zu erledigen.

Abermals näherten sich zwei Männer seinem Tisch, herbeigeführt durch den Gerichtsdiener und den dürren Wächter. Beide trugen feine, maßgeschneiderte Kleidung. Er vermutete, dass der Mann mit der zusätzlichen Spitze an den Ärmeln und am Kragen der Adlige Voltain war, und die Wappen auf den goldenen Knöpfen seiner purpurfarbenen Weste bestätigten sogleich seine Vermutung. Also war der andere der Vertreter der Handelsgesellschaft der Fünf Ozeane. Dieser Mann hatte unauffälliges braunes Haar, blasse Haut, war ein wenig dünn und ansonsten vollkommen unauffällig.

William richtete unruhig seine Kleidung und wischte sich Staubkörnchen von den Ärmeln, während der Kaufmann entspannt und ruhig neben ihm stand.

»Legt Euren Fall dar«, sagte der Gerichtsdiener mit gelangweilter Stimme.

»Ähem.« Der Adlige räusperte sich nervös. »Mein Name ist William Voltain aus dem Hause Voltain.« Er hielt inne, als ob er eine Erwiderung von Vasile erwarten würde. Als keine kam, runzelte er die Stirn ein wenig und fuhr fort: »Ich stehe vor Euch als Abgesandter des Hauses Voltain in einer Angelegenheit von äußerster Wichtigkeit.« Eine erneute Pause.

»Fahrt bitte fort«, sagte Vasile. *Schneller bitte.*

»Es geht um das Eigentum an einem Lagerhaus von beträchtlicher Größe am Hafen, das aufgrund seiner Ausmaße und Lage an der Tintenfischstraße gegenüber den Kaianlagen für denjenigen sehr wertvoll ist, der sich als Eigentümer ausweisen kann. Mein Streit mit der Handelsgesellschaft gründet sich auf gewisse unabdingbare Tatsachen hinsichtlich der Ereignisse, die zu ihrem Erwerb des besagten Lagerhauses an dem Abend führten, an dem mein eigener Vertrag zum Kauf der Liegenschaft abgeschlossen wurde.« William wurde immer verzweifelter, je länger seine Rede dauerte, und schließlich hielt er sich ein Taschentuch vor den Mund, als ob er seinen Abscheu verbergen wollte.

»Überdies ist mir zu Ohren gekommen, dass die Art der Benutzung des Lagerhauses zwar nicht ungesetzlich ist, aber doch einige Zweifel an der Anständigkeit und Rechtschaffenheit der Handelsgesellschaft der Fünf Ozeane nährt.«

Während William diese Worte sprach, sah ihn der Vertreter des Handelshauses einige Herzschläge lang scharf an, bevor er wieder seine lässige Haltung einnahm.

»Zu welchem Zweck dient denn das Lagerhaus?«, fragte Vasile.

»Äh ... ich bin mir nicht sicher, aber ich habe Gerüchte über ein verstohlenes Kommen und Gehen zu allen nächtlichen Stunden gehört, und ich selbst habe gesehen, wie ein mit einer Plane bedeckter Wagen am frühen Morgen in das Gebäude einfuhr.«

Vasile schnalzte verärgert mit der Zunge. »Damit sagt Ihr nur, dass Ihr keine Ahnung habt. Ihr habt also gesehen, wie ein Wagen in das Lagerhaus gefahren ist. Ist das in Lagerhäusern denn nicht üblich?«

William wirkte verwirrt. »Aber sicherlich sind solche Aktivitäten doch verdächtig, oder?«

»Sicherlich nicht, Herr. Ich handle nur mit der Wahrheit

und mit Beweisen. Habt Ihr einen Beweis dafür, dass dort etwas Unziemliches vorgeht?«

»Keinen festen Beweis, aber ... einen Verdacht.«

»Ohne glaubhafte Beweise kann ich einem reinen Verdacht nicht weiter nachgehen. Beschafft also solche Beweise, oder enthaltet Euch aller Mutmaßungen über Ungehörigkeiten für die Dauer dieser Verhandlung. Habe ich mich klar ausgedrückt?«

William presste die Lippen zu einer dünnen Linie zusammen und nickte knapp. Er war offensichtlich nicht erfreut und schluckte mehrmals.

»Also, dann ... ähm ... will ich ohne Umschweife den Missstand umreißen, der uns heute vor Euch geführt hat.«

»Ich bitte darum.« *Um unser aller Willen.*

»Vor einigen Wochen erfuhr ich, dass die Liegenschaft an der Tintenfischstraße bald zum Verkauf stehen sollte.« Er verstummte und rieb sich mit seinem Taschentuch über die Stirn. »Durch meine Mittelsmänner war ich in der Lage, mit dem Eigentümer des Lagerhauses einen mündlichen Vertrag zu schließen, und der Austausch der Eigentümerurkunde sowie der dafür geforderten Dukaten war nur noch eine Formalität, die zu gegebener Zeit vollzogen werden sollte, sobald beide Parteien allen Einzelheiten zugestimmt haben würden.«

Vasile bemerkte, dass sein Kopf vor Langeweile allmählich immer weiter nach vorn sackte. Zweifellos würden noch eine Menge Gerüchte und *er hat gesagt, sie haben gesagt* folgen. Er rieb sich die müden Augen.

»Wie dem auch sei«, fuhr William fort, »fanden wir an dem Tag, an dem die Urkunde und das Geld übergeben werden sollten, eine völlig veränderte Lage vor. Zu meinem Erstaunen hatte die Handelsgesellschaft dieses Mannes ...« – er sah

Quiss finster an – »... sich irgendwie die Liegenschaft und deren Eigentumsurkunde angeeignet, und der vorherige Eigentümer hatte seine Sachen gepackt und war mit unbekanntem Ziel verzogen. Wie Ihr sehen könnt, gab es für mich keine andere Möglichkeit, als diesen Fall vor Gericht zu bringen, welches zweifellos die Angelegenheit sorgfältig abwägen und zu dem offensichtlichen und uns zufriedenstellenden Ergebnis gelangen wird.«

Vasile schaute auf. »Allerdings werden wir zu einem Ergebnis gelangen.« Er sah, wie William lächelte und offensichtlich annahm, die Sache sei nun so gut wie erledigt. *Er glaubt, er kann aufgrund seines Adelstitels auf den weniger Glücklichen herumtrampeln, aber vor Vasiles Richtertisch sieht die Sache anders aus. Doch in diesem speziellen Fall hat er vielleicht ...*

»Hat der Vertreter der Handelsgesellschaft der Fünf Ozeane etwas dazu zu sagen?«, fragte Vasile.

Der große Mann machte einen Schritt nach vorn. »Mein Name ist Luphildern Quiss, und ich bin aufgrund meiner Position und Eignung einer der Hauptkaufleute der Gesellschaft.« Seine Stimme klang unpassend fest und melodisch.

»Ihr tragt einen seltsamen Namen. Ich frage mich, wo er herkommt.«

»Viele Aktionäre der Handelsgesellschaft stammen aus einer kleinen Stadt im Landesinnern. Da ist es kein Wunder, dass Ihr diesen Namen noch nie gehört habt.« Er breitete die Hände entschuldigend aus. »Die fragliche Immobilie erlangte unsere Aufmerksamkeit genauso wie die des Hauses Voltain, und wie er korrekt bemerkte, waren auch wir daran interessiert, die Eigentumsurkunde zu erwerben. Zu Williams Pech hat der Eigentümer unserem Angebot den Vorzug gegeben, denn es war beträchtlich höher.«

»Das ist unerhört«, warf Voltain ein. »Der Eigentümer hat

uns versichert, dass er kein anderes Angebot annehmen werde und unsere mündliche Übereinkunft bindend sei.«

Interessant, dachte Vasile. Beide sagten die Wahrheit, aber wie er nur allzu gut wusste, konnte man der Meinung sein, die Wahrheit zu sagen, und sich dennoch irren.

»Sir Voltain, Ihr glaubt, der Eigentümer sei einverstanden gewesen, Euch das Lagerhaus zu verkaufen, egal, welche Angebote er noch erhalten sollte.«

»Ja«, lautete die Antwort. *Die Wahrheit.*

»Und, Sir Quiss, Ihr behauptet, der Eigentümer habe Eurer Handelsgesellschaft das Haus zu einem Preis verkauft, der wesentlich über dem von Sir Voltain lag.«

»Das ist korrekt.« *Abermals die Wahrheit.*

»Also hat es sich der Eigentümer offenbar anders überlegt und das höhere Angebot angenommen.«

»Ich kann einfach nicht glauben, dass das geschehen ist«, rief Voltain aus. »Der Mann steht in einer alten, engen Beziehung zu meiner Familie, und wir haben schon viele Geschäfte zum beiderseitigen Vorteil abgeschlossen. Er kann seine Meinung nicht geändert haben, ohne dazu gezwungen worden zu sein.« *Erneut die Wahrheit.*

»Ah!«, rief Quiss aus. »Ihr beschuldigt die Handelsgesellschaft der Fünf Ozeane, in irgendeiner Weise Druck auf den Eigentümer ausgeübt zu haben, sodass er glaubte, ihm bliebe keine andere Wahl, als ihr Angebot anzunehmen, da ihm ansonsten ernste Konsequenzen drohen würden?«

William nickte. »Ja, das glaube ich.« *Abermals die Wahrheit.*

»Und wo ist Euer Beweis dafür?«, fragte Vasile.

»Wie bitte?«

»Ich glaube Euch, dass *Ihr* glaubt, recht zu haben. Aber *ich* muss noch davon überzeugt werden, dass das, was Ihr für die Wahrheit haltet, tatsächlich die Wahrheit ist, und dafür benötige ich Beweise für die von Euch vorgebrachten Behauptungen. Könnt Ihr mir jetzt folgen?«

»Ja, das kann ich ... ähm ...« Voltain hustete in sein Taschentuch. »Leider kann ich nicht mehr anbieten als das Verhalten des Eigentümers vor und nach dem Ereignis sowie meine eigenen Empfindungen hinsichtlich dieser Sache.«

»Ich verstehe«, sagte Vasile und wandte sich an den Kaufmann. »Und Ihr, Sir Quiss, verneint ein solches hinterlistiges Verhalten Eurer Gesellschaft?«

»Aber gewiss doch, und ich verwehre mich in aller Schärfe dagegen, dass Sir William so etwas weiterhin behauptet, ohne Beweise dafür anzubringen.«

Vasile hielt inne. Sir Quiss log.

Oberflächlich betrachtet, konnte Vasile nichts tun. Das Geschäft war abgeschlossen und durchgeführt, und der frühere Eigentümer war offensichtlich unerreichbar. Alles, was William Voltain und sein Haus verloren hatten, war die Gelegenheit eines guten Geschäfts, von denen es für ihn sicherlich viele gab. Aber warum log Quiss, so weit es die Art und Weise betraf, wie die Gesellschaft das Gebäude erworben hatte? Und warum hatte sie es nötig, Zuflucht zu solchen Mitteln zu nehmen? Er beschloss, ein wenig weiter nachzubohren.

»Sir William, Ihr sagtet, das Lagerhaus befindet sich an der Tintenfischstraße, nicht wahr?«

»Ja, genau gegenüber dem Hafen, in allerbester Lage.«

»Aber abgesehen von der Lage ist nichts bemerkenswert an dem Gebäude?«

»Nicht, dass es mir bekannt wäre.«

»Sir Quiss, gibt es sonst noch etwas, das den Erwerb des Hauses für Eure Handelsgesellschaft unbedingt erforderlich gemacht hat?«

»Nein.«

Interessant - eine Lüge.

»Meine Herren«, unterbrach der Gerichtsdiener, »ich fürchte, für heute ist die Euch zustehende Zeit aufgebraucht.« Er deutete auf den schwach erhellten Raum und die vielen anderen Kläger und Beklagten, die den ganzen Tag gewartet hatten und nun geduldig durch die Tür nach draußen schritten.

Vasile verlagerte sein Gewicht auf dem Stuhl. »Morgen früh erwarte ich Euch beide wieder hier, sobald die Gerichtszeiten beginnen.«

Sir Voltain nickte knapp und machte einen Schritt von Sir Quiss weg, bevor er diesem einen missbilligenden Blick schenkte und sich auf dem Absatz umdrehte. Dann eilte er durch den sich leerenden Raum.

Sir Quiss hatte ein Lächeln aufgesetzt. »Einen guten Tag«, sagte er zu Vasile, bevor auch er sich umdrehte und mit ruhigen Schritten das Gebäude verließ.

Es war inzwischen schon später Abend. Vasile saß allein an einem Tisch, hatte die Ellbogen auf die Platte gelegt und mied sorgsam die Weinlachen vor ihm. Auch wenn er schon ein oder zwei Gläser mehr getrunken hatte, als es ratsam war, hatte er keinesfalls die Lachen verursacht. Vielmehr war das ein betrunkener Zecher gewesen, der geglaubt hatte, unbedingt mit Vasile sprechen zu müssen. Nachdem Vasile ihn demonstrativ übersehen hatte, war der Mann schließlich gegangen, und da die Taverne so war, wie sie war, war die Lache übrig geblieben.

Rauch erfüllte die Luft und reizte seine Augen, die er andauernd rieb. Der Geruch von saurem Bier, Wein und Erbrochenem mischte sich zu einem unangenehmen Aroma. Die wenigen Öllampen an den Wänden vermochten es kaum, den

Raum zu erhellen. Die Hauptquelle der Hitze war ein steinerner Kamin, in dem Torf brannte. Obwohl es schon spät war, befanden sich an einem der Tische zwei Männer tief im Gespräch, während an einem anderen drei Männer schon seit einiger Zeit Karten spielten.

Vasile starrte in seinen Becher, in dem noch ein paar Schlucke billigen Weins übrig waren. Er fischte seine Messinguhr hervor, ein Geschenk seiner Frau, und bemühte sich, die Gravur auf der Innenseite des Deckels nicht anzusehen, als er die Uhr aufklappte. Die sechste Stunde der Nacht. Die Morgendämmerung war noch etwa fünf Stunden entfernt. Er wusste, dass er schon vor einer Weile hätte aufbrechen sollen, aber er brachte es einfach nicht über sich, in sein leeres Zimmer heimzukehren. Also schloss er den Deckel wieder, steckte die Uhr zurück in seine Tasche und wirbelte den Rest des Weins in seinem Becher herum. Er sollte den Wein stehen lassen und nach Hause gehen. Ja, das sollte er wirklich.

Aber Wissen und Tun sind zwei verschiedene Dinge.

Ein verschwommener Schatten fiel auf den Tisch und zuckte im schwachen Lichtschein. Vasile schaute hoch und bemerkte einen Mann mittleren Alters in grauer Wollkleidung und mit einem ernsten Ausdruck auf seinem rötlichen, bärtigen Gesicht. Trotz der hohen Qualität seiner Kleidung hatte er etwas Grobes, Hartes an sich.

»Ihr seid Vasile Lauris«, sagte der Mann.

»Guten Abend. Ich fürchte allerdings, ich weiß nicht recht, wer Ihr ...?«

Ohne um Erlaubnis zu bitten, zog sich der Mann einen Stuhl heran und setzte sich Vasile gegenüber. Er warf vier Kupferdukaten auf den Tisch. Einen Augenblick später erschien eine Kellnerin mit zwei Bechern Wein, die sie vor ihm auf den Tisch knallte, bevor sie die Münzen einsammelte.

»Ich will Euch einen Wein spendieren«, sagte der Fremde und schob Vasile einen Humpen zu. »Der Rote des Hauses. Wir glauben, er ist in der letzten Zeit Euer Lieblingsgetränk geworden.«

Vasile zögerte. Er hatte es sich zum Prinzip gemacht, nie so viel zu trinken, dass er am nächsten Tag nicht mehr arbeiten konnte, und noch ein Becher Wein würde ihn nahe an den Abgrund bringen. Aber ein spendiertes Getränk durfte er schließlich nicht ablehnen.

»Wie lautet Euer Name?«, fragte er.

Der Mann schüttelte den Kopf. »Es kann gefährlich sein, Namen zu kennen, und so ziehe ich es vor, anonym zu bleiben.«

Vasile kratzte sich am Kopf, zuckte die Achseln und hob den Becher. »Auf Eure Gesundheit«, sagte er und nahm einen Schluck. »Wer sind denn die ›wir‹, die Ihr erwähnt habt?«

»Sie sagen, Ihr habt einen scharfen Verstand, aber ich muss zugeben, dass ich geglaubt habe, in Eurem gegenwärtigen Zustand wärt Ihr nicht mehr in der Lage, so klar zu denken.«

»Was stimmt denn nicht mit meinem gegenwärtigen Zustand?«, wandte Vasile ein.

»Nun, nichts. Überhaupt nichts.« Der Mann schaute sich in dem Schankraum um, als ob er nach etwas suchte.

Vasile fühlte sich ein wenig gereizt. »Erlaubt mir, dass ich zur Sache komme«, fuhr der Mann fort. »Ich bin ein Vertreter der Handelsgesellschaft der Fünf Ozeane. Wir glauben, Ihr verhandelt gerade einen Fall, in dem der gute Name unserer Gesellschaft durch die schäbige und ungerechtfertigte Klage von William Voltain in den Dreck gezogen wird.« Dann hielt er inne, als ob er es nicht gewöhnt sei, eine so lange Rede zu halten. Er hatte die Hand um seinen Weinbecher geschlossen, aber noch nicht einmal daran genippt oder sich auch nur die Lippen befeuchtet.

Was für eine Verschwendung eines vollkommen … schrecklichen Weins.

»Selbst wenn dem so wäre, bin ich nicht in der Lage, irgendwelche … Einzelheiten von Klagen … mit Fremden zu besprechen, insbesondere dann nicht, wenn sie vor… vorgeben, zu einer der beiden Parteien zu gehören … ohne aber eine solche Behau… Behauptung zu belegen.«

Vasiles Sprache war ein wenig undeutlich geworden, aber er glaubte, sich im Großen und Ganzen recht anständig geschlagen zu haben. *Können mich diese Leute denn nicht einmal jetzt in Ruhe lassen? Morgen haben sie noch genug Zeit, mich zu verärgern.*

Der Mann machte weiterhin eine unbeteiligte Miene. »Ich will offen zu Euch sein. Meine Gesellschaft ist besorgt wegen des Schadens, den dieser Fall schon angerichtet hat und möglicherweise noch anrichten wird, soweit es um unseren guten Ruf geht. Wir glauben, dass eine schnelle Entscheidung in unserem Sinne das Beste wäre, und im Gegenzug wären wir bereit, für eine angemessene Entschädigung zu sorgen. Seht Ihr …« – er beugte sich weiter vor, wie um seiner Meinung Nachdruck zu verleihen – »… dieser Fall hilft niemandem, auch nicht William Voltain, obwohl er das offenbar anders sieht. Wir wollen, dass sowohl uns als auch dem guten William ein so geringer Schaden wie möglich entsteht. Was ist daran schlimm?«

Er zog eine prall gefüllte Geldbörse hervor und legte sie auf den Tisch. Die Münzen darin klimperten.

Vasile beäugte die Börse. »Bestechungsgeld?«

Nach den Lügen heute im Gerichtsgebäude und den halben Lügen, die dieser Mann bisher von sich gegeben hatte, war er nicht mehr sicher, ob er diesen Fall noch weiter verhandeln wollte.

»Nein, eine Entschädigung für geleistete Dienste. Wir wollen doch alle dasselbe: Gerechtigkeit für die Geschädigten, schnell und klar. Solche unwesentlichen Fälle sollten Eure Zeit nicht beanspruchen, insbesondere nicht, weil die Sache klar ist. William Voltain ist wütend, weil er in einer geschäftlichen Angelegenheit übervorteilt wurde.«

Vasile wusste, dass dieser Mann unrecht hatte, und er hätte etwas sagen sollen, aber sein Verstand war vom Alkohol benebelt.

»Entschädigung?«, mühte er hervor. »Damit ich die Klage abweise?«

»Damit Ihr morgen früh das korrekte Urteil sprecht und Euch dann wieder wichtigeren Dingen widmen könnt - Kühen und Ähnlichem.« Der Fremde lächelte.

Vasile stieg das Blut ins Gesicht, seine Wangen fühlten sich heiß an. Er stand ruckartig auf und stieß dabei seinen Stuhl um.

»Ich werde Eure Dukaten nicht annehmen«, sagte er durch seine zusammengebissenen Zähne hindurch. »Behaltet Eure Münzen, und geht. Ich nehme es nicht besonders gut auf, wenn man glaubt, ich sei bestechlich.«

Der Mann blieb reglos und sah ihn an. »Ich bitte um Verzeihung, Vasile. Wir waren der Meinung, Ihr wärt in der Position, ein so großzügiges Angebot annehmen zu dürfen. Wir waren überdies der Meinung, dass Ihr einige Dukaten gebrauchen könntet, da Ihr so sehr in Ungnade gefallen seid und Euer Haus so baufällig ist.«

Vasile spürte das Blut in seinen Ohren kochen. Er schob die Börse dem Mann zu.

»Geht jetzt. Ihr wisst gar nichts über mich! Woher solltet Ihr mich kennen? Mein Heim und meine Position gehen Euch nicht das Geringste an.«

»Ich glaube, Ihr solltet Eure Entscheidung noch einmal überdenken.«

»Und ich glaube, Ihr solltet gehen. Sofort!«

Der Mann zog eine Grimasse, steckte die Geldbörse wieder ein und erhob sich. »Dann sei es so. Uns bleibt nun keine andere Wahl mehr.« Er nickte Vasile zu. »Ich wünsche Euch einen guten Abend.« Schnell drehte er sich um, ging aus der Taverne und ließ Vasile schäumend vor Wut und so aufgedreht wie seine Taschenuhr zurück.

Er rieb sich das Gesicht mit beiden Händen. *Beim Kaiser*, tobte er innerlich, *was geht hier vor?*

Der Tag im Gerichtsgebäude begann wie jeder andere, an den sich Vasile erinnern konnte: ein schmerzender Kopf wegen der vergangenen Nacht und zu helles Licht, das durch die Fenster hineinströmte. Der Gerichtsdiener goss ihm einen Becher Wasser ein, den Vasile so gierig herunterstürzte, als hätte er einen ganzen Tag in der Wüste verbracht. Die Kläger und Beklagten betraten den Gerichtssaal, nachdem sie draußen gewartet hatten, und langsam erhob sich das dumpfe Gemurmel ihrer Gespräche.

Vasile hustete mehrfach in seine Faust und wünschte, er hätte den spendierten Becher Wein gestern Abend nicht angenommen. Und er wünschte, die ganze elende Episode hätte gar nicht stattgefunden. Erschöpft schloss er die Augen, um sie zu schonen, und stellte fest, dass er sich wünschte, sie nie wieder öffnen zu müssen.

»Der erste Fall des heutigen Tages«, verkündete der Gerichtsdiener – zu laut für Vasiles Geschmack. »Fortsetzung der Klage von William Voltain gegen die Handelsgesellschaft der Fünf Ozeane.«

Vasile öffnete die Augen und stellte fest, dass der unscheinbare, harmlos wirkende Luphildern Quiss inzwischen vor ihm, neben dem Gerichtsdiener, stand. Von William Voltain war dagegen nichts zu sehen.

»Ähm ... Richter Lauris«, sagte der Gerichtsdiener. »Sir Voltain ist nicht hier ... äh ...«

»Ja, das kann ich sehen«, fuhr Vasile ihn an. Er zuckte unter dem Schmerz in seinem Kopf zusammen und atmete tief durch. »Wir warten auf seine Ankunft. Zweifellos ist er im morgendlichen Gedränge aufgehalten worden.«

Der Gerichtsdiener nickte, genau wie Quiss. *Was für ein ruhiger, friedfertiger Mann*, dachte Vasile. Aber sicherlich wusste er um die Ereignisse der letzten Nacht. Oder etwa nicht? Vielleicht hatten seine Vorgesetzten ihn nicht vorab informiert. All diese Verwicklungen machten seine Kopfschmerzen nur noch stärker.

Sie warteten einige Minuten. Vasile schaute auf seine Taschenuhr. Sie warteten noch einige Minuten länger. Der Gerichtsdiener trat vom einen Bein auf das andere und sah Vasile an. Doch Vasile beachtete ihn nicht. Noch mehr Zeit verging. Quiss' ausdruckslose Stimme unterbrach Vasiles Gedanken. »Richter Lauris, wir warten jetzt schon eine ganze Weile. Ich glaube, dies beweist, dass Sir Voltain die Angelegenheit nicht besonders ernst nimmt. Er hat keine Beweise für ein Fehlverhalten unsererseits, und seine heutige Abwesenheit zeigt, dass er nicht erwartet, ein für ihn vorteilhaftes Urteil zu erhalten.«

»Wirklich?«, fragte Vasile. »Ich hätte da noch ein paar Fragen an Euch beide.«

Ein flüchtiger Ausdruck der Überraschung huschte über Quiss' Gesicht, wurde aber rasch von Neugier ersetzt. Er verneigte sich knapp. »Ich werde gern jede Frage beantworten, die Ihr an mich stellt, sobald Sir Voltain eingetroffen ist.«

Während dieses Wortwechsels war ein Bote in den Saal gekommen, zu dem Gerichtsdiener geeilt und hatte sich mit ihm im Flüsterton unterhalten. Der Gerichtsdiener öffnete den Mund, und seine Augen weiteten sich.

»Richter Lauris, der Bote hat soeben Nachrichten gebracht, die für den Fall von Bedeutung sind.«

Vasile machte eine knappe Handbewegung. »Rede weiter.«

»Heute Morgen hatte Sir Voltain seine Gemächer zum Frühstück nicht verlassen«, sagte der Gerichtsdiener mit ernster Stimme. »Die Dienerschaft machte sich Sorgen, betrat seine Räume und fand Sir Voltain tot vor. Er hatte sich irgendwann in der Nacht an einem Deckenbalken erhängt.«

Vasile legte die Hand an die Stirn. Er ächzte, als der Schmerz in seinem Kopf auf das Doppelte anwuchs. Und er spürte, wie die Blicke des Gerichtsdieners und von Sir Quiss auf ihm ruhten, während sie auf eine Antwort warteten. Dann sah er Quiss an, dessen Gesicht gefasst, ja beinahe ausdruckslos wirkte. Aber Vasile sah, wie sich seine Mundwinkel zur Andeutung eines Grinsens hochzogen. Die Worte des Fremden aus der letzten Nacht hallten durch seine Gedanken.

Dann sei es so. Uns bleibt nun keine andere Wahl mehr.

Das waren Komplikationen, auf die er gut verzichten konnte. Also würde er mit Vorsicht handeln müssen.

Er packte die Arme seines Lehnstuhls, als er sagte: »Aufgrund dieser unglücklichen Umstände hat die Klage des Sir Voltain niemanden mehr, der sie weiterbetreibt. Daher ist es meine Pflicht, Euch davon in Kenntnis zu setzen, dass die Klage ausgesetzt wird. Falls ein weiterer Kläger sie übernimmt, wird der Fall fortgesetzt.« Er hielt inne und überlegte, was er als Nächstes sagen sollte.

»Luphildern Quiss, Ihr habt meine Entscheidung gehört und dürft nun gehen.«

Der Vertreter der Handelsgesellschaft der Fünf Ozeane sah Vasile direkt an und hob die Brauen. »Was für unglückliche Neuigkeiten«, sagte er. »Wer hätte geglaubt, dass Sir Voltain durch seinen ... Schicksalsschlag so überwältigt worden ist? Aber ich bin zufrieden mit dem Ausgang, soweit es meine Gesellschaft betrifft, wie immer das Urteil auch zustande gekommen ist.«

»Die Klage wurde nicht abgewiesen, sondern nur ausgesetzt. Ein anderer Kläger aus dem Haus Voltain kann sie aufrechterhalten.«

Quiss zuckte die Achseln. »Ich bin zuversichtlich, dass sie begreifen, wie sie in dieser Angelegenheit ihre Interessen am besten vertreten können. Diese ganze Sache ist uns allen unangenehm, manchen mehr als anderen.«

Vasile wusste, dass er die Wahrheit sagte, und sein Herz schlug schneller. »›Unangenehm‹ ist eine ziemliche Untertreibung für einen Todesfall.«

»Ich kann nichts anderes über jemanden sagen, der ein Fremder für mich war. Unglück und Tod können heutzutage rasch über jedermann hereinbrechen. Entscheidungen, die zu der Zeit, in der man sie trifft, vernünftig und angemessen erscheinen, führen bisweilen doch zu unvorhergesehenen Konsequenzen.« Quiss schenkte ihm ein rasches Lächeln. »Aber ich bin mir sicher, dass wir uns nicht wiedersehen werden, Richter Lauris. Ich wünsche Euch einen guten Tag.« Er machte auf dem Absatz kehrt und bahnte sich einen Weg durch die Menge.

Vasile holte mehrfach tief Luft, sein Herz raste.

Der Gerichtsdiener starrte den Rücken des weggehenden Kaufmanns an, schüttelte sich und wandte sich Vasile zu. »Das war sehr kaltherzig von ihm. Er hätte wenigstens etwas Mitgefühl für Sir Voltain vortäuschen können.«

»Ja ... nun ... diese Kaufleute fühlen nur etwas, wenn es um Dukaten geht.« Vasile schluckte.

Angesichts der Lügen, die ihm gestern vorgetragen worden waren, glaubte er, dass es bei dieser Klage noch um ganz andere Dinge ging. Welches Geheimnis war derart wichtig, dass man versucht hatte, ihn zu bestechen, und als das misslungen war, jemanden zu töten, nur um die Klage abzuwenden? Leider war Vasile nicht die Art von Mensch, die so etwas auf sich beruhen ließ. Er schätzte die Wahrheit mehr als jeder andere, den er kannte. Seine Gabe, Lüge von Wahrheit zu trennen, sorgte dafür. Und was diese Leute einem unschuldigen Mann angetan hatten, nur um ihre ... Vasile hielt inne. Sie hatten kein Verbrechen begangen – zumindest nicht hinsichtlich der Klage, die vor ihn gebracht worden war. Aller Wahrscheinlichkeit nach hätte er sogar zugunsten der Handelsgesellschaft urteilen müssen.

Vasile riss sich zusammen und sagte dem Gerichtsdiener, er solle die Parteien des nächsten Falles vor ihn führen. Vielleicht würde er Luphildern Quiss und die Handelsgesellschaft der Fünf Ozeane vergessen, wenn er sich wieder in die Arbeit stürzte.

Aber er wusste genau, dass die Erinnerung daran nicht vergehen würde, und er wusste, dass er diese Sache niemals auf sich beruhen lassen konnte.

15

Caldan ging an Leuten vorbei, die ihn kaum wahrnahmen, und bahnte sich benommen einen Weg durch die überfüllten Straßen. Einige Passanten, gegen die er stieß, wollten sich beschweren, unterließen es aber sofort wieder oder verstummten, wenn sie seinen Blick und das vernarbte Gesicht mit den Prellungen bemerkten.

Der Wirt des *Otter* zeigte Besorgnis angesichts von Caldans Zustand, aber Caldan wischte all seine Fragen beiseite. Er brauchte Ruhe und musste sich erholen. Langsam torkelte er die Treppe zu seinem Zimmer hoch.

Dort bewegte er die Hand über den Spalt zwischen Tür und Rahmen und flüsterte die Worte des Lösens, die sein magisches Schloss entsperrten. Diesmal spürte er keine Vibration und roch auch keinen Zitronenduft. Fluchend drehte er den Schlüssel im Schloss herum und trat ein.

Seine Habseligkeiten waren noch dort, wo er sie zurückgelassen hatte. Der Raum wirkte unberührt. Rasch versperrte er die Tür wieder und überprüfte seine Magie. Alles, was von ihr übrig geblieben war, waren die beiden Reißzwecken im Holz der Tür und des Rahmens sowie einige Reste verbrannten Pergaments. Zu seinen Füßen bedeckte Asche den Boden, die von einem schwachen Luftzug aufgewirbelt wurde, der unter der Tür herdrang. Wie bei jeder Magie hatten die heraufbeschworenen Kräfte sich am Ende als zu stark für das benutzte Material erwiesen. Doch es hatte ihm gut gedient, und es machte keine große Mühe, einen weiteren Zauber zu erschaffen.

Caldan riss sich zusammen und hielt inne. Er brauchte auch gar keinen neuen Zauber, da er nicht mehr in der Lage war, für das Zimmer zu bezahlen, und das bedeutete, dass er hier nicht bleiben konnte.

Seine Gedanken purzelten durcheinander, türmten sich in seinem Kopf auf wie Gewitterwolken während eines gnadenlosen Sturms. In tiefen Atemzügen sog er die Luft ein und versuchte, sich zu beruhigen. Er legte die Handfläche gegen die Tür, stützte sich ab und konzentrierte sich ganz darauf, nicht umzufallen. Inzwischen besaß er keinerlei Dukaten mehr, und in seinem Zimmer lagen keine Münzen herum, die er für eine weitere Nacht im *Otter* hätte ausgeben können. Sein Besitz bestand aus der Kleidung, die er am Leibe trug, sowie aus einigen Stücken zum Wechseln, einer Ledertasche und den Kleinigkeiten, die er am vergangenen Tag gekauft hatte.

Das Kleinod wog schwer an seinem Hals. Es war ein Vermögen wert, aber er würde es niemals verkaufen. Nicht einmal, wenn er obdachlos wurde und auf der Straße zu verhungern drohte.

Alles der Reihe nach ...

Er wandte der Tür den Rücken zu, sammelte seine Besitztümer ein und packte die Ledertasche. Dabei nahm er sich die Zeit, seine Kleidung zu falten und das Pergament sorgsam zu verstauen, damit es nicht knitterte. Dann ersetzte er sein blutbeflecktes Hemd durch ein frisches, das allerdings enger war, sodass er sich geradezu hineinquetschen musste. Währenddessen erinnerte er sich an Mirandas Belustigung über das so knapp sitzende Kleidungsstück, als er es das letzte Mal getragen hatte. Sein Messer schob er in die Hosentasche. Es war klein und fiel nicht auf, und er fühlte sich nach seiner morgendlichen Begegnung mit den Straßenräubern sicherer damit.

Caldan schulterte die Tasche und verließ das Zimmer. Auf dem Weg nach draußen sagte er dem Wirt, er wolle sein Glück bei der Zauberergilde versuchen und werde hoffentlich später zurückkehren. Der Mann wünschte ihm alles Gute, bevor er sich wieder einer gut gekleideten wartenden Dame zuwandte – einer neuen Kundin.

Caldan trat hinaus in die Mittagssonne und machte sich auf in die Richtung, in der, wie er wusste, das Kaufmannsviertel lag. Dabei benutzte er nur die Hauptstraßen, damit er sich nicht wieder verirrte. Es war ihm bekannt, dass an einem Platz ein wenig abseits von dem Hauptplatz die einflussreicheren Gilden angesiedelt waren, und er musste unbedingt Arbeit finden, bevor der Tag vorüber war. Sein Magen fühlte sich leer an, und wenn er kein Glück hatte, würde er auf der Straße schlafen müssen.

Er kam nur langsam voran und fühlte sich nach dem Angriff und dem anschließenden Beruhigungsmittel noch immer unwohl. Etwas Schlaf und ein herzhaftes Mahl würden ihn wieder auf die Beine bringen, aber es war möglich, dass er auf beides lange verzichten musste.

Hör auf, an Essen zu denken, ermahnte er sich. *Das macht es nur noch schlimmer.*

Am Nachmittag erreichte er den gepflasterten Platz, an dem sich die Häuser der angeseheneren Gilden und Organisationen befanden, einschließlich der Zauberergilde. Er zögerte in der Nachmittagssonne, lehnte sich gegen eine Mauer und betrachtete das Gebäude von der anderen Seite des Platzes aus.

Um die Wahrheit zu sagen, traute er sich nicht einmal, durch den einschüchternden Eingang zu schreiten. Dieser bestand aus einer zweiflügeligen gewaltigen Metalltür, die mit komplizierten Runen übersät und von einem steinernen Rahmen eingefasst war. Sie war dazu erschaffen, Ehrfurcht einzujagen, und das schaffte sie sehr gut. Er sah etliche Leute auf die gleißende Tür zumarschieren, die im letzten Moment wieder von ihr wegschwenkten und sich stattdessen bei einer der Marktbuden in der Nähe umsahen oder den Platz gleich ganz verließen. *Es sind Leute wie ich*, vermutete er, *die noch nie im Innern waren und einige Zeit brauchen, bis sie den Mut gefasst haben, dort einzutreten.* Caldan konnte einige der Runen in der Tür entziffern: Es waren Glyphen der Kraft, verwoben mit Schutzwächtern, aber er kannte nur wenige davon.

Schmetterlinge flatterten in seinem Bauch. Er sorgte sich auch wegen seiner schlechten Kleidung und seiner Prellungen, denn er musste unbedingt einen guten Eindruck machen. Aber an seinem Erscheinungsbild konnte er gerade nichts ändern. Also atmete er tief durch, richtete sich auf und überquerte den Platz.

Hinter der Metalltür befand sich ein Vestibül, das wohl einmal als Warteraum gedient hatte, denn Steinbänke liefen an den Wänden herum. Nun schien es eine Garderobe zu sein. Hüte und Mäntel hingen an hölzernen Ständern, die überall im Raum standen. Ein Junge erhob sich, als Caldan eintrat. Er wollte etwas sagen, hielt aber inne, als er sah, dass Caldan keinen Mantel und auch keinen Hut trug.

»Ich nehme an, dass ich durchgehen kann?«, fragte Caldan und deutete auf die innere Tür an der anderen Seite des Zimmers.

»Ja, Herr. Äh ... seid Ihr sicher, dass Ihr Euch am richtigen Ort befindet?« Der Junge starrte Caldans zerschundenes Gesicht an, und sein Blick blieb an der frisch vernähten Wunde hängen.

»Allerdings. Das hier ist doch die Gilde der Zauberer, oder?«

»Ja, Herr. Bloß ... Entschuldigung, es ist gleichgültig. Geht nur hinein. Der Schüler am Empfang wird Euch weiterhelfen.«

»Danke.« Caldan öffnete die Tür, und kühlere Luft aus dem Inneren drang ihm entgegen.

Die Wände bestanden aus schmucklosem beigefarbenem Stein und wurden durch eine Ansammlung von magischen Kugeln erhellt, die sich hoch über Caldans Kopf befanden. Ein junger Mann saß hinter einem langen Holztisch und war in ein Buch vertieft - eines von mehreren, die vor ihm lagen. Von jeder Seite des Tisches führte ein Korridor weg, und aus dem einen der beiden drang der Klang gedämpfter Stimmen.

Nach einer Weile sah der junge Mann von seinem Buch auf und kniff die Augen zusammen, als er Caldan und dessen Verletzungen sah.

»Kann ich helfen?«, fragte er mit dem gleichen Zögern in der Stimme, das auch der Junge vorhin gezeigt hatte.

»Ich bin hier, weil ich mit einem der Zauberer sprechen will.«

»Ich glaube, ein Arzt wäre von größerem Nutzen ...«

»Ich bin hier, weil ich eine Aufnahmeprüfung ablegen will«, sagte Caldan so nachdrücklich, wie es ihm möglich war.

Der junge Mann sah ihn von oben bis unten an. »Gewiss. Bitte entschuldigt mich, aber es kommen selten Leute von der Straße herein, um aufgenommen zu werden.« Er hielt kurz inne. »Ich werde nachsehen, ob jemand mit Euch sprechen kann.«

Er zog zweimal an einem dünnen Seil, das von der Decke baumelte, und irgendwo im Innern des Gebäudes ertönte eine Klingel. Kurze Zeit später erschien ein weiterer Junge, und es entspann sich ein flüsternd geführtes Gespräch zwischen den beiden. Der neue Junge lief durch einen der Korridore zurück, seine Sandalen klapperten dabei über den Steinboden.

»Nur noch einen kurzen Augenblick, Herr«, sagte der junge Mann hinter dem Tisch. »Es wird jemand kommen, sobald er Zeit hat. Nehmt bitte Platz.« Er deutete auf eine lange Bank und kehrte zu seiner Lektüre zurück.

Caldan war so nervös, dass er sich nicht setzen konnte, und wanderte stattdessen im Zimmer herum, während ihm seine Tasche schwer über der Schulter hing. Sein Gesicht brannte, und die Haut über der Wunde fühlte sich gespannt an. Er wartete.

Und wartete.

Männer und Frauen kamen und gingen in regelmäßigen Abständen. Nur wenige warteten zusammen mit ihm, aber nicht so lange wie er. Nach einiger Zeit wurde er müde und nahm auf der Bank Platz.

Nachdem er eine gefühlte Stunde gewartet hatte, näherte er sich wieder dem Empfangstisch.

»Entschuldigung.«

Der Mann sah mit verärgerter Miene auf. »Ja?«

»Wird es noch lange dauern?«

»Ihr habt Wichtigeres zu tun, nicht wahr?«

»Nein, aber ich warte schon eine ganze Weile, und ich dachte …«

»Jemand wird zu Euch kommen und mit Euch reden, sobald er die Zeit dazu hat. Ihr könnt nicht einfach hier hereinspazieren und erwarten, dass jedermann alles stehen und liegen lässt und herbeieilt, um Euch zu Diensten zu sein, oder?«

»Nein, ich ... ach, egal.« Caldan setzte sich wieder auf die Bank. Aus den Augenwinkeln heraus sah er, wie der junge Mann empört den Kopf schüttelte.

Eine weitere Stunde verging, und Caldan wurde immer frustrierter. Es wurde allmählich spät, und er musste sich irgendwie etwas zu essen besorgen. Sein Magen knurrte. Er war körperlich und geistig von dem anstrengenden Tag ausgelaugt, und das Warten schien kein Ende zu nehmen. Inzwischen steckte er schon viel zu lange in diesem stickigen Raum. Sein Magen knurrte erneut. Der junge Mann schaute kurz von seinem Buch auf und machte einige Notizen. Damit beschäftigte er sich schon die ganze letzte Stunde. *Kratz, kratz.* Der Klang seiner Feder auf dem Pergament machte Caldan ganz unruhig.

Gerade als er aufgeben wollte, kehrte der Botenjunge zurück. »Bitte, Herr«, sagte er und trat zu Caldan. »Folgt mir.«

Es ist fast so, als wüssten sie, dass ich soeben meine Grenzen erreicht habe, dachte er.

Aber Caldan nickte nur und folgte dem Jungen durch einen der Korridore. Sie kamen an einigen geschlossenen Türen vorbei und erreichten schließlich eine, die sich in nichts von den anderen unterschied. Der Junge klopfte mit den Fingerknöcheln gegen die Tür und sagte zu Caldan: »Hier, bitte sehr.« Dann lief er davon.

»Herein«, rief eine tiefe Stimme hinter der Tür.

Caldan betrat den Raum. Auf einem Armlehnstuhl hinter einem Schreibtisch saß ein blasser, hagerer Mann mittleren Alters. Das Licht, das durch ein Fenster hereinfiel, glitzerte auf einem runden Metallgegenstand, den der Mann eingehend betrachtete. Er schaute auf zu Caldan, stellte den Gegenstand auf den Tisch und fragte: »Warum willst du ein Zauberer werden?« Dann bedeutete er Caldan, auf einem der zwei dick ausgepolsterten Armlehnstühle Platz zu nehmen.

Nach dem langen Warten fühlte sich Caldans Geist träge an, und es dauerte ein wenig, bis er seine Gedanken geordnet hatte. Schließlich aber sagte er: »Ich habe eine Gabe dafür, zusammen mit etlichen anderen Fähigkeiten. Ich bin bewandert in Alchemie, Metallurgie und Schmiedekunst, in Geschichtswissenschaft und weiß auch ein wenig von Medizin und Zahlenkunde. Ferner kann ich lesen und schreiben, habe eine annehmbare Handschrift und bin ein passabler Schwertkämpfer. Überdies bin ich sehr geschickt im Dominion-Spiel.« Das Letzte erwähnte Caldan aus einem Impuls heraus. Die Verbindung zwischen guten Dominion-Spielern und guten Zauberern war allgemein bekannt.

»Sag mir nicht alles auf einmal. Deine Schwertkunst kannst du hier nicht gebrauchen«, erwiderte der Mann abfällig. »Ist das der Grund, warum du verletzt worden bist?«

»Nein, Herr. Ich wurde heute Morgen in der Nähe des Hafens überfallen und hatte Schwierigkeiten mit einigem Raubgesindel. Sie sind später vor der Hafenwache getürmt.«

»Hm.« Der Zauberer nickte. »Ein raues Viertel. Dann wollen wir einmal anfangen. Wie lautet dein Name?«

»Caldan, Herr.«

»Warum hast du keine Magie eingesetzt, um dich zu verteidigen und deinen Gegnern ein paar gebrochene Rippen zu verschaffen?« Er schwenkte die Hände und wackelte mit den Fingern – eine Geste, die für ungebildete Menschen nach Zauberei aussah.

Caldan hatte aufgrund seines Auftretens vermutet, dass der Mann, der ihm gegenübersaß, ein Zauberer war, möglicherweise sogar ein Meister. Doch er wollte nicht ohne Erlaubnis seine eigene Quelle anrühren, damit er seine Vermutung bestätigen konnte. Aber nach der letzten Frage war sich Caldan nicht mehr ganz so sicher. War er wirklich ein Meister? Oder wollte er Caldan mit einer so lächerlichen Frage nur auf die Probe stellen?

»Spontane Magie ist praktisch unmöglich. Man muss sich immer vorbereiten.«

»Weiter.«

»Abwehrschutz ist möglich, aber zerstörende Zauberei ist unmöglich.«

»Warum hast du dich dann nicht gegen den Angriff geschützt?«

Caldan spreizte die Finger und hielt die Handflächen nach oben. »Schutzzauber ist im Allgemeinen schwierig zu wirken und benötigt einige Zeit zur Aktivierung, wie ich gehört habe. Wenn ich gewusst hätte, dass ich angegriffen werde, und wenn ich die erforderlichen Materialien zur Hand gehabt hätte – *und* wenn ich vor dem Angriff ein wenig Zeit gehabt hätte, um Zugang zu meiner Quelle zu bekommen und Magie zu wirken –, ja, dann hätte ich mich wohl schützen können.« Er zögerte. »Aber ich habe noch nicht gelernt, wie man das macht.«

»Könntest du einen magischen Schild in der Zeit erschaffen, die du zum Blinzeln brauchst?«

»Nun«, sagte Caldan langsam und verschaffte sich so ein wenig Zeit zum Nachdenken. »Der Schild müsste aus Metall sein, vielleicht aus einer Legierung. Er würde die Kräfte, die gegen ihn gerichtet sind, abfangen müssen, und so ... nein, ich könnte es nicht. Wartet ... vielleicht könnte man ihn mit einem sekundären magischen Schutz umgeben ... Verzeihung, aber ich bin mir nicht sicher.«

Der Zauberer wischte seine Entschuldigung mit einer

knappen Handbewegung beiseite. »Mach dir keine Sorgen. Bedeutendere Geister als du haben lange daran gearbeitet, dieses Rätsel zu lösen. Aber wenn es einmal gelöst ist, dann wirkt es relativ einfach, wie immer bei einem großen Durchbruch.«

Caldan nickte. Der Zauberer verlagerte sein Gewicht auf dem Stuhl.

»Junger Mann, wie alt bist du?«

»Ich werde in ein paar Monaten volljährig sein, Herr.«

»Das ist sehr alt für eine Lehrstelle. Das weißt du doch, oder?«

»Herr, ich bin auf Eremita aufgewachsen und einige Jahre im Kloster der Sieben Pfade zur Schule gegangen.«

Der Mann hob die Brauen, doch Caldan vermochte nicht zu sagen, ob er beeindruckt war oder seine Aussage anzweifelte.

»Ich habe viele Fähigkeiten, aber die Mönche vertiefen den Lernstoff nur mit den begabtesten Schülern.«

»Ich kenne das Kloster und weiß auch, dass die Mönche gezwungen sind, die Söhne und Töchter einiger Adelshäuser zu unterrichten. Du bist nicht von dort weggelaufen, oder?«

»Nein. Ich bin ein Waisenkind. Die Mönche haben mich aufgenommen, als ich noch sehr jung war.«

»Das erklärt deinen geschorenen Kopf. Warum sollten wir jemanden aufnehmen, der schon ein paar Jahre über das gewöhnliche Schüleralter hinaus ist?«

»Wie ich schon sagte, Herr, ist das magische Wirken nicht meine einzige Fähigkeit. Vielleicht kann ich in einer anderen Stellung als der des Schülers arbeiten – als Gehilfe vielleicht? Ich bitte Euch nur darum, meine Fähigkeiten wohlwollend zu betrachten und Euch zu überlegen, ob ich mich irgendwo einfügen könnte. Bitte.«

Die Miene des Zauberers war unverändert. Wieder regte er sich auf seinem Armlehnstuhl. »Einen Augenblick.« Er schloss die Augen und saß ganz still da, nur seine Brust hob und senkte sich bei jedem Atemzug. Dann zuckte er einige Male und öffnete die Augen.

»Du hast eine starke Quelle, direkt und nicht so rau wie die anderen.«

»Das haben mir die Mönche auch gesagt, allerdings kann ich sie selbst nicht spüren.«

»Aber du spürst andere?«

»Ja. Ich weiß, dass das nicht vielen möglich ist, doch ich besitze diese Gabe.«

»Das ist selten. Zeig mir, was du kannst.«

»Wie bitte?«

»Zeige mir ein magisches Wirken, das du vollendet hast, oder wirke hier und jetzt etwas für mich.«

Caldan zögerte, legte dann seine Ledertasche auf den Tisch und nahm zwei Pergamentblätter, seine Tinte und seine Feder heraus. Der Zauberer kniff die Augen zusammen, lehnte sich vor und beobachtete Caldans Arbeit.

Caldan beugte sich über den Tisch und zeichnete etwas mit schnellen, glatten Strichen. Die Feder kratzte über das Pergament. Bald hatte er es mit daumennagelgroßen Zeichen bedeckt, die sich in gleichmäßigen Abständen voneinander entfernt befanden. Plötzlich hatte er eine Idee und zeichnete eine Variante des Wächterschutzes, den er an seiner Zimmertür im *Otter* angebracht hatte. Als er mit diesem Teil seiner Magie fertig war, faltete er das Pergament zusammen, bog einige Kanten kräftig, andere nur leicht und arbeitete so schnell, wie er es sich nur traute.

»Du kannst gut mit Papier umgehen«, bemerkte der Zauberer.

»Ja. Ich sollte gleich fertig sein.«

»Das hoffe ich.«

Caldan schaute auf und wollte herausfinden, ob der Mann wütend war, aber er schien eher belustigt zu sein.

Nach einigen letzten Faltungen hielt Caldan ein kleines Kästchen mit Deckel in der offenen Hand. Ohne um Erlaubnis zu bitten, nahm er den runden Metallgegenstand, den der Mann vorhin untersucht hatte, als Caldan den Raum betreten hatte, legte ihn in das Kästchen und schloss den Deckel. Er berührte seine Quelle, verband sie mit seinem magischen Werkstück und spürte eine Vibration von dem Kästchen ausgehen.

»Fertig.«

»Ja? Was ist das? Papier ist nicht der beste Werkstoff, wie du sicherlich weißt. Es wird nicht lange halten.«

»Ich weiß, aber es ist schnell zu verarbeiten und leicht mit sich herumzutragen.«

Der Zauberer räusperte sich und streckte die Hand aus. Caldan reichte ihm das Kästchen, und der ältere Mann schüttelte es. Ein leises Klappern drang heraus. Er schob einen Fingernagel unter den Deckel und versuchte, ihn anzuheben, doch zu seiner Überraschung bewegte sich der Deckel nicht. Dann nahm er das Kästchen in beide Hände, um es zusammenzudrücken, und ächzte dabei vor Anstrengung - aber es blieb unbeschädigt. Er schenkte Caldan einen amüsierten Blick.

»Bemerkenswert. Öffne es jetzt bitte wieder.«

»Sicher.« Caldan hielt inne. »Äh ... in der Eile ... habe ich vergessen ...« Er spürte, wie Hitze sein Gesicht überzog. Ein dämlicher Fehler, der ihn Kopf und Kragen kosten konnte.

»Hast du keine Möglichkeit eingeflochten, dein magisches Wirken zu lösen? Das ist ein typischer Novizenfehler.«

»Ja, dem stimme ich zu. Es tut mir leid.«

»Was soll ich Meister Giske denn jetzt sagen, wenn er seine magische Metallkugel verlangt? Er will sie morgen wiederhaben.«

Caldan zuckte innerlich zusammen. »Ich weiß es nicht. Vielleicht braucht Ihr noch etwas mehr Zeit zur Untersuchung der Kugel?«, sagte er zweifelnd. »Das Papier sollte sich rasch auflösen, da eine große Kraft durch es fließt.«

Der Zauberer seufzte und stellte Caldans improvisiertes, magisch geschütztes Kästchen auf seinen Tisch. »Nun, zumindest besitzt du ein gewisses Talent. Ich vermute, das Kästchen wird die Nacht nicht überstehen.« Er kratzte sich an der Wange. »Wie weit sind deine Studien in Metallurgie und Kunstschmieden gediehen?«

»Ich kann es nicht abschätzen«, sagte Caldan und zuckte entschuldigend die Achseln. »Die Mönche waren nicht gerade bekannt dafür, ihre Schüler zu weit vorausblicken zu lassen. Aber ich kann einiges von dem darlegen, was ich weiß.«

»Fange mit dem Unterschied zwischen Kunstschmieden und Grobschmieden an.«

Caldan holte tief Luft, gönnte sich ein innerliches Lächeln und bemühte sich, es nicht nach außen zu zeigen. Die Mönche hatten großen Wert auf die Unterscheidung der beiden gelegt – es war ihre erste Unterrichtsstunde zu diesem Thema gewesen – und dieses Wissen andauernd wiederholt, während die Schüler Fortschritte machten.

»Das Grobschmieden oder, wie Lucidous es in *Das vollständige Metallschmiedewerk* nennt, die einfache Schmiedekunst ...« – Caldan warf dem Zauberer einen raschen Blick zu, weil er hoffte, seine Bezugnahme auf den berühmten Text würde eine Reaktion hervorrufen, doch der Mann gab nur ein leises Grunzen von sich – »... ist grundsätzlich das

Schmieden und Formen von Eisen mittels Hammer und Amboss. Es ist zwar in Wirklichkeit etwas komplexer, aber nicht wesentlich. Dadurch werden Gegenstände des alltäglichen Gebrauchs geschaffen, zum Beispiel Hufeisen, Pflüge, Äxte. Einfache Arbeit.« Er sah, wie der Meister nickte. »Kunstschmiede hingegen bedienen sich der Metallurgie. Durch das Extrahieren von Metallen aus verschiedenen Erzen sowie das Reinigen und Legieren von Metallen, deren Eigenschaften anders als die des Eisens sind, kann man nützliche Gegenstände erschaffen, aber man braucht dazu viel feinere Werkzeuge, Brennöfen und Gussformen.«

Der Zauberer schenkte ihm einen nachdenklichen Blick. »Was würdest du als nützliches Objekt bezeichnen? Ist ein Hufeisen etwa nicht nützlich?«

Caldan fühlte sich überrumpelt und zögerte ein wenig, bevor er antwortete. »Doch, selbstverständlich«, sagte er langsam und verschaffte sich so ein wenig Zeit, um seine Gedanken zu ordnen. »Hm ... ich wollte damit sagen, dass sich jedermann zum Grobschmied ausbilden lassen und das Handwerk erlernen kann, denn das Arbeiten mit Eisen erfordert kein großes angeborenes Geschick, während für die Metallurgie ein viel tieferes Wissen über die verschiedenen Metalle und Legierungen sowie deren Eigenschaften nötig ist. Das Kunstschmieden ist feiner und benutzt Gussformen, Draht und Einlegearbeiten. Wenn es mit Metallurgie verbunden wird, kann es die schönsten und nützlichsten Objekte erschaffen, die wir kennen.«

Der Zauberer runzelte die Stirn. »Ich erwarte von meinen Schülern, dass sie diese Dinge wissen. Es ist gut, dass das auch bei dir der Fall ist.« Er räusperte sich. »Wie viel Prozent Kohle musst du mit Eisen kombinieren, damit du Stahl bekommst?«

»Etwa zwei Prozent«, rasselte Caldan herunter. Eine einfache Frage.

»Und wieso macht die Kohle das Eisen stärker?«

Caldan schenkte ihm einen verwirrten Blick. »Äh ... ich weiß es nicht. Ich glaube, das weiß niemand.«

Der Meister nickte und grinste wehmütig. »Ich dachte, ich sollte es dich trotzdem fragen, falls du eine Theorie dazu hast. Was verleiht dem Rosengold seinen rötlichen Schimmer?«, fügte er rasch hinzu.

»Kupfer«, antwortete Caldan, ohne nachzudenken.

»In welchen Erzen findest du Platin?«

»In Kupfer, vielleicht auch in Nickel.«

Der Zauberer dachte einen Augenblick lang nach. »Wenn du etwas aus Gold herstellen müsstest, wie würdest du das Metall verstärken, damit es nicht so weich ist?«

»Man könnte einige Metalle der seltenen Erden hinzufügen, um es härter zu machen, aber das wäre teuer. Teurer als das Gold selbst.« Er zermarterte sich das Hirn. »Ich kenne keinen anderen Weg. Es würde nicht funktionieren, Glyphen in das Objekt zu ritzen, aber ...«

»Würde es das nicht? Warum nicht? Werden so nicht die Kleinodien hergestellt?«

»Das ist die vorherrschende Theorie, aber ich glaube nicht, dass sie stimmt.«

»Ach ja? Warum nicht? Welche Einsichten hast du, auf die weisere Gelehrte und Zauberer als du bisher nicht gekommen sind?«

»Nun ...« *Wie soll ich eine Frage beantworten, die seit Hunderten von Jahren niemand beantworten konnte?* Der Mann sah ihn an, und Caldan zögerte, doch dann begriff er, dass er nichts zu verlieren hatte. »Also«, antwortete er, »man kann keine Schleife zur Verstärkung in ein Objekt einarbeiten, damit es den Kräften widersteht, die durch es hindurchfließen. Diese Arbeit würde das Objekt härter machen und noch härter und noch härter ... es wäre eine Endlosschleife. Daher würde das Objekt zerbrechen oder zerbröckeln oder vielleicht sogar schmelzen.«

»Allerdings, oder es würde noch Schlimmeres passieren. Wie also werden Kleinodien gemacht?«

Diese Frage verblüffte Caldan. Niemand wusste, wie man Kleinodien herstellen konnte. Das Wissen darum war schon vor langer Zeit verloren gegangen. Er widerstand dem Drang, an sein eigenes Kleinod zu greifen - an den Ring, der schwer vor seiner Brust lag. »Ich habe nicht die leiseste Ahnung«, sagte er.

Das brachte ihm ein schwaches Lächeln und ein zustimmendes Nicken von dem Zauberer, der zunächst noch schwieg, dann aber sagte: »Lass es mich wissen, wenn du es herausgefunden hast.« Er lehnte sich auf seinem Stuhl zurück und verschränkte die Arme vor der Brust. »Gib mir einen Moment zum Nachdenken.«

Caldan neigte den Kopf. »Vielen Dank, Herr.« Er saß geduldig da, während der Mann vor ihm über sein Schicksal entschied.

Es fühlte sich an, als wären viele Minuten vergangen, aber vermutlich war es nur eine einzige gewesen, als der Zauberer sagte: »Es ist offensichtlich, dass du die Theorie beherrschst und auch improvisieren kannst, obwohl es ein kleines Problem mit deinem Papierzauber gegeben hat.«

Caldan öffnete den Mund und wollte etwas einwenden, doch er hielt inne, als der Mann die Hand hob. »Ich weiß, ich habe dir diese Prüfung aufgezwungen und dich unter Druck gesetzt ... Ich habe schon viele Ausreden von dir gehört, aber sie verbergen nicht die Tatsache, dass dieses Kästchen einen

Fehler hat. Schließlich kann ich es nicht einmal öffnen.« Er schlug mit der Hand auf das Papierkästchen. Es behielt seine Form. »Autsch!«, rief er.

»Das war der Sinn, Herr.«

»Und es ist dir gelungen.«

Caldan wartete gespannt.

Schließlich sagte der Zauberer: »Ich habe eine Entscheidung getroffen. Ich glaube, wir können jemanden wie dich gebrauchen – allerdings nicht als Schüler. Die Meister haben nach der letzten Aufnahme schon genügend Schüler, aber hin und wieder tauchen bei uns Personen mit großem Talent auf. Wenn du beweist, dass du hart arbeiten kannst, besteht vielleicht die Möglichkeit für dich, aufgenommen zu werden. Ich kann aber nichts versprechen.«

Erleichterung durchfuhr Caldan. »Danke, das ist wundervoll!«

»Der Lohn beträgt zwei Kupferstücke in der Woche für den ersten Monat. Wenn wir danach zufrieden mit dir sind und du zu bleiben beschließt, erhältst du vier Kupfer in der Woche. Das ist nicht viel, ich weiß, aber Kost und Logis sind eingeschlossen. Abgemacht?«

»Ja, abgemacht … Herr.«

Der Zauberer betrachtete ihn nachdenklich und streckte dann die Hand aus. »Mein Name ist Meister Garren. Willkommen in der Zauberergilde.«

16

Caldan ergriff Meister Garrens Hand und drückte sie fest. Große Erleichterung durchströmte ihn, und eine Weile konnte er gar nichts sagen.

Meister Garren grinste ihn an. »In ein paar Monaten wirst du mir nicht mehr so dankbar sein. Die Arbeit für die Neuankömmlinge - die Schüler und alle anderen - ist hart.«

»Das macht mir nichts aus. Ich will lernen.«

»Nun, in der ersten Zeit wirst du nicht viel lernen. Du wirst hauptsächlich den Meistern und den Angestellten dabei helfen, das Gebäude in Ordnung zu halten. Die anderen Meister werden über deinen Fortschritt auf den anderen Gebieten entscheiden, je nachdem, wie viel Zeit sie für dich erübrigen können. Es wird dir vielleicht helfen, wenn du Fähigkeiten zeigst, die weit über das hinausgehen, was ich heute von dir gesehen habe.«

Caldan ließ die Schultern wieder etwas hängen, aber er freute sich trotzdem über die Möglichkeit, Umgang mit den Zauberern zu pflegen und so viel wie möglich zu lernen. Und die Vorstellung, wieder ein Dach über dem Kopf und regelmäßige Mahlzeiten auf dem Teller zu haben, war beruhigend. Er hätte nie geglaubt, dass so einfache Dinge so tiefe Gefühle in ihm hervorrufen konnten.

»Ich werde dir einen Brief schreiben, den du in fünf Tagen hier vorlegen kannst.«

»Wie bitte?«, fragte Caldan entsetzt. »In fünf Tagen?«

»Ja, ich muss vorher einige Dinge organisieren. Es ist nicht so einfach wie ein Fingerschnippen.« Meister Garren unterstrich seine Worte, indem er mit den Fingern schnippte.

»Ich verstehe.« Caldan zögerte. Er brauchte unbedingt eine Unterkunft und Mahlzeiten, oder es würde ihm in fünf Tagen noch viel schlechter gehen als heute. »Äh ... da gibt es ein kleines Problem.«

Meister Garren schnaubte verächtlich. »Heraus damit.«

»Bei dem Angriff heute Morgen bin ich ausgeraubt worden«, sagte Caldan mit einem schiefen Grinsen. »Man hat mir all meine Dukaten weggenommen, und mein Zimmer in der Herberge ist nur bis heute bezahlt.«

»Also hast du kein Geld, keinen Ort, an dem du bleiben kannst und nichts zu essen?«

»Ja. Es ist mir peinlich, aber ich könnte ein wenig Hilfe gebrauchen. Damit meine ich kein Geld. Ich kann arbeiten, um Euch zu bezahlen. Aber ich bin bereit, jegliche Aushilfsarbeiten anzunehmen.«

»Hm ... Ich muss sagen, du siehst wirklich nicht wie die gewöhnlichen Schüler aus, die wir hier aufnehmen. Sie sind meistens Bücherwürmer, blass und entweder dürr oder übergewichtig, aber keineswegs so robust und athletisch wie du.«

»Die Mönche lehren, dass körperliche Disziplin mit geistiger Disziplin in Verbindung steht. Sie raten deshalb zu Leibesübungen und harter Arbeit.«

»Wir können dich nicht als Schüler aufnehmen, wie ich vorhin schon gesagt habe. Du kannst für Kost und Logis arbeiten, bis wir deine Gaben und Fähigkeiten überprüfen und entscheiden, welche Ausbildung du brauchst und wie du am besten eingesetzt werden kannst.« Er schenkte Caldan einen strengen Blick. »In dieser Welt ist nichts umsonst. Du wirst hart arbeiten, vielleicht härter, als du je gearbeitet hast. Alles, was wir tun, geschieht zum Besten der Gilde. Deine Wünsche und Bedürfnisse sind zweitrangig. Habe ich mich klar ausgedrückt?«

Caldan schluckte. »Ja, Herr, ich habe verstanden.«

Er wusste nicht, auf was er sich da einließ, aber er brauchte gegenwärtig unbedingt Sicherheit und Leitung. Denn er hatte erkannt, dass er seit seiner Vertreibung aus dem Kloster und den darauf folgenden Schwierigkeiten nicht mehr gewusst hatte, was er eigentlich wollte. Stattdessen hatte er sich lediglich ganz darauf konzentriert, irgendeine Arbeit zu finden, damit er überleben konnte, nachdem sein Geld aufgebraucht war. Bei all diesen Problemen hatte er nicht mehr darüber nachgedacht, wonach er sich eigentlich sehnte. Nun schien es, dass die Entscheidung darüber aus reiner Notwendigkeit für ihn getroffen worden war.

Der Meister zog eine mechanische Uhr aus seiner Tasche und las die Zeit ab.

»Es ist schon spät. Folge mir. Ich führe dich zu jemandem, der eine Verwendung für dich finden wird – und eine Mahlzeit und einen Ort, an dem du heute Nacht schlafen kannst.«

Erleichterung durchströmte Caldan zum zweiten Mal. »Danke. Das weiß ich sehr zu schätzen.«

»Wie ich schon sagte, könnte sich das in naher Zukunft ändern. Folge mir. Ich muss herausfinden, wer gerade Zeit hat, um sich um dich zu kümmern ... Die Protektoren haben vermutlich Platz, also werden wir erst einmal zu Meister Simmon gehen. Ah, bevor ich es vergesse ...« Er schrieb rasch etwas auf ein Blatt Pergament, das auf seinem Tisch gelegen hatte, und blies sanft darüber, damit die Tinte schneller trocknete. Dann faltete er es einmal und gab es Caldan. »Zeig es jedem, der danach fragt«, erklärte er. »Es ist so etwas wie dein Ausweis.«

Garren führte ihn aus dem Raum und weiter den Korridor entlang, und schließlich kamen sie zu einem Hof und überquerten ihn. Die Abenddämmerung hatte inzwischen eingesetzt, und zwei schimmernde Sterne spähten schon aus der Nacht über ihnen herab.

Sie betraten einen weiteren Korridor und verließen ihn durch eine große zweiflügelige Tür, hinter der ein offener Platz lag. Ein gepflasterter Pfad schnitt pfeilgerade vor ihnen durch einen makellosen Rasen, der mit Gebüschen und Bäumen gesprenkelt war. Garren und Caldan betraten den Pfad, der sich am Ende teilte, als er sich einer weiteren zweiflügeligen Tür näherte. Meister Garren eilte die rechte Abzweigung entlang, Caldan dicht hinter ihm. Hier wurde der Weg von grauen Steinquadern flankiert, die in einem Abstand von wenigen Ellen standen, und jeder von ihnen war so groß, dass man bequem auf ihnen sitzen konnte.

Sie gingen durch einen Spalt in dem Gebäude, das den Garten umschloss, und schritten kurz durch die Finsternis. Auf der anderen Seite lag ein von Fackelschein erhellter Hof, der mit flachen sandfarbenen Steinplatten gepflastert war. Die Gilde war offensichtlich viel größer und umfangreicher, als die öffentliche, dem Platz zugewandte Fassade erahnen ließ.

Garren führte ihn auch durch diesen Hof. Fünf Kreise waren hier mit weißer Kreide auf den Boden gezeichnet, von denen der größte einen Durchmesser von etwa fünfzehn Ellen hatte. Sie erinnerten Caldan an die Duellkreise im Kloster, die für die Schwertausbildung benutzt wurden. Er war sich fast sicher, dass diese hier dem gleichen Zweck dienten.

Schließlich betraten sie ein Dormitorium. Schmale Betten ragten von beiden Wänden in den Raum hinein, und vor jedem befand sich eine Truhe. Der Raum wirkte sauber, und die Betten waren mit Leinenlaken und grauen Wolldecken bezogen. Ein muskulöser Mann mit einem gestutzten schwarzen Bart stand am hinteren Ende und unterhielt sich mit einem Jungen, der den Boden fegte.

»Ah! Meister Simmon«, sagte Meister Garren. »Eine Lieferung für Euch.« Er klang belustigt.

Der bärtige Mann brach sein Gespräch ab und betrachtete die beiden Neuankömmlinge im Raum. Graue Augen musterten sie, die Blicke blieben kurz an Caldan hängen, nicht aber an seinem geschundenen Gesicht. Der Mann machte ein paar Schritte auf sie zu. Seine Bewegungen waren fließend, wie Wasser, das einen Berg herunterströmt.

»Meister Garren, ich wähnte Euch schon längst beim Abendessen.« Meister Simmons Stimme klang erstaunlich sanft für jemanden, der so einschüchternd wirkte.

Er hat das Gehabe eines Schwertkämpfers, dachte Caldan. *Ruhig, aber angespannt, als ob er für alles und jedes bereit wäre.*

Caldan öffnete seine Sinne und streckte seine Fühler aus, weil er Simmons Quelle abschätzen wollte. Sie fühlte sich schmal und zusammengezogen an und war keineswegs so, wie er es bei einem Meisterzauberer erwartet hätte. Vielleicht legten die Protektoren größeren Wert auf andere Fähigkeiten als auf das magische Wirken.

Ein schwaches Vibrieren zupfte an den Rändern seines Bewusstseins. Simmon trug zwei dünne silberne Ringe an seinen Fingern und ein Silberamulett um den Hals. Caldans Herz raste. Das waren Kleinodien. Und der Meister besaß überdies noch einen mit Runen bedeckten Armreif, vermutlich aus eigener Herstellung.

Garren lachte. »Leider nicht. Ich muss noch eine Sache erledigen. Das hier ist Caldan, ein neuer Rekrut.«

Simmon schaute Caldan eindringlich an und bedachte dann Garren mit einem ausdruckslosen Blick. »Was meint Ihr mit ›ein neuer Rekrut‹?«

Caldan versuchte, mit dem Hintergrund zu verschmelzen.

»Dazu wollte ich noch kommen. Ich habe ihn bisher nicht eingeordnet, und er braucht einen Ort, an dem er ein paar Tage bleiben kann, bis ich mir Klarheit über ihn verschafft habe. Ich dachte, er könnte erst einmal hier bei den Schülern wohnen.«

»Wirklich?«, fragte Simmon gedehnt. »Nicht bei den Zaubergesellen? Oder bei den Bediensteten?«

»Ich bin der Meinung, dass er hier weniger Schwierigkeiten haben wird. Es ist alles ... geregelter hier.«

Simmon schenkte ihm ein schiefes Grinsen. »Das ist es«, stimmte er zu. »Lasst ihn bei mir. Wann braucht Ihr ihn zurück?«

»Vielleicht schon übermorgen, auf alle Fälle aber den Tag danach. Ich schicke dann einen Jungen, der ihn holt.«

»In Ordnung. Ich finde schon etwas, womit er sich die Zeit vertreiben kann.«

»Ausgezeichnet!« Meister Garren strahlte und wandte sich an Caldan. »Nun hast du wieder ein Zuhause.«

Wohl kaum, dachte Caldan, aber er wollte nichts entgegnen und lächelte nur. »Nochmals vielen Dank, Meister Garren. Ich bin Euch überaus dankbar.«

Garren machte eine abweisende Handbewegung. »Nicht nötig. Arbeite hart, und gib dein Bestes. Höre auf Simmon hier, und ich werde dich in ein paar Tagen wiedersehen.«

»Ja, Herr, das werde ich tun.«

Mit einem kurzen Nicken in Richtung des anderen Meisters drehte sich Garren um und verließ das Dormitorium.

Simmon zeigte Caldan ein unbezogenes Bett. »Nimm das da. Es ist nahe bei der Tür und daher ein wenig unruhig, aber für ein paar Tage wird es reichen. Laken und Decken sind in der Truhe davor, und du kannst auch deine Habseligkeiten hineinlegen. Der Schlüssel steckt im Schloss.«

Caldan nahm seine Tasche von der Schulter und stellte sie auf das Bett. »Danke.«

»Was ist mit deinem Gesicht passiert? Ein Kampf?«

»Ja, Herr, mit einigen Räubern im Hafenviertel. Ich wurde von einer Planke getroffen.«

Angewidert schüttelte Simmon den Kopf. »Die verdammte Hafenwache sollte das Gebiet für jedermann sicherer machen.«

»Sie haben mich allerdings gerettet.« Caldan hatte das Gefühl, ihnen zu Hilfe kommen zu müssen – er selbst würde ihre Arbeit nicht machen wollen. »Ich bezweifle, dass ich jetzt hier wäre, wenn sie nicht eingegriffen hätten. Vermutlich würde ich dann im Hafenbecken treiben.« *Wie der schaukelnde Leichnam, den ich auf dem Weg in die Stadt gesehen habe.*

Simmon wirkte nicht überzeugt. »Was ist denn deine Geschichte – abgesehen von unvernünftigen Ausflügen ins Hafenviertel?« Er warf dem anderen Jungen, der den Boden gefegt hatte und nun die beiden anstarrte, einen grimmigen Blick zu. Sofort senkte der Junge den Kopf und machte sich wieder an die Arbeit.

»Sie ist nicht besonders. Ich bin auf Eremita aufgewachsen und war irgendwann der Meinung, ich müsste mehr von der Welt sehen.«

Caldan wusste, dass weitere Fragen folgen würden, wenn er die Wahrheit sagte. Es war das Beste, sich vorerst zurückzuhalten, bis er den Ort und die Zauberer besser kannte – und auch die Protektoren. Er glaubte nicht, dass es eine gute Idee war, ihnen zu erzählen, dass er in die Verbannung geschickt worden war, weil er beinahe jemanden umgebracht hatte.

»Wie ich sehe, bist du vorsichtig. Das ist gut, aber früher oder später werden wir alles wissen, was es über dich zu wissen gibt. Wenn es etwas Schlechtes ist, solltest du es uns sagen, bevor wir es selbst herausfinden.«

»Ich danke für den guten Rat, Herr. Nun, ich wurde von den Mönchen im Kloster erzogen, nachdem meine Eltern ... gestorben sind.«

Simmon nickte mitfühlend. »Sie haben dich aufgenommen?«

»Ja. Ich glaube, sie hatten gehofft, dass ich eines Tages einer von ihnen werde – dass ich dort unterrichte oder auf andere Weise im Kloster aushelfe. Doch es sollte nicht sein.«

»Aber du bist dort unterrichtet worden? Wie die Söhne und Töchter der Adligen, die dorthin geschickt werden?«

»Ja, unter anderem. Ich habe am Unterricht teilgenommen, wann immer es mir möglich war. Deshalb habe ich viele Fächer und Themen kennengelernt. Aber wie ich bei meiner Ankunft in Anasoma festgestellt habe, haben mich eine gute Allgemeinbildung und der Erwerb von etlichen besonderen Fähigkeiten nicht in die Lage versetzt, hier für meinen Lebensunterhalt zu sorgen.«

»Ah, zu alt für eine Schülerstelle und nicht genügend Erfahrung in einer einzelnen Fertigkeit?«

Caldan zuckte die Achseln. »Ich bin mir sicher, Meister Garren wird etwas für mich finden. Er hat von mir verlangt, ein Bespiel für meine magischen Fähigkeiten zu geben, und ich glaube, es hat ihn durchaus beeindruckt.«

»Also auch magisches Wirken? Was hast du denn sonst noch gelernt?«

»Alchemie, Metallurgie, Dominion, den Weg des Schwertes, ein wenig Medizin, Geschichte ...« Er verstummte.

»Ich verstehe. Aber nichts davon hast du so gründlich erlernt, dass es dir möglich gewesen wäre, Geld damit zu verdienen, nachdem du das Schiff verlassen hast.« Das war keine Frage.

Unruhig trat Caldan vom einen Bein auf das andere und schwieg.

»Was sind deine Stärken?«, fragte Simmon.

»Dominion und magisches Wirken«, antwortete Caldan ohne Zögern. »Danach folgen vermutlich Metallurgie und der Weg des Schwertes.«

»Eine bemerkenswerte Mischung. Der Weg des Schwertes – diesen Begriff habe ich schon sehr lange nicht mehr gehört. Nicht seit ...« Er brach ab und schüttelte den Kopf. »Hast du je von Kelhak gehört? Er kam auch aus dem Kloster und hat vor langer Zeit das Dominion-Turnier beim Herbstfest gewonnen.«

»Ich habe erst vor Kurzem ein wenig über ihn erfahren. Im Kloster hatte er einen etwas anderen Ruf. Er wurde aus irgendeinem Grund verbannt ...« In diesem Augenblick traf Caldan eine Erkenntnis. Kelhak war verbannt worden, aber sein Ruf war nicht düster und schlecht. Vielleicht würde es in ein paar Jahren auch über Caldan Gerüchte unter den Klosterschülern geben.

»Hm. Weißt du, was Meister Garren mit dir vorhat?«

»Vermutlich will er, dass ich den Meistern aushelfe. Er erwähnte, dass ich vielleicht später auch einmal an dem einen oder anderen Unterricht teilnehmen darf.«

»Möglicherweise, wenn du eine Eignung für eine bestimmte Fähigkeit zeigst. Es klingt so, als wäre es bei dir das magische Wirken. Bekommst du jedes Mal, wenn du es versuchst, Zugang zu deiner Quelle?«

»Ja, aber im Kloster wurde darauf kein großer Wert gelegt. Die meisten Schüler haben die Gabe nicht oder nur in geringem Maße, und deshalb wurde mehr Theorie als Praxis unterrichtet.«

Simmon sagte nichts darauf. Drei junge Schüler betraten das Dormitorium. Als sie den Meister sahen, beeilten sie sich, einige Bücher aus ihren Truhen zu holen, und zogen so schnell wie möglich wieder ab.

»Darf ich eine Frage stellen, Meister Simmon?«, meinte Caldan.

»Bitte, nur zu.«

»Gibt es hier eine Bibliothek oder ein Archiv? Ich meine, sicherlich gibt es so etwas, aber dürfte ich Zugang dazu haben?«

»Ja, es gibt eine Bibliothek für die Schüler, und ich sehe keinen Grund, warum du sie nicht benutzen solltest. Jeder von ihnen kann dir zeigen, wo sie sich befindet«, sagte er und machte eine weit ausholende Armbewegung in das Dormitorium hinein. »Warum?«

Caldan wollte ihm nichts von seinem eigenen Kleinod und seinem Verlangen verraten, seine Familiengeschichte zu erforschen, und so dachte er sich rasch einen glaubhaften Grund aus. »Ich möchte so viel wie möglich in der freien Zeit, die mir verbleibt, lernen. Vielleicht kann ich für Meister Garren von größerem Nutzen sein, wenn ich mehr weiß.«

»Das ist lobenswert, aber es bleiben dir nur ein paar Tage, bevor er dich holen lässt, und du siehst eigentlich so aus, als könntest du ein wenig Ruhe brauchen.« Simmon deutete auf

Caldans zerschundenes Gesicht. »Schone und entspanne dich für eine Weile. Aber jetzt wollen wir erst einmal etwas essen. Lass deine Sachen hier, und schließ sie ein.«

Caldan gehorchte und wartete darauf, dass der Meister fortfuhr.

»Folge mir. Ich zeige dir, wo das Abendessen serviert wird. Du wirst all deine Mahlzeiten dort einnehmen.«

Der Speisesaal befand sich nahe beim Dormitorium und war fast völlig leer. Große Tische standen dort, an denen ein paar Gruppen junger Männer und Frauen saßen – die Schüler, wie er vermutete. Außerdem sah er einige ältere Personen beiderlei Geschlechts. Zwei in dunkle Gewänder gekleidete Männer unterhielten sich am Ende des Saales in gedämpftem Ton miteinander.

Das Abendessen bestand aus einer Schüssel mit gekochtem Gemüse, einigen Scheiben gepfefferten Lamms, einem Stück grobkörnigen Brotes und einem Becher mit schwachem Braunbier.

Caldan beendete sein Mahl allein, nachdem er den Befehl erhalten hatte, danach ins Dormitorium zurückzugehen und zu schlafen. Er aß langsam, obwohl er großen Hunger hatte, und genoss jeden Bissen. Noch nie hatte er einen ganzen Tag ohne Essen verbracht. Daher war diese Mahlzeit für ihn sehr bedeutsam, und er dachte darüber nach, wie der Tag wohl geendet hätte, wenn er nicht hier aufgenommen worden wäre. Wahrscheinlich wäre er in der Dunkelheit durch die Straßen gewandert und hätte keinen Ort gehabt, zu dem er gehen konnte. Als er die Bissen herunterschluckte und an seinem Bier nippte, dachte er an die obdachlosen Männer im Hafenviertel und schwor sich, niemals so zu enden wie sie.

17

Die erstaunten und gelegentlich auch neugierigen Blicke der Schüler begrüßten Caldan, als sie alle bei Anbruch der Morgendämmerung von einer scheppernden Glocke geweckt wurden. Einer der älteren Jungen stellte sich als Oskar vor und zeigte Caldan die Wasserpumpe und den Waschtrog, wo sich alle die Gesichter mit Wasser bespritzten und die Hände säuberten. Nach einem raschen Frühstück aus Brot, gekochten Eiern und heißem Tee zeigte man ihm, wo er Meister Simmon finden konnte. Caldan traf ihn über ein großes Wirtschaftsbuch gebeugt an, in das er auf verschiedenen Seiten hier und da ein paar Worte schrieb.

Simmon schickte ihn zu einer schüchternen jungen Frau in einer abgetragenen Schürze weiter. Sie führte ihn zu einem Lagerraum und gab ihm Besen, Kehrschaufel und Putzlappen. Damit sollte er, wie sie ihm sagte, den Speisesaal säubern, in dem er und die Schüler gegessen hatten.

Abgesehen vom Putzen und Kehren, empfand Caldan seine ersten Tage in der Zauberergilde als recht angenehm. Ihm wurden viele Hilfsarbeiten übertragen: Er musste die Klassenzimmer fegen, Wasser in Eimer pumpen und diese in die Küche, das Dormitorium und die Quartiere der Meister tragen, die Wagen mit Getreide und Nahrungsmitteln ausladen und den Staub aus den dickeren Laken und Decken klopfen, die für den Winter eingelagert waren. Das war zwar nicht aufregend, aber viel besser, als auf der Straße zu leben.

Doch abgesehen davon, hatte sich die Aufnahme durch die Zauberer bisher als Enttäuschung herausgestellt. Harte Arbeit war ihm nicht fremd, aber auch wenn die Aufgaben, die ihm gestellt wurden, langweilig waren, so waren sie doch nicht übertrieben mühselig. Er wusste, dass er diese Pflichten erfüllen konnte, aber er wusste auch, dass er mehr konnte – viel mehr.

Manchmal bemerkte er, wie Meister Simmon ihm zusah. Zweifellos wurde er genau beobachtet. Aber es war eben nicht Meister Garren, und das bedeutete, dass keine Änderung seiner Lage in Sicht war.

Die einzige gute Nachricht war, dass die Prellungen durch die Kräuter, die Elpidia ihm gegeben hatte, schneller verheilten, als er es für möglich gehalten hätte. Innerhalb nur eines Tages waren sie zu einer gelblichen Farbe verblasst, und am zweiten Tag waren sie so gut wie weg. Auch der Wundschmerz war verschwunden, und die Haut fühlte sich nicht mehr so gespannt von den Nähten in seiner Wange an. Er musste unbedingt herausfinden, welche Kräuter sie ihm verabreicht hatte.

Jeden Nachmittag versammelten sich die Schüler aller Altersstufen zu Sport und Leibesübungen. Der Morgen war den weniger aktiven Körperertüchtigungen und dem Unterricht vorbehalten, zumindest hatte man Caldan das gesagt. Er hatte keine Ahnung, worin dieser Unterricht bestand. Aber nachmittags konnte er die anderen beobachten. Stets begann es mit einem langen Lauf durch die inneren Gärten und Korridore, gefolgt von Stärkungsübungen und Unterweisungen in Schwerttechnik. Die Gesellen und Meister packten die jungen Schüler hart an und hielten sich auch nicht zurück, wenn sie gegeneinander kämpften. Jeder Nachmittag endete mit Schweiß und Prellungen und hin und wieder mit Blut von einem Schlag, dem zu spät ausgewichen worden war. Caldan bemerkte, dass die Schwertausbildung der im Kloster entsprach und das Prinzip der Einheit von Körper und Geist Anwendung fand, doch eigentlich war eine solche Ausbildung für Zauberer seltsam, vor allem wenn Caldan an Garrens Bemerkungen über den Schwertkampf dachte.

Am Nachmittag des dritten Tages erhielt Caldan den Auftrag, die Arena auszufegen, deren Boden aus gestampfter Erde bestand und die von den Schülern als Übungs- und Kampfplatz benutzt wurde. Für den Schwertkampf war hohe Standfestigkeit wichtig, und so erfüllte er diese Aufgabe mit großer Sorgfalt und sammelte alle herumliegenden Blätter auf, die in den Kreis gefallen waren.

Noch immer war nichts von Meister Garren zu sehen, aber Caldan empfand seine Arbeit inzwischen als angenehm, weil sie den Geist betäubte. Seit seiner Vertreibung aus dem Kloster hatte sich sein Verstand in steter Unruhe befunden, und seine Gedanken schlitterten hierhin und dorthin. Er wusste nie, welcher Gedanke sein nächster sein würde, aber aus irgendeinem Grund dachte er oft an Miranda, mit der er so viel Zeit auf der Fahrt nach Anasoma verbracht hatte. Dabei fühlte er sich jedes Mal verlegen und schuldig. Was würde Jemma von ihm halten?

Er war aus einem gesicherten Leben in eine ungesicherte Situation gefallen, über die er keine Kontrolle mehr gehabt hatte. Ein paar Tage des Entspannens und der Sorglosigkeit, in denen er nicht darüber nachdenken musste, was als Nächstes geschehen würde, hatten ihn wieder geerdet und seine wirbelnden Gedanken in Ordnung gebracht.

Die Schüler kamen herein und fanden sich in Gruppen zusammen, sie machten Dehnübungen und wärmten sich auf. Die Gesellen wählten Paare aus, die gegeneinander kämpfen sollten - vier für die kleineren Kreise und eines für den größeren. Caldan verstand den Sinn der kleineren: Hier befanden sich die Kämpfer enger beieinander und konnten den anderen bedrängen - Spannung und Kampf waren stets kurz, denn wer aus dem Kreis trat, hatte verloren. Nur der größere ließ genug Raum, zurückzuweichen und einen neuen Angriff zu führen. In den kleineren Kreisen war der Druck gnadenlos, und jegliche Feinheit des Kampfes kam dabei zu kurz. Innerhalb des großen Kreises jedoch waren die Gegner in der Lage, ihre Schwerter in fließenden Bewegungen zu schwingen. Sie konnten gegeneinanderprallen und sich dann wieder voneinander entfernen und so ihre ganzen Fähigkeiten zeigen. Der Schwertkampf war eine anmutige, geschliffene elegante Kampfkunst. In den kleineren Kreisen aber wurde er brutal und hinterhältig.

Caldan trat zur Seite und hielt sich im Schatten. Man würde ihn für einige Zeit nicht vermissen, und er wollte den Schülern bei den Übungskämpfen zusehen. Es schien ihm viele Monate her zu sein, dass er selbst mit dem Schwert gekämpft hatte, doch tatsächlich waren seitdem kaum zwei Wochen vergangen. Der Gedanke, ein Schwert zu halten, war ihm noch immer unangenehm, aber allmählich wich das Entsetzen darüber, was er Marlon angetan hatte.

Trotz der kühlen Nächte waren die Tage noch warm, und Caldan war dankbar für seinen Platz im Schatten. Dort stellte er sich erst neben einige übereinandergestapelte leere Fässer und ergriff dann die Gelegenheit, sich auf eines von ihnen zu setzen. Dort lehnte er mit dem Rücken gegen die Mauer, ließ die Beine baumeln und beobachtete die Kämpfe.

Er schätzte, dass sich beinahe fünfzig junge Schüler in dem Hof versammelt hatten, dazu ein Dutzend ältere Gesellen und drei Meister. Ungefähr ein Drittel aus den letzten beiden Gruppen waren Frauen. Das Ungleichgewicht zwischen den jüngeren und den älteren Schülern erstaunte ihn. Mussten nach einigen Jahren so viele gehen, dass stets nur ein paar übrig blieben? War das, was sie zu lernen hatten, so schwierig, dass ein strenges Aussieben notwendig war? Oder befand sich ein Teil der älteren Schüler irgendwo anders?

Das harte Klappern der Holzschwerter brachte Caldan zurück in die Gegenwart. Er sah, dass die Geschicklichkeit der jüngeren Schüler höchst unterschiedlich war. Die Meister versuchten, Paare mit ähnlichen Fähigkeiten zusammenzustellen, aber manchmal war das Niveau zu ungleich – und so endeten diese Kämpfe immer nach kurzer Zeit. Hiebe auf den Kopf und die Hände oder in die Leistengegend waren zudem nicht erlaubt, wie Caldan außerdem bemerkte.

Einer der älteren Schüler, der größer und schwerer als seine Gefährten war, hatte Spaß daran, seine Schläge so plötzlich zu führen, dass die Gegner sie nicht mehr abwehren konnten. An ihren Gesichtern war deutlich abzulesen, dass sie nicht gerade glücklich waren, gegen ihn kämpfen zu müssen. Einige Meister runzelten die Stirn über diesen Schüler, wann immer er einen übertrieben harten Schlag austeilte, aber sie brachen den Kampf nicht ab.

Der grobschlächtige Schüler fing Caldans Blick auf und grinste höhnisch. Caldan schüttelte den Kopf und schaute weg. Es hatte keinen Sinn, sich einzumischen, denn er würde von hier weggehen, sobald Meister Garren erst zurückgekehrt war.

Jeder Übungskampf wurde mit enttäuschten Mienen auf der einen und erfreuten Blicken auf der anderen Seite beendet. Das Kräftemessen innerhalb der kleineren Kreise war schneller beendet als das in dem großen. Insgesamt waren die Fähigkeiten der Schüler nicht so überragend, wie Caldan es eigentlich erwartet hatte. Einige der älteren Schüler gingen an die Übungen mit der Haltung eines Handwerkers heran, als ob sie eine Fähigkeit trainierten, die sie nur selten benutzten, und alle Bewegungen nacheinander abarbeiten wollten.

»Was meinst du?«, fragte eine Stimme dicht neben Caldan. Er drehte sich um und stellte fest, dass Meister Simmon an der Mauer lehnte.

»Ihr habt mich erschreckt. Ich habe Euch nicht kommen sehen.«

Simmon zuckte die Achseln. »Das solltest du auch nicht.« Er verschränkte die Arme vor der Brust. »Du bist älter als die meisten von ihnen und hast den Schwertkampf studiert. Was hältst du von ihren Fähigkeiten?«

Caldan bemühte sich, etwas Höfliches zu sagen, und verlagerte sein Gewicht auf dem Fass. Er suchte eine bequemere Lage und verschaffte sich damit etwas Zeit zum Nachdenken. »Sie sind ... gut. Sie zeigen eine große Bandbreite an unterschiedlicher Begabung. Manche sind besser als andere.« Er wusste nicht, warum der Meister mit ihm sprach, und hoffte, dass es nicht irgendeine Prüfung war.

»Du bist sehr diplomatisch.« Simmon beobachtete die Schüler und sah sich einen Kampf nach dem anderen an. »Aber nicht sehr hilfreich. Ich will deine ehrliche Meinung hören.«

Ihr habt darum gebeten. »Die meisten sind kaum dafür geeignet. Sie sind natürlich noch sehr jung, aber ich sehe nicht viele, die sich fließend bewegen und eine Begabung für das Schwert haben. Seht Euch den dort an.« Er deutete auf einen Jungen mit rötlichem Haar. »Er könnte ein gewisses Talent haben, aber es ist noch zu früh, das mit Bestimmtheit sagen zu können. Ich müsste ihn mir etwas eingehender ansehen. Die einzigen anderen, die gut sind, sind der ältere Geselle und die Meister.«

Auf der anderen Seite des Übungshofes hieb der stämmige Schüler gerade auf einen hageren Jungen ein, der zu Boden ging und sich mit beiden Händen den Bauch hielt. Caldan rümpfte abschätzig die Nase über diese unnötige Gewalt.

Simmon schien sie und das Leiden des besiegten Schülers hingegen kaum wahrzunehmen. »Niemand fällt bei der Gesellenprüfung der Zauberergilde durch, nur weil er nicht mit dem Schwert kämpfen kann. Aber Schüler mit guten Schwertkünsten werden den Protektoren zur Seite gestellt, sobald sie Gesellen geworden sind.«

»Was tun die Protektoren eigentlich?«, fragte Caldan.

»Du hast doch gesagt, dass eines deiner Unterrichtsfächer Geschichte war.«

»Ja, aber es existieren nicht viele schriftliche Berichte über die Protektoren. Ich weiß nur, dass sie der kriegerische Arm der Zauberer sind – also so etwas wie Wächter.«

Simmons Antwort auf diese Bemerkung war ein belustigtes Schnauben. »Dann weißt du wirklich nicht viel über uns und das, was wir tun. Wächter ...« Er verstummte und schüttelte den Kopf. »Du wirst später noch mehr von den Meistern erfahren, wenn du mit ihnen arbeitest. Bei den Protektoren gibt es viele verschiedene Aufgabenbereiche, so wie es bei allen Berufen und auch bei den Zauberern der Fall ist. Schwertkunst ist bei einigen Aufgaben hilfreich, so wie es die Kunst des magischen Wirkens bei anderen ist.«

»Ihr wirkt auch Magie?«

»Allerdings. Wir Protektoren wissen eine Menge darüber, schließlich sind wir ebenfalls Zauberer.« Simmon verstummte plötzlich, als ob er noch etwas hätte sagen wollen, was besser ungesagt blieb. »Die älteren Schüler, deren Gaben auf anderen Gebieten liegen, müssen natürlich nicht zu allen Übungsstunden erscheinen.« Er deutete mit der Hand auf diejenigen, die hergekommen waren. Zwei von ihnen versuchten gerade, aufeinander einzudreschen. »Aber sie müssen wenigstens in der Lage sein, einen annehmbaren Standard beizubehalten.«

»Und das dort ist annehmbar?«

Meister Simmon bedachte ihn abermals mit einem durchdringenden Blick. »Glaubst du, dass du es besser kannst?«

Also gut, ich werde ehrlich sein. »Ja, das glaube ich.« Er wartete darauf, dass Simmon wütend wurde. Doch das, was der Meister als Nächstes sagte, überraschte ihn.

»Wenigstens sprichst du die Wahrheit. Zeig mir, wie gut du bist.« Er schritt an einer Gruppe von Schülern vorbei, die einen der Kämpfe beobachteten.

Caldan war eher erregt als nervös. Schnell sprang er von dem Fass herunter und folgte Simmon. *Endlich kann ich etwas anderes tun, als den Boden zu fegen.*

Simmon blieb am Rand des größeren Kreises stehen und wartete darauf, dass der dort stattfindende Kampf ein Ende fand. Etliche Schüler beäugten Caldan, als er sich hinter den Meister stellte. Manche unterhielten sich flüsternd, andere zeigten auf ihn.

Kurzer Applaus und einige Jubelrufe deuteten das Ende des Kampfes an. Es waren nicht so viele wie üblich. Alle Augen waren auf Simmon und Caldan gerichtet, und alle fragten sich, was nun geschehen würde. Caldan wurde vorwärtsgezogen, als Simmon sich umdrehte, ihn hart an den Schultern packte und in den Kreis trieb. Simmon nahm die beiden Übungsschwerter von dem Paar entgegen, das keuchend und schwitzend in der Nachmittagssonne stand. Er gab eines

Caldan, der es widerstrebend in die Hand nahm. Das Gefühl des Schwertes zwischen den Fingern brachte die Erinnerungen an Marlon zurück, und ihm drehte sich der Magen um.

»Gegen wen soll ich kämpfen?«, fragte er zögerlich.

Simmon grinste, trat einige Schritte zurück, schwang sein Schwert und brachte es in eine klassische Wächter-Position.

»Gegen mich«, antwortete er und führte einen Stoß geradewegs auf Caldans Brust.

Eine Veränderung in Simmons Haltung hatte Caldan noch vor dem Angriff gewarnt, und sein eigenes Schwert fuhr gerade rechtzeitig hoch, um die gegnerische Klinge abzuleiten, auch wenn sie schneller als alle war, die er heute beobachtet hatte. Er sprang zurück. Simmon zielte auf seinen Hals. Caldan machte einen Schritt zur Seite und riss wieder sein Schwert hoch. Holz schlug mit einem lauten Krachen gegen Holz. Die Schwerter drückten gegeneinander.

Caldan brach der Schweiß aus, sein Herz hämmerte, und das Blut raste durch seine Adern. Der Griff des Schwertes fühlte sich glitschig in seinen feuchten Händen an. Jubel und Rufe der Schüler verschwammen zu einem schwachen Summen, das kaum mehr hörbar war.

Simmon machte drei Schritte nach rechts in einem Bogen, hielt so Abstand zu Caldan, aber irgendwie schien die Art und Weise, wie er sich bewegte, nicht richtig zu sein.

Simmons Muskeln spannten sich an, dann grunzte er und sprang vor, beide Füße verließen dabei den Boden. Sein Schwert flog in einer weiten Kurve von hinten nach vorn. Auf Caldan wirkte es so, als würde er sich mit Dreiviertelgeschwindigkeit bewegen.

Die Klingen prallten wieder gegeneinander, als Caldan Simmons Angriff mit einer Leichtigkeit parierte, die er nicht für möglich gehalten hätte. Er bemerkte ein Loch in der Deckung seines Gegners, aber Caldan war so verwirrt von dem, was hier geschah, dass er sich mit seinem Angriff zurückhielt.

Versucht Simmon, mich hinters Licht zu führen? Soll ich etwa glauben, dass ich eine Chance gegen einen Meister der Protektoren habe? Oder will er mir vor den Schülern eine Falle stellen?

Was auch immer hier los war, Caldan sah jeden Angriff und jede Finte von Simmon vorher, als wüsste er genau, wo das Schwert zustoßen würde, noch bevor es sich bewegt hatte. Er parierte zwei Hiebe, ignorierte zwei Finten und wich zwei Schlägen aus.

Simmon runzelte die Stirn.

Caldan stieß sein Schwert auf Simmons Hals zu, änderte im letzten Augenblick die Richtung und hieb ihm in die Seite. Darauf konnte Simmon sich nicht mehr rechtzeitig einstellen, und Caldans Klinge traf ihn oberhalb der Hüfte.

Beide hielten inne und starrten einander an – der eine schien so überrascht zu sein wie der andere.

»Der Punkt geht an dich.« Simmons Stimme hallte klar und deutlich über den Platz.

Die Rufe und das Johlen der Schüler waren verstummt. Alle Augen waren auf Caldan und den Meister gerichtet.

Caldan bewegte sich und reagierte schneller als je zuvor. Er war nicht besser oder geschickter geworden – das war unmöglich. Früher war er bestenfalls mittelmäßig im Umgang mit dem Schwert gewesen.

Bei den Ahnen, was geschieht hier?

Simmons Schwert flog auf ihn zu, als der Meister seine Angriffe wiederaufnahm. Caldan konterte das alles mit Leichtigkeit. Simmons Technik war perfekt, seine Angriffe waren konzentriert und makellos, und seine Verteidigung war außergewöhnlich. Aber er kam nicht gegen Caldans neue Beweglichkeit und die Schnelligkeit seiner Reaktionen an.

Caldan konterte wieder, so schnell er konnte - schneller noch -, mit einer einfachen Dreischlagkombination. Sie wurde sehr früh in der Schwertausbildung gelehrt und von allen Schülern beherrscht, sowohl zum Angriff als auch zur Verteidigung, und sie hatte Eingang in alle Übungskämpfe gefunden.

Doch sein dritter Hieb in der Kombination traf Simmon an der Schulter, obwohl er nie geglaubt hätte, Simmon erwischen zu können.

Der Meister und Caldan traten zurück und senkten die Schwerter.

»Zwei zu null für dich«, knurrte Simmon. Neugier hatte seine Überraschung ersetzt. »Wir haben einen Sieger.«

Zwei gewonnene Runden von drei. Der Kampf war vorbei. *Den Ahnen sei Dank dafür*, dachte Caldan. *Ich bin mir nicht sicher, was passiert wäre, wenn der Kampf noch länger gedauert hätte.*

Simmon schenkte ihm einen nachdenklichen Blick und wandte sich dann an die versammelten Schüler.

»Das soll eine Lektion für euch alle sein«, sagte er. Seine tiefe Stimme übertönte die aufgeregten Unterhaltungen. »Unterschätzt nie einen Gegner, denn es gibt immer jemanden, der stärker, schneller und geschickter ist als ihr selbst. Erwartet das Unerwartete, und ihr werdet niemals überrascht werden.« Sein Blick fuhr über sie alle, während er sich langsam im Kreis drehte.

»Genug für heute. Jeder übt für sich allein die Positionen, und dann lernt ihr bis zum Abendessen.« Er bedeutete Caldan, zusammen mit ihm den Kreis zu verlassen, und beugte sich ihm so sehr entgegen, dass die anderen ihn nicht mehr hören konnten. »Gibt es einen Grund dafür, dass du deine Fähigkeit geheim gehalten hast?«, fragte er leise.

»Das habe ich nicht. Ich meine, Zauberer brauchen doch keine Schwertkünste, oder? Es geht nur um den Sport und darum, ein wenig Spaß zu haben.«

»Spaß?«, wiederholte Simmon. Er sah Caldan tief in die Augen. »Der Kampf war so schnell, dass ihm die meisten Schüler vermutlich gar nicht folgen konnten. Selbst ich hatte von Anfang an Schwierigkeiten. Ich kann immer noch nicht glauben, dass ich nicht in der Lage war, bei dir auch nur einen einzigen Treffer zu landen.« Er verstummte, während er nachdachte, wischte sich dann den Schweiß von der Nase und fuhr sich mit der Hand durch die schwarzen Haare.

»Wie lange hat Meister Garren dich in Augenschein genommen, als du hergekommen bist und um Arbeit gebeten hast?«

»Nicht sehr lange. Er hat mir ein paar Fragen gestellt, und ich habe ihm eine Demonstration meines magischen Wirkens gegeben, die nicht besonders gut war.«

»Wie alt warst du, als das Kloster dich aufgenommen hat?«

Caldan wollte über jene Zeit nicht reden und auch nicht darüber, wie lange es gedauert hatte, bis die Mönche es geschafft hatten, ihn aus seiner Sprachlosigkeit zu reißen. »Sieben«, sagte er. »Warum soll das wichtig sein?«

Simmon hob die Hand. »Ganz ruhig – du bist nicht in Schwierigkeiten. Ich will mir nur über ein paar Dinge Klarheit verschaffen. Sie haben dich aufgenommen, und du warst bis jetzt bei ihnen und bist von ihnen unterrichtet worden, oder musstest du für deine Unterkunft arbeiten?«

Caldan schüttelte den Kopf. Er verstand nicht. Hölzerne Schwerter schwirrten durch die Luft, als die Schüler ihre Kampfstellungen übten. Trotz ihrer vielfältigen Aktivitäten spürte er, wie ihre neugierigen Blicke auf ihm ruhten.

»Ein wenig von beidem. Sie waren sehr freundlich zu mir,

nachdem …« Es schnürte ihm die Kehle zu. »Nachdem sie mich aufgenommen haben.« *Nachdem meine Eltern ermordet worden waren.*

Simmon nickte verständnisvoll. »Du hast in den letzten zehn Jahren bei ihnen gelernt und für sie gearbeitet?«

»Es war ihnen egal, welchen Unterricht ich besuche. Ich habe mich immer dann zu den Schülern gesellt, wenn ich es wollte, aber ich musste keine Prüfungen ablegen. Manchmal habe ich nur mit dem einen oder anderen Mönch Theorien besprochen oder geübt.«

»Den Weg des Schwertes, magisches Wirken, Alchemie. Und auch das Dominion-Spiel?«

»Ja.«

Simmon rieb sich den Bart. »Du hast zehn Jahre in einer Institution gelebt und gelernt, die einen so ausgezeichneten Ruf für seine Lehre besitzt, dass die Adligen für den Unterricht ihrer Kinder dort bezahlen. Und Garren, das heißt Meister Garren, hat dich nicht darüber befragt?«

»Nein, Meister. Und ich hatte nicht gewusst, dass es der Mühe wert ist, die Einzelheiten zu berichten.«

Simmon seufzte. »In Ordnung.« Er beobachtete die Schüler und zog die Stirn kraus. »Ich werde mich später noch einmal mit dir darüber unterhalten. Ich glaube, Meister Garren war nicht gründlich genug, als er dich befragt hat. Du solltest über das nachdenken, was soeben geschehen ist und worüber wir gesprochen haben. Nimm dir den Rest des Nachmittags frei. Deine Aufgaben kannst du morgen erledigen.« Simmon drehte sich um und sagte, bevor er ging: »Diese Sache hat schon genug von deiner und meiner Zeit in Anspruch genommen.«

Caldan war noch immer beunruhigt wegen des Übungskampfes. Er nickte und schlüpfte durch die Gruppe der Schüler, sein Schwert warf er auf den Haufen der anderen.

Die meisten Schüler sahen ihn nun an – einige ganz offen, andere eher verstohlen. Viele flüsterten mit ihren Gefährten, als er an ihnen vorbeikam.

»Zurück an die Arbeit!«, rief Simmon, und die Schüler machten schuldbewusst mit ihren Übungen weiter.

Viele von ihnen warfen Caldan noch immer heimliche Blicke zu.

Sie wissen nicht, warum ich hier bin, und nun habe ich einen ihrer Meister beim Schwertkampf besiegt. Er konnte nur ahnen, welche Gerüchte sich um ihn verbreiten würden, insbesondere in Anbetracht seiner verletzten Wange. In jedem Fall brauchte er Zeit zum Nachdenken und musste von der Menschenmenge in diesem Hof wegkommen. Gleichzeitig fühlte er sich auch ein wenig elend, und seine Muskeln zitterten. Was immer geschehen war, hatte Nebenwirkungen, die ihm gar nicht gefielen. Er wünschte, Delife hätte nicht seinen alten Medizinbeutel einbehalten, aber er konnte sich ja immer noch neue Arzneien besorgen.

Caldan eilte durch einen der Korridore und in den großen Garten, den er zusammen mit Garren durchquert hatte, als er hier angekommen war. Er suchte sich ein schattiges Fleckchen unter einem Baum mit dichter Blätterkrone und legte sich dort nieder.

Das Gras stach ihm durch die Kleidung in Rücken und Beine, aber der Duft des Rasens und der Pflanzen um ihn herum sowie die relative Ruhe dieses Ortes, der fernab der Protektorenquartiere lag, brachten ihm Entspannung. Langsam atmete er durch, schloss die Augen und sog die warme Nachmittagsluft ein.

»Du bist wirklich schwer zu finden!« Eine muntere weibliche Stimme riss ihn plötzlich aus seinem Nickerchen.

Er öffnete die Augen und sah Miranda über sich. Sie runzelte die Stirn, während sie auf ihn herunterschaute.

»Schlafen bei helllichtem Tag! Kapitänin Charlotte hätte dich deswegen ausgepeitscht!«

Sie schob sich eine Haarsträhne aus dem Gesicht. Inzwischen trug sie nicht mehr ihre übliche grobe Seemannskleidung, sondern ein dunkelrotes Kleid mit einem breiten braunen Ledergürtel um die schmale Hüfte.

Caldan setzte sich auf. »Oh!«, rief er aus. »Du!« Er war noch nicht ganz wach, und seine Gedanken waren verworren.

Mirandas Miene wechselte zu einem warmherzigen Lächeln. »Wenn ich nicht so nachsichtig wäre, könnte ich fast glauben, du hättest meinen Namen vergessen.«

»Miranda. Entschuldigung, ich habe nur ein wenig ... Augenpflege betrieben.« Es gelang ihm aufzustehen, aber er schwankte, das Gras fühlte sich uneben unter seinen Füßen an. »Was machst du ... Ich dachte, dass die *Loretta* abgesegelt ist. Der Liegeplatz war leer.«

»Ich freue mich auch, dich wiederzusehen. Und ich darf sagen, dass sich dein Erscheinungsbild gebessert hat.« Sie hob die Hand und betastete seine Wunde, und ihre Stimme wurde sanfter. »Was ist passiert?«

Caldan errötete, sein Gesicht fühlte sich heiß an. Er drehte den Kopf weg, denn die Haut prickelte dort, wo Miranda ihn berührt hatte.

»Ich bin an einen Ort gegangen, an den ich nicht hätte gehen sollen, und ich bin ausgeraubt worden. Es ist nicht so schlimm, wie es aussieht.«

»Es sieht aus, als wäre es nicht erst kürzlich, sondern vor vielen Wochen passiert.« Verwirrung lag in Mirandas Blick. »Der Faden muss entfernt werden, damit die Haut nicht darüberwächst.«

»Die Ärztin hat gesagt, ich solle in zehn Tagen wiederkommen. Aber es ist erst drei Tage her.«

»Ich habe auf dem Schiff etliche Wunden gesehen und auch geholfen, nach Kämpfen Wunden zu vernähen, und ich glaube, der Faden muss jetzt gezogen werden. Hast du etwas Zeit? Aber was rede ich da - ich habe dich schließlich bei einem Nickerchen erwischt. Da kannst du sicherlich ein paar Minuten für mich erübrigen. Ich werde den Faden schneller herausgezogen haben, als du ›Autsch‹ sagen kannst.« Sie grinste.

»Ich glaube, mir wäre es lieber, wenn das die Ärztin macht.«

Miranda gab ein belustigtes, trällerndes Lachen von sich. »Es wird also professionelle Hilfe benötigt? Ich weiß, wenn ich unerwünscht bin.«

»Nein, es ist nur so, dass ...« Mit größerer Bestimmtheit sagte er: »Es ist nicht so, dass ich dir nicht vertraue.«

»Aber es wäre dir lieber, wenn es jemand macht, der vom Fach ist?«

Ich kann einfach nicht klar denken, wenn du in meiner Nähe bist. Sie sah heute so anders aus. Ohne die grobe Hose und das Hemd aus Wolle, stattdessen in etwas steckend, das sicherlich ihr gutes Kleid war ... er hatte sie früher schon als hübsch empfunden, aber nun war sie ... beeindruckend. Das Herz hämmerte in seiner Brust.

»Ja. Weißt du, sie hat sicherlich eine Salbe, damit die Wunde besser verheilt.«

»Sicherlich.«

Ich habe sie enttäuscht. Nichts lag ihm ferner. In der Hoffnung, sie von diesem Gedanken ablenken zu können, fragte er: »Wie hast du mich gefunden?«

»Kapitänin Charlotte hat mir gesagt, dass sie dir den *Otter* empfohlen hat. Also habe ich dort nachgesehen, und der Wirt hat mir gesagt, dass du bei deinem letzten Gespräch mit ihm die Zauberergilde erwähnt hast. Und er klang ziemlich besorgt, weil du nicht zurückgekehrt bist. Er sagte mir, ich sollte am Hafen bei den ungelernten Arbeitern nachsehen.«

Caldan schüttelte den Kopf und machte ein ernstes Gesicht. »Sie sind ein trauriger Haufen. Es muss hart für sie dort sein. Ich bin froh, dass sich für mich alles zum Guten gewendet hat. Wie bist du hier hereingekommen?«

Miranda lachte, und in ihren Wangen bildeten sich Grübchen. »Indem ich junge Männer gefragt habe, die unbedingt eine ältere Frau beeindrucken wollten, und indem ich einen oder zwei Dukaten in die richtigen Hände gedrückt habe.«

Sie schien amüsiert über ihre Fähigkeit zu sein, unbegleitet in die Zauberergilde hineinmarschieren zu können.

Caldan riss sich zusammen und streckte den Arm nach ihr aus. »Machen wir einen kleinen Spaziergang?«

Sie nickte und ergriff seinen Arm, und so begaben sie sich vom Rasen auf den gepflasterten Weg.

Miranda rümpfte die Nase. »Du riechst ein wenig. Hast du Sport getrieben?«

Plötzlich wurde sich Caldan seines zerzausten Zustandes und seiner zerknitterten, durchgeschwitzten Kleidung bewusst, die schon seit einiger Zeit nicht mehr gewaschen worden war.

»Es war ein seltsamer Tag«, sagte er.

Miranda hob die Brauen.

»Ich werde es dir ein andermal erklären. Aber du hast meine Frage noch nicht beantwortet«, sagte Caldan. »Was ist mit der *Loretta* passiert? Warum bist du nicht mit ihr gesegelt?«

Schatten legten sich über den Weg, als die Sonne hinter der Krone der hohen Mauer versank. Sie schritten durch Flecken aus Sonnenlicht, das durch die Lücken zwischen den Gebäuden fiel.

Es dauerte eine Weile, bis Miranda sprach. Caldan vermutete, dass sie einige Antworten verwarf, bevor sie endlich etwas sagte.

»Das Leben auf See war nichts für mich. Die *Loretta* war für eine Weile ein guter Platz. Ich war in der Lage, dort zu mir selbst zu finden. Kapitänin Charlotte ... ich hätte mir keine verständnisvollere Person wünschen können. Sie ist meine Großcousine.« Sie verstummte und schluckte. »Aber ich bin in der Stadt aufgewachsen, und dort fühle ich mich am wohlsten.« Miranda schwieg.

Caldan bedrängte sie nicht weiter.

Sie schlenderten durch eine Öffnung am Ende des Gartens und einen breiten Korridor entlang. Als sie durch eine Tür auf die stark bevölkerte Straße gelangten, redete Miranda weiter.

»Ich habe ein paar Dukaten gespart und will mich irgendwo niederlassen und vielleicht mein eigenes Geschäft eröffnen.« Sie lachte. »Vermutlich hältst du das für dumm.«

»Nein, gar nicht. Glaube mir, ich bin nicht in der Lage, über *irgendjemanden* zu urteilen.« Er drückte kurz und beschwichtigend ihren Arm, und sie lächelte. »Was für ein Geschäft?«

»Ein Handelsgeschäft. Das kenne ich aus meiner Zeit auf der *Loretta*. Aber vermutlich muss ich mir zuerst eine Arbeit suchen und noch ein paar Dukaten verdienen, bevor es dazu reicht. Die Mieten in Anasoma sind nicht gerade niedrig.«

Sie gingen eine der Hauptstraßen entlang, und Caldan führte sie auf das Hafenviertel und Elpidias Haus zu. Als sie durch das Gräberviertel gingen, wurden die Häuser und Läden immer weniger ansehnlich. Auf der einen Straßenseite erstreckten sich Essensstände, vor denen sich eine lärmende Menge befand, die den frühen Abend genoss.

Auch auf der breiten Hauptstraße dauerte es eine Weile, bis Caldan und Miranda das Hafenviertel erreicht hatten, obwohl es genug Raum für Fußgänger, Karren und überbeladene Esel gab. Die Stadt war so gewaltig groß – Caldan begriff ihre Ausmaße noch immer nicht.

Der Übergang zum Hafenviertel war deutlich zu erkennen. Während die großen Gebäude und Lagerhäuser am Hafen in relativ gutem Zustand waren, fanden sich in den Seitenstraßen übermäßig viele baufällige und altersschwache Häuser. Mehrstöckige Holzhäuser lehnten sich hier über die Gassen, und behelfsmäßige Stege verbanden die Dächer miteinander.

»Drinnen sind sie für gewöhnlich nicht so schlimm wie draußen«, merkte Miranda an – sie hatte wohl seine Miene bemerkt. »Das äußere Erscheinungsbild ist den Leuten egal, insbesondere wenn sie nur Mieter sind. Auf das Innere hingegen legen sie größeren Wert.«

»Und was ist mit den Brücken?« Caldan deutete auf einen der Stege, von denen die Gassen überspannt wurden.

»Sie bilden eine weitere Hauptstraße. Manchmal ist es einfacher, über die Häuser hinwegzugehen, als hinunter auf die Straße zu steigen.«

»Sind das Diebesstraßen?«

»Hin und wieder. Aber nicht jeder hier ist unehrlich oder ein Dieb.«

»Ich weiß. Ich wollte nur ... Dieser Ort ist verwirrend für mich. Ich bin nicht daran gewöhnt.«

Miranda klopfte ihm auf den Arm. »Mach dir keine Sorgen. Du wirst in ihn hineinwachsen.«

Er war sich nicht sicher, ob er das wollte, aber er sagte nichts.

Eine Weile später – nach einigen falschen Abzweigungen und nachdem sie eine vorbeikommende Mutter mit vier Kindern im Schlepptau nach dem Weg gefragt hatten – standen sie vor Elpidias roter Tür. Nachdem sie höflich geklopft hatten, bat Elpidia sie herein, bedachte Miranda mit einem dunklen Blick und bedeutete Caldan mit kaum verhohlener Ungeduld, sich zu setzen.

»Warum seid Ihr so schnell zurückgekommen?«, fragte sie, als Caldan sich auf dem Stuhl niederließ, der unwillig knirschte. »Zerbrecht ihn nicht«, sagte sie und drehte an dem Knopf einer Öllampe. Deren Flamme wurde heller und drängte einige Schatten zurück. Sie ging hinüber zum Kamin und strich mit einem kleinen Stab über den Stein. Licht flackerte auf, und sie benutzte die kleine Flamme, um Zündhölzer in Brand zu stecken, auf denen zwei Scheite lagen. Ein schwacher Geruch nach Phosphor durchzog den Raum.

»Ich vermute, es gibt ein Problem«, sagte sie. »Was ist los? Hat …?« Sie verstummte und betrachtete seine Wange eingehend. »Was ist passiert? Wo sind die Prellungen?« Sie beugte sich über Caldan und drehte seine Wange mit der Hand dem Lampenlicht entgegen. Dann fuhr sie mit dem Finger über die Narbe. »Hm«, murmelte sie nachdenklich und trat zurück.

»Ich habe einen schnell heilenden Körper«, sagte er. »Und die Kräuter, die Ihr mir gegeben habt, scheinen sehr wirksam gewesen zu sein.«

»Der Faden muss gezogen werden. Die Wunde hat sich schon fast geschlossen. Sie ist viel besser verheilt, als es bei einer solchen Verletzung für gewöhnlich der Fall ist.«

»Ich habe es dir doch gesagt«, meinte Miranda.

»Wartet hier. Ich brauche ein paar Instrumente.« Elpidia verschwand hinter dem Vorhang in ihrem rückwärtigen Zimmer.

Miranda lehnte sich gegen die Seite des Kamins und streckte die Hände den Flammen entgegen. »Es ist eine Weile her, dass ich so etwas tun konnte«, sagte sie. »Auf einem Schiff ist das Entzünden eines Feuers keine so gute Idee. Mir war gar nicht klar, wie sehr ich es vermisst habe.«

»Die Mönche haben sich auch im Winter keine Heizung gegönnt«, sagte Caldan. »Sie glauben, dass Körper und Geist abgehärtet werden können. Natürlich waren den zahlenden Schülern Feuer erlaubt, wann immer sie eines haben wollten.«

Miranda schenkte ihm einen neugierigen Blick, dann schaute sie wieder in die flackernden Flammen. »Sie müssen überleben, wie jeder andere auch. Man kann es ihnen nicht verübeln, dass sie das lehren, worin sie gut sind, damit sie nicht in die Armut abgleiten. Es hat ihnen geholfen, und deinen Aussagen zufolge hat es ihre Identität nicht zerstört.«

»Das stimmt. Manchmal wünsche ich mir, wieder bei ihnen zu sein.«

Miranda schenkte ihm einen stechenden Blick, den er nicht deuten konnte.

Elpidia kehrte mit einer Flasche, in der sich eine farblose Flüssigkeit befand, sowie mit einem Tuch, einem scharfen Messer und einigen Pinzetten zurück. Sie zog einen niedrigen Schemel zu Caldan heran.

»Haltet still«, sagte sie mit der ausdruckslosen Stimme der professionellen Ärztin. Sie feuchtete einen Zipfel des Tuchs mit der farblosen Flüssigkeit an und wischte damit sowohl das Messer als auch die Pinzetten ab.

Caldan verspürte einen scharfen Schmerz in der Wange, als sie den Faden so weit herauszog, dass sie mit dem Messer darunterfahren und ihn abschneiden konnte. Mit einem heftigen Zupfen riss sie die Fadenstücke ab. Als der letzte entfernt war, benutzte sie das feuchte Tuch zum Abwischen des Schnittes.

»Autsch!«, rief Caldan, als der Alkohol seine Wange berührte.

»Er benimmt sich wie ein Baby«, sagten Miranda und Elpidia gleichzeitig. Miranda lachte, während Elpidia nur ein schmales Grinsen zeigte.

Caldan runzelte die Stirn.

Elpidia untersuchte die Narbe, während sie weiterhin die Wange abwischte. »Es sieht so aus, als würde die Wunde sehr gut verheilen. Ich weiß nicht, ob das so ist, weil Ihr noch jung seid oder weil meine Kräuter besser sind, als ich dachte, aber es hat den Anschein, dass wohl nicht mal eine Narbe übrig bleiben wird.« Sie schürzte nachdenklich die Lippen und schüttelte leicht den Kopf. Dann schaute sie auf das Tuch in ihren Händen, das rote Flecken zeigte. »Verheilen Wunden bei Euch immer so schnell? Wann habt Ihr das zum ersten Mal bemerkt?«

»Ich weiß nicht, was Ihr meint«, sagte Caldan und war verwirrt von ihrem eindringlichen Tonfall. »Vermutlich war es kein wirklich schlimmer Schnitt.«

Elpidia kniff die Augen zusammen und gab einen leisen Seufzer von sich. »Wie dem auch sei, ich habe noch viel Arbeit vor mir. Und ich bin mir sicher, dass Ihr beide Besseres zu tun habt, als hier herumzusitzen.«

Caldan stand auf, und der Stuhl gab ein weiteres Knirschen von sich. »Danke für Eure Hilfe und Eure Zeit, Elpidia. Ich hoffe, ich werde nicht allzu schnell hierher zurückkommen.«

»Ich bin mir sicher, dass das nett gemeint war«, sagte Elpidia.

»Ja ... Entschuldigung. Ich habe es nicht so gemeint, wie es wohl geklungen hat. Ich wollte sagen ...«

Elpidia schnitt ihm das Wort mit einer knappen Handbewegung ab. »Ich weiß, was Ihr sagen wolltet.«

Miranda stieß sich von dem Kamin ab und ging auf die Vordertür zu. »Komm, Caldan, wir müssen uns auf den Weg machen«, sagte sie.

Er wusste nicht, warum sie es so eilig hatte, aber die Ärztin wollte offenbar auch, dass sie endlich gingen, und er sah keinen Grund, länger zu bleiben. »Noch einmal vielen Dank, Elpidia«, sagte Caldan. »Auf Wiedersehen.«

»Nun«, meinte Miranda und schenkte der Tür einen missbilligenden Blick. »Sie war ja nicht übermäßig freundlich. Für jemanden, der davon lebt, den Kranken zu helfen, ist sie ganz schön grob und schweigsam.«

»Sei nicht zu hart, Miranda. Sie hat meine Wunde gut vernäht.« Caldan stieß sie mit der Schulter an und wollte dadurch seinen Worten den Stachel nehmen.

Miranda schnaubte leise. »Ich vermute, sie hat es mit vielen kranken und verwundeten Menschen zu tun. Das hat sie wahrscheinlich unempfindlich gemacht.« Sie sah sich auf der Straße um. »Warum besorgen wir uns nicht etwas zu essen? Es wird schon allmählich dunkel, und ich bin schon fast verhungert.«

Caldan nickte, bevor er es sich anders überlegen konnte. Seine Taschen waren leer, und das bedeutete, dass er sich keine Mahlzeit kaufen konnte (von Mahlzeiten für sie beide ganz zu schweigen), und die zwei Kupferdukaten, die er nach seiner ersten Woche in der Gilde erhalten sollte, waren auch nicht gerade ein Vermögen. »Warte ... ich kann nicht. Ich habe im Speisesaal der Zauberergilde gegessen und weiß nicht, wo ich sonst in dieser Stadt hingehen sollte. Und ... ich muss zugeben, dass mir mein ganzes Geld vor ein paar Tagen gestohlen wurde. Dabei habe ich auch die Wunde erhalten.« Verschämt senkte er den Kopf, denn er wagte es nicht, ihr in die Augen zu sehen.

»Alles?«, fragte Miranda mit ungläubigem Tonfall. »Hattest du alles bei dir? Hast du nicht bloß das mitgenommen, was du brauchst, und den Rest in deinem Zimmer gelassen?«

»Ja, alles.« Aus irgendeinem Grund ärgerten ihn ihre Fragen ein wenig. Ich *bin derjenige, der ausgeraubt wurde*. »Ich habe nicht nachgedacht. Wahrscheinlich bin ich tatsächlich so naiv, wie du mich auf der *Loretta* eingeschätzt hast.«

Sie zog ihn an die Straßenseite und sah ihn unmittelbar an. Ihr Blick wurde sanfter, und er spürte, wie sich sein Ärger auflöste, noch bevor sie etwas gesagt hatte. »Es tut mir leid, Caldan - das war unfreundlich von mir. Wie wäre es, wenn ich dich zu einem Abendessen einlade und du mir dafür versprichst, mich einzuladen, sobald du wieder Geld hast? Abgemacht?« Sie sah Caldan erwartungsvoll an. Er dachte kurz nach.

»Also gut.« Es gefiel ihm nicht, in jemandes Schuld zu stehen, aber er mochte Miranda, und so war der Gedanke eines weiteren Abendessens mit ihr in der näheren Zukunft sehr verlockend.

»Gut.« Sie drückte seinen Arm. »Ich weiß, wo wir hingehen können. Dort ist es sauber, und es gibt gutes Essen.« Sie sah ihn schelmisch an. »Falls du Aal magst.«

»Aal?«

»Ja, du weißt doch, diese schlangenartigen, zuckenden Fische.«

»Das klingt ... interessant.« *Das klingt ekelhaft.*

Miranda lachte, führte ihn eine Seitenstraße entlang und lenkte ihn mit gelegentlichem Druck gegen den Arm. Töpfereierzeugnisse standen überall auf der Straße und ragten aus den Läden, die trotz der späten Stunde noch geöffnet hatten. Ein Mädchen mit zerzausten Haaren saß auf einer großen Vase und sah ihnen nach. Dabei kaute es an etwas herum, das wie schimmernde Grashüpfer am Stiel aussah.

Miranda leckte sich die Lippen und sah ihn spöttisch an. »Geröstete Grashüpfer in Honig. Knusprig und süß.«

Dem Mädchen schien es zu schmecken, aber Caldan war nicht überzeugt. »Wenn du das sagst.«

»Das sage ich. Warte mal.« Miranda blieb an einer Straßenecke stehen und schaute die nach rechts führende Abzweigung hinunter. Dort machten die Töpfereien gut besuchten Essensständen Platz, die sich an beiden Seiten vor den Häuserfronten entlangzogen. Duftender Rauch trieb aus schwelenden Grillpfannen, in denen die verschiedensten Speisen vor sich hin brieten.

»Wir sind da. Komm.« Miranda schritt auf der Straßenmitte dahin und drehte sich immer wieder in den Hüften, damit sie nicht mit den vielen Leuten vor den Ständen zusammenstieß.

Caldan riss seinen Blick erst von Miranda los und schaute genauer auf den Weg, nachdem er selbst gegen einen Mann geprallt war, der gerade eine Pfeife rauchte.

»Ich bitte um Entschuldigung, Herr«, murmelte er.

Der Mann tastete sofort nach seiner Geldbörse, und als er sie noch an Ort und Stelle fand, nickte er knapp und ging weiter.

Caldan folgte Mirandas mäanderndem Gang, hatte aber trotzdem Schwierigkeiten, sich einen Weg durch die übervölkerte Straße zu bahnen. Miranda mühte sich voran, und ihre schlanke Gestalt erlaubte es ihr, in Zwischenräume zu gleiten, in die sich Caldan aufgrund seiner Körperfülle nicht zu zwängen vermochte. Mehrfach schaute sie über die Schulter und vergewisserte sich, dass er noch hinter ihr war. Er bemühte sich trotz der Menschenmenge, schneller zu werden, und sah schließlich, wie Miranda vor einem der Häuser stehen blieb.

Sie lächelte, als er zu ihr aufschloss. »Das ist es«, sagte sie und deutete auf eine orangefarbene Tür.

Über ihr verkündete ein Schild in großen schwarzen Lettern, dass dies CAMILDS HAUS DER AALE war. DER BESTE AAL DIESSEITS DES FLUSSES hieß es weiter. Zwei Aale wanden sich über einer Bratpfanne umeinander.

Caldans Verzagtheit musste sich auf seinem Gesicht gezeigt haben, denn Miranda rollte mit den Augen, packte seine Hand und zerrte ihn durch die Tür.

Sie traten ein, und Miranda nickte einem Kellnerjungen zu, der sie sofort erkannte und anlächelte. Miranda folgte dem Jungen durch eine weitere Tür in einen großen, niedrigen Raum voller dunkler hölzerner Nischen, deren Sitze mit Stoff bezogen waren. Eine einzelne Lampe hing über jedem Tisch und spendete gerade so viel Licht, dass ein anheimelndes Halbdunkel herrschte.

Als sie sich in einer der Nischen niedergelassen hatten, erschien ein Kellner mit einer schwarzen Schürze, begrüßte sie knapp und legte eine kleine beschriebene Kreidetafel auf den Tisch.

»Mal sehen, was es heute Besonderes gibt«, sagte Miranda und schnappte sich die Tafel. Ihr Blick flog darüber, und sie kniff in dem schwachen Licht die Augen zusammen. Sie hielt inne und sah Caldan zweifelnd an.

»Vielleicht nicht«, murmelte sie und wandte sich wieder der Tafel zu.

»Was?«

»Ich glaube nicht, dass du dieses Gericht mögen wirst.«

Ich bin mir nicht sicher, ob ich überhaupt eines dieser Gerichte mag.

»Was ist es denn?«

»Neunauge, geschmort in Ingwer, Essig und Salz mit einer Blutsauce.«

Das ist abscheulich, dachte Caldan. »Blutsauce?« Er glaubte, dass es sich bei Neunauge um eine Aalart handelte, aber auch dabei war er sich nicht sicher.

»Man schneidet den Kopf ab, drückt die Flüssigkeit heraus und macht daraus die Sauce. Zusammen mit geschnittenen Zwiebeln, Rotwein und so weiter.«

»Das klingt ... widerlich.«

Miranda hörte auf zu lesen und sah ihn an. »Genau deshalb habe ich entschieden, dass du es nicht mögen wirst.«

»Kann ich mein Essen nicht selbst wählen?«

Sie schüttelte den Kopf und zwinkerte ihm zu. »Nein. Ich bezahle, also suche ich aus.«

Caldan rutschte unruhig auf seinem Sitz herum, während Miranda nachdachte. Gedämpfte Gespräche von den anderen Gästen drangen an seine Ohren, und ein weiterer Kellner kam mit einem Tablett voller dampfender Teller an ihnen vorbei. Das Aroma von frisch gebackenem Brot, Knoblauch, Wein und einem würzigen Duft, den er nicht bestimmen konnte, stieg ihm in die Nase. Er hörte, wie Miranda in sich hineinsummte.

»Äh, Miranda?«

»Ja?«

»Bist du sicher, dass du dir das Essen hier leisten kannst? Ich meine, wir können gern irgendwohin gehen, wo es billiger ist, wenn du willst.«

Miranda machte eine abweisende Handbewegung und schüttelte den Kopf. »Es ist schon in Ordnung. Ich kenne den

Koch. Und ich komme immer hierher, wenn wir hier vor Anker liegen.« Sie hielt inne. »Zumindest wenn ich Landurlaub hatte«, berichtigte sie sich. »Und jetzt sei ruhig. Ich versuche, mich zu entscheiden.«

Caldan betastete das dunkle Tischtuch und die Maserung des Holzes. Er sah sich in dem Raum um, aber die hohen Abtrennungen der einzelnen Nischen erlaubten es ihm nicht, die anderen Gäste zu sehen.

»Hör doch auf, so herumzuzappeln!«, rief Miranda.

»Entschuldigung, ich wollte nur ... die Atmosphäre in mich aufnehmen.« *Und vergessen, dass Miranda so nahe bei mir sitzt und ich vermutlich wie ein Landstreicher aussehe und auch so rieche und ein Essen zu mir nehmen werde, das sogar den Ahnen Angst einjagen würde ...*

Miranda hielt die Tafel kurz hoch und legte sie dann an den Rand des Tisches. Der Kellner erschien wieder und verneigte sich knapp aus der Hüfte heraus. Er nahm die Tafel entgegen und wartete schweigend.

»Wir nehmen einmal den Würzaal mit Nudeln und einmal den gebackenen Aal mit Lorbeerblättern. Könnten wir bitte auch zwei Gläser von Camilds Rotwein haben?«

Der Kellner nickte und zog sich zurück, ohne ein Wort zu sagen.

»Können sie nicht sprechen?«, fragte Caldan.

»Doch, aber sie reden für gewöhnlich nicht mit den Gästen. Das verleiht diesem Ort einen Ruf der Ungestörtheit. Man kann hier vertraulich beisammensitzen und wird nicht gestört.«

Vertraulich. Aus irgendeinem Grund verursachte ihm dieses Wort ein Gefühl des Unbehagens. Verzweifelt sagte er das Erste, das ihm in den Sinn kam. »Wieso hast du noch nicht geflucht?«

»Wie bitte?«

»Auf der *Loretta* hast du wie ein ... wie ein Seemann geflucht.« Caldan grinste, als er Mirandas verärgertes Stirnrunzeln bemerkte. »Aber so redest du jetzt nicht mehr. Sag nicht, dass du das nur vorgespielt hast.«

Sie zuckte die Achseln. »Vielleicht doch.«

»Was ist denn dein wahres Ich: der Seemann oder die Dame vor mir?«

»Beide natürlich.« Mirandas kehliges Lachen erfüllte die Nische, in der sie saßen. »Auf dem Schiff hat man eine bestimmte Verhaltensweise von mir erwartet. Es ist mir leichtgefallen, mich danach zu richten. Die anderen hätten niemals jemanden respektiert, der nicht genauso flucht wie sie selbst.«

Ihr Kellner kehrte zurück und stellte zwei Zinnpokale auf den Tisch. Das einzige Geräusch, das von ihm ausging, war das Rascheln seiner Kleidung. Miranda nahm ihren Pokal, neigte ihn in Caldans Richtung und probierte den Wein. Sie schluckte ihn mit geschlossenen Augen, und ein Lächeln legte sich über ihr Gesicht.

»Ausgezeichnet«, murmelte sie. »Billig, aber immer noch gut. Na los, trink.«

Caldan nahm einen Mundvoll von dem fruchtigen Wein. Für ihn schmeckte er nicht anders als jeder andere Wein. Sein Mangel an Wertschätzung warf einen Schatten der Enttäuschung auf Mirandas Blick. Er nahm noch einen Schluck und tat so, als würde er ihn genießen. Miranda entspannte sich.

»Und jetzt?«, drängte Caldan.

Sie drehte den Stiel ihres Pokals zwischen den Fingern. »Wie ich schon sagte, war dieses Leben nichts für mich. Jetzt brauche ich mich nicht mehr zu verstellen.«

»Jedermann verstellt sich.«

»Jedermann?«

»Ja. Keiner zeigt einem Fremden sein wahres Gesicht. Nicht einmal seinen Freunden.«

»Das stimmt vermutlich, wenn man recht darüber nachdenkt. Aber es ist traurig.« Miranda nahm einen weiteren Schluck aus ihrem Pokal.

»Traurig? Warum?«

»Weil die Menschen den anderen nicht zeigen, wer sie wirklich sind - nicht einmal Freunden oder der Familie. Das ist traurig. Kann man jemals jemanden wirklich kennen?« Sie zuckte mit den Schultern.

»Wenn du jemandem vertraust, spielst du ihm nichts vor. Wie bei Verheirateten.«

»Caldan, du hast keine Ahnung«, höhnte Miranda. »Manchmal sind die Verheirateten die Schlimmsten.«

»Warum?«

»Weil sie den anderen glücklich machen oder es wenigstens versuchen wollen. Und sie wollen, dass ihre Beziehung gut läuft. Das bedeutet, dass sie manchmal sehr viel verbergen müssen.«

»Du bist zu zynisch.«

»Und das sagst du, wo du doch der Meinung bist, dass sich jedermann verstellt und den anderen etwas vorspielt? Ja, vielleicht bin ich wirklich zynisch. Aber ich habe schließlich schon eine Menge gesehen.« Sie beendete den Augenkontakt mit ihm und starrte hinunter auf den Tisch. »Viel mehr als du, wie ich annehme«, sagte sie leise. »Meine Mutter ist vor ihrem Tod der einzigen Arbeit nachgegangen, die eine ungelernte Frau im Hafen machen kann. Es hat für ein gemietetes Zimmer und für das Essen gereicht, aber das war auch schon alles. Ich war neun, als ich begriffen habe, dass meine Mutter anders als die anderen Mütter war.«

Ich habe sie schon wieder verärgert. Gut gemacht, Caldan. Er hatte schmerzhafte Erinnerungen in ihr geweckt. Wenigstens kannte er sie inzwischen so gut, dass er sich damit zurückhielt, sie weiter zu bedrängen. Also schlug er einen anderen Kurs ein.

»Es tut mir leid.«

Miranda schenkte ihm ein schwaches Lächeln und zuckte die Achseln.

»Wieso hast du nach mir gesucht?«, fragte Caldan.

Sie runzelte die Stirn und sah Caldan lange und eindringlich an. »Nachdem ich beschlossen hatte, die *Loretta* zu verlassen, habe ich mit Kapitänin Charlotte gesprochen. Ich wollte aus ... nun, aus verschiedenen Gründen nicht in die Stadt zurückkehren, in der ich aufgewachsen bin. Sie hat mir gute Ratschläge gegeben, die mir die Entscheidung aber noch schwerer gemacht haben. Zu viele Möglichkeiten sind manchmal verwirrend.« Miranda hielt inne und schob sich eine Haarlocke hinter das Ohr. »Aber es fühlte sich einfach richtig an, in Anasoma zu bleiben. Hier gibt es eine Menge Arbeit, wenn man nicht wählerisch ist, und eine Menge Möglichkeiten, wenn man ein paar Dukaten und einen Plan hat. Es ist eine riesige Stadt und ein guter Ort, wenn man versuchen will, sich ein neues Leben aufzubauen. Und dann habe ich an dich gedacht und daran, dass wir in einer ähnlichen Lage stecken – und zwei Köpfe sind besser als einer. Nun ja, vielleicht geht es mir nicht unbedingt um deinen Kopf«, sagte sie leichthin. »Wie dem auch sei, ein freundliches Gesicht und jemand, mit dem man sich die Ausgaben teilen kann, machen den Neubeginn sicherlich einfacher. Daher habe ich beschlossen, dich zu fragen, ob du ein wenig Hilfe brauchst. Wir könnten zusammenarbeiten, und dann wäre es viel leichter für uns beide, hier Fuß zu fassen.« Sie schaute wieder auf den Tisch und räusperte sich.

Caldan dachte eine Weile über das nach, was sie gesagt hatte. Das Schweigen dehnte sich aus, während Miranda darauf wartete, dass er etwas sagte, aber er hatte bei einer solchen Abmachung nicht viel beizusteuern.

»Das ist sehr freundlich von dir. Ich meine, das ist eine gute Idee, und normalerweise würde ich nicht zögern, aber ...«

»Du glaubst nicht, dass wir uns gegenseitig helfen sollten?«

Caldans Lächeln wurde ein wenig schief, und er spielte mit seinem Pokal. Er wollte Mirandas Angebot so gern annehmen, aber ... seine Entscheidung, den Ursprung seines Kleinods zu erforschen, und das, was er dabei ans Tageslicht bringen könnte, waren möglicherweise gefährlich. Für seine Eltern und seine Schwester zumindest hatte es den Tod bedeutet. Es wäre unverantwortlich, Miranda ohne ihr Wissen in diese Sache hineinzuziehen. Und das führte zu der Frage, ob er es ihr mitteilen sollte oder nicht – aber war er überhaupt schon in der Lage, es *irgendjemandem* mitzuteilen?

»Sieh mal, Miranda«, sagte er schließlich, »es ist so, dass ich kaum etwas beisteuern könnte. Ich habe keine Dukaten, ich habe keine Ahnung, was ich bei den Zauberern tun werde, und im Augenblick habe ich nicht einmal ein eigenes Zimmer. Ich schlafe in einem Dormitorium mit Schülern zusammen, die viele Jahre jünger als ich sind. Und außerdem habe ich noch einiges hier zu erledigen. Ich will ... nein, ich *muss* gewisse Informationen erhalten.« Er schwieg kurz.

»Caldan, was ist los?«, fragte sie. »Was musst du hier erledigen?«

Er sah sie an und bemerkte, wie ernst sie wirkte. Seine Antwort schien ihr wirklich wichtig zu sein. Dabei war er es nicht gewöhnt, dass sich jemand wirklich für das interessierte, was er zu sagen hatte. Nicht die Mönche und gewiss nicht die anderen Schüler – nicht einmal Jemma.

Vielleicht verstellt sich Miranda bloß. Aber ich will an ihr Interesse glauben. Ich will jemanden haben, mit dem ich wenigstens das eine oder andere teilen kann. Jetzt oder nie …

»Ich habe meine Eltern nie richtig kennengelernt. Deshalb bin ich im Kloster aufgewachsen. Sie … sind gestorben, als ich noch sehr jung war.« Er regte sich unbehaglich auf seinem Sitz. »Erst vor Kurzem habe ich herausgefunden, dass sie ermordet wurden.«

Miranda gab ein erstauntes Keuchen von sich, und sie wurde ganz blass. Sie griff über den Tisch hinweg und packte Caldans Hand. »Das tut mir so leid. Ehrlich. Das ist ja schrecklich.«

Caldan nickte langsam und hielt den Blick gesenkt. »Alles, was ich von ihnen habe, ist ein Ring, der sehr … besonders ist.« Er verstummte, weil er nicht wusste, ob er Miranda die ganze Geschichte erzählen sollte.

»Ist er … ein Kleinod?«, fragte sie und zog die Stirn ein wenig kraus.

Caldan war von ihrer Vermutung überrascht und nickte, bevor er es verhindern konnte. »Ja. Bitte erzähle es niemandem.«

Sie lächelte ihn entwaffnend an. »Es wird unser gemeinsames Geheimnis sein.«

»Als mir die Mönche den Ring gegeben haben, haben sie mir auch einiges über die Vergangenheit meiner Eltern berichtet. Sie haben wohl für das Reich gearbeitet. Aber ich weiß nicht genug, und deshalb muss ich unbedingt mehr über sie herausfinden. Ich will in Erfahrung bringen, wer sie waren und woher sie kamen. Vielleicht kann ich dann verstehen, was ihnen zugestoßen ist – oder es bringt mich in Gefahr. Und genau das ist das Problem: Ich weiß es einfach nicht.« Er räusperte sich. »Es könnte wirklich gefährlich werden, und ich will ...« – er sah ihr tief in die Augen – »... ich *darf* nicht zulassen, dass du in etwas verwickelt wirst, das dir schaden könnte. Verstehst du das?«

Miranda drückte seine Hand sanft und nickte. »Ja. Ich bin froh, dass du es mir erzählt hast.«

»Wenn ich es nicht getan hätte, wäre ich ungerecht zu dir gewesen, und das will ich auf keinen Fall sein.«

»Nein, das willst du nicht, und das ist ungewöhnlich. Du bist ein interessanter Mann, Caldan.« Sie ließ seine Hand los, lehnte sich zurück und sah ihn anerkennend an. Schließlich sagte sie: »Ich bin einverstanden.«

»Wie bitte?«

»Ich bin einverstanden, dir zu helfen, bis es gefährlich wird. Dann können wir immer noch entscheiden, ob wir weitermachen oder weglaufen.«

»Ah ... danke, aber ich wollte dich eigentlich gar nicht um deine Hilfe bitten ...«

»Du musst mir nicht danken«, unterbrach Miranda ihn. »Ich bin sicher, dass ich dir helfen kann. Ich kenne ein paar Leute, die wiederum andere Leute kennen. Hier sind Informationen erstaunlich leicht zu beschaffen, wenn man die richtigen Kontakte hat ... und die passenden Dukaten.«

Caldan kratzte sich am Kopf und runzelte die Stirn. Es lief nicht so, wie er es sich vorgestellt hatte. »Ich weiß kaum, wo ich anfangen soll ...«

»Noch ein guter Grund, dass wir zusammenarbeiten.«

»Vielleicht ...«

»Ganz sicher. Ich sage nicht, dass ich dir bis in die Hölle und zurück folge oder Rache übe, wenn du getötet wirst.«

»Wir wollen hoffen, dass es nicht so weit kommt.«

»Ich will nur sagen, dass ich dir helfen *kann*. Du folgst den Spuren, die du hast, und ich versuche, alles herauszufinden, was mir möglich ist, und mache dich mit Leuten bekannt, deren Geschäft darin besteht, die Angelegenheiten anderer Leute zu kennen.« Sie zuckte die Schultern. »Das ist einfach und kaum gefährlich.«

Caldan lächelte schwach und nickte. Das hörte sich vernünftig an, und wenn er das Gefühl hatte, dass die Sache brenzlig wurde, würde er sich rasch von ihr trennen.

»Dann bin ich auch einverstanden«, erwiderte er. »Aber ich kann dir im Gegenzug nur ein freundliches Gesicht und jemanden anbieten, mit dem du reden kannst.«

Mirandas Miene hellte sich auf, und sie lächelte. Caldan hatte das Gefühl, dass es heller und wärmer im Raum wurde.

»Großartig! Ich weiß sowieso noch nicht genau, was ich als Nächstes tun werde. Und ich bin mir sicher, dass du dich unter Wert verkaufst. Wie dem auch sei, ich habe eine Unterkunft für mich gefunden, und durch meine Arbeit mit der Kapitänin habe ich einige Kontakte zu Kaufleuten und Händlern geschlossen. Wenn man risikofreudig ist, kann man eine Menge Dukaten verdienen.«

Sie verstummte, als der Keller wieder erschien. Er stellte zwei dampfende Schüsseln und einen Korb mit einem dünnen Tuch darüber auf den Tisch. Der Duft frisch gebackenen warmen Brotes stieg aus dem Korb auf, und Caldans Magen knurrte. Er warf Miranda einen raschen Blick zu, aber sie rollte nur mit den Augen. Der Kellner gab ihnen zwei leere Teller sowie Messer und Gabeln aus Zinn.

Miranda rieb sich die Hände. Sie schob Caldan einen der leeren Teller hinüber und verteilte Portionen von beiden Aalgerichten auf den Tellern. »Iss etwas. Und gib mir bitte das Brot.«

Er nahm das Tuch weg und legte eine dicke Scheibe auf ihren Teller.

»Es schmeckt an besten, wenn es noch warm ist, also mach dir keine Sorgen, wenn unser Gespräch nun für eine Weile unterbrochen wird.«

Das ist es nicht, worüber ich mir Sorgen mache, dachte er, als er sein Gericht argwöhnisch beäugte.

Einige Zeit genossen sie ein geselliges Schweigen, während sie beide Schüsseln mit den Aalgerichten vertilgten. Zu Caldans Überraschung schmeckten ihm die Speisen einschließlich der Nudeln und des Brotes. Mirandas Augen glitzerten vor Belustigung, während sie beobachtete, wie er mit Genuss zum ersten Mal Aal aß. Er folgte ihrem Beispiel und benutzte die Brotkrusten zum Aufnehmen der verbliebenen Sauce auf dem Teller.

»Das war gut«, sagte Miranda, nachdem sie ihre letzte Brotkruste verspeist hatte.

Caldan nickte. »Das war es wirklich.«

»Du solltest nicht so überrascht sein. Wenn wir Partner werden, musst du mir mehr vertrauen.«

Darüber konnte er nur lachen.

»Jetzt hast du eine Aufgabe für die Zeit bis zu unserem nächsten Treffen.«

»Wie bitte?«

»Ein Wirtshaus zu finden, das gute Speisen auftischt!«

»Das könnte eine Weile dauern. Ich muss mir erst ein paar Dukaten verdienen, bevor ich dich einladen kann.«

Miranda stützte sich mit den Ellbogen auf dem Tisch ab, nahm den Pokal in beide Hände und wirbelte den Wein herum. »Wenn es eine Weile dauern wird, solltest du umso mehr darauf achten, dass gute Mahlzeiten serviert werden. Zu große Vorfreude führt zu überzogenen Erwartungen.«

»Ich werde mich bemühen, deine hohen Standards zu erfüllen.«

»Ha! Warum konzentrierst du dich nicht einfach darauf, hier sesshaft zu werden, sodass wir uns später um die Zukunft kümmern können?«

»Das klingt gut.« Caldan hob seinen Pokal. »Auf die Zukunft«, sagte er als Trinkspruch.

Miranda berührte seinen Pokal mit dem ihren. »Auf die Zukunft.« Sie lächelte ihn an. »Es ist schon spät. Wann musst du zurück sein? Ich könnte dir noch etwas von der Stadt zeigen. Weißt du, sie ist nämlich eigentlich gar nicht so schlecht.«

Caldan zog eine Grimasse. »Ich wohne gegenwärtig bei den jungen Schülern im Dormitorium. Sie gehen früher schlafen, als es mir lieb ist.«

»Oho! Früh ins Bett und aufstehen in der Morgendämmerung?«

»Ja. Aber ich werde dort nicht mehr lange bleiben müssen. Einer der Meister - Meister Garren - wird mich irgendwo im Haus einsetzen, und dann habe ich hoffentlich mein eigenes Zimmer.«

»Irgendwo?«

Caldan hob die Hände in einer Geste der Mutlosigkeit. Nach seinen Schwierigkeiten, überhaupt Arbeit zu finden, hatte er bei den Zauberern ein gutes Gefühl, aber er verstand Mirandas Erstaunen darüber, dass er nicht einmal wusste, was er dort tun sollte.

»Er muss erst einen Platz für mich finden. Ich bin zu alt für eine Schülerstelle, aber zu unerfahren, um Geselle werden zu können. Ich musste ihn sogar anbetteln, dass er mich im Dormitorium schlafen lässt, bis er etwas für mich gefunden hat.«

»Dann ist er offensichtlich der Meinung, dass du gut bist, denn sonst würde er sich nicht so viel Mühe machen.«

»Vielleicht. Er schien beeindruckt zu sein, wenn man von dem Fehler absieht, den ich gemacht habe.«

»Was für ein Fehler?«

Caldan zögerte. »Ich habe eine magische Arbeit hergestellt, weil er mich darum gebeten hatte. Aber ich hatte einen wichtigen Teil dabei vergessen, und so hat sie nicht so funktioniert, wie ich es beabsichtigt hatte.«

Miranda kicherte, und dann lachten sie beide. Sie sahen sich kurz in die Augen und wandten den Blick gleichzeitig ab.

»Wie ist das?«, fragte sie schließlich. »Ich meine das magische Wirken. Es ist Zauberei, nicht wahr?«

»Ja. Es ist ... schwer zu beschreiben.« Caldan hielt inne und kratzte sich an der immer noch juckenden Wange. Er erstarrte, als er Mirandas düsteren Blick sah. »Ich weiß, ich soll nicht kratzen, denn dann verheilt es nicht richtig.«

»Das wollte ich gar nicht sagen«, meinte sie mit gespielter Unschuld.

Caldan lächelte und sah Miranda wieder an. Dann bemerkte er, wie sein Blick über die glatte Haut ihres Halses nach unten glitt. Er holte tief Luft. »Wie dem auch sei, es ist wie eine Handarbeit. Deshalb wird es ›Wirken‹ genannt.«

»Aber es ist Zauberei?«, beharrte sie.

»Das ist es - oder eher ein *Teil* der Zauberei. Auch beim Holzschnitzen oder bei Metallarbeiten brauchst du eine gewisse Geschicklichkeit, wenn du etwas erschaffen willst, das genauso funktioniert, wie du willst. Der Gegenstand selbst wird dazu benutzt, die Kräfte, die du hervorrufen willst, sowohl zu formen als auch festzuhalten, und er muss in der Lage sein, denselben Kräften standzuhalten. Je länger das magische Wirken Bestand haben soll, desto widerstandsfähiger müssen die Materialien sein, und desto teurer sind sie. Einige Zauberer sind aber in der Lage, auch mit billigeren Dingen zu arbeiten.«

»Das bedeutet also, dass du dich nicht als Zauberer niederlassen und dein eigenes Geschäft gründen kannst, wenn du nicht die nötigen Dukaten für das Material hast?«

»Genau. Außerdem würde es die Zauberergilde nicht erlauben. Und du könntest niemals wirklich gut sein, wenn du keinen Zugang zu ihren Mitteln hast: zu ihrer Bibliothek, zum Wissen aus den Experimenten der Vergangenheit, zur Ausbildung und Disziplin, die sie anbieten.«

»Kann man mit Zauberei auch kämpfen? Kann man Feuer aus den Fingerspitzen verschießen oder etwas dergleichen?« Sie hielt die Hände hoch und streckte ihre Finger in seine Richtung.

Caldan lachte und schüttelte den Kopf. »Das sind Mythen. Niemand kann zerstörerische Zauberei wirken. Die Leute sagen, dass es vor der Zerschmetterung möglich war, aber ich glaube, auch das sind nur Märchen. Geschichten aus der Zeit vor der Zerschmetterung sind genau das: Geschichten. Zauberei wird nur benutzt, um nützliche, dauerhafte Gegenstände und Werkzeuge zu erschaffen, wie zum Beispiel Kleinodien - selbst wenn man diese inzwischen nicht mehr herstellen kann, denn das Wissen darum ist verloren gegangen.« Seine Hand fuhr unwillkürlich zum Hals, wo sich sein eigenes Kleinod gegen die Haut schmiegte.

Miranda wirkte nachdenklich. »Wenn die Kleinodien existieren, das Wissen um ihre Erschaffung aber verschwunden ist, dann wäre es doch auch möglich, dass das Gleiche mit der zerstörerischen Zauberei geschehen ist - dass sie denkbar ist, aber das Wissen um sie ebenfalls untergegangen ist.«

Caldan schürzte die Lippen. »Vielleicht, aber das glaube ich nicht. Kleinodien sind magische Gegenstände, die wir nicht mehr verstehen. Wir sind noch in der Lage, magisch zu arbeiten, und die Kleinodien existieren, also können wir davon ausgehen, dass beides miteinander in Verbindung steht. Aber es gibt nichts, was der zerstörerischen Zauberei vergleichbar wäre, und deshalb ist es unwahrscheinlich, dass sie für immer verloren ist. Wahrscheinlicher ist, dass sie nie existiert hat.«

»Aber die Fähigkeit, Kleinodien herzustellen, ist nicht mehr da. Warum sollte dasselbe nicht mit der zerstörerischen Zauberei passiert sein?«

»Nun ja, aber ... das Chaos während der Zerschmetterung hat dazu geführt, dass viel Wissen verloren gegangen ist, aber zu jener Zeit haben etliche Zauberer alles in ihrer Macht Stehende getan, um ihre Kenntnisse zu bewahren und weiterzugeben. Wenn es etwas so Wichtiges wie zerstörerische Zauberei gegeben hätte, wäre sie zumindest irgendwo erwähnt worden, selbst wenn sie später verloren ging und nicht wieder aufgetaucht ist. Aber in den Texten, die ich gelesen habe, wird sie nicht erwähnt. Sie kommt nur in fantasievollen Geschichten vor.«

»Es gibt nicht einmal Märchen über böse Zauberer?«

»Leider nicht. Wir sind allesamt gute Jungs.« Caldan grinste sie an, und sie lachte.

»Musst du jetzt gleich gehen, oder ...?« Miranda ließ die Frage in der Luft hängen.

»Oh ja, ich sollte mich auf den Weg machen. Sicherlich hat schon jemand nach mir gesucht, damit ich weitere Arbeiten übernehme, und bestimmt haben die Schüler schon lange keinen Ausgang mehr. Ich will nicht, dass jemand glaubt, ich sei verschwunden.«

»Das ist schon in Ordnung. Wir können uns ein andermal in der Stadt umsehen. In ihr herumzuwandern kostet nichts. Wir werden es einfach nachholen, sobald du etwas Zeit dazu hast.«

Miranda stand auf und führte Caldan durch einen Gang zwischen den Tischen, während sie in ihrer Börse nach einigen Münzen fischte. Am Eingang erschien der Kellner, und sie gab ihm eine Handvoll Dukaten. Caldan konnte deren Farbe nicht erkennen, aber er war sich sicher, dass dies kein billiges Wirtshaus war. Das war sowohl an der Einrichtung als auch an den Speisen zu erkennen.

Die Nacht war inzwischen hereingebrochen, und eine kühle Brise fegte die Straße entlang. Caldan spürte sie durch sein Hemd hindurch. Laternen an den Essensständen und die glühenden Kohlen unter den vielen Pfannen erhellten die Straße und verliehen ihr trotz des Windes einen Anschein von Wärme und Geborgenheit.

Miranda verschränkte die Arme vor der Brust und versuchte, sich auf diese Weise zu wärmen, während sie die Atemluft ausstieß.

Caldan schaute die Straße hinauf und hinunter und war überrascht, wie viele Menschen sich noch auf ihr befanden. Die Menge und der Lärm bildeten einen großen Kontrast zum Inneren des Wirtshauses. Er bot Miranda wieder seinen Arm an.

»Darf ich dich nach Hause begleiten?«

Miranda schüttelte den Kopf. »Mach dir keine Sorgen, ich finde den Weg von hier aus allein.« Sie lächelte ihn an, damit er begriff, dass alles in Ordnung war. »Ich weiß jetzt, wo du lebst, und ich werde in ein paar Tagen wieder zu dir kommen, nachdem du dich in der Gilde eingerichtet hast. Dann sollte ich schon eine Kontaktperson für dich gefunden haben. Ich vermute, du suchst nach jemandem, der zur Zauberergilde gehört?«

Er nickte, und sie fuhr fort:

»Wenn du mich sprechen willst, gehst du einfach zu Camilds Wirtshaus und hinterlässt eine Nachricht. Sie wird mich erreichen.«

Caldan trat von einem Fuß auf den anderen und betrachtete die Straße. »Also dann, gute Nacht.« Er drehte sich zu Miranda um und stellte fest, dass sie die Hand ausstreckte. Er ergriff sie, und sie schüttelte sie mit erstaunlicher Kraft.

»Gute Nacht, Caldan. Es war wirklich sehr nett mit dir.«

»Mit dir auch«, erwiderte er lahm und fragte sich, was sie damit meinte.

Sie zog ihn näher an sich heran und ächzte leise unter der Anstrengung.

»Verdammt, du bist ein schwerer Kerl«, fluchte sie. »Entschuldigung – alte Gewohnheiten.« Sie tätschelte seine Wange, vermied aber die Wunde. »Bringe mich nicht dazu, dass ich es bedauern muss, dich gefunden zu haben. Ich werde dich in ein paar Tagen wiedersehen.« Dann ließ sie ihn los und machte einen Schritt zurück.

»Ich werde dich nicht enttäuschen. Und ich werde mich für das Abendessen so bald wie möglich revanchieren.«

»Das meinte ich nicht«, sagte sie. Die Art, wie sie ihn ansah, war verwirrend. Sie fuhr sich mit der Hand durch die dunklen Haare. »Bis bald.«

»Danke für das Essen. Und für deine Gesellschaft«, fügte Caldan hinzu.

»Gern geschehen. Auf Wiedersehen.« Sie ging ein paar Schritte, blieb dann auf einmal stehen und wandte sich noch einmal zu Caldan. »Ach, da ist noch etwas. Rasier dir nicht mehr den Kopf. Lass die Haare wachsen. Ich glaube, das wird dir gut stehen.«

Mit einem letzten Abschiedsgruß drehte sie sich um und schritt in die Menge hinein, südlich in Richtung des Flusses Sop.

Caldan stand da und sah ihr nach, bis er sie in der Menge verloren hatte. Dann machte er sich durch die Menschenmengen auf den Weg nach Norden und auf die Hauptstraße zu. Es war ein langer Weg zurück zum Dormitorium, aber es war eine angenehme Nacht für einen Spaziergang, und auf diese Weise konnte er seine Gedanken sammeln.

Außerdem half die kühle Luft, das Brennen auf seinen Wangen zu lindern.

18

Vasile erwachte und hob abwehrend die Hände, aber er war allein in seinem Bett. Dort lag er zwischen zerwühlten Laken, und seine Glieder waren verschwitzt und fühlten sich gummiartig an. Er bedeckte das Gesicht mit den Händen, als er weinte.

»Ich weiß, ich weiß«, ächzte er. Dann bewegte sich die eine Hand hinüber zu dem leeren Platz neben ihm, und ganz kurz glaubte er, ihr Parfüm zu riechen. »Warum konntest du es nicht verstehen?«, flüsterte er. Er erwartete keine Antwort. Niemand war mehr für ihn da, seit sein Leben zu Staub zerfallen war.

Seit seiner Begegnung in der Taverne und der darauf folgenden Nachricht vom Tod des Lord Voltain hatte er nicht mehr gut geschlafen. Ein unbedeutenderer Mann wäre dankbar und würde weitermachen wie bisher, und ein größerer Mann würde etwas gegen seine Feinde unternehmen.

Anscheinend bin ich weder das eine noch das andere.

Vasile genoss diesen Gedanken. Noch vor ein paar Monaten hätte er sich sinnlos betrunken, und sowohl die Handelsgesellschaft der Fünf Ozeane als auch Lord Voltain wären ihm vollkommen gleichgültig gewesen. Damals hatte ihn sein Verlust in mehr als nur einer Hinsicht gelähmt. Vor zwei Jahren hätte er auf seine Weise die Wahrheit aus jedermann herausbekommen, und die Tatsachen wären für alle deutlich sichtbar gewesen. Wie er jeden Tag im Gerichtssaal sagte, besaß die Wahrheit oberste Priorität.

Die Wahrheit kann schmerzen, und sie kann blind gegen ihre Konsequenzen sein. Die Wahrheit kann verletzen. Die Wahrheit kann trennen. Das hatte er schon immer gewusst. Doch zu spät hatte er erkannt, dass die Machthabenden die Wahrheit oft nicht zu hören wünschten. Sie wollten einen Anschein der Wahrheit haben, solange diese zu ihren eigenen Plänen passte.

Die Wahrheit war nur dann willkommen, wenn sie nicht störte.

Aber er konnte nicht aufhören. Er konnte nicht damit aufhören, die Wahrheit herauszufinden. Alle logen. Die Kanzler, die Kaufleute, seine Freunde, seine Frau. *Und ich* muss *die Wahrheit wissen. Konnten sie das nicht verstehen?* Und deshalb musste er immer wieder nachbohren. Die Wahrheit besaß oberste Priorität. Das hatte er geglaubt.

Und das hatte er nun davon.

Er rieb sich die müden Augen, spuckte auf den Boden und kratzte seinen fünf Tage alten Stoppelbart. Ja, er war wieder normal. Einfach so. Zu schade, dass sein Tief so ... entwürdigend gewesen war. Darauf hätte er verzichten können.

Seine Gedanken flogen zurück zu den vergangenen Wochen. Was hatte ihn verändert?

Lord Voltains Tod, zweifellos. Er hatte Lord Voltain nicht gemocht, aber zumindest hatte der Adlige nicht gelogen. Denn er hatte die *Wahrheit* gesagt. Und das führte den Richter zu einer anderen Wahrheit: Er stellte fest, dass er es verabscheute, bedroht zu werden. Vasile war gebrochen und hatte kaum mehr etwas, wofür es sich zu leben lohnte, aber er erkannte, dass in ihm noch immer ein Widerwille dagegen existierte, schikaniert zu werden. Wie eine Kuh getrieben zu werden.

Er war müde. Und er war es leid zu trinken, Ausflüchte zu machen und die Lügen der anderen anzuhören.

Seine Gedanken richteten sich auf die letzten Wochen und die Ereignisse, die ihn aus einem Traum gerissen hatten, der tief und bedrückend gewesen zu sein schien. Kurz überschlug er seine Aktivposten: nicht viele Dukaten - genug, um ein paar Tage zu überleben, aber nicht genug, um Bestechungsgelder zu zahlen, falls es nötig werden sollte -, ein paar Kontakte, die aber nicht mehr so gut waren wie vor seinem Absturz. Er schürzte die Lippen. Und dann hatte er noch sich selbst und seine eigenen Fähigkeiten.

Bei dem Gedanken daran schnaubte er leise. Seine Gabe hatte alles zerstört, was ihm je etwas wert gewesen war. Vasile schüttelte den Kopf und riss seine Gedanken fort von den schmerzhaften Gefühlen, die er zu vermeiden versucht hatte. Er schob sie in den hintersten Winkel seines Geistes. Sie halfen ihm jetzt nicht.

Vielleicht fühlten sich so die vielen Verbrecher, die vor ihm vorbeizogen: in die Enge gedrängt, aller Möglichkeiten beraubt und verzweifelt, was ihnen und ihren Plänen eine gewisse Kühnheit verlieh. Natürlich wirkten etliche ihrer Ausreden lächerlich, wenn sie ihm vorgetragen wurden, und die Verbrecher schienen selbst nicht an sie zu glauben.

Die Konsequenz war wie ein seltsames Tier. Manchmal war sie offensichtlich, manchmal verborgen und sehr oft ganz anders als erwartet.

Vasile nickte und erkannte, dass er nun nur noch sich selbst und die wenigen Mittel hatte, die ihm verblieben waren. Er betastete die wenigen Dukaten in seiner Hosentasche. Sein Geld war knapp. Ein weiteres Problem.

Jetzt kann ich wieder von vorn anfangen. Aber das Problem besteht darin, dass ich keine Ahnung habe, wo ich anfangen soll.

Als er sein Haus verließ, war er rasiert und trug seine zweitbeste Kleidung. Unter dem Arm steckten seine Laken, die er um einen Stapel schmutziger Wäsche gewickelt hatte. Er legte das Bündel vor die Tür einer Witwe in der Nachbarschaft, die ein Geschäft daraus gemacht hatte, für all jene zu waschen, die entweder zu faul oder zu beschäftigt waren, um es selbst zu tun.

Ich bin ein wenig von beidem, wie ich zugeben muss.

Er stattete dem Badehaus, das nur wenige Straßen entfernt von seinem Heim lag, einen kurzen Besuch ab und verließ es erfrischt wieder. Haut und Haare fühlten sich sauberer an als seit vielen Jahren, und die Zähne hatte er sich mit einem Stück Stoff geputzt, das in Salz getunkt worden war. Der Diener im Bad hatte überdies empfohlen, regelmäßig Gewürzbällchen zu kauen, und auf diesen Rat hin hatte Vasile einen ganzen Beutel davon gekauft.

Kurze Zeit später stieg er die Treppe zum Gerichtshof hoch, drängte sich an der Masse der Kläger und Beklagten vorbei, die auf ihren Prozess warteten, und betrat sein Büro, das er sich mit einem anderen Richter teilen musste. Auf seinem Schreibtisch stapelten sich die Akten. Sein Gehilfe Ozra schoss aus dem Sessel hoch, in dem er gesessen hatte. Auf Vasile wirkte es so, als hätte er dort geschlafen.

»H… Herr«, stammelte Ozra. »Wir dachten, Ihr kommt heute nicht her, weil Ihr … an dem leidet, was Euch in den letzten Monaten heimgesucht hat.«

Du meinst meine Trunksucht. Danke für die diplomatischen Worte.

»Leiden … ja, ich glaube, ich habe diese besondere Krankheit überwunden«, sagte er. »Ich bin wohl doch aus härterem Holz geschnitzt, als die meisten glauben.«

»Herr ... Sehr gut, Herr!« Ozra deutete mit der einen Hand auf einen Stapel Dokumente, während er hinter der anderen ein Gähnen zu verstecken versuchte. »Heute ist viel zu tun. Darf ich Eure Aufmerksamkeit vor allem auf den Fall von ...«

»Nicht jetzt«, sagte Vasile. »Ich fürchte, es haben sich dringende Verpflichtungen ergeben, die dazu führen, dass ich Urlaub nehmen muss.«

»Urlaub, Herr?« Er sah Vasile von oben bis unten an und bedachte seine saubere und ordentliche Erscheinung mit einem verwirrten Blick.

Vasile nickte. »Ich werde ein Schreiben an die Vorsitzende Richterin verfassen und sie um Urlaub bitten.« *Und ihn nehmen, ob sie zustimmt oder nicht.*

Schnell setzte er einen knappen Brief an seine Vorgesetzte auf, faltete ihn und gab ihn seinem Gehilfen, der ihn nur zögerlich entgegennahm. »Gib das bitte ab, ja?«, sagte Vasile. Er war sich sicher, dass der Mann einige Zeit dafür benötigen würde - darauf setzte er, sodass die Vorsitzende Richterin keine Gelegenheit haben würde, ihn aufzuhalten.

Ozra nickte und sah den Brief an. »Wenn ich etwas sagen darf, Herr ...« Er zögerte, bevor er fortfuhr: »Ihr habt hier gute Arbeit geleistet, viel bessere, als ich sie je erlebt habe. Ich hoffe, Euch bald wiederzusehen.«

Vielleicht war er zu hart zu ihm gewesen. Vasile legte die Hand auf Ozras Schulter und überraschte ihn mit einer kurzen Umarmung. Ozra war so verblüfft, dass er den Brief beinahe fallen gelassen hätte.

Mit einem knappen Lächeln drehte sich Vasile um und verließ das Büro. Draußen auf der Straße blieb er stehen und schaute nach rechts und nach links.

Sein knurrender Magen entschied die nächsten Handlungen für ihn. In seiner gegenwärtigen geistigen Verfassung würde eine gute Mahlzeit Wunder wirken und ihm die Zeit verschaffen, über seine nächsten Schritte nachzudenken.

Bald darauf saß er im *Kupferkessel*, einer Taverne in der Nähe, die er in den letzten Monaten oft besucht hatte, wenn er bei Gericht eine Pause hatte einlegen können. Der Wirt namens Angut begrüßte Vasile herzlich.

»Guter Herr«, rief Angut durch den fast leeren Raum. »Welch große Freude, Euch wiederzusehen. Bitte setzt Euch. Ich werde Euch das Übliche bringen.«

Vasile kam ihm zuvor, indem er sich auf die Theke zubewegte. »Nicht heute. Bitte nur eine Mandelmilch und den Bratvogel. Mir ist heute ein wenig unwohl zumute.«

Angut tippte sich mit dem Finger gegen die Nase und lächelte wissend. »Natürlich. Geht es uns nicht allen hin und wieder so? Es wird nicht lange anhalten.« Er verschwand durch die Tür zur Küche, und Vasile suchte sich einen Platz weit weg von seinem üblichen Tisch in der Nähe des Tresens.

Kurze Zeit später wurden seine Gedanken durch den Wirt unterbrochen, der einen großen Becher mit einer weißen Flüssigkeit und einen Teller mit knusprig braun gebratenem Hähnchen, das nach Kräutern duftete, vor ihm abstellte.

Vasile machte sich an die Arbeit und vertilgte den Vogel Stück für Stück, die Knochen zupfte er mit seinen bald fettig glänzenden Fingern sauber. Auf die Mandelmilch hätte er gern verzichtet, doch angeblich wirkte sie reinigend. Er schaute hinüber zu den Weinfässern bei dem Tresen und dann wieder auf seinen Teller. Ganz bewusst hob er den Becher an die Lippen und nahm einen tiefen Schluck.

Es war Zeit, seine Gedanken in Ordnung zu bringen. Quiss und die Handelsgesellschaft der Fünf Ozeane sollten sein

Ausgangspunkt sein. Sie waren in etwas verwickelt, das entweder Quiss oder seine Vorgesetzten als wichtig genug ansahen, um dafür zu töten. Die Klage des unglücklichen William Voltain, der zufolge er auf Informationen gestoßen war, dass das Lagerhaus zu ungesetzlichen Zwecken gebraucht werden sollte, hatte Elemente der Wahrheit enthalten. Der Versuch, Vasile zu bestechen und so den Ausgang des Prozesses zu beeinflussen, bestätigte dies.

Vasile betrachtete seine fettigen Finger. Er zog ein zerknittertes Taschentuch aus der Hosentasche und säuberte sich damit. Der Rest seiner Mandelmilch stand noch vor ihm.

Mit einem Fluch trank er sie in einem Schluck und stellte den Becher hart auf dem Tisch ab, dann wischte er sich mit der Hand über die Lippen.

19

Als er im Halbschlaf und ohne Hemd in der Kälte der morgendlichen Dämmerung stand und Wasser für die Schüler pumpte, wusste Caldan plötzlich, dass der heutige Tag eine Veränderung für ihn bringen würde.

Nachdem er spät am vergangenen Abend in das dunkle Dormitorium geschlichen war, hatte ihm einer der Schüler zugeflüstert, Meister Garren habe nach ihm gesucht und eine hitzige Unterredung mit Meister Simmon gehabt.

Caldan wusste nicht, worüber sie sich gestritten hatten, aber er vermutete, dass es um sein Verschwinden gegangen war. Meister Garren war schließlich sehr beschäftigt und konnte seine Zeit nicht damit verschwenden, nach Caldan zu suchen.

Ein vorwitziger strohblonder Schüler namens Owen – er war derjenige, der ihm am vorigen Abend flüsternd von Meister Garren berichtet hatte – stellte sich neben ihn und wusch sich Gesicht und Hände im Trog.

»Ich glaube, du solltest dich so schnell wie möglich auf den Weg zu Meister Simmon machen«, platzte Owen plötzlich heraus. »Er sah nicht gerade erfreut aus, als Meister Garren gegangen ist.«

»Danke. Ich werde es gleich nach dem Frühstück tun. Glaubst du, es gibt wieder Haferbrei?«

Owen schnaubte verächtlich. »Hoffentlich nicht. Normalerweise warten sie, bis es kälter wird, bevor sie ihn uns jeden Morgen auftischen.« Er schaute hoch zu Caldan und wandte den Blick rasch wieder ab.

Caldan seufzte und bediente den Pumpenschwengel. Er glaubte nicht, dass seine gestrige Vorstellung schnell vergessen sein würde. Junge Menschen waren leicht zu beeindrucken, und er wollte nicht, dass sie zu ihm aufblickten oder ihm überallhin folgten – so wie es bei Marlons Freunden der Fall gewesen war.

Nach einem rasch heruntergeschlungenen Frühstück aus Haferbrei – *tut mir leid, Owen, schon wieder* – machte sich Caldan wieder auf den Weg zum Dormitorium. Meister Simmon ging im Übungshof umher und betrachtete seine Umgebung mit kritischem Blick. Als er Caldan bemerkte, winkte er ihn zu sich.

»Meister Garren ist gestern Abend hergekommen und hat nach dir gesucht«, begann Simmon ohne Umschweife.

»Das habe ich gehört. Soll ich meine Sachen holen und zu ihm gehen?«

Simmon schüttelte den Kopf. »Nein. Es hat eine Planänderung gegeben.«

»Wie bitte? Will man mich nicht mehr haben? Was hat er gesagt?«

»Ganz ruhig«, sagte Simmon und hob die Hände. »So ist es nicht. Komm mit mir in mein Arbeitszimmer. Dort werde ich dir alles erklären.«

Eine Welle der Erleichterung überspülte Caldan, und er folgte dem älteren Mann zu dessen Zimmer. Es hatte zwei Fenster, die wie in Garrens Raum auf den Garten hinausblickten, und es gab zwei Armlehnstühle und einen Schreibtisch, doch zusätzlich standen hier drei massive, eisenbeschlagene Truhen vor der einen Wand. Auf dem Tisch sah Caldan eine Vase mit Wildblumen, die in Meister Simmons Zimmer ziemlich deplatziert wirkte.

Der Meister lächelte. »Findest du es seltsam, Wildblumen in meinem Zimmer zu sehen?«

»Ja.« Er wusste nicht, was er sonst hätte sagen sollen.

»Meine Frau und meine Tochter haben sie für mich gepflückt. Meiner Frau gefällt der Gedanke nicht, dass ich meine Zeit in einem kalten, kahlen Steinraum verbringe, dessen finstere Atmosphäre durch nichts aufgehellt wird, obwohl doch draußen vor den Fenstern ein ganzer Garten liegt. Ich habe versprochen, den Strauß auf dem Tisch stehen zu lassen.« Er fing Caldans Blick auf. »Und da ich ein Protektor bin, halte ich meine Versprechen immer.«

Caldan wollte gerade etwas erwidern, als ein heftiges Klopfen an der Tür ertönte.

Simmon wirkte verärgert. »Herein!«, rief er.

Die Tür wurde geöffnet, und dort stand ein grauhaariger, irgendwie ein wenig schweineartiger Mann mit den Insignien eines Meisters. Caldan hatte ihn nie zuvor gesehen.

»Was ist los, Alfrede? Seht Ihr nicht, dass ich beschäftigt bin?«

Meister Alfrede schenkte Caldan einen abschätzigen Blick, bevor er sich an Simmon wandte.

»Einer meiner Schüler ist verschwunden. Ihr müsst ihn finden.«

Simmon runzelte die Stirn und wirkte gleichzeitig verärgert und besorgt. »Seid Ihr sicher, dass Ihr nicht ... zu hart zu ihm wart?«

»Das Leben ist nun mal hart. Was erwarten diese Schüler denn, wenn sie hierherkommen? Dass sie verhätschelt werden?«

»Ich kümmere mich später darum.«

»Er wurde zuletzt gesehen, als er Vorräte kaufen ging. Wenn Ihr …«

»Ich kümmere mich später darum«, sagte Simmon nur.

Alfrede presste die Lippen aufeinander und kniff die Augen zusammen. »Also gut, ich will Euch nicht aufhalten.« Er drehte sich unter einem Schnauben um und warf die Tür hinter sich zu.

Als der Meister gegangen war, bemerkte Caldan eine Vibration in der Luft, die von den Glyphen ausging, die in die Eisenbeschläge der Truhen eingearbeitet waren. Keine von ihnen besaß ein sichtbares Schloss.

»Spürst du die Magie?«, fragte Simmon, als er Caldans Miene bemerkte.

»Ja.« Seine Haut juckte unter der Vibration, die von den Truhen ausging, und Caldan kratzte sich am Arm.

»Das können nicht viele. Es ist ein weiterer Pluspunkt für dich.«

»Werde ich hier auf die Probe gestellt?«

»Immer.« Simmon setzte sich hinter seinen Schreibtisch. »Bitte nimm Platz.«

»Meister Simmon«, sagte Caldan, als er sich auf dem Armlehnstuhl niederließ, »ist Meister Garren wütend, weil ich nicht da war, als er mich sprechen wollte?«

»Nein, überhaupt nicht.«

»Dann … man hat mir gesagt, dass er sehr verärgert gewirkt hat …«

»Das war er tatsächlich, aber aus einem anderen Grund.« Simmon saß einige Zeit da und dachte nach. »Erinnerst du dich, als wir uns über die Protektoren unterhalten haben? Als ich dir gesagt habe, dass deine Vorstellung von ihnen falsch ist?«, sagte er schließlich.

Caldan rutschte auf seinem Stuhl hin und her. »Ja«, sagte er vorsichtig und wusste nicht, wohin diese Fragen führen sollten.

»Sag mir noch einmal, was wir deiner Meinung nach machen.«

»Ich dachte, Ihr seid der kriegerische Arm der Zauberergilde, dessen magische Gabe nicht so ... bücherlastig ist, wie Ihr es vielleicht ausdrücken würdet. Ihr seid auf Abwehrzauber spezialisiert und kümmert Euch um den Schutz der Zauberergilde.«

Der Meister strich seinen kurzen Bart mit der Hand glatt. Simmons dünner Silberring und sein Armreif - zwei Kleinodien - zupften an Caldans Bewusstsein.

»Das tun wir, und so sieht die Außenwelt die Protektoren. Doch das ist nicht alles.«

Caldan sah Simmon argwöhnisch an. Er verstand noch immer nicht, wovon der Meister sprach, aber dieser Protektor war eindeutig mehr, als er zu sein schien. Eigentlich wusste Caldan von Simmon nur, dass er ein ausgewiesener Schwertmeister und Zauberer war, und er besaß so viel Selbstvertrauen, dass er es wagte, zwei Kleinodien öffentlich zu tragen. Allerdings glaubte Caldan nicht, dass Simmon nur deshalb ein Protektor war, weil sein magisches Wirken nicht so gut war - das war seine ursprüngliche Auffassung von den Männern dieser Gruppe gewesen. Wenn die drei Truhen sein Werk waren, dann war Simmon alles andere als ein Zaubernovize.

Er sagt, ich werde andauernd auf die Probe gestellt. Was also ist das hier für ein Test?

Beinahe unbewusst öffnete Caldan seine Sinne, streckte sie aus und versuchte erneut, die Stärke von Simmons Quelle abzuschätzen. Wieder fühlte sich das Ziehen an der Quelle wie eine Wunde an, schmal und rau. Doch diesmal spürte er noch etwas anderes, als ob die Quelle absichtlich verstopft worden wäre.

Verbirgt er die wahre Kraft seiner Gabe? Warum würde jemand so etwas tun?

Genauso wichtig ist aber eine andere Frage: Wie macht er das?

Simmon wirkte nachdenklich. »Was hast du gespürt?«, fragte er plötzlich.

»Eure Quelle ist schmal und eingeengt. Angesichts dessen hätte ich nicht geglaubt, dass Eure Fähigkeit des magischen Wirkens stark ist, aber ...« Caldan zögerte.

»Sprich weiter. Was sonst noch?«

»Es ist, als ob Eure Quelle versteckt wäre, sodass sie kleiner erscheint, als sie in Wirklichkeit ist. Ihr verbergt Eure Stärke.«

»Hm ... das kannst du sehen?«

»Ja.«

»Bemerkenswert.« Simmons Blick wurde durchdringend. »Übe dich ein wenig in Geduld, während ich dir mehr von unserer Geschichte erzähle. Ich glaube, sie wird viele deiner Fragen beantworten. Und wenn ich damit fertig bin, wirst du verstehen, warum Meister Garren so aufgeregt war. In Ordnung?« Er verstummte, als würde er auf eine Antwort warten.

»Sicher«, sagte Caldan, der sich keineswegs sicher war, aber er begriff, dass er ansonsten gar nichts begreifen würde.

Simmon hielt Caldans Blick lange stand, dann nickte er langsam, als ob er zu einem Entschluss gekommen wäre. »Gut. Was ich dir jetzt sage, darf dieses Zimmer nicht verlassen. Es muss unter uns bleiben. Einige Dinge sind so gefährlich, dass sie nicht allgemein bekannt werden dürfen. Auch wenn dir wahrscheinlich niemand glauben würde, wenn du diese Geschichten in der Stadt herumerzählst. Allerdings musst du mir trotzdem schwören, dass du das nicht tun wirst. Schwörst du es?«

»Ja. Ich schwöre.«

»Das hatte ich erwartet – und ich bin froh darüber. Ich habe das Gefühl, dass das, was ich dir jetzt erzählen werde, dir dabei helfen wird, eine sehr wichtige Entscheidung zu treffen.«

»Was für eine Entscheidung?«

»Ah, ich greife vor.« Simmon senkte den Blick und rieb seinen Armreif. »Ich möchte mit dem anfangen, was ich dir versprochen habe: Ich erzähle dir einiges über die Protektoren. Das, was du über sie weißt und von ihnen siehst, ist nur ein Teil unserer Rolle und keineswegs die Summe all dessen, was wir tun – es ist nicht einmal unser Hauptzweck. Ich kann dir nicht alles verraten, aber ich kann dir ein paar Teile unserer Geschichte erzählen. Fangen wir damit an: Was weißt du über die Zerschmetterung?«, fragte Simmon. Er hob die Hand und kam damit Caldans Antwort zuvor. »Nein, warte. Ich will dir keine weiteren Fragen stellen. Ich will dir Erklärungen geben. Durch deinen Unterricht und das, was du selbst gelesen hast, weißt du, dass Zauberei nur für nützliche, konstruktive Zwecke eingesetzt werden kann, nicht wahr?«

»Ja. Ich bin mir sicher, dass die meisten Menschen mit der Gabe schon einmal versucht haben, ein Feuer zu entfachen oder eine Kerze anzuzünden, aber es funktioniert nicht.«

»Richtig. Und was geschieht, wenn eine deiner magischen Arbeiten aufgebraucht ist? Wenn das Material, aus dem sie besteht, den durch sie hindurchströmenden Kräften nicht mehr widerstehen kann? Sie wird zerfressen, richtig? Als ob sie verwittern oder sogar verbrennen würde.«

»Ja.«

»Man könnte also sagen, dass sie durch aggressive Kräfte vernichtet wird?«

»Ja ... ich vermute, das könnte man sagen.«

Simmon beugte sich vor. »Es ist die aufbauende Zauberei, die die heutigen Zauberer studieren, selbst wenn ihre Gabe nur schwach ausgeprägt ist. Aber im Gegensatz zum allgemeinen Wissen gibt es durchaus Möglichkeiten, durch magisches Wirken destruktive Kräfte zu entfesseln.«

Caldan riss schockiert den Mund auf. Rasch schloss er ihn wieder. »Aber warum habe ich bis heute nie davon gehört? Und wieso habe ich sie noch nie gesehen?«

»Weil sie gefährlich ist und wir uns sehr darum bemühen, dass die Allgemeinheit nichts davon erfährt. Stell dir einmal vor, jeder Zauberer wäre in der Lage, Feuer zu schleudern oder das Blut seiner Mitmenschen zum Kochen zu bringen. Die Macht der Zerstörung verdirbt gleichzeitig jene, die sie benutzen. Destruktive Magie ist nicht einfach, aber für einen begabten Zauberer ist sie auch nicht schwer durchzuführen. Kräfte sind dazu da, entfesselt zu werden. Man muss sie nicht besonders formen oder Objekte herstellen, um sie zu kontrollieren, denn sie sind bald wieder verschwunden. Konstruktive Zauberei ist sogar schwieriger zu handhaben. Es bedarf größerer Geschicklichkeit, die Kräfte zu einer besonderen Funktion einzusetzen.« Simmon verstummte und holte Luft. Seine Stimme war mit jedem Satz leidenschaftlicher geworden. »Denk daran, dass es einfacher ist zu zerstören, als zu erschaffen. So ist das nun einmal in der Natur – egal, was erschaffen wurde, es zerfällt stets wieder.

Das gilt allerdings auch für die Menschen. Es gibt immer solche ohne Moral – die Willensschwachen –, die es zulassen, dass ihre niedrigsten Gelüste jeden Widerstand gegen das überwinden, was auch sie als das Falsche ansehen. Und dann gibt es diejenigen, die aus irgendeinem Grund nicht sehen können, dass sie sich auf dem falschen Weg befinden und denen das Mitgefühl der normalen Menschen fehlt.

Und nun kommen wir ins Spiel.

Die Protektoren wurden nach der Zerschmetterung eingesetzt, um die Anwendung destruktiver Magie zu beobachten und zu kontrollieren. Man war der Ansicht – zu recht, wie ich glaube –, dass einige Dinge zu gefährlich sind, um allgemein bekannt zu werden, und es ist die Aufgabe der Protektoren, dafür zu sorgen, dass solches Wissen entweder getilgt oder verborgen wird. Wir müssen sicherstellen, dass Menschen ohne Gewissen – und solche, die keine Kontrolle über sich selbst haben – diese Macht nicht für ihre eigenen Zwecke und zum Schaden der anderen einsetzen können.«

In Caldans Kopf drehte sich alles. *Destruktive Magie – und die Protektoren haben schon immer gewusst, dass sie existiert!*

»Es tauchen hin und wieder Gerüchte über Verbrechen von Zauberern auf«, fuhr Simmon fort. »Die meisten von ihnen sind nur das: Gerüchte, die von gelangweilten oder betrunkenen Menschen zu ihrer eigenen Belustigung in die Welt gesetzt wurden. Doch manchmal handelt es sich nicht bloß um Gerüchte, und dann kommen wir ins Spiel.«

»Ihr bringt doch wohl keine Zauberer zur Strecke, nur weil sie Entdeckungen machen?«

Simmons Blick wurde hart. »Nicht, wenn sie nur ›Entdeckungen machen‹, wie du es ausdrückst, sondern dann, wenn sie eine Form der Magie wählen, die sie selbst und andere vernichten könnte.«

»Aber …«

»Ich weiß, dass es so aussieht, als würden wir Wissen unterdrücken«, sagte Simmon und schnitt damit Caldan das Wort ab, »aber du kannst mir glauben, dass du nicht der Erste bist, der einen solchen Einwand macht. Stell dir eine Welt vor, in der jeder Zauberer Feuer oder Eis herbeirufen und Stein oder Stahl zertrümmern kann. Stell dir das Chaos vor! Wie willst du entscheiden, wem du vertrauen kannst, das Richtige zu tun und ihre Macht nur zum Besten der Gesellschaft einzusetzen? Und das betrifft nur die offen zutage liegenden Fälle. Diejenigen, die sich verbergen, sind noch schlimmer. Sie sehen ihre Fähigkeiten fast immer als Mittel an, andere durch Gewalt zu beherrschen. Und das werden die Protektoren niemals zulassen.«

Caldan nickte. Er wagte nicht, erneut etwas einzuwenden. Das alles ergab einen Sinn, falls das, was Simmon sagte, der Wahrheit entsprach – und der Meister hatte keinen Grund zu lügen. Aber ... destruktive Magie? Seit Tausenden von Jahren vor allen Menschen verborgen? Das war schwer zu glauben. Doch es war eine andere Frage, die ihn noch mehr erstaunte: Warum weihte ihn der Meister in dieses Geheimnis ein? Caldan war gerade erst hier angekommen. Er war kein Mitglied der Gilde – er war ein Niemand.

Ein schleichender Verdacht befiel ihn.

»Meister Simmon, warum sagt Ihr mir das alles?«

»Ganz einfach: weil ich will, dass du Schüler bei den Protektoren wirst.«

Da haben wir es. Caldan war sprachlos.

Simmon fuhr fort: »Ich kann dir versichern, dass es viel lohnender und interessanter als das ist, was Meister Garren für dich vorgesehen hatte.«

Und deshalb war er so verärgert. Aber es passte noch immer nicht alles zusammen.

»Gehöre ich denn nicht zu ihm? Natürlich nicht als sein Eigentum, aber er hat mich schließlich hier aufgenommen.«

»Ah«, sagte Simmon und grinste selbstgefällig. »Ich stehe im Rang über Meister Garren.«

Es gab eine Rangordnung unter den Meistern?

Aber das war nun unbedeutend. *Ich ... ein Protektor?* Diese Vorstellung rief in ihm widersprüchliche Gefühle hervor: Die Angst, dieser Aufgabe nicht gewachsen zu sein, stand im Gegensatz zu dem Stolz, den er empfand, weil er gefragt worden war. Caldan schwieg weiterhin und sammelte seine Gedanken. Schließlich sagte er: »Seid Ihr wirklich sicher, dass Ihr *mich* haben wollt? Ich bin doch gerade erst hergekommen und habe nicht einmal eine Lehrstelle erhalten ...« Er verstummte.

»Das weiß ich, Caldan. Ich habe dich trotzdem gefragt. Ja, wir müssen noch herausfinden, wo deine Stärken und Schwächen liegen, und dann werden wir entscheiden, welche Ausbildung für dich geeignet ist. Aber ich habe mich noch nie bei der Einschätzung eines anderen Menschen geirrt, und ich weiß, dass du das besitzt, was du als Protektor brauchst. Deine Schwertübungen allein würden schon ausreichen, selbst wenn deine übrigen Fähigkeiten nur schwach entwickelt wären.«

Caldan errötete. »Das war doch nur Glück. Ich habe noch nie einen richtigen Kampf geführt oder außerhalb des Übungshofes ein Schwert gehalten.«

Simmon machte eine wegwerfende Handbewegung. »Nur sehr wenige Protektoren mussten je einen richtigen Schwertkampf hinter sich bringen. Aber wir sind gern auf alles vorbereitet. Und du bist besser vorbereitet als die meisten anderen.«

Caldan war kein Narr, und er spürte, dass Simmon ihm nicht die ganze Wahrheit sagte. Das war zu erwarten gewesen. Der Meister würde jemandem, den er kaum kannte, nicht alle Geheimnisse der Protektoren anvertrauen. Zweifellos würde Caldan weitere Dinge erfahren, wenn er durch die Protektoren ausgebildet wurde.

»Wäre ich dann noch in der Lage, magisches Wirken zu lernen?«

»Meister Garren hatte bisher dafür gesorgt, dass du den Meistern helfen darfst und möglicherweise auch ein wenig Ausbildung von ihnen erhältst, falls es deine Zeit erlaubt. Ich glaube, du solltest außerdem vier Kupfer in der Woche als Lohn erhalten.«

Caldan nickte. »Und Ihr bietet mir etwas Gleichartiges an?«

»Keineswegs.« Bevor Caldan etwas einwenden konnte, fuhr Simmon fort. »Du wirst *auf alle Fälle* Unterricht im magischen Wirken erhalten – das ist eine der wichtigsten Fähigkeiten eines Protektors. Wie ich schon sagte, müssen wir noch entscheiden, welche besondere Ausbildung du benötigst, und das hat Vorrang. Ich kann dir versichern, dass du neben magischem Wirken auch viele andere Fächer studieren wirst. Dein Lohn wird außerdem einen Silberdukaten in der Woche betragen.« Simmons Blick bohrte sich in Caldans Augen. »Ich nehme an, dass das reicht?«

Ein Silberdukaten! Zehn Kupfer in der Woche. Mehr als das Doppelte dessen, was Garren ihm angeboten hatte. Das war beinahe eine Bestechung. *Und ich werde unter Simmon mehr lernen.*

Simmon stand auf und kam hinter seinem Schreibtisch hervor. Seine Bewegungen waren kontrolliert und doch geschmeidig. »Abgemacht?«, fragte er und streckte die Hand aus.

Zum ersten Mal, seit er Platz genommen hatte, zögerte Caldan nicht. Er ergriff Simmons Hand und spürte die Stärke im Griff des Meisters.

Simmon lächelte und klopfte ihm auf die Schulter. »Gut. Meister Garren war wütend, weil er dich wegen des magischen Wirkens, das du auf seinen Wunsch durchgeführt hast, verloren hat. Er war beeindruckt, aber er wusste nicht, was er mit dir machen sollte. Deshalb hat es so lange gedauert, bis er einen Platz für dich gefunden hat.«

»Das war doch nur eine Papierschachtel«, wandte Caldan ein. »Nichts Besonderes.«

»Es ist selten, dass jemand mit Papier arbeitet, und es ist noch seltener, dass der erschaffene Gegenstand länger als ein oder zwei Stunden bestehen bleibt. Das ist eine nützliche Gabe, die nur wenige Meister besitzen. Garrens Verlust ist der Gewinn der Protektoren.«

Das hoffe ich, dachte Caldan und wurde wieder ein wenig nervös. »Und was jetzt? Ziehe ich aus dem Dormitorium aus?«

»Natürlich. Du wirst bei uns wohnen. Auch wenn dein Zimmer klein und leider nichts Besonderes ist. Außerdem musst du dir deine Ausstattung selbst besorgen. Wir geben dir eine Liste der Dinge, die du brauchst.«

Caldan machte ein langes Gesicht. Woher sollte er die Dukaten für das nehmen, was er benötigte? Er konnte Miranda nicht bitten, ihm Geld zu leihen, aber sie war der einzige Mensch, den er in dieser Stadt kannte. Denn er bezweifelte, dass ihm ein Geldverleiher etwas geben würde, da er keine Sicherheiten zu bieten hatte. Selbst wenn er sie hätte, würde er den gewaltigen Zins nicht zahlen können, den diese Leute verlangten.

»Du hast nicht genug Geld, nicht wahr?«, meinte Simmon, als er Caldans entsetzte Miene bemerkte.

»Nein«, antwortete Caldan mit einer Spur von Scham. »Ich bin mir aber sicher, dass ich von meinem Lohn etwas sparen kann. Oder ich finde eine Möglichkeit, mir etwas dazuzuverdienen, während ich in der Ausbildung bin.«

»Das wird nicht möglich sein. Du kannst dich nicht konzentrieren, wenn du Geldsorgen hast.« Er öffnete eine Schublade in seinem Schreibtisch, wühlte darin herum und zog schließlich eine Geldbörse heraus, die derjenigen ähnelte, welche Caldan erst vor ein paar Tagen gestohlen worden war. Es fühlte sich so an, als wäre das schon vor etlichen Monaten passiert, denn seitdem hatte sich so vieles verändert.

»Hier.« Simmon warf Caldan den Geldbeutel zu, den dieser geschickt auffing. Ein leises Klimpern ertönte. »Gib es mir zurück, sobald du dazu in der Lage bist. Damit meine ich eher früher als später. Sag aber niemandem, dass ich das für dich getan habe. Niemand soll glauben, dass ich einige Personen bevorzuge.«

Aber genau das tust du, nicht wahr - Personen bevorzugen. Warum? Während Caldan ihm dankte, fragte er sich gleichzeitig wieder, was Simmon ihm noch immer vorenthielt. *Diese Gelegenheit darf mir nicht zu Kopf steigen.*

»Noch etwas, Caldan. Ich weiß, dass unsere Arbeit wie eine gute und angenehme Möglichkeit wirkt, Dukaten zu verdienen, aber vergiss nicht, was es bedeutet. Für viele von uns ist es mehr als nur eine Tätigkeit. Geh jetzt. Begib dich zu einem der älteren Meister. Ich habe schon mit einigen von ihnen gesprochen, und inzwischen wird sich die Nachricht verbreitet haben. Sie werden ein Zimmer und die Liste für dich vorbereitet haben.«

»Ihr seid also einfach davon ausgegangen, dass ich zustimme?«

Simmon zuckte die Achseln. »Ja. Wie ich schon sagte, kann ich Menschen gut einschätzen.« Mit einer Handbewegung bedeutete er Caldan zu gehen. »Du wirst den Rest des Tages brauchen, um dein Zimmer zu beziehen und deine Ausrüstung zu kaufen.«

Caldan packte den Geldbeutel fester, nickte Meister Simmon zu und verließ den Raum mit kraftvollen Schritten. Er hatte einen Platz gefunden, an dem er seine Ausbildung fortsetzen konnte, und er war nicht mehr arm.

Ich habe zwar Schulden, aber ich bin nicht mehr mittellos.

20

Aidan spürte, wie Anshul cel Rau ihn am Arm packte und zum Stillstand brachte. Sie duckten sich in die Tür eines weiteren verlassenen Hauses. Ein moderiger Geruch drang heraus, wie bei allen anderen Häusern, die sie bisher in der Stadt betreten hatten.

»Wir sollten dieses Haus durchsuchen«, sagte der Schwertkämpfer, und Aidan nickte.

Im Innern sah das Haus aus wie alle anderen. Es wirkte, als seien die Bewohner in großer Hast aufgebrochen. Auf einem Tisch standen vier Teller und vier Becher, daneben lagen vier Bestecke. Eine Schüssel in der Mitte des Tisches enthielt noch die Reste der Mahlzeit: einen Beinknochen und vertrocknete Reste eines unbestimmbaren Gemüses. Alle Oberflächen waren mit einer feinen Staubschicht bedeckt.

Aidan bedeutete seinem Gefährten, das Haus zu verlassen, und sie begaben sich nach draußen zu Caitlyn.

»Wieder dasselbe, Mylady«, flüsterte Aidan. »Keine Seele da, und über allem liegt Staub.«

Sie rümpfte die Nase. »Vielleicht haben sie nicht gegen das gekämpft, was zu ihnen gekommen ist, sondern sich ihm angeschlossen, wie viele es in dieser Zeit tun.«

Aidan warf cel Rau einen raschen Blick zu. »Vielleicht

hatten sie aber auch gar keine Möglichkeit, Widerstand zu leisten.«

Caitlyn schüttelte den Kopf. »Jeder hat die Möglichkeit, es sei denn, er ist schwach. Wir ziehen weiter.«

Sie bewegten sich leise in die Nacht hinein. Ihre Gruppe breitete sich über fünf Straßen aus, alle gingen parallel zueinander.

Von den anderen Gruppen hatten sie bisher keinen Laut gehört. Das bedeutete, dass sie mit ähnlicher Geschwindigkeit vorankamen. Caitlyn und ihre Männer näherten sich der Beute, die, wenn ihr das Glück nicht hold sein sollte, umzingelt sein würde, noch bevor sie bemerkte, dass etwas nicht stimmte.

Ein Zischen von Chalayan vor ihnen nötigte sie wieder zum Anhalten. Caitlyn bedeutete Aidan und cel Rau, ihr zu folgen, während sie neben den Zauberer trat.

»Was ist los?«, fragte sie mit leiser Stimme.

Sein Gesicht war von Schweißperlen übersät, und er zitterte. »Etwas ... vor uns ...«

»Was?«, flüsterte Caitlyn.

»Gebt mir mehr Zeit«, erwiderte Chalayan barsch.

Caitlyn sah ihn finster an.

»Da vorne ist etwas ... Altes«, sagte Chalayan.

»Etwas Altes? Was soll das heißen?«

»Magie. Vor vielen Jahren gewirkt. Aber Spuren von ihr sind noch da. Solche Macht ...« Er verstummte.

Caitlyn berührte Chalayans Schulter. »Also nicht aus der letzten Zeit? Gut. Nichts, worüber wir uns Sorgen machen müssen.«

»Nein! Da ist noch etwas anderes, Neueres vor uns. Ein magisches Wirken. Ich glaube, es liegt quer über der Straße.«

»Eine Falle?«

Der Zauberer schüttelte den Kopf. »Wartet.« Er wisperte einige Worte und blinzelte. Eines seiner magischen Amulette, die er um den Hals trug, blitzte kurz auf.

»Es ist ... ein Auslöser. Ein Alarm.«

»Beim Schatten der Ahnen!«, fluchte Caitlyn. »Quer über der Straße?«

Chalayan nickte und starrte wieder geradeaus.

»Vermutlich sind alle Straßen auf die gleiche Weise geschützt«, sagte Caitlyn.

»Das glaube ich auch«, meinte Aidan. »Wir müssen die anderen davon abhalten, weiterzugehen, bis wir einen Weg um die Auslöser herum gefunden haben oder die Magie ausschalten können.« Er erwartete, dass Caitlyn ihm widersprach.

»Wir können nicht alle anhalten, ohne unsere Position preiszugeben«, sagte sie.

»Sie wird sowieso preisgegeben, wenn der Alarm anschlägt.«

»Wir *wissen* nicht, ob es mehr als einen gibt.«

»Es wäre sinnvoll, wenn ...«

Caitlyn machte eine knappe zerhackende Handbewegung. »Genug. Wir haben keine Zeit mehr. Eine der anderen Gruppen wird bald in den Alarm laufen. Wir müssen uns beeilen.«

Was war denn nun in sie gefahren? Für gewöhnlich war sie nicht so barsch. Aidan hatte keine Ahnung, warum sie sich so sehr verändert hatte, aber es gefiel ihm gar nicht. »Mylady, bitte, könnten wir nicht ...«

»Nein. Wir greifen an. Sofort.« Sie zog ihr Schwert und schwang es über ihrem Kopf. »Für den Kaiser!« Und mit diesem Schrei stürzte sie nach vorn und ließ Chalayan, Aidan und cel Rau hinter sich zurück. Die anderen Männer strömten an ihnen vorbei und folgten Caitlyn in die Mitte des Ortes.

Chalayan schenkte Aidan ein grimmiges Lächeln. »Auf ein Neues, meine Freunde. Ich hoffe, sie zieht das hier genauso gut durch wie immer.«

»Eines Tages wird das Glück sie verlassen«, sagte cel Rau.

Aidan klopfte beiden auf den Rücken. »Dann wollen wir hoffen, dass heute nicht dieser Tag ist.«

Sie rannten hinter Caitlyn die Straße entlang.

Lichtblitze flackerten in dem Städtchen. Die Sonne spähte über die Berge im Osten.

Aidan zog den bewusstlosen Chalayan durch die Tür eines verlassenen Hauses und brach auf dem Boden zusammen. Zwei Amulette des Zauberers waren vorhin in die Haut an seinem Hals eingeschmolzen, aber wenigstens war der Schild, den er zu ihrem Schutz erschaffen hatte, stark genug gewesen. Bald darauf jedoch hatte er das Bewusstsein verloren.

Aidan zog einen Wasserschlauch von seinem Gürtel und nahm ein paar Schlucke. Dreck bedeckte sein Gesicht und auch seine Kleidung. Blutflecken sprenkelten ihn von Kopf bis Fuß – das Blut seiner eigenen Männer, als sie durch Zauberei in Stücke gerissen worden waren.

Er hustete und schleppte sich zu dem offenen Türdurchgang. Die Straße war leer. In der Ferne ertönten Schreie. Mehr als die Hälfte ihrer Männer lag am Boden, wenn er es richtig einschätzte, und auf der gegnerischen Seite waren drei Zauberer getötet worden.

Zwanzig tote Männer. Ein übrig gebliebener Zauberer. Das war ein hoher Preis.

Er musste sich ausruhen.

Aidan machte es Chalayan so bequem wie möglich.

»Ich werde dich für eine Weile allein lassen müssen«, sagte

er zu seinem bewusstlosen Freund. Der Zauberer regte sich nicht. »Ich bin aber bald wieder zurück«, versprach er.

Sie waren der gleichen Magie begegnet, die auch die Banditen vernichtet hatte, doch Chalayans eigener Zauber hatte viele Menschenleben gerettet. Die übrige Gegenwehr hatte hauptsächlich aus ungeübten Männern und Frauen bestanden, die von Caitlyns erfahrenen Kämpfern ohne Schwierigkeiten überwunden werden konnten, und von professionellen Söldnern, die sofort aufgegeben hatten, sobald die Zauberer und einige ihrer Kameraden besiegt oder getötet worden waren.

Aidan hob die Armbrust, die er einem Toten abgenommen hatte. Waffen mit großer Reichweite waren für gewöhnlich sehr hilfreich gegen Zauberer, solange sie nicht die Möglichkeit hatten, sich vorher mit einem Schutzschild zu umgeben, aber hier hatten sie nicht viel ausgerichtet. Irgendwie war es den Magiern gelungen, ihre Schilde andauernd oben zu haben. Doch es war noch immer besser als der Versuch, nahe genug an sie heranzukommen, um sie mit dem Schwert anzugreifen. Alle Männer, die das versucht hatten, waren nun tot.

Er ließ Chalayan zurück, duckte sich und kroch aus dem Gebäude.

Aidan näherte sich der Scheune, so schnell es ihm möglich war – was aber nicht sehr schnell war, denn bei jedem Schritt, den er mit seinem verletzten Bein machte, zuckte er zusammen. Vor Kurzem hatten sich Caitlyn und cel Rau bis zu der großen Scheune in der Mitte des Städtchens vorgekämpft. Der Widerstand, auf den sie gestoßen waren, schien sich nun dorthin zurückzuziehen und diese Scheune verteidigen zu wollen.

Er humpelte zu Caitlyn, die auf dem Boden kniete und

sich das Schwert über die Schenkel gelegt hatte. Anshul cel Rau stand vor ihr, seine beiden Klingen waren blutgetränkt. Caitlyn und der Schwertkämpfer waren wie Aidan über und über mit Staub, Dreck und Blut bedeckt - aber nur auf einer Seite, als ob sie von der Explosion abgeschirmt worden wären. Um sie herum lagen meist bewegungslose Körper, von denen einige geschwärzt waren und dampften, während sich um andere große Blutlachen gebildet hatten. Einige gaben leises Jammern von sich. Ein Mann bewegte eine Hand.

»Wir müssen den Zauberer töten. Er ist der einzige, der übrig geblieben ist«, hörte Aidan Caitlyn sagen, als er näher kam. »Da Chalayan bewusstlos ist, muss sich jemand ein Herz fassen und ihn erledigen, bevor er begreift, was los ist.«

Cel Rau nickte grimmig, und seine Fingerknöchel stachen weiß hervor, als er die Griffe seiner Schwerter packte.

»Wie sieht es aus?«, fragte Aidan.

Caitlyn rieb sich die Augen und wischte dann die Hände an ihren Ärmeln. Dabei verteilte sie nur Blut und Dreck auf dem Stoff.

»Der letzte Zauberer ist auf der Flucht, er nimmt die Straße nach Süden. Unsere Männer auf jener Seite ...« Sie schüttelte den Kopf. »Wir konnten nicht wissen, dass es mehr als die beiden sind, die wir verfolgen.«

»Wenn wir länger gewartet hätten ...«

»Dazu hatten wir aber keine Zeit!«, kreischte Caitlyn. »Es wären weitere gekommen, und wir wären in einer noch schlechteren Lage gewesen.« Speichel spritzte bei ihren schrill klingenden Sätzen aus ihrem Mund.

Aidan blinzelte kurz und biss die Zähne zusammen. Caitlyn handelte nicht mehr rational, und er war sich sicher, dass sie vor ein paar Monaten noch eine andere Entscheidung getroffen hätte. Sie wirkte verloren, und es war, als ob ihre wachsende Besessenheit vom Bösen ihren Verstand verwirrt hätte.

»Wir hätten warten sollen«, wiederholte Aidan.

»Wir haben zugeschlagen, als wir das Überraschungsmoment auf unserer Seite hatten. Das ist mein letztes Wort dazu.«

Sie wandte sich an cel Rau. »Geh. Du weißt, was zu tun ist. Töte den Zauberer. Er sollte inzwischen geschwächt sein.«

»Glaubst du wirklich?«, wandte Aidan ein. »Ich denke, wir sollten uns hier sammeln, unsere Verwundeten versorgen und uns dann neu formieren.«

Caitlyn beachtete ihn nicht. Sie stand auf. »Geh, cel Rau. Das Böse darf nicht entkommen.«

Der Schwertkämpfer nickte widerstrebend, dann lief er die nächste Straße nach Süden entlang - dorthin, wo Rauch den Himmel erfüllte.

»Was ist mit den Verwundeten hier? Wir sollten uns um sie kümmern.«

»Nein. Sie haben versagt. Lass sie in Ruhe. Wir haben keine Zeit. Wir müssen nachsehen, was sich in der Scheune befindet und was ihnen so viel wert war.« Sie bedeutete Aidan, ihr zu folgen, und humpelte auf die Scheunentür zu. Blut tropfte aus einer Wunde an ihrem Oberschenkel und hinterließ eine Spur hinter ihr.

Aidan hielt inne und betrachtete kurz die Toten und die Verwundeten, die über den Boden verstreut lagen. Dann schüttelte er den Kopf und humpelte hinter Lady Caitlyn her.

Caitlyn mühte sich mit einer der massiven Türen ab. Aidan half ihr, und gemeinsam gelang es ihnen, sie einen Spaltbreit zu öffnen, sodass sie hindurchschlüpfen konnten.

Als er Caitlyn ins Innere folgte, bemerkte Aidan einen seltsamen Geruch nach Gewürzen und säuerlichen Kräutern, verbunden mit einem Gestank nach Verwesung, Urin und Exkrementen. Und nach Haferbrei. Er konnte schwören, dass er auch Haferbrei roch. Aidan blinzelte ein paarmal, und seine Augen gewöhnten sich allmählich an das schwache Licht.

In dem Raum standen schwere hölzerne Schlafstätten in vier Reihen zu je zwanzig Betten. Auf den meisten lagen Frauen, deren Hände und Fußknöchel mit Lederriemen zusammengebunden waren. Ihre Haut war dort, wo die Riemen in das Fleisch schnitten, durchgescheuert und blutete. Alle Frauen waren schwanger, einige standen kurz vor der Niederkunft. In einer Ecke dieses schrecklichen Raumes befand sich ein Herdfeuer, auf dem ein großer dampfender Eisentopf stand.

In seiner Nähe lag eine hellhäutige Frau. Ihre schwarzen Haare hingen glatt an der Seite ihres Bettes herunter, und ihr Bauch war von der Schwangerschaft angeschwollen. Sie öffnete die Augen und sah Caitlyn und Aidan an.

»Bitte«, flüsterte sie. »Wasser.«

»Aidan, hol Wasser«, befahl Caitlyn. »Wir müssen uns anhören, was sie zu sagen hat.«

Beim Klang ihrer Stimme drehten sich einige Köpfe in ihre Richtung und starrten die beiden an. Einige Frauen begannen zu weinen. Andere flehten darum, freigelassen zu werden, wieder andere gaben kein Geräusch von sich.

Aidan zog seinen halb vollen Wasserschlauch hervor und kniete sich neben die Frau.

»Ganz ruhig. Es ist alles gut. Ihr seid jetzt in Sicherheit.« Er schüttete ihr ein wenig Wasser in den Mund. »Wir müssen ihre Fesseln durchschneiden.«

»Wir werden nichts dergleichen tun, solange wir nicht sicher sind, auf welcher Seite sie steht.«

Aidan schüttelte den Kopf, bevor sie die letzten Worte gesprochen hatte. Wo war bloß ihr Mitleid geblieben? War das ein weiteres Symptom des Wahnsinns, der sie befallen hatte? »Seht Ihr denn nicht, in welchem Zustand sich diese Frauen befinden? Wie sollten sie den anderen helfen können?«

Caitlyn warf ihm einen düsteren Blick zu. »Auf deine Verantwortung.«

Mit vier raschen Schnitten seines Messers befreite er die Frau von ihren Lederriemen. Die Muskeln an ihren Armen und Beinen waren verkümmert und schlaff. Sie zitterte am ganzen Körper und schüttelte den Kopf. »Bitte ... sie werden ... zurückkommen ...« Sie richtete sich ein wenig auf, streckte den Arm aus und packte Aidans Hand mit überraschender Kraft. »Ihr müsst uns alle töten.«

»Gute Idee«, sagte Caitlyn.

Aidan biss kurz die Zähne zusammen. »Nein, habt keine Angst. Wir sind jetzt hier. Ihr könnt ganz beruhigt sein.«

»Ihr ... versteht nicht.« Die Frau schloss die Augen. »Wir sind ... schon ... seit Jahren hier.«

»Ganz ruhig. Wir werden euch allen helfen. Die Quelle ...«

»Nein! Sie kommen zurück. Ihr dürft nicht bleiben.«

Aidan strich ihr über die Haare. Einige Strähnen lösten sich unter seinen Fingern von der Kopfhaut. »Was ist hier passiert? Was ist mir dir geschehen?«

Die Frau stieß ein leises Jammern aus. »Wir sind schon seit Jahren hier. Angebunden ...« Sie schluckte. »Die Zauberer, sie ... wir müssen Kinder bekommen. Ich ... will so nicht mehr leben.« Tränen rollten an ihrem Gesicht herunter. »Bitte.«

Aidan räusperte sich. »Weißt du, warum sie das tun?«, fragte er.

Sie schüttelte den Kopf. »Sie sagen nur, dass sie ... die Kinder brauchen.« Die Frau sank erschöpft auf das Bett zurück und hielt seine Hand weiterhin fest.

Aidan löste die Finger der Frau so sanft, wie es ihm möglich war. »Ruh dich aus«, sagte er.

Er bückte sich, hob seine Armbrust auf und ging hinüber zu dem Herdfeuer, damit er die Frau nicht mehr ansehen musste. Caitlyn betrachtete sie noch ein wenig, bevor sie sich zu ihm gesellte. In dem Topf auf dem Feuer kochte Haferbrei.

»Ich habe so etwas schon einmal gesehen«, sagte er grimmig.

»Wovon redest du?«

Er deutete auf die Frauen in den Betten. »Solche ... Verkümmerungen. Ein alter Mann in meinem Dorf konnte nicht mehr gehen und sich kaum noch bewegen. Ich vermute, er war einfach zu alt. Er lebte von Haferschleim und von dem, was die Frauen des Dorfes ihm brachten. Monate vergingen, und schließlich war er nur noch Haut und Knochen. Er benutzte seine Muskeln nicht mehr, und deshalb sind sie nach und nach erschlafft.«

Caitlyn kniff den Mund zu einer dünnen Linie zusammen und schlang die Arme um ihre Brust. »Das hat sie also gemeint«, sagte sie leise. »Sie können nie ihr Bett verlassen, nie herumgehen. Sie müssen hier liegen, diesen Mist fressen und ihre Kinder bekommen.«

»Bei den Ahnen, ich will jemanden umbringen.« Aidan wischte sich durch die feucht gewordenen Augen. »Wir müssen sie befreien, einige Wagen besorgen und sie an einen sicheren Ort bringen.«

»Und wo soll dieser sichere Ort sein? Diese Männer müssen aufgehalten werden, wer immer sie sein mögen.« Caitlyn holte tief Luft – einmal, zweimal.

Mit einer plötzlichen Bewegung drehte sich die Frau auf ihrem Bett zu ihnen um. Der dürre Hals bemühte sich, den Kopf hochzuhalten, und sie verzog das Gesicht vor Schmerz. »Lauft!«, krächzte sie. »Flieht! Sie kommen zurück!«

Drei Donnerschläge drangen an ihre Ohren, jeder war näher als der vorangegangene. Draußen ertönten Schreie.

Aidan rannte auf die einen Spaltbreit offen stehende Tür zu. »Los!«, rief er.

Inzwischen war Chaos ausgebrochen. Rauchwolken wogten von Süden herbei. In diese Richtung waren Caitlyns Männer zur Verfolgung des letzten Zauberers aufgebrochen. Jetzt eilten sie mit Angst in den Gesichtern zurück zur Scheune, während sie sich ihre blutenden Wunden, die von geschwärzter Haut umgeben waren, hielten. Als sie Caitlyn und Aidan sahen, taumelten sie auf die beiden zu.

»Mylady«, sagte einer von ihnen. Sein Gesicht hatte eine große Brandwunde an der einen Seite, und er kniff die Augen vor Schmerz zusammen. »Noch mehr Zauberer. Die Männer versuchen, sie zu stellen, aber ich fürchte, sie halten nicht mehr lange durch.«

Aidan tauschte einen raschen Blick mit Caitlyn. Die schwangere Frau hatte recht gehabt.

»Also gut«, sagte Caitlyn. »Aidan, du sammelst so viele Männer wie möglich. Hilf denen, die noch gehen können, und komm so schnell wie möglich hierher zurück.«

Er nickte.

»Ihr drei«, fuhr sie an die anderen gerichtet fort. »Wir sind da drüben an einem Haus vorbeigekommen, in dem sich Vorräte befinden. Kommt mit mir. Wir nehmen uns, so viel wir tragen können. Ich habe eine Idee, die den Zauberern gar nicht gefallen wird. Beeilt euch.«

Aidan rannte, so schnell er konnte, während die anderen Männer Caitlyn folgten. Er wusste nicht, was sie vorhatte, aber er hoffte, dass es gut war. Sie waren in einer schlimmen Lage.

Jetzt lief er dicht an den Häusern vorbei und spähte um jede Ecke, bevor er sie umrundete oder eine Kreuzung hinter sich brachte. Er eilte auf die Rauchwolken zu, so schnell es ihm möglich war. Wann immer er an einem Verwundeten auf dem Rückzug vorbeikam, befahl er ihm, zur Scheune zu gehen und Caitlyn zu helfen.

Donner ertönte und schmerzte in seinen Ohren. Eine frische Rauchwolke stieg vor ihm auf. Das Brüllen eines tobenden Feuers war in der Ferne zu hören.

Er duckte sich an einer Häuserecke. Überall lagen verkohlte schwarze Körper.

Aidan schluckte und rang heftig nach Luft. Niemand bewegte sich mehr.

Aus einem Karren und etlichen Kisten hatten ihre Leute kurz vorher noch eine behelfsmäßige Barriere errichtet. Inzwischen lag der Karren allerdings in brennenden Stücken am Boden, und das Holz der Kisten war überall verstreut. Durch den Rauch und das Feuer schritten drei Personen, die von einem schimmernden Dunst umgeben waren. Die eine erkannte er als den letzten Zauberer, den sie verfolgt hatten. Die anderen beiden waren ihm unbekannt: Es waren ein Mann und eine Frau. Die Frau sagte etwas und lachte, und die anderen beiden stimmten in das Gelächter ein.

Aidan duckte sich hinter die Häuserecke und packte die Armbrust mit beiden Händen. Drei Zauberer! Dabei hatten sie geglaubt, es sei nur noch einer übrig. Es gelang ihm, die Armbrust leise zu spannen und den Mechanismus zu arretieren. Dann legte er einen Bolzen ein. Vielleicht konnte er einen von ihnen erledigen, bevor sie ... Nein, sie hatten Schilde. Er fluchte ganz leise.

Dann traf er eine Entscheidung, drehte sich um und humpelte zurück zur Scheune. Mit ein wenig Glück würden die Zauberer vorsichtig sein und langsam durch die Straßen gehen, weil sie nach einem Hinterhalt Ausschau hielten. So könnte es eine Weile dauern, bis sie die Scheune erreicht hatten. Vielleicht waren die Frauen bis dahin gerettet.

Der Schmerz fuhr ihm bei jedem Schritt wie ein Messer ins verletzte Bein. Er biss die Zähne zusammen und ließ die Zauberer hinter sich.

Caitlyns Männer liefen chaotisch um die Scheune herum. Zwei Wagen standen inzwischen neben der Scheune, und die Männer rannten in alle Richtungen, um den einen Wagen mit Vorräten und den anderen mit einigen der schwangeren Frauen zu beladen. Alle Männer waren auf die eine oder andere Art verwundet und trugen behelfsmäßige Verbände um Beine, Arme, Brustkorb oder Kopf. Das Gesicht eines Mannes war ganz mit Brandblasen übersät, und sein linkes Auge war weiß wie ein gekochtes Ei.

Caitlyn gab gerade zwei Männern Anweisungen, die ein Fass zwischen sich trugen. Drei weitere Fässer lagen auf der Seite gegen die Scheunenwand gelehnt, und ihr Inhalt ergoss sich auf den Boden. Er war dickflüssig und gelb: Öl. Die beiden Männer setzten das Fass neben der Tür ab und begaben sich zurück zu den Wagen. Caitlyn verschwand im Innern der Scheune.

Aidan beobachtete die Männer. Sie machten sich daran, vier nervöse Pferde vor die Wagen zu spannen. Einige andere verwundete Kämpfer hatten sich auf die Wagen geschleppt. Aidan humpelte hinüber zu Rikard, der beim ersten Wagen stand und die Achse überprüfte.

»Was ist hier los? Was macht ihr mit dem Öl?«

Rikard räusperte sich und spuckte auf den Boden, dann schüttelte er den Kopf. »Keine Zeit, alle zu retten. Wir müssen etwas tun, damit die Zauberer sie nicht bekommen. Ist wohl auch besser für sie. Befehl von Mylady.«

Entsetzt drehte sich Aidan zu der Scheune um. Das Öl sammelte sich in Lachen vor der gesamten Seitenwand der Scheune.

»Bei den Ahnen!«, fluchte er. *Sie hat mich nur weggeschickt, damit ich mich nicht einmische. Sie vertraut mir nicht mehr.*

Caitlyn erschien in der offenen Tür und hielt eine brennende Fackel in der Hand. Sie kam ihm entgegen, dann blieb sie stehen, als sie seine Miene sah.

»Es tut mir leid, Aidan«, sagte sie. »Es gibt keinen anderen Weg. Wir können nicht alle mitnehmen.«

Er machte einen zögerlichen Schritt auf sie zu. »Macht das nicht«, bat er sie. »Wir können mit weiteren Männern zurückkommen und ...«

»Keine Zeit«, unterbrach sie ihn. »Sie würden nicht hierbleiben, sondern anderswohin ziehen, und wir würden sie nie wiederfinden.«

»Caitlyn, Mylady, bitte, das dürfen wir nicht tun. Irgendwo müssen wir eine Grenze ziehen.«

Caitlyns Miene verdüsterte sich. »Wir müssen tun, was wir können, und das Böse überall dort aufhalten, wo wir es finden.« Sie machte einen Schritt zurück in Richtung der Scheune.

Er musste etwas unternehmen, damit dieses Grauen verhindert wurde. Aidan sank auf die Knie. »Aber wo hören wir auf?«, rief er. »Sie haben es verdient, zu leben. Wir müssen sie retten!«

»Manchmal müssen wir aber auch harte Entscheidungen treffen.«

»Das hier ist keine harte Entscheidung!«

Caitlyn schüttelte den Kopf. »Oh Aidan, du bist so blind. Wenn wir diese Frauen zurücklassen, werden sie den Zauberern weiterhin das geben, was sie haben wollen – was immer das genau ist. Wir können nicht alle mitnehmen, also müssen wir diejenigen, die hierbleiben, vernichten. Wer weiß schon, welches Übel in ihnen steckt?« Sie machte einen weiteren Schritt auf die Scheune zu.

Aidan hob seine Waffe und zielte auf Caitlyns Brust. Eines wusste er: Sie musste aufgehalten werden. Seine Stimme war zu einem trockenen Krächzen geworden. »Bitte zwingt mich nicht dazu, Mylady.«

Caitlyn sah die Armbrust an und zögerte, doch dann lachte sie leise. »Das wagst du nicht. Ich kenne dich zu gut. Auch du wirst erkennen, dass wir hier das einzig Richtige tun.«

»Es ist nicht richtig«, stieß er zwischen seinen zusammengebissenen Zähnen hervor. »Es kann nicht richtig sein.«

»Du bist immer so schwach.« Sie schritt weiter und weiter auf die Scheune zu.

Aidan betätigte den Abzug der Armbrust.

Der Bolzen drang durch Caitlyns Kettenhemd und bohrte sich mit einem dumpfen Geräusch in ihre Brust. Ein Ausdruck der Überraschung legte sich auf ihr Gesicht. Caitlyn sank auf die Knie. Ihre Fackel fiel auf den Boden und versprühte Funken, die zum Glück nicht das ausgelaufene Öl erreichten. Sie sah Aidan an, hob die Hand und betastete den Bolzen, der in ihr steckte. Blut quoll zwischen ihren Fingern hindurch.

»Es tut mir leid, Mylady«, flüsterte er ihr zu. »Ich darf das nicht zulassen.« Tränen rannen an seinen Wangen herunter. Die Armbrust glitt ihm aus den schlaff gewordenen Händen.

Caitlyn fiel nach vorn, rollte auf die Seite und grub die Finger in die Erde.

Zwei Männer rannten an ihm vorbei, kamen schlitternd vor Caitlyn zum Stillstand und suchten bei ihr nach Lebenszeichen. Der eine schüttelte den Kopf.

Die Welt bewegte sich wie unter Wasser. Alles war verlangsamt, und die Geräusche waren gedämpft. Aidan spürte eine Vibration im Boden. Alle Köpfe drehten sich in dieselbe Richtung: nach Süden.

Einige Männer liefen auf Aidan zu. Sie packten seine Arme und zerrten ihn über den Boden auf die Wagen zu.

Er wurde auf die Pritsche eines der Wagen geworfen. Mit einem Ruck rollte der Wagen los und wurde zunehmend schneller.

Caitlyn lag vor der Scheune. Ihr Blut ergoss sich in den trockenen Boden, und die brennende Fackel flackerte neben ihr.

Die Scheune war unberührt.

21

Caldan trottete durch den Korridor auf sein Zimmer zu. Dabei kam er an einem ungefähr gleichaltrigen Schüler vorbei, der sein Nicken nicht erwiderte. Einige dieser Schüler ignorierten ihn, seit er vor einer Woche hier eingetroffen war. Sie sahen wohl nur diejenigen als ihresgleichen an, die ebenfalls den Unterricht und die Prüfungen durchlitten.

Doch im Augenblick war ihm all das vollkommen gleichgültig. Er war müde und verschmutzt und konnte sich jetzt nicht mit dem Versuch abgeben, neue Freundschaften zu schließen. Seine Kleidung und seine Haut fühlten sich trocken und kratzig an, nachdem er den ganzen Tag an den Schmelzöfen ausgeholfen hatte, wo die jungen Schüler lernten, Metalle in magische Gegenstände zu gießen. Auf seinen Lippen schmeckte er salzigen Schweiß.

Er schlüpfte in sein Zimmer, durchsuchte seine Kleidung und eilte zum Waschbereich, weil er sich vor dem Abendessen frisch machen wollte. Von ein paar Dukaten hatte er sich Hosen und Hemden gekauft, die ihm besser passten als seine alten Sachen. Zusätzlich hatte er einige Dinge erworben, die er brauchte, um an den praktischen Übungen und den Lektionen teilzunehmen, zu denen er zugelassen worden war: Schnitzwerkzeuge für Holz und Wachs sowie ein Bündel

Kerzen, damit er auch nachts in seinem Zimmer lesen konnte. Diese Einkäufe hatten ein großes Loch in seine Geldbörse gefressen, in der sich ja nicht einmal seine eigenen Münzen befanden.

Caldan begab sich zum Abendessen. Wie üblich saß er allein, denn die älteren Schüler übersahen ihn absichtlich, wenn sie in Gruppen hereinkamen und miteinander ins Gespräch vertieft waren. Schnell schlang er seine Mahlzeit herunter, die aus einem dicken Hammeleintopf mit Brot und warmem Apfelwein bestand, und ging zur Bibliothek.

In der Bibliothek befanden sich keine Fenster, denn Sonnenlicht schadete den Büchern, und so benutzten alle Schüler magische Kugeln, die auf einem Tisch hinter der Tür bereitlagen. Bücherregale erstreckten sich in die Dunkelheit hinein. Die Luft hier drinnen war trocken und roch nach Pergament, Leder und Verwesung. Im Raum standen etliche Tische, und an jedem saßen je zwei Schüler und lasen im Licht der Kugeln.

Erstaunlicherweise war die Bibliothek viel kleiner, als er erwartet hatte. An diesem Ort waren mehr Zauberer und Schüler versammelt, als er es je für möglich gehalten hätte, und so hatte er gehofft, dass die Bibliothek gewaltig und voller Bücher aus allen erdenklichen Gebieten sein würde, doch das war nicht der Fall. Diese Bibliothek war weit davon entfernt, ein Hort des Wissens über eine Vielzahl von Themen zu sein: Stattdessen enthielt sie vor allem Bücher über magisches Wirken sowie über das Dominion-Spiel, über Politik und Geschichte. Kurzum: Sie war eine Enttäuschung. Die Bibliothek im Kloster war mindestens zehnmal so groß gewesen und hatte viel breitere Themenbereiche abgedeckt. Jede Hoffnung, hier Informationen über sein Kleinod und seine Familie zu erhalten, hatte sich sofort verflüchtigt, als er die Bibliothek vor ein paar Tagen zum ersten Mal betreten hatte.

Er war sich sicher, dass es noch eine zweite Bibliothek geben musste. Eine, zu der nur die Meisterzauberer und die Protektoren Zutritt hatten. Das wertvollere Wissen stand sicherlich nicht jedem der Schüler zur Verfügung, damit diese sich nicht mit Dingen abgaben, die sie möglicherweise töten konnten.

Caldan war trotzdem ehrlich verblüfft, dass er keinen wesentlichen Text über Kleinodien fand. Es gab lediglich einige, die das Thema sehr allgemein abhandelten; manchmal waren sie nicht mehr als eine Sammlung von Gerüchten. Hin und wieder las Caldan in diesen Büchern sogar offenkundige Falschinformationen, die allem widersprachen, was er über das magische Wirken wusste.

Er bezweifelte, dass es in dieser Bibliothek für ihn viel zu lernen gab. Doch er wollte nichts unversucht lassen, und so verbrachte er einige Zeit damit, die Titel zu überfliegen und einige Bände durchzublättern.

Nach einer weiteren Stunde gab er auf. Er war in den letzten drei Tagen dreimal hergekommen, und wie bei seinen vorigen Besuchen hatte er auch jetzt das Gefühl, seine Zeit verschwendet zu haben.

Er stellte die Bücher, die er durchsucht hatte – *Prinzipien der magischen Kunst* und das schlechte, unwissenschaftliche *Die Geheimnisse der Kleinodien* – mit einem Seufzer zurück ins Regal.

Sinnlos.

Keines dieser Bücher enthielt etwas, das für ihn von Bedeutung gewesen wäre.

Er rieb sich die müden Augen, verließ die Bibliothek und begab sich zu seinem Zimmer. Der harte Stundenplan, den ihm die Protektoren in den letzten Tagen auferlegt hatten, machte ihn müde und gereizt, auch wenn seine Muskeln nicht so sehr schmerzten, wie er es eigentlich erwartet hatte.

Ein kleines Wunder, dachte er.

Er nahm seinen Umhang - ein weiterer kürzlich getätigter Kauf - und eilte durch die dunklen Korridore. Sein neues Ziel war das Wirtshaus *Zum Gähnenden Kaninchen*.

Das *Gähnende Kaninchen* lag in der Nähe der Festung und vieler Gilden. Seine Tür wies auf den gepflasterten Hof hinaus, in dem Caldan zum ersten Mal die öffentlichen Amtsstuben der Zauberergilde gesehen hatte. Wegen seiner Nähe und der ausgezeichneten Speisen und Getränke war dieses Wirtshaus ein Lieblingsort der Schüler aus reichen Familien sowie der vieler Gildenmeister.

Er hatte einige Schüler belauscht und dadurch erfahren, dass dort Dominion-Wettbewerbe ausgetragen wurden und jeder mitspielen durfte, solange er einen willigen Gegner fand - und Münzen für den Einsatz beim Spiel. Caldan wollte versuchen, so viel zu gewinnen, dass er Meister Simmons Darlehen zurückzahlen konnte.

Außerdem schuldete er Miranda ein Abendessen, und diese Schuld wollte er noch dringender begleichen, wenn auch aus anderen Gründen.

Als er sich dem Wirtshaus näherte, sah ihn der Wächter an der Tür langsam von oben bis unten an und nickte ihm schließlich zu. Er war einen Fuß größer als Caldan, und seine Arme wirkten, als könnten sie Steine zerquetschen. Caldan seufzte vor Erleichterung, als er schließlich durchgehen durfte.

Er betrat den Schankraum und ging hinüber zu einer Theke, die eine der Wände in beinahe ganzer Länge einnahm. Bogenförmige Tore öffneten sich auf einen zentralen

Hof, in dem sich ein großer Brunnen befand. Bronzene Tauben spuckten Fontänen aus ihren Schnäbeln, und Caldan bemerkte Fische zwischen den Lilien auf der Wasseroberfläche. Eine Treppe führte hoch zum ersten Stock. Öllampen und zwei Kaminfeuer erhellten den Raum. Caldan roch Bier und Rauch sowie die Düfte der Speisen, die von den Kellnern zu den Tischen getragen wurden. Zu dieser Tageszeit war es nicht so voll, doch wegen der Größe des Gebäudes befand sich noch immer eine überraschend große Menschenmenge hier. Er bemerkte Meister aus verschiedenen Gilden, zwei davon wirkten wie Zauberer. Dazu kamen etliche Adlige und einige Kaufleute. Tische für vier Personen standen wahllos im Raum verteilt. Außerdem sah er, dass an ihnen Karten gespielt wurde.

Caldan trat an die Theke, bemerkte eine Kellnerin in einer weißen Schürze und bestellte sich bei ihr einen Apfelwein – seinen zweiten an diesem Abend, doch es sollte auch der letzte sein, denn er brauchte einen klaren Verstand. Das Mädchen kam sofort mit einem Krug zurück, und er schob einen Kupferdukaten über die Theke. Sie runzelte die Stirn und gab ihm zu verstehen, dass noch eine Münze fehlte. Gehorsam legte er einen zweiten Dukaten neben den ersten. *Dieser Apfelwein muss wirklich sehr lange vorhalten.* Er nahm einen Schluck, lehnte sich mit dem Rücken gegen den Tresen und saugte die Atmosphäre in sich auf.

Die Zeit verging, und der Pegel in Caldans Krug war trotz seines vorsichtigen Nippens schon um die Hälfte gesunken. Kellner und Kellnerinnen huschten durch eine Schwingtür und waren beladen mit köstlich duftenden Speisen: Lammkoteletts in Rotweinsauce, Schweinebraten mit krosser Kruste, stark gewürzte Eintöpfe, zu denen man frisch gebackenes Brot aß. Das alles roch so einladend, dass er sich vornahm,

Miranda zur Begleichung seiner Schuld hierherzubringen. Es war zwar nicht so vornehm wie das Lokal, in das sie ihn geführt hatte, aber wenn er je genug Geld haben würde, dann war das *Gähnende Kaninchen* eine gute Möglichkeit.

Lautes Gelächter unterbrach seinen Tagtraum. Die Menge schwoll umso mehr an, je später der Abend wurde.

Caldan vermutete, dass nun die richtige Zeit gekommen war. Er ging quer durch den Raum zu der Treppe, die in die erste Etage führte. Auch hier gab es bogenförmige Durchgänge zu Balkonen, die über dem Hof schwebten. Dominion-Bretter unterschiedlichster Qualität nahmen die Hälfte des Stockwerks ein.

Caldan schlenderte in der gesamten ersten Etage umher und beobachtete die Dominion-Spieler und ihre Zuschauer. Würziger Rauch aus Tabakspfeifen trieb in die Abendluft hinaus. Ein Mann hielt einen Zweig mit grünen Blättern in der Hand, und gelegentlich zupfte er eines ab, stopfte es sich in den Mund und kaute darauf herum. Adlige, Kaufleute und Gelehrte standen einträchtig zusammen und schauten zu.

An einer Wand hing eine Tafel mit den Namen verschiedener Personen und Nummern, die in Kreide darauf verzeichnet waren. Nach einer höflichen Frage wurde ihm erklärt, dass es sich um die Wettquoten des Dominion-Turniers auf dem Herbstfest handelte. An einem Tisch unter der Tafel saß ein schwitzender rundlicher Mann, der von Papier, Tinte, einer Feder und einer dunklen Kerze umgeben war. *Das muss der Buchmacher sein.* Caldan sah mit offenem Mund zu, wie sich ein Mann dem Buchmacher näherte und einen Turm aus Golddukaten auf den Tisch stellte. Dafür schrieb der Buchmacher etwas auf ein Pergamentblatt und besiegelte dies mit purpurfarbenem Wachs. Das Siegel hing an einer schweren Kette von seinem Gürtel herunter.

Lachen und Rufen durchdrangen den stetigen Lärm der Gespräche. Ein Mann, dem Anschein nach ein reicher Adliger, stand auf und fluchte laut über eine Anzahl von Zügen, die seine Gegnerin, eine hübsche Frau mit roten Haaren, gemacht hatte. Sein Gesicht war purpurn angelaufen, und er ballte kurz die Fäuste, doch dann erschienen zwei stämmige Aufpasser hinter ihm. Der Mann fischte eine Geldbörse aus seiner Weste, warf sie auf das Dominion-Brett und bahnte sich dann einen Weg durch die Menge, die sich um seinen Tisch versammelt hatte.

»Es ist jeden Abend dasselbe mit ihm«, sagte eine leise Stimme neben Caldan.

Er drehte sich um und sah den Sprecher an, einen dürren, kleinen Mann mit ergrauendem Ziegenbärtchen. Die eine Hand hatte er auf seinen Gürtel gelegt, während er in der anderen ein Glas mit einer klaren Flüssigkeit hielt, auf dessen Boden eine Kirsche schwamm. Sein Hemd bestand aus teurem Gewebe und hatte silberne Knöpfe.

Ein vermögender Mann.

Der Mann machte eine steife Verbeugung aus der Hüfte heraus. »Manche Menschen erkennen ihre Grenzen nicht, was? Erlaubt mir, mich Euch vorzustellen. Ich bin Izak Fourie, stets zu Euren Diensten. Ihr seid neu hier, nicht wahr?«

»Das bin ich«, erwiderte er vorsichtig. »Ich heiße Caldan. Kommt Ihr zum Zusehen her, oder nehmt Ihr auch an den Spielen teil?«

Izak Fourie zeigte mit seinem Glas in die Richtung eines Spiels in ihrer Nähe. »Ein wenig von beidem, aber meistens wette ich nur auf einzelne Spiele. Ich fürchte, ich habe nicht das Talent der regelmäßigen Spieler, und das wissen die meisten.« Er zuckte die Achseln. »Aber wir alle müssen uns mit dem begnügen, was wir haben, nicht wahr?«

»Ja«, stimmte Caldan ihm zu, da er glaubte, dass diese Antwort von ihm erwartet wurde. »Also ... wie wettet man denn auf die Spiele? Gibt es außer dem Herrn dort drüben noch jemanden, der Wetten entgegennimmt?« Er deutete auf den Mann unter der Tafel.

Izak runzelte kurz die Stirn, dann grinste er. »Herr? Das hört er gern. Ihr könnt bei ihm wetten, wenn Ihr genug Geld habt. Meistens aber wetten zwei Personen untereinander und lassen sich dies vom Haus bezeugen. Seht Ihr die Diener dort?«

Nun, da er auf sie hingewiesen worden war, erstaunte es Caldan, dass ihm bisher die Männer entgangen waren, die bei jedem Tisch standen. Sie trugen die gleiche Livree wie die Kellner unten, doch ihre war feiner geschnitten.

»Wenn das Haus Wetten bezeugt, wird es dafür sicherlich einen Anteil erhalten?«

»Genau.« Izak lächelte. »Zehn Prozent der Gewinne. Ihr habt doch nicht geglaubt, dass dieser Ort nur existiert, weil seine Eigentümer das Spiel lieben, oder?« Er lachte leise.

»Nein, aber ich bin stets offen dafür, angenehm überrascht zu werden.«

Izak lachte abermals und nippte an seinem Glas. »Bei meinem Barte, das Zeug ist gut!« Er streckte die Zungenspitze heraus und leckte sich über die Lippen. »Ich nehme an, Ihr seid neu in unserer feinen Stadt?«

Izak war ein seltsamer Mann, aber er schien recht freundlich zu sein.

Und genau aus diesem Grund werde ich ihm erst einmal nicht trauen.

»Nicht ganz neu«, erwiderte Caldan vorsichtig. »Ich spiele eine Rolle in der Zauberergilde.« Er war sich nicht sicher, warum dieser Mann Interesse an ihm zeigte, aber er bezweifelte, dass es aus reiner Höflichkeit geschah.

»Wirklich? Eine Rolle?«, fragte Izak gedehnt. »Wie interessant.« Er hüstelte auf seinen Handrücken und deutete mit dem Kopf auf ein Spiel, das einige Tische entfernt begonnen wurde. »Wollen wir es beobachten und unsere Kommentare dazu abgeben?«

»Warum nicht?«, meinte Caldan. Sie stellten sich hinter einen der Spieler.

Als das Spiel begann, stieß Izak Caldan mit dem Ellbogen an und beugte sich zu ihm herüber. »Ich kenne zufällig beide Spieler. Man kann sie regelmäßig hier und auch an anderen Orten antreffen. Sie sind beide recht begabt.«

Caldan beobachtete das Brett, während jeder der Spieler ein Pergamentblatt an einen Diener gab, auf dem sie ihre ersten sieben Züge beschrieben hatten, sodass diese nicht mehr geändert werden konnten. Wie in jeder Schlacht wurden die ersten Züge im Voraus geplant, ohne die Strategie des Feindes zu kennen. Erst danach konnte jeder Spieler seine Taktik an die des Gegners anpassen.

Nach den Eröffnungszügen geriet der Mann vor ihnen in Rückstand, und je weiter das Spiel fortschritt, desto unhaltbarer wurde seine Position. Er fiel immer weiter zurück.

Inzwischen hatten sich etliche andere Zuschauer zu ihnen gesellt, und nach einer kurzen geflüsterten Unterredung zwischen zwei von ihnen rief der eine: »Zwei Silberdukaten auf Lord Schalk bei einer Quote von zwei zu eins.«

Das Wettangebot lag in der rauchgeschwängerten Luft, bis eine Frau ihnen gegenüber es annahm. »Einverstanden. Bezeugt?« Alle wandten sich an den Diener, der sowohl der Frau als auch dem Mann, der die Wette begonnen hatte, zunickte.

Caldan runzelte die Stirn. »Lenkt das die Spieler denn nicht ab?«

»Das ist ein Teil des Spiels, mein Freund. Nun befinden sie

sich unter zusätzlichem Druck. Natürlich macht es manche Spieler nervös, wenn am Ende des Wettstreits immer wilder gewettet wird.« Er zuckte die Achseln. »Aber so ist das nun einmal.«

Das alles war neu für Caldan, und so enthielt er sich jeglicher Bemerkung. Er war es gewöhnt, dass sich die Spieler und die Zuschauer freundschaftlich miteinander unterhielten, deshalb empfand er die Vorstellung, dass auf ihn gewettet wurde, als beängstigend - vor allem, wenn es sich um hohe Summen handelte.

Das Spiel wurde fortgesetzt, und Lord Schalk - der Mann, hinter dem sie standen - wurde ein wenig besser und gewann ein paar Punkte zurück. Doch er würde mit großem Rückstand in die dritte Phase gehen, und es war äußerstes Geschick notwendig, diesen langsam aufzuholen.

Izak beugte sich noch näher zu Caldan herüber. »Ich weiß, dass es im Augenblick sehr schlecht aussieht, aber Schalk ist ein guter Spieler, und obwohl er zurückliegt, ist es das Wissen um die Geheimnisse des Brettes, das einen großen Spieler von einem mittelmäßigen unterscheidet.«

»Dem stimme ich zu. Wir werden sehen, was als Nächstes passiert.«

Für Lord Schalk lief die dritte Phase zunächst gut, wenn man bedachte, aus welcher Position heraus er sie begonnen hatte. Sein Gegner spielte vorsichtig - zu vorsichtig nach Caldans Meinung - und erlaubte Schalk einen gewissen Spielraum zur Festigung seiner Position. Doch dann machte er, als ob er seinen Fehler erkannt hätte, eine Reihe von Zügen, die Schalks Spielsteine in Bedrängnis brachten. Er täuschte einen Angriff auf etlichen Ebenen vor, der umfassend beantwortet wurde, und brach dann an einer so geschaffenen Schwachstelle durch. Schalk hatte Mühe, sich zu verteidigen.

»Ah ... ich glaube, Lord Schalk hat das Spiel verloren«, sagte Izak leise zu Caldan.

Nun war die Menge um das Spielbrett beträchtlich angewachsen. Etliche Leute wetteten, schrien über die Köpfe der Spieler hinweg und ließen sich ihre Einsätze vom zuständigen Diener bestätigen.

Aber auf Caldan wirkte das Brett nicht - richtig. Etwas nagte an ihm. Es waren die Figuren, die Schalk scheinbar vernachlässigt zurückgelassen hatte, als er gezwungen worden war, sich mit anderen zu verteidigen. Nach wenigen Augenblicken nickte sich Caldan selbst zu. Er erkannte die Verteidigung und den Angriff, der darauf folgen würde. Es war in *Die Moral von Dominion* beschrieben, und zwar in einem Kapitel, in dem jemand, der sich in einer vergleichbar schlechten Lage befand, schließlich den Sieg davontrug. Dort wurde genau beschrieben, wie dieser Sieg doch noch errungen werden konnte.

»Fünf Silberdukaten darauf, dass Powell gegen Schalk gewinnt!«, verkündete Izak laut an Caldans Seite und hob dabei die Hand.

Caldan biss die Zähne zusammen, machte ein zischendes Geräusch und zog eine Grimasse.

»Was ist los?«, fragte Izak. »Ich kenne Schalk. Aus dieser Lage kommt er nicht mehr heraus. Das ist eine sichere Wette.«

Caldan zog Izaks Arm herunter. »Nein, das ist es nicht«, sagte er hastig. »Wettet nicht gegen ihn. Entweder ist er ein besserer Spieler, als Ihr glaubt, oder er hat Dominion eingehend studiert.«

Izak betrachtete ungläubig das Brett und die Figuren und strich sich über den Ziegenbart. »Glaubt Ihr etwa, Schalk wird gewinnen? Warum sagt Ihr das?«

»Es hängt davon ab, was er weiß, aber ich habe schon einmal etwas über diese Strategie gelesen.«

»Ihr habt darüber gelesen? Seid Ihr sicher?«, fragte Izak und bedachte Caldan mit einem durchdringenden Blick.

»Aber ja. Hier.« Er griff in seine Geldbörse, holte einen silbernen Dukaten hervor und gab ihn Izak. »Setzt ihn bitte auf Schalks Sieg.«

Izak runzelte die Stirn, doch dann nickte er. Er räusperte sich und hob den Arm.

»Zehn Silberdukaten auf Lord Schalks Sieg!«, brüllte er und fügte Caldans Münze neun eigene hinzu. Gelächter begleitete seine Ankündigung.

Lord Schalk hielt kurz inne, drehte sich zu Izak um und wandte sich dann wieder dem Spiel zu.

»Behalte deine Münzen, Izak. Wir wissen, dass du gestern Abend viel verloren hast. Wenn du es jetzt wieder wettmachen willst, wird es nur noch schlimmer!«, rief ein junger Adliger.

Izak lächelte und lachte. »Hast du Angst bekommen? Wie wäre es mit zwanzig Silberdukaten? Reicht das aus, um jemanden zum Mitbieten zu bewegen?«

Caldan zuckte zusammen. Zwanzig Silberdukaten waren viel Geld, und Izak, dem er gerade erst begegnet war, vertraute ganz auf Caldans Instinkt, auch wenn die Wirklichkeit ganz anders auszusehen schien.

Ich habe keine Ahnung, was Izak tun wird, wenn Schalk das Spiel doch nicht gewinnt, aber ich bezweifle, dass ihm der Verlust einer solchen Summe gleichgültig sein wird.

»Ich nehme die Wette an!«, erwiderte der junge Adlige. »Bezeugen, bitte!«

Der Diener nickte beiden Männern zu und merkte sich die Einsätze. Izak hob sein Glas vor dem Adligen und prostete ihm stumm zu, und der junge Mann grinste zurück. Erhitzte Gespräche erhoben sich nach dieser Wette überall um den Tisch herum.

Nun war es zu spät, und Caldan blieb nichts anderes mehr übrig, als dem Verlauf des Spiels zuzusehen ... und seinen neuen »Freund« nicht aus dem Blick zu lassen.

Plötzlich fühlte sich die Luft im Raum dick und erstickend an. Caldan war sich sicher, dass er recht hatte, aber wenn er sich doch geirrt haben sollte, würde er einen Silberdukaten verlieren, den er bitter benötigte, und sich vermutlich überdies einen Feind machen. Er schluckte, und seine Kehle zog sich zusammen. Schnell trank er den Rest seines Apfelweins und schmeckte die Flüssigkeit dabei kaum noch.

»Hoffentlich habt Ihr recht«, sagte Izak über den Lärm hinweg.

Sag mir etwas, das ich noch nicht weiß.

Caldan bemerkte, dass Powell sie mit finsterem Blick ansah.

Schalk drehte sich zu dem Diener um und verkündete, dass er nun alle fünf zusätzlichen Züge gleichzeitig machen werde. Vorhin hatte sein Gegner drei davon bereits verbraucht.

Die Positionen seiner Figuren wurden verändert, und manche wechselten auf eine andere Ebene des Brettes. Schalk benutzte seine Züge dazu, Powells Streitmacht zu stören und seine eigene Lage zu festigen.

Caldan hielt die Luft an. Nun kam der entscheidende Punkt in Schalks geborgter Strategie. Sein Ziel war es, den Gegner in Panik zu versetzen, sodass er kühne Entscheidungen traf und zweifelhafte Züge machte. Wenn das gelang, war Schalks Sache noch nicht verloren. Wenn das allerdings nicht gelang, konnte der Gegner seine Kräfte wieder bündeln.

Aber das sind eindeutig die Züge, die auch ich gemacht hätte, dachte er, als er Schalks neue Positionen analysierte. *Jetzt liegt es bei Powell, ob er in die Falle geht oder nicht ... und bei mir, für den letzteren Fall meine Flucht zu planen.*

Powell beugte sich auf seinem Stuhl vor, schaute von dem Brett zu Schalk und wieder zurück. Caldan sah, wie bei Powell Panik einsetzte. Er leckte sich die Lippen und machte sich daran, seine letzten beiden zusätzlichen Züge zu benutzen. Seine Streitkräfte waren so über das Brett verteilt, dass sie ihm keinen Vorteil mehr boten, sie wären verschwendet, wenn er sie nun einsetzen würde. Er zog einige seiner Figuren zurück und rüstete sich gegen einen Angriff.

Und das *war der entscheidende Fehler.*

Von seiner erhöhten Position aus sah Caldan, wie Schalk erleichtert die Schultern entspannte, und dieser Anblick rief in Caldan die gleiche Reaktion hervor. Von nun an wendete sich das Spiel langsam, aber beständig zu Schalks Gunsten. Seine Figuren drangen in das leer geräumte Territorium ein und gewannen an Macht. Nach einigen harten Scharmützeln hier und da setzte er Powells isolierte Figuren fest oder drehte sie um.

Das Spiel war bald gewonnen.

Powell gab auf, als es allen klar war, dass er verloren hatte. Schalk hatte sich aus einer scheinbar aussichtslosen Lage bis zum Sieg vorgekämpft.

Schalks Freunde und Bekannte versammelten sich um ihn und gratulierten ihm zu diesem ausgezeichneten Spiel. Powell stand auf und starrte das Brett an, dann verneigte er sich kurz vor Schalk und machte sich auf den Weg zur Theke.

Der junge Adlige, der Izaks Wette angenommen hatte, gab ihm mit kaum verhohlenem Missbehagen eine Handvoll Silbermünzen und reichte dem Diener zwei weitere. Izak dankte ihm überschwänglich – viel mehr, als es höflich gewesen wäre – und strich das Geld ein.

»Hah! Das wird ihm für eine Weile das Maul stopfen«, sagte Izak zu Caldan mit einem erfreuten Grinsen. Er kippte sein Getränk hinunter, kaute auf der Kirsche herum und spuckte den Kern ins Glas. »Ein bemerkenswerter Start in den Abend, mein neuer Freund.« Er gab Caldan drei Silberdukaten, dachte kurz nach und schenkte ihm einen weiteren. »Ich bin dir wirklich zu Dank verpflichtet«, sagte er und schob damit Caldans Einwände beiseite. »Wenn ich dich nicht kennengelernt hätte, besäße ich jetzt etliche Silberdukaten weniger. Das war eine glückliche und einträgliche Begegnung für uns beide.«

»Vielen Dank. Ich war mir allerdings nicht ganz sicher, ob Lord Schalk diesen Plan wirklich im Sinn hatte.«

»Nun, es war aber so, und wir beide haben einen Vorteil aus Eurer Einsicht gezogen. Komm.« Er klopfte Caldan auf die Schulter. »Wir holen uns etwas zu trinken und sehen einem weiteren Spiel zu.«

Sie drängten sich durch die Menge zum Tresen, und Izak winkte eine Kellnerin herbei. »Noch einen für mich – und bring meinem neuen Freund alles, was er haben will.«

Caldan zögerte. Er benötigte einen klaren Kopf, doch nach der Anspannung des letzten Spiels brauchte er doch auch etwas Alkoholisches.

»Was ist los?«, fragte Izak.

»Vielleicht werde ich später ein Spiel wagen, wenn ich ein Gefühl für diesen Ort entwickelt habe. Deswegen möchte ich nur etwas trinken, das nicht so stark ist – falls sie so etwas hier haben.«

»Dann also ein Glas Birnencidre.« Izak gab der Kellnerin ein Zeichen. »Er ist nicht so stark, und du kannst die ganze

Nacht davon trinken. Außerdem besteht er aus Früchten – das ist gut für dich.« Er zwinkerte Caldan zu.

Zwei Gläser wurden klirrend auf die Theke gestellt, und Izak gab der Kellnerin einige Kupferdukaten. Dabei schenkte er ihr ein breites Grinsen, das sie erwiderte.

»Ich sollte mehr über sie herausfinden«, murmelte Izak und nippte an seinem Getränk.

Caldan wusste nicht, ob er ihn recht verstanden hatte. »Wie bitte?«, fragte er und beugte sich näher zu ihm, damit er in dem Lärm deutlicher hören konnte.

»Ach, nichts. Ich spüre den Alkohol schon. Verzeihung.«

Caldan nickte. »Natürlich.« Er reckte den Hals und versuchte, um die beiden Personen herum zu sehen, die den Blick auf ein laufendes Spiel verstellten. Es war ein Wettstreit zwischen zwei fähigen Amateuren, die viele Vorschläge aus dem Publikum erhielten. So etwas hatte er bei den härteren Spielen nicht bemerkt.

Er nippte an seinem Birnencidre, empfand ihn als angenehm säuerlich und wirklich gar nicht stark. »Ich werde ein wenig herumgehen und nachsehen, ob es irgendwo ein interessantes Spiel gibt.«

»Gute Idee«, meinte Izak und warf der Kellnerin, die ihnen die Getränke gegeben hatte, einen raschen Blick zu. »Ich komme mit.« Er zog ein parfümiertes Taschentuch heraus und wischte sich damit das Gesicht ab.

Caldan musste sich mehrfach entschuldigen, während er sich einen Weg durch die Menge der Zuschauer bahnte, die um die Dominion-Tische herumstanden, sich unterhielten und tranken. Izak folgte dicht hinter ihm. Er ging an drei planlosen Spielen vorbei, bis sein Blick auf ein Brett fiel, auf dem die Figuren für eine Partie bereitstanden. Auf einem der beiden Stühle saß eine schlanke, ernst dreinblickende Frau.

Sie trug eine einfache schwarze Hose, ein Hemd mit Perlmuttknöpfen und hatte die Haare zu einem festen, kunstvollen Zopf geflochten. Die Frau lehnte sich auf ihrem Stuhl zurück, betastete mit der einen Hand ihren Ohrring, während sie in der anderen ein Glas Wein hielt. Dabei ignorierte sie die Männer, die um sie herumstanden, als erwarteten sie, dass das Spiel gleich anfangen würde, obwohl kein Gegner da war.

Mit desinteressierter Miene schaute sie auf das Brett, rümpfte die Nase, nippte an ihrem Wein und zog eine Grimasse.

»Bei ihr würde ich es nicht versuchen«, bemerkte Izak. »Sie hat schon seit langer Zeit kein Spiel mehr verloren. Lady Felicienne spielt teuflich gut Dominion, wie man es bei jemandem in ihrer Position auch erwarten kann.«

»Und was wäre das für eine Position?«

Izak strich über sein Ziegenbärtchen. »Ihr offizieller Titel lautet ›Dritte Adjudikatorin‹, was recht harmlos klingt und eigentlich nur ihren Platz in der Hierarchie beschreibt. Aber ihre Aufgabe besteht darin, eine Abteilung zu führen, die sich mit Informationen beschäftigt.«

Caldan dachte schweigend nach. Das war eine interessante Neuigkeit, die er vielleicht zu seinem Vorteil wenden konnte. »Also ... Spionage?«

»Nein, nichts so Offenkundiges und Grobes. Wenn wir wüssten, wer der Chef der kaiserlichen Spione ist, dann würden wir nicht mehr lange leben.« Izak kicherte. »Nein, ihre Abteilung hält Augen und Ohren offen und die Finger am Puls der Geschehnisse überall im Reich sowie in den Gilden und anderen Organisationen.«

Bemerkenswert. So beiläufig wie möglich meinte Caldan: »Könnte sie mir helfen, wenn ich zum Beispiel die Ursprünge eines Kleinods und dessen gegenwärtigen Aufbewahrungsort herausfinden wollte?«

Izak hob die Brauen. »Oh, das könnte sie und mehr noch. Ich habe gehört, dass das Reich alle Kleinodien und deren Eigentümer kennt. Wenn du so wertvolle Informationen haben willst, ist sie sicherlich die richtige Person. Ich bezweifle aber, dass dir der Preis gefallen würde, den sie dafür haben will, selbst wenn du sie dazu bringst, deiner Bitte zu entsprechen.«

»Teuer?«

»Nein, sie besitzt genug Dukaten. Sie würde dich um einen Gefallen bitten oder dich in ihrer Schuld stehen lassen, bis sie eine Verwendung für dich findet.« Izak schüttelte sich. »Das würde mir ganz und gar nicht gefallen.«

Caldan kaute auf seinem Daumennagel herum und beachtete Izaks fragenden Blick nicht weiter. Sollte er es wagen, an diese Frau heranzutreten? Er hatte kaum Dukaten anzubieten, aber wenn stimmte, was Izak gesagt hatte, dann würde sie kein Geld verlangen. Eine Gelegenheit wie diese würde sich allerdings vermutlich nicht so schnell wieder ergeben, und um was könnte sie ihn schon bitten?

»Nun«, sagte Izak, »ich brauche noch etwas zu trinken.« Er sah sich im Raum um. »Ah, da ist sie ja. Macht es dir etwas aus, wenn ich ...« Er verstummte und zeigte in die Richtung des Tresens und der dort stehenden Kellnerin.

»Natürlich nicht.«

»Ich bin gleich wieder bei dir.« Erneut zog Izak sein parfümiertes Taschentuch hervor und wischte sich damit durch das Gesicht, dann verschwand er in der Menge.

Caldan drehte sich zum Dominion-Tisch um und ging auf ihn zu. Eine solche Gelegenheit bot sich nicht oft. Er musste sie mit beiden Händen ergreifen.

»Verzeihung«, begann er. Lady Felicienne hob eine Braue, sah ihn an, sagte aber nichts. Aus der Nähe erkannte Caldan kleine Pockennarben auf ihren Wangen. »Ich sehe, dass Ihr einen Gegner braucht, und ich würde mich freuen, ein Spiel mit Euch bestreiten zu dürfen. Wenn Euch das gefallen würde ... ich meine ... wenn Ihr deshalb hier seid.«

Etliche der Leute, die um den Tisch herumstanden, beendeten ihre Gespräche und hörten zu. Lady Felicienne spielte immer noch mit ihrem Ohrring, während sie Caldan betrachtete. Er hatte das Gefühl, dass ihr nicht viel entging, während ihr Blick über seine Kleidung und die Stoppeln auf seinem Kopf fuhr und schließlich an der Narbe auf seiner Wange hängen blieb. Kurz schaute sie in die Richtung, in die Izak verschwunden war, dann sah sie wieder Caldan an.

»Warum nicht?«, erwiderte sie mit einem belustigten Tonfall. Sie setzte sich gerade und deutete auf den leeren Stuhl vor ihr. »Bitte setzt Euch. Um wie viel wollt Ihr wetten?«

Caldan zögerte und griff in seine Geldbörse. *Ich darf nicht zu viel riskieren.* Er zog zwei Silberdukaten heraus und legte sie auf den Tisch.

»Zwei silberne«, sagte er so nachdrücklich, wie er konnte, während sein Herz heftig klopfte.

Hinter ihm hustete jemand, und er hörte ein Kichern. Lady Felicienne sah die Münzen an, blinzelte und hob den Blick wieder zu Caldan.

»Ich weiß nicht, ob ich eine solche Summe aufbringen kann«, sagte sie und blieb dabei todernst.

»Und noch etwas anderes.«

»Oh?«

»Ich brauche Informationen. Wenn ich gewinne, darf ich Euch einige Fragen stellen, von denen ich glaube, dass Ihr sie beantworten könnt.«

»Fragen? Worüber?«, wollte sie wissen, während ihre Hand wieder zu dem Ohrring hochkroch und an ihm spielte.

»Das möchte ich hier nicht so gern sagen.« Caldan deutete auf den übervollen Raum.

»Woher soll ich dann wissen, dass das, was Ihr zusätzlich zu den Dukaten anbietet, dafür ausreicht?«

»Ich habe noch nichts Weiteres angeboten.«

»Ja, und genau das ist das Problem. Ihr setzt also unbestimmte Dienste gegen unbestimmte Informationen?«

Caldan war verwirrt. »Ja, so ist es vermutlich. Ich weiß nicht, woran Ihr interessiert sein könntet. Ihr wisst das sicherlich besser als ich.«

Felicienne sah ihn von oben bis unten an und lächelte. »Allerdings.« Sie lehnte sich auf ihrem Stuhl zurück und tippte sich mit dem Finger gegen die Wange, während sie den Blick nicht von Caldan abwendete.

»Ich sage Euch etwas«, meinte sie schließlich. »Ich nehme Eure Herausforderung an. Diese Dummköpfe, die hier herumstolzieren und darauf warten, dass jemand mit mir spielt, der besser ist als sie, langweilen mich nämlich zu Tode.«

Caldan betrachtete kurz die Leute in der Nähe des Tisches. Einige sahen die Frau finster an, aber manche grinsten, als ob sie diese Grobheit höflich überhört hätten.

»Nun ... vielen Dank. Ich werde mich also setzen.«

»Bitte sehr. Das macht die Partie leichter.« Sie beugte sich vor und legte zwei Silberdukaten auf Caldans Münzen. »Ich glaube nicht, dass mir schon einmal jemand dafür gedankt hat, dass er mit mir spielen darf.«

Caldan spürte, wie sie ihn beobachtete, als er sich setzte. Er zog den Stuhl näher an den Tisch heran, und die Beine kratzten über den Boden. Irgendwo im Hintergrund kicherte eine Frau.

Felicienne hob die Hand, und sofort näherte sich einer der bereitstehenden Diener mit zwei Papierblättern und Schreibmaterialien. Jeder der beiden Spieler nahm ein Blatt und verzeichnete darauf die ersten sieben Züge, dann gaben sie die Notizen zurück.

Der Diener betrachtete beide Blätter, bevor er sie mit der Schrift nach unten auf die oberste Ebene des Brettes legte, sodass beide sie sehen konnten. Lady Felicienne lächelte.

Caldan zog eine Grimasse.

Die erste Phase des Spiels hatte begonnen.

Lady Felicienne saß bequem auf ihrem gepolsterten Stuhl und war mit dem Fortgang der Partie zufrieden. In der einen Hand hielt sie ein Glas mit einer hellgrünen Flüssigkeit. Sie schaute kaum auf das Brett, ihre hauptsächliche Aufmerksamkeit war auf die Menge gerichtet, die sich um ihren Tisch versammelt hatte: andere Spieler, Gäste, sogar zwei Kellner, die gerade eine kurze Pause machten.

Caldan wusste, dass sie das Brett nicht beobachten musste, denn sie hatte alle Figuren, Positionen und Verläufe im Kopf, so wie es auch bei ihm selbst der Fall war. Er begriff, dass ihre scheinbare Teilnahmslosigkeit dazu diente, ihren Ruf zu stützen.

In der Stunde, die das Spiel nun schon dauerte, hatte er durch das ehrfürchtige Geflüster der umstehenden Personen, das an seine Ohren gedrungen war, ein wenig über sie erfahren.

Lady Felicienne Scheusteig war eine Dritte Adjudikatorin des Kaisers. Wie eine der umstehenden Frauen es ausgedrückt hatte, war sie scheu dem Namen, aber nicht der Natur nach. Sie war aus der Hauptstadt nach Anasoma gereist, da sie in den letzten fünf Jahren an jedem Dominion-Turnier des

Herbstfestes teilgenommen hatte. Ansonsten hatte Caldan nichts Wichtiges erfahren – er wusste nun lediglich, was sie gern aß und trank.

Er richtete seine Aufmerksamkeit wieder auf das Brett. Etwas stimmte nicht mit Lady Feliciennes letzten drei Zügen, aber er vermochte nicht genau zu sagen, was ihn daran störte. Ihre versuchte Finte und der darauf folgende Angriff konnten ihre Position nicht verbessern, doch das Spiel lief nun in eine etwas andere Richtung. Er kratzte sich am Kopf und rutschte auf seinem Stuhl hin und her.

Rechts von ihm bahnte sich Izak einen Weg durch die Menge auf ihn zu. Er hatte ein hochrotes Gesicht, und Schweiß glänzte auf seinem Gesicht. Die Hälfte seines Hemdsaumes hing aus dem Hosenbund heraus. Kurz blieb er stehen und entschuldigte sich bei zwei Personen, zwischen denen er sich hindurchgedrängt hatte, dann näherte er sich Caldan mit einem breiten Grinsen. Er beugte sich vor und flüsterte: »Du hättest dir einen einfacheren Partner für dein erstes Spiel suchen können.«

Caldan lächelte schief und spreizte entschuldigend die Hände. »Der Tisch war frei, und sie hat auf einen Gegner gewartet.«

»Das hätte dir einen Hinweis geben können, wenn du nachgedacht hättest.« Izak wischte sich mit seinem Taschentuch über die Stirn. »Aber soweit ich es erkennen kann, ist das hier ein sehr interessantes Spiel.«

»Ist alles in Ordnung mit dir? Du wirkst ein wenig aufgeregt.«

Izak grinste und zwinkerte. »Alles in Ordnung, vielen Dank. Ich hatte einen ... Plausch mit der Kellnerin. Vielleicht brauche ich einfach nur ein erfrischendes Getränk.« Er richtete sich auf und winkte einem Kellner zu. Izak gab ihm ein paar

Münzen und einige Anweisungen, dann beugte er sich wieder zu Caldan herunter.

»Es geht mich zwar nichts an, aber hast du auf dieses Spiel gewettet?«

»Ja, zwei Silbermünzen.« Caldan sah, wie Izaks Augen groß wurden.

Izak hustete in seine Hand. »Zwei Silbermünzen. Es muss ihr sehr langweilig sein.«

»Wie bitte?«

»Ach, nichts. Begreifst du, dass du verlieren wirst? Ich meine, sie ist eine der besten Spielerinnen des gesamten Reiches.«

»Ist sie das?« Caldan runzelte die Stirn. Ihr Spiel war bisher ausgezeichnet gewesen, aber er hatte schon bessere gesehen. »Ich würde nicht sagen, dass sie die Oberhand hat.«

Izak deutete auf das Brett. »Aber ja! Sieh dir doch das Spiel an. Bist du etwa blind?« Sein neuer Bekannter schüttelte den Kopf. »Es tut mir leid, das war grob von mir. Kannst du denn nicht erkennen, dass sie gewinnt?«

»Das sieht nur so aus. Sie ist beinahe da, wo ich sie haben will.«

»Vergib mir, wenn ich ein wenig skeptisch klinge.«

Ein Kellner erschien neben ihm mit einem hölzernen Tablett. Izak gab Caldan ein weiteres Glas mit Birnencidre und nahm sich dann sein eigenes Getränk, das wie Schlamm mit einem Löffel darin aussah.

»Ah! Das ist genau das Richtige, um die Reserven wieder aufzufüllen«, rief Izak aus.

Caldan sah zu, wie Izak einige Löffel der dicken braunen Flüssigkeit schluckte. Jemand hinter Izak machte eine Bemerkung, und er drehte sich lachend um und hielt Glas und Löffel hoch in die Luft. Einige derbe Rufe folgten seiner Darbietung.

Verwirrt schüttelte Caldan den Kopf und kehrte zum Spiel zurück. Er musste noch viel über diesen Ort lernen.

Lady Felicienne starrte ihn an. Ihre Blicke flogen von dem Spielbrett zu Caldan und wieder zurück. Sie stellte ihr Glas auf einem Nebentisch ab, beugte sich vor und betrachtete das Spiel. Dabei faltete sie die Hände vor sich und kniff die Augen angespannt zusammen. Sie wirkte ... verärgert.

Endlich spürt sie, dass etwas nicht stimmt, dachte Caldan. Er hoffte, dass sie seinen Plan erst durchschauen würde, wenn es zu spät war.

Jemand stieß gegen Caldans rechte Schulter, und er verschüttete seinen Cidre. Es war Izak.

»Verflucht ... ich meine ... Entschuldigung. Ich bitte um Pardon.« Irgendwo hatte er einen Stuhl aufgetrieben, und es war ihm gelungen, ihn durch die Menge zu zerren und neben Caldan zu stellen. Er setzte sich mit einem hörbaren Seufzer der Erleichterung und hielt sein inzwischen leeres Glas in der Hand, einige schlammartige Streifen waren noch darin zu sehen. Ein starker Geruch nach Kräutern und Gewürzen stieg aus dem Glas und erreichte Caldan.

»Eine Arznei?«, fragte er.

»Oh ... ja. Gut für alle Wehwehchen und Kräfte schenkend.«

Caldan betrachtete wieder das Brett, behielt aber auch Lady Felicienne im Blick. Den Gegner zu kennen und zu erraten, welche Schlüsse er über das eigene Spiel zieht, war genauso wichtig wie die Züge selbst.

»Du glaubst, du hast die Oberhand?«

Caldan seufzte leise. Izak lenkte ihn ab. Er meinte es gut, aber es würde Caldan bei diesem Spiel nicht helfen.

»Es hängt von den nächsten Zügen ab und davon, ob sie etwas ausgeheckt hat und ihre Verteidigung neu aufstellen kann.«

»Würde ich es bereuen, auf dich gesetzt zu haben, wenn ich einen kleinen Einsatz machen würde?«

»Du weißt sehr genau, dass alles passieren kann, aber ich glaube, sie wird nicht rechtzeitig dahinterkommen. Jetzt wünschte ich, ich hätte mehr gesetzt.«

Izak stand plötzlich auf. »Nun, Zeit für ein weiteres Glas. Ich darf nicht den ganzen Abend hier herumsitzen und dich ablenken.« Er verschwand in der Menge.

Caldans Gegnerin hatte bisher außerordentlich gut gespielt, und wenn sie während der nächsten Züge seinen Plan bemerken würde, würde es für ihn nicht gut ausgehen. Im Augenblick befand sich das Spiel in der Schwebe.

Felicienne bewegte drei Figuren gleichzeitig. Er hielt den Atem an, als sie zwei ihrer zusätzlichen Züge machte. Sie saß reglos da, atmete nicht, starrte nur das Brett an. Caldan wagte immer noch kaum zu atmen. Dann erhob sie sich, als sie eine Figur auf der zweiten Ebene versetzen wollte, doch hielt plötzlich inne und bewegte eine andere.

Er stieß langsam und leise den Atem aus. Sie hatte seine List nicht bemerkt und das Herzstück seines Plans nicht erkannt. Ihre Züge waren logisch – so wie sie es sah –, aber am Ende dienten sie nur dazu, ihre Position weiter zu schwächen.

Caldan riss sich zusammen, aber bevor er seine Züge ausführte, studierte er das Brett und die Figuren eingehend. Immer dann, wenn man am zuversichtlichsten war, bestand die Gefahr, dass man Fehler machte. Wenn man sich zu sehr auf das eigene Spiel konzentrierte, übersah man oft die wesentlichen Aspekte des gegnerischen.

Ein Stoß gegen seine Schulter verriet ihm, dass Izak mit einem weiteren Getränk zurückgekehrt war. Nun hielt er ein bauchiges Glas mit einer gelblichen Flüssigkeit in der Hand.

Sein Gesicht war noch immer rot, vermutlich wegen des vielen Alkohols, den er bisher getrunken hatte.

»Hier, bitte. Du kannst mir später danken.« Izak reichte ihm ein Blatt Papier. Darauf stand: C. 2G, T7, LF 15-1. Darunter befanden sich eine gekritzelte Signatur und ein dunkles Wachssiegel.

Caldan runzelte die Stirn über diese kryptischen Zeichen. »Was ist das?«

Sofort kam ein Diener herbei und wollte das Papier sehen, Caldan reichte es ihm, während Izak lächelte. Der Diener las die Nachricht und war zufrieden, weil sie nicht zu schummeln versucht hatten, und gab sie Caldan mit einem Nicken zurück.

Izak hielt noch ein weiteres Blatt Papier in der Hand. »Das ist deine Wette, und das hier ist meine. Du kannst mir die Dukaten, die ich eingesetzt habe, später geben, wenn du gewonnen hast.«

»Meine ... was?«, fragte Caldan laut. Etliche Köpfe in der Menge drehten sich ihm zu. Er packte Izaks Arm durch den Mantel hindurch und zerrte ihn näher an sich. »Du hast eine Wette in meinem Namen abgeschlossen? Wie viel?«

Izak wand sich in seinem Griff. »Ganz ruhig, Junge. Du hast wirklich einen festen Griff. Ich brauche meinen Arm später noch.«

»Wie viel?«, knurrte Caldan.

»Das steht doch hier. Zwei Golddukaten. Man muss hoch einsteigen, solange die Quote gut ist. Wenn du gewinnst, werden die nächsten Quoten schlechter sein.«

Caldan saß verblüfft da. *Zwei Golddukaten. Ich habe keine zwei Golddukaten.*

»Was ist das Problem? Du glaubst doch, dass du gewinnst«, erläuterte Izak. »Wenn es so weit ist, wird man uns für Banditen halten. Niemand hier glaubt ernsthaft, sie könnte verlieren.«

Caldan ballte die Finger zur Faust. Die Finger der Hand, die Izaks Arm gepackt hielt. Izak riss den Mund vor Schmerz auf.

»Ich *habe* keine zwei Golddukaten. Selbst wenn ich sie hätte, würde ich sie nicht verwetten.«

Izak versuchte, Caldans Finger um seinen Arm zu lösen. »Ganz ruhig, ja? Ich bin mir sicher, dass du gesagt hast, du wolltest heute Abend ein paar Dukaten gewinnen.«

»Aber nicht, indem ich Münzen verwette, die ich gar nicht besitze. Was passiert, wenn ich verliere?«

Dann würde er zwei Golddukaten und nicht näher bezeichnete Dienste für Lady Felicienne schulden. Der Magen drehte sich ihm um.

»Ich dachte, du hast gesagt, du wirst gewinnen?«

»Ich ... das ist ... möglich. Aber darum geht es nicht. Was ist, wenn ich nicht gewinne? Dann kann ich meine Schulden nicht bezahlen.«

»Hm.« Izak blinzelte. »Dann wirst du vermutlich ins Gefängnis gehen oder zu den Arbeitsbrigaden kommen. Autsch.« Er riss an Caldans Hand, die noch immer um seinen Arm geklammert war. »Lass los!«

»Was steht auf dem Papier?«

»Nun, C – das bist du, Caldan. Zwei G, das ist offensichtlich ...« Er warf Caldan einen raschen Blick zu, doch als er dessen Miene sah, blickte er sofort wieder auf das Blatt Papier. »Hm, T sieben – das ist Tisch sieben. Also dieser Tisch hier. LF steht für die gute Lady. Und die letzten Zahlen geben die Quote wieder. Fünfzehn zu eins.« Er schluckte. »Das ... das bedeutet, du bekommst dreißig Goldstücke, wenn du gewinnst, minus drei als Gebühr.«

Caldan schüttelte angewidert den Kopf und ließ Izaks Arm endlich los.

»Gibt es Schwierigkeiten, meine Herren?« Lady Feliciennes Worte trieben über den Dominion-Tisch hinweg auf sie zu.

Caldan zuckte innerlich zusammen, und Izak wurde so reglos wie eine Statue.

»Nein, ganz und gar nicht«, erwiderte Caldan. »Es ist nur eine freundliche Meinungsverschiedenheit.«

Felicienne rümpfte die Nase. »Ah, also von der schlimmsten Sorte.« Ihr Blick wanderte zu Izak und kehrte dann zu Caldan zurück. »Hat Izak etwas getan, was zu bedauern ist?«

»Mit an Sicherheit grenzender Wahrscheinlichkeit«, sagte Caldan und erzeugte damit bei der Lady ein Lächeln.

»Ich hoffe, Ihr habt auf mich gesetzt.« Sie lächelte Caldan noch intensiver an. »Ich werde diese Nuss bald geknackt haben. Das wurde auch Zeit. Für zwei Silberdukaten hatte ich nicht so viel Gegenwehr erwartet.«

Ein Schmerz im Kiefer verriet Caldan, dass er die Zähne zu fest zusammengebissen hatte. *Zwei Golddukaten und weitere Dienste, wenn ich nicht gewinne, und Lady Felicienne verharmlost dieses Spiel.* Sein Gesicht war heiß, und die Luft um den Tisch herum war schal geworden. Die Menge, die um ihn herumstand, machte Caldan nervös. Er schloss die Augen und machte einige tiefe Atemzüge.

»Ist alles in Ordnung mit dir?«, ertönte Izaks Stimme wie aus weiter Ferne.

Caldan öffnete die Augen wieder und schüttelte den Kopf. »Nein, nicht wirklich. Insbesondere dann nicht, wenn ich verlieren sollte.«

»Aber du hast gesagt, dass du gewinnen wirst.«

Allmählich machte Izak ihn wütend. »Nein, das habe ich nicht gesagt.«

»Doch, das hast du. Du hast gesagt ...«

»Könntest du bitte ruhig sein? Ich muss mich konzentrieren.«

»Oh, natürlich.« Izak hielt sich den Finger vor die Lippen. »Du kannst auf mich zählen.«

Caldan nickte. »Könntest du mir einen Gefallen tun? Ein Glas Wasser würde mir helfen.«

»Wasser? Was du brauchst, ist etwas Stärkeres. Etwas, das ...«

»*Nein*. Wasser, bitte.«

»Ich bin sofort zurück. Mach keine Züge, bis ich wieder hier bin.« Izak schwankte durch die Menge, und Caldan seufzte vor Erleichterung.

»Seid Ihr eng befreundet?«, fragte Lady Felicienne. »Mit Izak?«

»Nein ... Mylady. Ich bin ihm heute Abend zum ersten Mal begegnet.«

»Mylady?« Sie lächelte ihn an. »So förmlich?«

Caldan regte sich unbehaglich auf seinem Stuhl.

Felicienne fuhr fort: »Wenn wir einmal die Gelegenheit haben sollten, in einem offiziellen Rahmen aufeinanderzutreffen, könnt Ihr mich ›Mylady‹ nennen, aber hier bin ich einfach nur Felice.«

Einige Zuschauer keuchten leise auf, und auf Feliciennes Gesicht erschien ein Grinsen. »Ein gutes Spiel hat eine Belohnung verdient, nicht wahr? Doch am Ende kann es für den weniger Geübten auch ein Gewinn sein, aus einem verlorenen Spiel zu lernen.« Sie sah ihm in die Augen. »Ich freue mich schon auf die noch nicht näher bezeichneten Dienste.«

Bei diesen Worten stieg Hitze in Caldans Wangen. Er schluckte. »Also gut, Felice. Ihr könnt mich Caldan nennen.«

Felice nickte knapp. »Und was macht Ihr, Caldan?« Ihr Blick

wanderte an seinem Oberkörper herunter. »Für jemanden, der Dominion mit nicht geringem Geschick spielt, scheint Ihr ein wenig zu ... muskulös zu sein.«

Caldan räusperte sich. Es war ihm peinlich, vor ihr zugeben zu müssen, dass er nur ein Schüler der Protektoren war. »Ich bin ein Zauberer.«

Felice hob eine Braue. »Tatsächlich? Nun, ich bin mir sicher, dass das eine sehr wertvolle Berufung ist.«

Mit jedem Augenblick wurde die Luft dicker. Caldan beschloss, nun seinen Zug zu machen. »Ich glaube, ich bin an der Reihe?«

»Eure Annahme ist korrekt.«

Caldan nickte. »Ich möchte meine fünf zusätzlichen Züge jetzt einsetzen.«

Felices zufriedenes Lächeln verwandelte sich rasch in einen düsteren, verwirrten Blick, und sie runzelte die Stirn. Sein normaler Zug sowie die fünf zusätzlichen bedeuteten, dass er nun sechs Züge hintereinander machen konnte. Caldan stand auf und bewegte seine Figuren in schneller Abfolge über das Brett.

Lady Felicienne öffnete vor Überraschung den Mund.

Caldan setzte sich wieder, stieß einen Seufzer der Erleichterung aus und hielt das Blatt mit den Wettinformationen in der verschwitzten Hand. Als er Izak sah, streckte er gierig die Hand nach dem Glas mit Wasser aus, das sein neuer Freund gerade gebracht hatte, und trank es in wenigen Schlucken leer.

»Was ist passiert?«, zischte Izak. »Ich habe dir doch gesagt, du sollst keine Züge machen, bis ich zurück bin!«

»Ich habe die Gelegenheit ergriffen«, erwiderte Caldan. »Ich habe die Züge ein wenig früher gemacht, aber es hat trotzdem funktioniert.«

»Sie sieht wütend aus. Auf dich.«

Caldan wich Felices Blick absichtlich aus. »Ich entnehme daraus, dass sie nicht oft verliert?«

»Ah, nein. Nicht oft. Sehr selten, könnte man sogar sagen.« Izak schaute auf seine leeren Hände. »Wo ist mein Glas?«

»Vergiss dein Glas. Wir können von Glück reden, wenn ich nicht gleich ins Gefängnis geworfen werde.« Er sah Izak finster an, aber dieser hatte nur Augen für das Dominion-Brett.

Dann hielt Izak den Kopf schräg und blinzelte. »Ich glaube, sie hat tatsächlich verloren«, sagte er mit einer Spur Verwunderung in der Stimme.

»Das hat sie, und sie weiß es – zum Glück für uns beide, da ich zu behaupten wage, dass das Gefängnis kein guter Ort wäre.«

»Ach, eigentlich ist es dort gar nicht so schlecht, wenn man sich daran gewöhnt hat. Ausgezeichnet! Dieser Abend ist bisher recht interessant. Gegen wen solltest du als Nächstes spielen? Wir können eine Menge Geld machen, bis sich die Nachricht über deinen Sieg verbreitet hat.«

»Ich spiele heute Nacht gegen niemanden mehr.«

»Du musst! Heute ist die beste Gelegenheit. Morgen werden die Leute vorsichtiger sein. Viel vorsichtiger.«

Lady Felicienne stand ruckartig auf. Alle Augen richteten sich auf sie. Sie verneigte sich vor Caldan. »Ich gestehe meine Niederlage ein«, sagte sie gleichmütig. »Gut gespielt.«

In der Menge war Keuchen zu hören, und das Gesumme der Gespräche wurde immer lauter.

Caldan kannte das Protokoll für eine solche Situation nicht und nickte daher zunächst nur. Nachdem er einen Moment gezögert hatte, ging er um das Spielbrett herum und streckte die Hand aus. »Es war ein gutes Spiel. Ich würde mich freuen, bald wieder gegen Euch antreten zu dürfen.«

Felicienne sah Caldans ausgestreckte Hand an und packte sie mit festem Griff. »Das geht mir ebenso. Ich glaube fest, dass wir uns wiedersehen werden. Es kommt nicht oft vor, dass jemand mir beim Dominion etwas Neues zeigt. Und ich fürchte, ich habe Euch unterschätzt – was mir nicht noch einmal passieren wird.«

Caldan schenkte ihr ein schräges Lächeln. »Dessen bin ich mir sicher.«

»Auf diese Strategie bin ich noch nie gestoßen. Es war eine ... lehrreiche Erfahrung.«

»Ich darf sie nicht für mich beanspruchen«, sagte Caldan. »Sie wurde vor langer Zeit von einem Mann namens Kelhak ersonnen. Sie ist so alt, dass sie inzwischen fast vergessen ist.«

»Ah.« Felicienne deutete auf die Silberdukaten neben dem Brett. Zwei hatte Caldan eingesetzt, und die beiden anderen stammten von Felicienne. »Euer Gewinn.«

Er dankte ihr und nahm die Münzen an sich.

Sie schob sich eine Haarsträhne hinter das Ohr. »Und dann ist da noch die Sache mit der nicht näher bezeichneten Information. Aber offensichtlich ist das hier nicht der richtige Ort für ein Gespräch darüber. Izak weiß, wo Ihr mich finden könnt, und ich zahle meine Schulden stets zurück. Ich werde dafür sorgen, dass Euch jemand aufsucht und mit Euch über das spricht, was Ihr braucht. Reicht Euch das, oder soll ich Euch eine zusätzliche Sicherheit geben, bevor ich aufbreche?«

»Das ... wird nicht nötig sein. Ich vertraue Euch.«

Bei seinen Worten hob Felice eine Braue und grinste. »Ich glaube, für den heutigen Abend habe ich mehr als genug gelernt. Ich werde jetzt gehen. Darf ich Euch anbieten, Euch bis zur Zauberergilde zu begleiten?«

»Äh, nein ... vielen Dank. Ich komme allein zurecht.«

Felicienne zögerte. »Dessen bin ich mir sicher.« Sie betrachtete die ausgedünnte Menschenmenge um den Tisch herum. »Dann könnt Ihr mich vielleicht zu meinen Gemächern begleiten. Wie wäre es, wenn wir uns morgen Abend etwas eingehender unterhalten?«

Caldan hörte, wie Izak in seine Hand hüstelte, etwas Unverständliches murmelte und den Tisch verließ. Sein Herz schlug schneller. Was würde Miranda von ihm denken?

Und warum denke ich in diesem Augenblick an Miranda?

»Es tut mir leid, aber das muss ich ablehnen«, sagte er.

»Müsst Ihr das?«

»Ja, Mylady.« Sie hob eine Braue. »Äh ... Felice.« Caldan suchte nach einer Ausflucht. »Ich muss ehrlich gestehen, dass ich gegenwärtig nicht weiß, wo ich stehe. Ich bin neu in der Stadt und hatte großes Glück, dass mich die Zauberer aufgenommen haben.«

»Ich würde eher sagen, dass die Zauberer großes Glück gehabt haben.«

»Wie dem auch sei, ich brauche erst einmal eine gewisse Stabilität.«

»Bin ich etwa unstabil?« Bevor er etwas einwenden konnte, hob sie die Hand und lächelte. »Ich habe nur einen Scherz gemacht – obwohl ich noch nie so bezeichnet wurde. Nein, ich werde Euch nicht bedrängen, und ich fühle mich nicht beleidigt. Aber ich sollte jetzt besser gehen.«

Sie nickte und ließ ihn ohne ein weiteres Wort bei dem beendeten Spiel stehen.

Izak trat neben ihn. »Soso. Du musst sie sehr beeindruckt haben.«

Caldan schüttelte den Kopf. Er wusste nicht, was er von Lady Felicienne halten sollte. Müde rieb er sich die Augen und gähnte. Er hatte das Gefühl, dass dieser Abend schon sehr lange dauerte, doch dabei war es eigentlich noch recht früh.

»Du solltest unbedingt weiterspielen. Du musst dir den Vorteil zunutze machen, bevor sich die Nachricht von diesem Spiel verbreitet.«

»Nein. Ich sollte zurück zur Gilde gehen. Ich hatte genug Aufregung für einen Abend.«

Izak seufzte resigniert. Er holte aus der Innentasche seines Mantels ein Blatt, das dem von Caldan glich. »Dann sollten wir unseren Gewinn einstreichen. Bist du dir wirklich sicher …?«

»Ich bin mir sicher. Heute nicht mehr.«

Izak geleitete Caldan am Arm durch die Menge. Einige Leute nickten Caldan zu, und ein Mann klopfte ihm auf den Rücken. Sie bahnten sich einen Weg zu dem Mann, der unter der Kreidetafel saß und ihnen ihren Gewinn überreichte, ohne ihnen Schwierigkeiten zu machen.

Die Stoffbörse wog schwer in Caldans Hand. Sie enthielt mehr Dukaten, als er je in seinem Leben besessen hatte. Es würde reichen, um Meister Simmons Darlehen zurückzuzahlen, und es würde noch eine Menge übrig bleiben. Genug, um Miranda mit einem anständigen Essen für ihre Freundlichkeit zu entlohnen.

Izak warf seine eigene Börse in die Luft und fing sie wieder auf. »Also, wenn du heute früh zu Bett gehen willst, dann werde ich das auch tun. Zu viel Aufregung ist nicht gut für einen Mann in meinem Alter. Von gewissen Ausnahmen abgesehen.« Er lachte, und Caldan lachte mit ihm.

Caldan lehnte ein letztes Glas ab und verabschiedete sich mit der Versicherung, er werde bald in das *Gähnende Kaninchen* zurückkehren und nach Izak Ausschau halten.

22

Caldan brauchte zwei Stunden, bis er sich durch die morgendlichen Massen gekämpft hatte und endlich an dem Ort eintraf, an dem er sich mit Miranda verabredet hatte. Sechs Tage waren seit seinem Sieg über Lady Felicienne vergangen, und Caldan war noch immer nicht wirklich glücklich über die Golddukaten, die er mit Izaks Hilfe gewonnen hatte. Er hatte seine Schulden bei Meister Simmon zurückgezahlt, was eine erhobene Braue und die Frage hervorgerufen hatte, wie er in so kurzer Zeit an so viel Geld gekommen war. Caldan hatte mit rotem Gesicht seine Tat gestanden, und Simmon hatte nur gegrinst und gesagt, er solle nicht zu oft gewinnen. Offenbar mochten es einige Kaufleute nicht, wenn die Zauberer ihnen überlegen waren, und vermuteten in diesen Fällen stets Betrug.

Einige Münzen gab Caldan für Notwendigkeiten aus, den Rest versteckte er unter seiner Strohmatratze. Er hatte ein weiteres magisches Schloss für seine Tür geschaffen, das jeden Gelegenheitsdieb davon abhalten würde, sein Zimmer zu betreten.

Caldan bemerkte Miranda und winkte ihr zu. Sie hatten vereinbart, sich an einer Kreuzung im Hafenviertel zu treffen, da Miranda dort etwas erledigen und ihm jemanden vorstellen wollte, der ihm möglicherweise dabei behilflich sein konnte, etwas über sein Kleinod herauszufinden.

Sie winkte zurück, und Caldan senkte erleichtert den Arm. Meister Simmon hatte ihn in den letzten drei Tagen eine scheinbar endlose Abfolge von Übungen durchführen lassen. Sie sollten seinen Körper stärken, hatten ihn jedoch nur kurzatmig gemacht und zu Muskelschmerzen geführt. Die Nachmittage waren der Magie sowie den Lektionen über Alchemie und Geschichte vorbehalten gewesen. Bei all diesen neuen Aktivitäten stellte Caldan fest, dass sein Appetit wieder so groß war wie vor seiner Ankunft. Er konnte doppelt so viel verspeisen wie seine Mitschüler – zu seiner Verlegenheit und ihrer Belustigung.

Miranda schenkte ihm ein Lächeln, als sie von der anderen Straßenseite auf ihn zukam. Dann blieb sie kurz stehen und ließ eine Gruppe von Kindern vorbei.

»Wie geht es dir?«, fragte sie, als sie ihn erreicht hatte. »Komm«, sagte sie und packte seinen Arm, bevor er eine Antwort geben konnte. »Wir sollten das Geschäftliche schnell erledigen, damit wir den Tag genießen können.«

»Es geht mir gut, abgesehen vom Muskelkater. Was hast du in der Zwischenzeit gemacht?«

»Dies und das. Mehr dies als das.« Sie grinste schelmisch. »Ich habe ein Geschäft abschließen können, das mir ein paar Dukaten verschaffen wird, wenn alles nach Plan läuft.«

Caldan lachte. Miranda führte immer etwas im Schilde. »Gut. Wenigstens hat einer von uns den Verstand, für einen ehrlichen Lebensunterhalt zu sorgen.«

»Ich habe nicht gesagt, dass es ehrlich ist«, sagte sie und grinste noch breiter. »Und was ist mit dir? Bist du über ein paar unehrliche Münzen gestolpert, seit wir uns zuletzt gesehen haben?«

»Eigentlich nicht, aber ich könnte jetzt auch in großen Schwierigkeiten stecken.« Er erzählte ihr von der Nacht im *Gähnenden Kaninchen.*

Miranda konnte sich vor Lachen kaum mehr halten. »Dieser Izak scheint ja eine drollige Figur zu sein.«

»Allerdings. Er ist aber ziemlich haltlos. Ich glaube, es gefällt ihm ein wenig zu sehr, Risiken einzugehen.«

»Und das Leben bis zur Neige auszukosten. Aber am Ende war es für dich sehr vorteilhaft.«

»Vorteilhafter, als du ahnst«, sagte er mit einem Grinsen.

»Was willst du damit sagen?«

»Ich hatte noch nicht die Gelegenheit, dir von Lady Felicienne zu berichten.«

Miranda schenkte ihm einen kühlen Blick. »Du bist einer Lady begegnet?«

»Ja, im *Gähnenden Kaninchen.*«

Miranda betrachtete ihre Fingernägel. »Wirklich? Wie schön für dich. War sie hübsch?«

»Was? Ich glaube schon.« Als ihr Blick noch finsterer wurde, schluckte Caldan. *Ist sie eifersüchtig?* Einerseits fühlte er sich schuldig, weil sie sich gerade nicht gut fühlte. Andererseits war noch nie jemand wegen ihm eifersüchtig gewesen ...

»So war das nicht, Miranda«, sagte er und war überrascht, als er eine schwache Röte auf ihren Wangen bemerkte. »Sie war diejenige, gegen die ich beim Dominion gespielt habe. Sie arbeitet für den Kaiser und hat Zugang zu vielen Informationen.«

»Ah, ich verstehe.«

»Da ich gewonnen habe, steht sie nun in meiner Schuld.«

»Wirklich.«

»Das war die Wette, die wir abgeschlossen haben. Wenn ich gewinne, hilft sie mir.«

»Und wenn du verloren hättest?«

»Ich bin mir nicht sicher ... das hatten wir offen gelassen.«

»Bist du verrückt? Sie hätte alles Mögliche von dir fordern können!« Sie sah ihn eingehend an, und die schwache Röte kehrte in ihre Wangen zurück. »Ich habe gehört, dass diese Damen manchmal sehr verlangend sind.«

»Es war rein geschäftlich«, sagte er fest. Er hielt es nicht für notwendig, zu erwähnen, dass Lady Felicienne ihn gebeten hatte, sie zu ihren Gemächern zu begleiten – für ihn hatte dies sowieso außer Frage gestanden. »Und am Ende hat es schließlich funktioniert. Ich habe ein paar Dukaten gewonnen.«

»Heißt das, dass unser Essen unmittelbar bevorsteht – dank des Spiels?«

»Sobald ich ein passendes Lokal gefunden habe.«

»Du hast keine Ahnung, wohin wir gehen sollen, nicht wahr?«

»Nicht wirklich«, gab er mit einem Lächeln zu.

»Nun, ich werde dir dabei nicht helfen. Frag bei den Meistern nach. Ich bin sicher, sie kennen ein paar Orte, an denen anständiges Essen serviert wird.«

»Ein guter Ratschlag.«

»Ich bin immer voller guter Ratschläge.«

»Ob man sie haben will oder nicht?«

»Genau. Wenn man nicht auf mich hört, kann ich wenigstens sagen, dass ich es versucht habe.« Sie blieb stehen, packte ihn am Kinn und drehte seinen Kopf zu ihr hin. »Elpidia versteht ihr Handwerk. Die Narbe ist schön blass geworden, auch wenn sie an den Rändern noch etwas rot ist«, sagte sie und fuhr mit dem Finger an dem verheilenden Schnitt entlang. Als sie die Hand wieder wegnahm, meinte sie: »Erinnere mich an Elpidia, falls ich je eine Wunde haben sollte, die genäht werden muss.«

Bei den Ahnen, wie schön Miranda doch war. Doch Jemma war noch immer in seinen Gedanken. *Es ist erst ein paar Wochen her …*

Caldan schluckte und spürte, wie ihm die Hitze ins Gesicht stieg. Es fühlte sich an, als hätte Mirandas Finger eine brennende Spur auf seiner Haut hinterlassen. »Wie wahrscheinlich ist es denn, dass dir so etwas zustößt?«

»Du hast nur ein paar Tage dazu gebraucht, also ist es wohl wahrscheinlicher, als du glaubst.«

Sie bogen in eine Gasse ein, als vor ihnen auf der breiteren Straße zwei Karren den Weg blockierten. Beide Fahrer sowie die Menschenmenge, die sich darum gebildet hatte, protestierten laut. Bald roch Caldan das Meer und erhaschte kurze Ausblicke auf das Wasser zwischen den Gebäuden, als sie über eine steil abfallende Straße auf den Hafen zugingen.

Miranda führte sie durch einige weitere Seitenstraßen, und schließlich standen sie vor einem Haus gegenüber den Docks. Im Vergleich zu den Gebäuden in seiner Nachbarschaft befand es sich in gutem Zustand, denn die Mauern waren frisch gekalkt. Dort, wo das Haus endete, liefen die Mauern weiter und umschlossen ein großes Grundstück, das ebenfalls der Handelsgesellschaft gehörte. In der Mitte der Mauer war ein dickes schmiedeeisernes Tor eingebaut, während eine zweiflügelige rote Tür in das eigentliche Gebäude führte. Über dieser Tür war ein Schild angebracht, das in Bronzelettern verkündete, dies sei das Stammhaus der Handelsgesellschaft der Fünf Ozeane.

Miranda wartete nicht ab, ob Caldan ihr folgte, als sie zuversichtlich durch die offene Tür schritt. Caldan eilte schnell hinter ihr in das vornehme Innere des Hauses. Glatte graue Marmorfliesen pflasterten den Boden, und auf Hochglanz polierte Mahagonitresen liefen an allen drei Seiten des

Empfangsraumes entlang. Etliche Bedienstete befanden sich hinter diesen Tresen. Einige von ihnen unterhielten sich angeregt mit Besuchern, die wegen bestimmter geschäftlicher Anliegen hergekommen waren, und andere schrieben eifrig in große Kontobücher oder ordneten Papiere. Teure Zauberkugeln hingen in einem Abstand von wenigen Ellen an den Wänden und erhellten den Raum stärker, als es nötig gewesen wäre. Der Duft von Röstkaffee, durchdrungen vom Geruch nach Gewürzen, lag in der Luft und deutete an, dass große Mengen wertvoller Produkte in der Nähe lagerten.

Caldan hielt inne und war von der schieren Menge der Dukaten beeindruckt, die notwendig gewesen sein musste, um einen solchen Eindruck zu schaffen.

»Was für eine Verschwendung«, murmelte er. »Das hier sieht nicht wie ein Handelskontor aus. Zumindest ist es nicht das, was ich erwartet hatte.«

»Pah. Es sind bloß Krämer«, meinte Miranda. »Sie verleihen auch Dukaten, und es gehören ihnen etliche Geschäfte in der Stadt. Und nicht nur in Anasoma. Keiner weiß es mit Gewissheit, aber es wird allgemein geglaubt, dass dies das reichste Handelshaus in der Stadt, wenn nicht im ganzen Reich ist.«

»Sie sind auch eine Bank?«

»Ja.« Sie schaute die Tresen an und wusste offensichtlich nicht recht, zu welchem sie gehen sollte.

»Darf ich Euch helfen?«, fragte eine sanfte Stimme links von ihnen.

Caldan drehte sich dorthin und sah, dass die Worte von einer Frau gesprochen worden waren. Sie hatte ihre blonden Haare zurückgebunden, und auf ihrem Gesicht lag ein strahlendes Lächeln. »Wenn Ihr mir sagt, wonach Ihr sucht«, meinte sie, »kann ich Euch den richtigen Schalter zeigen.«

»Ja, danke«, sagte Miranda. »Ich bin hier, weil ich für Lagerraum bezahlen will, und außerdem möchte ich Sir Quiss wegen einer Eigentumsfrage sprechen.«

»Ausgezeichnet. Ich hoffe, Euer Tag wird angenehm sein. Bitte nehmt den Schalter dort drüben.« Sie deutete mit einer fließenden Bewegung durch den Raum auf einen Mann mit einer Brille, der gerade einige Papiere unterzeichnete und stempelte und dabei von zwei großen, muskulösen Männern flankiert wurde. »Ich werde dafür sorgen, dass jemand Sir Quiss informiert.«

»Perfekt. Auch Euch wünsche ich einen guten Tag.« Miranda nickte der Frau zu, packte Caldan am Arm und zerrte ihn mit sich zu dem angegebenen Schalter. Die Frau zog sich zurück und stellte sich neben die offene Tür.

»Seltsam«, bemerkte Miranda.

»Allerdings. Ist es etwa ihre Aufgabe, dort zu stehen und den Leuten zu helfen, die so aussehen, als würden sie Hilfe brauchen? Glaubst du, dass sie noch etwas anderes tut?«

»Woher soll ich das wissen? Ich hoffe es. Es wäre seltsam, jemanden zu bezahlen, der den ganzen Tag herumsteht und so gut wie nichts tut.«

Caldan betrachtete die stämmigen Männer und konnte sich nicht vorstellen, dass jemand, der bei klarem Verstand war, es mit ihnen aufnehmen wollen würde. »Ich vermute, sie nehmen Geldangelegenheiten hier sehr ernst.«

»Allerdings«, sagte Miranda. »Sie sind sehr professionell. Das verschafft mir ein gutes Gefühl, wenn ich geschäftlich mit ihnen zu tun habe.«

Sie traten auf den Mann mit der Brille zu, aber bevor Miranda ein Wort äußern konnte, sagte dieser:

»Einen Augenblick, bitte.« Er unterschrieb und stempelte einige weitere Dokumente und beschwerte sich leise über eines von ihnen, bevor er es auf einen Stapel zu seiner Linken legte. Dann setzte er die Brille ab und rieb sich die Nase.

»Nun ... wie kann ich Euch helfen?«, fragte der Mann.

»Mein Name ist Miranda, und ich bin hier, weil ...«

»Ah ja, Ihr wollt für Lagerraum bezahlen. Wo ist denn dieser Vertrag?«, fragte er sich selbst und durchsuchte einen der Stapel vor ihm.

»Hier ist die Bezahlung.« Miranda zog eine Geldbörse hervor und legte sie auf den Tisch.

»Ausgezeichnet«, sagte der Mann mit einem dünnen Lächeln. Nachdem er den Vertrag unterschrieben hatte, stempelte er das Dokument und legte es auf einen anderen Stapel.

»Außerdem bin ich hier, weil ich mit Sir Quiss reden will«, sagte Miranda. »Die Dame da drüben hat gesagt, dass sie ihn benachrichtigen lässt.«

Der Mann nickte und deutete auf eine Gruppe gepolsterter Stühle, die um einen polierten Tisch standen. »Setzt Euch, er wird gleich bei Euch sein. Aber ich fürchte, Euer Freund wird nicht an der Unterredung teilnehmen können, es sei denn, er hat ebenfalls geschäftlich mit Sir Quiss zu tun.«

»Nein, das hat er nicht.« Sie drehte sich zu Caldan um. »Könntest du dann hier warten?«

»Natürlich.«

»Gut. Komm, wir setzen uns.«

Mitten auf dem Tisch stand eine Schüssel mit Süßigkeiten, die allesamt einzeln in braunes Wachspapier eingewickelt waren. Caldan nahm sich einige heraus, packte eines aus und steckte sich den Inhalt in den Mund. Miranda nahm neben ihm Platz und rieb sich die Hände.

»Gut«, bemerkte Caldan. »Wie fester Honig mit Gewürzen. Du solltest dir auch eines nehmen.«

»Ich bin zu nervös. Meine Handflächen sind verschwitzt, und ich kann sie schließlich nicht einfach an meinem Kleid abwischen.«

Caldan sah sie an und kicherte.

Sie warf ihm einen finsteren Blick zu, doch sogleich wurde ihre Miene wieder sanfter. »Das ist sehr wichtig für mich. Wenn alles nach Plan verläuft ... sagen wir einfach, dann wird es mir gut gehen. Und Sir Quiss ist auch die Kontaktperson, von der ich gesprochen habe. Kaufleute wie er haben Zugang zu vielen Informationen und gewaltige Möglichkeiten, mit denen sie fast alles herausfinden können.«

»Und du glaubst, sie können mir auch bei meinem Kleinod weiterhelfen?«

»Ich bin der festen Überzeugung. Sie haben ... Kontakte zu den meisten Adligen und anderen Kaufleuten. Es gibt wenig, was ihnen unmöglich ist, wenn sie es wirklich wollen. Ich habe nicht erwähnt, dass es um Kleinodien geht, sondern nur, dass du Informationen benötigst.«

Eine Gestalt trat durch die Tür hinter dem Schalter.

Caldan sah einen Mann, der nicht ganz ein Mann war. Er wirkte ... dichter als ein gewöhnlicher Mann, als ob er nicht ganz in den Platz hineinpasste, den er einnahm. Und er wirkte schwerer und fester. Unbewusst drückte Caldan Mirandas Arm.

»Autsch! Mach das nicht!«

Er blinzelte, und nun schien der Mann normal zu sein. Es war, als hätten Caldans Augen ihm einen Streich gespielt. »Entschuldigung«, murmelte er.

Der seltsame Mann unterhielt sich kurz mit dem bebrillten Mann, der auf Miranda und Caldan zeigte.

»Miranda, ich glaube nicht, dass das eine gute Idee ist.«

»Was? Wieso? Es wird nicht lange dauern.«

Er zog sie an sich heran und flüsterte: »Ich ... ich habe bei dieser Sache kein gutes Gefühl.«

»Ach, Unsinn«, meinte sie. »›Kein gutes Gefühl.‹ Weswegen? Vermutlich hast du zu viele Süßigkeiten in dich hineingestopft. Caldan, das hier ist ungeheuer wichtig für mich.« Sie machte sich aus seinem Griff frei, stand auf und lächelte, als sich der Mann näherte.

»Luphildern Quiss«, verkündete er mit einem merkwürdigen melodischen Akzent, den Caldan nie zuvor gehört hatte. »Hauptkaufmann für die Handelsgesellschaft der Fünf Ozeane und, bevor Ihr fragt, einer von vielen altgedienten Kaufleuten.« Ein flüchtiges Lächeln legte sich über sein Gesicht. »Und Ihr seid Miss Miranda, wie ich annehme.«

Sie streckte die Hand aus. »Ja, die bin ich. Ich freue mich, Euch kennenzulernen.«

Sir Quiss sah ihre Hand kurz an, bevor er seine eigene ausstreckte. Caldan sog die Luft zwischen den Zähnen ein. Sie schüttelten die Hände.

Nichts geschah.

»Die Freude ist ganz meinerseits, Miss Miranda. Bitte kommt mit mir. Ich fürchte, Euer Begleiter muss hier warten.«

Quiss sah ihn eindringlich an, und sein Blick war von einer solchen Intensität, dass Caldan das Gefühl hatte, bis auf die Haut ausgezogen zu werden.

Er unterbrach den Blickkontakt reflexartig. Quiss drehte sich halb um und bedeutete Miranda, sie möge ihm durch die Tür folgen, aus der er vorhin getreten war.

»Danke«, sagte sie und wandte sich an Caldan. »Es wird nicht lange dauern. Iss nicht zu viele Süßigkeiten.«

Caldan schüttelte ganz kurz den Kopf. *Geh nicht!*, schrie sein Gesichtsausdruck ihr zu. Schweiß kitzelte auf seiner Haut.

Miranda runzelte die Stirn über seine Reaktion und machte eine verärgerte Miene. »Es wird nicht lange dauern«, sagte sie noch einmal, drehte sich um, durchquerte den Raum und ging durch die Tür, dicht gefolgt von Quiss.

Caldan blinzelte, und wieder wirkte der Mann dichter und härter. Dann begannen Caldans Augen zu brennen, und er rieb sie rasch. Diesmal blieb Quiss unverändert - wie ein Fleck auf dem Gewebe der Realität, zerfetzt und verdreht. Der Geruch verdorbener Früchte drang in Caldans Nase.

Er schluckte eine Handvoll der in Honig getunkten Gewürze. *Bei den Ahnen, was geht hier vor?* Caldan schaute sich in dem Raum um. Alle anderen Personen wirkten normal. Vielleicht hatte er Halluzinationen, oder er war zu müde. Nein, etwas stimmte nicht. Quiss war kein Mensch - oder er war zwar ein Mensch, aber gleichzeitig noch etwas anderes.

Caldan verschränkte die Arme vor der Brust, saß auf seinem Stuhl und starrte die Tür an, hinter der Miranda verschwunden war. *Wenn sie nicht bald herauskommt*, dachte er, *dann ... dann was? Dann werde ich hineinstürmen und sie retten. Miranda konnte an dem Mann offenbar nichts Besonderes erkennen, warum also habe ich etwas gesehen?*

Der Polsterstuhl fühlte sich plötzlich unbequem an, und er rutschte darauf herum und biss sich dabei auf den Fingernagel. Das Warten zog sich dahin. Etwas Merkwürdiges geschah hier, und auch wenn er nicht wusste, was es war oder worauf er achtgeben sollte, war doch sicherlich Quiss der Schlüssel. Caldan knurrte vor Verzweiflung, erhob sich halb, setzte sich wieder. Sicherlich würde ihn das Sicherheitspersonal daran hindern, einfach durch die Tür zu schreiten.

Nach gefühlten Stunden öffnete sich die Tür endlich, und Miranda kam heraus, gefolgt von Sir Quiss. Sie wirkte normal, sogar ein Lächeln lag auf ihrem Gesicht. Caldan seufzte schwer vor Erleichterung, obwohl er nicht wusste, was er erwartet hatte.

Sie traten zu ihm an den Tisch. Miranda wirkte sehr selbstzufrieden, und Sir Quiss hielt sich erwartungsvoll hinter ihr.

»Ich glaube, damit ist unser Geschäft abgeschlossen, Miss Miranda«, bemerkte Quiss. »Und Eure Begleitung ist der Herr, von dem Ihr mir berichtet habt - derjenige, der nach Informationen sucht?«

»Ja, natürlich. Caldan, willst du es Sir Quiss erklären?«

Caldan erstarrte einen Augenblick lang. Er schaffte es einfach nicht, diesem Mann sein Kleinod zu zeigen. Fieberhaft dachte er nach. »Ah ... ja«, sagte er unter Mühen. »Ich bin in einer unangenehmen Lage. Lady Felicienne war bereits so freundlich, mir ihre Hilfe anzubieten. Ich fürchte, ich hatte bisher keine Gelegenheit, Miranda dies mitzuteilen. Dieses Missverständnis tut mir leid.« Als er fertig war, sah Miranda ihn finster an. Ihr Gesicht war rot angelaufen, und sie kniff die Lippen zusammen.

Quiss neigte den Kopf ein wenig. »Ich kenne sie. Sie wird Euch sicherlich behilflich sein. Wenn das alles ist, wünsche ich Euch beiden einen guten Tag.«

»Ich möchte mich noch einmal entschuldigen. Es war gedankenlos von mir.«

»Ja, das war es«, knurrte Miranda.

Quiss schüttelte den Kopf. »Es ist ja nichts passiert. Lebt wohl.« Er drehte sich um und ging davon.

Caldan zog Miranda zu sich heran.

»Ist alles in Ordnung mit dir?«, flüsterte er ihr zu.

»Mit dir wohl nicht, oder? Natürlich ist alles in Ordnung. Warum sollte es nicht so sein?«

»Hast du nicht bemerkt, wie er ausgesehen hat?«

»Was meinst du damit? Er hat wie ein Kaufmann ausgesehen.«

Caldan steckte die Hände in die Hosentaschen und ließ die Schultern sinken. »Nein, da war auch noch etwas anderes. *Er* war anders. Ich konnte deutlich sehen, dass er nicht hierhergehört. Deshalb wollte ich ihn nicht wegen meines Kleinods fragen.«

Miranda runzelte die Stirn, doch dann lachte sie. »Sei doch nicht dumm. Mit ihm ist alles in Ordnung. Er ist nur ein alter Kaufmann, der seine Arbeit macht.« Sie sah ihn besorgt an. »Hast du vielleicht Fieber?«

»Nein.« Caldan trat vom einen Fuß auf den anderen. Er wusste nicht, wie er ihr das, was er gesehen hatte, erklären konnte. Vielleicht war es nur das Spiel des Lichts gewesen. Er schüttelte den Kopf. »Egal«, sagte er.

Sie sah die leere Schale an, die vorhin noch voller Süßigkeiten gewesen war. »Du hattest mal wieder wirklich großen Hunger.«

Caldan wurde rot. »Ich dachte, die anderen Schüler wollen vielleicht auch welche haben.« Er klopfte sich auf die beiden vollen Hosentaschen.

Sie schenkte ihm einen enttäuschten Blick. »So etwas macht man einfach nicht. Die Süßigkeiten waren für Leute gedacht, die hier warten müssen.«

»Ich habe doch hier gewartet«, wandte er ein.

»Aber ... ach, egal.« Sie rieb sich die Schläfen und atmete tief durch die Nase ein.

»Dieser Ort ist beunruhigend. Können wir jetzt gehen?« Caldan wollte das Gebäude so schnell wie möglich verlassen. Er brauchte Zeit, um nachzudenken.

»Ich bin hier fertig, also können wir aufbrechen.« Sie hakte sich bei ihm unter und wollte ihn zu der Tür ziehen, die auf die Straße führte. Doch Caldan regte sich nicht. Seine Blicke waren auf die Tür geheftet. Er wusste, dass er soeben darum gebeten hatte, von hier wegzugehen, aber gleichzeitig fragte er sich, ob er Quiss folgen und mehr über diesen Mann herausfinden sollte.

»Uff, bist du schwer. Ich kann dich keinen Zoll weit bewegen. Komm schon.«

Nein, jetzt ist nicht die richtige Zeit dafür.

Er setzte sich neben ihr in Bewegung. Sie ergriff seinen Arm und zog sich an ihn heran.

Caldan eilte an ihrer Seite nach draußen und verspürte ein deutliches Gefühl der Erleichterung, kaum dass sie das Gebäude verlassen hatten. Miranda behielt ihren schnellen Schritt bei, und er war dankbar dafür, sich weiter und weiter von Quiss zu entfernen.

Er ging immer noch neben Miranda her, während sie sich dem Hafen näherten. Sie eilte die Eggengasse hinunter und bog dann in die Löfflerstraße ein. Irgendwo in der Nähe hörte er ein Kleinkind schreien. Auf der anderen Seite der Straße strömte Rauch aus dem Kamin des gemeinschaftlichen Backhauses. Schließlich schritten sie einen der langen, hölzernen Kais entlang, an dem etliche Schiffe lagen, auf denen nur wenige Matrosen Tagwache hielten.

Möwen kreischten über ihnen, stürzten herunter und stritten sich um die Abfälle der Fische, die von einigen Frauen für den Verkauf auf dem Markt ausgenommen wurden. Einige Vögel standen auf den Pfählen der Landungsstege und fügten ihre Exkremente denjenigen hinzu, die sich dort bereits türmten. Miranda blieb an einem solchen Pfahl stehen und wollte sich gegen ihn lehnen. Caldan packte sie am Arm und zog sie weg, während er auf die weißen Streifen aus Möwenkot zeigte.

Sie schenkte dem einsamen Vogel auf dem Pfahl einen bösen Blick. Ihre glatte, von der Sonne gewärmte Haut fühlte sich plötzlich so an, als würde sie sich in Caldans Handfläche einbrennen. Er ließ Miranda los und senkte den Blick.

»Hier ist es trotzdem schön«, sagte Miranda. »Abgesehen von dem verdammten Vogel. Wenn sie besser schmecken würden, wären sie nicht so zahlreich.« Sie lachte. »Huch, ich wollte doch versuchen, nicht mehr zu fluchen.«

»Keine Angst, ich werde es niemandem verraten, und ich bin mir sicher, der Vogel wird es ebenfalls nicht tun.«

»Willst du mich veralbern?«

»Niemals«, erwiderte er mit einem Lächeln.

Sie lächelte ihn an, und ihr Gesicht leuchtete wieder. »Was sollte das vorhin?«

»Ich hatte ein seltsames Gefühl.« Caldan wusste nicht, ob er ihr die Wahrheit sagen sollte. Er hatte keine Ahnung, was hier vorging, warum dieser Mann fester und dichter als alle anderen gewirkt hatte und was das bedeutete. Es brachte darum nichts, Miranda ohne guten Grund zu beunruhigen. »Es ist nichts«, hörte er sich schließlich selbst sagen. »Ich weiß auch nicht, was in mich gefahren ist.«

Sie bedachte ihn mit einem seltsamen Blick und nickte schließlich. »Irgendetwas hat dich zu dieser Reaktion getrieben. Wenn du selbst nicht weißt, was es war, dann ist das schon in Ordnung. Es hat mir bloß große Angst gemacht.« Sie schlang die Arme um sich. »Also …« Nun hellte sich ihre Miene wieder auf. »Ich bin in Verhandlungen mit der Handelsgesellschaft der Fünf Ozeane getreten, weil ich ihnen mein Haus verkaufen will.«

Caldan kratzte sich verwirrt am Kopf. »Dein Lagerhaus? Aber du hast es doch gerade erst gekauft.«

»Ich weiß. Ist das nicht großartig? Der Mann, der es mir

verkauft hat, wusste nicht, dass die Fünf Ozeane planen, in dieser Gegend Eigentum zu erwerben, weil sie dort ein Handelszentrum eröffnen und sich neue Märkte erschließen wollen.«

»Aber du hast es gewusst?«

»Ja. Jemand, den ich kenne, kennt jemand, der jemand anderen kennt. Es waren nur Gerüchte, aber ich habe eine Möglichkeit für mich gesehen. Ich habe viel Zeit damit verbracht, herauszufinden, wem in dieser Gegend welche Gebäude gehören, und am Ende habe ich jemanden gefunden, der zu verkaufen bereit war.«

»Wird er nicht wütend sein, wenn er die Wahrheit herausfindet?«

Sie machte eine abweisende Handbewegung und schnaubte verächtlich. »Vielleicht, aber er wird nicht zugeben wollen, dass er von einer Frau übertölpelt wurde, und deshalb wird er es Pech nennen.«

»Dann darf also gratuliert werden. Sollen wir feiern?«

Ein Glitzern stahl sich in Mirandas Augen, als sie lächelte und sich dabei kleine Fältchen bildeten. »Noch nicht. Bald. Sobald die Geschäfte abgeschlossen sind und dabei nichts schiefgegangen ist. Ich glaube, dann wäre eine kleine Feier angebracht.« Sie grinste ihn an. »Komm, ich will dir noch etwas zeigen.«

Sie führte ihn vom Kai herunter und in südlicher Richtung durch den Hafen, während sie über alles und nichts plauderte. Der Anblick des verdichteten Mannes hatte allerdings etwas in Caldan aufgerüttelt. Geistesabwesend beantwortete er Mirandas Fragen, was bisweilen zu besorgten Blicken führte, doch glücklicherweise brachte sie dieses Thema nicht wieder auf.

Sie kamen an zerbrochenen Krabbentöpfen und Netzen

vorbei, die geflickt werden mussten, und an Wollballen, die für den Export bereit gemacht und von schweigenden Männern bewacht wurden. Die Gebäude wurden allmählich sauberer und waren nicht mehr so heruntergekommen, je weiter sie nach Süden kamen, und schließlich gelangten sie an die steinernen Kaianlagen, die die hölzernen im ärmlicheren Teil des Hafens ablösten und vor langer Zeit von den Arbeitsbrigaden des Kaisers gebaut worden waren.

»Hier.« Miranda blieb am Beginn eines dieser steinernen Kais stehen.

Hier war hastig eine behelfsmäßige Barrikade errichtet worden, und hinter dieser standen fünf Männer von der Hafenwache sowie eine schmalgesichtige Zauberin, die Caldan nicht kannte - eine Meisterin, was an der Zahl ihrer Kleinodien abzulesen war. Er hatte noch nie so viele davon an einer einzelnen Person gesehen. Caldan konnte die Kleinodien spüren, auch ohne Zugang zu seiner Quelle zu suchen, denn es waren vielfältige Vibrationen am Rande seines Bewusstseins. Zwei Amulette hingen an silbernen Ketten um ihren Hals, und mindestens drei der Ringe, die sie an jeder Hand trug, waren ebenfalls Amulette, vermutlich hatte sie sogar noch ein oder zwei weitere irgendwo an ihrem Körper. Die Meisterin lehnte gegen eine Kiste und betrachtete ihre Fingernägel.

Sie traten auf die Menge zu, die gegen die Barrikade drängte. Es waren in der Hauptsache Hafenarbeiter, die gerade nichts Besseres zu tun hatten, aber es befanden sich auch ein paar besser gekleidete Männer und Frauen unter ihnen. Caldan vermutete, dass etwa hundert Menschen zusammengekommen waren. Einige tranken aus Weinschläuchen oder Flaschen, und ihre Gesichter waren trotz der kühlen Brise gerötet.

»Was ist hier los? Was wolltest du mir zeigen?«, fragte er Miranda.

»Hast du es nicht gehört? Siehst du das Schiff am Ende des Piers?« Sie zeigte auf das steinerne, sich nach Osten erstreckende Pier, das weit in das Hafenbecken hineinragte. »Überall in der Stadt spricht man von seiner Ankunft. Es ist gewaltig«, fügte sie hinzu. »Und niemand weiß, woher es kommt. Den Gerüchten auf der Straße zufolge ist es ein Handelsschiff, aber niemand hat es je zuvor gesehen. Und dann gibt es da noch die Spinner, die in ihm den Beginn einer Invasion sehen.« Sie lachte höhnisch. »Eine Invasion, bei der nur ein einzelnes Schiff auftaucht und keine Truppen an Land kommen.«

Caldan stieß einen leisen Pfiff aus, als er die Größe des Schiffes abschätzte. »Es wirkt einfach zu groß – als ob es auseinanderbrechen müsste, wenn es in schwere See gerät.«

Menschen in Rüstungen standen auf dem Deck, und das Sonnenlicht glitzerte auf poliertem Stahl. Caldan kniff die Augen zusammen. Ja, einer der Männer hatte magisch aufgeladene Glyphen und Sigillen auf seinem Brustpanzer und Metallbänder an den Unterarmen.

»Aber das Schiff scheint zu halten. Es ist jedenfalls eine ausgezeichnete Handwerksarbeit«, meinte Miranda. »Den Gerüchten nach heißt es *Schwarzer Löwe*.«

Etliche weitere Passanten blieben stehen und starrten das Schiff an. Einige gingen weiter, andere gesellten sich zu der Menge.

»Ich habe so etwas noch in keinem Hafen gesehen, den ich je angelaufen habe«, sagte Miranda. »Ich frage mich, woher das Schiff kommt. Aufregend, nicht wahr?«

»Ja, allerdings. Wann hat es angelegt? Hat jemand gesehen, wie die Mannschaft an Land gegangen ist? Hat jemand mit ihr gesprochen?«

»Das ist ja das Seltsame – von der Besatzung hat sich niemand an Land gezeigt. Zumindest ist niemand in den Tavernen der Umgegend entdeckt worden. Gelegentlich sieht man einen oder zwei Matrosen an Deck, aber anscheinend ist ihnen der Landurlaub gestrichen worden. Von hier aus ist nur schwer zu erkennen, wie sie aussehen. Sie sind einfach zu weit entfernt.«

»Hoffentlich muss der Kapitän nicht gegen eine Meuterei kämpfen!«, sagte Caldan. »Kein Landgang für eine Mannschaft, die offenbar von weither kommt – sie müssen doch darauf brennen, endlich festen Boden unter den Füßen zu haben.«

»So wie es bei jeder normalen Mannschaft der Fall wäre«, stimmte Miranda ihm zu.

Einer der Hafenwächter gab seinen Gefährten ein Zeichen und bewegte sich auf die Menge zu. »Ganz ruhig!«, rief er. »Kein Gedränge!«

Bei seinen Worten schob sich die Menge voran und drückte gegen die Barrikade. Der Hafenwächter sah seine Männer an, wandte sich wieder an die Schaulustigen und hob beide Hände in dem Versuch, für Ruhe zu sorgen. Die Zauberin machte ein paar Schritte auf ihn zu.

»Geht weiter«, sagte der Wächter. »Ihr blockiert den Weg für die anderen.«

Caldan verstand ihn nicht. Niemand war bisher durch die Barriere gelassen worden, und der gewöhnliche Verkehr auf der Straße wurde nicht behindert.

»Was versucht ihr zu verbergen?«, rief jemand aus der Menge.

»Wir stehen doch bloß hier und sehen uns das Schiff an.«

Zustimmendes Gemurmel folgte dieser Bemerkung.

Der Wächter schüttelte den Kopf. »Geht weiter. Wir wollen keinen Ärger haben.«

Seiner Antwort folgte höhnisches Gelächter.

Ein Rinnsal aus Schweiß lief an der Wange des Wächters herunter, als die Zauberin ihn erreicht hatte und die Menge mit starrer Miene betrachtete.

Das Summen in der Luft wurde lauter. Caldan spürte, wie die Menge weiter nach vorn drängte und dabei ihn und Miranda gegen die Barrikade drückte. Miranda stieß einige leise Worte aus, die Caldan nicht verstand – aber er war sich sicher, dass sie wieder einmal ihrem Vorsatz untreu geworden war, nicht mehr zu fluchen.

Ein Schrei ertönte, und Rufe folgten ihm. Jemand war zu Boden gegangen.

Caldans Blick wurde zu dem seltsamen Schiff gezogen. Ein Zittern durchfuhr ihn, und er verspürte eine schlimme Vorahnung. Er schüttelte das Gefühl ab. Es musste von der Nähe der Kleinodien herrühren, die sich am Körper der Zauberin befanden.

Miranda ergriff Caldans Arm. »Das sieht nicht gut aus. Wir müssen von hier verschwinden.«

In dem Lärm konnte er sie kaum hören.

Caldan nickte und versuchte, sich umzudrehen, aber er konnte es nicht. Sie waren eingekeilt. Zumindest war er in der Lage, über die Menge hinwegzusehen, aber Miranda erging es viel schlechter.

Eine Flasche flog über ihre Köpfe hinweg, und die Wachen duckten sich aus dem Weg. Glas zersplitterte, als die Flasche auf den Boden traf. Der Wächter neben der Zauberin nickte ihr zu und zog sich dann zurück. Sie machte einen Schritt nach vorn.

»Was ist hier los?«, rief Miranda.

Caldan spürte, wie sich die Zauberin Zugang zu ihrer Quelle verschaffte. »Die Zauberin tritt auf die Menge zu.«

Miranda riss den Mund auf. »Oh, Mist«, sagte sie.

In diesem Augenblick entstand ein blauer Dunst um die Zauberin herum. An einem der Amulette um ihren Hals leuchteten Runen auf. Caldan roch heißes Metall wie in einer Schmiede, und – da war er wieder – der Duft von Zitronen.

Eine weitere Flasche schoss durch die Luft, diesmal war genauer gezielt worden. Sie traf die Zauberin und zersplitterte. Glas und eine hellgelbe Flüssigkeit verteilten sich in alle Richtungen. Purpurfarbene Lichtstäubchen tanzten nun dort, wo die Flasche auf den blauen Dunst um die Zauberin getroffen war.

Sie stand unverletzt da, war nicht einmal zurückgewichen.

Es war ein Schild – es musste einer sein. Ein magischer Schild.

Als die Flüssigkeit vom Schild der Zauberin heruntertropfte, wurde ihr Blick hart. Sie streckte den Rücken und sah die Menge finster an. Über die Köpfe hinweg sah Caldan, wie Hafenwächter von Norden und Süden auf der Straße näher kamen. Das hier war kein Ort, an dem sie sich lange aufhalten sollten.

Caldan ergriff Mirandas Arm und bahnte sich einen Weg zurück durch die Menge. Menschen bedrängten sie aus allen Richtungen, sie hatten gerötete Gesichter und brüllten. Dann endlich waren Caldan und Miranda frei – gerade rechtzeitig. Eine weitere Hafenwache kam in Sicht: Die Männer trugen lange Keulen, die bereit zum Einsatz waren.

»Komm«, sagte er zu Miranda.

Sie nickte, und beide huschten in eine Seitengasse. Wenige Augenblicke später blieben sie stehen und holten tief Luft.

Caldan schüttelte verwirrt den Kopf. »Die Menge steht kurz davor, außer Kontrolle zu geraten. Wir haben Glück gehabt, dass wir gerade noch rechtzeitig entkommen konnten. Warum haben sie bloß so reagiert?«

»Wer? Die Menge oder die Wachen?«

»Beide.«

»Manchmal gibt es Aufstände in den ärmeren Vierteln, wenn die Bewohner zum Beispiel gegen die Steuern des Kaisers protestieren. Die Wache löst diese Ansammlungen stets auf, bevor es gefährlich werden kann.« Sie dachte kurz nach. »Aber warum jetzt ... Ich bin mir nicht sicher. Ich hätte es nicht für möglich gehalten, dass daraus ein Aufstand wird. Ich hatte es bloß interessant gefunden.«

Lange schwiegen die beiden, dann sagte Caldan: »Nun, es war wirklich *interessant.*« Er räusperte sich.

Miranda warf ihm einen düsteren Blick zu. »Sehr lustig. Hast du die Flaggen auf dem Schiff gesehen?«

»Ja, ich glaube schon. Was ist mit ihnen?«

»Es könnten indryallanische gewesen sein, aber es ist lange her, seit ich dort war.«

»Wenn ich mich recht erinnere, liegt Indryalla hoch im Norden«, sagte Caldan. »Ich frage mich, was sie hier machen.«

Miranda zuckte nur die Schultern. Er wollte gerade noch etwas sagen, als ihn das seltsame Gefühl, das er beim ersten Anblick des Schiffes gehabt hatte, abermals durchfuhr. Er erschauerte. Schließlich sagte er: »Hör mir zu. Ich sage es nicht gern, aber wäre es für dich in Ordnung, wenn wir uns bald wiedertreffen, um dein gutes Geschäft zu feiern? Ich fühle mich nicht besonders wohl, und ich glaube, ich sollte mich erst einmal ein wenig ausruhen.«

Miranda nickte, machte aber eine besorgte Miene. »Du wirkst tatsächlich nicht ganz gesund.«

»Ich bin mir sicher, dass es nichts Ernstes ist«, sagte Caldan, auch wenn er eigentlich anderer Meinung war. Aber er wollte ihr keine Sorgen machen, solange er selbst nicht wusste, was mit ihm los war. »Wenn ich einmal gut geschlafen habe, werde ich mich besser fühlen.« Caldan rieb sich die Augen; sie brannten, als ob das Starren und die salzige Luft vom Meer her sie gereizt hätten. Er fühlte sich erschöpft.

»Und ich war der Meinung gewesen, dass du mich zum Essen ausführen würdest«, sagte Miranda. »Typisch Mann!«

»Wir können es jetzt tun, wenn du ...«

»Ich wollte dich nur aufziehen, Caldan. Außerdem hat es heute in der Handelsgesellschaft länger gedauert, als ich vermutet hatte, und du siehst wirklich so aus, als würdest du gleich zusammenbrechen.« Sie seufzte. »Sorge dafür, dass du etwas isst, bevor du zu Bett gehst, und trink viel Wasser. Hast du das gehört? Wasser. Nicht Bier und auch nicht Cidre.«

Nachdem er wieder im Gildenhaus eingetroffen war, begab sich Caldan zunächst zum Dormitorium der Schüler. Zu deren Freude holte er die Süßigkeiten aus seinen Hosentaschen, behielt aber einige für sich selbst – sie waren schließlich köstlich. Er lehnte ihr überraschendes Angebot ab, ein wenig bei ihnen zu bleiben, und ging mit schleppenden Schritten zu seinem Zimmer. Auf der Treppe musste er sich am Geländer festhalten, wo er doch normalerweise je zwei Stufen nahm und ohne Pause hochlief.

Im Bett lag Caldan noch lange wach und dachte immer wieder an die Ereignisse dieses Tages – vor allem an die Begegnung mit Quiss und an das seltsame Schiff.

Der Schlaf kam spät, und als er kam, war er unruhig.

Caldan erwachte zwischen zerknüllten, schweißfleckigen Laken. Seine Augen tränten, und er hatte Kopfschmerzen.

23

Ein paar Tage später saß Caldan auf seinem Bett, und nur eine einzige Kerze spendete ihm Licht. Vor sich breitete er die Dinge aus, die er im Laden der Gilde gekauft hatte: zwei Ellen dünner Kupferdraht und schlanke Stäbe aus Hartholz.

Mit seinem Messer schnitt er aus einem Stab vier kurze Stücke und ein längeres, dann schnitzte er flache Einkerbungen in jedes Ende. Den weichen Kupferdraht zerteilte er - ebenfalls mit dem Messer - in Stücke, die so lang wie sein kleiner Finger waren. Er wickelte das Ende des einen Drahtes um die Vertiefung im Holz und befestigte es dann an dem längeren Stück. Bald hatte er alle vier kleinen Stäbe mit dem längeren verbunden und stellte das Gebilde auf seine Handfläche. Es sah fast aus wie ein vierbeiniges Tier ohne Kopf und Schwanz, aber diese würden bald folgen. Der Kupferdraht ermöglichte es den Beinen, sich zu bewegen.

Caldan fügte einen Schwanz und einen flachen Kopf aus gebogenem Kupferdraht hinzu. Je mehr Metall er benutzte, desto länger würde das magische Werk halten. Dann legte er das Gebilde auf sein Knie und machte sich an den schwierigen Prozess, Runen auf die Oberfläche der einzelnen Elemente zu zeichnen. Er wünschte, er könnte auch Runen in die Kupferdrähte eingravieren, aber dazu waren sie zu dünn.

»Das hätte ich machen sollen, bevor ich die Teile miteinander verbunden habe«, murmelte er zu sich selbst und beugte sich unbeholfen über das magische Abbild des Hundes. Jedenfalls sah er es als Hund an, doch es hätte auch jedes andere vierbeinige Tier sein können - es ähnelte allem und doch nichts.

Doch das war gleichgültig. Nicht das, was es darstellte, war wichtig, sondern der Umriss und die Funktion.

Als er endlich fertig war, war die Kerze schon um zwei Fingerbreit weiter heruntergebrannt. Er hatte drei verschiedene Arten Tinte benutzt und oft die verkrampften Finger lockern und über die Art und Funktion der jeweiligen Rune nachdenken müssen, bevor er sie gezeichnet hatte.

Caldan schloss die Augen, verschaffte sich Zugang zu seiner Quelle und verband sie mit seinem Gebilde. Die Runen blitzten hell auf, verdunkelten sich aber rasch zu einem stetigen Glimmen, das im Kerzenschein kaum wahrnehmbar war. Das Tier zitterte, und auf Caldans Befehl hin machte es einen vorsichtigen Schritt nach vorn, dann einen weiteren. Am Rande des Fenstersimses blieb es stehen. Caldan stieß seinen Atem wieder aus - er hatte bisher gar nicht bemerkt, dass er ihn angehalten hatte.

Kritisch betrachtete er sein Werk. Als ein erster Versuch war es mittelmäßig, entschied er. Es war schwer, Runen auf rundes Holz zu zeichnen. *Wenn sowohl die Drähte als auch das Holz flach wären* ... Aber auch dann wären sie noch sehr dünn, und es wäre schwer, etwas auf sie zu schreiben oder in sie einzuritzen, doch beim nächsten Mal würde er es versuchen.

Er gähnte und hielt sich die Hand vor den Mund. Dann blies er die Kerze aus, entledigte sich seiner Stiefel und schlüpfte unter die Laken.

Einige Tage später betrachtete Caldan sein neuestes Werk aus Draht und Holz eingehend. Die Energie, die es aus ihm zog, flackerte wild, was ein deutliches Zeichen dafür war, dass es instabil geworden war und bald ausgebrannt sein würde. Das Geschöpf regte und streckte sich, bis es auf seinen vier Beinen stand.

Einige Minuten später begannen die hölzernen Teile zu rauchen, und der Draht bog sich langsam unter dem großen Druck. Ein Lichtblitz erhellte Caldans Zimmer, und das Holz verbrannte sofort, als die magische Kraft, die es zusammengehalten hatte, zerbrach. Übrig blieb nur ein Häuflein aus Kohle, Asche und verdrehtem Draht.

Caldan fächelte den Rauch weg, der aus dem Haufen aufstieg, und hustete, als ihm die ätzenden Dämpfe in den Rachen drangen. Er schabte die Überreste seines magischen Wirkens von der Tischplatte und warf sie in einen Sack, der neben ihm auf dem Boden stand und in dem sich der Rest seiner ausgebrannten Zauberwerke befand. Doch dieses Gebilde hatte immerhin fünf Tage gehalten. Er machte Fortschritte - sogar schneller, als er es zu seiner Zeit im Kloster für möglich gehalten hatte.

Sein Kleinod hing ihm schwer vor der Brust. Inzwischen hatte er sich an das Gefühl der beiden Ringe unter dem Hemd gewöhnt. Er zog sich die Kette über den Kopf, legte das Kleinod in seine Handfläche und beließ den Knochenring an der Kette. Heute Nacht fühlte sich der silberne Ring besonders schwer an. Vorsichtig rieb er mit dem Finger über die Oberfläche.

Caldan wusste, dass er den Ring tragen musste, wenn er ihn richtig untersuchen wollte. Schließlich musste er seine Sinne in verschiedenen Richtungen ausprobieren und herausfinden, wie das Kleinod unter bestimmten Bedingungen reagierte. Aber er durfte den Ring noch nicht in der Öffentlichkeit tragen. Er konnte ihn sich nur auf den Finger streifen, wenn er allein in seinem Zimmer war oder wenn er schlief. Es war nicht die beste Voraussetzung für die Beantwortung der Frage, ob es sich um ein passives oder ein aktives Kleinod handelte, aber mehr blieb ihm im Augenblick nicht übrig.

Caldan hatte gesehen, dass die Meister ihre Kleinodien offen trugen, da sie diese bei ihrer Arbeit als Kraftverstärker benutzten. Nun wusste er, dass nur die Fähigkeit der Meister, einen Schild um sich zu bilden, sie davor bewahrte, in der Öffentlichkeit ihrer Kleinodien beraubt zu werden. Ein Zauberer, der durch einen Schild geschützt wurde, konnte durch rein körperliche Mittel nicht verletzt werden, solange er sich konzentrierte und seine Magie dem Angriff standhielt. Diese Fähigkeit war der Grund dafür, dass sich die Mehrzahl der Kleinodien im Besitz von Zauberern befand. Fähige Zauberer konnten nicht ausgeraubt oder verletzt werden, es sei denn, sie wurden überrascht und konnten nicht mehr rechtzeitig auf ihre Quelle zurückgreifen. Nur wenige Gesellen hatten es geschafft, sich einen Schild zuzulegen, doch jeder Meister besaß einen. Caldan vermutete, dass dies eine der unausgesprochenen Fähigkeiten war, welche die Meister von den Schülern unterschieden.

Wenn die einzige Möglichkeit, sein Kleinod eingehend zu untersuchen, darin bestand, es zu tragen, dann sollte auch er in der Lage sein, für sich einen solchen Schirm zu erschaffen. Zu diesem Zweck hatte er ein paar Bücher aus der Gesellenbibliothek entliehen und einen der älteren Gesellen für ein paar zusätzliche Unterrichtsstunden bezahlt. Es war nicht verboten, Wissen oberhalb des Schülerniveaus zu vermitteln, aber es war trotzdem nicht einfach gewesen, den Unterricht zu vereinbaren ... und nicht billig.

Doch zunächst musste er sich damit zufriedengeben, den Ring in der Zurückgezogenheit seines Zimmers zu studieren. Caldan steckte sich das Kleinod an den Finger und öffnete seine Quelle. Von seinem Schreibtisch nahm er ein metallenes Medaillon – eine teure Zutat für die Erschaffung eines Schildes. Er hatte es einem älteren Schüler abgekauft, von dem Caldan gehört hatte, dass er hin und wieder magische Gegenstände für den persönlichen Gebrauch der Schüler herstellte. Es war billig gemacht, würde aber ausreichen, bis er sich etwas Besseres leisten konnte.

Caldan setzte sich mit überkreuzten Beinen auf das Bett, lehnte mit dem Rücken gegen die kühle Wand, schloss die Augen und konzentrierte sich.

24

Ein Schüler trat neben Caldan. Er war mindestens fünf Jahre jünger als Caldan und erheblich kleiner. Allerdings waren *alle* Schüler um Caldan herum kleiner und jünger als er, und auch das trennte ihn von ihren Gruppen und führte zu seiner Einsamkeit.

Der Junge schob sich eine blonde Locke aus den Augen. »Weiß du, warum der Klassenraum abgesperrt ist?«, fragte er.

Einige andere Schüler drehten sich bei dieser Frage zu ihm um.

»Ich habe keine Ahnung«, sagte Caldan.

»Wir haben gedacht, nun ja, ich habe gedacht, vielleicht haben sie dir etwas gesagt, weil du ... du weißt schon ... älter bist.«

Caldan schüttelte den Kopf. »Nein, sie sagen mir auch nicht mehr als euch. Ich bin auch nur ein Schüler.«

Der Rest der Schüler wandte sich wieder ab und wartete in der Diele vor dem Klassenraum – außer demjenigen, der die Frage gestellt hatte. Auf seinem Gesicht lag ein seltsamer Ausdruck.

»›Auch nur ein Schüler‹«, äffte der Junge Caldan nach und stieß ein kurzes Lachen aus. »Niemand in deinem Alter wird aufgenommen, wenn er nicht eine ganz außergewöhnliche Gabe besitzt.«

Caldan zuckte mit den Achseln. »Jeder, der die Gabe besitzt, wird für gewöhnlich früher entdeckt als ich, das ist alles. An mir ist nichts Besonderes.«

Der Junge wirkte nicht überzeugt.

»Sieh mal«, sagte Caldan. »In den großen Städten sowie deren Umland werden die Kinder früh geprüft, nicht wahr?«

Der Junge nickte.

»Und wenn sie Anzeichen für die Gabe zeigen, bietet man ihnen eine Stellung als Schüler an. Es ist kein Geheimnis, dass es an abgelegenen Orten Kinder und auch Erwachsene gibt, die nie geprüft wurden und die die Gabe besitzen, ohne es zu wissen.«

»Vermutlich.«

»Und genau deshalb ist an mir nichts Besonderes. Ich bin sogar im Nachteil. Ihr konntet hier schon seit Jahren lernen und alles, was man euch bietet, in euch aufnehmen. Ich hingegen habe spät angefangen und hinke hinter jedem zurück, der in meinem Alter ist.«

»Aber was ist mit ...«

Der Junge verstummte, als sich Meister Theunisen näherte. Theunisen holte einen Schlüsselring hervor, der mit einer Kette an seinem Gürtel befestigt war. Er schloss die Tür auf und trieb die Schüler in das Klassenzimmer. Die Schüler begaben sich zu ihren Tischen und fragten sich neugierig, was hier los war. Die meisten legten Feder und Papier bereit, um sich Notizen zu machen.

Theunisen räusperte sich laut, und die Schüler wurden ganz still. »Ihr fragt euch vermutlich, warum die Tür abgesperrt war, also will ich ohne weitere Verzögerung ...« Er zog eine Schublade in seinem Tisch auf und holte eine schmale

Holzschachtel hervor, die mit eingelegten Metallrunen bedeckt war.

Caldan konnte spüren, wie der Meister den Zugang zu seiner Quelle herstellte, und er spürte auch, wie eine größere Zahl von Schutzvorrichtungen an der Schachtel gelöst wurde. Er fing den schwachen Duft von Zitronen auf. *Warum Zitronen?* Caldan hatte diesen Geruch schon einmal bemerkt, beispielsweise als er seinen eigenen Wächterzauber an seiner Tür deaktiviert hatte. Das war für ihn neu und verblüffend. Entwickelte er ein Gespür dafür, wenn Zauberei eingesetzt wurde? Caldan schaute sich um, aber niemand sonst schien den Geruch wahrzunehmen. Also zuckte er nur die Achseln und richtete die Aufmerksamkeit wieder auf das, was der Meister zu sagen hatte.

»Die heutige Lektion bezieht sich auf das Abschirmen«, verkündete Theunisen. Er öffnete die Schachtel und zeigte eine Reihe von Metallamuletten, die darin lagen. Alle hatten die gleiche Größe und Form, und sie ruhten in unterschiedlichen Spalten, die in die Schachtel eingelassen waren.

Einige Schüler keuchten auf. Caldan hingegen grinste. Endlich würden sie etwas durchnehmen, woran er sehr interessiert war.

Theunisen fuhr mit dem Finger über die Amulette und sah dann seine Zuhörerschaft an.

»Die gute Nachricht besteht darin, dass ihr alle weit genug fortgeschritten seid, um mit den Übungen des Abschirmens beginnen zu können, was keine geringe Leistung ist. Aber die schlechte Nachricht – es gibt immer eine schlechte Nachricht, nicht wahr? ...« – er kicherte – »... ist, dass es lange dauern wird, bis ihr diese Fähigkeit beherrscht, und das gilt sogar für die einfachsten Schilde.« Er verstummte, als ob er wollte, dass diese Information bei seinen Zuhörern langsam einsank.

Ein Zittern der Aufregung durchfuhr Caldan. Die zusätzlichen Unterrichtsstunden, die ihm von einigen Gesellen erteilt worden waren, hatten schon wahre Wunder bei der Ausprägung seiner Fähigkeiten bewirkt, aber er war sich sicher, dass noch etwas fehlte. Er konnte einen einfachen physischen Schild für einige Augenblicke halten, aber nie länger. Dazu brauchte er so viel von der Energie, die ihn umfloss, dass er schnell Kopfschmerzen bekam, die nach einigen Versuchen immer schlimmer wurden. Die Gesellen hatten »Übertragungen« und »die formende Schleife« erwähnt, sich aber nicht zu eingehenderen Erklärungen hinreißen lassen. Caldan wusste nicht, was er falsch machte, und es war frustrierend, dem Ziel so nahe zu sein, ohne es erreichen zu können. Er vermutete, dass seine Gesellenlehrer ihm etwas verheimlichten, und er hoffte, Theunisen würde die fehlenden Teile einfügen.

Theunisen ging jetzt zwischen den Schülern umher, blieb bei jedem stehen und reichte ihm ein Schildamulett. Dabei fuhr er in seiner Lektion fort. Das Amulett fühlte sich kühl in Caldans Handfläche an.

»Der Grund dafür, dass die Tür heute verschlossen war, besteht in dem Wert dieser Amulette, wie ihr sicherlich schon vermutet habt. Sie sind vor langer Zeit unter großen Mühen hergestellt worden. Es sind wahre magische Kunstwerke, womit ich sagen will, dass die besten Metalle zu ihrer Verfertigung benutzt wurden und die Meister, die sie gemacht haben, die besten ihrer Zeit waren. Diese Wunderwerke sind über hundert Jahre alt und sollen noch viele weitere Jahrhunderte Bestand haben – vielleicht nicht so lange wie Kleinodien, aber doch sehr lange.«

Nachdem er dem letzten Schüler ein Amulett gegeben hatte, kehrte er zu seinem Tisch zurück.

»Alle Amulette müssen mir am Ende des Unterrichts zurückgegeben werden. Es wird euch erlaubt, sie während der Stunde zu benutzen, doch danach kehren sie ohne Ausnahme zu mir zurück. Ich muss wohl nicht betonen, dass die Strafe für das Stehlen eines dieser magischen Kunstwerke sehr hoch ist.«

Einige Schüler nickten. Caldan konnte sich nicht vorstellen, warum jemand ein solches Amulett stehlen sollte. Nein ... warum jemand so etwas tun wollte, war völlig einsichtig, nicht aber, warum jemand glauben könnte, damit durchzukommen.

Caldan betrachtete das Amulett in seiner Hand und stellte fest, dass es sich nicht stark von dem Medaillon unterschied, das er in seinem Zimmer aufbewahrte. Es war zwar von viel besserer Qualität, aber die Runen und Bindezauber waren ähnlich. Zumindest wusste er jetzt, dass sein eigenes Medaillon zur Erschaffung eines Schildes ausreichen sollte und ihm nichts Minderwertiges angedreht worden war. Mit einem raschen Blick auf Theunisen öffnete Caldan seine Quelle und benutzte all seine Sinne zur Untersuchung des Amuletts. Soweit er es beurteilen konnte, war es mit seinem eigenen so gut wie identisch. Und das wiederum bedeutete, dass er selbst der Grund für die Schwierigkeiten war, die er noch bei der Herstellung eines Schildes hatte. Entweder verstand er die dabei wirkenden Kräfte nicht richtig, oder es fehlte ihm einfach die Übung.

Theunisen fuhr fort: »Von jetzt an werdet ihr in vielen Unterrichtsstunden magische Gegenstände benutzen, die allesamt sehr wertvoll sind und die vor und nach den Stunden weggesperrt sein werden. In den nächsten Monaten wird sich erweisen, wer sehr begabt und wer weniger begabt ist. Diejenigen, die in der Lage sind, die Theorie in die Praxis zu überführen, sind gar nicht so selten, aber es ist die Kraft und

Qualität der Magie, die den Unterschied macht. Einige ...« – er sah Caldan an – »... haben schon gewisse Fähigkeiten gezeigt, aber sie dürfen dadurch nicht selbstzufrieden werden. Wenn man Fortschritte machen will, muss man sich nach der Decke strecken. Natürlich birgt das auch Risiken.

Konzentration ist der Schlüssel. Der theoretische Unterricht hat euch auf diese Übungen vorbereitet. Nun kommt es darauf an, das Gelernte umzusetzen.«

Natürlich ist es nicht leicht, die Theorie in die Wirklichkeit zu überführen.

Theunisen griff wieder in seine Schublade und holte eine weitere Schachtel hervor. Darin befanden sich zwei Reihen von Kugeln – die einen waren aus Holz, die anderen aus Eisen. Die kleinsten waren so groß wie eine Erbse, die größten hatten den Umfang einer Faust.

Theunisen nahm die kleinste hölzerne Kugel heraus und hielt sie vor der Klasse zwischen Daumen und Zeigefinger. »Wenn jemand von euch einen Schild erschaffen kann, der länger als einen Augenblick hält, werden wir ihn mit dieser Kugel auf die Probe stellen.« Mit einer raschen Bewegung aus dem Handgelenk heraus warf er die Kugel über die Köpfe der Schüler. Sie traf mit einem lauten Knall gegen die Wand, fiel herunter und rollte über den Boden.

»Macht euch keine Sorgen«, sagte er. »Sie wird euch nicht wehtun, wenn sie euch trifft – zumindest nicht sehr.« Er kicherte in sich hinein. »Wenn der Schild hält, werde ich ihn mit der nächstgrößeren Kugel bewerfen. Diese Kugeln sind ein Gradmesser dafür, wie stark euer Schild ist. Die einzige Möglichkeit, ihn auf die Probe zu stellen, besteht in der Anwendung von Kraft gegen ihn. Ich fürchte, ihr alle werdet in den nächsten Monaten die eine oder andere Prellung davontragen, und es wird Monate dauern, bis ihr diese magische

Übung beherrscht. Bereitet euch also auf harte Arbeit und ein paar Schmerzen vor. Du da, Junge.« Er zeigte auf den Schüler, der ihm am nächsten saß. »Hol die Kugel, bitte.«

Der Junge sprang auf und gehorchte. Er holte die Kugel und wollte sie dem Meister zurückgeben, doch Theunisen hob die Hand und bedeutete ihm, innezuhalten.

»Zuerst eine Demonstration.«

Gemeinsam holten die Schüler tief Luft. Schildmagie war nur selten zu beobachten, es sei denn, man führte sie selbst durch.

Theunisen nahm eines der Amulette an sich. Sofort spürte Caldan, wie er seine Quelle öffnete, und der Meister war nun etwas undeutlicher zu sehen. Es war, als ob sich das Licht um ihn herumbog und flirrte wie an einem heißen Tag. Die Schüler starrten ihn an, und einige grinsten.

»Wirf jetzt die Kugel auf mich.«

Der Schüler, der die Kugel in der Hand hielt, zögerte.

»Na los. Es würde mir nicht einmal dann wehtun, wenn ich keinen Schild hätte. Ich bin mir sicher, dass du schon immer einmal einen Meister mit etwas bewerfen wolltest. Jetzt hast du die Gelegenheit dazu.«

Der Schüler schaute sich im Raum um, dann warf er die Kugel so hart, wie es ihm möglich war, auf Theunisen.

Eine Welle purpurfarbener Stäubchen breitete sich kreisförmig um die Stelle des Aufpralls aus. Die Kugel fiel zu Boden.

»Die Funken, die ihr gesehen habt, sind die sich auflösende Energie. Die Schwungkraft der Kugel wird vom Schild aufgenommen.«

Der Dunst verschwand, und Theunisen stand lächelnd da. »Ich habe einen Monat gebraucht, bis ich gelernt hatte, diesen Schild zu erschaffen, und es hat noch viel länger gedauert, bis ich ihn so lange aufrechterhalten konnte, wie ich wollte.« Von den Schülern war ein gemeinschaftliches Ächzen zu hören. »Ich habe es euch gesagt: Ihr werdet es schaffen, ihr müsst nur hart genug daran arbeiten. Ihr kennt bereits den größten Teil der Theorie, aber manches müsst ihr auch selbst herausfinden.«

Monate, dachte Caldan. Er konnte nur hoffen, dass es bei ihm nicht so lange dauern würde, denn ohne den Schild war er nicht in der Lage, sein Kleinod offen zu tragen.

Theunisen rieb sich das Kinn und sah die Schüler finster an. »Das ist der Punkt, an dem euer Unterricht härter wird. Ihr müsst Theorie in Wirklichkeit verwandeln und in der Lage sein, diese Wirklichkeit für einen langen Zeitraum beizubehalten. Am Anfang wird es sehr schwer sein, aber mit der Zeit wird es einfacher, bis nur noch wenig Mühe dazu nötig ist. Doch jetzt haben wir genug Zeit verschwendet. Reißt euch zusammen, und macht euch an die Arbeit!«

Stuhlbeine kratzten über den Boden, als es sich die Schüler etwas bequemer machten, jeder hielt sein Amulett fest in der Hand. Es wurde still im Raum, während alle sich auf die vor ihnen liegende Aufgabe konzentrierten.

Theunisen öffnete ein Buch und las. Anscheinend erwartete er nicht, dass jemand es schaffte, schon bald einen Schild aufzurichten.

Verzweifelt rieb Caldan sein Amulett und öffnete seine innere Quelle. Er musste herausfinden, warum er einen Schild nicht länger als einen Augenblick aufrechtzuerhalten vermochte. Eigentlich war alles Notwendige vorhanden, er kam ohne Schwierigkeiten an seine Quelle heran, und die Magie des Amuletts war vollkommen. Es musste an seinem Verständnis und an der mangelhaften Anwendung der Theorie liegen.

Also schloss er die Augen und konzentrierte sich. Es gelang ihm rasch, einen Schild zu erschaffen, doch schon nach wenigen Augenblicken zerstob dieser wieder. Er öffnete ein Auge und blickte sich verstohlen um. Auch die anderen Schüler hielten die Augen geschlossen, und so hatte niemand bemerkt, wie sein Schild entstanden und wieder vergangen war. Gut so, denn er hatte befürchtet, dass sein schneller Fortschritt Verwunderung erregen könnte, aber diese Befürchtung war unnötig gewesen.

Es ist Zeit, meinen eigenen Weg zu gehen - welche Risiken er auch bergen mag.

Tatsächlich war es gut, dass er in seinem hektischen Alltag nun endlich die Möglichkeit hatte, offiziell zu studieren und zu üben, und er wollte in diesen Unterrichtsstunden herausfinden, warum sein Schild nie lange hielt. Er hatte nicht damit gerechnet, diese Zeit geschenkt zu bekommen, und er wollte sie unbedingt nutzen.

Erneut öffnete er seine Quelle und verband sich mit dem Amulett, aber diesmal hielt er die Augen offen. Die Runen, die für die Verbindung verantwortlich waren, leuchteten schwach zusammen mit den Brückenrunen auf, die es seiner Quelle ermöglichten, der Magie die nötige Kraft zu spenden. Der Schild umgab für gewöhnlich nur den Zauberer, doch manche mächtige Magie konnte es bewirken, dass ein viel größeres Gebiet umschlossen wurde. So war es einigen Zauberern möglich, die Schmieden und Metallgießereien des Reiches mit ihren Schilden zu schützen.

Aber warum hält der Schild nur so kurze Zeit?

Er dachte an Theunisens purpurfarbene Lichtstäubchen ... was hatte er gleich noch gesagt?

Sie entstanden, wenn der Schild die Energie des Geschosses in sich aufnahm. *Aber wohin fließt diese Energie?*

Der Schild benötigt eine genau festgesetzte Menge Energie, oder?

Aber wie konnte das sein, wenn er dazu benutzt wurde, äußere Kräfte wie zum Beispiel Geschosse aufzuhalten? Die Energie aus der Quelle musste fluktuieren, sonst gäbe es so etwas wie einen Rückstoß. Oder konnte sie aus der Quelle erneuert werden, sodass sie stabil war? Aber das würde bedeuten, dass irgendwie Energie in seine Quelle *zurückkehren* musste. War es wirklich so einfach?

Was ist, wenn …

Er drehte das Amulett in der Hand und betrachtete die Runen auf der anderen Seite. Es handelte sich um eine weitere Verbindungsrune, mehrere Brückenrunen sowie die üblichen Schildrunen und noch einige andere. Doch die Verbindungsrune war ungewöhnlich.

Caldan schaffte es nicht, seine Quelle mit ihr zu verbinden. Die Energie wollte einfach nicht hindurchfließen. Er untersuchte einige der anderen Runen und erinnerte sich an viele Unterrichtsstunden im Kloster. Und dann traf ihn eine Eingebung: *Sie wirken als Puffer und speichern überflüssige Energie, bis diese abgeleitet werden kann, sodass das magische Werk nicht durch die Kraftspitzen beschädigt wird, die in es eindringen!* Also war die andere Verbindungsrune der Schlüssel. Wenn die Energie des Schildes stabil bleiben sollte, musste sie andauernd erneuert werden. Somit waren die »Übertragungen« und die »formende Schleife«, von denen die Gesellen gesprochen hatten, die wichtigsten Bestandteile des Schildes. Caldan seufzte. Das ergab einen Sinn. Wenn man jemanden für Informationen bezahlte, dann versuchte dieser, einen so lange wie möglich an sich zu binden, insbesondere wenn die Bezahlung gut war. Caldan musste jemanden finden, der keine Informationen zurückhielt.

Er schaute wieder auf das Amulett.

Diese zweite Verbindung muss in die entgegengesetzte Richtung der ersten verlaufen, was bedeutet, dass sie Energie in meine Quelle überträgt. Aber das bedeutet, dass meine Quelle in zwei Stränge aufgeteilt wird ... Ein solches Konzept war im Kloster nicht gelehrt worden. Entweder hatten die dortigen Meister gewollt, dass die Schüler es selbst herausfanden, oder sie hatten es wirklich nicht gekannt.

Caldan konzentrierte sich auf seine Quelle und *drehte* sie ... Er zitterte am ganzen Leib, und Schweiß prickelte auf seiner Haut. Bisher hatte er seine Quelle noch nie in zwei voneinander getrennte Stränge aufgespaltet. Sein Geist fühlte sich ausgetrocknet an. Offensichtlich waren die Meister in der Lage, sogar mehr als zwei Stränge aus ihrer Quelle zu erschaffen, aber er glaubte nicht, dass ihm selbst das ohne weitere Übungen möglich war. Für alles, was er bisher auf magische Weise hergestellt hatte, war nur eine einzige Verbindung mit seiner Quelle nötig gewesen. Doch nun ergaben sich aufregende neue Möglichkeiten. Jetzt begriff er, wie er vielfältigere und auch stärkere magische Werke schaffen konnte, wenn er mehrere Stränge benutzte.

Caldan holte tief Luft und versuchte es erneut. Als er seine Quelle aufteilte, verband er den einen Strang mit der Rune, die den Schild mit Kraft versorgte, und den anderen mit der Rune, die er für die Übertragungsrune hielt.

Er spürte das übliche Spannen der Haut, und seine Sicht verschwamm, als sich der Schild um ihn herum bildete. Im nächsten Moment roch er heißes Metall, als ob er neben einer Schmiede stünde, und gleichzeitig wieder Zitronen ...

Caldan zählte bis zehn. Sein Schild hielt. Er zählte noch einmal bis zehn. Dann streckte er seine Sinne nach dem Schild aus und spürte den Fluss der Energie aus seiner Quelle und zu ihr zurück. Und dieser war sanft und gleichmäßig wie ein tiefer, schneller Strom.

Er spürte, dass dieser Schild nicht zerbrechen und sich auflösen würde. Vor Freude grinste er. Es war ein Erfolg!

Ein Gegenstand traf plötzlich auf seinen Schild, und eine Kaskade aus purpurnen Funken breitete sich über ihn aus, nur einen Zoll von seiner Kleidung entfernt. Caldan spürte, wie der Puffer die Energie aufnahm, bevor der Schild zerbrechen konnte, und sie in seine Quelle leitete. Der Schild hielt. Was immer ihn getroffen hatte, war nicht so mächtig gewesen, dass es ihn hätte durchdringen können.

Er unterbrach beide Verbindungen.

Alle Schüler starrten ihn erstaunt an, während Theunisen aufgestanden war und nachdenklich dreinschaute.

Caldan zuckte die Achseln. »Entschuldigung?«, sagte er.

Geflüster erhob sich unter den Schülern.

Theunisen nickte. »Wärst du bitte so freundlich, die Kugel zu holen?«

Caldan nickte knapp und schaute zu Boden. Dort lag eine hölzerne Kugel von der halben Größe seiner Faust. Sie war zwar nicht die größte in der Schachtel gewesen, aber auch nicht viel kleiner als die größte. Er schluckte.

Schnell hob er die Kugel auf, ging zu Theunisen und überreichte sie ihm. Dann wollte er sich zurück zu seinem Tisch begeben.

»Nicht so schnell«, sagte Theunisen. Er legte Caldan die Hand auf die Schulter und drehte ihn um, sodass er nun der Klasse zugewandt war. »Es scheint so, dass einer von euch schneller lernt, als es vorherzusehen war. Das ist auch gut so, denn er hat noch vieles nachzuholen.«

Einige Schüler lächelten ihn an, einige zeigten echte Bewunderung. Der Junge mit dem welligen blonden Haar, der mit ihm vor dem abgeschlossenen Klassenzimmer gesprochen hatte, hob beide Hände und spendete ihm lautlosen Applaus, wobei er die ganze Zeit grinste.

»Heute«, sagte Theunisen, »ist euch gezeigt worden, wozu ihr in der Lage sein werdet, wenn ihr hart und hingebungsvoll arbeitet – einen Monat früher, als es für gewöhnlich geschieht«, sagte er ironisch unter dem Gelächter einiger Schüler.

Seine Miene wurde ernst. »Erinnert euch an diesen Tag. Das ist es, worauf ihr hinarbeitet. Also los, ans Werk. Der Rest von euch hat noch eine Menge zu lernen.«

Bei seinen Worten richteten die Schüler ihre Aufmerksamkeit mit neuer Kraft wieder auf ihre eigenen Amulette. Caldan spürte, wie sich ihre Quellen öffneten, aber noch keine Schilde entstanden. Er drehte sich zu Theunisen um.

»Und was jetzt?«, fragte er.

»Nun, das ist nur der erste der Schilde, die du beherrschen musst. Leider habe ich die Amulette für die anderen noch nicht hier. Ich hatte nicht gewusst, dass ich sie so schnell brauchen würde. Egal.« Er zuckte die Achseln. »Du kannst dir den Rest des Morgens freinehmen. Entspann dich, und verinnerliche, was du gelernt hast. Ich werde in der nächsten Stunde weitere Schildamulette mitbringen, damit deine Lektion weitergehen kann.«

»Sollte ich nicht besser hierbleiben und noch mehr üben?«

»Nein«, sagte Theunisen nachdrücklich. »Du weißt, was du getan hast und wie der Schild funktioniert. Willst du wirklich behaupten, dass du noch weiterüben musst?«

»Vermutlich nicht. Wenn man es einmal weiß und kann, dann vergisst man es nicht wieder.«

»Genau.« Er schob Caldan auf die Tür zu. »Ah, das hätte ich fast vergessen.« Er streckte die Hand aus. »Das Amulett, bitte.«

»Kann ich es nicht eine Weile behalten? Zu Übungszwecken?«

»Nein.«

Es war einen Versuch wert.

»Aber du hast es gut gemacht. Das war ein großer Schritt nach vorn.«

Caldan nickte und grinste. »Danke.«

25

Caldan regte sich unbehaglich auf der Bank. Durch das dünne Kissen zwischen ihm und dem festen Holz war das Sitzen zwar recht angenehm, aber etwas anderes machte ihn unruhig. Mit der einen Hand rieb er sich den Nacken, mit der anderen kratzte er sich am Kopf.

Er stieß mit dem Rücken gegen die Lehne der Bank, nahm die Hände herunter, berührte mit der rechten den Ring am Mittelfinger der linken Hand und fuhr über die eingravierten Muster.

Seit er das Schildmedaillon erworben und gelernt hatte, es zu benutzen, hatte er beschlossen, den Ring in der Öffentlichkeit zu zeigen, auch wenn das riskant war. Nach allem, was er gelesen hatte, und nach den Informationen aus den Gesprächen mit verschiedenen Meistern würde er die Funktionsweise des Rings am besten dadurch herausfinden, indem er ihn dauernd trug. Einige Bücher deuteten sogar an, dass zwischen dem Kleinod und seinem Besitzer ein Band entstand, wenn es nur lange genug getragen wurde. Aber alle stimmten darin überein, dass es schlimme und manchmal sogar tödliche Konsequenzen haben konnte, wenn man nicht wusste, womit man es zu tun hatte, und seine Quelle trotzdem für das Kleinod öffnete.

Aber auch wenn er den Ring deutlich am Finger spürte, war es vermutlich nur Einbildung, oder es rührte daher, dass er es nicht gewohnt war, Schmuck zu tragen.

Caldan sah sich in dem Hauptraum des Etablissements um, in dem Izak Fourie mit ihm zu Mittag speisen wollte. Nachdem er sich gestern mit Miranda zu einem preiswerten Abendessen an einem Straßenstand getroffen und ihr wieder einmal versichert hatte, dass das versprochene gute Mahl bald folgen werde, war er auf dem Rückweg im *Gähnenden Kaninchen* eingekehrt und auf Izak gestoßen, der ihn zu dem Treffen am folgenden Tag gedrängt hatte.

Obwohl sie verabredet hatten, sich am frühen Nachmittag zu treffen, hatte Izak es als Mittagessen bezeichnet, was es vermutlich für ihn auch war. Caldan hatte schon zusammen mit den anderen Schülern gegessen, bevor er sich zu dem Speiselokal begeben hatte, das Izak vorgeschlagen hatte und über dessen Tür lediglich ein wenig aussagekräftiges Schild mit einer Schüssel und einem Löffel hing.

Im Innern war es sauber und aufgeräumt. Lange Bänke mit niedrigen Lehnen standen um die Tische herum. Einige Gäste saßen zu zweit oder zu dritt an ihnen, außerdem hatten sich mehrere größere Gruppen hier eingefunden. Caldan bekam das meiste dessen mit, was im Raum gesprochen wurde – es gab hier nicht viel Privatsphäre. Alle Gäste waren gut gekleidet, und es wurde viel Schmuck getragen. Offensichtlich trafen sich hier die Wohlhabenden zu einem entspannten Mahl und lockeren Gesprächen.

Ein Krug mit stark gewässertem Wein und zwei Becher wurden vor ihm auf den Tisch gestellt, sobald er sich gesetzt hatte. Caldan hatte der Bedienung gesagt, dass er noch auf einen Freund wartete. Er nahm einen ersten Schluck. Es war guter Wein, soweit er es beurteilen konnte.

Sein Becher war schon halb leer, als er Izak hereinkommen sah. Er trug eine dunkle Hose und ein weißes Leinenhemd. Außerdem war er perfekt frisiert und hatte auch seinen grauen Ziegenbart gekämmt. Hinter ihm folgte ein pummeliger Mann gleichen Alters mit einem teigigen, schlaffen Gesicht, dunklen Augen und zerknitterter Kleidung, die von viel geringerer Qualität als Izaks war. Er schwitzte leicht, wie Caldan bemerkte, obwohl es heute nicht besonders warm war.

»Ah, Caldan«, rief Izak mit breitem Grinsen. »Ich muss mich für meine Verspätung entschuldigen. Ich habe verschlafen und hatte kaum Zeit, mich frisch zu machen. Es ist Wochen her, seit wir die Gelegenheit hatten, uns ausgiebig miteinander zu unterhalten.«

Der pummelige Mann stand schweigend hinter Izak, schaute sich im Raum um, und seine Blicke schweiften vor allem über die anderen Gäste, während er nervös die Hände rang.

»Es ist wirklich schon eine Weile her«, sagte Caldan. »Meine Studien haben mich vollkommen beansprucht. Du siehst gut aus. Offenbar hast du einen Freund mitgebracht.«

»Ja, natürlich. Erlaube mir, dich einem Bekannten von mir vorzustellen: Sir Avigdor.«

Der Mann trat vor und streckte die Hand aus. Sie fühlte sich wie warmer Haferbrei an. Caldan nickte einen Gruß, während Izak ihm gegenüber Platz nahm, sich umsah und winkte, um die Aufmerksamkeit der Bedienung zu erlangen. Auch Sir Avigdor schaute sich um. Dabei fuhr er sich mit der Hand über sein Hemd, als wollte er es glätten. Er setzte sich neben Izak. Caldan lehnte sich auf seinem dünnen Kissen zurück und wischte sich seine feucht gewordene Hand heimlich am Hosenbein ab.

Nachdem es Izak nicht gelungen war, nach wenigen Augenblicken die Aufmerksamkeit einer Bedienung zu erregen, stand er auf. »Entschuldigt mich«, sagte er. »Ich werde uns etwas zu essen bestellen. Und zu trinken.« Er deutete auf Caldan und Sir Avigdor. »In der Zwischenzeit könnt ihr beiden euch miteinander bekannt machen.« Er ging davon, ohne auf eine Erwiderung zu warten, und begab sich unverzüglich zur Theke.

Sir Avigdor sah ihm nach. »Ich habe gehört, dass Ihr ausgesprochen gut Dominion spielt«, sagte er mit einer Stimme, die nicht zu seiner Erscheinung passte: kultiviert und mit einer gewissen Härte. »Das sagt Izak, und das sagt auch meine Dienstherrin. Izak hat manchmal recht, aber meine Dienstherrin ... sie hat immer recht.« Er griff nach dem Weinkrug und füllte den zweiten Becher. »Macht es Euch etwas aus?«

»Keineswegs.« Caldan betrachtete ihn argwöhnisch über den Tisch hinweg. Nun passten die einzelnen Teile zusammen. »Lady Felicienne?«

Avigdor hob eine Braue. »Gut. Sehr gut.« Er räusperte sich. »Sie ist ein wenig aufgebracht, dass Ihr bisher ihr ... großzügiges Angebot nicht angenommen habt. Aber Izak und ich sind Freunde, und Lady Felicienne hat mich dazu überredet, Izak vorzuschlagen, sich hier mit Euch zu treffen. Sie mag keine unbezahlten Schulden, wenn Ihr wisst, was ich meine.«

»Das weiß ich. Bitte entschuldigt mich bei ihr. Im Augenblick lassen mir meine Studien nicht viel Zeit, und es gab ein paar ... Dinge, die ich zuerst erledigen musste.«

Avigdor roch an dem Wein und rümpfte die Nase, dann nahm er einen Schluck aus seinem Becher und zog eine Grimasse. Er war offensichtlich Wein besserer Qualität gewöhnt, obwohl dies im Gegensatz zu seinem äußeren Erscheinungsbild stand.

Ich weiß wohl nicht viel über Wein, dachte Caldan. Er hatte Sir Avigdor unterschätzt. Dieser mochte sich zwar wie ein Narr kleiden, aber das geschah zweifellos zu dem Zweck, den ruhigen, berechnenden Geist unter dieser armseligen Kleidung zu verbergen.

Avigdor setzte den Becher ab. »Ah ja, ihr Zauberer. Ich habe gehört, dass die Ausbildung recht hart sein kann. Mehr als nur ein paar Schüler sind körperlich oder geistig daran zerbrochen.« Er sah Caldan fest an.

Caldan zuckte die Achseln und versuchte, gleichgültig zu wirken. »Bisher war der Unterricht in Ordnung – weder zu anstrengend noch zu anspruchsvoll.«

»Wecken in der Morgendämmerung, körperliche Übungen, Geschichte, Geografie, Alchemie, Medizin und … magisches Wirken. Und das ist nicht anstrengend oder anspruchsvoll?«, fragte Avigdor gedehnt. »Ich bin mir sicher, dass viele eurer Mitschüler anderer Meinung sind.«

»Ich bin körperliche und geistige Anstrengungen gewöhnt.« Caldan sah sich nach Izak um und stellte fest, dass dieser noch immer an der Theke stand und sich mit dem Wirt unterhielt. Er sah wieder Avigdor an, dessen Blick unablässig auf ihm ruhte.

Er wusste nicht, ob ihm die Richtung gefiel, die dieses Gespräch nahm. »Die Ausbildung bei den Protektoren ist zwar hart, aber wie ich schon gesagt habe, bin ich an so etwas gewöhnt.«

»Bei den Zauberern, wolltet Ihr wohl sagen.«

»Nein, ich gehe bei den Protektoren in die Lehre.«

Entsetzt riss Avigdor den Mund auf, schloss ihn aber sofort wieder. Seine Lippen formten sich zu einem verschlagenen Lächeln. »Ihr seid also ein Protektoren-Schüler?« Er beugte sich vor. »Ich habe nichts dagegen, das Bestmögliche aus einer Verhandlung herauszuholen, aber man sollte ehrlich bleiben und nicht so ...« Er hob die Hand. »Lächerlich. Und ich habe geglaubt, Ihr seid ein ausgezeichneter Dominion-Spieler.«

»Wollt Ihr etwa andeuten, dass ich lüge?«

»Wollt Ihr etwa andeuten, dass Ihr die Wahrheit sagt?«

»Warum sollte ich lügen? Würde jemand wie Lady Felicienne nicht sofort bemerken, wenn ich sie in die Irre führe?«

Avigdor lehnte sich zurück, verschränkte die Arme vor der Brust und sah ihm direkt in die Augen. Er saß eine Zeit lang reglos da, dann streckte er die Hand aus, hob den Becher und nahm einen Schluck Wein. Wieder zog er eine Grimasse angesichts des Geschmacks, schüttelte den Kopf und grinste kurz.

»Ich habe mich tatsächlich selbst vergessen und noch einmal davon getrunken.« Er gab ein missbilligendes Lachen von sich. »Es braucht gegenwärtig wirklich nicht viel, um mich aus der Bahn zu werfen. Aber Ihr habt recht. Ihr wärt ein Narr, wenn Ihr mich und meine Herrin anlügen würdet. Ein Protektor also ...«

»Was stimmt denn nicht mit den Protektoren?«

»Gar nichts. Sie sind sogar ziemlich beeindruckend. Sie haben feine Alchemisten, Zauberer und Schwertkämpfer in ihren Reihen.«

»Und was ist dann so erstaunlich daran?«

»Nun, sie haben keine Schüler.«

»Natürlich haben sie Schüler«, sagte Caldan höhnisch. »Ich bin einer von ihnen! Überall gibt es Schüler, Lehrlinge, Gesellen. Ich gehe jeden Tag mit ihnen zum Unterricht.«

»Ach, wirklich? Ich vermute eher, dass Ihr zusammen mit Zauberlehrlingen oder Schmiedlehrlingen unterrichtet werdet.« Avigdor sah ihn eindringlich an. »Seid Ihr schon einem weiteren Protektoren-Schüler begegnet?«

»Selbstverständlich! Warum ...« Er verstummte, als er über diese Frage nachdachte.

Alle Schüler, die im Schwertkampf ausgebildet werden, sind doch wohl angehende Protektoren? Aber wenn sie es sind, warum haben sie ihre Zimmer dann nicht in meiner Nähe? Caldan hatte vermutet, dass es daran lag, dass er später zu ihnen gestoßen war, doch dies änderte nichts an der Tatsache, dass die Zimmer in seiner Nachbarschaft nicht von Schülern, sondern von den Gesellen der Protektoren bewohnt wurden. Er runzelte die Stirn. »Seltsam«, murmelte er.

»Allerdings. Merkwürdig, wie ich sagen muss, und höchst unerwartet.« Avigdor nickte langsam, und Caldan wusste, dass er diese Information gerade abspeicherte. »Meine Herrin wird an dieser Nachricht sehr interessiert sein.«

»Dann heißt das, dass sie doppelt in meiner Schuld steht.«

Avigdor hüstelte in seine Handfläche. »Wenn diese Information nicht kostenlos war, hättet Ihr sie mir nicht mitteilen sollen.« Amüsiert lachte er über Caldans Verlegenheit, und Caldan erhob sich. Er wollte gehen. *Ich habe es nicht nötig, von einem Mann ausgelacht zu werden, den ich kaum kenne.*

»Seid doch nicht so empfindlich. Wir Ihr schon sagtet, hätte sie sowieso alles über Euch herausgefunden, wenn sie es gewollt hätte. Setzt Euch bitte.«

Zögerlich nahm Caldan wieder Platz auf der unbequemen Bank.

»Gut. Können wir jetzt zum Geschäftlichen kommen? Mir wurde gesagt, Ihr braucht Informationen. Worüber?«

Caldan legte die Hand auf den Tisch und spreizte die Finger. Sein Kleinod schimmerte.

Avigdor stieß einen leisen Pfiff aus. »Das ist ein sehr wertvolles Stück für einen Schüler. Wenn ich an Eurer Stelle wäre, würde ich es erst dann tragen, wenn ich mich selbst schützen kann.«

»Das kann ich. Macht Euch keine Sorgen um mich.«

»Nun ja, das ist Eure eigene Entscheidung.« Avigdor beugte sich vor und betrachtete den Ring genauer. »Löwen und ein Knotenmuster. Selten, würde ich sagen, aber ich bin kein Experte für Kleinodien.«

»Könnt Ihr mir helfen, mehr darüber herauszufinden?«

»Das sind also die Informationen, die Ihr haben wollt?«

Caldan nickte.

»Oh ja, gewiss. Wir haben Zugang zu Anasomas Kleinod-Registern, die denen in der Hauptstadt entsprechen – aber jeweils mit einem Monat Nachlauf. Darin sind alle Beschreibungen, Funktionen, früheren und gegenwärtigen Besitzer verzeichnet. Es ist alles an Informationen vorhanden.«

Caldan stieß einen Seufzer der Erleichterung aus, auch wenn er weiterhin nervös war. Das war schon mehr, als er allein hätte erreichen können. Viel mehr. Aber was würde er erfahren? Waren die Informationen vielleicht so wertvoll für Avigdor und Felicienne, dass sie sie gegen ihn verwenden würden? Er runzelte die Stirn, zögerte und sagte schließlich: »Ich gehe davon aus, dass dies unter uns bleibt. Ich meine, was immer Ihr herausfindet, gebt Ihr nur an mich und an niemanden sonst weiter, oder?«

Avigdors Blick zeugte von Neugier. »Was werde ich denn Eurer Meinung nach finden?«

»Ich weiß es wirklich nicht, aber es mag dazu geführt haben, dass meine Familie ... getötet wurde, als ich noch sehr jung war.«

»Es tut mir leid, das zu hören. Aber das macht es noch interessanter.« Er legte sich die Hand auf sein Herz. »Ich versprechе, dass ich alles, was ich finde, nur Euch mitteile. Und meiner Herrin natürlich.«

Caldan nickte erneut. Das konnte er selbstverständlich nicht verhindern. Und nun, da Avigdor sein Kleinod kannte und wusste, wie es aussah, konnte er die gewünschten Informationen sowieso beschaffen, ob Caldan es wollte oder nicht.

»Braucht Ihr eine Zeichnung oder eine Blaupause des Musters?«

Avigdor klopfte sich mit dem Finger gegen die Schläfe. »Es ist alles hier gespeichert. Ich habe die Gabe, mich gut an Einzelheiten erinnern zu können.«

Das ist zweifellos der Grund, warum Lady Felicienne ihn eingestellt hatte.

»Gebt mir ein paar Tage«, sagte Avigdor. »Kann ich eine Botschaft an Izak schicken?«

Obwohl Izak ein freundlicher Mann war, wusste Caldan noch nicht, ob er ihm vertrauen konnte. »Schickt sie lieber an die Protektoren – adressiert an mich.«

»Eure Meister mögen sich fragen, warum ich Euch einen Brief schicke.«

Caldan zuckte die Achseln.

Belustigt fuhr Avigdor fort: »Gibt es sonst noch etwas, das Ihr mir über die Ursprünge Eures Kleinodes sagen könnt?«

Und das ist der Punkt: Wie viel soll ich dir erzählen? »Alles, was ich weiß«, begann Caldan, »ist, dass meine Eltern und Großeltern vermutlich für das Reich gearbeitet haben, aber ich habe keine Ahnung, was das für eine Arbeit war. Darüber hinaus ist mir überhaupt nichts bekannt.«

»Nun, in ein paar Tagen werdet Ihr mehr wissen. Wenn es Informationen über diesen Ring gibt, finde ich sie. Und dann sind Lady Feliciennes Schulden bei Euch getilgt.«

In diesem Augenblick erschien Izak mit einer dampfenden Kanne Kaffee und drei glasierten Bechern. Neben ihm stellte eine Kellnerin ein Tablett mit kleinen Gefäßen auf den Tisch. Aus jedem Gefäß ragte der Griff eines Löffels heraus. Izak dankte ihr mit einem Lächeln und winkte sie fort, nachdem sie gefragt hatte, ob sonst noch etwas benötigt würde.

»Ich hoffe, ihr beiden seid gut miteinander ausgekommen, während ich weg war«, sagte Izak.

»Das sind wir«, erwiderte Avigdor. »Ist das Kaffee?«

Bei Izaks Nicken goss sich Avigdor einen Becher ein, stellte die Kanne zurück auf den Tisch, hielt inne und goss dann auch Izak und Caldan ein.

»Verzeihung, ich bin es nicht gewohnt, andere Menschen zu bedienen«, sagte er.

Izak wischte seine Entschuldigung mit einer Handbewegung weg. »Alles in Ordnung, mein Freund. Wer ist das schon gewohnt?« Er lachte. »Worüber habt ihr euch denn unterhalten, bevor ich euch so rüde unterbrochen habe?«

Avigdor griff nach den beiden kleinen Gefäßen. »Dein Freund Caldan hat mir gesagt, dass er bei den Protektoren in die Lehre geht.«

Izak warf Avigdor einen raschen Blick zu und blinzelte einige Male, bevor er Caldan ansah. »Das ist …« Er räusperte sich. »Könntest du mir bitte Salz und Honig geben? Der Kaffee ist nicht ganz nach meinem Geschmack.«

Avigdor schob die beiden Gefäße zu Izak herüber, der sie öffnete und eine Prise Salz in seinen Kaffee warf, bevor er eine großzügige Menge an Honig hinzugab.

»Ich wusste nicht, dass das etwas Besonderes ist«, sagte Caldan. »In der Gilde gibt es eine Menge Schüler, und ich hatte angenommen, dass etliche davon zu den Protektoren gehören. Was ist daran falsch?«

Izak schüttelte langsam den Kopf. »Nichts. Es ist nur überraschend.«

»Sehr überraschend«, fügte Avigdor hinzu.

»Still«, sagte Izak und runzelte die Stirn.

»Verbiete mir nicht den Mund.«

»Trink einfach deinen Kaffee, während ich dem jungen Caldan einige Dinge erkläre.«

Avigdor murmelte etwas in seinen Becher hinein, während Izak ihn finster ansah. Für Caldan klangen sie wie zwei alte Freunde, die sich anbrummten. Er trank einen Schluck Kaffee. In seinem Magen rumpelte es. Obwohl er mit den anderen Schülern zu Mittag gegessen hatte, verspürte er schon wieder Hunger, doch weder Izak noch Avigdor schienen etwas essen zu wollen. Er seufzte.

Izak holte tief Luft und wandte sich an Caldan. »Bist du sicher, dass du von den Protektoren aufgenommen wurdest?«, fragte er. »Nicht als einfacher Schüler in der Zauberergilde?«

»Ja. Ich habe lange mit Meister Simmon gesprochen, und er hat mich gebeten, bei den Protektoren in die Lehre zu gehen. Das waren seine Worte. Was ist daran so seltsam?«

»Die Zauberergilde hat viele Schüler, und sie alle haben eine magische Begabung, nicht wahr?«

Caldan nickte langsam. »Ja, aber in unterschiedlichem Maß. Und alle haben auch andere Gaben und Fähigkeiten.« Er hatte gehört, dass einige besonders gute Schüler zur weiteren Ausbildung auf Kosten der Gilde in die Hauptstadt geschickt wurden.

»Sag ihm, wie die Protektoren ihre Mitglieder auswählen«, warf Avigdor ein.

»Dazu wollte ich gerade kommen«, fuhr Izak ihn gereizt an und warf ihm erneut einen bösen Blick zu. Dann sah er wieder Caldan an. »Soweit ich weiß, wählen die Protektoren unter den Schülern aus, die kürzlich zu Gesellen befördert wurden, aber sie nehmen nicht nur diejenigen, die in Magie und Zauberei die besten sind. Sie achten auch auf andere Talente wie Schwertkampf, Schmiedekunst oder Alchemie. Um ehrlich zu sein, ist nicht viel darüber bekannt, wen sie sich aus welchem Grund aussuchen. Wie war es bei dir? Was hat Simmon gesagt?«

Seine Fragen klangen beiläufig, aber Caldan spürte die Eindringlichkeit in seinem Blick, und sogar Avigdor richtete sich auf, als Izak seine Fragen stellte.

»Was sagtet Ihr noch gleich, in welcher Abteilung Ihr arbeitet?«, fragte er Avigdor. »Die von Lady Felicienne geleitet wird?«

Der Mann lächelte, und sein teigiges Gesicht glänzte nun, denn es war von einem Schweißfilm überzogen. »Ich habe gar nichts gesagt. Und das ist die beste Frage, die Ihr bisher gestellt habt.« Seine Augen glitzerten vor Belustigung. »Vermutlich ist es die erste Frage, die Ihr hättet stellen sollen.«

»Lady Felicienne ist eine Dritte Adjudikatorin, das weiß ich bereits. Aber was bedeutet das?«

»Zunächst einmal nicht viel«, sagte Avigdor. »Und ich werde Euch auch nicht viel mehr verraten. Nur so viel sei gesagt: Während wir tatsächlich Informationen über alle möglichen Dinge sammeln, besteht die wahre Herausforderung darin, diese Informationen zu deuten, einen Sinn aus ihnen herauszulesen, Tatsachen aus verschiedenen Quellen zusammenzufügen und Muster in ihnen zu erkennen ... konzeptuelles Schlussfolgern, wenn Ihr so wollt.«

Muster, dachte Caldan. »Daher rührt Lady Feliciennes Interesse an mir – und auch Euer Interesse. Dominion ist ziemlich kompliziert. Wenn man gut darin sein will, muss man in der Lage sein, dort Muster zu erkennen, wo andere sie nicht sehen.«

Sowohl Avigdor als auch Izak nickten.

Caldans Magen knurrte ... wieder einmal. Was war bloß los mit ihm? Er hatte doch vorhin eine große Mahlzeit gehabt. »Wäre es vielleicht möglich, etwas zu essen zu bestellen?«, fragte er. »Bei all den körperlichen Übungen, die ich machen muss, habe ich ...«

»Es kommt schon«, unterbrach Izak ihn.

»Ich könnte ebenfalls etwas zu essen vertragen«, sagte Avigdor und tätschelte seinen Bauch.

»Du könntest es eher vertragen, ein wenig Gewicht zu verlieren«, bemerkte Izak.

»Und du solltest mehr essen«, fuhr Avigdor ihn an. »Du bist nur Haut und Knochen, an dir ist gar kein Fleisch. Aber kehren wir zu dem zurück, was ich sagen wollte. Ein guter Dominion-Spieler ist wahrscheinlich auch gut in dem, was wir tun. Ich sage ›wahrscheinlich‹, denn garantiert ist das nicht. Manche Menschen ... sie sehen die Muster im Dominion, aber es fällt ihnen schwer, ihre Gabe auf menschliche Handlungen und Ereignisse anzuwenden. Meistens handelt es sich dabei um Gelehrte, die ihre Tage in einer Bibliothek verbringen oder sich anderswo verstecken, um ihre Forschungen durchzuführen. Wir brauchen Menschen, die Muster erkennen können, aber gleichzeitig in der Lage sind, diese mit der Welt vor ihrem Fenster in Verbindung zu bringen.«

»Und Izak verschafft Euch Teile dieser Muster?«

»Sehr gut«, sagte Avigdor, und seine Miene drückte wahre Bewunderung aus. »Ja, Izak und ich machen manchmal Geschäfte – mit Gerüchten und Informationen.«

Izak wirkte gequält. »Ich bin noch nicht so tief gesunken, dass ich Gerüchte verkaufen müsste.«

Avigdor grinste und zeigte dabei überraschend perfekte Zähne. »Nenn es, wie du willst. Aber Wissen ist Macht, und es gibt Leute, die für ein kleines Stückchen davon gutes Geld bezahlen.«

Die Kellnerin erschien mit einem weiteren Tablett. Sie stellte abgedeckte Speisen auf den Tisch, und dazu bekam jeder einen Teller und eine Gabel.

Avigdor betrachtete die Gefäße. »Ich hoffe, du hast genug für uns alle bestellt und bist nicht von deinen eigenen Portionen ausgegangen.«

Izaks Gesicht verzog sich zu einer Maske gespielten Schmerzes. »Bitte«, sagte er. »Trau mir doch ein einziges Mal etwas zu. Ich weiß, was ein aktiver junger Mensch und ein ... der Völlerei ergebener Erwachsener verspeisen können. Glücklicherweise bezahlst ja du.«

Avigdor hob die Brauen und seufzte. »Wie immer.« Er hob den Deckel der ersten Schüssel. »Was haben wir denn hier? Nudeln?«

»Es sollten Nudeln, Mandeleier, Fisch mit Zwiebeln, Kaninchen in Weinsoße sowie gebratener Spinat mit Knoblauch sein«, sagte Izak.

Avigdor nickte anerkennend und schaufelte sich eine große Portion von allem auf den Teller, bevor er den beiden anderen bedeutete, dasselbe zu tun. Izak wartete, bis auch Caldan sich bedient hatte, bevor er sich selbst etwas nahm. Sie aßen eine Weile schweigend, bevor Izak weiterredete.

»Weißt du, Caldan«, sagte er mit vollem Mund, »ich gehöre zu einigen Zirkeln – Adlige, Händler, andere Geschäftsleute und dergleichen – und, nun ja ... wenn ein harmloses Stück Information zufällig meines Weges kommt, lasse ich es Avigdor wissen. Als Freund.«

»Als Freund«, wiederholte Caldan. »Natürlich.«

»Gut! Ich sehe, du verstehst mich. Und Freunde helfen einander. Dazu sind Freunde da.«

»Vermutlich, aber ...«

Als ob er Caldans Gedanken gelesen hätte, sagte Izak: »An diesem Tisch sitzen jetzt nur noch Freunde. Lasst uns deshalb nicht mehr so förmlich sein. Aber es ist schade, dass du bei den Protektoren bist.«

»Ja, zu schade«, fügte Avigdor hinzu. »Ansonsten hätte ich dir eine Stelle anbieten können.« Er betrachtete traurig seinen inzwischen leeren Teller und die gleichermaßen leeren Schüsseln. Mit einem Seufzen lehnte er sich zurück.

Caldan sah die beiden an und fuhr sich mit der Hand durch die kurzen Haare. Vor Kurzem noch war er verbannt worden, und jetzt hatte er schon mehrere Stellenangebote – plötzlich schien ihm das Leben in Anasoma voller Möglichkeiten zu sein.

»Meine Herren«, sagte er, als ihm klar geworden war, welchem Zweck dieses Treffen eigentlich diente. »Ich glaube, ich sollte die Protektoren nach allem, was sie für mich getan haben, nicht verlassen.«

»Oh, das wollte ich auch nicht vorschlagen«, sagte Avigdor. »Es ist sogar so, dass du sie gar nicht verlassen *könntest*. Weißt du, niemand kehrt den Protektoren den Rücken.«

Caldan starrte die beiden an. »Was soll das heißen?«

»Ein Protektor stirbt als Protektor, entweder an Altersschwäche oder an ... etwas anderem. Ich habe noch nie gehört, dass jemand aus irgendeinem Grund ihre Reihen verlassen hat«, sagte Avigdor. »Niemals.«

Caldan schüttelte den Kopf. »Das kann ich nicht glauben. Es muss doch schon vorgekommen sein, dass jemand seine Stellung aufgegeben hat, entweder weil er seiner Arbeit müde geworden ist oder mehr Zeit mit seiner Familie verbringen will.«

Avigdor und Izak schüttelten gleichzeitig den Kopf. Es dauerte lange, bevor Izak sagte: »Du solltest wissen, worauf du dich da einlässt, junger Caldan. Avigdor würde dich nun nicht mehr aufnehmen. Er könnte es gar nicht. Wenn du den Protektoren einen Eid geschworen hast, sehen sie dich als ihr Eigentum an.«

Schweigen senkte sich auf sie herab. Caldan kaute an einem Fingernagel herum und dachte an das, was Meister Simmon während ihrer Unterredung gesagt hatte. Simmon hatte es zwar nicht offen ausgesprochen, aber es war deutlich geworden, dass jeder, der die Geheimnisse der Protektoren verriet, zum Schweigen gebracht wurde.

»Du siehst blass aus«, sagte Izak. »Hier, trink noch etwas Kaffee, und schütte ihn am besten in einem Schluck herunter.« Er hob die Kanne und goss Kaffee in Caldans Becher.

Caldan gehorchte und schmeckte die Flüssigkeit nicht einmal.

»Hör mir gut zu, Caldan«, sagte Izak. »Ich würde mir keine allzu großen Sorgen machen, wenn ich an deiner Stelle wäre. Wir besitzen nicht viele Informationen über die Protektoren, und daher ist es durchaus möglich, dass wir uns irren. Vermutlich haben sie Regeln oder Richtlinien, von denen wir nichts wissen. Es könnte durchaus sein, dass der eine oder andere sie verlassen hat, aber es ist zumindest nicht allgemein bekannt.«

Caldan schüttelte den Kopf, dann hielt er inne. Er erinnerte sich an Meister Simmons Worte, die in seinem Kopf widerhallten. *Einige Dinge sind zu gefährlich, um allgemein bekannt zu werden.*

»So wie es aussieht, kann ich dir nur Glück wünschen«, sagte Avigdor.

Die nächsten Minuten verbrachten sie in Stille. Avigdor

sah mehrmals auf seine Taschenuhr, einmal schüttelte er sie und runzelte die Stirn. Dann unterhielten sich Izak und Avigdor leise miteinander, plauderten über Belanglosigkeiten und überließen Caldan seinen Gedanken.

Caldan wusste nicht, was er denken sollte. War es ein Glücksfall, dass er einen Ort gefunden hatte, wo er das studieren konnte, was ihn interessierte, und dafür auch noch bezahlt wurde, oder war es nur eine mit Honig überzogene Falle? Dem zufolge, was Meister Simmon gesagt hatte, schienen die Protektoren eine gute Sache zu vertreten, mit der er sich identifizieren konnte, insbesondere angesichts der Informationen, die ihm der Meister mit solcher Leidenschaft mitgeteilt hatte. Menschen wie Simmon waren nur dann leidenschaftlich, wenn sie an etwas glaubten.

Er biss fest und fast schmerzhaft die Zähne zusammen, so frustriert war er. Vielleicht bauschten die beiden Männer an seinem Tisch alles zu sehr auf. Bisher war er genauso behandelt worden wie jeder andere Schüler. Niemand hatte ihm Grund zum Misstrauen gegeben. Die Meister waren sogar allesamt sehr freundlich. Er musste sich gewiss keine Sorgen machen. Aber er würde Augen und Ohren offen halten. *Das ist sowieso eine kluge Strategie für einen neuen Schüler in einer neuen Stadt.*

Das späte Mittagessen endete mit einer Plauderei über das Wetter und einige Bauvorhaben, die der Kaiser beschlossen hatte. Avigdor kommentierte die Tatsache, dass Steuerbetrügereien und andere Verbrechen in letzter Zeit zugenommen hatten und die Täter zu harter Arbeit bei den Brigaden eingesetzt wurden. Izak stimmte zu, es sei das Beste, sie von der Straße zu holen und davon abzuhalten, die ehrlichen Leute zu belästigen.

Caldan sagte nichts mehr.

Vor dem Wirtshaus schüttelten sie die Hände und gingen in verschiedenen Richtungen davon. Izak eilte los, weil er angeblich eine wichtige Verabredung hatte.

Caldan ging langsam durch die Straßen zurück zu seinem Zimmer. Bei seinem bedächtigen Schritt würde er die Unterrichtsstunde über Metallurgie am frühen Nachmittag verpassen, aber den Stoff kannte er sowieso schon.

Und nichts davon würde ihm zu den Antworten verhelfen, nach denen er suchte.

26

Caldan verbrachte den größten Teil der nächsten Tage damit, sein eigenes Schildmedaillon auszuprobieren und herauszufinden, wo dessen Grenzen lagen. Er ging auch in den regulären Unterricht und nahm unter den aufmerksamen Blicken der Gesellen und Meister an den Sportübungen teil, doch jede freie Minute benutzte er zur Erforschung des Medaillons. Die Gravuren auf diesem magischen Werkstück waren nachlässig ausgeführt, und aus seinem Metallurgieunterricht wusste er, dass das Metall minderwertig war. Wenn er herausfand, wie es funktionierte, konnte er sich ein neues und vermutlich besseres Medaillon herstellen.

Gerade saß Caldan an einem Tisch in dem Werkraum, in dem die Schmiedekünste unterrichtet wurden. Dieser Werkraum maß mindestens vierzig Schritte im Quadrat, und die Decke wurde von dicken Balken getragen. Ein Brennofen stand in der einen Ecke, und glühende Kohlen verliehen dem Raum ein Gefühl der Wärme, während der angenehme Duft nach brennenden Kohlen die Luft erfüllte.

Nur wenige andere Schüler befanden sich zusammen mit Caldan in diesem Raum, und alle waren mit eigenen Arbeiten beschäftigt. Es waren diejenigen, die entweder reich genug waren, mit Metallmagie zu arbeiten, oder die außerordentlich begabt waren und Aufgaben ausführen sollten, die ihre Meister ihnen gestellt hatten.

Caldan hielt ein kleines Blatt Papier in den Händen, auf dem er sein Medaillon und die in die Oberfläche eingravierten Runen in groben Zügen abgebildet hatte. Rechts daneben hatte er die Legierung aufgeschrieben, aus welcher der Ring bestand, und darunter standen Variationen der Legierung, von denen er glaubte, dass sie zu diesem Zweck besser geeignet seien. Das Kloster hatte auf diesem Gebiet große Kenntnisse besessen. Inzwischen glaubte er sogar, dass er den Meistern noch einiges beibringen könnte, doch als er an sein Gespräch mit Izak und Avigdor dachte, kam er zu dem Schluss, dass es besser war, sein Wissen zurückzuhalten.

Caldan schob sein Schildmedaillon unter das Blatt Papier, damit niemand es zufällig sah. Er öffnete seine Quelle, berührte das Medaillon mit dem Finger und streckte seine Sinne aus. Die Berührung war nicht unbedingt nötig, aber sie half dabei, eine festere Verbindung zu schaffen, und auf diese Weise war weniger Konzentration erforderlich. Außerdem würden die anderen Schüler im Raum so nicht spüren, was er gerade tat.

Unausgewogen. Er runzelte die Stirn und teilte seine Quelle in zwei Stränge auf. Mit dem einen Teil untersuchte er das Metall, während er den anderen mit den Runen verknüpfte. Ja, das Metall stand unter großer Spannung und wirkte, als ob es kaum mehr zusammenhalten konnte. Die Glyphen machten ihre Arbeit, aber sie waren grob und schlecht gegossen. Winzige Knoten bedeckten die Oberfläche, während ein guter Guss vollkommen glatt gewesen wäre. Das Amulett war kaum in der Lage, die Aufgabe zu erfüllen, für die es geschaffen war. Und sogar das Metall war das falsche – offensichtlich hatte man Dukaten sparen wollen.

Als Schildmedaillon reichte es aus, während es als Schmiedewerk ein völliger Fehlschlag war. Alle Teile, aus denen das Ganze gebildet wurde, waren vorhanden – das Metall, das der Quelle widerstand, die Verbindungs- und Brückenrunen, ein einfacher Puffer – aber das Ganze war grob und grobschlächtig. Wenn dies der Standard der Gesellen war, dann sollte Caldan Mitleid mit den Meistern und dem haben, womit sie täglich umgehen mussten.

Er seufzte über die schlechte Handwerksqualität und darüber, dass er seine Dukaten an einen solchen Gegenstand verschwendet hatte. Zumindest hatte das Amulett funktioniert, wenn auch nicht besonders gut. Und vielleicht konnte er das Metall verändern, damit es nicht mehr so unausgewogen war.

Caldan streckte die Hand über dem Tisch aus und wählte ein feines Schreibwerkzeug. Er betrachtete es eine Weile, bevor er es zurück in sein Lederetui legte. Die Veränderung der Runen, die in das Medaillon eingegossen waren, wäre nur der letzte Ausweg, denn dabei konnte vieles schiefgehen. Da es grundsätzlich funktionierte, sollte er zunächst einen Blick auf das Kunsthandwerk werfen.

Er trieb sein Bewusstsein in die Verbindungen – in die Ströme, durch welche die verschiedenen Teile zu einem Ganzen zusammengefasst wurden. Wie er vermutet hatte, verursachten die groben Glyphen gemeinsam mit dem mangelhaften Metall unterschiedliche Verbindungen, von denen einige besser und »offener« als andere waren und größere Lasten tragen konnten. Doch wie jeder gute Handwerker wusste, waren die Verbindungen nur so gut wie ihr schwächster Teil. Die Schwankungen bedeuteten, dass der Fluss aus der Quelle irgendwo angestaut wurde, was zu einem Austreten von Energie führte, und das war nicht gut. Bei einer so groben Arbeit bestand die Gefahr, dass das Metall unter der Belastung zerbrach.

Caldan griff noch tiefer in sich hinein, verknüpfte seine Quelle mit den Verbindungsrunen und spürte, wie sich seine Haut spannte, als der Schild aufflackerte und ihn umgab. Er folgte der Kraft durch die Verbindungen und sah, wo sie korrekt floss und wo sie sich sammelte oder behindert wurde. Eine Stelle fiel ihm dabei besonders auf. Dort stoppte der Kraftfluss beinahe vollständig – nur ein Rinnsal kam an dieser Stelle durch. *Wenn ich dort eine Verbindung hinzufüge, die in der Lage ist, die fehlerhafte zu ersetzen …* Er konzentrierte sich stark, bildete in seinem Geist diese weitere Verbindung und verknüpfte die Enden mit dem Strom vor und nach dem Engpass.

Sein Finger wurde heiß, und er riss ihn schnell zurück. Ein Schimmern drang durch das Papier, unter dem das Medaillon lag. Das Blatt ging in Flammen auf.

»Bei den Ahnen!«, fluchte Caldan und schlug mit der linken Hand auf das Papier. Seine Haut zischte und knisterte.

»Aaaah!«

Er rannte zu einem der Kühlfässer und tauchte die Hand in das Wasser. Die Schüler hinter ihm keuchten vor Überraschung auf und eilten zu seiner Bank. Einer goss eine Schüssel mit Wasser auf das brennende Papier. Die Flammen erloschen mit einem Zischen. Der Raum surrte vor Bewegung.

»Bei den Ahnen, was ist passiert?«, rief jemand.

»Sein Papier hat Feuer gefangen«, sagte ein anderer Schüler. »Im einen Moment war noch alles in Ordnung, und im nächsten waren die Flammen da.«

Jemand packte Caldan an der Schulter. »Bist du verletzt?«

Er drehte sich um und sah den Schüler an. Die Hand auf seiner Schulter schmerzte. »Mit mir ist alles in Ordnung. Es war nur ein Unfall.« Seine Gedanken rasten. Was sollte er sagen? Eigentlich durfte er dieses Medaillon gar nicht haben. Einige Schüler hatten sich um den Tisch versammelt, an dem er gearbeitet hatte. Einer wischte gerade das nasse Papier und die Asche mit einem Lappen auf. In diesem Augenblick kam ein Geselle herein, der zweifellos von dem Aufruhr angelockt worden war.

Caldan zog seine Hand aus dem Wasser. Ein roter Kreis zeigte sich in der Handfläche. Das Pochen hatte nachgelassen, und seine Hand fühlte sich wund an, schmerzte aber nicht besonders stark.

»Entschuldige mich«, sagte er zu dem Schüler hinter ihm. »Ich sollte zu dem Gesellen gehen.«

Caldan ballte die linke Hand zur Faust und verdeckte so das Brandmal. Er hatte keine Ahnung, wie er das Medaillon erklären sollte oder was die Strafe für den Besitz eines solchen Gegenstandes war, von Experimenten damit ganz zu schweigen. Dann holte er tief Luft und näherte sich langsam seiner Bank, vor der etliche Schüler sowie der Geselle standen.

»Bitte vergib mir, Geselle. Ich habe ...«

»Ah, das ist also dein Werk?«, unterbrach ihn der Geselle. »Herumexperimentiert, nicht wahr? Und was ist das hier?« Er steckte einen Finger in ein Loch im Tisch. Der Finger verschwand bis zum zweiten Glied. »Wenn ich mich nicht irre, steckt Metall darin. Es hat sich in das Holz geschmolzen. Was wäre wohl passiert, wenn es explodiert wäre?«

»Explodiert?«

»Ja. Ex-plo-diert. Lernt man solche Worte heutzutage nicht mehr? Ich weiß aber, dass man euch beibringt, nicht allein herumzuexperimentieren, bis sich ein Meister den Entwurf angesehen hat - bevor er mit der Quelle verbunden wird. Hast du diese Lektion etwa verschlafen?«

»Was? Nein, ich …«

»Räum diesen Schlamassel auf. Ich weiß allerdings nicht, was du mit dem Loch im Tisch machen kannst.« Er sah Caldan eindringlich an. »Es ist dir bewusst, dass ich darüber Bericht erstatten muss. Du hast ohne Aufsicht versucht, ein magisches Gerät herzustellen.«

»Ja. Ich hätte es besser wissen müssen.« Zerknirscht neigte er den Kopf, aber innerlich war er erleichtert. Sein Herumpfuschen an dem Medaillon hatte dafür gesorgt, dass es geschmolzen und das Papier verbrannt war. Er hatte eine beträchtliche Menge Dukaten verloren und keine Möglichkeit mehr, sich einen Schild zu verschaffen, aber zum Glück war nun nicht mehr nachzuweisen, dass er ein Schildamulett in seinem Besitz gehabt hatte.

»Du hättest es besser wissen müssen, insbesondere in deinem Alter. Du wirst beweisen müssen, dass du dich unter Kontrolle hast.«

»Ich hätte es besser wissen müssen«, sagte Caldan noch einmal.

Der Geselle nickte nur knapp, bevor er die vor dem Tisch versammelten Schüler fortwinkte. Sie gingen zurück zu ihren Plätzen. Seit dem Aufruhr hatte ihre Zahl stark zugenommen. Einige in den anderen Räumen hatten es ebenfalls gehört, und das Gerücht über die Ereignisse hatte sich schnell verbreitet. Caldan sah, dass einige angeregt miteinander sprachen und wilde Handbewegungen machten. Vermutlich lachten sie auf seine Kosten.

Der Geselle schenkte Caldan einen weiteren finsteren Blick, drehte sich dann um und ging. Caldan musste unbedingt herausfinden, welche Strafen auf seine Übertretung standen.

Er wischte das verbliebene Wasser und den Rest der Asche

mit einem Tuch weg und steckte den Finger in das Loch in seinem Tisch. Dort berührte er das Metall auf dem Boden, das glatt und noch warm war. Mit einem Messer holte er den Klumpen heraus. Dieser Klumpen war immer noch einige Dukaten wert, aber nicht annähernd so viel wie ein funktionsfähiges Medaillon. Mit einem Seufzer verließ Caldan den Werkraum der Schüler. Als er durch die Tür ging, war er sich sicher, dass ihm mehr als nur ein Augenpaar nachschaute.

Nun wusste er, dass Schlimmeres geschehen konnte als ein einfaches Zerbrechen oder Auflösen des magischen Gegenstandes, und er würde in Zukunft vorsichtiger sein müssen – falls er überhaupt noch einmal an ein Schildmedaillon herankommen konnte.

Das Medaillon zu erwerben war teuer gewesen und, wie er nun wusste, auch unklug. Der Eintritt in die Zauberergilde mit ihren Möglichkeiten und ihrer Ausbildung war ein Glücksfall, den er sich nicht einmal hätte erträumen können, als sein Schiff von Eremita abgelegt hatte.

Und er gefährdete diese Gelegenheit wie ein Narr.

Caldans Gedanken kehrten zu seiner Börse voller Dukaten zurück, die in seinem Zimmer versteckt lag. Sie reichten nicht für ein weiteres Medaillon, selbst wenn er eines hätte kaufen wollen. Die Nachricht von seinem Fehler würde sich wie ein Lauffeuer verbreiten, und jeder, der solche magischen Gegenstände verkaufte, selbst wenn es sich um so armselige wie das zerstörte Medaillon handelte, würde sich weigern, Geschäfte mit ihm zu machen, damit man den Weg des Gegenstandes nicht zurückverfolgen konnte. Die Möglichkeit, ein Schildamulett von einem der Gesellen zu erwerben, war also nicht mehr gegeben.

Caldan sah nur eine einzige Lösung: Er musste sich auf sein

eigenes Talent verlassen und selbst ein Medaillon entwerfen und herstellen.

Eine Stunde später befand er sich wieder in seinem Zimmer. Die Schwierigkeit seines Plans bestand darin, an das Material heranzukommen. Die Runen und die Formgebung kannte er bereits, auch wenn es besser wäre, ein Amulett in Besitz zu haben, dem er sein eigenes nachbilden konnte. Zwar konnte er versuchen, diejenigen eingehender zu studieren, die im Unterricht benutzt wurden, aber es wäre besser, eines mit auf sein Zimmer nehmen zu können.

Das wird mir wohl nicht gelingen, dachte er.

Jemand klopfte an seiner Tür. Er öffnete sie, und davor stand ein ernst dreinblickender Meister Simmon.

»In welche Lage hast du dich da bloß gebracht?«, seufzte Simmon. Es war eine rhetorische Frage. »Komm mit, bringen wir es hinter uns.«

Am Ende war es gar nicht so schlimm, wie Caldan befürchtet hatte. Es war eine erstmalige Übertretung, bei der niemand verletzt worden war. Die Strafe bestand in einer strengen Ermahnung sowie einigen zusätzlichen Übungen, die dafür sorgen sollten, dass er »seine Aufmerksamkeit ganz auf seine Entwicklung« richtete, sowie in einer Zahlung von zehn Silberdukaten. Er hatte dagegen schon befürchtet, dass die Meister ihn aus der Gilde werfen würden.

Als er wieder in seinem Zimmer war, setzte sich Caldan auf das Bett und lehnte sich mit dem Rücken gegen die Wand. Er musste nachdenken. Am meisten schmerzte ihn der Verlust der zehn Silberdukaten. Jetzt brauchte er alles, was er hatte, wenn er die Metalle für sein magisches Amulett kaufen wollte, und wenn er den Werkraum der Schüler nicht benutzen konnte, befand er sich in einer misslichen Lage.

Sein Magen knurrte, und seine Gedanken wandten sich vom Geld zum Essen – was ihn wiederum daran erinnerte, dass er Miranda noch ein lange versprochenes Abendessen schuldete. Auch das würde nun warten müssen.

Dieser Tag war eine vollkommene Katastrophe.

»Ah, Caldan, da bist du ja.« Eine Zauberschülerin eilte auf ihn zu und atmete schwer. Sie trug eine Ledertasche und vergaß ihn für einen Augenblick, während sie darin herumkramte.

»Ich habe überall nach dir gesucht«, fuhr das Mädchen fort. »Das hier ist für dich gekommen.« Sie hielt ihm einen versiegelten Brief entgegen.

Caldan verschlug es den Atem.

»Nimm ihn schon. Ich habe nicht den ganzen Tag Zeit. Schließlich muss ich auch noch all die anderen austragen.«

Er ergriff den Brief – teures Papier, das sich glatt unter seinen Fingerspitzen anfühlte – und bemerkte das schlichte Siegel aus gelblichem Bienenwachs, in das so etwas wie ein Vogel eingedrückt war. Auf der Vorderseite stand in einer sauberen weiblichen Handschrift sein Name sowie *Zauberergilde – Protektoren* und die Worte *Sofort zustellen – eilt.*

»Ähem.«

Er hob den Blick und sah, dass das Mädchen noch immer vor ihm stand. Es hatte den Arm ausgestreckt und hielt die Handfläche nach oben. Dann hob es die Brauen.

»Oh, Entschuldigung«, sagte Caldan, während er in seiner Hosentasche nach der Geldbörse suchte. Er nahm einen Kupferdukaten heraus und gab ihn dem Mädchen.

Es lächelte, bevor es sich auf dem Absatz umdrehte und davoneilte.

Caldan drehte den Brief in seiner Hand hin und her. Er bemerkte nichts Ungewöhnliches, abgesehen von dem hochwertigen Papier. Zwar kannte er das Siegel nicht, aber es gab nur einen einzigen Brief, den er erwartete.

Einen Brief von Lady Felicienne.

Caldan eilte zurück zu seinem Zimmer und verriegelte die Tür hinter sich. Er setzte sich auf das Bett, brach das Siegel und zog den Brief hervor. Nachdem er einige Zeilen gelesen hatte, die in derselben weiblichen Handschrift verfasst waren, hegte er keinen Zweifel mehr daran, dass der Brief von Lady Felicienne stammte.

Lieber Caldan,

Vergebt meine Vertraulichkeit, aber nach jener Nacht habe ich den Eindruck, dass wir uns schon recht gut kennen. Nicht so gut allerdings, wie wir uns kennen würden, wenn Ihr mein Angebot angenommen hättet, mich zu begleiten, doch ich verstehe Euer Zögern.

Wir müssen uns treffen, damit wir das besprechen können, was Avigdor über Euer Kleinod herausgefunden hat. Bitte kommt zu meinem Büro, sobald es Euch möglich ist. Damit meine ich, dass Ihr kommen sollt, sobald Ihr diesen Brief erhalten habt. Lasst mich nicht warten.

Ich sollte Euch mitteilen, dass dies meine Schuld bei Euch nicht tilgt. Unter normalen Umständen würde ich sie als bezahlt ansehen, aber … in diesem Fall gibt es einen Vorbehalt, den ich später ausführen werde.

Felice

Caldan schaute aus dem Fenster in den dunkler werdenden Himmel. Der Sonnenuntergang war nahe, aber Felicienne sagte, er solle zu ihr kommen, sobald er den Brief erhalten hatte. Was hatte sie entdeckt, das so dringend war? Stand es vielleicht mit dem Mord an seiner Familie in Verbindung? Nein, er hielt es für unwahrscheinlich, dass das, was sich in den Kleinod-Akten befand, über diese Tat Aufschluss gab. Aber irgendetwas hatte Felicienne aufgestachelt.

Und das machte ihm Sorgen.

Er stand auf und ging eine Weile in seinem Zimmer auf und ab, aber er konnte sich nicht davon ablenken, dass er Felicienne sehen und erfahren wollte, was sie wusste. Alle Gefahren, die er sich vorstellte, bestanden vermutlich nur in seiner Einbildung.

Vor der Festung zerstreute Lady Feliciennes Brief jedes Zögern der Wächter, ihn einzulassen, und er wurde rasch zu verschiedenen Funktionären weitergereicht, bis einer von ihnen Caldan in einen Raum brachte und ihm befahl, dort zu warten. Kurze Zeit später trat Lady Felicienne ein. Sie sah genauso aus, wie er sie in seiner Erinnerung hatte. Sie war schlank, ihre Hose und ihr Hemd waren einfach geschnitten, aber teuer, doch nun trug sie das Haar offen, was ihr Gesicht sanfter und weniger ernst machte.

Felicienne bedeutete Caldan, er möge sich setzen, und betrachtete einige Papiere, bevor sie sprach. »Ich fürchte, ich bin ein wenig unter Zeitdruck, denn ich habe Berichte über seltsame Vorkommnisse erhalten. Ich wünschte, ich hätte bessere Informationen.« Sie schüttelte den Kopf, als ob sie auf diese Weise ihre Gedanken ordnen wollte. »Doch jetzt wollen wir zu Eurer Sache kommen. Unsere Leute sind sehr fähig – wenn es anders wäre, hätte ich sie nicht angestellt. Sie brauchten nicht lange, bis sie fanden, wonach sie gesucht haben. Die Akten des Reichs über die Kleinodien sind sehr gut geführt.«

Als sie die Kleinodien erwähnte, musste Caldan sich davon abhalten, seinen Ring zu berühren, der inzwischen wieder zusammen mit dem Knochenring an der Kette um seinen Hals hing. Ohne einen Schild durfte er das Risiko nicht eingehen, das Kleinod an seinem Finger zu tragen. »Vergebt mir, Lady Felicienne, aber das ist alles, was ich wollte. Ich meine damit diese Informationen. Das, was Ihr herausgefunden habt, wird sicherlich reichen.«

»Bitte, nennt mich Felice. Ich habe tatsächlich einige Informationen über Euer Kleinod. Daraus ergibt sich eine faszinierende Geschichte.«

Caldans Herz hämmerte in seiner Brust, und er wagte kaum zu atmen. »Wirklich?«, fragte er leise und deutete mit dem Kopf auf die Papiere in ihrer Hand. Befanden sich darin die Antworten, nach denen er gesucht hatte? War es nach dieser langen Zeit wirklich so einfach gewesen?

»Ja. Die Geschichte Eures Kleinods ist tatsächlich ziemlich bemerkenswert, insbesondere da die letzte bekannte Eintragung, die sich darauf bezieht, schon mehr als hundert Jahre alt ist. Es wurde durch Mittelsmänner des Kaisers von einer bankrotten Adelsfamilie erworben und einige Jahre später als Belohnung für nicht näher bezeichnete Dienste an eine gewisse Karrin Wraythe verschenkt.« Sie sah Caldan fest an. »Sagt Euch der Name etwas?«

Caldan schüttelte den Kopf. »Nein, ich habe ihn nie zuvor gehört.«

»Nun, das alles klingt sehr unverdächtig, es sei denn, man gräbt ein wenig tiefer – was Avigdor natürlich getan hat. Anscheinend stand diese Karrin in den Diensten des Kaisers, aber seltsamerweise existieren keine Aufzeichnungen über die Art ihrer Tätigkeit. So etwas ist mir schon früher begegnet, denn es gefällt dem Kaiser, die Arbeitsfelder einiger Personen und Gruppen vor jedermann außer vor seinen engsten Ratgebern geheim zu halten. Dabei handelt es sich um Menschen mit einzigartigen Gaben oder um solche, die in ihrem jeweiligen Beruf alle anderen übertreffen, für gewöhnlich Zauberer oder solche, die in den geheimeren Künsten bewandert sind. Doch alles darüber Hinausgehende wäre reine Spekulation.«

Sie hielt inne und las das nächste Blatt.

»Wie könnte der Ring in den Besitz meiner Eltern gelangt sein?«

Felice schnaubte verächtlich. »Ich bin nicht in der Lage, eine Vermutung auszusprechen. Könnt Ihr mir mehr über sie erzählen?«

Das wollte Caldan nicht, auch wenn Felice bisher sehr hilfreich gewesen war, und deshalb beschloss er, vorsichtig zu sein. »Nicht wirklich. Sie sind gestorben, als ich noch sehr jung war. Ich kann mich kaum an sie erinnern.« Allerdings würde er den Tag ihres Todes niemals vergessen. »Es tut mir leid.«

»Egal. Wenn wir noch ein wenig nachbohren, werden wir etwas finden.« Felice schenkte ihm ein Lächeln. Er war sich nicht sicher, ob es freundlich oder wissend wirken sollte – oder beides. »Avigdor hat in Erfahrung bringen können, dass die Funktion des Ringes unklar ist, aber der Preis, der für das Kleinod bezahlt wurde, ist sehr hoch gewesen, und das deutet auf eine große Wirksamkeit hin. Daraus können wir ableiten, dass die ›nicht näher bezeichneten‹ Dienste ziemlich bedeutend und wichtig waren. Die Aufzeichnungen über den Verkauf deuten an, dass das Kleinod schützende und konzentrierende Eigenschaften hat, aber es gibt keine Einzelheiten. Klingt das korrekt? Was kann der Ring denn?«

»Gar nichts, soweit ich bisher weiß. Ich konnte ihn erst hin und wieder tragen, seit ich gelernt habe, wie ich ein Schildamulett zu benutzen habe.«

»Ah. Das ist ... eine Fähigkeit, die für gewöhnlich den Gesellen und den über ihnen stehenden Personen vorbehalten ist, nicht wahr?«

»Wegen des Kleinods war ich der Meinung, dass ich mich auf diese Fähigkeit konzentrieren muss. Ich habe inzwischen herausgefunden, wie die Schilde funktionieren.«

»Ich bin beeindruckt. Aber ich würde mich nicht darauf verlassen. Die Menschen werden kreativ, wenn es darum geht, Kleinodien zu stehlen – oder sonst etwas von großem Wert.«

Caldan nickte und war ihr dankbar für ihre Besorgnis. »Ich bewahre es an einem sicheren Ort auf.« Es war nicht nötig, ihr zu verraten, dass sich dieser sichere Ort an seinem Körper befand.

»Hm ... an die Kleinod-Akte war noch ein weiterer Vermerk angehängt.« Felice wandte den Blick von ihm ab und wischte sich ein wenig Staub von ihrem Ärmel. »Befand sich bei dem Kleinod eigentlich ein Knochenring?«, fragte sie beinahe beiläufig.

Viel zu beiläufig.

Der Knochenring hing ebenfalls an seinem Hals, und plötzlich fühlte sich dieser an, als wäre er einige Pfunde schwerer geworden. Caldan erstarrte kurz, bevor es ihm gelang, schwach zu lächeln und den Kopf zu schütteln.

»Das Kleinod ist alles, was ich habe. Da war ein Feuer ... unser Haus ... Wenn es einen Knochenring gegeben hat, dann ist er wohl verbrannt.« Er hoffte, das würde ihre Frage beantworten, aber ihr Blick verriet, dass noch mehr an der Sache dran war. Es war ein schlechtes Zeichen, wenn Felicienne an etwas interessiert war.

»Vielleicht. Aber es ist nicht wichtig.«

Warum hast du dann danach gefragt? Egal, die Erwähnung des Knochenrings beweist, dass er viel wichtiger ist, als ich es für möglich gehalten hätte. Und schon das allein ist eine unglaublich wertvolle Information.

»Leider müssen wir jetzt zu den schlechten Nachrichten kommen«, sagte Felice. »Ein Zusatz zu dem Eintrag, der vor etwa vierzig Jahren gemacht wurde, legt fest, dass jeder, der Informationen über dieses Kleinod besitzt, sofort die Ratgeber des Kaisers benachrichtigen muss, genauer gesagt, muss er zu den Ersten Adjudikatoren gehen. Ich bin der Meinung, dass ich Euch das nicht verheimlichen darf, und deswegen sehe ich meine Schuld Euch gegenüber darum nicht als getilgt an. Weil der Zusatz so alt ist und Ihr mich fasziniert, habe ich mich noch nicht entschieden, ob ich den Ersten Adjudikatoren eine Nachricht zukommen lasse. Nein, das entspricht nicht ganz der Wahrheit. Ich *muss* das tun ... aber ich kann es noch eine Weile hinauszögern.«

Caldan ächzte hörbar. Sein Herz fühlte sich an, als würde es gleich zerspringen. »Aber warum, wenn der Zusatz so alt ist? Wen kümmert es noch?«

»Ich bin dazu verpflichtet.«

»Ich meine, warum müssen sie informiert werden?«

Felice zuckte die Achseln. »Das steht hier leider nicht. Wenn ich den Grund dafür wüsste, könnte ich entscheiden, ob ich Euch unter Arrest stelle oder nicht. Setzt Euch wieder! Ich werde es ja nicht tun!«

Caldan war bei diesen Worten auf die Beine gesprungen und stand unentschlossen da. Gerade wusste er nicht, ob er fliehen oder gegen Felicienne kämpfen sollte. Beides waren sehr schlechte Möglichkeiten. Er holte mehrmals tief Luft und beruhigte sich ein wenig, als keine Wachen in das Zimmer stürmten.

Felices Gelächter brachte ihn wieder zu Sinnen. Sie schien über seine Reaktion ehrlich belustigt zu sein. »Setzt Euch bitte«, wiederholte sie und kicherte immer wieder. »Wenn ich Euch hätte verhaften wollen, dann wärt Ihr in dem Augenblick gefangen genommen worden, in dem Ihr die Festung betreten habt. Und warum hätte ich mir dann die Mühe gemacht, Euch eine Nachricht zu schicken?«

»Ihr habt natürlich recht. Ich wollte nur ...« Das Gewicht des Knochenrings, der sich gegen seine Brust presste, verursachte ihm Schuldgefühle.

Mit einer knappen Handbewegung tat Felice seine Verlegenheit ab. »Der Zusatz ist eindeutig, aber ich mag Euch. Also werde ich das Folgende tun: Ihr ...« – sie zeigte mit dem Finger auf Caldan – »... werdet Euch nicht vom Fleck rühren und Anasoma nicht verlassen, während ich weitere Nachforschungen anstelle. Nach all der Zeit wird es nichts ausmachen, wenn ich die Ersten Adjudikatoren mit einer Verspätung von ein paar Wochen informiere. Und falls es da noch etwas gibt, das Ihr mir bisher verschwiegen habt, wäre es weise, jetzt offen zu mir zu sein. Habe ich mich klar ausgedrückt?«

Bei den Ahnen, sie weiß es! Woher? Nein, sie vermutet *es. Es ist nur eine Möglichkeit, aber sie zieht sie in Betracht, wie es jeder gute Dominion-Spieler tut.*

Schweiß trat auf seine Handflächen, und sein Herz raste. Dennoch erwiderte Caldan so gelassen, wie es ihm möglich war: »Ich habe Euch gesagt, was ich weiß. Das alles ist passiert, als ich noch sehr jung war. Ich wünschte, ich wüsste mehr – aber das ist ja gerade der Grund, warum ich Euch um Informationen gebeten habe.«

Felice starrte ihn eine Weile an, dann nickte sie. »Also gut. Wenn ich alle Informationen gesammelt habe, an die ich herankomme, werde ich an die Ersten Adjudikatoren informieren. Wenn ich an Eurer Stelle wäre, würde ich auf ihre Antwort warten. Sie wird an mich geschickt werden, und dann können wir entscheiden, was zu tun ist. Einverstanden?«

Da Caldan im Augenblick keine andere Möglichkeit sah, nickte er.

»Gut«, sagte Felice. »Nun zu etwas anderem. Ich habe dafür gesorgt, dass wir uns bei der Dominion-Auslosung für das Herbstfest-Turnier am entgegengesetzten Ende befinden. Ich nehme doch an, dass Ihr Euch anmelden werdet?«

Caldan hatte gar nicht mehr an das Fest gedacht. Er war in der letzten Zeit einfach zu beschäftigt gewesen. »Ja, das will ich unbedingt. Seit meiner Ankunft hier ist eine Menge passiert. Ich hätte es beinahe vergessen. Aber … Ihr habt die Auslosung manipuliert?«

»Schaut nicht so überrascht drein. Das gehört zu meinem Aufgabenbereich. Ich hätte es nicht gern gesehen, wenn wir schon in den ersten Spielen aufeinander getroffen wären. Jetzt werden wir vermutlich beide in die letzten vier kommen.« Sie grinste. »Ich freue mich schon darauf.«

Sobald er wieder in seinem Zimmer war, holte Caldan den zweiten Ring hervor. Er sah genauso aus wie immer – ein Knochen, in den Runen eingraviert waren. Ein unechtes Kleinod ohne die üblichen Eigenschaften und Kräfte. Eine billige Kopie – sie bestand nicht einmal aus Metall. Was war so besonders an ihr?

Caldan setzte sich auf sein Bett und stützte den Kopf in die

Hände. Zumindest hatte er einige Informationen von Felice erhalten, das war immerhin ein Anfang. Aber statt hinauszugehen und weitere Informationen zu sammeln, musste er nun bloß darauf warten, dass sie direkt zu ihm kamen. Zuerst würde Felice noch einige Wochen nachforschen, dann würde es ein paar Monate dauern, bis ein Bote die Hauptstadt erreichte und mit einer Antwort zurückkam. Er wollte nicht darüber nachdenken, was dann geschah.

Nichts Gutes, dessen war er sich sicher.

27

Das Gräberviertel lag östlich der Zauberergilde und wurde von dem Fluss Modder begrenzt. Es war ein weniger reiches Viertel als Westgrab, Parkseit oder das Fünfblumenviertel, doch es lag angenehm nah bei den Gilden und war nicht allzu teuer. Hier hatten inzwischen viele Firmen ihre Läden eröffnet, und vor allem solche, die Ausrüstung für die einzelnen Gilden verkauften, empfanden die Nähe zu ihnen als ideal. Der Fluss Modder und die Nordstraße waren sehr gut dazu geeignet, stets neuen Nachschub zu bringen, den die gierigen Gilden rasch wieder aufzehrten.

Diskrete Nachforschungen unter den Schülern und einigen Gesellen hatten Caldan hierhergeführt. Als er darüber nachdachte, war es eigentlich offensichtlich. Es musste Kaufleute in der Nähe der Gilden geben, und dort, wo es große Geschäfte gab, gab es auch kleine. Die Händler, die mit den Gilden zu tun hatten, waren durch Verträge an diese gebunden. Caldan hatte schnell herausgefunden, dass alle seltenen Erden, die von den Händlern erworben wurden, ausschließlich an die Zauberergilde verkauft werden durften. Deren Ruf sowie die garantierte Bezahlung reichten aus, um die Kaufleute von Wucherpreisen abzuhalten. Dennoch erreichten manche Materialien die Stadt durch andere Kanäle, und die Kaufleute waren keineswegs die einzige Quelle für die Metalle, die Caldan brauchte.

So fand er sich bald in den Straßen des Gräberviertels wieder. Zuerst besuchte er einen Juwelenhändler, wo er den größten Teil der Metalle sowie ein wenig Bienenwachs erwarb. Nach harten Verhandlungen zählte der Händler die Dukaten durch, die Caldan ihm gegeben hatte. Caldan wiederum steckte einen Beutel mit Weißgold in seine Hosentasche und legte seine Geldbörse darauf, die erheblich leichter geworden war. Mit ein wenig Glück hatte er noch genug Geld für ein paar seltene Erden - das hing von dem Preis des Verkäufers und seinem eigenen Verhandlungsgeschick ab. Mit einem Klumpen Bienenwachs, der so groß wie seine Faust war und den er in ein Tuch eingewickelt hatte, machte Caldan sich auf den Weg zu einem Gemischtwarenladen, von dem er gehört hatte, dass es dort das gab, was er brauchte.

Caldan überquerte eine Kreuzung und ging eine weitere Straße entlang, kam an einer Fleischerei und einem Laden vorbei, in dem ungewöhnliche Liköre und Biere aus dem ganzen Reich verkauft wurden. Bald stand er vor einem Kerzenmacher, und seinen Informationen zufolge befand sich der Gemischtwarenladen, in dem es auch seltene Erden zu kaufen gab, unmittelbar gegenüber.

Als er sich durch einen Perlenvorhang drückte und den Laden betrat, ertönte das Klingeln einiger Glöckchen. Im Innern duftete es nach den Handelsgütern, die in Fässern und Kisten gelagert wurden, und auf Regalen entlang der Wände befanden sich Holz und Eisen, Öle und Leder. Es gab kaum Staub hier, und der Boden sowie alle Oberflächen wirkten sauber und gewienert. Dennoch stimmte etwas nicht. Caldan atmete tief ein. Unter alldem lag der Geruch von ... Verdorbenem.

Hinter einem Tresen im rückwärtigen Teil trat der Ladeninhaber aus einem dunklen Türdurchgang heraus. Er war groß, hatte kurz geschnittenes Haar und bewegte sich gleichsam fließend um das Ende des Tresens herum. Caldan zuckte zusammen. Die Haut des Mannes glühte in schwachem Rot.

Caldan blinzelte, und das Glühen war verschwunden.

»Hallo«, sagte der Ladenbesitzer und rieb sich die Augen. Der aufgeschreckte Blick des Mannes wurde von einem Ausdruck der Verärgerung abgelöst, der genauso rasch wieder verschwand, als er schnell ein freundliches Lächeln aufsetzte.

Caldan holte Luft, wollte etwas sagen, würgte aber, denn seine Nase war erneut erfüllt von dem Gestank, der an verwesendes Fleisch erinnerte. Er hustete und putzte sich die Nase.

»Oje, ist alles in Ordnung mit Euch, werter Herr?«

Caldan schüttelte den Kopf und holte vorsichtig Luft. Nichts. Der Gestank war auf einmal verflogen. *Seltsam.* Er hatte ein ähnliches Gefühl wie damals, als er Quiss begegnet war.

»Es tut mir leid, mir war nur ein wenig unwohl. Ich habe zu hart gearbeitet.« Caldan wischte sich mit der Hand über die Stirn.

Der Ladenbesitzer sah ihn besorgt an. »Und was ist das für eine Arbeit, junger Herr? Einen muskulösen Menschen wie Euch würde ich entweder als Rekruten bei der Garde oder als Lehrling bei einem Schmied verorten, aber ich spüre etwas anderes an Euch. Etwas, das Euch von den anderen absondert – eine besondere ... Intelligenz.«

Caldan schüttelte verwirrt den Kopf. »Ich bin ein Schüler der Zauberergilde.«

»Schüler? Seid Ihr dafür nicht ein wenig zu ... alt?«

»Ich bin erst vor Kurzem hier angekommen und hatte das Glück, doch noch bei ihnen aufgenommen zu werden.«

»Da hattet Ihr wirklich Glück. Zweifellos habt Ihr Familie in der Stadt?«

»Nein, nicht wirklich.«

Der Ladeninhaber lächelte. »Was für eine Schande. Vergebt mir.« Er streckte die Hand aus. »Mein Name ist Amerdan.«

Caldan sah ihn misstrauisch an und wünschte, er wüsste, warum er ein schwaches Glühen auf der Haut des Mannes gesehen hatte. Er ergriff die dargebotene Hand und schüttelte sie. Dabei empfand er nichts anderes als den schraubstockartigen Griff des Mannes.

»Caldan«, erwiderte er und drückte die Hand, bevor beide losließen. Er glaubte, gerade auf irgendeine Weise abgeschätzt worden zu sein.

»Soso, junger Caldan, Ihr seid also ein Zauberlehrling. Da lernt Ihr bestimmt bei diesen mächtigen Männern und Frauen alle möglichen Dinge. Ich muss sagen, Ihr seid ganz anders als die Zauberer, denen ich bisher begegnet bin. Sind sie nicht alle ... Bücherwürmer, ganz bleich vom vielen Studieren bei Kerzenschein?«

»Ich muss zugeben, dass die meisten tatsächlich so sind. Dem zufolge, was ich bisher gesehen habe, gibt es dort aber viele verschiedene Talente. Ich mag eher zu den körperlichen Fähigkeiten neigen, aber ich muss noch herausfinden, ob ich auch eine Gabe für den Rest habe.«

Amerdan wirkte enttäuscht, aber Caldan hatte keine Ahnung, welche seiner Bemerkungen zu dieser Reaktion geführt hatte. Bevor er weiter darüber nachdenken konnte, fragte der Ladenbesitzer: »Nun, was führt Euch denn in mein Geschäft? Tinte, Federn, Papier? Vielleicht eine Lampe?« Er tätschelte eine fein gearbeitete Lampe, die auf einer Kiste stand.

»Ich habe gehört, Ihr könntet einige seltene Erden haben.

Ich würde sie mir gern ansehen und etwas davon kaufen, wenn sie das sind, was ich brauche.«

»Ah.« Amerdan ging wieder hinter den Tresen und holte eine hölzerne Schachtel hervor, die etwa zwei Handspannen breit und eine hoch war. Er stellte sie vorsichtig auf die Theke und klappte den Deckel auf. »Ich habe noch ein paar Barren übrig und auch einige Kristalle.«

Das Innere der Schachtel war in acht Spalten gegliedert, und in jeder lagen Barren oder Kristalle auf grobem Sackleinen. Caldan konnte alle Kristalle bestimmen, aber er interessierte sich nur für zwei von ihnen. Er seufzte leise. Hier war tatsächlich das, was er brauchte.

Mit einem raschen Blick bat er Amerdan um Erlaubnis und nahm einen gelben, durchscheinenden, scharfkantigen Kristall heraus. Hier war mehr als genug für seine Bedürfnisse, und er wählte einen weiteren Kristall und legte beide neben die Schachtel auf die Theke. Sie hatten jeweils die Größe eines Daumennagels. Danach wählte er einen rötlichen hexagonalen Kristall von ungefähr gleicher Größe aus.

»Vanadis, von guter Qualität.« Er legte ihn neben die gelben Kristalle. »Ich fürchte, mehr brauche ich nicht. Habt Ihr einen festen Preis für sie? Ich bin nur ein Schüler, und daher sind meine Möglichkeiten begrenzt.« Er sah Amerdan an, der wiederum die Kristalle auf der Theke mit gerunzelter Stirn ansah.

»Einen Augenblick.« Amerdan holte ein sauberes Taschentuch hervor und breitete es auf dem Tresen aus, dann legte er die drei Kristalle darauf. »So. Nun ja ... um die Wahrheit zu sagen, habe ich diese Mineralien schon seit einiger Zeit, und sie verkaufen sich nicht so gut, wie ich gehofft hatte.«

Caldan blinzelte. Was für ein seltsamer Kaufmann. *Erst das Glühen, und jetzt will er nicht einmal feilschen ... oder er stellt es nur falsch an.* Das Ganze erschien ihm sehr merkwürdig, aber wenn er diese Materialien billig erwerben konnte, war er bereit, ein paar Sonderbarkeiten in Kauf zu nehmen. Er beschloss, die Initiative zu ergreifen.

»Ich würde erwarten, etwa zwei Silberdukaten für jeden der beiden gelben Kristalle und einen halben Silberdukaten für den Vanadis bezahlen zu müssen.« Er holte seine Börse heraus und machte sich daran, die Münzen abzuzählen. Noch hatte er fünf Silberdukaten, der Rest war nur Kupfer, und er musste etliche auf die Theke legen, bis er die Summe erreicht hatte.

»Das scheint mir gerecht zu sein. Vielleicht könntet Ihr bei Euren Kollegen ein wenig Werbung für meinen Laden machen? Und ihnen mitteilen, dass ich seltene Erden zum Verkauf habe?« Er wickelte das Taschentuch um die drei Kristalle und schob das Bündel über die Theke.

»Das scheint mir ebenfalls gerecht zu sein«, sagte Caldan. *Mehr als gerecht.*

»Sagt mir, Caldan«, meinte Amerdan, »was macht Ihr eigentlich so als Schüler?«

»In der Hauptsache besteht mein Unterricht aus magischem Wirken, Metallurgie und Alchemie.«

»Magisches Wirken? Habt Ihr eine Gabe für ... so etwas?«

Caldan zählte seine verbliebenen Münzen nach. »Ich hoffe es.«

Amerdan lächelte zufrieden. »Ausgezeichnet. Die Welt braucht Menschen mit solchen Gaben. Lernt, was Ihr könnt, und streckt Euch nach der Decke.« Er hielt kurz inne. »Darf ich mir erlauben, Euch noch eine weitere Frage zu stellen?«

Caldan zuckte die Achseln. Eigentlich wollte er gehen und sofort mit der Arbeit an seinem neuen Schildamulett beginnen, aber er wollte nicht unhöflich erscheinen. Schließlich war es möglich, dass er später hierher zurückkommen musste, falls er noch weitere seltene Erden brauchte – insbesondere bei diesen günstigen Preisen. »Aber sicher«, sagte er.

»Ein ... Freund von mir, der ein wenig scheu ist, braucht ein magisches Werkstück. Er schätzt seine Privatsphäre sehr und braucht Schlösser, die besser sind, als jeder Schmied sie herstellen könnte. Um die Wahrheit zu sagen, ist er krankhaft um seine Sicherheit besorgt, traut sich aber nicht, zur Zauberergilde zu gehen und dort um das zu bitten, was er haben will. Er befürchtet, Diebe könnten hinter diese Informationen kommen und sie benutzen, und deshalb bevorzugt er eine – wie soll man sagen? – eine stillere Lösung.«

»Ich weiß nicht. Ich meine, wenn der Mann etwas zu verbergen hat ...«

»Nein, nein, nichts dergleichen. Oder ja, doch, das hat er, aber es ist nichts Ungesetzliches. Er besitzt gewisse Wertgegenstände, die er schützen will, genau wie sich selbst. So ist es doch bei allen Reichen. Wenn Ihr es richtig anstellt, könntet Ihr vielleicht einen kleinen Nebenverdienst damit machen. Es würde Euch ein paar Dukaten bringen und bei Euren Studien helfen.«

»Nun, wenn es eine ehrliche Sache ist, dann könnte ich vielleicht tatsächlich helfen.« Auf alle Fälle konnte er die Dukaten gebrauchen.

»Es ist völlig konform mit den Gesetzen. Vermutlich handelt es sich nur um ein Türschloss und ein Truhenschloss. Natürlich muss ich die Einzelheiten noch abklären, aber das wird nicht lange dauern. Wie kann ich mit Euch in Kontakt treten? Kann ich eine Botschaft an die Gilde schicken?«

»Es wäre besser, wenn ich wieder herkomme, sobald ich ein wenig freie Zeit habe. Ihr werdet nicht allzu lange warten müssen.«

»Ausgezeichnet. Dann darf ich erwarten, Euch in ein paar Tagen wiederzusehen?«

Im Augenblick wollte Caldan nur seinen Schutzzauber vervollständigen. Danach konnte er sich um seine Geldbörse kümmern. Allmählich wurde sein Name im *Gähnenden Kaninchen* bekannt, und seine Gewinne beim Dominion-Spiel waren nicht mehr so hoch, seit die Quoten gefallen waren. Das hier schien ihm eine gute Möglichkeit zu sein, ein paar Dukaten hinzuzuverdienen, die ihm über die nächste Zeit halfen.

»Vielleicht in einer Woche«, begann er und sah, wie Amerdan sich versteifte. »Ich habe noch sehr viel zu tun und fürchte, dass ich vorher keine Zeit haben werde.«

»Also gut«, sagte Amerdan, »daran kann man nichts machen. Dann solltet Ihr Euch gleich an Eure Arbeit begeben. Je schneller Ihr damit fertig seid, desto eher könnt Ihr wieder herkommen.«

Amerdan streckte die Hand aus und hielt die Handfläche nach oben.

Caldan nahm die Münzen von der Theke und gab sie ihm, dann steckte er das Taschentuch mit den Kristallen ein. »Danke«, sagte er. »Und ich werde Euren Laden den anderen Schülern empfehlen. Ich hatte nicht erwartet, alle Mineralien, die ich brauche, an einem einzigen Ort zu finden.«

»Es scheint ein guter Tag für uns beide zu sein.«

Caldan nickte. »Nochmals vielen Dank, Herr. Ich werde in einer Woche wieder hier sein.«

Amerdan sah dem jungen Mann nach. Er war noch ein unreifer Bengel, aber dem zufolge, was er gesagt hatte, war er begabt. Doch da war etwas an ihm, ein Gefühl, das Amerdan hatte, als sie nahe beieinander gewesen waren, ein Zupfen an seinem Geist, das er nie zuvor verspürt hatte. Beinahe ... eine Verbundenheit.

Der Ladenbesitzer lächelte höhnisch bei diesem Gedanken. Er hatte seltsame Gefühle in seinem Geist, seit er sich des Lehrlings entledigt hatte. Dieser Junge war ein so armseliges Geschöpf gewesen, des Lebens unwürdig.

Amerdan runzelte die Stirn, als er das Jucken in seinem Geist bemerkte, das erst vorhin eingesetzt hatte. Seine Gedanken fuhren um es herum wie eine Zunge um einen zerbrochenen Zahn.

Egal. Dieser Junge, Caldan, würde bald zurückkehren, aber in der Zwischenzeit hatte Amerdan genug Zeit für einige Nachforschungen. Schließlich musste er herausfinden, ob Caldan würdig war, bevor er weitermachte. Er öffnete die Hand und zählte die Dukaten.

Insgesamt waren es siebeneinhalb Silberdukaten. Fünf Silbermünzen und fünf mal fünf Kupfermünzen. Amerdan lachte. Natürlich.

28

Eine Maus huschte an der Wand entlang und verschwand in einem Spalt. Caldans Lampe, deren Flamme so niedrig wie möglich brannte, erschuf Schatten überall im Raum. Er trug eine Ledertasche, die er auf den Tisch legte - auf denselben, in den er das Loch gebrannt hatte. Das erschien ihm passend für die Arbeit an dem, was er auf so närrische Weise verloren hatte.

Es war schon spät, und alle anderen Schüler schliefen bereits seit einiger Zeit. Tatsächlich war es nicht schwierig gewesen, sich durch die Gebäude zu stehlen und den Werkraum der Schüler zu betreten. Kaum jemand war noch wach - vielleicht ein oder zwei Meister, von denen bekannt war, dass sie stets spät zu Bett gingen, aber das war auch schon alles. Er musste lediglich schnell und leise arbeiten, und niemand würde etwas bemerken.

Während des Tages hatte er viele Stunden darüber nachgedacht, welche Art von magischem Wirken er einsetzen musste, bis seine Unaufmerksamkeit ihm in einer Unterrichtsstunde einen Tadel und in einer anderen eine Strafaufgabe eingebracht hatte.

Wegen all der Glyphen, die für einen Schild benötigt wurden, kam etwas zu Kleines nicht infrage, was einen Ohrring oder einen anderen Ring ausschloss. Aber wenn er in Zukunft eine große Brosche oder ein Medaillon trug, würden die Leute Fragen stellen. Am Ende beschloss er, ein flaches Armband herzustellen, das zwei Zoll breit war. Er konnte es am Unterarm tragen und durch den Ärmel verdecken, damit es nicht für jedermann sichtbar war.

Aus seiner Ledertasche holte Caldan ein Exemplar von Jevsons *Kommentar zur Goldgestaltung*, einen Abdruck des geplanten Armbandes aus Bienenwachs, den er kurz zuvor hergestellt hatte, dazu sein Taschentuch, den Beutel mit den Barren aus Weißgold und sein Schreibwerkzeug.

Er ging zu dem Schmelzofen in der Mitte des Raumes, der wegen der späten Stunde nur noch glomm, und gab noch mehr Kohlen hinzu. Dann bediente er den Blasebalg, damit die Flammen aufloderten.

Dabei summte er sich selbst etwas vor, ging kurz in einen Vorratsraum und kehrte mit einem Kübel voller feinem alchemistischem Pulver sowie einem Mischlöffel zurück.

Er schlug das Buch auf und entnahm ihm zwei lose Blätter. Beide waren mit Zeichnungen für das Werkstück und mit Notizen zu verschiedenen Legierungen und ihren Eigenschaften bedeckt. Eine Formel hatte er eingekreist: Sie war seine endgültige Wahl.

Dann nahm er einen Stichel, entfernte eine Fuge im Bienenwachs und glättete die innere und äußere Oberfläche. Er wechselte immer wieder das Werkzeug und machte sich daran, in die Innenseite die eine Hälfte seines Musters einzugravieren, indem er Runen und Symbole tief in das Wachsband schnitt. Wenn alles gut verlief, würde sein Werk zehnmal stärker sein als das schlecht gearbeitete Medaillon, das er versehentlich geschmolzen hatte.

Die zusätzliche Komplexität war eine Herausforderung,

denn es war nicht leicht gewesen, die Wirkungsweise der Anker, Kontrollen, Verbindungen und Puffer herauszufinden, die das Werk verstärkten, aber er hatte einige Tage Zeit gehabt, sich damit zu beschäftigen. Wenn das Armband erst einmal fertig war, würden beide Seiten über und über mit Zeichen bedeckt sein.

Eine Stunde später hatte Caldan die Gravur auf der Innen- und Außenseite beendet. Er legte eine Pause ein, massierte seine schmerzenden Finger und freute sich, dass der knifflige Teil der Arbeit erledigt war.

Nun richtete er seine Aufmerksamkeit auf die Kristalle – oder vielmehr auf das, was von ihnen übrig war. Er wickelte das Taschentuch aus, in dem sich zwei kleine Beutel mit einem Bandverschluss befanden. Während der letzten Tage hatte er seine Freizeit damit verbracht, die Kristalle zu einem groben Pulver zu zerreiben und die Erze herauszufiltern, sodass er die einzelnen Metalle für die Legierung ins richtige Verhältnis zueinander setzen konnte.

Mit einer Waage bestimmte er die korrekte Menge Weißgold für das Armband, dann fügte er Teile der seltenen Erden hinzu, bis er das richtige Mischungsverhältnis erreicht hatte. Er gab die Metalle in einen Schmelztiegel und stellte diesen vorsichtig in den Ofen.

An seinem Werktisch fügte er dem Wachsmodell kleine Abflüsse hinzu und umgab es mit einer Schicht aus alchemistischem Verputz, der in kurzer Zeit aushärten würde. Nach wenigen Minuten gab die Mischung bereits Hitze ab, als die alchemistische Reaktion einsetzte.

Nun blieb ihm nichts mehr zu tun, als abzuwarten, bis das Modell völlig ausgetrocknet war, das Wachs verflüssigt und die Metalle im Ofen geschmolzen waren und sich miteinander verbunden hatten.

Die nervöse Energie, die sich während der letzten Tage in ihm angestaut hatte, verschwand langsam. Die Wärme des Schmelzofens war beruhigend, und er legte den Kopf auf die Arme und ruhte sich aus.

Plötzlich wachte er mit einem Ruck auf und blinzelte erschrocken. Einen Moment lang wusste er nicht, wo er war, doch dann kam die Erinnerung zurück. Bei den Ahnen, wie lange hatte er geschlummert? Er sprang auf und taumelte zum Schmelzofen.

Zum Glück schien seine Gussform trocken und ausgehärtet zu sein, denn an der Außenseite waren keine Risse sichtbar.

Caldan lächelte.

Er nahm eine lange Zange, hob damit vorsichtig die Gussform an und goss das geschmolzene Wachs in ihr auf die Kohlen des Ofens, wo es verbrannte. Nun war die Gussform hohl, und das Innere enthielt nur den Umriss des Armreifens mit den feinen Glyphen, die er eingraviert hatte.

Abermals mithilfe der Zange griff er in das Feuer und holte den Schmelztiegel heraus. Das Metall in ihm war verflüssigt und glühte weiß. Die Luft darum flirrte in der Hitze heftig.

Caldan stellte den Tiegel kurz auf den Ziegeln des Ofens ab und wischte sich mit der Hand über die Stirn. Zitternd machte er sich daran, die goldene Flüssigkeit in die Form zu gießen. Der Strom des Metalls glühte hell, während er das Innere ausfüllte und in die Glyphen und Muster floss.

Dann spürte Caldan, wie das Metall seine Gravuren bedeckte, und überprüfte sanft die Glyphen für die Verknüpfungen, Puffer, Anker und Kontrollen im gesamten Muster. Schließlich verband er sich damit, und die Kraft strömte durch das Metall und füllte es mit Magie an. Das war der wesentliche Moment. Er musste den Kraftfluss aufrechterhalten, bis sich der Gegenstand verfestigt hatte.

Caldan konzentrierte sich weiter auf seine Quelle und deren Verbindung zu dem Metall. Dabei nahm er die Form vom Ofen und stellte sie auf einen Amboss, wo sie abkühlte, und dann klopfte er sanft dagegen, damit mögliche Luftbläschen verschwanden, die sich in den zarten Gravuren gebildet haben konnten.

Nun konnte er nichts anderes mehr tun, als dazustehen und die Verbindung mit seiner Quelle aufrechtzuerhalten, bis die Form so weit ausgekühlt war, dass er sie in die Hand nehmen konnte. Dann würden sowohl das Metall als auch die Pfade der Energie gefestigt sein.

Während die Minuten vergingen, wuchs Caldans Beklemmung. Was er hier versuchte, war weitaus komplizierter als alles, was ein Geselle herstellen konnte. Das Gießen war dabei der einfache Teil - jeder Goldschmied war dazu in der Lage. Es waren die Glyphen, die Talent und Geschick erforderten, genau wie die Rohmaterialien und schließlich deren Durchtränkung mit der Magie aus der Quelle. Alle drei Elemente mussten eine harmonische Verbindung eingehen, damit das Ergebnis nicht bei der Herstellung oder im Augenblick der Aktivierung zerstört wurde.

Er riss sich von seinen Gedanken los, ließ das Tuch sinken, mit dem er seinen Werktisch abgewischt hatte, und betrachtete die Gussform. Sie war schlicht und stumpf, enthielt aber das feinste Stück, das er je auf magische Weise geschaffen hatte. Es war voller Möglichkeiten. Das Entfernen der Umhüllung würde wie das Auspacken eines Geschenks sein - nur noch besser.

Unter einem Lächeln benutzte er die Zange dazu, die Gussform in ein Fass mit Wasser zu werfen. Zischender Dampf stieg in einer Wolke auf. Er vertrieb sie mit der Hand und sah, wie Blasen an die Oberfläche stiegen. Dann steckte er den Arm ins Fass, tastete auf dem Boden herum und holte die Gussform wieder hoch. Schließlich schlug er mit der Zange gegen sie, bis die Ummantelung Risse bekam und in seinen Händen auseinanderfiel.

Der Schein des Feuers wurde von dem weißen Metall widergespiegelt und zuckte über die Muster. Caldan nahm sich Zeit und betrachtete seine Schöpfung lange und ehrerbietig.

Für ihn war dieser Gegenstand der Höhepunkt all seiner Jahre harter Arbeit und großer Opfer, und dies war nur möglich geworden, weil er hier in Anasoma gelandet war und das Glück gehabt hatte, genug Geld für den Kauf der Rohmaterialien zu besitzen. Wenn er im Kloster geblieben wäre, hätte er vermutlich nie ein solches Stück herstellen können. Es wäre ihm auf keinen Fall möglich gewesen, das Gold und die Kristalle zu kaufen. Vielleicht war die Verletzung, die er Marlon zugefügt hatte, sogar ein versteckter Segen gewesen – oder Schicksal. Wie dem auch sei, er fühlte sich beschwingt, weil er in der Lage gewesen war, seinem Talent freien Lauf zu lassen und ein solches magisches Werkstück zu erschaffen. Nun musste er es nur noch abfeilen, säubern und polieren, aber das konnte er auch in seinem Zimmer tun.

Caldan packte sein Armband und sah sich ein letztes Mal im Werkraum der Schüler um. Doch der Raum wirkte inzwischen wieder unberührt. *Gut.* Er blies die Laterne aus und machte sich auf den Rückweg zu seinem Zimmer.

Regen prasselte inzwischen gegen die Fensterläden. Der Sturm war mit beachtlicher Geschwindigkeit vom Meer her gekommen. Er brachte Feuchtigkeit und Kälte mit, und plötzlich fühlte sich Caldans Zimmer klamm und ungemütlich an.

Aber in dieser Nacht war ihm das völlig gleichgültig, denn seine Gedanken waren auf ganz andere Dinge gerichtet.

Caldan saß auf seinem Bett, hielt den frisch gegossenen Armreif in der Hand und starrte in vollkommener Reglosigkeit das helle Objekt aus Weißgold an. Fast eine Stunde lang blieb er so sitzen. Das einzige Licht in seinem Raum kam von der Laterne, die mit kleiner Flamme brannte. Sicherheitshalber suchte er sein Werk immer wieder nach Mängeln und Unsauberkeiten im Guss und in den Gravuren ab. Er wollte unbedingt vermeiden, dass es unter dem Druck seiner Quelle zerbrach oder schmolz. Insbesondere wenn er es gerade am Arm trug.

Endlich war er zufrieden. Er hob den Blick, holte tief Luft und schob sich den Reif über die Hand.

Dann öffnete er seine Quelle und verband sie mit dem Reif, und ein Schild sprang um ihn herum auf und hüllte ihn ein. Seine Haut spannte, und sein Blick verschwamm ein wenig. Er folgte dem Strom seiner Quelle durch den Armreif und spürte, dass alles so lief und funktionierte, wie er es sich erhofft hatte, auch wenn er sein Werk an sich selbst nicht richtig auf die Probe stellen konnte. Aber das würde er später nachholen.

Caldan seufzte vor Erleichterung, brach die Verbindung ab und schloss seine Quelle. Eine große Müdigkeit überkam ihn, als die Anspannungen und der Druck des Tages ihn allmählich packten und niederdrückten. Erst jetzt bemerkte er, wie müde und erschöpft er war.

29

Nebel trieb durch die Straßen. Bald würde er von der aufgehenden Sonne vertrieben werden, doch solange er noch da war, nutzte Vasile ihn so gut wie möglich, um seine Bewegungen zu verdecken.

Soweit er wusste, hatten seine Nachforschungen über die Handelsgesellschaft der fünf Ozeane jemanden dort gewarnt. Und dieser Jemand war nicht besonders erfreut.

Als er den Gerichtshof besucht hatte, weil er mit einigen Freunden sprechen und die eine oder andere Schuld eintreiben wollte, hatte ihm Japir, einer seiner Informanten, gesagt, dass nach ihm gefragt worden sei. Dabei wusste doch jeder, der mit Vasile in Kontakt treten wollte, wie er das zu tun hatte, und er hatte kaum mehr Beziehungen zu Frauen gehabt, seit seine Frau ... und das war viele Jahre her.

Gestern hatte Vasile umsonst an der üblichen Stelle neben einem Springbrunnen im Totgaul-Viertel auf Japir gewartet. Als dieser nicht erschienen war, hatte sich Vasile unverzüglich zu Japirs Haus aufgemacht. Die Tür war unter dem leisen Druck seiner Hand nach innen geschwungen, doch nur Echos hatten seine Rufe beantwortet. Japir lag auf dem Bett, jemand hatte ihm die Kehle bis auf den Knochen durchtrennt. Vasile hatte seinen Körper mit dem blutgetränkten Laken bedeckt, bevor er einen letzten Blick in den Raum geworfen hatte und dann eiligst aus der Tür geeilt war.

In der letzten Nacht hatte er viel getrunken - natürlich nur Wasser -, bevor er sich zu Bett gelegt hatte, und er hatte alles eingepackt, was er für eine kurze Reise für nötig erachtet hatte. Er hatte schlecht geschlafen und war weit vor der Morgenröte mit einer vollen Blase aufgewacht - was genau seinen Absichten entsprochen hatte, um früh aufzubrechen. Also hatte er sich erleichtert, seine Sachen in einer Ledertasche verstaut und war durch die Hintertür hinausgeschlüpft. Die Straßen waren leer, wenn man von ein paar Ratten und Kakerlaken absah. Er ging geduckt und drückte sich auf seinem Weg eng an den Hauswänden entlang.

Jetzt blieb er stehen, lehnte sich gegen eine Ziegelmauer und atmete schwer.

Hat sich der Schatten dort hinten bewegt?

Er kniff die Augen zusammen und spähte in den Nebel. *Nein. Das muss Einbildung sein.* Aber sie *waren* irgendwo da draußen. Er wusste es.

Seine Geldbörse enthielt nur wenige Dukaten, doch es reichte aus, um für einige Zeit in Deckung zu gehen, bis sich alles wieder ein wenig beruhigt hatte. Wenn er lange genug verschwand, würden sie glauben, er habe die Stadt verlassen oder ein unglückliches Ende gefunden, und vielleicht würden sie dann nicht mehr nach ihm suchen. Während seiner Arbeit für die Kanzler (und durch sie für den Kaiser) hatte er oftmals Gelegenheit gehabt, die unangenehmeren Viertel der Stadt aufzusuchen. Sie wurden von Bürgern bewohnt, die am Rande des Gesetzes lebten und ihre eigene Mutter für einen Kupferdukaten verkaufen würden. Es war einer dieser Bürger, zu dem er nun unterwegs war: Luduss, der den Ruf hatte, nicht ganz so schlimm wie der Rest seiner Kumpane zu sein.

Hoffentlich war er inzwischen nicht gestorben oder aus dem Geschäft ausgestiegen.

Vasiles Blicke flogen hin und her und schossen durch den dünner werdenden Nebel, während er mit dem Rücken gegen die Wand einer Fleischerei lehnte. Er wusste, dass Luduss lange schlief und es gar nicht gern sah, wenn er zu einer solchen Stunde aus dem Bett geholt wurde. Doch glücklicherweise befanden sich in diesem industriell geprägten Viertel viele Gaststätten, die früh öffneten und die Arbeiter auf dem Weg zur Morgenschicht versorgten. Solange seine Dukaten vorhielten, würde sich Vasile in einer dieser Tavernen die Zeit vertreiben, bis er Luduss aufsuchen und ihn nach einem sicheren Unterschlupf fragen konnte.

Vasile schaute die Straße zu beiden Seiten hinunter, dann schoss er über das Pflaster in eine lange Seitengasse. Einige Biegungen später betrat er ein bescheidenes Gasthaus, über dessen Tür die Bilder eines Messers und eines Löffels in die Ziegel geritzt waren.

Wie es in vielen dieser Gaststätten der Fall war, herrschte ein reger morgendlicher Betrieb, und er musste sich an zwei Arbeitern im Korridor vorbeidrücken, die nach ihrem Frühstück gerade zur Arbeit aufbrachen. Der weiße Staub auf ihrer Kleidung und ihr Geruch verrieten ihm, dass sie Müller waren.

Der Duft von Tee und frisch gebackenem Brot zog Vasile weiter ins Innere. Er kaufte sich einen halben Laib Brot, ein Töpfchen mit gesalzener Butter und einen Becher Tee und schob die dafür geforderten Dukaten über den Tresen. Dann sah er sich in dem fensterlosen Raum um, der von einigen Lampen erhellt wurde, und entdeckte eine stille, freie Ecke, in der er sich niederließ. Dort rührte er sich einen Löffel Honig in seinen Tee und riss ein Stück Brot ab. Es schmeckte so, wie es roch: warm, frisch, köstlich. Zufrieden kaute er darauf herum.

Ein Mann setzte sich ihm gegenüber an seinen Tisch. So etwas war üblich, und deshalb senkte Vasile nur den Kopf. Er war nicht in der Stimmung für ein Gespräch. Der Mann hüstelte höflich und räusperte sich. Vasile tat so, als würde er ihn nicht bemerken, und schlürfte seinen Tee, der das Brot in seinem Mund aufweichte.

»Ähem«, sagte der Mann. »Vasile.«

Vasile riss den Kopf hoch. Vor ihm saß Luphildern Quiss, und ein Lächeln war auf sein schmales Gesicht gemalt. Vasile hätte sich beinahe eingenässt. *Bei den Ahnen! Wie hat er mich gefunden?*

»Ganz ruhig«, sagte Quiss. »Ihr seht aus, als hättet Ihr einen Geist gesehen. Wie ist das Brot?«

Die Mischung aus Brot und Tee in seinem Mund schmeckte plötzlich nicht mehr so gut wie vorhin. Er schaute sich im Raum um, bemerkte jedoch niemanden, der mit dem Kaufmann in Verbindung stehen könnte.

Aber wer weiß?

»Gut«, murmelte er und schluckte den inzwischen geschmacklos gewordenen Brei. Mit zitternder Hand stellte er seinen Teebecher auf den Tisch.

»Ich sollte unbedingt wieder herkommen. Man hat nicht oft Gelegenheit, sich bei einem guten Essen unter dieses einfache, hart arbeitende Volk zu mischen«, bemerkte Quiss.

Vasile betrachtete die schmutzigen, hohläugigen Männer um ihn herum, die Haferbrei, Brot und Tee zu sich nahmen, zumeist schweigend, und sich auf einen weiteren Tag schwerer Arbeit vorbereiteten. »Ja«, sagte er zögerlich und glitt an das Ende der Sitzbank.

Quiss schüttelte langsam den Kopf und war offensichtlich

belustigt. »Wie dem auch sei, genug der Freundlichkeiten. Ich muss Euch mitteilen, dass Ihr in großer Gefahr schwebt.«

»Was Ihr nicht sagt!«

»Allerdings. Es gibt da einige Personen, die Euch ... zum Schweigen bringen wollen. Bewegt Euch nicht!«, flüsterte Quiss ihm scharf zu.

Entsetzt erstarrte Vasile. Diese Leute hatten schon mehrfach getötet, und er war sich sicher, dass sie auch diesmal nicht zögern würden. Innerlich verfluchte er sich, weil er sein Leben in den letzten Jahren vergeudet hatte. Der Mann, der er früher einmal gewesen war, hätte nun nicht so gezittert wie ein Kind vor einem wütenden Erwachsenen.

Ein schlechter Zeitpunkt, um mit dem Trinken aufzuhören.

»Gut. Ich bin nicht hier, um Euch zu drohen, Vasile. Nein, nicht ich bin es, vor dem Ihr Angst haben müsst«, sagte er in sachlichem Tonfall. »Im Gegenteil, ich bin hier, weil ich Euch helfen will. Wenn Ihr den anderen zuerst in die Arme gelaufen wärt ... nun, dann würdet Ihr jetzt in einem der Kanäle treiben.« Er lächelte grimmig.

Vasiles Blick glitt wieder zur Tür.

»Keine gute Idee«, sagte Quiss.

Er sagt die Wahrheit ... und gerade das ist es, was mich so sehr erschreckt. Was wartet da draußen auf mich?

»Was ist los? Wer sind ›die anderen‹?«

»Es gibt Leute, die Euch tot sehen wollen. Das will ich nicht – und das ist alles, was Ihr im Augenblick wissen müsst. Am Ende werden sie versagen und sich vor dem Ersten Erlöser verantworten müssen, aber sie haben viele Anhänger. Bis sie keine Bedrohung mehr darstellen, müssen wir alles in unserer Macht Stehende tun und ihre Pläne vereiteln. Und da kommt Ihr ins Spiel. Sie haben Eure Versuche bemerkt, mehr über uns herauszufinden, und sie wollen Euch aufhalten.«

»Uns?«, fragte Vasile. »Ihr habt doch gerade gesagt, dass Ihr keiner von ihnen seid.«

»Wir alle gehören zu ... nennen wir es eine ›Familie‹. Aber wie bei jeder Familie kommen wir nicht allesamt gut miteinander aus. In Eurem Fall haben wir entgegengesetzte Ansichten über unseren ... Einfluss hier.« Quiss runzelte die Stirn. »Entschuldigt die häufigen Pausen, aber ich muss meine Worte sorgfältig wählen.«

»Ihr seid also nicht hier, um mich zu töten?«

»Gute Güte, nein! Weit gefehlt. Ich sagte es Euch doch bereits: Ich bin hier, um Euch zu *retten*. Ich fürchte, ohne mich wäre Euer Leben ... nur noch kurz.«

Vasile schluckte. Er bezweifelte, dass es mit ihm wesentlich länger sein würde, aber bisher hatte alles, was Quiss gesagt hatte, der Wahrheit entsprochen.

Quiss stand auf und strich sein Jackett glatt. »Kommt. Ihr müsst mir vertrauen. Dass ich Euch noch nichts angetan habe, sollte Euch von meinen guten Absichten überzeugen.« Er hielt den Kopf schräg, als ob er auf etwas lauschte. »Die Luft ist rein, wie man so sagt. Ich werde Euch mehr erklären, sobald wir an einem sichereren Ort sind. Wir sollten von hier verschwinden, bevor noch etwas Schreckliches passiert.«

Vasile folgte dem rätselhaften Quiss ins Hafenviertel, wo sie das Hauptgebäude der Handelsgesellschaft der Fünf Ozeane betraten. Überall liefen Leute herum, packten Kisten, füllten Beutel und Säcke mit Akten und große verschließbare Truhen mit Dukaten. Quiss schien diese ganzen Aktivitäten kaum wahrzunehmen. Gruppen von kräftigen Arbeitern brachten die Waren zum hinteren Teil des Gebäudes, wo sie auf Karren geladen und unter Begleitung bewaffneter Eskorten weggefahren wurden. Quiss entschuldigte sich für ein paar Augenblicke und beriet sich schnell mit einigen Kollegen, dann kehrte er zu Vasile zurück.

»Warum sind wir hier?«, fragte Vasile.

»Ich mache Euch ein Angebot. Die Stadt steht kurz vor einer Invasion, und wir müssen sie verlassen. Ich will die Gründe für all das nicht ausführen, aber ich bin autorisiert, Euch einige Dinge zu verraten. Ich nehme an, Ihr könnt erkennen, ob ich aufrichtig zu Euch bin.« Er schenkte Vasile einen abschätzenden Blick.

Es war gleichgültig, wieso er von Vasiles Fähigkeit wusste. Sie war einer größeren Zahl von Personen bekannt, und es hätte ihn nicht überrascht, wenn jemand von ihnen die Information für ein paar Dukaten verkauft hatte. Die menschliche Natur überraschte ihn schon lange nicht mehr.

Vasile seufzte schwer. »Ja«, bestätigte er. »Das kann ich.«

Quiss nickte. »Ihr gebt es also zu. Bemerkenswert.« Dann schaute er sich um und betrachtete die Unordnung.

Er wirkt, als hätte er sich in sein Schicksal ergeben, dachte Quiss. *Warum?*

»Also gut«, fuhr Quiss in seinem seltsamen Akzent fort. »Ich werde Euch einige Tatsachen berichten.« Er hielt inne. »Zumindest werde ich sie Euch so mitteilen, wie ich sie sehe. Wenn Ihr am Ende glauben solltet, dass ich Euch belogen oder versucht habe, Euch zu täuschen, dann dürft Ihr gern gehen.«

»Ich dachte, das stünde mir sowieso jederzeit frei. Bin ich also ein Gefangener? Ich habt mir versprochen, mich vor der anderen Partei zu schützen. Vor denen, die hinter mir her sind.«

»Und genau das tue ich. Aber hier geht es um mehr als nur um verschiedene Parteien in einem Handelskonzern. Um viel mehr.« Quiss' Miene blieb ausdruckslos. »Wir müssen gehen.

Meine ganze ... Gesellschaft. Die Leute, die die Invasion vorbereiten, haben es auf uns abgesehen. Aber unsere Gefangennahme ist nur eines ihrer Ziele. Anasoma und ihre Unzufriedenheit mit dem Reich sind nur ein Deckmäntelchen für ihre wahren Absichten.«

»Ich ... ich verstehe nicht. Sicherlich könnten doch die Köcherer mit einer angreifenden Streitmacht fertigwerden?«

Nun machte Quiss ein grimmiges Gesicht. »Die Köcherer sind ihnen unterlegen. Zauberei, wie sie dieses Land noch nicht gesehen hat, wird gegen sie eingesetzt werden. Wenn uns die Flucht gelingt, werden wir in der Zukunft Eure Dienste benötigen.«

»Redet bitte weiter.«

»Wie ich schon gesagt habe, sind die Angreifer hinter uns her, und wenn wir nicht fliehen, werden sie uns finden, und wir werden vernichtet. Ihre Magie ist mächtiger als jene, die hier im Reich praktiziert wird. Sie werden in der Lage sein, die Stadt zu erobern, uns aufzustöbern wie Ratten in einer Scheune, und dann werden sie uns alle töten.«

Vasile war entsetzt. Bisher sagte Quiss die Wahrheit, wie weit hergeholt dies alles auch klingen mochte. »Warum sind sie hinter Euch her? Seid Ihr der Grund, warum sie in Anasoma einfallen wollen?«

»Wir sind nicht ihr Hauptziel, sondern nur etwas, das bereinigt werden muss, bevor sie ihre weiteren Pläne verfolgen können. Man könnte sagen, sie wollen vorher noch ein paar Dinge erledigen. Wie Ihr wohl schon vermutet habt, sind wir nicht nur eine Handelsgesellschaft. Das ist bloß eine Fassade, wenn auch eine sehr ertragreiche.«

»Wer seid Ihr dann? Was sind Eure Ziele?«

»Ihr müsst nur wissen, dass wir Euch helfen und vor jenen abschirmen wollen, die Euch etwas anzutun beabsichtigen.

Darin stimmen unsere Ziele überein. Diejenigen, die Euch tot sehen wollen, sind unsere Gegner. Als Gegenleistung würden wir gern hin und wieder Eure Hilfe in Anspruch nehmen.«

Obwohl Quiss noch immer die Wahrheit sagte, hielt er nun etwas zurück. *Aber tun das nicht alle? Niemand mag es, wenn jemand anders die Wahrheit über ihn kennt und um seine innersten Gedanken weiß.* Das hatte Vasile auf schmerzhafte Weise gelernt.

»Entweder nehme ich Eure Hilfe an und helfe Euch wiederum, oder ich werde den Wölfen überlassen«, sagte Vasile.

»Darauf läuft es hinaus. Ich verspreche Euch, dass wir Euch um nichts bitten werden, was Eure Fähigkeiten übersteigt oder Eurer Moral widerspricht. Eure einzigartige Gabe wäre überaus wertvoll für uns. Wir arbeiten an einigen Projekten, bei denen wir gute Männer gebrauchen können.«

»Gute Männer«, höhnte Vasile. »Davon gibt es wenige.«

»Allerdings, aber wir glauben, dass Ihr einer davon seid.«

Vasile runzelte die Stirn. »Die meisten Menschen wollen die Wahrheit nicht hören.«

»Dem stimme ich zu. Glaubt mir, wenn ich Euch sage, dass wir uns selbst eingehend betrachtet haben und von dem Ergebnis nicht begeistert waren. Ein Teil unseres Plans besteht darin, den Schaden, den wir angerichtet haben, wiedergutzumachen.«

Trotz der Wärme im Raum zitterte Vasile. »Und was habt Ihr getan?«

»Einige Wahrheiten sind sogar für Euch zu groß. Lasst mich nur sagen, dass niemand härter als wir daran arbeitet, die eigenen Fehler auszumerzen. Wir haben nach Alternativen für unser Dilemma gesucht, bisher aber keine guten gefunden.« Er schüttelte den Kopf. »Doch das muss Euch keine Sorgen machen.«

Ich glaube, ich habe durchaus einen guten Grund, mir wenigstens ein paar Sorgen zu machen. Doch wiederum war nichts von dem, was Quiss gesagt hatte, eine offene Lüge.

»Was soll denn jetzt geschehen? Wozu braucht Ihr mich? Welche Hilfe könnte ich Euch geben?«

»Die Eindringlinge werden von etwas Bösem angetrieben, das sich mitten unter ihnen versteckt. Das wissen wir mit Sicherheit aufgrund unserer eigenen magischen Mittel. Nachdem es Kraft gesammelt hat, ist es hergekommen. Es wird eine Magie entfesselt werden, wie das Reich sie noch nie gesehen hat. Vielleicht kommt es zu einer zweiten Zerschmetterung.« Quiss senkte den Kopf vor Bestürzung. »Es darf nicht wieder geschehen. Der Erste Erlöser hat beschlossen, dass wir uns offenbaren müssen, damit wir Hilfe bekommen. Wir brauchen Eure Hilfe, damit Ihr andere von unserer Aufrichtigkeit überzeugt. Ihr seid doch schließlich auf einzigartige Weise in der Lage dazu, nicht wahr?«

»Ich ... ich vermute es.«

»Ich weiß es«, sagte Quiss.

»Der Erste Erlöser ... Ihr habt ihn vorhin erwähnt. Wer ist das?«

»Unser Anführer. Er hat uns alle gerettet. Er war es, der unsere Zauberer angeleitet und uns das Heil gebracht hat. Ohne ihn wären wir alle tot.«

Die Gedanken rasten durch Vasiles Kopf. Es war fast zu viel für ihn. Seine Beine fühlten sich schwach an, und er setzte sich auf den polierten Steinboden. Quiss stand schweigend neben ihm und wartete. Vasile kaute auf einem Fingernagel herum.

Was soll ich tun? Ich kann gehen, wenn ich will - das hat Quiss zumindest gesagt. Aber wohin sollte ich gehen?

Vasile wusste, dass er keinen anderen Weg einschlagen

konnte. Er wusste, dass er einen Sinn in seinem Leben brauchte - einen, der alle Mühen rechtfertigte, die er in der Vergangenheit auf sich genommen hatte. Erlösung war ein starkes Motiv. Seine Gabe hatte ihn in große Höhen befördert, nur um ihn dann von dort in die Tiefe zu stürzen. Aber er konnte sie nicht einfach ablegen. Sie war ein Teil von ihm. Schließlich machte sie ihn zu dem, was er war. Auch er sehnte sich nach Erlösung.

»Ich brauche Zeit für die Entscheidung. Und wenn ich herausfinden sollte, dass Ihr mir nicht die ganze Geschichte erzählt habt ...« Er ließ den Satz in der Luft hängen.

Neben ihm hob Quiss den Kopf. Seine Augen waren feucht. »Selbstverständlich. Kommt, ich muss Euch noch viel zeigen, sodass Ihr Euch von unserer Sache ein genaues Bild machen könnt.«

30

Der Sturm war am frühen Morgen losgebrochen, noch vor dem Einsetzen der Dämmerung. Es war der letzte Tag der Woche, und alle Schüler und Gesellen hatten frei. Die Schüler aus reichen Familien, die in der Stadt lebten, gingen für gewöhnlich nach Hause, während sich alle anderen in ihren Zimmern entspannten.

Caldan schlief bis tief in den Vormittag hinein. Gelächter weckte ihn, als eine Gruppe von Schülern an seinem Zimmer vorbeizog und auf dem Weg nach draußen laute Gespräche führte. Sein Mund war trocken, als er sich aufsetzte. Er holte seinen Wasserschlauch und trank gierig.

Obwohl es ein freier Tag war, hatte er viel zu tun. Da seine Schmiedearbeit erfolgreich gewesen war, wollte er an einem weiteren Projekt arbeiten und sich später mit Miranda treffen.

Doch zuerst brauchte er ein Frühstück. Wie üblich war er fast am Verhungern. Rasch zog er sich an. Der lange Ärmel seines Hemdes bedeckte den Armreif wie immer vollständig. Eine Sekunde lang zögerte er, doch dann steckte er sich sein Kleinod an den Finger. Er ging davon aus, dass niemand es als das ansehen würde, was es war. Den Knochenring beließ er an seinem Hals, verborgen unter dem Hemd. In Anbetracht von Feliciennes Interesse an ihm musste Caldan vorsichtig sein.

Ungefähr gegen Mittag hatte er schließlich gegessen und war bereit zum Ausgehen, also verließ er die Zauberergilde und machte sich auf ins Fünfblumenviertel, wo er nach einem Uhrmacher suchen wollte.

Der nächtliche Sturm hatte die Straßen recht gründlich gesäubert, doch er bedeutete auch, dass die Flüsse nun für eine Weile noch schmutziger als üblich waren. Während Caldan einen breiten Kanal überquerte, der in den Fluss Stock mündete, roch er den Gestank und bedeckte sogleich Mund und Nase mit seiner Hand. Sowohl der Stock als auch der Modder waren nur dem Namen nach Flüsse, denn während sie vor Hunderten von Jahren, als Anasoma noch nicht so viele Einwohner hatte, für frisches Trinkwasser gesorgt hatten, waren sie nun zu einer braunen Brühe geworden, in der der ganze Unrat einer so großen Stadt schwamm. Die Flüsse selbst waren eigentlich gar nicht so schlimm – es waren die Kanäle um die Stadt herum, die sie speisten und die wirklich abscheulich waren. Einige strömten schnell, während das Wasser in anderen fast reglos war. Lumpensucher aus den Armenvierteln fuhren regelmäßig mit einfachen Flößen über sie und suchten nach Verwertbarem in all dem Unrat. Es geschah nicht selten, dass sie dabei auf menschliche Überreste stießen, und Caldan hatte gehört, dass manche Personen hübsche Summen für Leichen bezahlten, seien sie frisch oder nicht. Nur im Westen der Stadt, wo die Reichen ihre Häuser gebaut hatten, ähnelten die Flüsse und Kanäle noch ihrem ursprünglichen Zustand. Zum Glück hatte einer der früheren Kaiser angeordnet, dass Aquädukte gebaut werden sollten, durch die das Wasser von den Deichen im fernen Westen der Stadt herbeigebracht werden konnte. Ohne sie wäre Anasoma schon vor langer Zeit untergegangen - an Krankheiten des Körpers und des Geistes.

Caldan betrat über eine Brücke das Fünfblumenviertel und hielt inne, um sich zu orientieren. Die hölzerne Brücke war mit unzähligen Menschen bevölkert - einschließlich des einen oder anderen Bettlers, der nach den Köcherern Ausschau hielt.

Nachdem er es vor ein paar Tagen aufgegeben hatte, ein funktionierendes Simulacrum zu erschaffen, das länger als eine Woche überdauerte, hatte Caldan viele Stunden über dieses Problem nachgedacht. Auch wenn er es nicht gern zugab, war ihm am Ende doch klar geworden, dass er Hilfe brauchte. Die Herstellung seines Armreifs war schon schwer genug gewesen, und dabei bestand er nur aus einem einzigen Stück Metall. Nachdem er dieses Ziel erreicht hatte, hatte er seine Energie darauf konzentriert, sich bewegende Simulacra zu erschaffen - solche wie seine Papiertiere -, von denen er seit seiner Zeit im Kloster fasziniert war. Ihm war die Idee gekommen, einen Uhrmacher zu besuchen und herauszufinden, wie dessen Schöpfungen funktionierten, und nachdem er im *Gähnenden Kaninchen* Nachforschungen angestellt hatte, hatte er von einem anständigen Uhrmacher erfahren, der in einem wohlhabenderen Viertel der Stadt lebte.

Caldan schützte seine Augen mit einer Hand vor der Sonne und betrachtete die Seite des Flusses, auf der er sich nun befand. Die Veränderungen waren deutlich zu erkennen. Die Häuser waren gepflegt, und manche hatten sogar Gärten hinter Mauern, während vor anderen Blumenbeete neben den Türen zu sehen waren. Auf der Seite des Flusses, die er hinter sich gelassen hatte, wirkten die Gebäude im Vergleich dazu in schlechtem Zustand, heruntergekommen und verfallen.

Caldan schüttelte den Kopf und wandte sich wieder dem

Fünfblumenviertel zu. Die Leute auf der anderen Seite hatten wahrscheinlich Besseres zu tun, als sich um den Zustand ihrer Häuser zu kümmern. Für sie war es wohl wichtiger, Nahrung für ihre Familien herbeizuschaffen oder dafür zu sorgen, dass sie ein Dach über dem Kopf hatten, wie immer dieses aussehen mochte.

Das ist vermutlich der Grund, warum ich auf jener Seite lebe, dachte er wehmütig.

Er ging weiter in südlicher Richtung. Nach höflichen Fragen an einige der wenigen Passanten, die stets ebenfalls höflich waren und ihm bereitwillig halfen, fand er endlich den Laden des Uhrmachers, nach dem er gesucht hatte. Dort blieb er kurz stehen, glättete sein Hemd und fuhr sich mit der Hand durch die kurzen Haare, dann drehte er den Knauf an der frisch gestrichenen Tür und trat ein.

Drinnen blieb er gleich noch einmal stehen und sah sich mit offenem Mund um. Drei helle magische Kugeln beleuchteten den Laden. Alle vier Wände waren mit schimmernden Uhren verschiedenster Größen und Umrisse sowie mit Schachteln und seltsam geformten Gegenständen bedeckt, deren Funktion er nicht einmal ansatzweise erraten konnte. All das bestand aus poliertem Holz und Stahl und leuchtete unter dem Schein der Kugeln. Die Atmosphäre war gesättigt mit dem Duft nach Holz, Wachs und einer alchemistischen Politur.

Der Uhrmacher erschien, er trug robuste Kleidung und darüber eine Lederschürze. Ein ergrauender Bart bedeckte sein Gesicht, und auf seiner Nasenspitze saß eine Brille. Sowohl diese Brille als auch die Kugeln verrieten, dass ihr Besitzer außerordentlich reich war.

»Ah, junger Herr, ein schöner Tag, nicht wahr? Bitte ...« – er machte eine ausladende Handbewegung durch den Raum –

»... seht Euch um, und nehmt heraus, was Euch gefällt. Ein Zeitmesser als Geschenk? Wir haben viele große Uhren und auch Taschenuhren für all jene, deren Zeit kostbar ist ...«, er verstummte. »Aber Ihr wirkt gar nicht wie einer meiner üblichen Kunden. Seid Ihr hier, um etwas für Euren Herrn zu kaufen?«

»Wie bitte? Nein, ich bin für mich selbst hier.«

»Nun, dann wage ich zu behaupten, dass Ihr in den falschen Laden hereinspaziert seid.« Der Mann sah Caldan von oben bis unten an. »Wonach habt Ihr gesucht? Vielleicht kann ich Euch helfen und den Weg zeigen.«

Caldan lächelte unverdrossen. Nein, dieser Laden war genau das, wonach er gesucht hatte. »Ich hatte gehofft, ich könnte mich ein wenig umsehen.«

Der Uhrmacher seufzte. »Wenn Ihr nur meine Zeit verschwendet ...«

»Keineswegs werde ich das! Ich bin von der Uhrmacherkunst fasziniert und wollte das Beste sehen, was die Stadt zu bieten hat. Ich habe mich umgehört, und jedermann hat mich hierhergeschickt.«

»Oh ... nun«, sagte der Mann und warf sich ein wenig in die Brust. »Dann seid Ihr zum richtigen Ort geschickt worden!«

Caldan lächelte nur und schlenderte durch den Raum.

Alles hier war in der Tat wundervoll, aber er wurde besonders von einem Regal angezogen, auf dem hell polierte Kästchen standen.

»Darf ich fragen, was sich in diesen Kästchen befindet?«

Der Uhrmacher rieb sich die Hände, trat an das Regal und öffnete eine kleine Kiste aus dunklem Holz. Sofort klang helle Musik durch den Raum, obwohl das Behältnis leer war.

»Das ist eine meiner Schöpfungen für die Juwelen einer Dame: eine Schachtel, die Musik spielt. Diese Art verkauft sich ausgezeichnet«, sagte er stolz. »Unter einem falschen Boden ist eine mechanische Spieluhr versteckt.«

Der Uhrmacher schloss den Deckel, und die Musik erstarb. Dann ging er zu einem anderen Regal und deutete auf einen Messingvogel, der auf einem Holzzweig hockte. »Das gleiche Prinzip hat mich zu verspielteren Objekten für die wohlhabende Dame geführt.« Er nahm etwas aus seiner Hosentasche, das wie ein Schlüssel aussah, steckte den Gegenstand in ein Loch im Holz und drehte ihn einige Male um.

Erneut floss Musik durch den Raum, und der Schnabel des Vogels öffnete und schloss sich dazu, während die Schwingen auf und nieder gingen. Caldan glaubte die Melodie zu erkennen. Es war ein romantisches Liebeslied. Die Melodie war komplexer als die aus der Musikschachtel, die helleren Töne waren von dunkleren, tieferen unterlegt. Es klang, als würde ein fähiger Harfenist aufspielen. Caldan war verzaubert.

»So etwas wäre natürlich nicht ohne die Unterstützung der Zauberergilde möglich«, sagte der Mann. »Aber den Mechanismus habe ich selbst erfunden, und ich habe schon viele davon verkauft – einen Vogel sogar als Geschenk für die sechste Frau des Kaisers.«

Caldan hatte nicht gewusst, dass eine solche Komplexität bei einem mechanischen Gegenstand möglich war. Hier wurden seine Augen für Möglichkeiten geöffnet, von denen er bisher nicht einmal geträumt hatte – Möglichkeiten für seine eigenen Werke und sein Verlangen danach, ein vollkommenes Simulacrum zu erschaffen.

Diese Gegenstände waren genau das, wonach er gesucht hatte, auch wenn er es bisher nicht gewusst hatte. Er richtete den Blick von dem mechanischen Vogel auf den Uhrmacher und verneigte sich. Von diesem Mann konnte er viel lernen.

Caldans zarte Papiertiere waren zwar interessant, aber wenn er Metallkreaturen erschaffen könnte ... Ihm wurde ganz schwindlig vor all den Möglichkeiten.

»Ich muss zugeben, dass ich beeindruckt bin. Ich hatte geglaubt, Uhren seien ganz einfache Gegenstände.« Als der Uhrmacher die Stirn runzelte, fügte er schnell hinzu: »Aber ich sehe, dass ich mich zutiefst geirrt habe, und Euer Werk hat dazu geführt, dass ich meine eigenen Wünsche überdenken muss.«

»Und was sind das für Wünsche?«

»Wie ich schon erwähnte, bin ich an Uhren und ihren Bewegungen interessiert – das heißt, an den inneren Bewegungsabläufen.« Caldan zeigte auf den Musikvogel, dessen Lied inzwischen beendet war.

»Es tut mir leid, dass ich Euch nicht helfen kann, es sei denn, Ihr seid ein Mitglied der Uhrmachergilde – was ich aber nicht glaube.«

»Guter Herr«, begann Caldan, »Ihr missversteht mich, aber das ist vermutlich meine Schuld. Bitte erlaubt mir, dass ich mich vorstelle. Ich bin ein Lehrling aus der Zauberergilde, und ...«

Der Uhrmacher gab ein ungläubiges Hüsteln von sich. »Junger Herr, diese Behauptung wäre überzeugender, wenn sie von jemandem käme, der weniger alt ist als Ihr.«

Caldan seufzte. Wann würde man ihm endlich glauben?

»Ich versichere Euch, dass das wirklich stimmt«, sagte er. »Ich bin erst seit wenigen Monaten in Anasoma. Ich hatte Glück, dass mich die Zauberer aufgrund meines Talents bei sich aufgenommen haben, und ich kann Euch sagen, dass Eure Reaktion nicht die erste ihrer Art ist.«

Der Uhrmacher sah ihn zweifelnd an. »Vielleicht habt Ihr ja recht, aber was hat das mit Eurem Besuch bei mir zu tun?

Seid Ihr daran interessiert, eine Uhr oder eines meiner mechanischen Wunderwerke zu kaufen?«

»Nein, ich fürchte nicht. Im Augenblick besitze ich nicht genügend Dukaten.«

»Und ich besitze nicht genügend Geduld. Ich wusste doch, dass Ihr meine Zeit verschwenden würdet. Bitte geht, Herr. Ich muss arbeiten.«

Caldan ließ sich nicht vertreiben, sondern fuhr fort: »Ich muss mich abermals für jegliche Missverständnisse entschuldigen. Ja, ich bin an mechanischer Handwerkskunst interessiert, aber ich will keine Uhr oder einen anderen, ähnlichen Gegenstand herstellen, sondern eine Idee verfolgen, die ich habe. Ich besitze vielleicht nicht die Dukaten, die ich brauche, um ein Werk von Euch oder einen Teil Eurer Kenntnisse zu kaufen, aber ich brauche beides. Allerdings kann ich Euch dafür mein eigenes Talent des magischen Wirkens anbieten, das nicht unbeträchtlich ist.«

Der Uhrmacher seufzte, sagte aber eine Weile nichts und sah Caldan über den Rand seiner Brille hinweg an. »Vielleicht glaube ich Eure Geschichte, und Ihr seid wirklich ein Zauberschüler, aber was könntet Ihr mir in diesem Fall anbieten? Ich lasse tatsächlich einige Arbeiten von Zauberern durchführen, aber das sind Arbeiten, die so komplex und teuer sind, dass mir ein Zauberlehrling dabei kaum helfen würde. Die Magier verlangen für diese Arbeiten viel Geld, was ich ihnen jedoch nicht übel nehme. Sie sind in der Lage, Dinge zu tun, die ich nur ...« Er schüttelte den Kopf. »Ich sage es noch einmal: Ich verstehe nicht, wie Ihr mir helfen könntet.«

»Und auch ich sage es noch einmal: Ich habe Talent und Zugang zu Mitteln, durch die ich magische Dinge herstellen kann, wobei niemand fragt, was ich da gerade mache. Meine Schmiedekunst ist besser als die der meisten Gesellen.« Er hob die Hand und schnitt damit die Einwände des Mannes ab. »Das ist keine Angeberei. Ich mag zwar noch ein Schüler sein, aber die Kunst ist für mich nicht neu.«

Er rollte seinen Ärmel hoch und enthüllte den Armreif. Das Licht der drei magischen Kugeln wurde von dem polierten Gold widergespiegelt, und auf der Oberfläche waren verwickelte Muster und Glyphen zu sehen. Der Uhrmacher beugte sich vor, und auf seinem Gesicht zeigte sich plötzlich Neugier.

»Das ist mein Werk. Ich habe es vor Kurzem allein hergestellt, nach meinem eigenen Entwurf und mit meinen eigenen Mitteln, von Anfang bis Ende. Die Metallurgie, die Gestaltung, die Ausführung - alles meine eigene Arbeit.«

»Das sieht hübsch aus«, sagte der Mann und zuckte mit den Schultern, »aber jeder Goldschmied könnte etwas Ähnliches schaffen.« Er sah den Armreif noch einmal an. »Fast jeder«, fügte er hinzu. »Ich gebe zu, dass Ihr hübschen Schmuck herzustellen wisst.«

Caldan öffnete seine Quelle und verband sie mit dem Armreif. Seine Haut spannte sich, und sein Blick verschwamm, als der Schild ihn umgab.

Der Uhrmacher keuchte überrascht auf, machte einen Schritt zurück und hob die Hände.

»Was?«, rief er aus. »Ich habe von solcher Magie gehört, sie aber noch nie selbst beobachtet.« Er streckte die Hand aus und sah Caldan an. »Darf ich?«

Caldan nickte, und der Uhrmacher streckte den Arm aus und berührte den Schild mit zwei Fingerspitzen. Dort, wo sie auf den Schild trafen, breiteten sich winzige Partikel aus purpurfarbenem Licht aus und verblassten schon nach wenigen Zoll wieder.

»Ich bin beeindruckt«, sagte der Uhrmacher und nickte.

»Und das bedeutet, dass ich glaube, dass wir miteinander ins Geschäft kommen.«

Nach einem langen Gespräch schüttelten Caldan und der Uhrmacher die Hände und besiegelten damit ihre Vereinbarung. Im Austausch für eingeschränkte Kenntnisse über die Funktionsweise seiner Geräte und Antworten auf alle Fragen, die Caldan haben mochte, sowie für technische Hilfe bei der Herstellung eines Simulacrums würde der Uhrmacher von Caldan magische Schmiedeteile erhalten, für die er gewöhnlich hohe Summen an die Zauberergilde zahlen musste, und auch Kenntnisse über die Grundlagen und Funktionen magischer Werke.

Beide waren am Ende mit dem Geschäft zufrieden, und Caldan verließ den Laden in bester Laune. Er hatte versprochen, in drei Tagen mit den Stücken zurückzukommen, um die der Uhrmacher ihn gebeten hatte. Es waren relativ einfache Dinge, deren Einzelheiten er aber vorher in der Bibliothek noch genauer erforschen musste.

31

Der Sonnenuntergang blutete auf die Straßen und Gassen von Anasoma und drang durch das kleine Fenster in Caldans Zimmer. Rotes Licht, das durch die dünnen Wolken am Horizont, durch den Staub und den Schmutz der Stadt fiel, färbte die Flüsse und Kanäle. Über der Stadt verdeckte der Rauch aus zahllosen Kaminfeuern den Himmel, und der starke Geruch von brennendem Holz und Kohle lag in der Abendluft und vermischte sich mit dem üblichen ranzigen Gestank der zu zahlreichen Bevölkerung.

Meister Simmon scheuchte Caldan aus seinem Zimmer, als er daran vorbeihastete, und raunte ihm hastig zu, er solle ihm folgen, denn nun könne er aus Erfahrung lernen, worum es bei der Arbeit der Protektoren gehe.

Verwirrt eilte Caldan hinter seinem Meister die Korridore entlang.

Alle Augen richteten sich auf Caldan, als er kurz darauf einen abgeschiedenen Innenhof betrat. Um Simmon hatten sich sieben bewaffnete Protektoren-Gesellen sowie Meisterin Jazintha versammelt, die Caldan bisher nur flüchtig gesehen hatte. Sie alle hatten etliche magische Amulette und Ringe angelegt, und die Meister besaßen sogar Kleinodien. Zwei Gesellen hatten große Schilde, deren äußere Oberflächen mit einer dünnen Schicht aus magisch aufgeladenem Stahl überzogen waren.

Meister Simmon hob die Stimme und sprach die Anwesenden an: »Er kommt mit uns. Schließlich muss er sehen, womit wir es zu tun haben.«

»Noch ein wenig früh, oder?«, wandte ein älterer Geselle ein – einer der beiden, die diese seltsamen Schilde trugen.

»Vielleicht was seine Ausbildung angeht, aber er ist alt genug. Und was ich bisher von ihm gesehen habe, lässt den Schluss zu, dass er sich gut verteidigen kann.«

Der ältere Geselle zuckte die Achseln, und alle kehrten zu ihren jeweiligen Tätigkeiten zurück. Einer von ihnen übergab Caldan mit einem Nicken ein Schwert in einer abgetragenen Lederscheide und mit einem Gürtel daran. Caldan überprüfte es kurz, bevor er sich den Gürtel umschnallte. Die Klinge war tauglich, aber nicht von guter Qualität. Dann bemerkte er, dass der Geselle, der sie ihm gegeben hatte, anerkennend nickte, weil Caldan sie sich vorher angesehen hatte.

Ich kann mich gut verteidigen, dachte Caldan. *Aber ich wüsste gern, wogegen ich mich verteidigen muss.*

Die Ausrüstung wurde überprüft, die Klingen wurden nach Rost abgesucht und rasch mit Öl eingerieben. Beide Meister nahmen jeden Gesellen eingehend in Augenschein, bevor sie nickten und sich zum nächsten begaben.

Bald standen Meister Simmon und Meisterin Jazintha vor Caldan und beäugten ihn kritisch. Er hatte Jazintha hin und wieder gesehen, wenn sie durch die Hallen schritt. Sie war die Meisterin der Protektoren, die sich außerhalb von Anasoma aufhalten mussten. Jazintha sorgte dafür, dass sie immer gut ausgerüstet waren. Außerdem ließ sie sich stets über ihren Aufenthaltsort und ihr Wohlergehen unterrichten und erhielt ihre Berichte, sobald sie wieder in der Stadt waren.

Jazintha war klein und drahtig, hielt sich aufrecht und verströmte die gleiche Aura der Ruhe wie Simmon. Ein dünnes Schwert mit einem kunstvoll geschmiedeten Griff hing an ihrem Gürtel.

»Lass ihn hier«, sagte sie zu Simmon nach einer oberflächlichen Betrachtung. »Wir können es uns heute Nacht nicht leisten, auf Kleinkinder aufzupassen.«

Simmon grunzte und hielt den Blick auf Caldan gerichtet. »Und wir haben keine Zeit für einen Streit. Ich bin der Meinung, dass er mit uns kommen muss. Ich übernehme die Verantwortung für ihn. Er muss mit eigenen Augen sehen, was wir tun.«

»Wenn die Ahnen es wollen, wird es nicht viel Aufregung geben. Sorge dafür, dass er seinen Platz findet und die Sache nicht vermasselt.« Sie warf Caldan einen letzten finsteren Blick zu, drehte sich um und tadelte einen Gesellen, der seinen Ledergürtel und die Scheide für ihren Geschmack nicht gut genug eingeölt hatte.

»Mach dir nichts aus ihr«, sagte Simmon leise. »Heute Nacht sind wir alle etwas nervös. Es könnte eine Menge schiefgehen, und das wäre weder für uns noch für dich gut.« Er schaute sich um und vergewisserte sich, dass niemand sonst in der Nähe war. »Zeig mir deinen Ring«, sagte er mit Nachdruck.

Simmon entgeht nicht viel. Er weiß es.

Argwöhnisch hob Caldan die Hand. Simmon warf einen kritischen Blick auf das Kleinod, bevor er es sanft mit dem Finger berührte. Caldan spürte, wie er sich Zugang zu der Quelle seines Schülers verschaffte, und ein schwaches Summen, verbunden mit dem Duft nach Zitronen, erfüllte die Luft um ihn herum. Bald verschwanden die Vibrationen und der Geruch wieder.

Caldan zuckte zusammen. War das die Bedeutung des Zitronendufts? Er richtete seine Gedanken in die Vergangenheit und erinnerte sich daran, diesen Geruch schon früher bemerkt zu haben, zum Beispiel als der Meister, der den Unterricht über den Schutzschild gab, die Wächtermagie an der Schachtel mit den Amuletten außer Kraft gesetzt hatte. Seltsam.

Simmons Stimme brachte ihn zurück in die Gegenwart. Er klang verwirrt. »Ich weiß nicht, was der Ring bewirken kann. Bist du in der Lage, mich darüber aufzuklären?«

»Ich fürchte, das bin ich nicht.« Als Simmon ihn grimmig anblickte, fügte er schnell hinzu: »Auch wenn ich es gern wäre, aber ich habe keine Ahnung, wie ich es herausfinden kann. Ich weiß nur, dass er meiner Familie gehört hat. Er ist ein Erbstück.« Caldan schluckte. Plötzlich hatte er einen Kloß im Hals.

»Es ist gut, dass ich ihn bisher nicht an deinem Finger gesehen habe. Ohne den passenden Schutz könntest du Schwierigkeiten von Leuten bekommen, die auch vor einem Mord nicht zurückschrecken, um an ein Kleinod heranzukommen. Trag ihn aber heute Nacht in jedem Fall. Vielleicht findest du dabei etwas über ihn heraus, wenn du Glück hast, aber ansonsten solltest du ihn erst dann in der Öffentlichkeit zeigen, wenn du dich angemessen schützen kannst.«

Unter einem beiläufigen Zucken rollte Caldan den Ärmel hoch und enthüllte seinen magischen Armreifen. »Ich habe etwas gemacht, das in dieser Hinsicht hilfreich sein könnte.«

Simmon riss die Augen auf. »Das hast du selbst hergestellt?« Wieder spürte Caldan ein Summen in der Luft, und er fing einen schwachen Duft nach Zitronen auf, bevor beides rasch wieder verblasste.

»Ja. Ich habe so etwas gebraucht, damit ich meinen ... Ring

tragen kann.« Caldan wollte nicht den Begriff »Kleinod« benutzen, während so viele andere Menschen in seiner Nähe waren. Er hoffte, dass in der Dunkelheit niemand den Ring an seinem Finger bemerkte.

»Er wirkt solide, aber ohne eine eingehende Überprüfung würde ich mich nicht auf den Reif verlassen.«

»Ich habe ihn überprüft. Er funktioniert.«

»Das ist alles schön und gut, Caldan, aber *alle* magischen Werkstücke müssen von uns überprüft werden, bevor sie die Zustimmung der Gilde für einen Verkauf oder die persönliche Benutzung erhalten. Wir dürfen nicht zulassen, dass mangelhafte Waren in unserem Namen verkauft oder unsichere Stücke von den Mitgliedern der Gilde benutzt werden. Die Qualität wirkt gut - sogar besser als gut -, aber an deiner Stelle würde ich mich trotzdem nicht darauf verlassen. Komm morgen zu mir, und wir werden dafür sorgen, dass der Reif beglaubigt wird. Wenn er die Probe nicht besteht, wird er allerdings eingeschmolzen.«

Caldan blickte finster drein. Das Medaillon, das er gekauft hatte, war vermutlich ein solcher Rückläufer gewesen, der die Probe nicht bestanden hatte, und er hatte dafür viel mehr bezahlt, als ein solcher Gegenstand wert war. Wenn sein Armreif eingeschmolzen wurde, bestand sein einziger Wert noch in den Metallen. Und während der Überprüfung, die sicherlich sehr hart und langwierig sein würde, war er ohne Schutz. Obwohl er tief in seinem Innern wusste, dass sein Werk gut war, empfand er doch Angst davor, dass seine Arbeit von Meistern bewertet wurde, die er kaum kannte.

»Schau nicht so düster drein«, sagte Simmon.

Caldan riss sich zusammen.

»Schon besser. Du bist jetzt ein Mitglied dieser Gilde und dadurch wie jeder andere ihren Regeln unterworfen, ob dir das nun gefällt oder nicht. Du bist vielleicht kein gewöhnlicher Schüler, aber das macht dich noch lange nicht *außergewöhnlich*. Bitte verhalte dich so, dass ich es nicht bereuen muss, dich heute Nacht hinzugebeten zu haben.«

»Nein, Herr.«

»Gut. Hör mir aufmerksam zu«, sagte Simmon. »Im Gegensatz zu Jazintha bin ich der Meinung, dass deine Anwesenheit heute Abend wichtig ist, selbst wenn sie nur dazu dienen sollte, dir unsere Arbeitsweise zu zeigen. Bisher weißt du nur das über uns, was ich dir mitgeteilt habe.«

Oder was Ihr mir nicht *mitgeteilt habt.*

»Du darfst niemals vergessen«, fuhr Simmon fort, »dass alles, was wir tun, zum Besten aller geschieht. Es gibt gute Gründe, das eine oder andere Geheimnis zu wahren, und für uns wird es niemals Paraden auf der Straße geben. Es ist das Beste, wenn so wenige Personen wie möglich wissen, was wir tun. Ich kann es nicht oft genug wiederholen: Halte dich zurück, und zieh den Kopf ein. Wenn alles gut verläuft, wird es kein Drama geben. Aber wenn nicht, nun ... dann sind wir vielleicht froh, dass du bei uns bist.« Er klopfte Caldan auf die Schulter, ging davon und überließ ihn seinen Gedanken.

Es ist, als ob sie sich auf eine Schlacht vorbereiten würden, aber gegen was könnten sie in Anasoma schon kämpfen?

Es dauerte nicht lange, bis sich die Gruppe endgültig formierte, das Hauptquartier der Gilde verließ und in die Stadt einrückte. Simmon führte die Gruppe an, und Caldan und Meisterin Jazintha bildeten die Nachhut. Caldan spürte ihre Blicke in seinem Rücken.

Alle folgten Simmon ohne ein Wort, das Klappern ihrer Stiefel auf dem Pflaster und das Knirschen des Leders waren die einzigen Geräusche, die ihre Bewegungen verursachten. Sie begaben sich tief in das Totpferdviertel hinein – in einen

Teil der Stadt, den Caldan bisher noch nicht besucht hatte. Dabei gingen sie größeren Gruppen aus dem Weg, wann immer es möglich war, und mieden all jene Straßenkreuzungen, die von magischen Kugeln beleuchtet wurden. Das war einer der Dienste, den die Zauberergilde der Stadt erwies. Als sie einigen Köcherer-Einheiten begegneten, hielt Simmon inne und redete kurz mit ihnen, und dann setzten sie unbehelligt ihren Weg fort.

Simmon gab ein Haltesignal, als sie sich in einer dunklen Gasse einer weiteren gut beleuchteten Kreuzung näherten. Zwei magische Kugeln tauchten dort alles in ein gedämpftes gelbliches Licht. Auf der gegenüberliegenden Seite befand sich ein großes dreistöckiges Steingebäude mit einer zweiflügeligen Tür, über der das Schild einer Bank hing: drei Dukaten in einem Dreieck.

Ohne dass ein Wort gesprochen worden wäre, huschte einer der beiden Schildträger über die erleuchtete Kreuzung und stellte sich neben die Tür. Zwei Gesellen folgten ihm.

Simmon winkte Jazintha und den letzten Gesellen zu sich heran. Caldan trat hinter sie.

»Wie lautet der Plan?«, fragte Jazintha.

»Du kennst die Vorgehensweise«, sagte Simmon. »Die Schildträger gehen voran und werden dabei von den anderen unterstützt. Sie treiben ihn zum Ausgang. Wenn er an der Vordertür ist, holst du ihn heraus. Für uns gilt dasselbe, falls er zur Hintertür fliehen sollte. Wenn er nach oben läuft, werden wir ihn in die Enge treiben, dann sollte er keine Probleme mehr machen können. Ich vermute, dass er versuchen wird, an einem der Schildträger vorbeizukommen und durch die nächstgelegene Tür auf die Straße zu fliehen. Das würde ich zumindest tun, und dort werden wir auf ihn warten. Ein Geselle bleibt als Bote draußen, falls etwas schiefläuft.«

Jazintha warf Caldan einen raschen Blick zu. »Bist du sicher, dass er uns nicht im Weg sein wird?«

Simmon zuckte die Achseln. »Ich habe gewollt, dass er mitkommt, und deshalb werde ich mich darum kümmern. Unternehmt nichts Unbedachtes. Wir müssen herausfinden, wie viel er weiß und ob er allein handelt. Ich muss dir nicht sagen, was hier auf dem Spiel steht.«

Jazintha nickte knapp und lief über die Kreuzung zur anderen Seite der Tür.

»Caldan«, sagte Simmon, »bleib hinter mir. Unsere Aufgabe besteht darin, jeden aufzuhalten, der uns entgegenkommt, und den anderen zu helfen, falls es nötig werden sollte. Verstanden?«

Caldan nickte und biss sich auf die Unterlippe. *Wer könnte stark genug sein, gegen sieben Zauberergesellen und zwei Meister zu kämpfen, die magische Schilde und Waffen besitzen?* Ihm schnürte sich die Kehle zusammen. Eigentlich wollte er nicht darüber nachdenken, aber bald würde er sehen, was die Protektoren so fürchteten. *Nein, sie wirken eigentlich nicht furchtsam. Eher vorsichtig.* Er wischte sich die feuchten Handflächen an den Hosenbeinen ab.

Ich bin der Einzige, der hier furchtsam ist. Caldan richtete sich ein wenig auf, denn er wusste, dass er beobachtet wurde.

»Los geht's«, flüsterte Simmon und lief auf die Seite des Gebäudes zu. Caldan folgte dicht hinter ihm.

Als sie an der zweiflügeligen Tür vorbeikamen, sah er, wie Jazintha einen flachen magischen Stein gegen das Schloss drückte. Ein Lichtblitz entstand, und ein zischendes Geräusch tönte durch die Straße. Die Türangeln knirschten, und Jazintha rief: »Weg, weg!«

Wenige Augenblicke später hatten Caldan und Simmon die Hinterseite des Hauses erreicht. Hier stand eine kleinere Tür offen. Der Geruch von verbranntem Holz und heißem Eisen lag in der Luft.

»Hinein!«, sagte Simmon zu den Protektoren. Der Schildträger verschwand in der dunklen Öffnung, gefolgt von zwei anderen, dann lief Simmon hinter ihnen her. Caldan stand jetzt allein auf der Straße.

»Bei den Ahnen«, sagte er und stürzte den anderen nach.

Eine gedämpfte Explosion war vom Haupteingang her zu hören. Ein blendender Blitz zuckte auf, und Funken erfüllten Caldans Blickfeld. Er hob den Arm, um seine Augen zu schützen, als einer der Schildträger auf ihn zutaumelte, dicht gefolgt von zwei Gesellen. Ein Donner fuhr durch die Luft und verursachte ihm eine Gänsehaut.

Mit tränenden Augen erreichte er Simmon, der inzwischen in einem schimmernden Schild steckte. Er folgte dem Meister, öffnete seine Quelle und verband sie mit dem Armreif. Seine Haut spannte sich, und seine Sicht verschwamm. Vor ihnen waren der Schildträger und die Gesellen auf die Knie gesackt. Rauch stieg aus ihrer zerfetzten und blutigen Kleidung auf. Einer presste sich die Hand auf die Seite. Blut lief durch seine Finger und tropfte auf den Boden.

Simmon fluchte. Er zog den Schildträger außer Sichtweite zur Tür. Alle drei Gesellen hatten einen völlig verwirrten Gesichtsausdruck und rote Haut, als ob sie zu lange der Sonne ausgesetzt gewesen wären. Kleine Steinsplitter lagen auf dem Boden verstreut.

»Bleibt hier«, befahl Simmon den Männern. »Stillt die Blutungen, und wartet auf uns. Wenn ihr euch wieder in der Lage seht, uns zu helfen, folgt uns so schnell wie möglich.«

Trotz ihres Schockzustandes nickten alle drei. Einer betastete ein Loch in seiner Hose. Sein Finger kam rot wieder hervor.

Ein weiterer Knall durchzitterte die Luft, auch er kam vom vorderen Teil des Hauses. Simmon drehte sich zu Caldan um und nickte, denn offenbar hatte er bemerkt, dass dieser seinen Schild aktiviert hatte.

»Sie werden sich für eine Weile nicht bewegen können. Komm mit, es sieht so aus, als ob unser Mann uns eine Überraschung hinterlassen hat, mit deren Hilfe er entkommen kann.«

»Sollten wir nicht den magischen Schild mitnehmen?«, fragte Caldan. Er lag neben dem verletzten Gesellen.

Simmon schüttelte den Kopf. »Du hast deinen eigenen, und ich habe mein Armband. Wir müssen uns beeilen. Lass ihn hier.«

Caldan wusste, dass zwei von Simmons Kleinodien mit seiner offenen Quelle verbunden waren. Es waren die Ringe, die er bei der ersten Begegnung mit dem Meister gespürt hatte.

Simmon schaute sich in dem Raum um und suchte nach etwas. Er runzelte die Stirn und bedeutete Caldan, ihm zu folgen, dann begab er sich vorsichtig in das angrenzende Zimmer.

Caldan wischte sich abermals die schwitzenden Handflächen an seiner Hose ab. Er holte tief Luft und folgte dem Meister in ein großes Wohnzimmer mit offenen Türen an der rechten und der linken Seite sowie einer weiteren Tür vor ihnen.

Rasch steckte Simmon den Kopf in die beiden Seitenöffnungen.

Caldan beäugte den Raum nervös und suchte nach allem, was eine Explosion auslösen könnte. Allerdings wusste er nicht, wie ein solches Gerät aussehen sollte. Je mehr er lernte, desto mehr schien er noch nicht zu wissen. Er packte seinen Schwertgriff so fest, dass es schmerzte. Um seinen Griff wieder zu lockern, musste er sich ganz bewusst darum bemühen, so stark war sein Reflex.

»Nur Korridore«, sagte Simmon enttäuscht. »Ich hatte gehofft, dass es irgendwo eine Hintertreppe für die Dienerschaft gibt. Wir müssen uns mit der anderen Gruppe zusammenschließen. Hoffentlich ereilen uns bis dahin nicht noch weitere Überraschungen.«

Simmon stand nun neben der geschlossenen Tür vor ihnen und hatte die Hand auf den Knauf gelegt. Mit einer raschen Drehung des Handgelenks riss er die Tür auf und stürmte in das Zimmer dahinter.

Es war ein weiterer großer Raum, diesmal mit einem Marmorfußboden und einer großen Treppe, die nach oben führte. Zwischen Bruchstücken von Stein lagen die anderen drei Gesellen sowie Meisterin Jazintha auf dem Boden. Ihre Kleidung war zerfetzt, und sie waren mit Blut bedeckt. Ein verbogener und eingerissener Metallschild lag auf den Fliesen. Stumpfe Löcher durchbohrten das magische Metall.

Der Boden zwischen Simmon und den Körpern war frei, abgesehen von einigen Steinsplittern. Knurrend rannte Simmon los und kam schlitternd neben Jazintha zum Stillstand. Er kniete sich zu ihr, tastete ihren Hals nach dem Puls ab und bedeutete Caldan, das Gleiche bei den Gesellen zu tun.

Mit einem Seufzen zog Simmon die Hand weg. »Sie lebt. Tatsächlich ist sie nur bewusstlos. Anscheinend sind sie der gleichen Magie begegnet wie wir, nur war diese noch stärker.«

»Die anderen leben auch«, sagte Caldan. »Aber sie brauchen Hilfe. Soll ich welche holen?«

»Dazu haben wir nicht die Zeit. Sie müssen warten. Wir dürfen diesen Mann nicht entkommen lassen. Diese Zauberei – so zerstörerisch, so stark ... so etwas habe ich nicht mehr gesehen, seit ...« Er verstummte. »Wir müssen ihn aufhalten.«

Simmon sah Caldan eindringlich an. »Du gehörst jetzt zu uns. Nur wenige Menschen wissen, dass einige in der Lage sind, Zauberei zu verderblichen Zwecken einzusetzen. Ich hatte es dir schon gesagt, und jetzt siehst du es mit eigenen Augen.« Eine stählerne Härte schlich sich in seinen Blick. Er stand auf und schaute hinüber zu der Treppe. »Komm.«

Simmon rannte zur Treppe, nahm je drei Stufen gleichzeitig, und Caldan hastete hinter ihm her. Der erste Absatz öffnete sich in einen Korridor, von dem aus weitere Stufen nach oben führten.

Simmon blieb auf dem Treppenabsatz stehen und schloss die Augen. Caldan spürte, wie er seine Quelle berührte und seine Gabe dazu einsetzte, nach jemandem zu suchen. Einer der Ringe an seiner Hand pulsierte vor Kraft.

Eine ganze Minute standen die beiden dort. Simmon hielt die Augen geschlossen, während Caldan zu nervös war, um es ihm gleichzutun. Es half immer, äußere Reize auszuschalten, aber er hatte zu große Angst. Er spürte nichts in diesem Stockwerk, aber unter ihnen fühlte er ein Pulsieren der Macht, das von Jazintha und den Gesellen ausging, und eine ... Abwesenheit, deren Umfang ihn zu dem Schluss führte, dass es sich dabei um den Schild handeln musste. Trotz seiner Beschädigungen funktionierte er noch.

Sonst nichts. »Ich kann nichts sehen«, sagte Caldan.

»Ich auch nicht. Wir beide können nicht das ganze Gebäude alleine absuchen. Er wird uns sonst entkommen.«

Simmon machte einen Schritt über den Absatz auf den Korridor dahinter zu.

Ein schwacher Luftzug brachte den Duft von Zitronen mit, er kam von oben.

»Wartet«, zischte Caldan.

Simmon blieb stehen.

»Oben. Ich … ich kann es riechen. Es duftet nach Zitronen.«

Simmon sah ihn ungläubig an. »Du riechst es?«

»Ja, Herr.«

»Und es duftet wirklich nach Zitronen?«

Caldan nickte. »Ja. Ich glaube, ich rieche immer dann Zitronen, wenn jemand in meiner Nähe seine Quelle öffnet oder mit ihr verbunden ist. Und hier ist jemand, der mit seiner Quelle in Verbindung steht. Ein Zauberer. Ich kann nichts anderes spüren. Kein magisches Werk, kein Kleinod.«

Meister Simmon sah Caldan eindringlich an. »Ich habe einmal jemanden gekannt, der eine ähnliche Fähigkeit hatte, auch wenn es sich dabei nicht um den Duft von Zitronen gehandelt hat. Und er war kein Zauberer. Seine Gaben lagen auf anderen Gebieten.« Er schaute hinunter zu Jazintha und den verletzten Gesellen. »Ich vermute, wir werden es gleich herausfinden.« Er drehte sich um, nickte Caldan kurz zu und lief die Treppe weiter hoch.

Oben verengte sich die Treppe, bis sie kaum mehr schulterbreit war und vor einer massiven Tür endete, die mit einem schweren Eisenschloss verriegelt war.

»Zurück«, befahl Simmon. Er holte einen fingernagelgroßen Kristallsplitter aus einer Gürtelbörse. In die facettierte Oberfläche waren winzige Glyphen eingeritzt. Simmon rammte ihn in das Schlüsselloch und trat zurück.

Caldan spürte, wie Simmon aus seiner Quelle schöpfte und eine Verbindung zu dem Kristall herstellte. Simmon sah ihn an. »Zu spät jetzt«, murmelte er. »Doppelt verbunden.«

Caldan sah ihn fragend an, aber Simmon schüttelte nur den Kopf.

Während die Zeit verstrich, spürte Caldan, wie sich die Kraft in dem Kristall aufbaute. Es mussten mächtige Puffer in ihm stecken, damit er so viel aufnehmen konnte – und es floss immer mehr Energie hinein. *Wozu ist sie gut? Kann sie die Tür öffnen?*

Ein scharfes Klacken und Knirschen drang aus dem Schloss. Caldan duckte sich.

Simmon rannte zur Tür und drückte sie auf. Hitze strahlte von dem zerbrochenen, verzogenen Schloss ab.

Durch die Tür traten sie auf einen Dachgarten, der von einer niedrigen Mauer am Rande des Gebäudes eingefasst wurde. In der einen Ecke befand sich ein Lilienteich, und das Mondlicht spiegelte sich in der Wasseroberfläche. Überall im Garten standen Skulpturen aus Stein und Metall. Manche waren nur kniehoch, andere wiesen die Größe eines Menschen auf. Schatten erstreckten sich über die Fläche, und die Pflanzen bestanden in dem vagen Licht ausschließlich aus Grauschattierungen.

Der Garten war leer.

»Bei den Ahnen«, fluchte Simmon.

Ein starker Duft nach Zitronen hing in der Nachtluft. Eine sanfte Brise blies den Geruch weg, doch nur wenige Augenblicke später kehrte er zurück.

Der Zauberer war also noch hier.

Caldan packte Simmons Arm und drückte zu. Dann sog er die Luft ein. Sein Blick wanderte durch den Garten. Simmon versteifte sich in seinem Griff.

In den Schatten bewegte sich eine der Statuen. Das Mondlicht fiel auf einen kleinen Mann in einem feinen Mantel und Hemd.

»Also gut«, sagte er mit einer Stimme, die von gespielter Enttäuschung erfüllt war. »Es war wohl töricht, die Hoffnung zu hegen, dass Ihr nicht bis hierhergelangt. Was für eine Schande. Ich hasse es, unnötig zu töten. So eine Verschwendung.«

Simmon richtete sich auf und hielt die Hände gegen die Seiten gepresst. »Aufgrund der mir als Protektor übertragenen Macht verhafte ich Euch wegen der Benutzung zerstörerischer und zwingender Magie. Ihr werdet einen gerechten Prozess erhalten und solltet jetzt ohne Widerstand mitkommen.«

Zwingende Magie?, wunderte sich Caldan.

»Ts, ts. Ein gerechter Prozess? Einen schnellen Tod werde ich unter Euren Händen bekommen. Nein, ich glaube nicht daran.«

Caldan betastete nervös seinen Armreif. Sowohl er als auch Simmon hatten ihre Schilde aktiviert, aber was unten geschehen war, rief in ihm die Befürchtung hervor, dass sein magisches Werk solchen Kräften nicht zu widerstehen vermochte.

»Was immer Eure Verbrechen sind«, fuhr Simmon fort, »so werdet Ihr auf alle Fälle einen gerechten Prozess erhalten. Wir sind keine Ungeheuer.«

»Noch einmal: Das glaube ich Euch nicht. Hier geht es um mehr, als Euch bewusst ist.« Er schleuderte ihnen etwas entgegen, das sich im Mondlicht drehte.

Es war ein knirschendes Geräusch zu hören, und eine feste Mauer prallte gegen Caldan und Simmon und warf sie nach hinten. Caldans gesamter Schild wurde purpurrot und verstellte ihm den Blick. Sein Armreif ächzte unter dem Druck und fühlte sich plötzlich heiß auf seiner Haut an. Er wurde zu Boden geworfen, landete hart auf dem Rücken und musste kurz vor Schmerz aufstöhnen. Simmon lag reglos neben ihm, ohne dass ihn noch ein Schild schützte. Blut tropfte ihm aus dem Ohr. Das dünne Armband des Meisters lag geschwärzt und verbogen neben ihm, glücklicherweise war es nicht vollkommen zerstört worden.

Caldan rollte herum und mühte sich auf die Knie. Sein Schild hatte gehalten und war noch mit seiner Quelle verknüpft. Er spürte, wie der Druck nachließ, als sie versuchte, wieder ins Gleichgewicht zu kommen. Ächzend kämpfte er sich auf die Beine. Sein Körper schmerzte überall. Zerfetzte Blätter und Zweige bedeckten den Boden. Vorsichtig machte er einen taumelnden Schritt nach vorn, tastete nach dem Griff seines Schwertes und zog es langsam aus der Scheide. Die Spitze sackte zu Boden, denn es schien plötzlich doppelt so schwer zu sein wie vorhin.

Eine Stimme erreichte ihn durch das Klingeln in seinen Ohren: »Hui, Euer Schild hat gehalten.«

Schweiß strömte ihm aus allen Poren. Seine Haut brannte. Bei den Ahnen, er fühlte sich, als würde er gleich in Flammen aufgehen! Caldan hob den Blick und sah, dass der Mann von einem eigenen Schild umgeben war, auch dieser schimmerte vielfarbig. Er stand noch etwa zwanzig Schritte entfernt. Zu weit.

»Argh!«, krächzte Caldan.

»Gut gesagt. Das beschreibt Eure missliche Lage perfekt. Ich weiß nicht, was Ihr vorhabt, aber es wird sinnlos sein, es sei denn, Ihr habt ein Kleinod oder eine überaus gut geschmiedete Klinge. Und wenn Ihr tatsächlich ein Kleinod haben solltet, nun, dafür würde es sich zu sterben lohnen – und ich fürchte, genau das werdet Ihr gleich tun. Ihr werdet feststellen, dass mein Schild dem Euren weit überlegen ist, da Ihr von diesen magischen Dingen nur oberflächliche Kenntnisse besitzt.« Er schüttelte den Kopf. »Ich habe nie verstanden, warum Ihr euch selbst beschränkt. Ihr erschafft Dinge, die den Kaiser und die Adligen glücklich machen, Ihr kratzt im Dreck für deren Anerkennung und für Dukaten, und dabei könntet Ihr doch so viel mehr haben.«

Caldan taumelte einen weiteren Schritt vor und sah, wie der Mann einen Gegenstand aus seiner Hosentasche zog. Jetzt musste Caldan etwas unternehmen, etwas versuchen.

Seine Haut wurde noch heißer. Stärke erfüllte ihn. Die Schmerzen flossen von ihm ab wie Wasser. Er hob sein Schwert. So hatte er sich vor dem Unfall mit Marlon gefühlt, als er das Übungsschwert mit einer Kraft geführt hatte, die er nie zuvor verspürt hatte.

Heute Nacht wird es keinen Unfall geben.

Ohne Zögern rannte er auf den Magier zu, legte die Strecke zwischen sich und ihm in einem einzigen Augenblick zurück. Er war schneller, als er sich je zuvor bewegt hatte. Als er mit seinem Schwert zuschlug, wich das zuversichtliche Grinsen des Mannes hinter dem schimmernden Schild einem überraschten Keuchen.

Die Klingenspitze durchdrang den Schild des Magiers, brach seine Rippen auf und grub sich tief in seine Brust. Einen Augenblick lang sah Caldan Marlons Gesicht über dem des Zauberers, und er keuchte vor Entsetzen auf.

Mit einem knallenden Geräusch löste sich der Schild des Zauberers auf, und er griff nach Caldan. Seine Lippen bewegten sich, aber kein Laut drang zwischen ihnen hervor. Das Licht in seinen Augen verblasste. Er sackte zu Boden, und das Schwert stach aus seiner Brust hervor. Aus seiner rechten Hand rollte eine Metallkugel.

Zitternd und erschöpft sank Caldan auf die Knie. Noch vor wenigen Augenblicken hatte er sich so stark gefühlt, und nun fühlte er sich so schwach. Gierig sog er die kalte Nachtluft ein.

Ein Stiefel schabte über den Steinboden hinter ihm. Er drehte sich um und sah, dass Jazintha im Türdurchgang stand und sich gegen den Rahmen lehnte. Ihre Kleidung war blutig und zerrissen, aber sie konnte sich offenbar noch bewegen.

»Wie hast du das gemacht?«, rief sie.

Caldan schüttelte nur den Kopf. Er war zu müde zum Reden.

»Du bist ein harter Hund. Bleib hier. Hilfe ist unterwegs.« Sie taumelte hinüber zu Simmon, kniete sich neben ihn und hielt ihm die Hand an den Hals. »Er ist ebenfalls hart im Nehmen. Es ist schon einiges nötig, um ihn kampfunfähig zu machen.« Sie warf einen Blick auf Caldan. »Anscheinend war es ein guter Entschluss von ihm, dich heute Nacht mitzunehmen.« Plötzlich lachte sie. Es war ein überraschend warmer und sanfter Klang.

Jazintha setzte sich neben Simmon und wischte mit einem Tuch über sein Gesicht, dabei kicherte sie unablässig. »Einen Augenblick lang hatte ich befürchtet, wir wären in Schwierigkeiten. Aber ... wir leben«, sagte sie fröhlich.

Caldan ächzte, legte sich auf den kalten Boden und schaute hoch zum Mond, während die Nachtluft seine heiße, verschwitzte Haut kühlte.

Bald hörte er, wie Stiefel die Treppe hocheilten. Zwei Meister und sechs Gesellen liefen in den Dachgarten und schwärmten aus, als ob sie einen Kampf erwarten würden. Vermutlich war es eine gute Vorsichtsmaßnahme angesichts dessen, was man ihnen wohl gesagt hatte und was sie unten mit eigenen Augen gesehen hatten.

Als sie keine Gefahr sahen, entspannten sie sich. Die meisten drängten sich um Simmon und Jazintha, während zwei Gesellen hinüber zu Caldan liefen. Sie blieben ruckartig stehen, als sie den Leichnam sahen.

Jazintha sprach in gedämpftem Ton mit den Protektoren, die um sie herumstanden und immer wieder Blicke zu Caldan hinübergeworfen hatten. Nun starrten ihn alle an. Jazintha redete weiter und zog die Aufmerksamkeit wieder auf sich. Zwei Gesellen durchsuchten die Kleidung des verbrecherischen Zauberers, holten alles aus seinen Taschen, zogen ihm die Ringe von den Fingern und einen Anhänger vom Hals, und sie hoben die Metallkugel auf. Alles wurde in einem Stoffsack verstaut, den sie fest zubanden und einem der Meister überreichten.

Caldan seufzte. Auch er verstand nicht, was geschehen war, und zweifellos würde man ihn stundenlang nach seiner eigenen Version der Ereignisse befragen. Doch erst einmal könnte er ein heißes Bad und ein gutes Essen gebrauchen.

Und ein paar Gläser starken Apfelwein.

32

Aidan war sturzbetrunken. Die übrig gebliebenen Mitglieder von Caitlyns Truppe - jetzt war es *seine* bunte Truppe - hatten eine halsbrecherische Geschwindigkeit vorgelegt, nachdem er Caitlyn getötet hatte. Sie ritten so schnell, wie sie es wagen konnten, nach Anasoma. Die verwundeten Männer und Frauen in den Wagen machten sie langsamer, aber er hatte allen befohlen, sich mit größtmöglicher Schnelligkeit zu bewegen. Zwei Wagen hatten sie mit gebrochenen Achsen zurücklassen müssen, und diejenigen, die in ihnen gereist waren, drängten sich nun mit den anderen in den verbliebenen Karren zusammen, während die Pferde bis an die Grenze ihrer Belastbarkeit beladen waren.

Sie befanden sich schon seit Wochen auf der Straße. Die Verwundeten erholten sich nur langsam - körperlich, aber nicht seelisch. Aidan hatte sich immer mehr in sich selbst zurückgezogen, schlüpfte stets früh in seinen Schlafsack und hatte meistens eine Flasche mit Alkohol zum geistigen Trost dabei. Seine eigenen Taten und die Konsequenzen von Caitlyns Tod verfolgten ihn im Traum und auch im wachen Zustand. Obwohl er die Frauen in der Scheune gerettet hatte, wusste er, dass es sehr lange dauern würde, bis der Schaden an seiner Seele verheilt war - falls es überhaupt je geschehen würde.

Er wurde von Tully wach gerüttelt, einem Soldaten, der schon seit Jahren mit ihnen reiste. Inzwischen befanden sie sich nur noch wenige Tagesreisen vor Anasoma.

»Hau ab«, fluchte Aidan mit verschwommener, unsicherer Stimme. Er drehte sich um, weg von Tully. »Noch ein bisschen«, murmelte er.

»Herr ... Aidan ... die Sonne ist schon aufgegangen. Wir sollten das Lager abschlagen und aufbrechen.« Er zögerte. »Erlaubt mir, dass ich es ausspreche, Herr, aber Ihr solltet nicht so viel trinken. Es macht die Dinge nicht besser.«

Aidan drehte sich zu ihm um. »Verdammt, das geht dich nichts an! Lass mich in Ruhe!«

Tully wich zurück und stellte sich neben das Feuer, das inzwischen fast bis auf die glühenden Kohlen zusammengefallen war. Wie es aussah, hatten alle schon gefrühstückt, und das Teewasser war gekocht. Eine der Frauen aus der Scheune kam herbei, ihr Bauch war von der Schwangerschaft geschwollen. Sie sah bleich und müde aus, war aber in viel besserer Verfassung als bei ihrer Errettung. Essen und Ruhe hatten ihr gutgetan.

Sie sah sich nervös um. »Herr«, sagte sie und wartete. Aidan erwiderte nichts. »Bitte, Herr. Ihr dürft Euch nicht die Schuld geben.«

Nur das schwache Knistern des Feuers und die Hintergrundgeräusche des Lagers durchdrangen die Stille. Sie kniete sich neben Aidan, stützte sich mit den Händen auf den Oberschenkeln ab und senkte den Blick. »Ihr und Eure Männer habt uns gerettet. Wenn Ihr nicht gekommen wärt, würden wir uns noch immer an diesem Ort befinden.« Nun packte sie ihr Hemd. Die Wölbung des Bauches drückte sich gegen den Stoff. »Eure Anführerin ... die Dame ... sie hat geglaubt, dass wir *sie* in uns tragen und dass unsere Babys wie *sie* sein werden, aber das stimmt nicht. *Sie* haben die stärksten Männer der Dörfer in der Umgebung ausgesucht und auch die klügsten, und *sie* haben sie zu uns gebracht. Wir wissen nicht, warum, aber wir haben natürlich miteinander darüber gesprochen und ein paar Dinge herausgefunden. *Sie* haben die Kinder gut aufgezogen, haben ihnen zu essen gegeben, haben sie gekleidet und dafür gesorgt, dass sie Sport treiben, ohne sich dabei zu verletzen. Aber *sie* haben ihnen nie irgendetwas beigebracht, außer ein paar Dingen, die ihnen das Leben leichter machten, damit *sie* nicht andauernd nach den Kindern sehen mussten. Es war, als ob ... als ob ihr Geist nicht wachsen sollte.« Sie streckte die Hand aus und berührte ihn sanft an der Schulter. »Ich bin nicht lange dort gewesen ...« Dann legte sie die Hand auf ihren Bauch. »Aber lange genug. Die anderen hingegen waren zum Teil viele Jahre in der Scheune. Sie haben gesehen, wie ihre Kinder bis zu einem bestimmten Alter heranwuchsen, bevor sie ihnen weggenommen wurden. Manchmal kam eines später zurück. Dann war es eins von *ihnen*, irgendwie verändert, als ob ihr Verstand von den anderen übernommen worden wäre. Aber wir wussten, dass unsere Kinder bis dahin normal gewesen waren. Sie waren ganz normal«, wiederholte sie heftig. »Eure Anführerin, die Lady, hätte uns alle getötet. Sie hätte uns alle und auch unsere Kinder ohne Grund abgeschlachtet. Ihr habt das Richtige getan.«

Aidan blinzelte durch seine Tränen hindurch, streckte den Arm aus und ergriff ihre Hand. »Danke«, sagte er.

Sie nickte.

Er sah ihr nach, als sie ging, dann stand er auf und wischte sich den Staub von seiner Hose. Schließlich rieb er sich den Schlaf aus den Augen und sah sich nach einem Wasserschlauch um. Endlich fand er einen und trank ihn vollkommen leer.

»Tully!«, rief er. »Ist noch ein wenig von dem Frühstück übrig?«

»Noch etwas Haferbrei. Aber er ist inzwischen kalt.«

»Bring ihn mir. Ich habe Hunger.«

»Sofort, Herr.« Tully löffelte den kalten Haferbrei in eine Schale und gab sie Aidan.

Aidan betrachtete die matschige Masse, seufzte und nahm einen Löffel. Er kaute mechanisch.

»Gut, Euch wieder bei uns zu haben, Herr.«

Aidan gab ein Grunzen zur Antwort und vertilgte sein Frühstück.

»Der Tee ist bitter geworden. Wollt Ihr etwas davon haben?«

Aidan schüttelte den Kopf und schluckte den letzten Löffel Haferbrei hinunter. »Ruf die Männer zusammen. Wir können nicht alles selbst machen. Die Frauen müssen irgendwo unterkommen, und die Leute sollen erfahren, was wir gefunden haben.«

»Lady Caitlyn wurde von den Protektoren ausgebildet«, sagte Tully. »Sie hat immer gesagt, dass wir ihnen eine Nachricht schicken sollen, wenn es schlimm wird.«

Aidan dachte kurz darüber nach und nickte schließlich. »Das ist ganz meine Meinung. Aber wie soll ich ihnen sagen, dass ich Lady Caitlyn umgebracht habe?«

Tully warf einen Blick auf die geretteten Frauen, die sich im Lager umherbewegten, und zuckte die Achseln. »Sagt ihnen die Wahrheit.«

33

Caldans Finger fuhren über die Runen, die in seinen Armreif eingegossen waren. Sein Werk hatte sich in der letzten Nacht als außerordentlich gut erwiesen. Schließlich hatte seine Kraft Caldan lange genug bei Bewusstsein gehalten, um ihnen zum Sieg zu verhelfen.

Nachdem sie in die Gilde zurückgekehrt waren, hatte er alle an ihn gestellten Fragen abgewehrt und war in einen tiefen Schlaf der Erschöpfung gefallen, aus dem er erst am nächsten Mittag wieder aufgewacht war. Als es ihm endlich gelungen war, wieder ganz wach zu werden, galt sein erster Gedanke Meister Simmon.

Er begab sich ins Krankenzimmer, in dem der Meister lag und sich erholte. Anscheinend war Simmon schon am Vormittag aufgewacht, und man hatte ihm ein wenig Brühe einflößen können, bevor er wieder eingeschlafen war. Caldan setzte sich auf ein Sofa neben dem Bett und wartete stundenlang auf das Erwachen des Meisters.

Als er endlich wieder zu sich kam, war Simmons Blick vollkommen klar, und seine feste Weigerung, noch eine Schale mit Brühe zu trinken, deutete an, dass er keine langfristigen Schäden davongetragen hatte. Er winkte all jene weg, die sich um ihn herum zu schaffen machten, aber er bat Caldan, bei ihm zu bleiben und zu berichten, was geschehen war, nachdem Simmon das Bewusstsein verloren hatte.

Simmon lag dabei halb wach im Bett, bedeckt von zwei Laken trotz der warmen Luft des Nachmittags. Er war noch etwas benommen von dem Schlag gegen seinen Kopf. Man sagte, er würde ein paar Tage an Kopfschmerzen leiden, doch bald wieder ganz gesund sein.

Caldans Körper schmerzte, als ob er einen Tag voller besonders anstrengender Leibesübungen hinter sich hätte, überdies gefolgt von etlichen Stockschlägen, doch der lange Schlaf hatte seiner Seele sehr gutgetan.

Mehrfach erzählte er Simmon seine Version des Angriffs. Immer wieder stellte ihm der Meister Fragen über das, was er gesehen und gespürt hatte. Besonders interessiert war er an den Ereignissen unmittelbar nach dem Zusammenbruch seines eigenen Schildes und dem Eintritt seiner Bewusstlosigkeit. Er verlangte von Caldan, jede Sekunde, jedes ausgesprochene Wort, jede einzelne Handlung und überhaupt alles zu beschreiben, was Caldan gefühlt und mitbekommen hatte.

Caldan seufzte und rieb sich den wunden Nacken. Er hatte Kopfschmerzen. »Dann habe ich ›Urgh‹ oder vielleicht auch ›Argh‹ gesagt. Ich bin mir nicht sicher.«

»Sei nicht leichtfertig, Junge. Die kleinste Einzelheit könnte sich später als wichtig erweisen.« Inzwischen hatte Simmon seine Laken beiseitegeworfen und saß mit überkreuzten Beinen auf dem Bett. Er rieb sich beide Augen mit heftigen Bewegungen. »Dann hat er also gesagt, wir besäßen nur unbedeutende Kenntnisse über das magische Wirken und sein Schild sei den unseren überlegen.«

»Ja. Und dass die Zauberer sich an die Adligen und den Kaiser verkaufen, um Lob und Geld zu bekommen.«

»Und danach hast du ihn durchbohrt.« Simmon sah Caldan

eingehend an. »Während er einen weiteren magischen Gegenstand hervorgeholt hat, ähnlich dem, der uns umgeworfen und meinen Schild zerstört hat. Aber er muss mindestens ein paar Ellen von dir entfernt gestanden haben. Wie bist du an ihn herangekommen, bevor er seine Magie einsetzen konnte ... und wie hast du seinen Schild durchdrungen?«

Caldan konnte nur mit den Schultern zucken.

»Gib mir deinen Armreif«, sagte Simmon plötzlich.

Mit gespielter Lässigkeit schob Caldan den Ärmel hoch, nahm seinen magischen Reif ab und legte ihn in Simmons ausgestreckte Hand.

Der Meister beäugte ihn kritisch, und Caldan spürte das Summen, als er seine Quelle öffnete. Simmon starrte den Reif einige Minuten lang eingehend an, bevor er anerkennend nickte.

»Also, Junge, das ist eine feine Arbeit. Ich wünschte, alle Gesellen wären in der Lage, ein so wundervolles Stück herzustellen. Auch einige Meister könnten sich daran ein Beispiel nehmen. Eine gute Legierung – du musst mir ihre Bestandteile verraten. Und gute Magie. Selbst die ästhetische Gestaltung ist sehr angenehm.«

Kurz wog er den Armreif in seiner Hand, dann streckte er ihn Caldan entgegen. Caldan ergriff das Metall, aber Simmon ließ nicht los.

Simmon sah Caldan tief in die Augen. »Er hat letzte Nacht viel ausgehalten – mehr als mein eigenes Amulett.« Caldan erinnerte sich daran, dass Simmons Armband geschwärzt und verbogen neben ihm gelegen hatte. »Es steckt wahre Kraft und Tugend darin. Anscheinend hast du eine weitere deiner Gaben entdeckt – eine, die dir hier sehr helfen wird. Es besteht ein großer Bedarf an magischen Werkstücken dieser Qualität, denn ich fürchte, der Standard der Zauberer ist mit den Jahrhunderten ... gesunken. Derjenige, der ein solches Talent hat, steht in hohem Ansehen und kann gewaltige Summen für seine Arbeit verlangen.«

»Ich hatte nicht für möglich gehalten ... das heißt, ich hatte bisher nicht darüber nachgedacht, was ich tun könnte, wenn ich Geselle geworden bin.«

Simmon ließ den Armreif los. »Ich werde diesem Werkstück meine Zustimmung geben«, sagte er zu Caldans Überraschung. »Normalerweise wird so etwas von mehreren Meistern auf die Probe gestellt, aber dieser Reif hat sich schon selbst bewiesen, indem er gehalten hat, während meiner vernichtet wurde. Wir können von Glück reden, dass er es überstanden hat. Ich bin froh, dass ich dich hinzugezogen habe. Außerdem möchte ich den Reif als Beweis deiner Beherrschung der Prinzipien des magischen Werkens benutzen und um deine Ernennung zum Gesellen bitten.«

Einige Augenblicke lang war Caldan verblüfft. »Das ... ist wirklich gut. Danke.«

Als er die Worte aussprach, begriff er erst, was sie bedeuteten. Es war zwar nicht interessant für ihn, jeden Tag für andere Menschen zu schmieden, doch er würde die Möglichkeit erhalten, an bessere Mittel und eine brauchbarere Bibliothek heranzukommen, und das war unbezahlbar. Vermutlich würde er sogar viel größere Fortschritte in seinen Nachforschungen über das Kleinod seiner Eltern machen und auch seine Fähigkeiten in der Herstellung von Simulacra verbessern.

»Du hast es verdient, wenn all deine Werke so gut sind wie dieses. Du kannst den faulen Gesellen und auch den Meistern einiges beibringen. Aber ich tue dies nicht nur für dich. Viele Meister – und auch Gesellen, wenn die Gerüchte stimmen – waren der Meinung, dass es falsch sei, einen so alten

Schüler aufzunehmen, obwohl ich in dir von Anfang an großes Talent gesehen habe. Wenn du jetzt so schnell zum Gesellen aufsteigst, wird es sie hoffentlich zum Schweigen bringen. Sie sind in ihrer Art einfach zu eingefahren. Genug geplappert. Zurück zur letzten Nacht.«

Simmon brachte sich im Bett in eine bequemere Position und ordnete offenbar seine Gedanken, bevor er Caldan wieder ansprach.

»Jazintha war heute Morgen hier, als ich zum ersten Mal aufgewacht bin. Sie ... hat mir in allen Einzelheiten berichtet, wie sie die Ereignisse wahrgenommen hat, und das stimmt mit deinen Beschreibungen überein.«

Caldan öffnete den Mund und wollte einwenden, dass er seinen Meister niemals anlügen würde, doch Simmon hob die Hand und unterdrückte damit seinen Protest. »Ich vertraue dir, Junge, aber es ist immer besser, mehrere Sichtweisen auf ein und dasselbe Ereignis zu kennen. Jeder Mensch sieht und spürt etwas anderes. Was für dich wie ein bloßer Augenblick wirkt, kann in Wirklichkeit ein viel längerer Zeitraum sein. Es ist wichtig, dass wir so viel wie möglich über diese Ereignisse herausfinden. Den Worten des Magiers zufolge hat er nicht allein gearbeitet, und wir müssen unbedingt herausfinden, wie es dir gelungen ist, ihn zu besiegen.« Er warf einen seitlichen Blick auf Caldan. »Aber noch wichtiger ist eine andere Frage: Geht es dir gut? Hast du früher schon einmal jemanden umgebracht?«

Caldan schüttelte den Kopf. »Nein. Einmal, beinahe. Aber ... nein, das habe ich bisher noch nicht.«

Simmon nickte grimmig. »Es berührt jeden auf andere Weise, aber es ist nichts, was man jemals vergisst. Oder vielmehr: Es ist nichts, was man je vergessen *sollte*. Manche versuchen, nicht darüber nachzudenken, es zu verdrängen und sich zu sagen, es ging um ›er oder ich‹, und das war es dann für sie. Andere nehmen es sehr schwer, dass sie ein Leben vernichtet haben, und es drückt sie für den Rest ihrer Tage nieder.«

»Ich ...« Caldan schluckte. »Es war genauso: Er oder ich, aber ... Ich glaube nicht, dass ich mich daran gewöhnen werde, und ich hoffe, es nie wieder tun zu müssen.«

Während er sprach, sah er, wie Simmon ihn beobachtete und seine Antwort beurteilte.

»Gut. Komm zu mir, wenn du darüber reden willst. Jazintha hat bestätigt, dass du die Strecke zwischen dir und dem Zauberer innerhalb eines Herzschlages überwunden hast. Sie sagte: ›Ich hätte es nicht geglaubt, wenn ich es nicht mit eigenen Augen gesehen hätte.‹ Das waren ihre exakten Worte.« Er sah Caldan erwartungsvoll an.

Caldan wusste nicht, was er darauf erwidern sollte, also zuckte er abermals die Achseln und spreizte unsicher die Hände.

»Du weißt nicht, wie du es gemacht hast?«

»Nein. Ich erinnere mich, dass mir heiß war. Meine Haut hat sich angefühlt, als würde sie brennen – als ob ich einen Sonnenbrand hätte. Es war wie ... wie bei Marlon.«

»Wer ist Marlon?«

»Jemmas ... der Bruder einer Freundin von mir, im Kloster. Er war der Grund, warum ich von dort weggehen musste. Es gefiel ihm nicht, dass seine Schwester viel Zeit mit mir verbracht hat. Seine Familie sei angeblich zu gut für einen solchen Umgang wie mich.«

»Und was ist passiert?«

»Eines Tages hatte sich der Konflikt zugespitzt, und wir haben uns mit hölzernen Übungsschwertern duelliert. Die Mönche erlaubten nicht, dass wir etwas anderes benutzen, außer bei bestimmten Gelegenheiten. Auch wenn ich ein ganz guter Schwertkämpfer bin, war Marlon doch um Längen besser.«

»Ich glaube, du unterschätzt dich. Schließlich hast du mich besiegt.«

»Das war ein weiterer seltsamer Augenblick«, gab er zu. »Aber Ihr könnt mir glauben, wenn ich sage, dass ich Marlon vor jenem Abend noch nie besiegt hatte – ich war immer viel schlechter als er. Ich weiß es nicht – vielleicht liegt es an dem Gefühl der großen Anspannung, dass sich dann etwas verändert. Ich habe keine Ahnung.« Frustration färbte seine Worte.

»Vielleicht. Ich habe gehört ... egal. Rede weiter.«

»Marlon war ... ist ein meisterlicher Schwertkämpfer. Sogar die Mönche im Kloster waren beeindruckt von ihm. Er hatte eine seltene Begabung und liebte es, damit anzugeben. Auch das habe ich nicht an ihm gemocht.« Caldan schaute aus dem Fenster in den windumspielten Innenhof. »Wir haben also gekämpft, und dann geschah es das erste Mal, dass so etwas passiert ist: ein ›seltsamer Augenblick‹. Ich habe das Schwert gegen seine Brust gerammt, und ... ich war auf einmal so schnell und stark wie nie zuvor. Mein Schwert ist zerbrochen, und die abgebrochene Hälfte ist in seine Brust eingedrungen. Danach bin ich bewusstlos geworden. Ich weiß bloß, dass er überlebt hat. Wegen dem, was ich ihm zugefügt habe, wollte mich das Kloster nicht mehr beherbergen. Die Mönche fürchteten, Marlons Familie könnte Schwierigkeiten machen, wenn ich bleibe.«

»Sie haben dir einen Gefallen getan.«

Caldan riss den Kopf hoch. »Wieso?«

»Es klingt so, als ob dieser Marlon einer jener Menschen ist, die stets Schwierigkeiten machen, was nicht nur das Kloster, sondern auch dich selbst betrifft. Ich bin mir sicher, dass er die Sache nicht vergessen hat, und wenn er die Möglichkeit hat, ist er vielleicht schon auf der Suche nach dir.«

Caldan schüttelte den Kopf, doch dann hielt er inne. Es war denkbar, dass Simmon recht hatte. Warum hatte er nicht schon früher daran gedacht?

»Mach dir keine Sorgen«, fuhr der Meister fort. »Als Protektoren-Geselle hast du nichts zu befürchten. Unser Wort hat Gewicht bei den Adligen und dem Kaiser. Er wird wissen, wie wichtig wir sind. Ich werde über die Angelegenheit nachdenken – aber ich hätte mir gewünscht, dass du mir all das schon früher mitgeteilt hättest.« Er sah Caldan fest an und fuhr dann fort: »Was ist mit dem Schild des Zauberers? Hast du eine Ahnung, warum du ihn durchdringen konntest?«

»Verzeiht, Meister Simmon, aber war er wirklich ein Zauberer? Ich meine, sind der Gilde denn nicht alle Zauberer bekannt? Sollten wir ihn wirklich so bezeichnen?«

»Technisch gesehen, ist er kein Mitglied der Gilde, sondern ein Schurke. Aber an seinen Fähigkeiten besteht kein Zweifel. Er war begabt und gut ausgebildet – anscheinend besser als viele von uns. Und er kannte sich in verbotenem Wissen aus – in der zerstörerischen Magie.«

»Ich weiß nicht, ob ich schon bereit für das alles bin. Die letzte Nacht war ... so etwas habe ich noch nie erlebt. Die Macht dieses Zauberers und das Vertrauen auf seine Fähigkeiten ... Ich fürchte, all das ist noch zu viel für mich.«

»Das spielt keine Rolle. Du hast Dinge gesehen, und du weißt inzwischen zu viel. Du hast nicht länger die Wahl.«

»Ich hatte doch nie eine Wahl. Ich weiß davon nur deshalb, weil Ihr es mir gesagt und mich letzte Nacht mitgenommen habt!«, wandte Caldan ein.

»Ich habe das getan, was ich meiner Meinung nach tun

musste. Es handelt sich hier nicht um ein Spiel. Es geht um das gesamte Reich. Ich habe etwas in dir gesehen, und nach der letzten Nacht bin ich mir sicher, dass es richtig war, dich aufzunehmen und zu einem von uns zu machen.«

»Aber ich bin keiner von Euch ...«

»Du kannst es jetzt nicht mehr verhindern. Es ist schon geschehen.«

»Und was ist, wenn ich kein Protektor werden will?«, fragte Caldan.

Simmon lächelte. »Der Kaiser ist ziemlich grob zu denen, die aus den Reihen der Protektoren ausscheren wollen. Es tut mir leid. Normalerweise geben wir den Anwärtern Zeit zum Nachdenken darüber, ob sie den Rest ihres Lebens bei uns verbringen wollen. Bei dir aber ... nun, ich glaube, wir können es uns nicht leisten, auf jemanden mit deinen Gaben zu verzichten. Sie sind vermutlich mehr als nur ›Gaben‹.«

»Was meint Ihr damit?«

»Ich werde mich mit ein paar anderen Meistern beraten und vielleicht einige Bücher in unserer Bibliothek lesen müssen. Im Augenblick will ich lediglich sagen, dass ich bisher nur von einer einzigen anderen Person mit den gleichen Fähigkeiten wie den deinen gehört habe. Auch sie konnte Zauberei riechen und hatte solche Ausbrüche von Kraft und Schnelligkeit. Diese Person war dem Anliegen der Protektoren noch ergebener als wir selbst, falls das möglich ist. Aber Genaueres kann ich dir im Augenblick nicht sagen.«

Caldan stand auf und ging im Zimmer hin und her. Er wollte unbedingt mehr wissen. Mehr über die Protektoren, mehr über die Zauberei, mehr über seine eigenen angeblichen Gaben. Und vor allem wollte er mehr lernen und eigene Werke erschaffen. Sein Besuch bei dem Uhrmacher hatte ihm Möglichkeiten eröffnet, an die er nicht einmal im Traum gedacht hatte. Er konnte diese ergreifen, wenn er Protektor wurde. Aber die Bedingungen ... Jetzt schnaubte er unwillkürlich.

Möglichkeiten oder Fesseln, je nachdem, wie man es betrachtet.

Er seufzte schwer. Natürlich wusste er, dass Simmon ihn beobachtete und eine Reaktion von ihm erwartete, aber was sollte er tun? Es klang nicht so, als ob ihm in dieser Sache noch eine Wahl bliebe. Nachdem er in die Verbannung geschickt worden war, hatte er das Glück gehabt, auf den Füßen zu landen und als Schüler der Zauberergilde aufgenommen zu werden. Die Beförderung zum Gesellen war nur allzu rasch erfolgt. Nun konnte er nirgendwo anders mehr hingehen, und die Vorstellung, von Protektoren und Köcherern gejagt zu werden, war nicht besonders reizvoll. Was geschah mit Protektoren, die zu viel wussten und die Gilde verlassen wollten? Fürs Erste schob er diesen Gedanken beiseite und wollte sich ihm später widmen. Er glaubte nicht, dass die Beschäftigung damit angenehm war.

»In Ordnung«, hörte er sich selbst zu Simmons sichtbarer Erleichterung sagen. »Ich muss noch viel lernen, und deshalb habe ich mich ja der Gilde angeschlossen. Ich mache weiter, solange sich so etwas wie die letzte Nacht nicht allzu oft wiederholt.«

Simmon lachte. »Die letzte Nacht war in mehr als einer Hinsicht eine Ausnahme.« Dann wurde sein Tonfall wieder ernster. »Du hast alle gerettet, Caldan. Wenn du nicht da gewesen wärst, hätten wir alle den Tod gefunden. Ich will es nicht beschönigen: Das Leben eines Protektors ist hart. Aber die Arbeit ist wichtig und sehr lohnend. Wir schützen nicht nur die anderen Menschen, wir sind auch die Bewahrer eines Wissens, das seit der Zerschmetterung als verloren gilt.« Er deutete auf die Tür. »Geh. Denk über das nach, was ich dir gesagt habe. Ruhe dich aus, wenn du kannst. Wir sehen uns morgen wieder. Dann müssen wir besprechen, wie du am besten in den Stand eines Gesellen erhoben werden kannst. Mach dir aber keine Sorgen – es wird nicht allzu kompliziert werden.«

Einige Zeit später schlenderte Caldan durch die dunkler werdenden Straßen des Fünfblumenviertels. Er ging die gepflasterte Hauptstraße entlang. Einige Läden zu beiden Seiten schlossen für den Abend, während andere Geschäftsleute Laternen oder magische Kugeln für die nächtlichen Kunden heraushingen.

In der einen Hand hielt Caldan einen Beutel, der mit den magischen Werkstücken gefüllt war, um die ihn der Uhrmacher gebeten hatte.

Caldan war erleichtert darüber, dass die Ladentür offen stand. Der Uhrmacher wartete im Innern, rieb sich die Hände und lächelte, als er den Beutel sah, den Caldan trug.

Kurze Zeit später verließ Caldan den Laden des Uhrmachers. Sein Beutel war wieder prall gefüllt, doch der Inhalt war ausgetauscht worden.

34

Amerdan wusste, dass Dämonen in vielerlei Gestalt auftraten. Meist kamen sie als Zauberer. Aber sie waren auch unter den niedrigsten Landstreichern und den höchsten Adligen zu finden. Nie waren es Kinder. Die meisten Menschen in seiner Umgebung hatten keine Ahnung, was er war und zu was er allmählich wurde. Sie waren Gefäße, die nur dazu dienten, ihrer Gaben entleert zu werden, wenn er sie dafür als würdig ansah. Aber dieser Caldan ... dieser Zauberer ... er war nicht wie die anderen.

Das wusste Amerdan mit Gewissheit. Er spürte etwas in diesem jungen Mann. Ein besonderes Potenzial.

Er schaute an der Mauer der Zauberergilde hoch. Vielleicht war Caldan nun irgendwo im Innern des Gebäudes. Genau wie viele andere Zauberer – mit all ihrer Macht und ihrer Böswilligkeit. Gerade jetzt verspürte er den Drang, hineinzugehen, Caldan zu finden und ihn zu befragen.

Doch das würde ein blutiges Ende nehmen. Das tat es immer. Und die Zauberer hatten ihre Listen. Sie könnten ihn entdecken.

Amerdan schüttelte den Kopf, damit er wieder einen klaren Gedanken fassen konnte. Irgendetwas band ihn an Caldan. Eine Ähnlichkeit. Eine *Verwandtschaft*.

Er kostete das Wort auf der Zunge. Es enthielt sowohl Schwäche als auch Stärke. Und deshalb war das, was er fühlte ... unzuverlässig. Die einfachste Lösung bestand darin, Caldans Essenz in sich aufzunehmen, wie er es mit so vielen anderen getan hatte. Aber wenn Caldan wirklich wie er selbst war, gab es vielleicht noch andere wie ihn, oder? Oder war Caldan der Einzige? Dieser Gedanke beängstigte und erregte ihn gleichzeitig. Was würde aus Amerdan werden, wenn sie verschmolzen? Ein Schauer durchfuhr ihn.

Riskant. Zu riskant. Erst einmal. Er nickte sich selbst zu. *Ich werde mehr herausfinden.* Damit er auf der sicheren Seite war.

Amerdan drehte sich um und schlenderte eine belebte Straße entlang. Momentan bemerkte er kaum, wohin er ging. Es war gleichgültig. Schließlich würden sich Möglichkeiten auftun. So war es immer.

Einer Möglichkeit war er damals auf seinem Weg nach Anasoma begegnet. Zusammen mit einigen anderen Reisenden hatte er sich einem Kaufmannszug angeschlossen, der von einem freundlichen Händler angeführt und dessen Wagen voller Güter von drei Wächtern beschützt wurde. Sie hatten geglaubt, es würde eine einfache Reise sein. Amerdan hingegen wusste, dass man nicht immer gemeinsam stark war. Zwei weitere Reisende gesellten sich zu ihnen: ein stilles Dienstmädchen, das auf dem Rückweg von einem Verwandtenbesuch war, und ein grober barbarischer Söldner, der so stank, als hätte er seit Monaten nicht mehr gebadet. Die Hand des Kaufmanns hatte sich andauernd an seiner Geldkatze befunden und sie hin und her geschoben, sogar vor den Augen des Mädchens. Dabei hatte er keinen Gedanken daran verschwendet, dass er beobachtet werden könnte. Der verdammte Wilde.

Es war eine blutige Reise geworden, denn die Straße war nicht so sicher gewesen, wie alle gehofft hatten.

Amerdan schnaubte belustigt bei dieser Erinnerung, dann bemerkte er, dass er den Galgen betreten hatte, eines der ärmsten Viertel der Stadt nördlich von Kohldorf. Er runzelte die Stirn und begab sich an die Seite der Straße. Läden reihten sich aneinander, und vor dem, der sich ihm am nächsten befand, standen Fässer gegen die Mauer gelehnt.

Die Straße bewegte sich plötzlich unter seinen Füßen wie das Deck eines Schiffes bei Sturm. Er griff nach dem Rand eines Fasses und drückte den Rücken gegen die Mauer, damit er nicht das Gleichgewicht verlor. Dieses Gefühl würde gleich wieder vergehen.

Ein Ladenbesitzer in einer Schürze näherte sich ihm vorsichtig. Das Fass gehörte ihm.

»Verzeihung, werter Herr«, murmelte Amerdan. »Nur eine kleine ... Unpässlichkeit. Ich bin sicher, dass sie gleich verschwunden sein wird.« Er wischte sich mit dem Unterarm über die schweißbedeckte Stirn.

Der Ladenbesitzer nickte knapp und ging wieder in seine Bude, behielt ihn von dort aber im Blick.

Amerdan holte mehrmals tief Luft. Die Welt verschwamm noch einmal, bevor sie endlich wieder fester wurde. Eine sanfte Brise fuhr über seine verschwitzte Haut, kühlte sie und verursachte ein prickelndes Gefühl. Seine Kraft kehrte in einer mächtigen Woge zurück, wie es immer der Fall war. Daraufhin begann das Blut wieder heftiger zu strömen, und er richtete sich auf. Er hatte keine Ahnung, was diese Schwächeanfälle verursachte, aber er wünschte sich, sie würden aufhören. Sie traten häufiger auf, wenn er vor Kurzem jemanden in sich eingesogen hatte. Danach wurden sie seltener, aber sie verschwanden nie ganz.

Er strich sich mit den Händen über die Weste, zupfte am Saum und glättete sein Hemd. Dann neigte er den Kopf zuerst zur einen und dann zur anderen Seite und streckte die verkrampften Muskeln. Der Ladenbesitzer hatte kurz einen Kunden bedient und starrte ihn nun an. Amerdan beachtete ihn nicht weiter, sondern schritt in die Menge hinein.

Der Gestank in diesem Teil der Stadt bedrängte ihn. Er war während des Schwächeanfalls nicht mehr wahrnehmbar gewesen, doch nun kehrte er um ein Vielfaches verstärkt zurück. Amerdan fischte ein parfümiertes Taschentuch aus seiner Hose und hielt es sich gegen die Nase. Eine schlicht gekleidete Frau sah ihn höhnisch an.

Wenn sie nur wüsste, dachte er. Es war leicht für sie, jetzt höhnisch zu sein. Unter seinem Messer würde sie ihn nicht mehr verspotten.

Er wandte den Blick von ihr ab. Sie war es nicht wert. Eine Bäuerin ohne jedes Talent. Ein Niemand, bestimmt zu Mittelmäßigkeit und einem elenden Leben. Dieser Gedanke schenkte ihm große Freude.

Amerdan kam gern hierher, trotz des Gestanks, der Schäbigkeit und der Ekelhaftigkeit der Armut. Jede Stadt hatte solche Viertel, solche Gruben der Fäule, in denen unbedeutende Menschen vor sich hin lebten, bis sie das einzig Nützliche in ihrer elenden Existenz taten: sterben – für gewöhnlich jung genug, bevor sie der elenden Welt noch größeres Elend hinzufügen konnten. Jeder, der etwas wert war, machte sich von diesen Orten frei, so wie er selbst es vor langer Zeit getan hatte.

Staub wirbelte auf und beschmutzte seine Hosenbeine. Die Farbe an den Gebäuden blätterte ab. Abgenutzte Wäsche hing zum Trocknen an Leinen, die von den Fenstern aus quer über die Straße gespannt waren. Wasser tropfte auf die Menge herab.

Es war gut, sich seiner Ursprünge zu vergewissern, damit man nicht vergaß, wie weit man es gebracht hatte.

Zwanzig Ellen vor ihm ragte ein Kopf aus einer Gasse heraus. Verfilztes blondes Haar rahmte ein schmutziges Gesicht ein. Ein junges Mädchen. Amerdan stockte der Atem. Sie sah Teresa, seiner jüngsten Schwester, so ungeheuer ähnlich.

Amerdan begab sich an die Seite der Straße und tat so, als würde er die armseligen Töpferwaren eines Straßenhändlers begutachten. Er verscheuchte den Händler, der ihn beraten wollte, mit einem bösen Blick und nahm eine Teekanne in die Hand.

Aus den Augenwinkeln sah er, wie das dürre verwahrloste Mädchen um die Ecke bog und sich zitternd umsah. Der Blick des Kindes kehrte immer wieder zu der Bude neben den Töpferwaren zurück, bei denen Amerdan stand. Es war ein Kräuterhandel. Pflanzenbündel mit verschiedenen medizinischen Eigenschaften lagen nebeneinander auf einem Tisch zusammen mit Glasphiolen, in denen sich gemahlenes Pulver befand, und daneben stand eine Waage. Die fette Frau hinter dem Tisch plauderte gerade mit einer anderen Frau.

Diese Teekanne war minderwertig. Henkel und Ausguss lagen in keiner geraden Linie.

Das Mädchen schaute sich argwöhnisch um, dann bahnte es sich einen Weg durch die Menge. Es war keine einfache Aufgabe für jemanden, der so klein war. Jeder, an dem es nahe vorbeiging, hielt die Hand an seine Geldbörse. Doch Amerdan wusste, dass dieses Mädchen keine Taschendiebin war.

Und dann die Glasur: Wer würde Braun für eine Kanne benutzen, die man verkaufen wollte?

Das Mädchen ließ die Schultern unter dem ausgebeulten grauen Kittel hängen, weil es sich kleiner und unauffälliger machen wollte.

Ach, Kleines, hast du nicht begriffen, dass man gerne die absichtlich übersieht, die noch unglücklicher sind als man selbst?

Die braune Glasur mit den ungenauen Streifen war schlecht aufgetragen. Flecken aus gebranntem Ton waren durch die Risse und Löcher zu sehen.

Das Mädchen näherte sich dem Kräuterstand. In einer Entfernung von einigen Schritten blieb es stehen, zögerte. Sein schmutziges Gesicht war tränenüberströmt, und es biss sich auf die Unterlippe. Dann ballte es die Hände zu Fäusten. Und machte einige Schritte nach vorn.

Auf die Glasur der Teekanne war mit schwarzer Kreide ein Preis geschrieben. *Einen ganzen Silberdukaten für diesen Mist?* Vielleicht versuchte der Verkäufer, sie als das Werk eines bekannten örtlichen Künstlers auszugeben. Der Verkäufer kam näher und schien sich zu freuen, dass Amerdan an dieser Teekanne interessiert war. Amerdan fing seinen Blick auf.

Verstohlen ergriff das Mädchen einige Kräuter und eine kleine Glasflasche. Es waren ein Bündel Minze und ... Kamillentee in einer Flasche, wenn er sich nicht irrte. Eine seltsame Wahl. Warum stahl das Mädchen gerade diese Kräuter – es sei denn, es hatte einen verdorbenen Magen. Aber warum würde es dafür das Arbeitslager riskieren? Die Kräuterfrau beendete gerade ihr Gespräch und wandte sich wieder ihrem Tisch zu.

Amerdan ließ die Teekanne fallen, und sie zerbrach auf den Pflastersteinen. Scherben prallten gegen seine Waden. Bei dem Knall drehten sich viele Köpfe zu ihm um. Der Verkäufer machte ein finsteres Gesicht. Auch die Kräuterfrau sah in seine Richtung und runzelte die Stirn. Das blonde Mädchen verschwand in der Menge.

»Huch«, sagte Amerdan.

Um ihn herum erhob sich Gemurmel, als sich ihm der Verkäufer mit wütendem Gesicht näherte. Amerdan holte einen Silberdukaten hervor und hielt ihn hoch. Der Mann lächelte, alles war vergeben, so wie es bei diesen Menschen immer der Fall war, wenn sie eine Münze sahen. Der Händler roch nach tagealtem Schweiß und Zwiebeln. Amerdan widerstand dem Drang, den Kopf des Mannes gegen die Wand zu hämmern. Er überreichte den Dukaten und ging ohne ein Wort davon. Zwanzig Schritte weiter bog er in die Gasse ein, in der das Mädchen vorhin verschwunden war. Er hastete eine baufällige Treppe an der Seite eines Gebäudes hoch und betrat das Dach.

Dort dauerte es nicht lange, bis er das Mädchen wieder entdeckt hatte. Es lief die Straßen und Gassen entlang, ohne dabei eine falsche Spur zu legen. Überall nahm es den kürzesten Weg. Immer wieder warf es einen Blick hinter sich und vergewisserte sich, dass niemand ihm folgte. Seine nackten Füße huschten über das Pflaster.

Das Mädchen verschwand im Eingang eines hölzernen Wohnhauses von der Art, die Amerdan gut kannte. Dieses Haus fiel beinahe auseinander. Es war vermutlich von seinem Eigentümer aufgegeben und von örtlichen Schurken übernommen worden, die nun Zimmer an die Verzweifelten und Bedürftigen vermieteten. Von seinem Aussichtspunkt auf dem Dach konnte Amerdan durch einige Fenster des Hauses blicken. Dort waren kaum Möbel zu sehen – nur einige zerschlissene Teppiche, klapperige Betten und ein einziger Sessel.

Das Mädchen hatte auf dem Weg nicht nach oben geschaut, doch auch wenn es dies getan hätte, wäre ihr Amerdan entgangen. Er war zu gut.

Dann schaute er hinunter auf die Straße. Leer. Er trat von dem Dach ins Leere, stürzte drei Stockwerke tief auf das

Pflaster und landete auf den Füßen. Amerdan grinste. Sein neues Selbst beeindruckte ihn immer wieder.

Dann trat er in den dunklen Türeingang, und seine Augen gewöhnten sich sofort an den Lichtmangel. Auf der Treppe nahm er je drei Stufen gleichzeitig und folgte dem Duft der Minze, die das Mädchen in die erste Etage und dort einen Korridor entlang getragen hatte.

Eine Tür wurde geöffnet, und ein stämmiger Mann trat heraus. Er war einen halben Kopf größer als Amerdan, hatte eine Haut wie gegerbtes Leder und einen ergrauenden Bart. Der Mann schien erstaunt zu sein, Amerdan zu begegnen, und kniff die Augen zusammen.

»Hab dich hier noch nie gesehn«, sagte er mit knarrender Stimme. Er betrachtete Amerdans feine Kleidung und das sorgfältig frisierte Haar. »Du solltest besser gehen, es sei denn, du willst zusammengeschlagen werden.«

Der Mann verschränkte die muskulösen Arme vor der Brust, während sein Blick hinunter zu der Geldbörse an Amerdans Gürtel wanderte. Hinter der offenen Tür waren in dem Zimmer leere Flaschen billigen Alkohols auf dem Boden zu sehen.

Amerdan lächelte. »Ich suche nach einem Mädchen, das ungefähr so groß ist.« Er hielt die Hand in Hüfthöhe. »Blondes Haar, dünn. Hast du es gesehen?«

Der Mann strich sich über den Bart, und ein durchtriebener Blick stahl sich in seine Augen. »Vielleicht hab ich es gesehn, vielleicht auch nicht. Was ist es dir denn wert?«

»Einen Dukaten. Einen silbernen natürlich«, antwortete Amerdan.

Der Mann grunzte und kratzte sich unter der Achsel. »Für einen silbernen weiß ich, wo sie ist, und für zwei kannst du ein bisschen Zeit mit ihr verbringen. Ich hab' ein Auge auf das

Dingelchen. Sie wird mal ’ne Schönheit, so viel ist sicher.« Er schenkte Amerdan einen anzüglichen Blick.

Er kennt mich überhaupt nicht, aber woher sollte er? Ich kenne mich doch selbst kaum.

Amerdans Hand schoss vor und schloss sich um die Kehle des großen Mannes. Er drückte zu, während der Mann sich wehrte, und schnitt ihm den Atem ab. Amerdan beachtete die zwecklosen Versuche des Mannes nicht, sich dem Griff zu entwinden. Er hob den Mann einfach vom Boden, stieß ihn in sein Zimmer und warf die Tür hinter sich zu.

Im Zimmer schleuderte er den Mann gegen die Wand, die unter dem Aufprall erzitterte. Die alten Holzbalken ächzten, Staub rieselte von der Decke. Amerdan presste sich schwer gegen ihn und machte es dem Mann dadurch unmöglich, mit den Beinen auszutreten. Sein Gesicht nahm ein hässliches Rot an. Sein Gestank war ein Angriff auf Amerdans Sinne.

»Du glaubst, du kennst mich?«, zischte Amerdan, während er noch fester zudrückte. Der Mann jammerte, seine Fäuste erschlafften, und die Absätze seiner Schuhe kratzten hilflos über die Wand.

Amerdan versetzte ihm zwei Schläge gegen die Brust oberhalb des Herzens. Es war, als würde ein Hammer auf einen Amboss treffen. Die Rippen brachen, Blut tropfte aus dem Mund des Mannes, sein Herz schlug noch einmal, zweimal, dann setzte es aus.

Dann ließ er den Toten los, und der Leichnam sackte auf dem Boden zusammen. Fünf Fingermale zeichneten sich am Hals des Mannes ab und wurden bereits purpurrot wie Prellungen.

Amerdan verließ das Zimmer, ohne einen Blick zurückzuwerfen.

Vor der gegenüberliegenden Tür blieb er stehen und schnüffelte. Nein. Einige Türen weiter hielt er abermals inne und schnupperte. Dort legte er die Stirn gegen die raue Holztür. Hier.

Er versuchte, den Türknauf zu drehen. Verschlossen. Dann drehte er fester, und mit einem metallischen Kreischen brach das Schloss. Sofort stieß er die Tür auf und trat in das düstere Innere.

Es gab hier kein Fenster, das einzige Licht drang durch Spalten in den alten Holzwänden. Einige größere Löcher waren mit Stofffetzen verstopft, vermutlich um den Wind abzuhalten. Er hörte das Atmen von zwei verschiedenen Personen durch eine Türöffnung rechts von ihm.

Vor dieser Öffnung blieb er stehen. Das kleine Mädchen kniete neben einem Bett, auf dem ein Junge lag und flach und rasselnd atmete. Schweiß perlte von seiner Haut.

Beide waren schmutzig und in Lumpen gekleidet. Eine Kakerlake huschte über den Boden in den Schutz einer dunklen Ecke.

Das Mädchen schaute nicht hoch, während es eifrig Minzblätter zerpflückte und in einen Becher warf. Irgendwann hörte es auf, öffnete die Flasche mit dem Kamillentee und gab einen Löffelvoll in den Becher. Aus einem Tonkrug neben ihm goss es kaltes Wasser ein und rührte die Mischung mit dem Finger um.

»Da«, flüsterte das Mädchen. »Ich habe dir Medizin mitgebracht, Pieter. Es wird dir bald besser gehen.« Es hob den Becher an die Lippen des Jungen und flößte ihm das Getränk ein. Vieles tröpfelte ihm am Kinn herunter. »Trink, bitte«, sagte das Mädchen zwischen stillen Schluchzern.

Amerdan kniete sich neben es auf den schmutzigen Boden und nahm ihm den Becher aus der Hand.

»Kleine Dame«, sagte er sanft, »ich glaube nicht, dass diese Kräuter die richtigen für Pieter sind.«

Er betastete die Stirn des Jungen. Sie brannte, und Amerdan vermutete, dass er eine Lungenentzündung hatte. Das war nichts Gefährliches, wenn man ein angenehmes Zuhause und genug Geld für einen Arzt hatte. Aber in einem Loch wie diesem hier konnten die Kühle, die Mangelernährung und das Fehlen jeglicher Arzneien tödlich sein.

Das Mädchen fuhr sich mit dem Handrücken über das Gesicht. »Er ist mein Bruder. Ich ... ich weiß nicht, was ich tun soll.«

»Ganz ruhig.« Amerdan klopfte ihm auf die Schulter. »Sei nicht traurig. Ich bin jetzt hier.« Er schaute sich im Zimmer um. Es war so kahl wie eine Speisekammer am Ende des Winters. »Wir müssen ihn von hier wegbringen, damit ... er richtige Medizin bekommt.«

»Wir können nicht weggehen. Wir müssen auf Paps warten.«

Nach dem Anblick dieses Ortes - und nach dem Geruch ihrer Kleidung - zu urteilen, würden sie wohl lange warten müssen, wie Amerdan vermutete. Sicherlich würde für eine Weile niemand die beiden Kinder vermissen - falls sie überhaupt je vermisst würden. Er drehte das Mädchen um, sodass es ihm gegenüberstand. Tränen rannen durch den Schmutz auf seinen Wangen und hinterließen Streifen aus sauberer Haut. »Ich sorge dafür, dass euer Paps weiß, wo ihr seid, wenn er zurückkommt. Das verspreche ich euch. Wie heißt du?«

Es hielt den Kopf schräg und starrte den Boden an. »Annie.«

»Hör mir zu, Annie. Wir werden Pieter irgendwohin bringen, wo er sich erholen kann. Er wird bald nicht mehr leiden, aber dafür musst du stark sein - ihm zuliebe. Kannst du das?«

Annie nickte einmal und faltete die Hände vor ihrem Kleid.

»Gut. Und jetzt musst du alles zusammensuchen, was euch gehört.« Sie runzelte die Stirn und wirkte verwirrt. »Eure ... Sachen«, fügte er hinzu. »Kleider und alles von Wert, was ihr habt.«

Annie nickte. Sie tätschelte Pieters Hand, dann ging sie langsam zu einem Tisch.

Vorsichtig schob Amerdan den Arm unter den kranken Jungen und hob ihn aus dem Bett. Pieter jammerte, öffnete die Augen aber nicht. Amerdan hielt ihn gegen seinen Brustkorb geschmiegt. Annie kehrte mit einem Kamm aus Knochen zurück. Sie sah ihn erwartungsvoll an.

»Ist das alles?«, fragte er.

Sie schaute sich kurz in dem kahlen Raum um, dann nickte sie.

Amerdan legte ihr die Hand auf den Rücken und gab ihr einen sanften Stoß. »Gut. Wir gehen jetzt.«

Behutsam legte Amerdan Pieter auf die sauberen Laken. Ein säuerlicher, alchemistischer Geruch schwebte durch die Luft, und im angrenzenden Raum hustete ein Kind. Der Junge ächzte und wand sich. Seine Haut war schweißnass, und die Ärztin versuchte, ihn zu beruhigen. Annie hielt Pieters Hand fest umfasst, und Amerdan glaubte nicht, dass es ihm in der nächsten Zeit möglich wäre, sie zu lösen. Das Mädchen sah der Ärztin ängstlich und neugierig zu, während sie Pieter in die Ohren und den Hals schaute und dabei ein seltsames Instrument mit einer winzigen magischen Leuchtkugel am Ende benutzte, die einen Lichtstrahl erschuf.

Liebevoll strich Amerdan Annie über den Kopf und ließ sie dann bei Pieter zurück. Draußen wartete der Oberarzt

Zakarius geduldig, ein kahlköpfiger Mann mit einer Haut, die so dunkel wie die Nacht war. Amerdan reichte ihm eine Börse, die schwer von Dukaten war.

»Sorgt dafür, dass auf den Jungen gut aufgepasst wird. Und auch auf seine Schwester. Kann sie irgendwo bleiben?«

»Es ist zwar nicht üblich«, sagte Zakarius, »aber sie kann im Dormitorium bei den Kindern schlafen, die schon fast wieder gesund sind. Doch wenn sie selbst nicht krank ist, darf sie auf keinen Fall lange bleiben.«

Amerdan nickte. »Nur bis sich der Junge erholt hat. Dann können sie beide von hier weggebracht werden. Ihre Eltern werden nicht nach ihnen suchen, und deshalb muss ich eine Unterkunft für sie auftreiben.«

Zakarius schüttelte traurig den Kopf. »Vielleicht kann ich mich ebenfalls ein wenig umhören. Es kommen viele reiche Familien hierher, möglicherweise findet sich bei einer von ihnen ein Platz für die Kinder.«

»Sie sollten auf keinen Fall getrennt werden, sondern als Familie zusammenbleiben.«

»Dem stimme ich zu. Ich werde sehen, was ich tun kann.« Zakarius hüstelte diskret in seine Hand. »Da ist noch etwas.« Er zögerte. »Ich hasse es, dies zur Sprache zu bringen, aber die Behandlung Eurer Schwester sollte fortgesetzt werden, und die Dukaten, die Ihr beim letzten Mal hiergelassen habt, sind fast aufgebraucht. Ihr müsst entscheiden, ob es weitergehen soll oder ...«

»Nein, Ihr müsst weitermachen. Sie wird wieder gesund werden.«

»Ich fürchte, ihre Krankheit ist sowohl eine des Körpers als auch eine des Geistes, wenn vielleicht ...«

Amerdan brachte ihn mit einem finsteren Blick zum Schweigen. »Hier.« Er gab ihm eine weitere Börse. »Das sollte für ein paar Monate reichen.« Das waren alle Dukaten, die er noch hatte, abgesehen von den wenigen, die sich in seinem Laden befanden. Er musste weitere auftreiben, und zwar rasch. Glücklicherweise war es mit seinen Gaben nicht schwer, alles Nötige von denen zu nehmen, die unter ihm standen.

»Wie Ihr wünscht, Herr.« Zakarius deutete den Korridor entlang. »Wollt Ihr sie besuchen? Auch wenn es kaum einen messbaren Fortschritt gibt, glauben die Ärzte doch, dass Eure Anwesenheit eine Veränderung bewirken könnte.«

Amerdan schüttelte den Kopf. »Ich ... kann nicht. Nicht, bis ich Abbitte geleistet habe.«

Zakarius nickte nachdenklich und kniff die Augen mitfühlend zusammen. »Ich will nicht weiter fragen. Wir alle haben unsere Dämonen. Nun gut. Ich werde Vorkehrungen für sie und auch für die beiden Kinder treffen. Sie heißen Annie und Pieter, nicht wahr?«

»Ja.«

Zakarius streckte Amerdan die Hand entgegen. »Ich muss sagen, es ist gut zu wissen, dass es da draußen Menschen wie Euch gibt. So edel und selbstlos.«

Amerdan beachtete die ausgestreckte Hand nicht. Er wollte den Kindern eigentlich gar nicht helfen. Das war nur eine Schwäche, derer er sich bisher noch nicht hatte entledigen können. Aber sie waren unschuldig, so wie er und seine Schwestern es gewesen waren, bevor der Zauberer ... Amerdan schloss die Augen und biss die Zähne zusammen. Der Zauberer hatte seine Wut und Verachtung verdient ... und wenn er ehrlich war, dann war Amerdan auch ein wenig dankbar für das, was er allmählich wurde.

35

Caldan erwachte wegen eines lauten und heftigen Tumults vor seinem Zimmer. Verwirrt rieb er sich die Augen und schaute aus dem Fenster in das blasse Licht der Morgendämmerung. Wer machte zu dieser Zeit einen solchen Aufruhr?

Er öffnete die Tür und steckte den Kopf hinaus. Am Ende des Korridors schleppten zwei Männer einen bewusstlosen Meister fort, während weitere Männer in geschmiedeter Rüstung und mit gezogenen Schwertern auf ihn zukamen.

Caldan kannte sie nicht ... und wusste sofort, dass hier etwas ganz und gar nicht stimmte.

Er unterdrückte ein Keuchen, zog sich schnell in sein Zimmer zurück und verschloss die Tür. Hektisch dachte er nach, holte ein leeres Blatt Papier, zog den Stopfen aus seinem Tintenfläschchen und schrieb wie ein Rasender Glyphen auf dem Papier nieder. So wie er es in seinem Herbergszimmer getan hatte, als er frisch in der Stadt eingetroffen war, befestigte er die noch feuchten magischen Zeichen an der Tür und öffnete seine Quelle. Dann versiegelte er den Eingang gegen jedes unbefugte Eindringen – nur ein sehr entschlossener Angriff wäre in der Lage, diesen Zauber zu durchbrechen.

Kampfgetöse drang an seine Ohren, durchsetzt von gedämpften Donnerschlägen.

Wenige Augenblicke später wurde an seiner Tür gerüttelt. Eine Faust hämmerte gegen das Holz.

»Aufmachen!«, befahl eine Stimme.

Caldan drückte sich gegen die Wand, die von der Tür am weitesten entfernt war. Gedämpfte Stimmen sprachen in einem seltsamen Akzent, den er noch nie gehört hatte.

»... spielt keine Rolle, wir müssen jeden Raum sichern ...«

»... du gehst. Ich kümmere mich darum ... Nein ... Keine Zeit.«

Bei den Ahnen! Wenn er bloß früher aufgewacht und nicht so erschöpft wäre! Aber was hätte das ausgemacht, wenn sogar schon die Meister gefangen genommen worden waren? Auch jetzt, wo er sich in der relativen Sicherheit seines Zimmers befand, wusste er nicht, was er tun sollte. Sollte er kämpfen? Sollte er sich leise davonstehlen? Oder sollte er weiter hinter der Tür hocken wie ein verängstigtes Kind?

Bestimmt nicht wie ein Kind hier hocken!

Caldan schlich zur Tür und lauschte angestrengt, während die Schritte leiser wurden. Bald waren die Männer verschwunden. Doch dann hörte er das Rascheln von Kleidung, und etwas kratzte an seiner Tür.

Der Geruch von Zitronen drang ihm in die Nase, schwach zuerst, dann immer stärker.

Caldan streifte seinen Armreif ab und warf ihn zusammen mit seiner Dukatenbörse in den Sack, den er von dem Uhrmacher mitgebracht hatte. Er riss sich das Kleinod vom Finger, nahm den Knochenring vom Hals und legte beides ebenfalls in den Sack. Dann öffnete er das Fenster. Zwei Stockwerke unter ihm wuchs ein Gebüsch an der Wand entlang. Er ließ den Sack fallen und betete, dass niemand diesen entdecken würde, bevor Caldan ihn holen konnte.

Auf einmal blendete ein Lichtblitz ihn, und eine unsichtbare Macht schleuderte ihn gegen die Wand. In seinen Ohren schienen Glocken zu dröhnen. Rauch erfüllte den Raum, und die Tür fiel vor ihm auf den Boden. Die Angeln und das Schloss waren zu unförmigen Klumpen aus glühendem Eisen geschmolzen.

Er hustete und hob den Arm zum Schutz. Seine Augen wurden feucht, als er sah, wie sich ihm eine verschwommene Gestalt näherte.

»Du Mistkerl! Wegen dir habe ich einen Blitz verschwenden müssen!«

Eine Hand versetzte Caldan einen schmerzhaften Schlag gegen den Kopf, packte sein Hemd und zerrte ihn auf den Knien über den Boden.

Also auch kein leises Davonstehlen.

Caldan rammte die Faust in die Lenden des Mannes, und dieser fiel wie ein Stein zu Boden. Der Mann schnappte nach Luft und hielt sich den Unterleib fest. Schmerzen explodierten in Caldans Schädel, und auch er sackte zu Boden. Er blinzelte und schüttelte den Kopf, damit er wieder klar denken konnte. Über ihm stand plötzlich ein weiterer Mann, der eine Keule hoch in die Luft hielt und bereit zum Zuschlagen war.

»Das würde ich an deiner Stelle nicht noch einmal tun«, sagte er. »Wir haben den Befehl, niemanden zu verletzen ... zumindest nicht allzu ernsthaft.« Er stieß seinen Kameraden mit dem Fuß an. »Steh auf, Castens, du fauler Kerl.«

»Verzieh dich, Mosey«, jammerte Castens. »Mal sehen, wie du dich fühlst, wenn du einen Schlag in den Unterleib bekommst.«

Mosey lachte. »Das habe ich nicht vor.« Belustigt sah er zu, wie sich Castens unter heftigem Keuchen und Ächzen auf die Knie mühte. »Na los, wir haben nicht den ganzen Tag Zeit.«

Castens stand langsam auf und atmete flach. Er beugte sich

nach vorn und stützte sich mit den Händen auf den Knien ab. In dieser Haltung murmelte er etwas vor sich hin, drehte sich zu Caldan um und zog einen Dolch.

»Unternimm jetzt bloß nichts Dummes«, sagte Castens. »Schlüsselchen wird dich töten, und Glöckchen ... nun, sie muss dich nicht töten.«

Schlüsselchen? Glöckchen? Waren das Personen?

Castens schenkte Caldan einen hasserfüllten Blick, dann rammte er den Dolch tief in Caldans Schenkel und drehte ihn. Caldan schrie auf. Ein brennender Schmerz schoss an seinem Bein hoch.

»Castens, du verrückter Bastard! Wie soll er denn jetzt gehen?«

»Er hat mich in den Unterleib geboxt. Also hat er es verdient!«

»Er blutet überall.«

»Na und?«

»Du bist ein Idiot. Hilf mir, ihn zu verbinden.«

»Ich helfe dir nicht.«

»Du wirst mir helfen, ihn zu verbinden, und dann wirst du mir helfen, ihn zu tragen.«

Caldan hielt sich das Bein fest. Warmes Blut tropfte durch seine Finger. Plötzlich drückte ein Fuß Caldans Hand in die Wunde. Die Schmerzen loderten noch einmal besonders schlimm auf.

»Hör auf damit. Wir müssen ihn so schnell wie möglich hinter Schloss und Riegel bringen. Wir dürfen keine Zeit verschwenden.«

Castens fluchte und wischte seine Klinge an Caldans Hose ab. Der andere Mann holte eine zusammengerollte Bandage aus einem dicken Beutel an seinem Gürtel und wickelte sie fest um Caldans Schenkel. Trotz seiner Schmerzen und ihrer

Grobheit erkannte Caldan, dass sie professionell ausgebildet waren - sie waren auf Notfälle vorbereitet und gut organisiert.

Sie zerrten ihn auf die Beine. »Oh! Du bist aber ein Schwerer, was?« Eine Hand hielt seine Schulter fest gepackt, während eine andere seine Kleidung durchsuchte. Caldan wischte sich über die Augen, blinzelte und versuchte, einen klaren Blick zu bekommen.

»Kein Rangabzeichen«, sagte Castens. »Nichts Magisches und kein Kleinod. Verdammt, warum bekomme immer ich die Blindgänger?«

Sein Gefährte lachte. Beide trugen nicht die geschmiedeten Rüstungen, die er im Korridor erblickt hatte, aber sie besaßen magische Gegenstände: Ringe, Medaillons und einen Ohrring.

»Du bist ein Schüler?«

Caldan nickte. In seinem Bein pochte es. *Wer sind diese Männer? Wo sind die Protektoren und die Zauberer?*

»Du bist etwas zu alt dafür, oder? Lernst du langsamer als die anderen?«

Beide Männer lachten.

Caldan blieb stumm.

»Taub ist er wohl auch noch. Verdammt, wir sollten ihn einsperren und weitersuchen.«

»Wir sind doch fast fertig. Ich glaube, alle höheren *Zauberer* ...« - er sprach das Wort voller Hohn aus - »... sind schon festgesetzt.«

»Wir sollten diesen Trampel hier wegschließen und dann nach den Werkräumen und Bibliotheken suchen. Da sollte es gute Beute geben.«

In ihrer Gewalt humpelte Caldan den Korridor entlang, eine Treppe hinunter zum Hauptgebäude und dann durch einen Korridor, den er noch nicht kannte. Sie gingen durch eine schwere Tür mit Eisenbeschlägen und stiegen weitere drei Treppen hinunter. Die Luft wurde kalt und feucht. Sie betraten einen Zellenblock, von dessen Existenz Caldan bisher nichts gewusst hatte. Wozu wurde so etwas benötigt? Vielleicht sperrten die Protektoren hier die verbrecherischen Zauberer ein.

Steinerne Zellen säumten beide Seiten des großen Raumes. Jede hatte eine moderige Holztür mit einer Öffnung darin, die durch zwei dicke, rostige Gitterstäbe gesichert wurde.

Caldan reckte den Hals, als er an den geschlossenen Türen vorbeigeführt wurde, aber er konnte keinen Blick auf die Insassen erhaschen, falls es sie überhaupt gab. Wortlos wurde er in eine der leeren Zellen geworfen und fiel auf die Knie. Erneut flammte der Schmerz in seinem Schenkel auf. Mit einem dumpfen Geräusch wurde die Tür hinter ihm zugeworfen. Er hörte, wie ein Schlüssel in das Schlüsselloch glitt und das Schloss mit einem Klacken verriegelt wurde.

Die Zelle war feucht und moderig und maß kaum sechs Schritte an jeder Seite, und der Boden war mit Staub und Schmutz bedeckt. Schimmeliges Stroh lag in einer Ecke, darauf befand sich ein dreckiger Lumpen. Das war wohl das Bett. In der hinteren Ecke bemerkte er eine Wasserpfütze. Durch die Öffnung in der Tür sickerte spärliches gelbliches Licht herein, das Caldan als typisch für eine magische Kugel hielt, auch wenn sie entweder schwach oder alt war.

Caldan stand auf und wischte sich die Hände an der Hose ab. Ein wenig Dreck vom Boden blieb jedoch an ihnen kleben. Er zitterte und rieb sich die Arme. Es war kalt, aber nicht zu kalt, vorausgesetzt, er musste nicht allzu lange an diesem Ort bleiben. *Natürlich habe ich keine Ahnung, wie ich hier herauskommen kann*, dachte er. Rettung war unwahrscheinlich, denn auch wenn er nicht wusste, was aus den Meistern, Gesellen und Schülern geworden war, konnte er aufgrund von Castens' und Moseys Geplauder davon ausgehen, dass sie alle gefangen genommen worden waren. Caldan konnte sich nicht vorstellen, dass das kampflos geschehen war, und der Aufruhr, den er vorhin gehört hatte, zeugte davon, dass zumindest ein gewisser Widerstand geleistet worden war, doch auf dem Weg zu seiner Zelle hatte er nichts mehr davon bemerkt. Wenn es Gegenwehr gegeben hatte, dann war sie nun vorbei.

Also weiß da draußen vermutlich niemand, dass ich hier drinnen bin.

Er packte die beiden Gitterstäbe in der Öffnung seiner Tür und schaute nach draußen, sah aber niemanden. Dann holte er tief Luft, riss an den Stäben und ächzte unter der Anstrengung. Nach wenigen Augenblicken ließ er sie los, packte sie erneut und zerrte wieder an ihnen, aber es nützte nichts. Caldan fluchte und biss die Zähne gegen den Schmerz in seinem verletzten Bein zusammen, dann wich er einen Schritt zurück und trat heftig gegen die Tür, was aber nur zu Schmerzen in seinem Fuß führte.

»Bei den Ahnen!«

Wütend ballte Caldan die Fäuste.

Was ist hier los? Warum sollte jemand die Zauberergilde angreifen? Waren sie nur hinter den Protektoren her – war es eine Rache für den Zauberer, den ich getötet habe? Aber sicherlich hätte Simmon eine solche Reaktion vorhergesehen und die Meister und Gesellen gewarnt. Caldan dachte an die kunstfertig hergestellten Rüstungen, an die Beiläufigkeit der Soldaten und daran, wie sie ihn nach magischen Werkstücken und Kleinodien abgesucht hatten.

Vielleicht waren die Protektoren vorbereitet gewesen, aber es hatte ihnen nichts genützt. Diese Männer wussten genau, was sie taten. Sie waren gut informiert und ausgebildet. Das war nicht einfach ein Überfall, bei dem es um Beute und Mord ging. Nein, die Einkerkerung der Zauberer bewies, dass es sich um einen längerfristigen Plan handelte, der es vorsah, sie zumindest für eine gewisse Zeit am Leben zu erhalten.

Er betrachtete abermals die Tür. Trotz ihres Alters waren die Bohlen solide, und die angerosteten Stäbe hielten. Sie mussten gewusst haben, dass es diese Zellen hier unten gab, was bedeutete, dass ihnen das Gebäude sehr vertraut war ... und das bedeutete vermutlich, dass es einen Spion gab. Oder jemand von ganz oben arbeitete mit ihnen zusammen.

Das war ein beunruhigender Gedanke.

Caldan stand still vor der Tür und lauschte. Es war still, mit Ausnahme des Tröpfelns von Wasser irgendwo hinter ihm.

»Hallo?«, flüsterte er in das Zwielicht. Dann rief er lauter, damit seine Worte zu den anderen Zellen drangen. »Ist da jemand?« Er wartete einige Augenblicke. »Hallo. Wenn ihr mich hören könnt, dann sagt etwas oder macht ein Geräusch.«

»Hallo, du«, ertönte die zögerliche Stimme einer Frau. »Wer bist du?«

»Ich bin Caldan«, antwortete er. »Ein Schüler. Was ... was ist hier los?«

»Es hat eine Invasion gegeben! Soldaten und Zauberer von Indryalla, dic jcmandem folgen, den sie den Gottkaiser nennen.«

»Was soll das bedeuten? Was ist mit den Meistern und den anderen Schülern passiert?«

»Das weiß ich nicht. Ich habe nur gehört, dass es Kämpfe auf den Straßen gegeben hat, bei denen die Köcherer den Kürzeren gezogen haben. Ich wollte gerade zurück zu meinem Zimmer gehen, als einige Männer auf mich zugesprungen sind. Sie haben mich verprügelt und mir meine magischen Sachen gestohlen – zumindest diejenigen, die ich bei mir hatte.«

Caldan hörte, wie die Frau hustete, bevor sie weitersprach.

»Entschuldigung«, sagte sie. »Ich heiße Senira. Ich bin eine Gesellin. Ich habe zwar von dir gehört, aber du vermutlich nicht von mir.«

»Nein, Verzeihung.« Er war überrascht, dass sie ihn kannte.

»Du brauchst dich nicht zu entschuldigen. Das hier ist ein großer Ort. Was hast du gesehen? Weißt du, was los ist?«

Caldan schüttelte den Kopf, doch dann begriff er, dass sie ihn natürlich nicht sehen konnte. »Nein«, sagte er. »Ich war in meinem Zimmer und konnte gerade noch ein magisches Schloss an der Tür anbringen, als ich die Kämpfe auf dem Flur gehört habe. Sie ...« Caldan dachte über die Magie nach, die sie bei seiner Tür angewandt hatten. Senira würde nichts über zerstörerische Magie wissen, wenn sie keine Protektorin war.

»Sie haben meine Magie mit einer bestimmten Zauberei überwunden«, sagte er – es war zumindest die halbe Wahrheit.

»Dann müssen sie selbst Zauberer sein. Wenn sie dein Schloss öffnen konnten, sind es mindestens Gesellen.«

»Weißt du, was mit den Meistern passiert ist? Haben sie gekämpft? Sind einige von ihnen verwundet oder sogar getötet worden?«

»Ich habe nichts gesehen, aber ich habe Lärm von Kämpfen aus dem Garten gehört.«

Caldan runzelte die Stirn. Die Eindringlinge meinten es ernst, und offenbar kannten sie den Grundriss des Gebäudes und hatten starke Magie zu Hilfe. Er würde darauf wetten, dass ihre Rüstungen mindestens so gut wie jene waren, die von der Zauberergilde hergestellt wurden. Unwillkürlich dachte er an den verbrecherischen Zauberer von letzter Nacht.

Vielleicht waren sie sogar besser.

Wenn Simmon und die anderen Protektoren gegen sie kämpften, dann wünschte er ihnen viel Glück. Er seufzte.

»Bist du noch da?«, rief Senira ängstlich.

»Ja.«

»Entschuldigung. Ich habe ... Angst bekommen. Es ist so kalt hier unten. Sind wir die Einzigen?«

»Einige der anderen Türen waren geschlossen, aber bisher hat sonst niemand etwas gesagt. Nun, ein weiterer Versuch kann nicht schaden. Hallo?«, rief er. »Ist sonst noch jemand hier?«

Sie lauschten eine Weile in die Stille hinein. Niemand sagte etwas.

»Hallo?«, rief Caldan erneut, doch nur die Stille antwortete ihm. »Vielleicht sind sie bewusstlos oder ...« Er verstummte. *Sie könnten ernsthaft verletzt sein. Ein Angriff wie dieser endet nicht ohne Blutvergießen.* In seinem Bein pochte der Schmerz und drang geradewegs in seine Gedanken. Er sog die Luft ein und machte sich auf weitere Schmerzen gefasst.

»Glaubst du, sie ... leben?«

»Ja«, antwortete Caldan mit so viel Überzeugung, wie er aufbringen konnte. »Vielleicht wurden sie bewusstlos geschlagen oder gefesselt und geknebelt. Ansonsten gäbe es keinen Grund, sie hierherzubringen.«

»Oh. Natürlich.«

»Konntest du etwas an dir verstecken, ein magisches Gerät oder etwas dergleichen?«

»Nein«, antwortete sie zögernd. »Mir ist nicht der Gedanke gekommen, etwas zu verstecken. Und was ich habe, hätte ... es wäre sowieso nicht von Nutzen gewesen.« Sie weinte.

»Mach dir keine Sorgen. Wenn sie uns wehtun wollten, hätten sie es schon getan. Vielleicht waren sie nur hinter den Meistern her, warum auch immer.«

Senira begann zu weinen, wobei sie allerdings versuchte, ihre Schluchzer zu unterdrücken.

Caldan schloss die Augen. *Sie wird keine große Hilfe sein. Es liegt an mir, sie zu beschützen.*

Aber was kann ich tun? Ich habe keine magischen Geräte und auch nicht die Mittel, etwas herzustellen.

Eine rasche Durchsuchung seiner Zelle enthüllte nichts, was ihm nützen konnte. Zwar hatte er nichts Großes erwartet, aber schon ein Nagel oder ein zurückgelassener Löffel wären besser als gar nichts gewesen. Dann schüttelte er den Kopf angesichts des Gedankens, einen Wächter mit einem Löffel zu besiegen.

In diesem Augenblick erschien ein Licht oben auf der Treppe und warf einen langen Schatten hinunter zu den Zellen. Drei weitere Männer kamen herbei und zogen eine bewusstlose Gestalt hinter sich her - einen Mann, dessen Kopf hin und her kullerte.

»He!«, rief Caldan. »Was macht ihr da? Jemand muss sich unbedingt um seine Verletzungen kümmern.«

»Halt den Mund, oder ich komme in deine Zelle und sorge persönlich dafür, dass du nichts mehr sagen kannst.«

»Warum sind wir hier? Wir haben nichts getan!«

»Ich habe dir gesagt, du sollst den Mund halten!« Die Stimme veränderte den Tonfall und murmelte einer anderen Person etwas zu. Schritte näherten sich, gefolgt von einem Klimpern. Eine blasshäutige Frau, groß und schlank und mit langen dunklen Haaren, die bis zu ihrer Hüfte reichten, trat in Caldans begrenztes Blickfeld hinter dem vergitterten Fenster. In ihre Haare waren Glöckchen verschiedener Größe eingewoben, die größten hatten kaum den Durchmesser eines Daumennagels. An der Hand trug sie eine Reihe magisch aufgeladener Ringe. Sie hielt den Kopf schräg und sah Caldan an. Schwarze Augen spießten ihn auf.

»Herrin«, rief eine Stimme hinter der Frau. »Der hier ist jetzt eingesperrt. Wir sollten zurückgehen.«

»Einen Augenblick«, sagte sie mit einer warmen Stimme, die laut durch die Stille der Zellen drang.

»Herrin, bitte …« Caldan hörte deutlich das Betteln in der Stimme des Mannes. »Die anderen werden …«

Sie drehte sich um und sah den Mann finster an. Er verstummte sofort. Die Frau starrte ihn eine Weile an, bevor sie sich wieder Caldan zuwandte.

»Ich war der Meinung, wir bringen nur die Schüler und Gesellen hier hinunter«, sagte sie.

Caldan sah sie verwirrt an. *Was glaubt sie denn, wer ich bin?*

»So ist es auch, Herrin. Alle Meister wurden aufgespürt – diejenigen, die wir fangen konnten, und auch all jene, die noch auf der Flucht sind.«

Sie klopfte sich mit der Hand sanft gegen die Wange und schürzte die Lippen. »Wie heißt du?«, fragte sie Caldan.

Er kniff die Lippen fest zusammen und schüttelte den Kopf.

»Bist du stumm? Oder nur dumm?« Sie wartete kurz auf eine Antwort, dann stieß sie einen langen Seufzer aus. »Aber deine Quelle ist bemerkenswert – so ausgeglichen und stabil.«

Caldan blinzelte überrascht. Von allen Meistern in der Gilde hatten nur wenige die Gabe, die Quelle eines anderen so deutlich zu sehen.

»Du hast nichts zu sagen?«, meinte sie mit einem Lächeln. »Schade. Ich habe keine Zeit für Freundlichkeiten.«

Heiße Schmerznadeln stachen auf einmal in Caldans

Schädel. Seine Knie gaben nach, und er schrie wortlos auf. So plötzlich, wie der Schmerz gekommen war, verschwand er wieder und ließ nur ein dumpfes Pochen zurück. Caldan rollte auf die Seite. Er erinnerte sich nicht, zu Boden gestürzt zu sein. Offenbar musste er für einen Moment ohnmächtig geworden sein.

»Caldan«, sagte die Dame. »Ein Schüler. Das war doch nicht schwer, oder? Du hast nicht auf der Liste gestanden. Seltsam, nicht wahr?«

Langsam mühte er sich auf die Knie und schmeckte Blut. Seine Nase fühlte sich heiß und klebrig an. Er wischte sie ab, und seine Hand war rot.

»Wie ...?«, fragte er zitternd. Die Dame lachte.

»Ihr seid so primitiv hier, so eingeschränkt. Ihr erlaubt es, dass ein solches Talent verschwendet wird.« Sie schnalzte enttäuscht. »Wir müssen gehen. Und du bleibst hier.« Sie kicherte darüber. »Ich heiße Glöckchen, und ich werde bald zu einer weiteren Plauderei zurückkommen.«

Glöckchen. Mosey hatte von ihr gesprochen.

Er hörte einen Aufruhr in der Zelle, die von den beiden Männern mit ihrem Gefangenen betreten worden war. Dann hörte er, wie Fäuste auf Fleisch trafen. Als Nächstes ertönte ein gurgelndes Jammern. Caldan drückte sich gegen das Fenster in seiner Tür.

Die Schritte der Frau hallten kurz darauf den Korridor entlang, und die Männer liefen hinter ihr her und stiegen die Treppe hoch. Das sanfte Klirren kleiner Glocken verblasste in der Ferne.

Caldan rieb sich den Kopf. Mit einem Ruck sprang er auf die Beine, und fast hätten seine schwachen Knie nachgegeben. Er hielt sich an den Stäben in der Tür fest.

»Senira!«, rief er. »Was ist vorhin passiert?«

»Sie hat nach deinem Namen gefragt, und dann hast du vor Schmerzen aufgeschrien. Was hat sie mit dir gemacht?«

»Ich weiß es nicht. Etwas ... Schmerzhaftes.«

»Danach warst du für eine Weile still, und dann hat sie dich wieder gefragt. Du hast ihr deinen Namen gesagt und ihr mitgeteilt, dass du ein Schüler bist.«

Caldan schüttelte den Kopf. »Nein, ich habe überhaupt nichts gesagt.«

»Doch, das hast du. Du hast gesagt: ›Mein Name ist Caldan, und ich bin ein Schüler der Protektoren.‹ Du hast so seltsam und fern geklungen.«

»Ich erinnere mich an nichts nach ihrer ersten Frage. Ich dachte, ich wäre einfach ohnmächtig geworden.«

»Nun, was immer sie mit dir gemacht hat, du hast ihre Fragen beantwortet«, meinte Senira. »Aber vermutlich ist es unwichtig. Es hat so geklungen, als ob sie eher an den Meistern interessiert wären.«

Caldan rieb über das trocknende Blut unter seiner Nase und an der Hand, dann kniete er sich neben die Lache in der Ecke und wusch sich Hände und Gesicht mit dem Wasser.

Mit einem Ächzen setzte er sich auf den Boden und lehnte sich mit dem Rücken gegen die Wand. Ohne die Materialien zur Herstellung von magischen Werkstücken konnte er hier gar nichts erreichen. Ihm blieb nur die Hoffnung, dass er lange genug überleben würde, um einen Fluchtplan zu schmieden. Was immer diese Menschen wollten, es verhieß nichts Gutes für die Zauberergilde und die Protektoren.

Das ist wohl eine Untertreibung, dachte er und hätte beinahe gelächelt. Rasch aber runzelte er wieder die Stirn und blickte finster drein.

Sie kennen zerstörerische Magie und ... noch etwas anderes. Etwas, das mich zum Antworten gezwungen hat. Es mussten verbrecherische Zauberer sein, die nicht wollten, dass die Protektoren sie verfolgten und ihrer gerechten Strafe zuführten.

Im Augenblick blieb ihm nichts anderes übrig, als zu warten. Sobald die Köcherer herausfanden, was hier los war, würden sie sicherlich zu Hilfe eilen.

Hoffentlich.

Caldan legte den schmerzenden Kopf gegen die kalte Wand und schloss die Augen.

36

Schweiß überzog seine Haut. Caldan blinzelte einige Male und riss die Augen auf, damit der Schleier vor seinem Blickfeld verschwand. Er zitterte, als sein Schweiß in der kalten, feuchten Luft der Zelle verdunstete. Mit einer Hand versuchte er, die Steifheit in seinem Hals wegzumassieren. Sein Mund war trocken. Was er dringend brauchte, war etwas Wasser, und er hoffte, dass sie nicht bereits vergessen und zum Sterben hier zurückgelassen worden waren. Doch die Frau mit den Glöckchen im Haar hatte gesagt, dass sie zurückkommen werde.

Es wäre gut, wenn dies eher früher als später geschähe.

Er hatte keine Ahnung, wie viel Zeit inzwischen vergangen war. Vermutlich waren es nur ein paar Stunden, aber ohne ein Fenster, durch das er die Sonne oder die Sterne sehen konnte, war das unmöglich zu sagen. Vorsichtig verlagerte er sein Gewicht und erhob sich langsam. Dann stützte er sich mit den Händen an der Wand ab, hielt so inne und holte mehrmals Luft. Das verletzte Bein fühlte sich nicht allzu schlimm an, wenn man bedachte, dass es eine tiefe Stichwunde erhalten hatte – er bemerkte eine leichte Steifheit, aber das war alles. Die blutdurchtränkte Bandage war inzwischen getrocknet und verkrustet und sah in dem schwachen

Licht schwarz aus. Er machte einen Schritt, dann noch einen. Zwar war er ein wenig steif, was nicht überraschend war, aber es gelang ihm, zur anderen Seite der Zelle und zurück zu humpeln. Verwirrt runzelte er die Stirn. Eigentlich sollte er doch starke Schmerzen verspüren.

Caldan setzte sich auf den Boden, entfernte den Verband und riss die Stofflagen ab, die das getrocknete Blut regelrecht verleimt hatte. Darunter klebte die Hose am Bein. Vorsichtig zog er an dem Stoff um die Stichwunde. Er konnte nicht viel von ihr erkennen, aber sie wirkte geschlossen und hatte sich während seiner Anstrengungen nicht wieder geöffnet. Langsam stand er auf und ging zu der Pfütze in der Ecke. Dort nahm er eine Handvoll Wasser und benetzte damit die Wunde. Es schadete vermutlich nichts, sie mit dem Wasser auszuwaschen, aber er würde nicht davon trinken ... zumindest noch nicht.

Sanft rieb er mit der Hand über die Wunde und wusch eine Schicht aus getrocknetem Blut ab. Caldan schöpfte noch eine Handvoll Wasser darauf und noch eine. Dann blinzelte er das Bein an und runzelte die Stirn. Die Wunde hatte sich tatsächlich schon fast ganz geschlossen. Er fuhr mit dem Finger über sie und zupfte vorsichtig daran. Sie wirkte so, als wäre sie etliche Tage alt. Verblüfft rieb er sich die müden Augen. Das war unnatürlich. Caldan schüttelte den Kopf, knüllte die Bandage zusammen und warf sie gegen die Wand. Das ergab doch keinen Sinn. Wie konnte eine so tiefe Messerwunde derart schnell heilen? Zauberei kam dabei nicht in Betracht. Er kannte keinen Zauber, der die Heilung beschleunigte, und hatte nie gehört, dass so etwas möglich war.

Dann hob er seine Hand und befühlte die dünne Narbe an seiner Wange. Auch diese Wunde war sehr schnell verheilt – zwar nicht annähernd so schnell wie die im Bein, aber er erinnerte sich daran, dass sowohl Miranda als auch Elpidia erstaunt darüber gewesen waren. Stand das etwa mit seinen plötzlichen Ausbrüchen von Schnelligkeit und Stärke in Verbindung? Caldan hatte keine Ahnung, doch so verwirrend dieser Umstand auch war, so musste er sich doch zuerst darauf konzentrieren, aus dieser Zelle zu entkommen. Er erkannte, dass seine Hoffnung auf die Köcherer nichts als ein vergeblicher Traum war. Wenn er sein Gefängnis verlassen wollte, dann musste er es aus eigener Kraft tun. Zwischen ihm und der Freiheit befand sich die Tür, die ein massives Eisenschloss besaß. Allerdings konnte er sie keinesfalls einfach aufbrechen. Vermutlich würde er sich nur den Fuß verletzen, wenn er versuchen sollte, dagegenzutreten.

Er zermarterte sich das Gehirn auf der Suche nach einer Lösung. Der offensichtliche Punkt, auf den er sich konzentrieren sollte, war das Schloss. Vor seiner Ankunft in Anasoma hätte er es niemals für möglich gehalten, ein Schloss mit magischen Mitteln aufzubrechen. Meister Simmon hatte ihn allerdings eines Besseren belehrt, aber Caldan hatte keinen Edelstein wie jenen zur Hand, den der Meister benutzt hatte. Als Caldan jetzt über diese bemerkenswerte Zauberei nachdachte, kamen ihm einige Erklärungen in den Sinn. Doch sie alle bedurften einer Magie, die stark genug war, die Kräfte so lange im Zaum zu halten, bis man sie einsetzen wollte. Das war vermutlich die Aufgabe des Edelsteins. Er war kein handwerklich hergestellter Gegenstand mit einem wiederverwendbaren Zweck, sondern ein Mittel zum Speichern.

Ein solcher magischer Gegenstand befand sich gefährlich nahe an der zerstörerischen Zauberei. *Und das ist der Grund, warum niemand die Protektoren verlässt*, dachte er, als ihm die Erkenntnis endlich dämmerte. *Wenn die Protektoren gegen zerstörerische Magie vorgehen wollen, müssen sie in der Lage sein, sie selbst zu beherrschen. Wie sonst könnte man gegen eine solche Macht kämpfen und auf den Sieg hoffen? Man muss Feuer mit Feuer bekämpfen.* Das ergab einen verdrehten Sinn. Doch durch den Einsatz solcher Zauberei verdammten sich die Protektoren selbst und wurden zu dem, wogegen sie ins Feld zogen.

Caldan seufzte. Wenn er nicht hier herauskam, würde er seine Einsichten nicht auf die Probe stellen können. Doch wenigstens wusste er nun, warum er auf Gedeih und Verderb an die Protektoren gebunden war.

Aber was bringt mir das im Augenblick? Oder ist diese Einsicht vielleicht doch zu etwas nütze …?

Das eiserne Schloss starrte ihn still an. Wenn er bloß einen Fetzen Papier hätte, wäre er vielleicht in der Lage, das zu wiederholen, was Simmon mit dem Edelstein gemacht hatte.

Es war nicht leicht, die Kräfte zu berechnen, die zur Zerstörung von Eisen nötig waren, aber aus seinen metallurgischen Studien wusste er einiges über Metalle. Wenige Augenblicke später hatte er ein theoretisches magisches Hilfsmittel ersonnen und stieß einen leisen Pfiff aus. Die erforderliche Kraft war beträchtlich, und er benötigte Eisen, damit es funktionieren konnte.

Etwas aus Eisen oder mit Eisen darin. Verzweifelt fuhr er sich durch das kurze Haar. *Es muss doch hier etwas geben, das ich benutzen kann. Was beinhaltet Eisen?* Und dann erkannte er es.

Mein Blut.

Die Antwort war sowohl offensichtlich als auch abstoßend.

Er lehnte sich zurück, ordnete seine Gedanken und stellte sich vor, wie das magische Werk aussehen musste. Die Platzierung der Anker und Runen zur Formung der Kräfte war entscheidend. Die Puffer ließ er weg, sie wurden hier nicht gebraucht. Die Magie musste nur eine oder zwei Sekunden wirken – so lange, dass er aus seiner Quelle schöpfen konnte, und dann sollte sie einfach zerbrechen. Er konnte es nicht anders beschreiben. Die Magie musste sich selbst zerstören, schnell und wirkungsvoll. Nun, da er wusste, dass es möglich war und wie es funktionierte, war es eine klare Sache. Dann begriff er, dass genau dies die Gefahr war, die Simmon ihm vor so vielen Wochen hatte verdeutlichen wollen.

Zerstörung ist stets einfacher als Schöpfung.

Er schaute auf seinen Daumen und dann auf das Schloss.

Bei einer solchen Sache war es nicht gut, zu viel nachzudenken. Also stand er einfach auf, ging zur Tür und kniete sich vor sie, sodass seine Augen auf einer Höhe mit dem Schloss waren. Er sog die Luft ein und biss heftig in seinen Daumen, tief ins Fleisch. Sofort schmeckte er Blut, spuckte aus, presste dann gleich den Zeigefinger auf die Wunde und hemmte dadurch den Blutfluss. Sein Daumen fühlte sich genauso an wie vor vielen Jahren, als er ihn einmal während einer Schmiedelektion unbeabsichtigt mit dem Hammer getroffen hatte.

Caldan arbeitete rasch weiter, ließ die Wunde wieder los und benutzte den Finger als groben Federkiel, mit dem er seine Zeichen auf das Schloss schrieb.

Dann hielt er den Zeigefinger erneut auf die Wunde, wich zurück und betrachtete sein Werk. Es war grob, und die Linien waren ungeschlacht und zu dick.

Es sollte trotzdem reichen.

Caldan schloss die Augen, öffnete seine Quelle und verband sie mit den Zeichen auf dem Schloss. *Ich benötige nur wenige Augenblicke* ... Er schnitt den Kraftfluss ab und zerriss damit seine behelfsmäßige Magie.

Licht blitzte durch seine geschlossenen Lider, und der

Gestank heißen Metalls erfüllte den Raum, darüber breitete sich der Geruch von Zitronen aus.

Er öffnete die Augen. Das Schloss war nur noch eine zerschmolzene Masse. Glühend heißes Eisen tropfte davon herunter wie Wachs von einer Kerze.

Caldan gab ein erleichtertes Lachen von sich.

Die Tropfen trafen auf den Boden und zischten. Rasch kühlten sie aus und wurden wieder fest. *Bei den Ahnen!* Schnell rannte er zur Tür und stieß sie auf, damit das abkühlende Metall sie nicht verschweißen konnte.

Dann hockte er in der offenen Tür, war ganz still und lauschte angestrengt. Sein Atem hallte ihm in den Ohren wider. Langsam zählte er bis zwanzig. Es ertönte kein Aufschrei, keine heraneilenden Schritte waren zu hören, kein Wächter kam und sah nach. Caldan stieß einen Seufzer der Erleichterung aus.

»Senira? Wo steckst du?« Schließlich hörte er eine Bewegung, aber er vermochte nicht zu sagen, aus welchem Verlies sie kam.

»Hier.« Ihre gedämpfte Stimme ertönte weit hinten im Korridor. Hände packten die Stäbe in der Zellentür, und ein Gesicht, das von langem blondem Haar eingerahmt wurde, presste sich dazwischen. Er eilte zu ihr.

»Wie bist du herausgekommen? Egal. Befreie mich bitte.«

»Einen Augenblick«, sagte Caldan. Er lief an ihrer Zelle vorbei auf die Treppe zu.

»He! Was machst du da?«, rief Senira.

»Sei still!«

»Lass mich nicht allein hier zurück!«, rief sie etwas sanfter.

»Das werde ich nicht. Ich suche nach den Schlüsseln. Und jetzt, bitte ...« *Da, an einem Wandhaken.* Caldan packte den Schlüsselring, an dem sich nur ein einziger Schlüssel befand.

Vermutlich passte er auf alle Zellen. Caldan lief zu Seniras Verlies zurück und öffnete das Schloss mit einer kurzen Drehung des Schlüssels.

»Danke!«, rief sie und umarmte ihn heftig. Sie war schlank, beinahe dürr und wirkte zu jung für eine Gesellin. »Und was machen wir jetzt?«

»Wir sehen in den anderen Zellen nach und lassen alle frei.«

»Oh ... natürlich.«

Senira rannte lebhaft von einer Zelle zur nächsten und spähte in alle hinein, während Caldan sich diejenigen auf der anderen Seite vornahm. Alle waren leer – außer einer, in der sich der Mann befand, den die Soldaten hierhergeschleift hatten. Verloren lag er auf dem Steinboden der Zelle, hatte sich zusammengerollt und gegen die Wand gedrängt. Getrocknetes Blut verunreinigte seine Haare und hatte unter dem Körper eine Lache gebildet.

»Ist er ... tot?«, fragte Senira.

»Ich weiß es nicht.«

Caldan öffnete die Tür. Drinnen beugte er sich über den Körper und suchte am Hals nach dem Puls. Nichts. Er packte die Schulter des Mannes und drehte ihn auf den Rücken. Caldan kannte ihn nicht. Offenbar war das Blut aus zwei Brustwunden auf den Boden geflossen.

»Weißt du, wer er ist?«, fragte er Senira.

Sie betrat die Zelle. »Er ist tot, nicht wahr?«

»Ja«, antwortete er sanft. »Weißt du, wer er ist?«

Sie nickte. »Ein Geselle. Ich habe ihn manchmal gesehen, wenn er Botschaften überbracht hat. Ich glaube, er war der Helfer von einem der Meister. Ich weiß nicht, warum sie ausgerechnet ihn umgebracht haben.«

Möglicherweise aus demselben Grund, aus dem wir eingekerkert wurden: Er stand ihren Plänen im Weg. Doch ein einziger Blick auf Senira machte ihm klar, dass sie jetzt nicht wirklich an Gründen interessiert war. Tränen liefen an ihren Wangen herunter. Er versuchte, sie zu beruhigen, indem er sanft ihren Arm drückte.

»Wir leben und sind unverletzt. Aber jetzt müssen wir von hier verschwinden und herausfinden, wo die Zauberer und Protektoren sind. Wenn wir sie gefunden haben, sind wir in Sicherheit.«

Senira nickte benommen und starrte den toten Gesellen an. Caldan legte ihr die Hand gegen die Wange und drehte ihren Kopf von diesem Anblick weg. »Komm. Wir müssen gehen, bevor jemand zurückkehrt.«

Sie traten aus der Zelle und ließen den Leichnam zurück.

»Wir müssen leise sein«, sagte Caldan. »Es wäre möglich, dass es Patrouillen auf den Korridoren gibt. Kannst du leise sein?«

Senira leckte sich die Lippen und nickte kurz. »Ich bleibe hinter dir, wenn das in Ordnung ist.« Ihre Stimme zitterte.

»Natürlich. Halte dich an meine Anweisungen, falls wir in Schwierigkeiten geraten.«

Sie folgte dicht hinter ihm, als er sich auf die Treppe zubewegte. Die kurze Flucht der Stufen endete vor einer Tür, doch sie war nicht verriegelt. Caldan vermutete, dass es dazu keinen Grund gab, denn schließlich waren die Zellen ja verschlossen. Vorsichtig drückte er sein Ohr gegen die Oberfläche und lauschte nach Geräuschen auf der anderen Seite.

Alles war still. Er holte tief Luft, hob den Riegel an und öffnete die Tür einen Spaltbreit, sodass er in den Korridor dahinter spähen konnte. Der Korridor war völlig leer.

Caldan bedeutete Senira, ihm zu folgen. Er hastete an der Wand entlang in Richtung der nächsten Treppe. Sie befanden sich ein Stockwerk unter der Erde, und er wollte unbedingt versuchen, seine Habseligkeiten zu holen, die er aus dem Fenster geworfen hatte. Ein Schutzschild wäre nun äußerst hilfreich und könnte verhindern, dass sie erneut gefangen genommen wurden.

Außerdem durfte er auf keinen Fall sein Kleinod zurücklassen.

»Wohin gehen wir?«, flüsterte Senira und zupfte an seinem Arm. »Was glaubst du, wo die Meister sind? Wir sollten sie suchen, falls sie noch leben.«

»Natürlich leben sie noch. Aber vorher muss ich noch meine Sachen holen. Sie werden uns helfen.«

Senira wirkte nicht überzeugt. »Wie kannst du in dieser Lage nur daran denken, deine Sachen zurückzubekommen?«

»Vertraue mir. Ich habe keine Zeit, es zu erklären. Ich habe etwas versteckt - etwas Magisches. Es wird uns von großem Nutzen sein.«

»Du bist doch bloß ein Schüler. Was kannst du schon bewirken? Wir müssen dorthin gehen, wo die Meister sind. Sie werden wissen, was zu tun ist.«

»Bitte, wir sollten nicht darüber streiten. Ich muss ... ich muss das Versteck finden.«

»Hast du diesen magischen Gegenstand gestohlen?«

»Was? Nein. Ich habe ihn selbst gemacht.«

Senira lachte ungläubig auf. »Aber sicher.«

»Entschuldigung - hast *du* uns etwa aus dem Gefängnis geholt?«

Sie antwortete nicht auf diese Frage, sondern sagte: »Wenn wir nicht so schnell wie möglich die Meister suchen, werden wir bald in großen Schwierigkeiten stecken. Ich habe nicht vor, noch mehr Zeit in einer Zelle zu verbringen.«

»Ich glaube, eine Zelle wäre das geringste Übel, wenn wir geschnappt werden. Und wo immer sich die Meister befinden mögen, werden sie bestimmt gut bewacht. Mit meiner Ausrüstung haben wir vielleicht eine Chance. Oder hast *du* irgendwo etwas versteckt, das uns hilfreich sein könnte?«

Plötzlich waren Stimmen im Korridor hinter ihnen zu hören, sie wurden von schweren Schritten begleitet. Eine Wand wurde heller, als der gleichmäßige Schein einer magischen Kugel auf sie fiel.

»Schnell«, sagte Caldan. »Hier entlang.« Er packte Senira und zerrte sie mit sich. Sie eilten den Korridor hinunter und bogen um eine Ecke.

»Was ist, wenn sie auf unserer Seite sind?«, flüsterte Senira.

»Das Risiko, dass sie es doch nicht sind, dürfen wir nicht eingehen - und außerdem glaube ich es nicht. Meister Simmon zum Beispiel wäre niemals so dumm, hier unten ganz offen mit einer Kugel aus magischem Licht herumzulaufen.«

Senira schluckte und warf einen raschen Blick über die Schulter, dann sah sie Caldan an und nickte. Er ergriff ihre Hand und hastete den Gang entlang, bis sie zu einer weiteren Treppe kamen.

Sie stiegen langsam hoch, nahmen eine Stufe nach der anderen, blieben immer wieder stehen und lauschten. Keine vereinzelten Geräusche drangen an ihre Ohren - kein Husten, kein Stiefelscharren.

Am oberen Ende erreichten sie einen breiten Korridor, der mit dunklen Steinfliesen gepflastert war. Caldan erkannte ihn als einen Hauptweg in einem der Flügel des Gebäudes, das von der Zauberergilde benutzt wurde. Die Gärten waren ganz in der Nähe, und er war zuversichtlich, dass die Büsche am Rande sie verdecken würden, bis er seine Habseligkeiten geborgen hatte.

Sie liefen los und spähten vorsichtig um die nächste Ecke, falls sich dahinter jemand befinden sollte. Abermals hielt ihr

Glück, und der Korridor war leer. Vor ihnen führte ein offener Durchgang in den Garten.

Senira atmete heftig neben ihm. Sie hielt seinen Arm in festem Griff gepackt.

Beide eilten in den Garten hinaus, drückten sich gegen die Mauer und knieten sich dann schnell hinter einen Busch. Caldan schaute hoch in den Nachthimmel. Der Garten badete im Mondschein. Er erhob sich ein wenig und schaute sich um.

»Wonach suchst du? Wir müssen einen sicheren Ort finden.«

Wie oft musste er es ihr denn noch erklären? Und wieso stellte sie andauernd seine Fähigkeiten infrage?

»Ich weiß«, sagte er, und Ungeduld kroch in seine Stimme. »Aber wie ich schon sagte, muss ich zuerst meine Sachen holen. Ich habe sie aus dem Fenster geworfen.«

Senira rang die Hände, und ihre Blicke schossen durch den Garten. »Sie könnten überall sein.«

»Ich weiß, wo sie sind«, versicherte Caldan ihr. »Folge mir. Alles wird gut.«

Senira saß jedoch bloß da, senkte den Blick und nagte an ihrer Unterlippe herum. Sie wirkte verängstigt, nervös und gleichzeitig traurig. Caldan wusste, dass es eine traumatische Erfahrung für sie war.

Auch für ihn war es nicht leicht. Aber er nahm sich kurz die Zeit, die Lage aus ihrer Perspektive zu betrachten. Offensichtlich war sie noch nie in einer solchen Notlage gewesen. Sie lebte gewiss schon seit Jahren in der Gilde und hatte in der relativen Sicherheit und Bequemlichkeit dieser Räume ihre Ausbildung genossen. Nun war ihr ganzes Leben umgeworfen worden.

Ich habe so etwas immerhin schon ein- oder zweimal mitgemacht. Sanft half er ihr auf die Beine.

»Alles wird gut«, wiederholte er, dann nickte sie und folgte ihm.

Geduckt schlichen sie an der Mauer entlang, die den Garten umgab. Am Rand war es dunkler als in der Mitte, und so waren sie durch die Büsche ziemlich gut geschützt. Seine Stiefel verursachten kaum einen Laut auf dem feuchten Laub.

Eine Wolke schob sich vor den Mond, und sofort wurde es dunkel im Garten. Aus einigen Fenstern fiel Licht, aber es gab weitaus weniger erleuchtete Fenster, als es für diese Uhrzeit üblich war.

Sie huschten an den Büschen entlang, und beinahe erwartete Caldan, den Ruf eines Wächters zu hören, der sie entdeckt hatte und Alarm schlug. Sein Atem kam in kurzen Stößen, und seine Hände waren feucht vor Schweiß. Er hielt einige Augenblicke inne und lauschte. Noch immer war nichts zu hören.

Caldan tastete zwischen den toten Blättern auf dem Boden umher und suchte nach seinem Sack. *Bei den Ahnen, wo ist er bloß?* Endlich stieß seine Hand gegen etwas. *Ah, da.* Er packte den Sack und zog ihn zu sich heran.

Schnell durchwühlte er den Inhalt – alles war noch da. Dann zog er seine Börse heraus, die er sich in die Hosentasche stopfte, schob sich den Reif auf den Unterarm, steckte sich als Nächstes das Kleinod an den Finger und legte sich schnell den Knochenring an der Kette um den Hals. Alles andere ließ er im Sack. Im Augenblick waren es sowieso nur Einzelteile, etliche Metallstäbe und Platten sowie ein paar Halbedelsteine. Er war froh, dass er all das hatte retten können, auch wenn es im Augenblick für ihn bedeutungslos war. Vielleicht fand er, falls ihm die Zeit blieb, später noch eine Möglichkeit, das alles zu benutzen. Dann warf er sich den Sack über die Schulter.

Der Armreif gab ihm eine gewisse Zuversicht, auch wenn er gesehen hatte, dass die Eindringlinge ihre eigenen magischen Hilfsmittel besaßen – sogar überaus mächtige.

Senira berührte ihn am Arm.

»Ich hätte schon früher fragen sollen, aber was ist das für ein Reif?«

Caldan zögerte, auch wenn er den Grund dafür nicht begriff. Es konnte nichts schaden, es ihr zu verraten, und sie hatte die Information verdient. »Das ist ein Schild.«

»Hast du ihn selbst gemacht?« Sie klang noch skeptisch.

»Ja – und er wurde von den Meistern gebilligt.«

Nun lächelte Senira und richtete den Blick auf ihn, als würde sie ihn in einem ganz anderen Licht sehen. Caldan räusperte sich.

»Wir sollten gehen«, sagte er.

»Aber wohin? Wissen wir, welche Gebiete sicher sind?«

»Ich glaube, die Gegend um die Schmiede der Schüler wäre ein guter Ort zum Verschanzen, und von dort aus sollte es uns möglich sein, die Lage zu erkunden. Es gibt eine Menge Räume, in denen wir uns verstecken können, und dort befindet sich nichts von Wert, sodass die Eindringlinge sicherlich nicht mehr als einmal nachsehen werden. Außerdem haben wir dann Wasser zur Verfügung, aber es wird schwer sein, etwas zu essen zu finden.«

»Und dann? Wie sollen wir die Meister und die anderen Zauberer finden, die es geschafft haben, nicht gefangen genommen zu werden?«

»Ich weiß es nicht ... noch nicht. Aber wir sollten gehen, bevor der Mond wieder hinter der Wolke hervorkommt. Wir können weiterreden, sobald wir in der Schmiede sind. Zum Glück hat sie eine Tür zum Garten.«

»In welcher Richtung liegt sie?«

»Dort entlang.« Caldan zeigte auf die Tür. Es war ein ziemlich weiter Weg durch den Garten. Bisher war die Nacht sehr still gewesen, wofür er dankbar war. Seit ihrer Flucht aus dem Verlies hatten sie weder Kampflärm noch sonst etwas gehört. Er fragte sich, ob das ein gutes oder ein schlechtes Zeichen war.

Caldan ging voraus, bahnte sich einen Weg durch das Gebüsch und versuchte, dabei so leise wie möglich zu sein. Zweige kratzten über seinen Körper und die Arme, aber er beachtete sie nicht weiter. Nach wenigen Augenblicken hatten sie die Büsche hinter sich gelassen und bewegten sich über den Rasen von einem Baum zum nächsten. Bei jedem blieben sie kurz stehen und lauschten. Schließlich erreichten sie die Tür. Caldan war froh, dass niemand hier Wache stand, und drückte gegen sie.

Aber sie gab nicht nach.

»Ist sie versperrt?«, fragte Senira.

»Ja.« Caldan dachte hektisch nach. *Kann ich die Tür von außen öffnen?* Sie hatte kein Schloss. Vermutlich war sie von innen verbarrikadiert. Er bezweifelte, dass er in der Lage war, sie mit seinen Mitteln zu öffnen.

»Vielleicht sollte ich durch das Fenster dort klettern und sie von der anderen Seite aufmachen«, schlug Senira auf einmal vor.

»Was?« Caldan betrachtete das offene Fenster, auf das Senira zeigte. Es befand sich einige Fuß über dem Boden im Erdgeschoss. »Das ist ... eine gute Idee«, sagte er.

Sofort stellte sich Senira auf die Fußspitzen und konnte auf diese Weise gerade so durch die Öffnung sehen.

»Ein Lagerraum«, hörte er sie sagen. »Leer. Hast du etwas dagegen?« Sie hob eine Braue.

Caldan faltete die Hände vor sich und bildete eine Räuberleiter, damit sie über den Sims klettern konnte. Senira trat auf sie und zog sich gleichzeitig am Fenstersims hoch. Dann schwang sie die Beine ins Innere und war nicht mehr zu sehen. Wenige Augenblicke später wurde die Tür, die zum Garten führte, geöffnet, und Caldan schlüpfte hinein.

Der vertraute Schmiederaum war leer. Alle Werkzeuge und Materialien befanden sich an ihrem angestammten Platz, alles war für die Nacht aufgeräumt. Es sah nicht so aus, als ob dieser Ort geplündert worden wäre, und er bezweifelte, dass ein Arbeitsraum der Schüler besonders hoch auf der Liste der Eindringlinge stand. Der Schein des glühenden Kohlehaufens im Ofen verlieh dem Zimmer einen warmen orangefarbenen Schimmer.

Caldan schloss die Tür und verbarrikadierte sie. Senira trat auf die Schmiede zu und streckte die Hände der Glut entgegen.

»Bleib hier, und wärme dich«, sagte er. »Ich mache mich auf die Suche nach Wasser.«

»Danke«, sagte Senira und schob sich die Haare aus dem Gesicht. »Ich könnte wirklich etwas zu trinken gebrauchen.«

Caldan nickte und ließ sie bei dem Schmiedeofen zurück. In der einen Hand trug er noch immer den Sack mit seinen Sachen - er wollte ihn einfach nicht aus der Hand geben. Dann ging er suchend durch die angrenzenden Zimmer, und an einer Stelle entdeckte er etwas Interessantes. Er lächelte und steckte es in den Sack. Es war nichts Bedeutendes, aber vielleicht würde es Seniras Stimmung aufhellen.

Schließlich fand er Wasser. Er goss einiges in einen Holzkrug und stillte seinen Durst. Dann füllte er den Krug erneut, dazu einen zweiten und kehrte damit in die Schmiede zurück.

»Hier«, sagte er und gab Senira einen der Krüge. Sie trank gierig.

Mit einem Grinsen zog Caldan einen Metallkessel und einen kleinen Beutel aus seinem Sack. Senira runzelte die Stirn, sagte aber nichts. Er stellte den Kessel auf die heißen Kohlen, füllte ihn mit Wasser, öffnete dann den Stoffbeutel und gab eine Handvoll schwarzer Blätter hinzu.

»Tee?«, fragte Senira.

»Ja. Der zuständige Meister hatte ihn in seinem Zimmer aufbewahrt. Wir können ihn später ersetzen.«

»Falls er ... falls wir hier herauskommen.«

»*Wenn* wir hier herauskommen.«

Senira seufzte.

Caldan wusste nicht, was er darauf noch erwidern sollte, und so trat er an einen der Werktische und breitete alle Metallteile sowie die Steine aus seinem Sack darauf aus.

»Oh! Du bist verletzt!«, rief Senira. »Das hatte ich bisher nicht gesehen.«

Caldan folgte ihrem Blick zu dem Riss in seinem Hosenbein. Der Oberschenkel war immer noch überzogen mit Blut. Er konnte es sich ja selbst nicht erklären und sagte einfach: »Alles in Ordnung. Das hat einer der Angreifer getan. Sie haben es verbunden, bevor sie mich in meine Zelle geworfen haben. Es ist keine tiefe Wunde.«

»Es sieht aber schlimm aus. Soll ich es mir einmal anschauen?«

»Nein«, antwortete er schnell. »Es ist in Ordnung. Auf dem Weg hierher hat es mich ja auch nicht behindert, oder?«

»Entschuldigung. Ich habe bloß das Gefühl, nutzlos zu sein. Ich brauche eine Aufgabe.« Ihr Blick kehrte zu den Kohlen zurück. Sie hielt noch immer die Hände ausgestreckt.

»Du hast uns doch geholfen.« Als sie ihn fragend anschaute, zeigte er auf das Fenster. »Du hast uns Zugang verschafft, nicht wahr?«

Senira schien sich ein wenig aufzurichten.

Caldan schaute sich im Raum um und dachte nach. Er wollte sich mit seinen Metallen an die Arbeit machen und herausfinden, ob er aus ihnen die Simulacra schaffen konnte, die er im Sinn hatte. Doch es wäre auch nicht schlecht, wenn er ein wenig Papier und Tinte für Notfälle hätte. »Ich glaube, wir sollten uns nicht zu weit von hier entfernen. Aber wir benötigen ein paar Dinge, und es würde schneller gehen, wenn wir gleichzeitig danach suchen.«

Senira sah ihn freudig an. »Natürlich. Wir brauchen etwas für heute Nacht – Laken, jede Nahrung, die wir finden können, möglicherweise eine Laterne oder eine magische Kugel.« Sie kratzte sich am Kopf. »Und Becher, aus denen wir den Tee trinken können.«

»Ah ... ja.« Er hatte noch gar nicht an die Nacht gedacht. Seine Fixierung auf das Erschaffen magischer Gegenstände hatte ihn für alles andere blind gemacht, auch für das Offensichtlichste. »Dann machen wir es wie folgt: Du sammelst an praktischen Dingen so viel ein, wie du kannst, und ich werde an einigen Hilfsmitteln arbeiten, die wir vielleicht benötigen könnten.«

Den Ahnen sei Dank, diesmal stellte Senira keine Fragen. *Vermutlich ist sie froh, eine Aufgabe zu haben*, dachte er. Sie ging durch die Tür, und er hörte, wie sie einen der Lagerräume durchstöberte. Caldan verließ den Werktisch und begab sich in einen weiteren Lagerraum, von dem er wusste, dass sich dort Zeichenmaterialien befanden. Er sah sich um und nahm einen Stapel Papier sowie Tinte und Federn mit.

Als er zurückkehrte, lag eine Menge Decken neben dem Schmiedeofen, und auf diesem standen zwei Metallbecher. Senira war nirgendwo zu sehen, aber sie war offenbar fleißig gewesen.

Er setzte sich an den Tisch, legte ein Blatt Papier vor sich und öffnete ein Tintenfläschchen. Dann nahm er eine Feder, tauchte sie in die Tinte und hielt kurz inne. *Wo soll ich anfangen?* Caldan wusste, dass er bei seinem Experiment mit dem Zellenschloss auf ein Geheimnis gestoßen war. Möglicherweise war es eines, das ihm die Protektoren schon bald enthüllt hätten, aber das war schwer zu sagen. Stimmten sie zerstörerischer Magie zu, wenn sie zu einem guten Zweck eingesetzt wurde? Meister Simmon hatte sie bei einem Schloss angewendet, aber was war noch hinnehmbar - und was nicht mehr?

Sein größtes Problem war Senira. Er hatte einen Schild, sie aber nicht, und das bedeutete, dass er sie aus allen Konfrontationen heraushalten musste, soweit es ihm möglich war. Momentan hatte er keine Zeit, ihr einen eigenen Schild zu schaffen, und vermutlich könnte sie ihn sowieso nicht richtig benutzen. Caldan vermutete, dass ihre Gaben nicht zu komplexer Zauberei ausreichten, da er hier bisher noch nie etwas von dieser jungen Frau gehört hatte.

Also musste er sie auch beschützen. Er reckte den Kopf und massierte seine Schreibhand. *An die Arbeit.* Also setzte er die Feder an.

Klack. Ein Metallbecher mit heißem Tee wurde neben Caldan abgestellt, und er zuckte zusammen. Seniras Lachen erfüllte seine Ohren.

Sie zeigte auf den Tisch. »Du warst so in dich versunken, dass du niemanden gehört hättest, der sich dir nähert. Ich habe nach Vorräten gesucht, und der Tee hat schon zu lange gezogen, während du hier gesessen und gezeichnet hast.« Sie nahm auf der Tischplatte neben ihm Platz. »Entschuldigung, aber ich konnte keinen Honig finden.« Sie zuckte die Achseln.

»Danke.« Er hob den Becher mit beiden Händen an und nahm einen Schluck Tee. Das Getränk schmeckte bitter, aber Caldan hieß die Wärme in Händen und Kehle willkommen. »Ich habe die Zeit vergessen.«

Um ihn herum lagen etliche Blätter, die mit Runenmustern bedeckt waren. Einige hatte er gefaltet, andere hatte er zu Kugeln zusammengeknüllt.

Senira betrachtete das Blatt, an dem er gerade arbeitete, mit interessiertem Blick. »Einige der Runen kenne ich nicht, vom Zweck ihrer Muster erst gar nicht zu sprechen. Würdest du sie mir erklären?«

Caldan legte die Feder nieder und verschloss das Tintenfässchen. Er rieb sich die Finger, um die Schmerzen zu vertreiben. Zuerst hatte er die zerstörerischen Runen gezeichnet und sie in den Hosentaschen sowie in seinem Sack verstaut. Eine hatte er mehrfach gefaltet und für Notfälle in seinem Stiefel versteckt. Auf dem Tisch lagen nur noch Runen, die heute Nacht für ihre Sicherheit sorgen und sie warnen sollten, falls sich jemand näherte. Es gab mehrere Zugänge zu diesem Bereich des Gebäudes, und er wollte sie alle versiegeln, damit sie sich ohne Furcht vor Entdeckung umsehen konnten. Sobald sie gesichert waren, konnten sich Caldan und Senira für die Nacht entspannen.

»Diese Runen ...« – er nahm ein Blatt, legte es auf den Tisch und stapelte andere Blätter darauf – »... werden die Türen versperren. Wenn sie an beiden Seiten der Tür und an den Pfosten befestigt und aktiviert werden, sollten sie sogar dem entschlossensten Zauberer widerstehen.«

»*Sollten?*«

»Sie werden halten«, sagte Caldan überzeugt. *Sie sind schließlich nicht hastig skizziert worden, sondern sorgfältig gezeichnet.*

Senira nickte. »Raffiniert. Ich kann mich nicht erinnern, dass so etwas im Unterricht besprochen wurde ...«

Er hüstelte in seine Hand. »Es wird hier auch nicht gelehrt. Ich habe es beigebracht bekommen, bevor ich hier aufgenommen wurde.«

Senira hob die Brauen, sagte aber nichts.

»Die anderen ...«, er machte sich daran, die übrigen Blätter zu Stapeln zusammenzulegen, »... haben unterschiedliche Zwecke. Einige sind in der Lage, uns zu sagen, ob jemand, der sich in der Nähe befindet, magische Gegenstände oder Kleinodien bei sich hat, wenn man diese Runen in der Nähe der versiegelten Türen aktiviert.« Dann deutete er auf einen weiteren Stapel. »Diese hier muss ich später noch zusammenfalten. Sie werden uns morgen früh helfen, wenn wir von hier weggehen und nach den Meistern suchen, die Widerstand geleistet haben.«

»Falls es noch welche von ihnen gibt. Ich hoffe das zwar, aber ...« Sie zuckte die Achseln und verschränkte die Arme vor der Brust.

Caldan erhob sich auf steifen Beinen und drückte ihre Schulter. »Mach dir keine Sorgen. Ich bin mir sicher, dass am Ende alles gut wird. Wir werden hier ruhig und in Sicherheit schlafen, und morgen sieht die Welt wieder besser aus.«

Senira lächelte traurig und nickte, dann hüpfte sie von dem Werktisch und breitete die Decken vor dem Ofen aus. Es waren noch mehr geworden, denn während Caldan gezeichnet hatte, war sie noch einmal auf die Suche gegangen.

»Es ist nicht viel«, sagte sie. »Aber es ist besser, als auf dem Boden zu schlafen.« Sie deutete auf die Decken, die sie um sich herum ausgebreitet hatte und die kaum groß genug für eine einzelne Person waren. »Und halte deine Hände bei dir«, fügte sie hinzu.

Caldan lächelte. »Mach dir keine Sorgen. Du kannst alle Decken haben. Ich muss noch viel tun und glaube nicht, dass ich jetzt schlafen könnte.«

»Oh, vielen Dank.« Sie erhob sich und schaute unsicher umher. »Glaubst du ... Vielleicht sollten wir die Nacht nicht hier verbringen? Ich meine, wenn es da draußen ruhig ist, hätten wir doch jetzt die Gelegenheit, uns unbemerkt zu bewegen, oder?«

»Ich glaube, die Sonne geht erst in ein paar Stunden auf, und vielleicht sollten wir tatsächlich kurz vor Anbruch der Dämmerung gehen. Ja, das wäre wohl das Beste. Vermutlich ruhen sich im Augenblick alle aus, was auch immer hier geschehen sein mag. Sicherlich hat es heftige Kämpfe gegeben. Wenn die Zeit gekommen ist, werden wir uns hinausstehlen. Wir kennen die Örtlichkeiten besser als die Angreifer, und daher sollten wir in der Lage sein, ihnen aus dem Weg zu gehen. Was hältst du davon?«

»Das klingt gut. Ich könnte ein paar Stunden Schlaf gebrauchen.«

Sie hielt sich die Hand vor den Mund und unterdrückte ein Gähnen.

Caldan spürte, dass er ebenfalls gähnen wollte, und biss mit Mühe die Zähne zusammen.

»Schlaf ein wenig. Es war ein harter Tag. Ich werde diese Runen anbringen und dafür sorgen, dass die Türen gesichert sind.«

Senira schenkte ihm ein dankbares Lächeln und legte sich auf den Stapel aus Decken. Fast sofort wurde ihr Atem tief und gleichmäßig.

Caldan sammelte seine Papiermagie ein und machte sich daran, die drei Türen zu versiegeln, die in den Werkraum der Schüler führten. Er beschloss, in Zukunft immer die Tür seines Zimmers zu sichern, selbst wenn es eigentlich nicht nötig zu sein schien.

Ohne nachzudenken, streckte er sein Innerstes nach seiner Quelle aus und aktivierte die Runen – ein Blatt für jede Tür und eines zur Entdeckung von fremder Magie oder von Kleinodien in der Nähe. Inzwischen war es für ihn leichter als je zuvor, die Quelle in einzelne Stränge aufzuspalten.

Nun, in den letzten Tagen hatte er schließlich genügend Gelegenheit zum Üben gehabt.

Caldan kehrte in den Raum zurück und goss noch etwas Wasser in den Teekessel auf den Kohlen. Der Tee würde ihm helfen, wach zu bleiben, damit er die Papiermagie abschließen konnte, bevor er sich einer noch wichtigeren Aufgabe widmete: der Herstellung eines weiteren Simulacrums. Es bestand kaum die Aussicht darauf, dass er schon heute Nacht damit fertig wurde, aber je weiter er kam, desto weniger würde er später noch tun müssen. Es wäre eine große Hilfe für sie beide, wenn er es schaffen sollte. Er wollte einen weitaus massiveren Späher als einen Papiervogel herstellen und noch einen zweiten Schild für alle Fälle. Caldan hatte das Gefühl, dass sie all ihre Gaben einsetzen mussten, wenn sie die nächsten Tage überleben wollten. Und wenn sein Simulacrum funktionierte, wäre es anders als alles, was er je gesehen hatte. Es wäre etwas vollkommen Neues. Seine magischen Werke wurden immer komplizierter – wer konnte schon sagen, wo das alles enden würde? Vielleicht bei einem Metallvogel, der sich wie ein richtiger Vogel benahm? Vielleicht sogar beim Abbild eines Menschen? Caldan musste über diese Idee lächeln. Möglicherweise gelang es ihm irgendwann, die Gestalt nachzuahmen, aber niemals den Geist und die Seele. Der Mensch war so viel mehr als sein äußeres Erscheinungsbild.

Doch all die Möglichkeiten …

Caldan verbrachte den Rest der Nacht damit, über den vielen Metallstücken zu brüten, die der Uhrmacher ihm zur Verfügung gestellt hatte. Manchmal murmelte er etwas in sich hinein, manchmal saß er minutenlang reglos da und starrte das eine oder das andere Stück an. Bisher war keines mit Runen bedeckt. Er wollte sie später einritzen oder einstempeln, doch hier im Werkraum der Schüler konnte er es nicht riskieren, Lärm zu machen, der möglicherweise zu ihrer Entdeckung führen könnte.

Er durchsuchte einen anderen Lagerraum und fand weitere Arten von Tinte. Eine davon würde ihm erst einmal gute Dienste leisten. Für gewöhnlich wurde sie dazu benutzt, Steine oder Metall zu markieren, und sie war dicker und klebriger als die anderen. Die größeren Metallteile und die Stäbe konnten warten, aber die kleineren würde er schon heute Nacht mit Runen versehen. Der Uhrmacher hatte vorgeschlagen, dass Caldan zuerst ein kleineres Modell herstellen sollte – einen Prototyp, durch den er herausfinden konnte, ob seine Theorien funktionierten, ohne dass er gleich zu viel Material verschwendete. Er musste zugeben, dass dies eine gute Idee war. Bisher hatte er noch nicht viel experimentiert, und vermutlich würde seine Konstruktion viele Abänderungen benötigen, bis sie so funktionierte, wie er es wollte.

Also setzte er sich an den Tisch zurück und faltete die verbliebenen Blätter zu kleinen einfachen Tieren. Caldan wusste, dass er sie möglicherweise zurücklassen musste, doch das war nicht schlimm, denn sie würden sowieso nicht lange halten. Dann goss er sich noch ein wenig Tee ein und machte sich an den anstrengenden Prozess, etliche Metallstücke mit magischen Runen zu bemalen.

37

Wir sind an den Toren abgewiesen worden«, sagte Aidan. »Also müssen wir einen anderen Weg in die Stadt finden.«

Chalayan nickte bei dieser Bemerkung, während Anshul cel Rau nur ein Grunzen von sich gab.

Mit einer Hand, die in einem ledernen Handschuh steckte, hob Aidan einen zerbeulten Kessel vom Kochfeuer. Er spürte die Hitze des Henkels durch den Handschuh, als er Tee in seinen Becher goss und danach den von Chalayan wieder füllte. Sowohl der Zauberer als auch Anshul hatten Abstand zu ihm gehalten, seit es den ... Zwischenfall mit Lady Caitlyn gegeben hatte. Doch in den letzten Tagen erstatteten sie ihm gehorsam Bericht und fügten sich seinem Kommando. Sein Augenblick der Schwäche mit der Flasche hatte sie kurz abgeschreckt und ihnen gezeigt, dass er zerbrechlich war.

Nun, wie würde es ihnen wohl ergehen, wenn sie die Anführerin töten müssten, die sie so geliebt haben?

»Diese Zauberer waren die ganze Zeit vor uns?«, fragte er zum zweiten Mal an diesem Morgen.

»Ja«, antwortete Chalayan und leckte sich die Lippen. Seine Finger fuhren zu dem Kleinod, das er stets um den Hals trug. Aidan vermutete, dass seine Macht im Aufspüren von Zauberei bestand, aber er war sich nicht sicher. Es gab eine Menge, was er nicht über Zauberer wusste, doch inzwischen war ihm immerhin klar geworden, dass sie viel gefährlicher waren, als sie geglaubt hatten.

Vor ein paar Tagen hatte Chalayan Aidan mitten in der Nacht geweckt. Er hatte gesagt, er habe einen gewaltigen Energiefluss gespürt, eine Zauberei, wie er ihr noch nie begegnet war. Die anfängliche Welle war verebbt, aber er spürte noch immer, wie die Macht aus der Richtung der Stadt Anasoma floss. Schließlich hatte er sich so weit beruhigt, dass er sich wieder in seinen Schlafsack legen konnte, aber Aidan war sich sicher, dass er den Rest der Nacht nicht mehr geschlafen hatte.

Aidan hatte in die Stadt einreiten und die Protektoren bitten wollen, ihnen sowohl bei den geretteten Frauen als auch bei der Jagd auf die verbrecherischen Zauberer zu helfen. Doch verblüfft hatte er sehen müssen, dass die Stadtmauern in einem blassblauen Feuer erstrahlten und sich die Menschen vor den verschlossenen Toren zusammendrängten. Den Gerüchten zufolge war die Stadt wegen einer Krankheit unter Quarantäne gestellt worden, es war zwischen den Gilden ein Bürgerkrieg ausgebrochen, eine Armee war einmarschiert und hatte alle Bewohner versklavt, oder eine alte böse Macht hatte sich auf einem Friedhof erhoben und brachte die Menschen in der Nacht um.

Aidan schenkte diesen Gerüchten keine große Bedeutung und fragte sich, ob die Flammen auf den Mauern die Leute in der Stadt halten oder diejenigen, die sich außerhalb von ihr befanden, am Eindringen hindern sollten. Chalayan hatte fast der Schlag getroffen, als er die Flammen sah, und er war vor der Mauer auf und ab geschritten und hatte andauernd auf sie und den Himmel darüber gestarrt. Während der ganzen Zeit hatte er sein Kleinod umfasst gehalten und immer wieder gesagt, dass das alles völlig unmöglich sei.

Was es aber eindeutig nicht war.

Aidan trat einen Schritt von dem knisternden Kochfeuer zurück, ging in die Hocke und starrte die Flammen an. »Also haben sie entweder die Stadt betreten, oder sie waren nicht dazu in der Lage, genau wie wir.«

»Ich glaube nicht, dass sie hineingekommen sind. Die Zauberei, die ich gestern Nacht gespürt habe, muss die Erschaffung dieser Barriere gewesen sein, und sie wird gestanden haben, bevor die Zauberer die Stadt erreichen konnten.«

»Bist du sicher?«, fragte Aidan. »Wir sind auf unbekannte Zauberer mit unbekannten Kräften gestoßen, haben sie bis nach Anasoma gejagt, und dort stellen wir fest, dass die Leute durch weitere unbekannte Zauberei ausgesperrt wurden. Ich vermute, dass diese Ereignisse miteinander in Verbindung stehen. Oder?«

Anshul cel Rau spuckte ins Feuer, und der Speichel zischte auf den Kohlen. »Das gefällt mir nicht«, sagte er nur.

Dem kann ich nur aus ganzem Herzen beipflichten.

Chalayan betrachtete die Mauern. »Zwar würde ich normalerweise Eurer Logik zustimmen, aber bei Zauberei ist alles anders. Ich glaube, wir haben es hier mit unterschiedlichen Schulen zu tun. Diejenigen, auf die wir gestoßen sind und die wir bis hierher verfolgt haben, fühlen sich seltsam an.« Er spreizte entschuldigend die Hände. »Ich vermag es nicht genauer zu beschreiben, aber Ihr könnt mir glauben. Solchen wie ihnen bin ich nie zuvor begegnet, und ich habe unter vielen Meistern studiert.«

Aidan räusperte sich. »Also rennen zwei Gruppen von Zauberern umher und entfesseln Kräfte aus Gründen, die wir uns nicht einmal vorstellen können?«

Cel Rau grunzte und spuckte erneut ins Feuer. Chalayan schaute wieder die Flammen an.

»Was immer hier geschieht, unsere wichtigste Aufgabe ist es, diese Personen in Sicherheit zu bringen.« Aidan zeigte auf die Wagen und die Frauen in ihrem Lager. »Dann können wir uns Gedanken über die Zauberer machen.«

»Und was werden die Zauberer wohl tun, während wir unsere Zeit mit diesen Frauen verschwenden?«, fragte cel Rau.

Aidan bedachte ihn mit einem durchdringenden Blick. »Wir dürfen sie nicht im Stich lassen. Wir müssen dafür sorgen, dass sich jemand um sie kümmert.« Was er nicht sagte, war: *Ich habe Caitlyn nicht getötet, nur um diese Frauen jetzt anderswo sterben zu lassen.*

Der Schwertkämpfer wandte den Blick ab.

Chalayan nickte zögerlich.

Mit einer schnellen Drehung des Handgelenks kippte Aidan den Rest seines Tees in das Feuer. »Wir sollten zusammenpacken.« Er stand auf. »Ich will, dass in einer halben Stunde jeder abmarschbereit ist. Es gibt ein paar Dörfer in der Nähe, und in einem von ihnen werden wir die Frauen unterbringen. Dort wird ihnen nichts zustoßen, und wir können uns um die Zauberer kümmern.«

Aidan befahl, sich dem Dorf vorsichtig zu nähern. Nach allem, was sie bisher erlebt hatten, wollten sie nicht einfach ungeschützt einreiten. Für ein Dorf war dieser Ort recht groß, was vermutlich an seiner Nähe zu Anasoma lag. Auch wenn der Ritt von hier bis zur Stadt eine Stunde dauerte, wurde diese Gegend doch noch als deren Außenbezirk angesehen.

Die Wagen rollten über die staubige Hauptstraße, und nur hin und wieder zeigte einer der Bewohner Interesse an der Gruppe. Die meisten beachteten sie gar nicht. Sie waren entweder zu beschäftigt oder zu wichtig, um sich mit Fremden abzugeben. Dieser Ort fühlte sich seelenlos an, aber es blieb ihnen nichts anderes übrig, als einen Platz zu finden, an dem sie die Frauen und Kinder absetzen konnten.

Am Dorfrand war eine Zeltstadt entstanden. Die Menschen, die vor die geschlossenen Tore von Anasoma gekommen waren, suchten nun anderswo eine Unterkunft. Wagenkreise mit Planen, die über ihnen ausgebreitet waren, bildeten weitere Enklaven, während die Pferde das Gras um die Zelte abfraßen. Schon in wenigen Tagen würde dieser Ort zu einer Brutstätte für Schwierigkeiten werden. Aidan wollte die Frauen hier nicht zurücklassen.

Der einzig mögliche Ort für sie war das Hospiz des Dorfes, und Aidan war erleichtert, als man sich dort bereit erklärte, die Gruppe der geretteten Frauen aufzunehmen. Sobald sie sich erholt hatten, sollten sie für ihr Essen und ihre Unterkunft arbeiten, wozu sie sofort bereit waren. Das Hospiz war unterbesetzt, denn es waren zusätzliche Hilfsbedürftige hergekommen, seit Anasoma die Tore geschlossen hatte. Reichen Leuten, die die Stadt nicht mehr betreten konnten, blieb nun nichts anderes übrig, als sich an das Hospiz zu wenden.

Es dauerte nicht lange, bis sich die Frauen und Kinder an diesem neuen Ort eingerichtet hatten. Sie umarmten Aidan dankbar und drückten ihn, und er überließ sie ihrem neuen Leben. Er sammelte seine Männer so schnell wie möglich und zog weiter, ohne einen Blick zurückzuwerfen.

Anshul cel Rau packte Aidans Arm und holte ihn aus dem hohen, trockenen Gras heraus. »Nicht nötig, sich zu verstecken«, sagte der Schwertkämpfer grob. »Es gibt keine Wachen auf den Mauern.«

Das war eine lange Rede für diesen Mann. Aidan nickte.

Er hatte den ganzen Tag im Gras gelegen und die Mauern von Anasoma in der Nähe eines der Tore im Blick behalten. Noch immer näherten sich Reisende und Händler, die nicht wussten - oder vielleicht nicht glaubten -, dass die Stadt versperrt war. Verunsichert blieben sie meistens eine Weile vor dem geschlossenen Tor stehen, bevor sie mitsamt ihrer Waren fortzogen.

Aidan ging mit cel Rau zurück zu ihrem behelfsmäßigen Lager. Ihre Truppe - oder das, was von ihr noch übrig war - hatte eine Wiese vor einem Wäldchen für ihr Lager ausgesucht. Ein Bach floss in der Nähe vorbei und war in Richtung des Meeres unterwegs, und der Boden dort war felsig und hart.

Er betrachtete die erheblich geschrumpfte Gruppe. Nach Lady Caitlyns Tod und den Verlusten, die ihnen in jener Schlacht zugefügt worden waren, hatten einige Männer es vorgezogen, bei den Frauen im Hospiz zu bleiben. Aidan konnte es ihnen nicht verübeln, denn die meisten hatten sich ihnen nur der Dukaten wegen angeschlossen, und die schweren Verluste dämpften ihr Verlangen, bei der Truppe zu bleiben, wie gut die Bezahlung auch sein mochte. In Wirklichkeit waren nur wenige Lady Caitlyn gefolgt, weil sie an deren Sache geglaubt hatten, und mit ärgerlicher Regelmäßigkeit hatten während der letzten Tage immer wieder Mitglieder die Truppe verlassen. Aber es war Aidan lieber, dass sie ihm wegen ihres Glaubens statt wegen der Dukaten folgten. Das Anliegen von Lady Caitlyn war genauso sein eigenes Anliegen.

Das Feuer war inzwischen zu Kohlen und schwarzer Asche heruntergebrannt. Aidan hockte sich davor und stocherte mit einem Stecken darin herum. Nach wenigen Minuten knieten sich Chalayan links und cel Rau rechts neben ihn.

Beide Männer sahen ihn eindringlich an.

»Wie lautet der Plan, Aidan?«, fragte der Zauberer.

Cel Rau spuckte wieder ins Feuer, als ob die Zauberei einen unangenehmen Geschmack in seinem Mund hinterlassen hätte. »Diese Stadt ist schlecht. Wir sollten sie nicht betreten.«

Aidan kratzte sich am Arm. »Wir müssen noch immer die Zauberer finden, denen wir bisher gefolgt sind.«

Chalayan wirkte erfreut über seine Worte.

Ich muss ihn im Auge behalten, dachte Aidan. Für jemanden wie ihn waren die Verlockungen der Macht stark.

»Sie sind eine Gefahr«, fuhr Aidan fort. »Ihr habt gesehen, wozu sie in der Lage sind. Sie sind böse.« Er sah abwechselnd den Schwertkämpfer und den Zauberer an und blickte ihnen tief in die Augen. Beide nickten.

»Es ist unmöglich, in die Stadt zu gelangen«, sagte Chalayan. »Aber ... ich glaube nicht, dass die anderen hineingekommen sind. Die Barriere wurde errichtet, bevor sie die Mauern erreicht haben, und wie ich schon sagte, fühlt sich diese Magie anders als die ihre an.« Er verlagerte sein Gewicht und zuckte die Achseln.

»Das würde bedeuten, dass sie entweder umgekehrt sind oder sich nach Norden oder nach Süden gewandt haben, oder?«

»Ich bin mir ziemlich sicher, dass sie nicht kehrtgemacht und an uns vorbeigezogen sind. Ich hätte sie gespürt.« Chalayans Hand glitt zu seinem Kleinod.

»Also nach Norden oder nach Süden.«

»Schickt Späher in beide Richtungen«, sagte cel Rau barsch.

Aidan nickte. »Ja. Kümmere dich darum.«

Cel Rau stand auf und ging ohne ein weiteres Wort.

»Chalayan?«, sagte Aidan.

»Ja?«

»Kannst du sie besiegen?«

Der Zauberer erhob sich, streckte die Beine und zog eine Grimasse angesichts seiner Steifheit. »Ich war der Meinung, dass es inzwischen offensichtlich ist: Ich kann es nicht«, gestand er ein. »In einem Kampf, in dem es um Kraft gegen Kraft geht, sind sie mir weit überlegen. Sie tun Dinge, die ich nie für möglich gehalten hätte. Aber ich kenne ein paar Kniffe.«

»Denk dir noch ein paar weitere aus. Ich habe das Gefühl, dass wir sie brauchen werden.«

Chalayan stieß ein nervöses Lachen aus. »Glaubt mir, ich denke an wenig anderes, seitdem wir ihnen begegnet sind, aber ... wenn Caitlyn hier wäre ... Entschuldigung.«

»Nein, es ist schon in Ordnung. Rede weiter.«

»Wenn sie hier wäre, würde sie ihnen vermutlich folgen ... und sterben.« Er zuckte die Achseln. »Wir brauchen Hilfe. Vielleicht von der Zauberergilde – das heißt, falls dort überhaupt noch jemand lebt.«

Aidan dachte kurz darüber nach. »Dem stimme ich zu. Die Köcherer ...«

»Ich glaube nicht, dass Soldaten uns hier helfen können«, unterbrach Chalayan ihn. »Ihr habt gesehen, was den unseren zugestoßen ist. Ich fürchte, wir sind stark unterlegen. Es würde unseren sicheren Tod bedeuten.«

»Und als Tote können wir nichts Gutes mehr tun.« Aidan lächelte grimmig und stocherte abermals in der Asche herum.

Plötzlich hörten sie das Schlurfen von Stiefeln, und ein Schatten fiel auf das Feuer. Aidan schaute hoch und blinzelte dabei in die Abendsonne. Ein großer Mann mittleren Alters stand zwischen ihm und Chalayan. Der Mann räusperte sich.

Sofort stand Aidan auf. Zwar schien der Mann unbewaffnet zu sein, aber der Schein konnte trügen, wie sie alle nur zu gut wussten. Er hatte die Hände in einer Geste des Friedens ausgestreckt.

Aidan versuchte abzuschätzen, ob der Mann eine Bedrohung darstellte. Er war übergewichtig, trug ein feines dunkles Hemd mit silbernen Knöpfen und hatte die Hosenbeine in die Schäfte seiner gewienerten Lederstiefel gesteckt.

Sowohl Aidan als auch Chalayan sahen sich um. Die Männer hatten sie nicht vor dem Eintreffen des Fremden gewarnt, und das bedeutete, dass sie ihn gar nicht bemerkt hatten.

»Wer seid Ihr? Wie seid Ihr in das Lager hereingekommen?«, wollte Aidan wissen und legte die Hand an den Griff seines Schwertes. Chalayan machte einen Schritt zurück und vergrößerte so den Abstand zwischen sich und dem Fremden.

»Ich bitte um Entschuldigung für mein unvermitteltes Erscheinen.« Die Stimme des Mannes hallte über die Wiese, und sein Akzent klang fremdartig in Aidans Ohren. »Aber ich konnte nicht umhin, Eure Unterhaltung mitzuhören.«

Aidan und Chalayan tauschten einen raschen Blick aus. Es war unmöglich, dass jemand mitgehört hatte, ohne selbst gesehen zu werden.

Dann machte Aidan einen Schritt auf den Mann zu. Wenn er ein Zauberer war, konnte Aidan nichts gegen ihn ausrichten, sofern er nicht nahe genug an den Fremden herankam. »Wer seid Ihr?«, wollte er wissen.

»Ihr könnt mich Mazoet nennen.« Er verneigte sich aus der Hüfte heraus. »Mazoet Miangline, zu Euren Diensten.«

Chalayan trat noch einen Schritt zurück und warf Aidan einen warnenden Blick zu. Schweiß stand auf dem Gesicht des Zauberers, und er hielt sein Kleinod in festem Griff.

»Ihr seid ein Zauberer«, stellte Aidan fest.

Mazoet Miangline runzelte die Stirn und hielt den Kopf

schräg. »Ja, so würdet Ihr mich wohl nennen. Aber ich muss sagen, dass wir selbst uns nicht so bezeichnen.«

»Ihr seid einer von denen – von den Zauberern?«

Mazoet schüttelte den Kopf. »Nein. Ja und gleichzeitig nein.« Er machte eine abwertende Handbewegung. »Sie sind vom rechten Weg abgewichen.«

Vom rechten Weg abgewichen? Was soll das heißen? Aidan bemerkte, dass inzwischen all seine Männer in ihren jeweiligen Tätigkeiten innegehalten hatten und den Fremden anstarrten.

Auch er bemerkte, dass er beobachtet wurde.

»Er hat seine Quelle geöffnet«, sagte Chalayan leise.

»Meine ... Quelle?«, fragte Mazoet verwirrt, doch dann begriff er. »Oh, natürlich! Eine reine Vorsichtsmaßnahme. Ihr werdet verstehen, dass ich mich schützen muss.«

Aidan hob die Hand und bedeutete seinen Männern auf diese Weise, dass sie sich nicht nähern sollten. »Was wisst Ihr über die Zauberer, die wir verfolgen, und was haben sie den Frauen angetan, die sie gefangen genommen haben?«

Mazoet runzelte die Stirn und fuhr sich mit der Hand durch die ergrauenden Haare. »Welche Frauen?«, fragte er. »Welchen Nutzen sollten Frauen für sie ...« Er verstummte, und sein Gesicht wurde mit einem Schlag zu einer Maske des Entsetzens. Dann stieß er ein leises Zischen aus. »Was ist passiert? Sagt mir alles!«, verlangte er.

»Einen Augenblick, bitte. Wir wissen nicht, wer Ihr seid, und ...«

»Hört mir zu«, unterbrach Mazoet ihn in herrischem Tonfall. »Ihr werdet es mir sagen. Jetzt! Ich muss schnell eine Entscheidung treffen.«

Aidan und Chalayan tauschten einen raschen Blick aus. Chalayan nickte kurz.

Zwar war Aidan sich nicht sicher, worum es dem Mann ging, aber er schien großes Interesse an ihnen und den Zauberern zu haben, hinter denen sie her waren. Also traf er eine Entscheidung. »Wir sind einigen Männern gefolgt, gegen die wir ... einen bestimmten Verdacht hegen. Sie haben etliche Menschen durch Zauberei getötet und uns an einen Ort gelockt, an dem wir auch durch Zauberei angegriffen wurden.«

»Schneller, Junge«, sagte Mazoet. Seine Blicke suchten das Gras im Westen ab.

Aidan ärgerte sich über seinen Tonfall, aber er fuhr fort. »Wir haben ein Gebäude ungefähr in der Mitte des Ortes entdeckt. Darin befanden sich Frauen, die an Betten gefesselt waren. Sie alle waren gegen ihren Willen geschwängert worden.«

Ein harter Ausdruck stahl sich in Mazoets Gesicht.

Chalayan keuchte auf. »Wer seid Ihr?«, flüsterte er.

»Könnt Ihr beschwören, dass das wahr ist?«, fragte Mazoet. Die Ruhe seiner Worte widersprach dem Sturm in seinem Blick.

»Das kann ich.«

Mazoet wandte sich an Chalayan. »Und Ihr?«

Der Zauberer nickte nur.

Mazoet schüttelte den Kopf. Seine Backen schwabbelten, die Schultern sackten herunter. Es war, als wäre die Luft aus ihm gewichen. »Narren«, sagte er sanft und so leise, dass Aidan es fast nicht gehört hätte. Er deutete auf Chalayan. »Seid Ihr das, was man einen Zauberer nennt?«

»Ja.«

»Dann geht ihnen bitte aus dem Weg.«

»Wem?«, fragte Aidan.

»Die Zauberer, denen Ihr gefolgt seid, befinden sich auf dem Weg hierher. Sie wissen, dass Ihr hinter ihnen her seid.

Ich war mir nicht sicher, was sie vorhaben, aber jetzt weiß ich es. Ihr seid in Gefahr.« Er zeigte auf das ganze Lager. »Ihr alle. Und ich brauche Euch als Zeugen. Ihr müsst dem Ersten Erlöser sagen, was Ihr gesehen habt.«

»Wir sind nicht wehrlos ...«, begann Aidan.

»Das seid Ihr nicht. Ich werde mich aber offenbaren müssen. Das könnte ... unangenehm werden.«

»Ich kann helfen«, sagte Chalayan seltsam kleinlaut.

Mazoet sah den Zauberer kurz an. »Ah ... vielleicht solltet Ihr Euch heraushalten. Wenn es zum Kampf kommt – was ich nicht hoffe –, solltet Ihr dafür sorgen, dass niemand verletzt wird. Ich kann auf mich selbst achten. Und Ihr passt auf Eure Männer auf.«

Chalayan nickte.

»Sie werden bald hier sein«, fuhr Mazoet fort. »Sammelt Eure Männer, und sorgt dafür, dass sie hinter mir bleiben. Es wird leichter sein, wenn sich alle zusammendrängen.«

Cel Rau stand bei einigen seiner Männer. Sie hatten die Hände an die Griffe ihrer Schwerter gelegt und waren kampfbereit. Aidan machte einen Schritt auf sie zu, dann blieb er stehen.

»Welche Entscheidung habt Ihr denn eigentlich treffen müssen?«, fragte er Mazoet, als er sich an die Worte erinnerte, die der Mann vorhin ausgesprochen hatte.

»Ob Ihr weiterleben sollt oder nicht.«

Aidan rief seine Männer zusammen, während Chalayan mit einem Spaten in der harten Erde einen Kreis um sie zog. Mazoet hob die Brauen, als er das sah, dann trat er aus dem Kreis heraus. Er wandte ihnen den Rücken zu und richtete den Blick nach Westen, wo die Sonne in der Ferne auf die Hügelkämme niedersank.

Chalayan, Aidan und cel Rau waren vor den Männern in einen hitzigen Streit geraten. Aidan hasste so etwas, aber es ließ sich dieses Mal nicht vermeiden. Sie mussten über das reden, was hier vorging, und die Männer mussten es wissen. Am Ende stimmten sie widerwillig zu, sich gegen die angeblich heranrückenden Zauberer zu wappnen, auch wenn sie dem Fremden nicht vertrauten.

Chalayan warf immer wieder einen Blick hinüber zu Mazoet.

»Was ist los?«, fragte Aidan.

»Es ist ... er. Er fühlt sich wie einer der Zauberer an, die wir verfolgen. Zuerst hat er gesagt, dass er zu ihnen gehört, und dann hat er es bestritten.«

Cel Rau sagte: »Aus dem, was ich gehört habe, schließe ich, dass sie sich im Streit miteinander befinden. Diejenigen, die wir jagen, sind die faulen Äpfel. Und dieser Kerl hier will Ordnung schaffen.«

»So sieht es wirklich aus«, sagte Aidan. »Was glaubst du, Chalayan?«

»Ich glaube, wir sind dieser Sache nicht gewachsen. Dieser ... Mazoet ... seine Quelle ist sehr mächtig. So etwas habe ich noch nie gespürt. Ich muss mich weiter vorbereiten, wenn wir das hier lebendig überstehen wollen. Ich wünschte, ich hätte deren Wissen ...« Chalayan warf einen raschen Blick auf Mazoet und arbeitete dann weiter an seinem magischen Kreis. Er nahm vier flache Steine aus seinem Gepäck und legte sie in gleichmäßigen Abständen voneinander auf den Rand. In jeden der harten Steine waren Runen eingeritzt.

Cel Rau beobachtete Chalayan argwöhnisch. »Er hat Angst«, sagte er zu Aidan. »Er hat gesehen, wozu sie fähig sind, und weiß, dass seine Magie nicht gegen sie ankommt.«

Nein, es ist mehr als Angst. In Chalayans Worten steckt bei-

nahe so etwas wie Sehnsucht. Aber das behielt Aidan für sich selbst und nahm sich vor, den Zauberer nicht aus den Augen zu lassen.

»Ja. Also bleibt uns nichts anderes übrig, als diesem Fremden zu vertrauen. Ich kann nicht behaupten, dass mich das glücklich macht.«

Cel Rau zuckte die Achseln. »Wir können nicht viel dagegen tun – es sei denn, wir laufen weg. Aber auf diese Weise werden wir immerhin erfahren, ob wir ihm trauen können – falls wir überleben.«

Aidan zog eine Grimasse, als er einen Blick hinüber zu Chalayan warf, der in seinem Kreis saß und Mazoet nicht aus dem Blick ließ. »Hoffentlich ist er in der Lage, uns alle abzuschirmen.«

»Hoffentlich muss er das erst gar nicht.«

Ein Murmeln erhob sich unter den Männern, die in der Nähe standen. Aidan und cel Rau drehten sich um und sahen zwei Gestalten am Rande der Wiese stehen. Auch Mazoet und Chalayan starrten sie an. Mazoet stand ganz entspannt da, aber Chalayan hatte die Hände zu Fäusten geballt, und sein Gesicht glänzte vor Schweiß.

Im Gegensatz zu Mazoet waren die beiden Neuankömmlinge dünn, und sie waren mindestens einen Kopf kleiner. Verblüfft bemerkte Aidan, dass sie sehr jung waren, kaum der Kindheit entwachsen. Die eine Person war eine junge Frau, fast noch ein Mädchen.

Sie rief mit hoher Stimme: »Mazoet, geh weg.«

Der Wind blies durch die Blätter der Bäume und das Gras, während Mazoet reglos blieb. »Das werde ich nicht. Der Erste Erlöser muss von den Enthüllungen erfahren.«

Die junge Frau kicherte und hielt sich dabei die Hand vor den Mund. Seltsamerweise zeigte sie eine Zuversicht, wie sie eigentlich nur das Alter mit sich brachte. Dann drehte sich die junge Frau zu ihrem Gefährten um, und die beiden wechselten flüsternd Worte miteinander.

Die junge Frau hob die Arme hoch in die Luft. Aidan hörte, wie Chalayan zischend die Luft durch seine zusammengebissenen Zähne einsaugte. Blassblaues Licht zuckte um Mazoet herum auf und umgab ihn wie eine zweite Haut.

»Tut das nicht!«, rief er. »Ihr werdet vertrieben werden.«

Die junge Frau lächelte erst, dann lachte sie laut auf. »Komm zu uns. Wir bieten dir mehr, als dieser Narr Gazija es sich je vorstellen könnte.«

»Wir dürfen diesen Weg nicht gehen.«

»Wir dürfen es. Wir werden es.«

Beide verstummten, und die junge Frau ballte die Fäuste. Sie hatte die Arme noch immer erhoben. In der Luft knisterte es, und eine Vibration erfüllte den Raum in ihrer Umgebung. Zwei blaue Schimmer traten zu dem von Mazoet hinzu, als Schilde die junge Frau und ihren Gefährten umschlossen. Eine dunkle Wolke formte sich und hüllte sie ein.

»Oh, Mist«, keuchte Chalayan, während er die Hand ausstreckte und einen der Steine berührte.

Blitze krümmten sich aus den Fäusten der Frau und prasselten auf Mazoet ein. Lichtfäden wanden sich um ihn herum und krochen auf Aidan und seine Männer zu. Die Fäden erstarrten plötzlich, als sie gegen eine Barriere prallten und mit ihren Umrissen eine durchscheinende Kuppel enthüllten. Donner grollte. Aidan presste sich die Hände über die Ohren und versuchte, sich damit vor dem betäubenden Lärm zu schützen.

Chalayan kippte auf einmal bewusstlos vornüber, und der Stein, den er berührt hatte, zerbrach in zwei Hälften. Mit einem leisen Knacken löste sich die Kuppel, die sie umgeben hatte, in nichts auf. Die Lichtfäden drangen in zwei von Aidans Männern ein und entzündeten sie wie Fackeln. Schmerzensschreie hallten durch die Nacht. Während die beiden sich im Staub rollten, versuchten andere, die Flammen mit ihren Mänteln zu ersticken.

»Verlasst den Kreis nicht!«, rief Mazoet. »Es geht um Euer Leben!« Sein Schild glühte hell, während sich ein Lichtfaden nach dem anderen von der Frau aus zu ihm bog. Er trat an den Rand des Kreises.

Während die Angriffe der jungen Frau andauerten, blieb ihr Gefährte reglos.

Eine weitere Kuppel schimmerte um Aidan und seine Männer, sie erglühte sogleich in blassem Rot. Dampf stieg von den Körpern der beiden Männer auf, die von den Blitzfäden getroffen worden waren. Entsetzt starrte Aidan die Leichen an.

Mazoet ächzte vor Anstrengung. Glühende rote Kugeln, die Funken hinter sich herzogen, stiegen um ihn herum auf und schossen in Richtung des Mädchens. Sie trudelten durch die Luft und prallten schließlich aus allen Richtungen auf die junge Frau ein. Sie fiel auf ihren Hintern. In ihrem Gesicht zeigte sich reine Wut.

Ihr Gefährte half ihr beim Aufstehen. Ihre Kleidung rauchte trotz des Schildes, der sie umgab. Der junge Mann ergriff ihre Hand, und sie richtete sich auf. Blitze zuckten aus ihrer freien Hand, deutlich verstärkt durch ihre Wut. Mazoets Schild leuchtete heller, als er die Blitze in sich aufnahm. Bald strahlte er, und das weiße Licht schmerzte in Aidans Augen, während ein klagender Laut die Luft erfüllte.

Aidan presste sich wieder die Hände auf die Ohren. Die meisten seiner Männer knieten auf dem Boden und hatten die Augen fest geschlossen. Einige beteten. *Jetzt werden wir alle sterben*, dachte er. *Es tut mir leid, Caitlyn.*

Auch Mazoet kniete nieder. Er hieb mit der Faust auf die Erde. Staub erhob sich, ballte sich zusammen und flog davon. Dieser Staub traf die Frau und ihren Gefährten wie ein durchgehendes Pferd, warf sie beide um – aber nur einen Moment später standen sie wieder auf den Beinen.

Mazoet schlug abermals auf den Boden, und eine weitere Welle aus Staub und Erde stob davon. Die junge Frau widerstand ihr, doch dann wurde sie von einer neuen Salve der glühenden roten Kugeln getroffen, die wie aus dem Nichts über ihr erschienen und auf sie herabfielen.

Einige durchdrangen plötzlich ihren Schild.

Sie stieß einen unmenschlichen Schrei aus.

Aidan brach zusammen, als sich der Laut in seinen Schädel bohrte.

Eine weitere Woge warf die junge Frau und ihren Gefährten rücklings in die Dunkelheit. Die Kleidung der jungen Frau brach in Flammen aus, und ihr Gefährte warf sich über sie und versuchte, das Feuer zu ersticken. Eng umschlungen rollten sie über den Boden.

Als die Flammen erloschen waren, sprangen beide wieder auf die Beine und wichen zurück. Dabei ließen sie Mazoet nicht aus den Augen. Nach einigen Schritten drehten sie sich um und rannten weg.

Mazoets Schultern sackten nach unten.

Cel Rau mühte sich auf die Beine, streckte die Hände nach Chalayan aus und suchte bei ihm nach Lebenszeichen. Dann sah der Schwertkämpfer Aidan an und nickte.

In Aidans Kopf hämmerte es. Er strich sich über das Ohr, und als er die Hand wegnahm und ansah, war sie blutrot. Dampf stieg aus dem Boden außerhalb des Kreises auf.

Mazoet drehte sich zu ihm um. »Das ist noch mal gut gegangen, nicht wahr?«, sagte er mit einem müden Grinsen.

38

Das Klappern von Metall weckte Caldan. Er hob den Kopf von dem Werktisch, an dem er eingeschlafen war, und sah sich mit verschwommenem Blick um. Senira ächzte, während sie sich in eine sitzende Position brachte.

Er hob schnell den Finger an die Lippen. Erneut klapperte Metall, als die Türklinke heruntergedrückt wurde, und auf der anderen Seite murmelten Stimmen. Dann hörte er zurückweichende Schritte.

Leise schlich Caldan zu der Tür, von der die Geräusche gekommen waren, und spähte durch das Schlüsselloch. Im Korridor dahinter nahm er undeutliche Bewegungen wahr. Caldan suchte nach weiteren Belegen dafür, dass sie entdeckt worden waren. Er konnte nicht erkennen, von wem die Bewegungen stammten. Senira trat hinter ihn.

»Ich glaube, wir sind entdeckt worden«, flüsterte er.

Sofort wirkte Senira verängstigt.

»Es musste irgendwann passieren«, sagte er, »aber ich hatte gehofft, dass uns noch etwas Zeit bleibt.«

»Was sollen wir jetzt tun? Wir müssen von hier verschwinden!«

Caldan zog sie weg von der Tür und in die Mitte des Raumes. *Sie hat recht. Wir sollten einen Kampf unbedingt ver-*

meiden. »Wenn sie durch das Schlüsselloch schauen, werden sie uns hier drinnen sehen. Wir müssen unsere Sachen zusammenpacken, bevor sie zurückkommen.«

Senira nickte und machte sich daran, die Speisen sowie alles andere einzusammeln, was ihnen noch nützlich sein könnte. Caldan ging zum Werktisch und stopfte eilig die Metallteile und das Papier in seinen Sack.

»Wir nehmen weder die Decken noch die Teekanne mit«, sagte er. »Die anderen wissen sowieso, dass jemand hier war, also müssen wir unsere Zeit nicht damit verschwenden, sie zu verstecken.«

»Wenn du meinst ... Was machst du da?«

Caldan stellte gerade eine seiner Papierfiguren in eine Nische in der Ziegelwand. Er schaute sich kurz um, dann brachte er eine weitere Figur auf dem Sturz über der Haupttür unter. Er öffnete seine Quelle und verband beide Stücke mit ihr. Es war noch immer mühsam, zwei Stränge gleichzeitig für längere Zeit aufrechtzuerhalten, aber immerhin fiel es ihm inzwischen etwas leichter.

»Sie sehen unheimlich aus.« Senira beäugte die Figuren misstrauisch und machte sich dann wieder daran, die restlichen Vorräte einzusammeln.

»Es sind nur magische Werke, und zwar schwache. Sie spüren, wenn jemand herkommt, und sie teilen es mir sofort mit.«

»Warum hast du sie wie Menschen gestaltet?«

»Weil ... eines Tages hoffe ich, in der Lage zu sein, sie beweglich zu machen«, erwiderte Caldan und zuckte die Achseln.

Senira erschauerte. »Das ist unheimlich.«

»Nein, das ist es nicht. Ich kann schon Papiertiere dazu bringen, sich zu bewegen, aber mit stärkeren Materialien ist es schwieriger.«

Senira schüttelte den Kopf. »Komm. Du kannst so viele Experimente machen, wie du willst, sobald wir von hier verschwunden und bei den Meistern untergekommen sind.«

Ihre Worte klangen so, als wäre sie zuversichtlich, dass sie sich ohne Schwierigkeiten in Sicherheit bringen konnten. Caldan wünschte, er wäre genauso zuversichtlich.

Gedämpfte Stimmen drangen an ihre Ohren.

»Schnell«, zischte Caldan, packte Senira an der Schulter und schob sie auf eine andere Tür zu. Er öffnete seine Quelle und hob die magische Sperre an ihr auf.

Senira steckte den Kopf nach draußen. »Alles klar ... glaube ich.«

Caldan stand dicht hinter ihr und sah über ihren blonden Haarschopf hinweg durch den Spalt. Es sah alles unverdächtig aus, aber er wollte sich ganz sicher sein.

Er griff in die Tasche und zog ein zu einem Papiervogel gefaltetes Blatt heraus, das mit Runen bedeckt war. Dann glättete er die Schwingen des Gebildes, runzelte dabei die Stirn vor Konzentration, verband das Gebilde mit seiner Quelle und warf es schließlich in den Korridor. In seinem Kopf baute sich ein großer Druck auf, als er die nunmehr drei Stränge aufrechterhielt.

Mit flatternden Schwingen stieg der Papiervogel bis dicht unter die Decke, dann glitt er den Korridor entlang. Die Runen auf seiner Oberfläche schimmerten schwach in der Dunkelheit.

»Oh«, keuchte Senira. »Das ist ... wunderschön.«

Caldan grinste. »Glaubst du noch immer, dass es unheimlich ist?«

»Der Vogel ist es nicht, aber die anderen Dinge sind es durchaus.« Sie schaute hoch zu ihm. »Was macht er jetzt?«

»Er späht die Umgebung aus. Und er wird mir mitteilen,

wenn sich jemand in der Nähe befindet, genau wie die Figuren im Werkraum. Aber er wird nicht lange Bestand haben.« Caldan schwieg für einen Augenblick. »Alles klar. Komm, wir gehen.«

Senira trat in den Flur hinaus, und Caldan folgte dicht hinter ihr. Er schloss die Tür und aktivierte das magische Schloss wieder. Wer immer ihnen folgen wollte, musste sich sehr anstrengen, es zu öffnen. Außerdem sah es nun so aus, als befänden sie sich noch im Innern des Werkraumes. Zumindest würde es einen Verfolger für einige Zeit aufhalten, und das war alles, was Caldan brauchte.

Er ergriff Seniras Hand.

»Was machst du da?«, fragte sie.

»Entschuldigung. Auf diese Weise kann ich dich abschirmen, wenn es nötig werden sollte. Dazu muss ich Körperkontakt mit dir haben.«

»Oh. Na, dann ist es in Ordnung.« Sie schenkte ihm einen neugierigen Blick. »Du kannst also zwei Personen gleichzeitig mit einem Schild versehen?«

»Ich bin mir zumindest ziemlich sicher, dass ich es kann.«

Senira wirkte nicht ganz überzeugt, aber sie packte seine Hand ein wenig fester.

Sie schlichen durch den schwach erhellten Korridor, und ihre Füße verursachten nur ein leises Geräusch auf den Bodenfliesen. Vor ihnen befand sich ein blasses orangefarbenes Licht. Dort teilte sich der Gang nach rechts und links, wie Caldan wusste. Die linke Abzweigung führte in die Gärten, während die rechte in einem Hof endete, der oft von den Schülern besucht wurde, wenn sie ihre Schmiedewerke ausprobierten.

Sie blieben kurz vor der Gabelung stehen und drückten sich gegen die Wand. »Alles klar«, flüsterte Caldan.

Senira sah ihn an und runzelte die Stirn.

»Der Vogel«, rief er ihr in Erinnerung und zeigte auf die magische Papiergestalt, die in der Mitte der Gabelung hockte. Eine kleine Rauchsäule stieg von ihr auf.

»Du zuerst«, sagte sie und winkte ihn vorwärts.

Caldan wusste, dass zwei weitere Türen auf den Hof zur Rechten führten. Er hoffte, dass sie durch eine von ihnen die Gebäude der Gilde verlassen konnten.

Eine der magischen Figuren im Werkraum teilte ihm plötzlich mit, dass jemand eingetreten war, aber er vermochte nicht zu sagen, wer oder wie viele es waren. Ein schwaches Zupfen der anderen magischen Figur an seinem Bewusstsein verriet ihm, dass sie sich schnell bewegten. Wenn sie sein Schloss an der ersten Tür überwunden hatten, würde es nicht lange dauern, bis sie auch das zweite aufgebrochen hatten.

Er packte Seniras Hand fester und eilte voraus.

Beide Verbindungen zu den magischen Figuren im Werkraum brachen gleichzeitig ab. Ein Knistern erfüllte den Korridor, und hinter ihnen wurde die Tür zum Werkraum aufgeworfen.

Caldan aktivierte seinen Schild, und seine Haut spannte sich. Mit einem einzigen Gedanken dehnte er den Schild auf Senira aus.

Durch die Tür schlenderte die große, blasshäutige Frau, die er aus der Zelle kannte, ihr folgten zwei Männer. Die Glöckchen im dunklen Haar der Frau klimperten, als sie sich bewegte.

»Hallo«, rief sie. »Ich sehe dich.« Sie gab ein warmes Lachen von sich.

»Lauf!«, schrie Caldan. Er rannte auf die Abzweigung zu und zerrte Senira mit sich.

Eine mächtige Kraft traf sie von hinten und hob sie beide ein Stück in die Luft. Senira brüllte auf. Kurz vor der Abzweigung fielen sie wieder zu Boden. Caldan strengte sich an, um Seniras Hand festzuhalten. Sein Schild widerstand dem Sperrfeuer, aber er ächzte unter dem Druck. Funken flogen, als Kugeln aus gelbem Licht an ihnen vorbeizischten und gegen die Wände schlugen.

Plötzlich erreichte ihn ein starker Duft nach Zitronen.

Ein weiterer Regen aus gelben Lichtern flog auf sie zu, breitete sich über den ganzen Korridor aus und traf Caldan und Senira. Die Kraft des Aufpralls warf ihn zurück, und er verlor den Griff um Seniras Hand. Mit einem schwachen Knall löste sich der Schild um sie herum auf.

Eine dritte Gruppe von Kugeln folgte der zweiten. Caldan sah hilflos zu, wie zwei Kugeln gegen Senira schlugen. Sie taumelte und schrie auf. Ihre Knie gaben nach, und sie sackte zusammen. Rauch stieg aus zwei versengten Stellen an ihrem Körper auf.

Ihr Blick wurde glasig, und sie erstarrte.

»Nein!«, schrie er. »Ich hatte dich doch in meinem Schutz!« *Und du hättest eigentlich in Sicherheit sein sollen.*

»Ergreift ihn lebendig!«, hörte er Glöckchens laute Stimme hinter ihm. »Das Mädchen ist mir egal.«

Caldan packte seinen Sack und kroch auf Händen und Knien in die eine der beiden Abzweigungen. Kurz warf er einen Blick zurück und sah Senira auf dem kalten Steinboden liegen. Sein Gesicht brannte, und Schweiß tropfte von ihm herunter. Er hätte sie beschützen müssen. Sie hatte sich auf ihn verlassen. Und jetzt war sie tot.

Und wenn er sich nicht beeilte, würde es ihm bald genauso ergehen.

Sein Körper schmerzte dort, wo die Lichtkugeln gegen seinen Schild getroffen waren. Sein Schild hatte Caldan vor der Energie geschützt, die diese Kugeln ausstrahlten, nicht aber vor ihrer physischen Kraft.

Er sprang auf die Beine und taumelte in den Hof. Dann hastete er auf eine weitere Türöffnung zu, blieb kurz in ihr stehen und zog Papierbündel aus seinen Hosentaschen. Schnell zerknitterte er die Gestalten, die er in der Nacht so mühsam geformt hatte, aber das war ihm gleichgültig. Es spielte keine Rolle mehr. Nun ging es nur noch darum, zu entkommen.

Caldan warf das Papier auf den Boden und verschwand in dem Durchgang.

Seine Verbindung zu dem Vogel riss ab, und so wusste er, dass die Verfolger nun die Stelle erreicht hatten, an der Senira lag. Er musste sich beeilen.

Vor ihm erstreckte sich ein weiterer gerader Korridor. Türen befanden sich zu beiden Seiten in den Wänden, aber er wusste, dass sie nur zu Klassenzimmern und Büros führten. Es waren Sackgassen. Aber der Gang endete in einer weiteren Tür mit soliden Metallbeschlägen. Diese führte zu einer Seitenstraße neben dem Gebäude der Gilde.

Caldan rannte den Korridor entlang und kümmerte sich nicht darum, wie laut er dabei war. Einmal drehte er sich um und warf einen Blick zurück. Niemand. Vielleicht wussten sie nicht, welchen Weg er genommen hatte. Er zog ein weiteres Blatt Papier hervor.

Ein Schatten bewegte sich hinten im Hof. Vermutlich standen sie nun bei den weggeworfenen Papiergestalten.

Caldan öffnete seine Quelle und verband sie mit einer der Gestalten, dann mit der nächsten und mit noch einer. Er biss die Zähne zusammen und schuf die Verbindung zur vierten. Sein Kopf fühlte sich an, als müsste er gleich explodieren.

Schnell verband er sich mit der fünften. Keuchend füllte er alle fünf mit Kraft an, aktivierte sie aber noch nicht. Dann griff er tief in seine Quelle hinein, holte so viel Kraft wie möglich hervor ... und zerstörte den Anker.

Alle fünf Gebilde wurden in einem einzigen Augenblick verzehrt, als er die Macht, die durch sie floss, entfesselte. Sie hatte kein Ziel, keinen Zweck. Er ließ sie einfach los.

Ein schmerzhaft grelles Licht brach im Hof aus. Die Luft um ihn herum erbebte. Ein heißer Wind trieb den Korridor entlang und fuhr ihm über das Gesicht.

Caldan hielt den Atem an und wartete. Einen Augenblick. Zwei.

Eine Gestalt betrat vom Hof aus den Gang. Ein silbriges Klingeln ertönte.

Die Frau, Glöckchen, stand da. Ihre Kleidung dampfte. Blutflecken überzogen ihr Gesicht. Von den beiden Männern, die sie begleitet hatten, war nichts mehr zu sehen.

»Böser Junge«, sagte sie und ging auf ihn zu.

Caldan schleppte sich durch die massive Tür und warf sie hinter sich zu. Die schmale Gasse dahinter war menschenleer. So schnell wie möglich faltete er ein weiteres Blatt Papier und steckte es zwischen Tür und Rahmen.

Er griff nach seiner Quelle, doch in seiner Panik entglitt sie ihm. *Konzentriere dich!* Noch einmal holte er tief Luft und tastete erneut in sich hinein. Dabei war er so unbeholfen, als ob es das erste Mal für ihn wäre. Da. So schnell es ihm noch möglich war, verband er sich mit zwei verschiedenen Runenmustern auf dem Papier und erfüllte sie mit Kraft aus seiner Quelle. Abermals zerriss er einen der Anker.

Das Metall um das Papier glühte orangefarben auf, dann rot, dann weiß. Caldan bemühte sich, die Verbindung zu halten. Das Metall wurde flüssig und tropfte zwischen Tür und

Rahmen. Dann verschloss er seine Quelle wieder. In der kalten Luft erstarrte das Metall und verschweißte die Tür.

Er packte seinen Sack, rannte los und schaute nicht mehr zurück.

Es schienen Stunden vergangen zu sein, als Caldan endlich stehen blieb. Er beugte sich vornüber, stützte sich mit den Händen auf den Knien ab und atmete schwer. Die Passanten, an denen er vorbeigelaufen war, hatten ihn wie einen Irren angesehen, und für eine Weile glaubte er, tatsächlich einer zu sein. Caldan hatte sich nicht mehr umgedreht, sondern war in die engsten Hintergassen und schmalsten Straßen gelaufen, die er finden konnte. Soldaten patrouillierten in der ganzen Stadt. Sie steckten in Rüstungen und trugen magische Gegenstände, wie er sie bei Mosey und Castens gesehen hatte. Bisher war es ihm gelungen, den Soldaten auszuweichen.

Verwirrt schaute er sich um und hatte keine Ahnung, wo er war. Irgendwo zwischen dem Gräberviertel und dem Hafen, vermutete er. Er erinnerte sich daran, vor einiger Zeit den Fluss Modder auf einer Brücke überquert zu haben, doch bei all den Biegungen und Abzweigungen, die er seitdem genommen hatte, war er möglicherweise nicht sehr weit vorangekommen.

Zwar hatte er es geschafft, das Gildenhaus zusammen mit seinem Kleinod, dem Knochenring, den Dukaten, dem Armreif und dem magisch aufgeladenen Metall zu verlassen, aber er hatte Senira verloren. Dieser Gedanke warf ihn beinahe auf die Knie. Caldan holte tief Luft und rieb sich die Augen. *Denk nach.* Er musste nachdenken.

Miranda. Ich muss sie finden und mich vergewissern, dass sie in Sicherheit ist. Aber wenn er auf der Straße blieb, war es nur eine Frage der Zeit, bis er erwischt wurde. Er musste irgendwo in der Nähe ein Versteck finden. Seine Hosenbeine waren mit getrocknetem Blut überzogen. Also musste er außerdem unbedingt die Kleidung wechseln und sich waschen. *Aber wo?* Caldan schaute sich um und versuchte, sich zurechtzufinden. Er glaubte, er erkannte ... ja. Offenbar befand er sich in der Nähe des Geschäfts, in dem er seine Erzkristalle gekauft hatte. Wie hieß noch der seltsame Ladeninhaber? Amerdan? Ja, genau. Vielleicht konnte er ihn um Unterschlupf bitten, bis er sich darüber im Klaren war, was er als Nächstes tun sollte.

Er erinnerte sich an seine erste Begegnung mit dem Mann. Der flüchtige rötliche Glanz auf seiner Haut und der seltsame Geruch waren ihm im Gedächtnis geblieben. Zwar wusste er nicht, was das bedeutete - und er war sich ziemlich sicher, dass es ihm nicht gefiel -, aber ihm blieb keine andere Wahl, als den Kaufmann um Hilfe zu bitten. Er wischte sich die verschwitzten Handflächen an den Hosenbeinen ab und fuhr sich dann mit der Hand über die Stirn.

Caldan lief zur Hauptstraße und hielt dabei Ausschau nach den Invasoren. Es war eine Weile her, seit er einen von ihnen gesehen hatte, aber es wäre nicht gut, jetzt alle Vorsicht fahren zu lassen, wenn er sich bereits in der Nähe von Amerdans Laden befand. Sobald er dort war, konnte er sich entspannen.

Vorsichtig begab er sich zu Amerdans Straße. Nun, da er einen Plan hatte, liefen seine Gedanken zurück zu der Tür, die er verschweißt hatte. Bestimmt war Glöckchen sehr überrascht, weil sie nicht auf magische Weise verschlossen war. Es war schwer, das geschmolzene Metall zu entfernen, ohne gleich die ganze Tür zu zerstören. Grimmig kicherte er. Natürlich reichte das nicht aus, um ihr das heimzuzahlen, was sie Senira angetan hatte, aber darum würde er sich später kümmern.

Caldan blieb stehen. Er hatte aus seiner Quelle geschöpft und die Kräfte geformt, *nachdem* seine Papiermagie zu nichts verbrannt war. Aber wenn er kein magisches Werkstück mit seinen Verbindungen, Runen und Ankern besaß, die den Kräften aus seiner Quelle eine Gestalt verliehen, dann ... wie hatte er dann das Metall zum Schmelzen bringen können? Zauberei benötigte physische Verbindungen und Gestalten, durch welche die Kräfte gelenkt wurden - oder etwa nicht?

»Nein. Das ist unmöglich«, murmelte er. *Aber ich habe es getan.* Er glaubte, dass die zerstörerische Magie, die er beobachtet hatte, denselben Prinzipien unterlag, es sei denn, man entfesselte alle aufgestauten Kräfte in einem einzigen Augenblick. Doch die Lichter, die die Frau ihnen entgegengeschleudert hatte, waren keineswegs chaotisch, sondern sehr genau gezielt gewesen. Das bedeutete, dass sie geformt worden waren.

Caldan schüttelte den Kopf und zuckte vor Schmerz zusammen. Das stetige Schöpfen aus seiner Quelle hatte ihn ausgetrocknet, und das starke Kopfweh, das er herannahen fühlte, war die geringste seiner Sorgen. Er konnte später darüber nachdenken. Erst einmal eilte er auf Amerdans Laden zu.

39

Caldan schob sich durch den Perlenvorhang, der vor der Tür hing. Silberne Glöckchen erklangen über ihm.

Amerdan stand hinter seiner polierten Ladentheke. Er rieb sich gerade die Hände, als Caldan hereinkam. »Das ist unerwartet«, sagte er. »Willkommen. Ich hätte nicht gedacht, dass Ihr wegen der Invasion ... aber wartet ... Ihr seht ein wenig ...«

»Es tut mir leid, Amerdan«, sagte Caldan, »aber ich stecke in Schwierigkeiten. Ich war in der Nähe, und Euer Laden erschien mir der einzige sichere ...«

»Ja! Natürlich. Kommt herein. Bleibt doch nicht in der Tür stehen. An Eurer Hose klebt ja Blut!«

»Ich musste mich zuerst vergewissern, dass Ihr wirklich hier seid. Das Blut ist schon getrocknet und kann hier nichts mehr verunreinigen. Wartet bitte einen Augenblick, ich komme gleich zurück. Draußen wartet ein Mädchen auf mich.«

Caldan verließ den Laden rasch wieder und schaute die Straße entlang. Dort hinten, in den Schatten einer Gassenmündung, stand ein zerlumptes kleines Mädchen mit ungleichmäßig gestutzten braunen Haaren. Es hatte gewartet, so wie er es sich von ihm erbeten hatte. *Vielleicht ist es wirklich verlässlich und wird die Botschaft zu Miranda bringen.*

Er näherte sich dem Kind und hielt ihm eine Münze entgegen.

»Hier, bitte. Kannst du die Botschaft jetzt für mich überbringen?«

Das Mädchen nickte eifrig und starrte die ganze Zeit die Silbermünze an, die sich noch außerhalb seiner Reichweite befand.

»Gut. Vergiss nicht, dass du von Miranda eine weitere Münze bekommst, wenn du ihr die Botschaft bringst.« Er gab ihr den Dukaten und wünschte gleichzeitig, es gäbe einen verlässlicheren Weg, aber er war sich ziemlich sicher, dass das Versprechen eines zweiten Silberdukaten das Überbringen der Nachricht garantierte – und er war sich überdies sicher, dass Miranda die Zahlung nicht verweigern würde.

Das kleine Mädchen eilte davon.

Caldan stieß einen Seufzer der Erleichterung aus. Mit ein wenig Glück würde das Kind Miranda in ihrem Lagerhaus antreffen und ihr mitteilen können, dass es Caldan gut ging und er für eine Weile in Amerdans Laden untertauchen würde. Er drehte sich um und stellte fest, dass Amerdan ihn durch die Tür hindurch anstarrte.

Als er in den Laden zurückgekehrt war, führte Amerdan ihn in ein Hinterzimmer, an einer Kellertreppe vorbei und durch eine rückwärtige Tür in einen Hof mit einem Brunnen und einigen Schweinen in einem Pferch. Auf dem Weg dorthin hatte der Ladenbesitzer ununterbrochen geplaudert, und nun reichte er Caldan einen Zinnbecher und deutete auf einen Kübel neben dem Brunnen.

»Trinkt«, sagte Amerdan. »Ihr seht sehr durstig aus. Und dann könnt Ihr mir erzählen, was passiert ist. Wie ist es zu Eurer Beinverletzung gekommen?«

»Einer der Invasoren ...«

»Ich werde es mir gern einmal ansehen.«

»Nein! Vielen Dank, aber das ist nicht nötig. Es ist nur eine kleine Fleischwunde.« Caldan füllte seinen Becher aus dem Kübel und trank gierig. Schnell leerte er den Becher, füllte sich nach und trank dann gleich den nächsten Becher. Danach benetzte er Gesicht, Hals und Arme mit dem Wasser. Er seufzte, zog sein Hemd aus, goss sich kaltes Wasser aus dem Kübel über den Körper und rieb sich die Haut ab. Rasch entfernte er den Schmutz und Schweiß der letzten Tage, dann kippte er sich den ganzen Kübel über den Kopf und schloss dabei die Augen. Das Wasser fühlte sich erfrischend an, und einige Augenblicke lang dachte er nicht mehr an seine Gefangennahme und Flucht. Doch einige Dinge ließen sich nicht einfach wegschieben. Senira hätte nicht sterben dürfen. Er hätte in der Lage sein müssen, sie zu retten. Leise fluchte er, öffnete die Augen wieder und stellte fest, dass Amerdan in der Zwischenzeit gegangen war. Nur einen Moment später kehrte er allerdings mit einer sauberen Hose zurück. Sie ähnelte denen, die Caldan in der Gilde getragen hatte, und sie schien sogar die richtige Größe zu haben.

»Hier«, sagte Amerdan. »Ich wollte damit warten, bis Ihr fertig seid. Ich glaube, sie sollte passen.«

»Vielen Dank. Ich werde mich drinnen umziehen.«

»Natürlich.« Amerdan warf einen Blick hinüber zu den Schweinen und sah dann wieder Caldan an. »Habt Ihr sie mit Zauberei getötet? Ich meine die Indryallaner.«

»Was? Nein. Das ist nicht möglich.« *Doch, ich weiß, dass es möglich ist. Aber wenn die Angreifer ihre zerstörerische Magie so offen einsetzen, wird es bald jedermann wissen. Sie kommen also von Indryalla. Das Schiff im Hafen ... ich wusste doch, dass damit etwas nicht stimmt.* »Zauberei ... funktioniert nicht auf diese Weise«, fügte er wenig überzeugend hinzu.

»Dann habt Ihr es vermutlich noch nicht gehört. Die Stadtmauern baden in blauen Flammen, die keine Hitze abgeben. Sie zischen und knistern jedoch. Ich habe sie mir angesehen. Anasoma ist so fest versiegelt, dass nicht einmal eine Ratte herauskommen kann. Einige Einwohner sind bei Fluchtversuchen sogar gestorben.« Amerdan hielt kurz inne, dann fuhr er fort: »Ich habe gesehen, wie ein betrunkener junger Dummkopf versucht hat, durch die Flammen zu laufen. Er hat Feuer gefangen und ist auf schreckliche Weise gestorben. Ihr seht also, dass Zauberei doch auf diese Weise funktionieren kann. Es hat keinen Sinn, es zu verleugnen. Aber es muss unglaublich sein, solche Kräfte in sich zu haben, nicht wahr?«

Was sollte er sagen? Er konnte nicht einfach mit der Wahrheit herausplatzen - insbesondere deshalb nicht, weil er keine Ahnung hatte, was die Wahrheit war. Bis er sie herausgefunden hatte, wollte Caldan seine Informationen lieber für sich behalten. »Ich bin nur ein Schüler, aber die Meister, die ich kenne, sind nicht der Meinung, dass eine solche Magie möglich ist. Auf alle Fälle kann ich sie nicht durchführen.«

»Dann haben sie Euch belogen.«

Es war klar, was Amerdan damit andeutete: *Oder du belügst mich.*

Caldan zuckte die Achseln. Er hatte keine Ahnung, warum diese Sache dem Ladenbesitzer so wichtig war. »Vielleicht«, sagte er. »Aber darüber kann ich mir jetzt keine Gedanken machen. Ich muss hier bis zum Anbruch der Nacht warten und dann nach einer Freundin suchen. Ist das in Ordnung für Euch?« Mit den hohlen Händen schöpfte er noch einmal Wasser und wusch sich erneut das Gesicht. Als er aufschaute, war Amerdan näher an ihn herangetreten.

»Das ist … in Ordnung. Ja. Bleibt hier.«

»Danke. Kann ich mich irgendwo hinlegen und etwas schlafen? Habt Ihr vielleicht ein Gästebett?«

»Selbstverständlich. In einem der Hinterzimmer steht eine Pritsche. Ich fürchte allerdings, dass sie ein wenig schmal ist.« Amerdan sah Caldan abschätzend an.

»Ich werde schon zurechtkommen. Es ist ja nur für kurze Zeit. Bis zum Anbruch der Nacht.«

»Oje, die Indryallaner haben eine Ausgangssperre verhängt, die bei Sonnenuntergang beginnt, und sie haben deswegen überall in den Straßen Plakate aufgehängt.«

Caldan dachte kurz nach. Wenn er vor Sonnenuntergang von hier wegging, würden die Straßen noch stark bevölkert sein, da jedermann vor dem Einsetzen der Ausgangssperre zu Hause sein wollte. Es wäre die ideale Zeit, um sich unter die Menge zu mischen, denn bei all den dahinhastenden Menschen würde niemand ihn bemerken.

»Dann werde ich eine Stunde vor Einbruch der Dunkelheit gehen.«

Amerdan starrte Caldan eindringlich an. »Wie Ihr wünscht«, sagte er nur.

Er hatte hier einen sicheren Hafen gefunden, zumindest für kurze Zeit. Und trotz Amerdans seltsamem Verhalten stand Caldan nun tief in seiner Schuld. Aber er durfte nicht vergessen, dass sie in einer unruhigen Zeit lebten und er vorsichtig sein musste.

Caldan prüfte nach, ob seine magischen Gegenstände noch sicher in seinem Sack verstaut waren und beide Ringe um seinen Hals hingen. Er hatte nicht schlafen können, denn seine Gedanken waren immer wieder zu Miranda abgeschweift, und er befürchtete, er könnte erst nach dem Einsetzen der Ausgangssperre aufwachen. Das undeutliche Gefühl, beobachtet zu werden, wich nicht von ihm. Der Raum hatte ein kleines vergittertes Fenster, und als er dadurch erkennen konnte, dass sich die Wolken allmählich orangerot färbten, stand er auf.

Nachdem er in seine neue Hose geschlüpft war, begab er sich in den Laden und fand dort Amerdan vor, der mit einem Kübel und einem Tuch die ohnehin schon glänzende Theke abwischte. Er lächelte Caldan an, als dieser eintrat, und wrang das nasse Tuch aus.

»Ich hoffe, Ihr fühlt Euch jetzt besser, junger Caldan.«

Caldan wünschte sich, man würde ihn nicht mehr als »jung« bezeichnen. Er war schließlich größer als die meisten Menschen, denen er begegnete. »Ja. Viel besser. Danke.«

Amerdan schaute zu den Regalen hinter dem Tresen und fixierte dort etwas, und Caldan bemerkte, dass eine abgewetzte Lumpenpuppe in der einen Ecke saß. In diesem makellosen Laden wirkte sie seltsam unpassend.

»Wo ist denn diese Freundin, nach der Ihr suchen wollt?«, fragte Amerdan und riss seinen Blick von der Puppe los.

»Ihr gehört ein Lagerhaus am Hafen. Sie wird dort sein, wenn sie bei Verstand ist – und das ist sie immer.«

»Im Hafen wird es von Invasoren wimmeln. Ihr solltet vorsichtig sein.«

»Ihr Haus befindet sich ein wenig von den Werften entfernt – hoffentlich weit genug. Ich werde sie finden.«

»Am Hafen, sagt Ihr? Dann wird es wohl die Muschelstraße sein.«

»Die Hundshaistraße«, sagte Caldan und zuckte zusammen, als Amerdan zufrieden nickte. Er traute dem Mann nicht ganz und hätte ihm diese Information nicht geben sollen.

»Wie Ihr schon sagtet, ist das weit genug von den eigentlichen Kaianlagen entfernt«, sagte Amerdan. »Es sollte dort sicher sein.«

»Entschuldigung.«

Sowohl Caldan als auch Amerdan drehten sich um, als sie die Stimme des Mädchens hörten. Das Straßenkind war zurückgekehrt. Es stand in der Tür und hatte die Arme fest vor dem Bauch verschränkt. Seine Blicke schossen umher, als ob es in jedem Augenblick Ärger erwarten würde.

Caldan eilte zu ihm und kniete sich hin, damit sein Kopf auf einer Höhe mit dem des Mädchens war. »Hast du sie gefunden? Geht es ihr gut?«

Das Mädchen nickte heftig. »Ja. Sie hat mir eine Botschaft für Euch mitgegeben. Das kostet aber noch eine Münze.« Sie streckte zuversichtlich die Hand aus.

Caldan fischte einen weiteren Silberdukaten aus seiner Tasche und legte ihn auf die Handfläche des Kindes. »Ich vermute, sie war im Lagerhaus? Was hat sie gesagt?«

Das Mädchen verzog das Gesicht und dachte angestrengt nach. »›Komm her. Es ist sicher. Wir müssen aus der Stadt fliehen.‹ Das war es.«

Dann gab Caldan der Kleinen einen weiteren Dukaten, der zusammen mit dem ersten irgendwo unter ihrer schmutzigen Kleidung verschwand. »Danke, du hast mir sehr geholfen. Halte dich von den Straßen fern, wenn du kannst. Da draußen sind böse Männer.«

Das Mädchen runzelte die Stirn, als ob er es darum gebeten hätte, ihm ein Stück vom Mond zu holen. »Da sind immer böse Männer.«

Caldan konnte nichts anderes tun, als zustimmend zu nicken. »Möchtest du etwas essen?«

Die Kleine sah Amerdan kurz an und schüttelte den Kopf. Dabei trat etwas Wildes in ihre Augen. »Nein. Ich sollte jetzt gehen.« Mit diesen Worten drehte sie sich um und verließ den Laden.

»Das wäre also geklärt«, sagte Amerdan. »Angesichts dieser Invasion habe ich das Gefühl, ich sollte viel mehr tun. Ich weiß, ich bin nur ein kleiner Kaufmann, aber es wäre gut, wenn wir zusammenbleiben. Ihr werdet es nie unbehelligt bis zum Hafen schaffen, aber ich kenne ein paar Schleichwege.«

Caldan schüttelte den Kopf. Da war etwas an Amerdan, das ihn argwöhnisch machte. Doch vielleicht färbte die Stadt inzwischen bloß auf ihn ab. »Die Indryallaner werden nach mir Ausschau halten. In meiner Nähe seid Ihr in großer Gefahr.« Er hielt Amerdan einige Dukaten entgegen. »Wie viel schulde ich Euch für die Hose?«

»Gar nichts! Das ist doch das wenigste, das ich für Euch tun kann. Jemand muss sich diesen schrecklichen Invasoren doch in den Weg stellen.«

»Ich überlasse Euch jetzt wieder Eurem Geschäft. Schließlich habe ich Euch lange genug belästigt.«

Caldan lächelte ihn an und nickte. Dann verließ er den Laden und machte sich auf den Weg zum Hafen.

Caldan lief auf der Hauptstraße in Richtung des Hafengebiets. Er benutzte diese große Durchgangsstraße nicht gern, aber es würde zu lange dauern, wenn er nur die Hintergassen nahm. Schlimmer noch, er hatte schließlich schon einmal am eigenen Leibe erfahren, was geschehen konnte, wenn man finsteren Gestalten begegnete. Dieses Risiko wollte er nicht noch einmal eingehen.

Er hielt den Kopf gesenkt und versuchte dabei so gut wie möglich, die Passanten um ihn herum im Auge zu behalten. Wenn er vor sich indryallanische Patrouillen sah, huschte er in eine Seitenstraße und schlug einen großen Bogen um sie.

Als er wieder einmal so einer Gruppe aus dem Weg ging, kam er dabei an einem Platz mit einem Springbrunnen in der Mitte vorbei. Daneben saß ein dürrer Mann auf einem kleinen Schemel, zu seinen Füßen stand ein Korb mit Orangen. Männer und Frauen füllten Behälter mit dem Wasser aus dem Springbrunnen, das wohl durch Aquädukte unter der Stadt herbeigeschafft wurde.

Caldan überquerte den Platz und wollte ihn gerade wieder verlassen, als hinter ihm eine Frau auf ihn zulief – Elpidia.

Sie stieß einen kleinen Schrei der Erleichterung aus und umarmte ihn kurz, aber heftig. »Caldan! Ihr seid wohlauf«, platzte es aus ihr heraus. Dann machte sie einen Schritt zurück. Kurz warf sie einen Blick auf ihre Hand, dann schob sie hastig eine Metallscheibe in ihre Hosentasche. Aber er hatte es bemerkt – und genug gesehen.

Das ist ein magischer Gegenstand. Woher hat sie ihn? Und warum versucht sie so sehr, ihn zu verbergen? »Und Ihr, Elpidia, was macht Ihr auf der Straße? Es ist nicht sicher hier.«

»Ich habe nach Euch gesucht. Es ist wichtig.«

»Und wir sind uns rein zufällig begegnet?« Sein Misstrauen wurde größer, und er ergriff ihren Arm. Er war es leid, herumgestoßen und hintergangen zu werden. »Zeigt mir das magische Werk, das Ihr gerade in Eurer Tasche habt verschwinden lassen.«

Elpidia riss entsetzt den Mund auf. »Ah ... das ist nur ...«

»Zeigt es mir, oder lasst mich in Ruhe.«

Unter großem Widerstreben zog Elpidia den Gegenstand heraus und hielt ihn fest in der Hand.

»Was ist das?«, wollte Caldan wissen.

»Das ist ... so etwas wie ein ... Kompass.« Langsam streckte sie die Hand aus.

Caldan reichte ein kurzer Blick, und sofort wusste er, um

was es sich handelte. Er hatte über diese Geräte gelesen, aber nie eines gesehen. Wenn es funktionieren sollte, benötigte man allerdings Blut. Die meisten Meister verachteten solche Zauberei, und die Einzelheiten der Herstellung waren ihm nicht bekannt.

Dieses Ding hier funktionierte offenbar, aber ... das bedeutete, dass sie *sein* Blut besaß. »Ihr habt also ein wenig von meinem Blut aufbewahrt«, warf er ihr vor.

»Ich ... ich habe den Lappen nicht weggeworfen, nachdem ich die Fäden gezogen hatte.«

Zumindest besaß Elpidia den Anstand, verlegen zu wirken. Ihre Wangen röteten sich, und sie rang die Hände. »Caldan, bitte hört mir zu. Eure Wunden verheilen unnatürlich schnell. Ich habe es mit eigenen Augen gesehen. Meine Forschungen dazu sind wichtig. Ihr müsst mir einen Gefallen tun.«

»Es geht hier um Euren Hautausschlag, nicht wahr? Ihr seid krank. Wirklich krank.«

Sie ließ Arme und Schultern fallen. »Ja. Ich sterbe. Ich bin plötzlich eines Morgens aufgewacht und habe erst nur ein paar rote Flecken an meinem Hals entdeckt. Zuerst dachte ich, es wäre nur eine milde Hautreizung. Ich hätte mich nicht stärker irren können. Neun Jahre Ehe und was habe ich davon? Die Syphilis. Mein Bastard von Ehemann hat mich verlassen und mir diese Krankheit zum Abschiedsgeschenk gemacht.«

Caldan stieß ein leises Zischen aus. Dagegen war kein Heilmittel bekannt, und die Erkrankten beendeten ihre Tage – manchmal waren es Monate, sogar Jahre nach dem Auftreten der ersten Symptome – in furchtbaren Schmerzen. Sein Herz krampfte sich zusammen, und er wand sich innerlich. Er zögerte, wusste nicht, was er sagen sollte. Aber er wusste, dass nichts, was er sagen konnte, Elpidia Trost zu spenden vermochte.

»Die Schnittwunde an Eurem Gesicht ist so schnell verheilt«, fuhr Elpidia fort. »*Zu* schnell. Manchmal kann Zauberei dazu benutzt werden, den Heilungsprozess zu beschleunigen, aber dazu bedarf es eines äußerst erfahrenen und geschickten Meisters. Doch das hier ... Ich habe über ein paar Fälle gelesen, in denen jemand sich selbst geheilt hat, und so war es wohl auch bei Euch.«

Caldan gab ein Grunzen von sich. »Und jetzt glaubt Ihr, mein Blut besäße irgendein Geheimnis. Ich kann Euch versichern, dass dem nicht so ist.« Doch als er diese Worte aussprach, bemerkte er, dass er sich dessen gar nicht so sicher war. Sein Bein war verheilt, während er ohnmächtig gewesen war. Es hatte nur ein paar Stunden dazu gebraucht. Das war keineswegs natürlich.

»Bitte weist mich nicht zurück!«, sagte Elpidia, als ob sie seine Zweifel bemerkt hätte. »Ich habe lange nach jemandem wie Euch gesucht! Wenn das, was ich vermute, der Wahrheit entspricht, dann will ich es ausprobieren. Und wenn ich herausfinde, wie es funktioniert, wird es mir möglich sein, es auch bei anderen Menschen einzusetzen, um sie zu heilen.«

Caldan schüttelte den Kopf. Dafür hatte er jetzt keine Zeit. »Das muss warten. Ich muss zuerst herausfinden, was mit den Protektoren und den anderen Mitgliedern der Zauberergilde passiert ist. Die Stadt wurde überrannt, falls Euch das noch nicht aufgefallen ist.«

»Bitte«, flehte Elpidia ihn an. »Ich brauche noch etwas mehr von Eurem Blut – nur eine Phiole.«

»Was? Nein!« Diese Frau war verrückt.

Elpidia packte Caldan am Arm. Tränen quollen in ihren Augen auf. »Das ist doch nur eine kleine Menge – kaum mehr als ein paar Tropfen, mit denen ich herumexperimentieren kann. Es würde mir wieder Hoffnung geben. Und Ihr werdet das wenige Blut nicht vermissen. Bitte!«

»Ich werde mein eigenes Blut nicht vermissen? Nein«, sagte Caldan mit großer Bestimmtheit. Das war zu viel. Er wollte jetzt nicht einmal darüber nachdenken. »Ich lasse mich nicht als Experiment missbrauchen. Euer Plan ist verrückt. Ich will nicht mehr mit Euch darüber reden. Meine Entscheidung steht.«

»Aber …«

»Ich habe Nein gesagt, Elpidia. Ich gehe jetzt, und ich will nicht, dass Ihr mir noch einmal folgt. Habe ich mich klar ausgedrückt?«

Caldan drehte der Ärztin den Rücken zu und eilte in Richtung des Hafens. Bei der Auseinandersetzung mit Elpidia hatte er wertvolle Zeit verloren. Er konnte nur hoffen, dass er Miranda noch rechtzeitig vor dem Beginn der Ausgangssperre erreichen würde.

40

Caldan trat einen Schritt zurück, als Miranda die schwere Tür ihres Lagerhauses aufsperrte. Als sie weit genug offen stand, schlüpfte er ins Innere und wurde sofort von ihr in den Arm genommen. Miranda drückte ihn so fest, dass er schon befürchtete, sie wollte ihn nie wieder loslassen. Ihr Kopf lehnte an seiner Schulter, und ihre Haare streiften sein Kinn und dufteten nach Lavendel und Mandeln.

Er stieß einen Seufzer aus und löste sich ein wenig von ihr, damit er ihre Umarmung wirklich erwidern konnte. »Es ist alles in Ordnung«, sagte er leise. »Mir geht es gut. Ich bin bisher unverletzt geblieben ... nun ja, fast.«

Sofort ließ sie ihn los und schob ihn von sich. »Fast? Du bist verletzt? Wo?« Sie betrachtete ihn von oben bis unten.

»Es ist nichts.« Er zögerte, begriff aber schnell, dass das keinen Sinn hatte. Wenn es einen Menschen auf der Welt gab, dem er vertraute, dann war es Miranda. *Außerdem weiß Elpidia bereits von meinen Heilfähigkeiten, und Miranda wird sie sowieso bald herausfinden. Also kann ich es ihr auch gleich sagen.*

»Ich habe eine Stichwunde im Oberschenkel.«

»Oh! Wie gefährlich ist sie? Du bist doch allein hierhergekommen. Ist sie verbunden?«

»Nein. Es ist etwas Seltsames passiert. Einer der Indryallaner hat mit seinem Dolch zugestoßen, als ich versucht habe, ihm Widerstand zu leisten. Es war ziemlich schlimm. Aber er wollte mich nicht töten, sondern nur verletzen.«

Entsetzt hielt sich Miranda die Hand vor den Mund.

»Es ist passiert, als sie mich in eine Zelle geworfen haben«, fuhr Caldan fort. »Dann bin ich bewusstlos geworden. Als ich wieder zu mir gekommen bin, war die Wunde schon fast verheilt. Ich weiß nicht, wie das geschehen ist.«

»Bist du geheilt worden? Mit Zauberei? Warum sollte jemand das tun?«

Caldan schüttelte den Kopf und berührte die Stelle an seinem Bein, wo sich die Verletzung befunden hatte. »Das war keine Zauberei. Das war ich selbst. Du hast gesehen, wie schnell der Schnitt in meiner Wange verheilt ist. Ich weiß nicht, warum das so ist. Elpidia glaubt, dass es mit meinem Blut zusammenhängt ...«

Miranda sah ihn scharf an. »Elpidia? Die Heilerin? Woher weiß sie das?«

»Ich bin ihr auf dem Weg hierher begegnet. Aber das ist eine andere Geschichte, die ich dir später erzählen werde.«

»Gut. Ich bin froh, dass du in Sicherheit bist.« Sie umarmte ihn noch einmal.

»Ich auch. Ich hatte großes Glück, dass ich fliehen konnte. Aus der Zauberergilde, meine ich. Andere hatten nicht so viel Glück. Die Indryallaner haben die Zauberer zusammengetrieben, wie ich vermute. Mich haben sie in eine Zelle gesteckt, aber ich bin ausgebrochen.«

»Ich habe gehört, dass es Kämpfe in der Zauberergilde gegeben hat. Die Köcherer haben den Indryallanern einige Scharmützel geliefert, aber es gab kaum richtige Gegenwehr. Das ist besorgniserregend. Irgendetwas stimmt nicht. Ich hatte angenommen, dass die Köcherer rasch auf die Bedrohung reagieren, aber ... nun liegen bereits Dutzende indryallanische Schiffe im Hafen. Wo ist der Kaiser? Warum unternimmt er nichts?«

»Ich habe keine Ahnung, aber ich frage mich, ob die Mauer aus blauen Flammen möglicherweise der Grund dafür ist, dass es nicht mehr Widerstand gegeben hat.«

»Vielleicht«, sagte sie. »Trotzdem ist es merkwürdig. Anasoma ist nicht einmal die Hauptstadt. Ich frage mich, was sie hier wollen.«

»Ich habe das Gefühl, dass sie etwas suchen.«

Sie machte sich von ihm frei und sah ihm tief in die Augen. »Was hast du gesehen? Haben sie etwas zu dir gesagt?«

Caldan schüttelte den Kopf. »In meiner Gegenwart haben sie nicht viel gesprochen. Ich weiß bloß, dass sie Alchemie einsetzen. Sie wollen irgendetwas haben, aber ich weiß nicht, was es ist.« Er konnte sich nicht dazu überwinden, Miranda von der zerstörerischen und zwingenden Magie zu berichten – zumindest noch nicht. Sie hatte schon genug Sorgen.

Miranda sah ihn lange an. »Nun, was immer es ist, es befindet sich nicht hier. Sie wären schon längst hergekommen, wenn es so wäre, denn schließlich sind wir nicht weit vom Hafen entfernt.«

Er schaute sich in dem Lagerhaus um und nickte.

»Wie dem auch sei, hier ist genügend Platz«, fuhr Miranda fort. Sie fuhr sich mit der Hand durch die dunklen Haare, und Caldan erinnerte sich daran, wie sanft und weich sie sich angefühlt hatten. »Ich habe ein paar Kleidungsstücke und andere Dinge aus meiner Wohnung mitnehmen können und auch etwas Nahrung, Wasser und sogar eine Flasche mit Apfelwein. Wir werden es ein paar Tage hier aushalten – vier oder vielleicht maximal fünf.«

»Ich brauche ein paar Materialien für meine Gebilde. Es sollte wohl möglich sein, in der Nähe einen Laden zu finden, wo ich so etwas kaufen kann.« Er erkannte, dass er sie bei Amerdan hätte kaufen sollen, aber in seiner Eile hatte er nicht darüber nachgedacht. Außerdem hatte er so schnell wie möglich von dem seltsamen Mann wegkommen wollen.

»Sieh dich einfach um. Eigentlich wollte ich dieses Haus ja nicht lange behalten. Aber wer weiß, was jetzt kommt?«

Eine Tür öffnete sich in einen großen Vorraum mit einem abgetretenen Fußboden, der von einer dünnen Staubschicht bedeckt wurde. Lediglich eine schmale Spur führte zu einer weiteren Tür in der gegenüberliegenden Wand. Die Luft war abgestanden und roch nach Verwesung und alten Gewürzen.

»Ich hatte noch keine Zeit zum Aufräumen«, sagte Miranda und deutete auf den Boden. »Eigentlich hatte ich ja auch nicht erwartet, dieses Gebäude jemals selbst zu nutzen.«

Links befanden sich drei Bereiche, die mit billigen, dünnen Holzverschlägen abgetrennt waren und die als Büros gedient hatten.

»Es tut mir leid, aber etwas Besseres gibt es in diesem Lagerhaus nicht. Wir sollten es uns so bequem wie möglich machen, während wir uns hier verstecken.«

»Das ist völlig in Ordnung.« Caldan steckte den Kopf in jeden der drei Räume, musste dabei wegen des Staubs niesen und rieb sich mit dem Handrücken über die Nase. »Es wird keine große Mühe sein, ein wenig sauber zu machen, und wir werden sowieso nicht lange bleiben.«

»Ach, nein? Wohin sollen wir ... Du hast doch nicht etwa vor, zurück zur Zauberergilde zu gehen, oder? Das ist unmöglich!«

»Es bleibt mir nichts anderes übrig. Ich muss herausfinden, was los ist.« Der Gedanke, dorthin zurückzukehren, wo er niedergestochen und eingekerkert worden war, erfüllte ihn mit Unbehagen. Was war, wenn alle anderen in der Zauberergilde entweder weggesperrt oder getötet worden waren? Sein Unbehagen verwandelte sich in Schrecken.

»Die Indryallaner haben die ganze Stadt eingenommen«, sagte Miranda. »Und die Köcherer sind nirgendwo zu sehen. Vermutlich wurden sie vollständig besiegt. Diese Leute meinen es ernst. Ihre ganze Operation ist gut geplant und ausgeführt. Was willst du mit einer Rückkehr in die Gilde erreichen?«

»Ich weiß es nicht ... aber ich muss es versuchen.«

Miranda trat auf ihn zu und legte ihm die Hände auf die Schultern. Sie sah ihn fest an, bis er ihren Blick erwiderte. »Was musst du versuchen? Was kannst du denn schon tun? Schlimmstenfalls wird man dich töten. Man hat doch schon auf dich eingestochen!«

Caldans Herz hämmerte in seiner Brust. Sie war ihm so nahe – er spürte ihre Berührung, er roch ihren Duft. Er wollte sie näher zu sich heranziehen. Doch stattdessen senkte er den Blick. *Das ist das Erbe des Klosters.* Selbst gegenüber Jemma hatte er sich wie ein Trottel verhalten. »Ja, sie haben auf mich eingestochen. Aber die Wunde ist verheilt. Außerdem hatten sie nicht vor, mich umzubringen. Sie haben gesagt, sie wollten alle Schüler einfangen. Vielleicht sollten sie nur aus dem Weg geschafft werden. Diese Leute haben etwas vor, und ich muss herausfinden, was es ist. Und ich muss in Erfahrung bringen, was mit den Protektoren geschehen ist.«

Miranda schwieg eine Weile. Sie kniff ihren Mund zu einer schmalen Linie zusammen, und er wusste, dass sie wütend war.

»Du setzt dein Leben aufs Spiel«, sagte sie. »Und wofür? Du hast keine Ahnung, was du dort finden wirst.«

»Ich ... ich muss. Verstehst du das nicht? Als ich noch sehr jung war, sind meine Eltern gestorben. Und vor wenigen Monaten habe ich das einzige Leben verloren, das ich je gekannt habe – das klösterliche Leben. Und jetzt ... Die Gilde hat mich aufgenommen. Ich habe dort einen Platz gefunden. Ich kann nicht auch noch das verlieren.«

Sie legte ihm die Hand auf die Wange. »Caldan, es tut mir leid. Ich verstehe, was das für dich bedeutet. Wirklich. Aber wir müssen die Stadt *verlassen.*«

Trotzig und entschlossen schüttelte er den Kopf. »Die Protektoren ... sie sind wichtig. Sie können helfen.«

Miranda seufzte und lief in dem Raum auf und ab, dabei wirbelten ihre Schritte kleine Staubwolken auf. »Wenn die Protektoren helfen könnten, dann hätten sie es inzwischen getan, Caldan. Die Indryallaner haben die Zauberer entweder eingesperrt oder getötet. Sie müssen auch etwas mit den Köcherern gemacht haben, denn sonst hätte es größeren Widerstand gegeben. Sie wissen jetzt, wer du bist, und suchen vermutlich schon nach dir. Wir sollten fliehen ... wir sollten von hier fortgehen.«

»Hör mir zu. Menschen, die ich kenne und respektiere, sind verschwunden. Ich kann sie nicht einfach ihrem Schicksal überlassen. Mir bleibt keine andere Wahl.«

»Natürlich bleibt dir eine Wahl! Wir können die Stadt verlassen.«

»Wie denn? Die Mauern sind von einem Feuerring umgeben, die Tore sind geschlossen und verriegelt.«

»Aus jeder Stadt gibt es einen Weg nach draußen. Wenn man die richtigen Leute kennt, kann man in Erfahrung bringen, wo die Schmugglertunnel und dergleichen sind.«

»Das kostet aber etwas.«

Miranda zuckte die Achseln. »Alles hat seinen Preis. Wäre

es das etwa nicht wert? Es wird nicht einfach sein, aber ich könnte ein paar Nachforschungen anstellen.«

»Manchmal ist ein Preis zu hoch«, sagte er und dachte an Senira. »Nein, ich muss herausfinden, was mit den Protektoren und mit Meister Simmon geschehen ist.« Caldan legte die Hände auf ihre Schultern und sah sie eindringlich an.

Sie erwiderte seinen Blick, doch dann wandte sie sich von ihm ab. *Weiß sie, was ich für sie empfinde?* Ihre Umarmungen, ihre Besorgnis ... all das schien anzudeuten, dass sie es wusste, aber er konnte es nicht mit Sicherheit sagen.

Vielleicht wollte sie ihn bloß nicht in Verlegenheit bringen.

»Gib mir ein paar Tage«, sagte Caldan. »Wenn ich dann nicht in Erfahrung gebracht habe, was ihnen zugestoßen ist, gehen wir fort von hier. Das verspreche ich dir.«

Miranda nickte. »Wir können nicht einfach aus dem Sturm heraussegeln, wie ich es oft auf dem Meer getan habe. Zwei Tage. Dann müssen wir von hier verschwinden. Einverstanden?«

»Einverstanden.« Caldan senkte die Arme und machte einen Schritt zurück. Er schaute sich in dem staubigen Raum um. »Wir brauchen einen Ort zum Schlafen, und irgendwo muss ich arbeiten können. Am besten sollten wir diese abgetrennten Bereiche dazu benutzen.«

Miranda nickte. »Das klingt gut. Ich nehme den vordersten Raum.«

Sie schaute in das eigentliche Lagerhaus, das bis auf etliche Kisten und Fässer neben der Haupttür zur Straße leer war. »Brauchst du noch weitere Vorräte? Ich habe etwas zu essen, aber es wird eben nur für ein paar Tage reichen.«

»Zwei Tage sind genug. Aber wir sollten zusätzlichen Proviant kaufen, nur für den Notfall, und auch ein paar Bettsachen.« Ein klapperiger Tisch und ein Stuhl standen in einer

Ecke. Caldan stellte seinen Sack auf dem Tisch ab. »Es gibt nur einen einzigen Stuhl?«

»Ich bin nicht davon ausgegangen, Gäste zu haben.«

»Komisch.«

»Ja, nicht wahr? Irgendwo steht ein Besen, und in dem anderen Raum findest du noch einen Stuhl. Du machst sauber, und ich gehe nach draußen und besorge uns ein paar Decken für die Nacht. Da die Indryallaner auf den Straßen patrouillieren und vermutlich eine Beschreibung von dir haben, gefällt mir der Gedanke nicht, dass du dort draußen herumläufst.«

Das klang logisch, aber es waren die darunter liegenden Gefühle, die ihn glücklich machten. Etwas an der Art, wie sie ihn ansah, als sie ihre Sorgen aussprach, verleitete ihn zu dem Gedanken, dass es ihr um mehr als nur um rein praktische Erwägungen ging. Er wollte etwas darauf erwidern, das dieses Gefühl bestätigte – für ihn und für sie –, aber mehr als ein Nicken brachte er nicht zustande. »Klar.«

»Es sollte nicht lange dauern. Wenn ich nicht bald zurück bin, schick einfach einen Suchtrupp los.«

»Bitte mach keine Witze darüber.«

»Ich werde mich beeilen.« Sie zögerte und fügte dann hinzu: »Mach niemandem, den du nicht kennst, die Tür auf.«

Caldan war gerade fertig geworden, als Miranda mit einem Bündel Decken zurückkehrte. Sie versperrte die Tür hinter sich und bedeutete ihm, die Decken in die frisch ausgefegten Räume zu tragen. Ein schwaches Aroma nach Pfefferminze trieb von dem Ofen aus gebranntem Ton in der Ecke herbei. Auf die Kohlen des Ofens hatte er einen Kessel gestellt, und auf dem Boden daneben warteten zwei glasierte Tonbecher, die er in einem staubigen Regal gefunden hatte.

»Du bist fleißig gewesen«, bemerkte sie.

»Ich habe es nicht gewagt, mich zu entspannen, während du draußen warst. Du hättest mich dafür verflucht, und das hätten meine empfindlichen Ohren nicht ertragen.«

Miranda schenkte ihm ein schwaches Lächeln.

Caldan konnte es ihr nicht verübeln, dass sie im Augenblick keinen Sinn für Humor hatte. Ihre Lage war sehr düster.

»Draußen habe ich ein paar Informationen bekommen«, sagte Miranda zögerlich.

»Vermutlich keine guten Neuigkeiten?«

»Nein.«

Caldan goss Pfefferminztee in die beiden Becher und hielt einen von ihnen Miranda entgegen. »Was ist passiert? Was hast du gehört?«

»Ein paar ... ziemlich viele Adlige und etliche der mächtigsten Kaufleute sind tot.«

Caldan keuchte auf. »Die Indryallaner haben sie umgebracht? Warum? Bei den Adligen könnte ich es ja noch verstehen, aber warum die Kaufleute?«

»Das ist das Seltsame daran: Die Indryallaner haben sie nicht getötet – sie alle haben Selbstmord begangen. Ich habe gehört, dass schon dreißig Leichen gefunden worden sind, und es werden immer mehr.«

»Selbstmord? Das ergibt doch keinen Sinn.«

»Ja. Manche haben sich die Pulsadern aufgeschnitten, andere haben sich erhängt oder Gift genommen. Noch seltsamer ist, dass alle es ungefähr zur gleichen Zeit getan haben.«

»Das ist unheimlich. Wer waren sie? Waren es wichtige Leute?«

»Die meisten, ja. Hochrangige Adlige, Kommandanten der Köcherer aus der Stadt und den umliegenden Gebieten und einige Richter. Was die Kaufleute angeht, bin ich mir nicht sicher. Ich kenne keinen von ihnen. Ich habe nichts von Izak, Lady Felicienne oder Sir Avigdor gehört. Hoffentlich bedeutet das, dass sie entkommen konnten.«

Caldan dachte kurz nach. »Felicienne hat sicherlich einen Plan gehabt, und ich glaube, wir können ihr vertrauen.« Er runzelte die Stirn. »Allerdings habe ich keine Ahnung, wie wir sie finden oder mit ihr in Kontakt treten können.«

»Wenn sie nicht unter den Opfern genannt wurden, dürfen wir annehmen, dass sie noch leben. Und dem zufolge, was du mir über Lady Felicienne erzählt hast, bezweifle ich, dass sie sich das Leben genommen hat. Der Kaiser wird den Adel für das bestrafen, was hier passiert ist – für den Mangel an Widerstand und den Verlust der Stadt. Es wird Degradierungen und Verbannungen geben, aber ich glaube nicht, dass Selbstmord dem vorzuziehen wäre.«

»Dem stimme ich zu. Ich glaube, dass ...« Caldan verstummte. Plötzlich kam ihm ein Gedanke. Glöckchen hatte Zauberei benutzt, um seinen Verstand zu kontrollieren. Er erinnerte sich an den Mann, den Simmon zu verhaften versucht und den Caldan schließlich getötet hatte. Ihm war vorgeworfen worden, zerstörerische und *zwingende* Magie benutzt zu haben.

Sie mussten ihre Gegner nicht töten – sie haben die Adligen und Kaufleute einfach dazu getrieben, sich selbst umzubringen.

Aber warum?

Er dachte noch einen Augenblick darüber nach und begriff, dass Miranda ihm bereits die Antwort mitgeliefert hatte. Sie hatte gesagt, dass jemand für das, was hier geschah, verantwortlich gemacht werden würde. Was war, wenn sie tatsächlich dafür verantwortlich *waren* – wenn auch gezwungenermaßen? Das würde bedeuten, dass sich die Indryallaner ihrer einfach entledigten, sobald sie nicht mehr von Nutzen waren. Auch wenn er keinen Zweifel daran hegte, dass einige Adlige korrupt waren, hatte niemand es verdient, dass zuerst sein Geist benutzt und dann der Körper wie Abfall entsorgt wurde.

Miranda schenkte ihm einen besorgten Blick. »Was ist los?«

Abermals hatte er das Gefühl, dass er Miranda nicht über die Möglichkeiten zwingender Magie aufklären und ihr auf diese Weise noch größere Sorgen bereiten sollte. Sie konnten nichts dagegen unternehmen, warum also sollte er ihre Probleme noch vergrößern? Caldan stellte seinen Becher auf den Tisch und hielt den Blick von Miranda abgewandt. »Nichts. Vielleicht ... vielleicht haben sie sich mit den Indryallanern eingelassen und wollten dem Kaiser danach nicht mehr vor die Augen treten. Wir werden es vermutlich nie erfahren, aber vielleicht wissen es die Protektoren. Das macht es umso wichtiger, nach ihnen zu suchen.« Er konnte Miranda nicht in die Augen sehen. Es fühlte sich falsch an, sie zu belügen, aber das Wissen um zwingende Magie war etwas, das die Protektoren geheim hielten, und er hatte keine Ahnung, was sie mit Miranda machen würden, wenn sie herausfanden, dass sie davon wusste.

»Brauchst du meine Hilfe?«

»Nein, danke. Mit den wenigen Materialien, die ich habe, kann ich nicht viel herstellen, aber ich sollte in der Lage sein, ein paar Gegenstände zusammenzuschustern, und ich will versuchen, ein wichtiges Projekt fertigzustellen.«

»Glaubst du, jetzt ist die richtige Zeit für deine Projekte?«

»Es wird uns helfen, und deshalb will ich es beenden, falls ich die Möglichkeit dazu habe. Es wird ... besser als alles sein, was ich bisher erschaffen habe. Papier ist zu zart, und mit meinem neuen magischen Werkstück werden wir einen zusätzlichen Schild haben, der uns sehr gute Dienste leisten wird.« Caldan schaute durch die Tür auf die Fässer und Kisten, die Miranda aufgestapelt hatte. »Wenn du dort irgendwo Kaffee findest, wäre ich sehr dankbar dafür. Es wird eine lange Nacht.«

Miranda nickte und machte sich daran, die Kisten zu durchwühlen.

Caldan wandte sich dem klapperigen Tisch und seinem Sack mit den Materialien zu. Er kippte den Sack aus und verteilte die Gegenstände auf der Tischplatte: Papier, Tinte, Federn, einige Holzstücke, zwei Drahtrollen sowie die Metallteile, die er von dem Uhrmacher erworben hatte. Es war nicht viel, aber es musste reichen.

41

Überraschenderweise war nichts Ungewöhnliches auf den Straßen zu bemerken. Das Fehlen der Köcherer hatte in den letzten Tagen zu einem Anstieg der Kriminalität geführt, aber die meisten Einwohner verhielten sich so, als sei nicht viel passiert.

Caldan warf Miranda einen verärgerten Blick zu. Nachdem er die ganze Nacht durchgearbeitet hatte, war er nun sehr müde und nicht in der Stimmung, Meinungsverschiedenheiten auszutragen.

»Du hast gesagt, ich habe zwei Tage«, meinte er. »Du musst nicht mitkommen. Es wäre mir sogar lieber, wenn du es nicht tätest.«

Sie kniff die Augen zusammen. »Wirklich?«

»Zu deiner eigenen Sicherheit. Ich kann den Gedanken nicht ertragen, dass dir etwas zustößt.« Seniras Blut klebte an seinen Händen, und wenn Miranda verletzt würde ... Er glaubte nicht, dass er sich dann je vergeben könnte, sie in diese Sache hineingezogen zu haben.

»Na, wenn das nicht der süßeste Korb ist, den ich je bekommen habe, dann weiß ich es auch nicht.«

»Nein, so ist es nicht«, sagte Caldan. »Ich will dich nicht in Gefahr bringen – niemals – und das hier wird bestimmt gefährlich.« Mit diesen Worten sah er sie eindringlich an, und ihre Augen weiteten sich. Caldan wünschte sich, dass er ihr sagen könnte, was er fühlte. Er war tapfer – oder dumm – genug, zur Zauberergilde zurückzugehen, aber mit Miranda konnte er einfach nicht reden. Es musste ausreichen, wenn er sie schützte.

»Es ist meine eigene Entscheidung. Zwei sind immer besser als einer. Außerdem bin ich nicht völlig schutzlos. Man überlebt nicht lange auf einem Schiff, wenn man sich nicht um sich selbst kümmern kann.« Sie klopfte auf ihre locker sitzende Hose. Als sie vor einer Weile von dem Lagerhaus aufgebrochen waren, hatte Caldan bemerkt, dass sie sich einen Dolch um das Bein gebunden hatte.

Wieder wünschte er, er besäße ein Schwert. Nun waren keine Köcherer mehr da, die etwas dagegen haben könnten. So schnell wie möglich wollte er sich unbedingt irgendeine Klinge besorgen.

Er trug einen breitkrempigen Hut und zog ihn nun tief in die Stirn, damit sein Gesicht so gut wie möglich verborgen war – das war Mirandas Idee gewesen, und sie hatten einen auf einem der Märkte gekauft –, falls indryallanische Soldaten nach ihm Ausschau hielten. Natürlich würde ihn jeder erkennen, der ihn aus der Nähe sah und eine Beschreibung von ihm besaß, aber wenigstens war er so vor einer zufälligen Entdeckung halbwegs geschützt.

»Es hat sich nicht viel verändert«, sagte Miranda. »Zumindest nicht für die gewöhnlichen Menschen. Was sollte für sie schon passieren, wenn der Kaiser hier die Macht verliert und sie von jemand anderem ausgeübt wird? Das Leben geht weiter. Für viele Menschen könnte dieses Leben sogar besser sein. Lediglich der Umstand, dass keine Vorräte mehr von außen in die Stadt hereinkommen, mag irgendwann für Unruhe sorgen. Bald wird es sicher schmerzhafte Rationierungen geben.«

Sie irrt sich. Für mich hat sich alles verändert.

Caldan gab ein undeutliches Grunzen von sich und zeigte nach Westen. »Wir sollten am Fluss entlanggehen.«

Obwohl es noch früh am Morgen war, hatte die Sonne die schaumige Oberfläche des Modders bereits so sehr aufgeheizt, dass der Gestank ihnen in die Nase drang. Der Gedanke daran, wie er im Hochsommer riechen mochte, verursachte bei Caldan einen Würgereiz.

»Gute Idee. Bei dem Gestank werden nur wenige Leute in seiner Nähe unterwegs sein«, sagte Miranda, als ob sie seine Gedanken gelesen hätte.

Sie gingen schweigend weiter. Kakerlaken huschten vor ihren Stiefeln in die nahe gelegenen Gebäude oder die Uferböschung hinunter. Ratten hielten inne und starrten sie an. Nachdem sie in der letzten Nacht ihre Möglichkeiten besprochen hatten, waren sie übereingekommen, die Zaubergilde bei Tageslicht aufzusuchen und sich dabei unter das gemeine Volk zu mischen. Es wäre zu riskant, in der Nacht herumzuschleichen, da die Indryallaner ja die Ausgangssperre verhängt hatten. Auf diese Weise erregten sie weniger Aufsehen.

»Wenn du einen Zauberer siehst, bleib dicht bei mir«, sagte Caldan. »Ich kann dich beschützen.« Er würde es niemals zulassen, dass das, was mit Senira geschehen war, auch Miranda zustoßen würde.

Miranda nickte und biss sich auf die Unterlippe.

Auf der anderen Flussseite zogen zerlumpte Kinder Stöcke durch das seichte Wasser. Etwas weiter entfernt saßen zwei alte Männer, rauchten Pfeife und plauderten miteinander.

»Ich kann ihn dir hier nicht zeigen, und vor unserem Aufbruch habe ich nicht daran gedacht.« Caldan rieb sich die müden Augen. »Ich hatte zu viel im Kopf. Aber sobald wir die Gilde erreicht und einen geschützten Platz gefunden haben, zeige ich dir meinen Schild.«

»Zauberei?«

»Ja. Du musst mir glauben, wenn ich sage, dass ich dich beschützen kann.« Doch in Wahrheit wusste er nicht, ob er dazu in der Lage war, falls sie wirklich Zauberei begegnen sollten. Er verdrängte diesen Gedanken.

Miranda nickte. »Also los!«

Caldan lächelte und schüttelte den Kopf über ihren Enthusiasmus. Sie gingen weiter, und die Morgensonne wärmte ihnen den Rücken. Nachdem sie den Flusslauf verlassen hatten, gingen sie zwei indryallanischen Patrouillen aus dem Weg, indem sie sich in Seitengassen duckten. Kurz bevor sie die Zauberergilde erreicht hatten, führte Caldan Miranda in eine verlassene Gasse, die an der Südmauer entlangführte. Sie kauerten sich hinter eine Regenwassertonne, die sich unmittelbar gegenüber einer verriegelten Tür befand.

»Du musst immer in meiner Nähe bleiben.«

»Ich habe es verstanden. Seit wir vom Fluss weggegangen sind, hast du es schon dreimal gesagt.« Verärgerung lag in Mirandas Stimme.

Caldan biss die Zähne zusammen und war eher von sich selbst als von Miranda enttäuscht. Er ballte die Finger zu Fäusten, dann streckte er sie wieder aus. Wenn er es viermal zu Senira gesagt hätte ...

Sie sollten versuchen, die Tür so schnell wie möglich aufzubrechen und sie dann offen zu lassen für den Fall, dass sie schnell die Flucht ergreifen mussten.

Er knabberte an seinem Daumennagel, während er darüber nachdachte und seine Möglichkeiten abwog. Mit zerstörerischer Zauberei konnte er die Tür öffnen, aber die Entfesselung so großer Kräfte würde jeder bemerken, der gerade mit seiner eigenen Quelle verbunden war. Ihm kam eine andere Idee, die von seinen Experimenten mit beweglichen Gegenständen herrührte.

Er durchsuchte seine Taschen und zog schließlich ein Stück weiße Kreide hervor.

»Auf geht's«, sagte er, ergriff seinen Sack und ging quer durch die Gasse auf die Tür zu.

Miranda zögerte einen Augenblick, dann folgte sie ihm.

Caldan kniete sich hin, sodass sich seine Augen auf der Höhe des Schlosses befanden.

Miranda eilte neben ihn. »Was immer du vorhast, mach es schnell«, zischte sie. »Wir sind hier ziemlich ungeschützt.«

Caldan nickte und zeichnete mit raschen, sicheren Bewegungen zwei Kreidemuster auf das Schloss - eines links und eines rechts davon. Er kniff die Augen zu und öffnete seine Quelle. Dann stellte er sich den Mechanismus vor und verband die beiden Muster miteinander. Das Metall knirschte, verbog sich und brach.

Miranda keuchte auf. »Ist sie jetzt offen?«

»Ja.« Er fühlte sich jedoch ein wenig verlegen. »Ich wollte es eigentlich nicht zerstören, sondern nur öffnen.«

»Großartig. Wenn wir das nächste Mal in eine gut geschützte Gilde einbrechen, kannst du es ja richtig machen.«

Schnell schlüpften sie durch die Tür und zogen sie hinter sich zu, sobald sie drinnen waren.

Miranda stieß einen Seufzer der Erleichterung aus. »Das war einfacher, als ich dachte.«

Sie fanden sich in einem schwach erhellten Korridor wieder. Das einzige Licht kam vom anderen Ende, wo der Korridor sich in den Garten öffnete. Abgesehen von ihrem eigenen

Atmen drang nicht der geringste Laut an ihre Ohren. Der übliche Hintergrundlärm der geschäftigen Gilde und ihrer alltäglichen Aktivitäten war verschwunden. Es gab jetzt keinerlei Anzeichen von Leben mehr.

Sie bewegten sich so leise wie möglich und schritten an geschlossenen Türen zu beiden Seiten des Ganges vorbei. Der Garten war grün, üppig und völlig unverändert, obwohl um ihn herum Kämpfe getobt hatten.

»Warte einen Augenblick«, flüsterte Caldan und brachte Miranda mit einer knappen Handbewegung zum Stillstand. Aus seiner Hosentasche zog er den mit Runen bedeckten Vogel hervor, den er aus einem Blatt Papier gefaltet hatte, und setzte ihn auf dem Boden ab. Dann öffnete er seinen Sack und holte ein etwa faustdickes Bündel aus Metallstäben hervor.

Zufrieden drehte er sich zu Miranda um. »Ich habe dir gesagt, dass ich dir zeigen werde, wie ich dich beschützen kann.« Er streckte ihr die andere Hand entgegen. Miranda zögerte und ergriff sie schließlich.

Caldan schenkte ihr ein beruhigendes Lächeln. »Du darfst keine Angst vor dem haben, was du jetzt sehen wirst. Vertraue mir.«

Ein blassblaues Licht hüllte Caldan ein. Miranda keuchte auf und wich zurück. Sie hätte den Griff um Caldans Hand verloren, wenn dieser sie nicht festgehalten hätte. »Siehst du, da ist nichts, wovor du Angst haben müsstest.«

Sie schluckte. »Das ist ein Schild, nicht wahr?«

»Ja. Er kann einen Schwertstoß oder ein Messer aufhalten und dich vor Zauberei schützen. Er hat schon mehrfach ausgezeichnet standgehalten, und ich bin zuversichtlich, dass er uns vor den meisten Angriffen bewahren wird.« Caldan schenkte ihr ein beruhigendes Lächeln.

»Aber er kann nur eine einzelne Person abschirmen. Wie willst du mich beschützen?«

Caldan drückte ihre Hand fester, damit sie sich nicht von ihm löste. »Mit den Runen, die ich in das Werkstück eingeritzt habe, und mit ein wenig mehr Konzentration kann ich die Kräfte auf diese Weise beeinflussen …« Im nächsten Augenblick umgab der Schild auch Miranda.

Sie stieß einen erstickten Schrei aus und versuchte, die Hand wegzuziehen. »Er drückt gegen mich«, zischte sie.

»Das ist in Ordnung«, erwiderte Caldan. »Es ist nur ein geringer Druck, und du wirst dich an ihn gewöhnen. Hör einfach auf, dich zu winden.«

Miranda hatte die Augen geschlossen und atmete schwer. Bald öffnete sie das eine Auge wieder. »Ich kann sehen.« Dann hob sie auch das andere Lid.

Mit einem leisen Knacken verschwand der Schild, als Caldan seine Quelle schloss. »Wenn ich die ganze Zeit Zauberei benutze, wird jemand es spüren. Wir müssen sie in der Reserve halten, falls wir in Schwierigkeiten geraten.«

»Und wir wären sonst außerdem deutlich erkennbar und verdächtig.«

»Ja. Jeder, der uns mit einem Schild herumlaufen sieht, wird herausfinden wollen, was wir vorhaben.«

Caldan bemerkte, dass er noch ihre Hand hielt. Mirandas Haut fühlte sich warm und zart an. Seine Wangen wurden heiß, und er ließ sie los. Miranda grinste ihn frech an, während sich ihre Wangen röteten, dann wandte sie den Blick ab.

Er drehte sich zu dem Türdurchgang, der in den Garten führte. Sein Herz klopfte. »Jetzt weißt du, warum du in meiner Nähe bleiben sollst – so nahe, dass du mir die Hand geben kannst, falls Gefahr droht. Und wenn ich glaube, dass wir in Schwierigkeiten sind, packe ich dich.«

»Packen. Ja, gern.« Sie klang belustigt.

Caldan zeigte auf den Papiervogel und das Bündel aus Metallstangen, die mit Draht zusammengebunden waren. »Das sind unsere Späher. Sie können sich uns vorausbewegen und teilen uns mit, ob jemand in der Nähe ist. Wir sollten in der Lage sein, rasch vorwärts zu kommen, solange wir niemandem begegnen.«

»Ein Papiervogel und ein Haufen ... Metall?«, fragte Miranda mit deutlichem Unglauben in der Stimme.

»Vertraue mir.«

»Natürlich. Ich bin bloß nicht an Zauberei gewöhnt.«

Manchmal bin ich das auch noch nicht, dachte er.

Er berührte den Vogel mit seinen Sinnen, öffnete seine Quelle und verband sie mit dem Papier. Die Runen auf dem Vogel schimmerten im schwachen Licht, und er flatterte mit den Flügeln und erhob sich vom Boden. Mit einem Gedanken sandte Caldan das Gebilde durch den Korridor und in den Garten dahinter. Aus den Augenwinkeln sah er, wie Miranda es beobachtete. Auf ihrem Gesicht spiegelte sich Verwunderung wider.

»Ich werde ihn in eine der Baumkronen setzen, sodass er so viel wie möglich von dem Garten überblicken kann. Seine Reichweite und sein Sichtfeld sind eingeschränkt, aber er sollte in der Lage sein, uns einen sicheren Weg zu zeigen. Aber er wird nicht lange Bestand haben, und deshalb müssen wir uns beeilen.«

»Wie lange hält er?«

»Ein paar Minuten. Ich habe aber noch weitere Vögel.«

»Es ist traurig zu wissen, dass etwas so Schönes so schnell vernichtet wird, wenn es nicht mehr von Nutzen ist. Und was macht das Metall?«

»Es ist wohl besser, wenn ich es dir zeige.« Er öffnete seine

Quelle und verband sie mit dem Bündel, das er mit der Hilfe des Uhrmachers in langen Stunden stetig verbessert hatte.

Die Metallstäbe erzitterten und formten sich zum Abbild eines geduckten Tieres. Mit ruckartigen Bewegungen erhob es sich und stand bald auf vier Beinen. Auf einem eiförmigen Kopf aus hartem Metall saßen zwei winzige gelbe Steine, die als Augen dienten. Miniaturkrallen steckten an den Enden der Metallpfoten.

»Oh!«, rief Miranda aus. »Das ist ja ein Hund.«

»Nun ja ... nicht wirklich. Ich wollte etwas haben, das sich besser bewegen kann als die Papiertiere und schärfere Sinne hat. Dazu habe ich nur vier Beine anbringen müssen, damit es schnell ist, sowie einen Kopf.«

»Es ist ein Hund«, sagte Miranda nachdrücklich.

Caldan zuckte die Achseln und schaute in Richtung des Gartens. »Komm, wir sollten die Zeit nicht verschwenden, in der der Papiervogel funktioniert.« Mit einem Gedanken schickte er das neue Gebilde voraus. Die Metallkrallen klackten über den Steinboden, bevor es den Kiesweg im Freien betrat. Nach wenigen Augenblicken hatte es den halben Garten durchquert, war von dem Weg ins Gras gelaufen und hinter einer Hecke verschwunden.

»Er ist wirklich schnell.« Miranda sah dem Metalltier mit zusammengekniffenen Augen nach.

Caldan nickte. »Das war meine Absicht. Ich muss noch ein paar Verbesserungen anbringen, aber ich bin schon sehr zufrieden mit diesem Prototyp. Da er aus Metall besteht, wird er lange halten.« Er ergriff Mirandas Hand. »Komm.«

Sie huschten durch die Türöffnung in den Garten und bogen nach links in den Schutz einer Reihe von Büschen ab, die ihnen Deckung gaben. Kurz blieben sie unter dem Baum stehen, in dessen Wipfel der Papiervogel hockte. Caldan benutzte seine Verbindung zu ihm und erfuhr, dass die Luft rein war. Er zupfte an Mirandas Arm, und sie überquerten den offenen Rasen. Dann tauchten sie zwischen zwei dichten Büschen unter.

»Wir sind fast da«, flüsterte Caldan.

Miranda beugte sich nach vorn, stützte sich mit den Händen auf ihren Knien ab und rang nach Luft. »Fast ... wo ...?«

Caldan stellte fest, dass er selbst völlig normal atmete – nach ihrem schnellen Lauf zeigte er keine Anzeichen von Erschöpfung.

»Wir haben den Übungshof der Protektoren schon beinahe erreicht. Dort haben wir den Schwertkampf gelernt. Und dort gibt es eine Waffenkammer. Es wäre möglich, dass wir bald ein Schwert brauchen werden. Als Nächstes suchen wir dann nach den Protektoren.«

»Hast du eine Ahnung, wo wir damit anfangen sollen?«

»Vermutlich in den Zellen. Ich hatte gar nicht gewusst, dass es welche gibt, bevor ich gestern selbst in eine geworfen wurde. Die Zellen in dem Raum, in dem ich war, waren fast alle leer, also wird es noch andere geben.«

»Mit anderen Worten, du hast keine Ahnung.«

»Doch. Wir fangen im Kellergeschoss an. Ich glaube nicht, dass es so ausgedehnt wie das Erdgeschoss ist, und es wird nicht allzu viele Wege nach unten geben.« Caldan warf einen Blick zurück zu dem Baum, in dem er den Vogel zurückgelassen hatte. »Ah. Er verblasst.«

»Ist das in Ordnung?«

»Ja. Der ... Hund ... sollte erst einmal ausreichen.« Er erstarrte. Sein Gebilde hatte etwas erspürt ... eine prickelnde Lebenskraft, die sich ihnen näherte. »Jemand kommt auf uns zu«, flüsterte er und konzentrierte sich. »Mehr als nur eine Person.«

»Der Hund kann durch geschlossene Türen sehen?«, fragte Miranda mit unterdrückter Stimme.

»Nicht wirklich. Er kann Menschen spüren – ihre Lebenskraft – und bestimmen, ob sie eine magische Quelle haben. Es ist so ähnlich wie das Prinzip, mit dem die Zauberergilde begabte Kinder aufspürt.«

Schweigend warteten sie einige Minuten. Die Stärke des Prickelns nahm ab und verblasste, als sich die Personen von ihnen entfernten.

»Sie sind weg«, sagte Caldan schließlich. Er sandte sein Bewusstsein kurz in den Hund und suchte nach weiteren Gefahren. Nichts. »Die Luft ist rein. Lass uns gehen.«

Sie bewegten sich hinter den Hecken an der Mauer entlang, bis sie zu einer anderen Tür kamen. Caldan hob den Riegel an und folgte Miranda nach drinnen. Das Metallgebilde lief mit leisen Geräuschen vor ihnen her.

Vor ihnen erstreckte sich ein weiterer Korridor, der etwa zwanzig Ellen lang war und in einen Hof mündete, dessen Boden aus gestampfter Erde bestand. Links und rechts von ihnen befanden sich Türen: es waren zwei an jeder Seite.

»Diese hier.« Caldan drehte den Knauf der nächsten Tür rechts von ihnen. Sie war versperrt.

Miranda stellte sich hinter ihn. »Versuch doch noch einmal deinen Trick.«

Er tastete in seinen Hosentaschen nach der Kreide. Als er sie gefunden hatte, zeichnete er Muster auf das Schloss. Wenige Augenblicke später öffnete es sich unter einem Klacken. Diesmal geschah es viel sanfter – allmählich wurde er besser. Er zwinkerte Miranda zu, die missbilligend die Stirn runzelte.

»Du würdest einen guten Dieb abgeben«, sagte sie.

»So etwas würde ich niemals tun.«

»Das weiß ich. Das ist eines der Dinge, die ich an dir mag.«

Im Innern des Raumes hingen Klingen aller Größen an hölzernen Wandhaken. Jede steckte in einer Lederscheide, die wiederum an einem Gürtel befestigt war. In drei großen Truhen befanden sich vermutlich andere Waffen. Miranda versuchte, eine davon zu öffnen.

»Verschlossen«, sagte sie enttäuscht.

»Wir sollten nicht zu lange hierbleiben. Such dir etwas aus.«

Caldan suchte die Wände mit seinen Blicken ab und nahm das erste Schwert herunter, das zu seiner Größe passte. Es war schlicht und ohne Verzierungen, doch es reichte allemal aus. Er legte sich den Gürtel um die Hüfte und schob ihn so lange hin und her, bis er bequem saß. Dann drehte er sich um – und stellte fest, dass Miranda ihn anstarrte.

»Du siehst ... gefährlich aus«, sagte sie nüchtern. »Dein Körperbau, das Schwert, die Zauberei ...« Sie schüttelte den Kopf.

»Wir sollten hoffen, dass wir all das nicht brauchen.« Aber er wollte für alle Fälle gerüstet sein. Vermutlich war er alles andere als gefährlich, aber er würde sein Bestes geben, besonders wenn es darum ging, Miranda zu schützen.

Sie verließen die Rüstkammer und traten leise hinaus in den Korridor. Im Hof hielten sie inne. Die abgeteilten Kreise, in denen die Zweikämpfe stattfanden, waren mit Blättern bedeckt, die der Wind herbeigeweht hatte.

In der Mitte eines dieser Kreise lag ein dünner Körper mit verdrehten Gliedmaßen, das Gesicht dem Boden zugewandt. In der einen Hand lag noch ein schmales Schwert. Um die Gestalt herum bedeckten dunkle Flecken die hellere Erde. Obwohl die Kleidung mit Staub und Schmutz bedeckt war, erkannte Caldan den von den Meistern bevorzugten Schnitt und die typische Farbe. Und dieses Schwert ... Er holte tief Luft. *Jazintha ...?*

Er sah Miranda kurz an, bedeutete ihr, ihm zu folgen, und näherte sich dem Körper mit zögerlichen Schritten. Die Meisterin war schon seit einem oder zwei Tagen tot. Kopf und Hals wiesen eine grünlich-blaue Färbung auf. Caldan und Miranda hielten sich die Nase zu, denn der Gestank verwesenden Fleisches war beinahe überwältigend. Miranda wich zurück und bedeutete Caldan mit einer kurzen Handbewegung, er solle alleine die Leiche weiter untersuchen. Er holte tief Luft und kniete sich kurz neben den Leichnam, bevor er zurück zu Miranda taumelte und gierig die frische Luft einsaugte.

»Ich hätte nie geglaubt, dass sie besiegbar ist«, sagte Caldan.

Miranda hielt sich noch immer die Hand vor Mund und Nase. Sie wandte sich von der Leiche ab. »Du kennst sie?«

»Ja, Jazintha, eine Meisterin der Protektoren. Sie konnte sehr gut mit der Klinge umgehen.«

»Aber sie scheint bei einem Schwertkampf gestorben zu sein. Wenn sie so gut war, wer konnte dann in der Lage sein, sie zu besiegen?«

»Gute Frage. Jemand, der besser war als sie ... und das macht mir Angst.« Caldan stieß die Luft durch seine Nase aus und versuchte, den Gestank loszuwerden, der noch immer in ihr steckte. »Sie hat schlimme Wunden erhalten, und an der Klinge ihres Schwertes klebt kein Blut. Wer immer sie getötet hat, war ihr haushoch überlegen.«

Miranda zitterte und rieb sich die Arme. »Caldan, wenn sie eine Meisterin war und so leicht besiegt werden konnte ...«

»Nein«, sagte er fest. Er wusste, was sie hatte sagen wollen. »Es spielt keine Rolle, wie mächtig diese Indryallaner sind. Wir müssen gegen sie kämpfen. *Ich* muss kämpfen.« Sein Blick fiel auf den schrecklich zugerichteten Leichnam.

»Ich ... weiß«, sagte sie. »Aber wir müssen von hier verschwinden.«

»Wir sollten etwas für sie tun. Sie begraben oder ...«

»Oder was?«, fragte Miranda scharf. »Wir dürfen nicht länger hierbleiben. Gerade haben wir nicht die Zeit, etwas für sie zu tun.« Sie packte Caldans Arm. »Komm.«

Einen Augenblick lang zögerte er, aber er wusste, dass Miranda recht hatte. Caldan holte tief Luft und wandte sich von Jazintha ab. »Dort entlang.« Er zeigte quer über den Hof zum Eingang eines weiteren Korridors.

Caldan verband seine Gedanken mit dem mechanischen Hund und schickte ihn voraus. Er verschwand um eine Ecke in dem Gang.

»Er ist nicht gerade unauffällig«, sagte Miranda. »Was ist, wenn jemand ihn sieht oder hört?«

»Er sollte die anderen spüren, bevor sie ihn sehen, und außerdem werde ich ihn in den Schatten und hinter den Bänken halten. Ich werde jede Möglichkeit der Deckung ausnutzen. Aber du hast recht, ich muss noch ein paar Verbesserungen anbringen.«

»Darüber kannst du später nachdenken. Jetzt sollten wir uns endlich auf die Suche nach den Protektoren machen.«

»Das werden wir.«

Caldan durchquerte den Hof und hielt dabei die Hand auf dem Griff seines neuen Schwertes. Ohne zu zögern, betrat er den Korridor, dicht gefolgt von Miranda, die einen nervösen Blick zurückwarf und sich vergewisserte, dass der Hof immer noch leer war.

Links von ihnen lagen zwei weitere Leichen, eine über der anderen, die Schwerter daneben. Ihre Kehlen waren aufgeschlitzt, und scharlachrote Streifen zogen sich über die Wand über ihnen. Wortlos führte Caldan Miranda um sie herum.

Nach einigen Abzweigungen und schwach erleuchteten

Gängen stießen sie auf eine Treppe, die hinunter ins Halbdunkel führte.

»Hier ist eine von ihnen«, flüsterte Caldan. Er stieg einige Stufen hinunter, dann blieb er stehen. Einen Augenblick später huschte das Metallgebilde an ihren Füßen vorbei und eilte mit fließenden Bewegungen in die Tiefe. Als es den Boden erreicht hatte, schickte Caldan es noch tiefer ins Zwielicht hinein. Bald konnte er bestätigen, dass sich niemand in der Nähe befand.

»Die Luft ist rein. Wir können gehen.«

Er stieg rasch die Treppe hinunter und fand sich sehr bald an einem Ort wieder, der seinen Erwartungen entsprach: in einem Raum mit Zellen an den Seiten.

»Warte«, zischte Miranda. »Es ist dunkel. Wie kannst du hier unten etwas erkennen?«

Er drehte sich um und sah, wie sie an der Wand entlang die Treppe hinunterstieg, dabei mit der Hand an der Wand entlangtastete und sich jedes Mal vergewisserte, dass sie mit beiden Beinen auf der Stufe stand, bevor sie einen weiteren Schritt hinuntermachte. Caldan sah sie allerdings deutlich trotz der Dunkelheit. Seltsam. Er hatte schon immer geglaubt, eine gute Nachtsicht zu haben, und er hatte oft auch dann noch lesen können, wenn andere ein Licht brauchten, aber das hier war trotzdem eine Überraschung. War sein Sehvermögen so viel besser als das von Miranda?

»Ist es zu dunkel für dich?«, fragte er vorsichtig.

»Ja. Hast du kein Licht?«

»Doch, natürlich.« Er öffnete seinen Sack und holte eine Kerze sowie ein alchemistisches Zündholz hervor. Er strich mit dem Zündholz über die Wand, und es brach in Flammen aus. Damit zündete er die Kerze an und blies das Zündholz wieder aus. Miranda hastete die verbliebenen Stufen hinunter.

Caldan deutete auf die Zellentüren. »Sie sind wie die, in der ich eingesperrt war, aber es ist niemand hier.«

»Bist du dir da sicher?«

»Ja. Sicherheitshalber sollten wir trotzdem nachsehen – aber schnell.«

Sie gingen zu allen Türen und spähten zwischen den Gitterstäben hindurch in die dahinter liegenden Zellen. Keine war belegt.

»Hier ist niemand. Wir müssen weitersuchen.«

Der nächste Raum, den sie fanden, war nur ein Keller, in dem Käse und Krüge mit billigem Wein gelagert wurden. Doch bald entdeckten sie eine weitere Treppe und einen weiteren Zellenblock.

Trotz der weiten Wege, die sie innerhalb der Zauberergilde zurückgelegt hatten, waren sie bisher niemandem begegnet. Das machte Caldan Sorgen. *Es ist zu einfach. Wo sind alle? Die Indryallaner sollten im Gebäude patrouillieren oder es als Basis für ihre Operationen benutzen, was immer das im Einzelnen bedeuten mag. Und wo sind die Zauberer?* In den Korridoren war es so still wie in einem Grab. Caldan schauderte es bei diesem Vergleich. Vielleicht aber hatten die Indryallaner das gefunden, wonach sie gesucht hatten, und waren weitergezogen.

Sein magisches Gebilde klackte über den Steinboden und stieg rasch in den Raum unter ihnen hinab. Diesmal übermittelte es das Gefühl, dass eine der Zellen belegt war.

Caldan hielt den Finger vor seine Lippen und bedeutete Miranda, still zu sein. Sie erstarrte.

Er flüsterte ihr ins Ohr: »Da ist jemand in einer der Zellen. Geh ein paar Stufen hinunter, sodass du vom Gang aus nicht zu sehen bist, und bleib dann dort stehen. Soweit ich es sagen kann, handelt es sich nicht um einen Wächter, aber ich will mich zuerst vergewissern.«

Miranda nickte. »Du brauchst dir um mich keine Gedanken zu machen«, flüsterte sie zurück.

Caldan schenkte ihr ein beruhigendes Lächeln und stieg langsam die Treppe hinunter. Er packte den Griff seines Schwertes und zog es um eine Handbreite aus der Scheide.

Wie in der Zelle, in der er gefangen gehalten worden war, stank es auch hier nach Verwesung und Urin. Möglichst leise machte er einen Schritt nach dem anderen. Sein magisches Gebilde stand vor einer der Zellentüren, und er bewegte sich darauf zu.

Metall klirrte gegen Metall. Ketten kratzten über den steinernen Fußboden. Ein Schluchzen drang aus der Zelle.

Caldan erstarrte. Sein Herz raste, und er atmete so leise er konnte.

Die Ketten klirrten erneut. Jemand fluchte. Eine Stimme ertönte.

»Wer ist da?«, krächzte ein Mann, die Worte hallten laut durch die Stille.

Caldan zögerte. Er glaubte, die Stimme zu kennen.

»Ich weiß, dass da jemand ist.« Der Mann gab ein raues Husten von sich. »Zeig dich … oder auch nicht … es spielt keine Rolle.«

Durch das vergitterte Fenster in der Tür sah Caldan auf dem Zellenboden einen Mann liegen, der sich zu einer Kugel zusammengerollt hatte. Seine Kleidung war zerrissen und blutig und das Gesicht schmutzverschmiert. Ketten liefen von Halterungen in der Wand zu Fesseln um seine Handgelenke.

»Meister Simmon? Seid Ihr das?«

Simmon zuckte zusammen. Er rollte sich noch enger zusammen, als ob er versuchen wollte, die Welt um ihn herum auszuschließen.

»Geh weg. Weg von hier.«

Caldan suchte in seiner Hosentasche nach der Kreide und malte hastig die Muster auf das Schloss. »Ich bin gekommen, um Euch zu retten. Wir können von hier verschwinden. Wisst Ihr, was mit den anderen Meistern geschehen ist?« Er verschaffte sich Zugang zu seiner Quelle, und das Schloss öffnete sich mit einem scharfen Klacken.

Simmon zog eine Grimasse. »Ich weiß es.« Seine Stimme reichte kaum bis zu Caldan. »Ich weiß, was mit ihnen allen geschehen ist.« Er drehte den Kopf zur Seite.

Caldan zog die Tür auf und kniete sich über den Meister. Simmon stank. Er hatte sich besudelt und lag in seinem eigenen Dreck. Was konnte so etwas verursacht haben?

»Es ist alles gut. Wir werden Euch von hier fortbringen.«

Simmon lachte, schwach zuerst, dann immer stärker und lauter. Nach wenigen Augenblicken wich das Lachen einem Hustenanfall. Er brachte sich in eine sitzende Position, und seine leeren Augen starrten durch Caldan hindurch. »Nein«, krächzte er, »ich will nicht weg von hier.«

Verwirrt runzelte Caldan die Stirn. »Ich habe die Tür geöffnet. Wir können Euch in Sicherheit bringen.«

Simmon schüttelte den Kopf. »Nein. Ich kann nicht. Ich habe es nicht verdient.«

»Was wollt Ihr damit sagen?«

»Ich muss hierbleiben.«

Miranda stand hinter Caldan. Sie musste herbeigekommen sein, als sie die Stimmen gehört hatte. Dabei hatte er ihr doch gesagt, sie solle sich nicht von der Stelle rühren.

»Meister Simmon«, sagte sie sanft und war dabei vollkommen ruhig und rational. »Was ist mit den anderen Meistern geschehen? Ihr habt gesagt, Ihr wisst es.«

Simmon gab ein verzweifeltes Ächzen von sich und kniff

die Augen zusammen. »Ich …«, keuchte er. »Ich konnte nichts dagegen tun.« Dann schrie er: »Ich habe *zugesehen!*«

Caldan und Miranda tauschten einen besorgten Blick aus. Sie trat neben den Meister, der bei ihrem Näherkommen zusammenzuckte, und kniete nieder.

»Was meint Ihr damit?«, fragte sie. »Haben sie Euch gefesselt und gezwungen zuzusehen?«

Meister Simmon jammerte und atmete schwer. »Nein«, schluchzte er.

Caldan wandte den Blick ab. Er ertrug es nicht zu sehen, was aus diesem Mann, den er früher so sehr geachtet hatte, geworden war.

Miranda legte Simmon die Hand auf die Schulter. »Aber Ihr habt zugesehen … das verstehe ich nicht.«

Simmon erwiderte ihren Blick. Seine Augen waren matt und leer. Er leckte sich mit der Zunge über die Lippen. »Sie haben mich gezwungen. Ich war hier.« Er schlug sich gegen die Schläfe. »Ich konnte mich nicht davon abhalten. Ich habe sie umgebracht. Die Meister. Ich war es, aber ich war es nicht. Ich konnte nichts dagegen tun. Ich musste zusehen.« Er sackte auf dem Boden zusammen, rollte sich wieder zu einer Kugel zusammen und weinte.

Caldan konnte nicht glauben, was er gerade gehört hatte. Wie hatte Meister Simmon all die Menschen, die er respektiert und mit denen er gearbeitet und sie als Protektor geschützt hatte, umbringen können? Ein Teil von ihm glaubte, er habe sich verhört und es sei unmöglich, dass Simmon so etwas getan hatte. Dann erinnerte er sich an Jazinthas Leichnam in dem Kreis – getötet von jemandem, der mit dem Schwert viel geübter war als sie und der eine Meisterin mit mächtiger Magie besiegen konnte.

Doch das ergab keinen Sinn. Es sei denn … Simmon war

von den Indryallanern kontrolliert worden, so wie Glöckchen es mit Caldan gemacht hatte. *Ist das möglich?*

Caldan sah wieder Simmon an, der hilflos auf dem schmutzigen Steinboden lag. Gebrochen. Mit zerrüttetem Geist. Plötzlich schien es nur allzu möglich zu sein. Welchen besseren Weg zur Infiltration der Protektoren gab es, als einen ihrer Meister zu beherrschen und ihn dazu zu bringen, die anderen zu töten?

Es würde auch erklären, warum sie die Gilde so gut kannten. Sie brauchten keinen Spion ... sie *erschufen* einen. Und die Adligen und Kaufleute, die Miranda zufolge Selbstmord begangen hatten ... vielleicht waren sie ebenfalls von einer fremden Macht beherrscht und dazu angetrieben worden?

Caldan ergriff Mirandas Arm und zog sie von Simmon weg, den sie zu trösten versucht hatte. Wenn Simmon tatsächlich durch Zauberei gesteuert und zu diesen schrecklichen Taten gezwungen worden war, dann würde es sehr lange dauern, bis er sich davon erholte – falls es überhaupt möglich war.

»Hör mir zu. Wir müssen gehen. Wenn das, was er sagt, der Wahrheit entspricht, dann sind alle Meister tot.«

»Aber ... aber warum?«, flüsterte Miranda.

»Ich glaube, ich weiß es. Es geht um das, was die Protektoren in Wirklichkeit sind. Was sie waren. Erklärungen müssen warten.« Er fuhr sich mit der Hand durch die kurzen Haare. »Wir werden niemanden finden, der uns helfen kann. Es ist niemand mehr übrig, es sei denn, einige konnten fliehen, aber dann verstecken sie sich vermutlich irgendwo in der Stadt. Es hat keinen Sinn, hier länger herumzusuchen.«

Miranda nickte und wischte sich durch die Augen. »Wir befreien Simmon und verschwinden von hier.«

»Ja.«

Er untersuchte Simmons Handschellen. Sie waren vernietet, wiesen kein Schloss auf, als hätten seine Feinde keinen Grund gesehen, ihn je wieder freizulassen. »Ich sollte in der Lage sein, sie ihm abzunehmen. Das Scharnier an der anderen Seite ist der schwache Punkt.«

»Dann mach es«, sagte Miranda.

Caldan hatte sich über den Meister gebeugt und redete sanft und leise mit ihm. »Meister Simmon, könnt Ihr mich hören? Wir werden Euch hier herausholen und von den Ketten befreien. Glaubt Ihr, dass Ihr gehen könnt?«

Simmon jammerte etwas Unverständliches, dann versteifte er sich und bedeckte das Gesicht mit den Händen. »Ich kann nicht. Lass mich hier. Ich habe es verdient.«

»Das werden wir nicht. Ihr werdet Euch erholen. Aber wir müssen Euch von hier fortbringen.«

»Nein. Du verstehst es nicht. Lasst mich hier. Und lasst mir eine Klinge hier.«

Caldan schluckte und sah Miranda an.

Ihr Gesicht verzerrte sich vor Wut. »Das ... das können wir nicht tun. Bitte mich nicht, dabei mitzumachen.«

»Du hast recht«, sagte Caldan zu ihr. »Das können wir nicht, und ich werde es nicht von dir verlangen.« Er drehte sich zu Simmon um. »Ich kann Euch befreien, und zusammen wird uns die Flucht gelingen. Aber dazu brauchen wir Eure Hilfe.«

Simmon packte Caldans Arm. In seinen Augen lag Entschlossenheit. »Wobei soll ich euch helfen? Dabei, euch und alles andere zu verraten, woran ich je geglaubt habe? Nein. Lasst mir eine Klinge hier, und lauft weg. Verschwindet endlich. Jemand muss überleben.« Er nahm die Hand weg und sackte wieder auf den Boden. »Geht in die Hauptstadt. Die anderen Protektoren müssen es erfahren.«

Lange starrte Caldan den auf dem Boden liegenden, an die Wand geketteten Meister an. Simmon hatte aufgegeben. Er war … gebrochen. Sie konnten ihn nicht gegen seinen Willen durch die Zauberergilde und die Straßen von Anasoma schleifen.

Ein schwacher Geruch von Zitronen drang ihm in die Nase. Caldan riss den Kopf herum. Der Geruch kam von rechts, ein wenig über ihnen. Er streckte seine inneren Fühler aus – jemand hatte in der Nähe seine Quelle aktiviert. Es waren mehrere. Und es war ihnen gleichgültig, ob sie dabei bemerkt wurden. Sie versteckten ihre Stärke nicht. *Indryallaner*. Er dachte an jene langhaarige, blasshäutige Frau namens Glöckchen.

Simmon starrte ihn an. »Du spürst es auch«, sagte er. »Sie kommt. Du kannst ihr keinen Widerstand leisten. Ihr müsst fliehen!«

Caldan warf einen raschen Blick auf Miranda, dann sah er wieder Simmon an. Wie nahe war die Quelle des Zauberers? Blieb ihnen genug Zeit?

»Geht!«, rief Simmon. »Du bist machtlos gegen ihre zwingende Magie.« Simmon leckte sich die Lippen. »Lass mir dein Schwert hier. Ich kann mich selbst verteidigen. Wenn ich großes Glück habe, kann ich sie vielleicht sogar töten.«

»Glück ist in letzter Zeit Mangelware gewesen«, sagte Miranda und zupfte an Caldans Hemd. »Befreie ihn, dann gehen wir. Er wird sich nicht verteidigen. Er wird …«

»Doch, das werde ich«, warf Simmon ein und lächelte. »Ich verspreche es. Gib mir dein Schwert. Nur so habt ihr genügend Zeit für eure Flucht. Schnell, sie kommt!«

Caldan glaubte Simmon keinen Augenblick. Aber er hatte recht. Wenn er es vermeiden wollte, dass sie geschnappt wurden, und wenn er Miranda lebendig von hier wegbringen wollte, blieb ihm keine Zeit mehr. Er löste seinen Schwertgürtel und legte die Klinge zu Füßen des Meisters ab.

Simmon schlug kurz die Augen auf und schloss sie gleich wieder. »Danke«, murmelte er.

Caldan machte einen Schritt zurück. Einige Sekunden stand er dort, war vollkommen still.

»Ich ...« Er verstummte, schüttelte den Kopf. »Lebt wohl«, sagte er.

»Caldan, du hast mir deine einzige Waffe gegeben. Ich kann dich nicht ohne Ersatz ziehen lassen.« Simmon kämpfte sich auf die Beine und griff nach dem Schwert, das Caldan ihm überlassen hatte. »Es war meines und ist durch die Hände vieler Protektoren gegangen, bevor es zu mir kam. Ich habe es benutzt, um sie ... zu verraten. Ich weiß, dass nicht ich es war ... Aber trotzdem ... war es so. Ich hatte es nicht mehr verdient. Ich war seiner unwürdig geworden. Auf dem Übungshof. Der Brunnen. Nachdem ich ... Jazintha ... danach habe ich es dort versteckt. Sie haben alles andere genommen. Ich durfte nicht zulassen, dass sie es auch noch bekommen.«

»Ein Schwert?«

»Nimm es. Gib es den Protektoren zurück. Berichte ihnen, was hier geschehen ist. Du musst sie warnen – sie und das ganze Reich.« Simmons Blick glitt in die Ferne. Er zog das Schwert und starrte den blanken Stahl an. Den Gürtel und die Scheide warf er Caldan vor die Füße. »Geht«, sagte er.

Mit einem letzten Nicken hob Caldan den Gürtel mit dem Futteral auf, und sie ließen den Meister in der Zelle zurück. Angekettet. Allein. Vernichtet.

Wie ein magisches Gebilde, das ausgebrannt war.

Sie beugten sich über den Brunnen im Übungshof und schauten in die Tiefe. Neben dem Rand standen ein hölzerner Kübel mit einem Seil um den Griff und ein halb volles Fass. Dahinter lag Jazinthas Leichnam, und Caldans magisches

Gebilde hatte neben einer Tür Stellung bezogen. Dort wartete es und beobachtete.

Caldan zog eine Grimasse, als er die glatten Steine sah, mit denen der Brunnen eingefasst war. Sie wirkten so, als böten sie bei einem Abstieg keinerlei Halt. Er schaute genauer hin, und seine Augen gewöhnten sich an das Dunkel im Brunnen.

»Oh, warte«, rief er aus. »Hier unten. Wir konnten sie nicht sehen, weil sie unmittelbar unter uns sind. Einige der Steine haben eingemeißelte Schlitze. Wer immer diesen Brunnen gebaut hat, wollte wohl einen leichten Abstieg schaffen, falls einmal Reparaturarbeiten anfallen sollten.«

»Das Reservoir dort unten wird vermutlich von den Aquädukten gespeist.« Miranda schaute sich in dem Hof um und bemühte sich dabei, den Leichnam der Meisterin, der immer wieder ihren Blick auf sich zog, nicht anzusehen. »Könntest du dich ein wenig beeilen, bitte?«, flehte sie ihn an.

»Es wird bestimmt nicht lange dauern.«

Caldan zog seine Stiefel aus, beließ aber den Armreif und die Kleinode an seinem Körper. Dann entledigte er sich seines Hemdes. Er setzte sich auf den Brunnenrand und schwang die Beine über die Einfassung.

»Warte hier. Ruf nach mir, wenn du jemanden siehst. Ich komme dann so schnell wie möglich hoch.«

»Mach dir keine Sorgen, ich werde nicht weglaufen.« Sie hockte sich hinter den Brunnen und machte sich so unscheinbar wie möglich.

Caldan stieg in die Finsternis hinab. Am oberen Rand des Brunnens waren die Luft und auch die Steine trocken, aber je tiefer er kam, desto kälter und feuchter wurde es. Die Spalten in den Steinen sorgten dafür, dass er schnell und schmerzlos hinabsteigen konnte, und bald sah er das Schimmern des Wassers unter sich.

Unter der Wasseroberfläche öffnete sich die Mauer an einer Stelle in einen Tunnel, der sicherlich zu einem der Aquädukte führte, doch auf dem Grund des Brunnens entdeckte er das, wonach er suchte. Metall schimmerte in dem blassen Licht, und er erkannte im Wasser die Umrisse eines Schwertes.

Er holte tief Luft und stürzte sich in das kalte Wasser. Nach einigen Schwimmzügen hatte er den Schwertgriff gepackt, drehte sich um und stieß sich vom Boden ab. Mit der Klinge in der Hand war der Aufstieg schwieriger, aber bald ragte sein Kopf wieder über den Brunnenrand und wurde vom Mond beschienen.

Mit der freien Hand wischte er sich durch das Gesicht und schwang sich über die Einfassung auf den festgestampften Boden.

Miranda stand da und starrte ihn an.

Caldan hob das Schwert und stieß einen leisen Pfiff der Anerkennung aus. Die Klinge war ein Band aus Silber im Mondschein. Sie war vollkommen gerade und eine Handspanne kürzer als die Standardschwerter, mit denen er seine Übungskämpfe bestritten hatte. Der Griff wirkte schlicht und wies an einigen Stellen Rostfleckchen auf, die Lederumwickelung war abgenutzt, aber die Klinge ... Sie war glatt und eben, als ob sie erst gestern geschmiedet und poliert worden wäre. In die obere Hälfte waren Runen eingraviert. Einige waren mit einem rötlichen Metall ausgegossen, das Caldan nicht kannte. Er fuhr mit dem Finger über eines der Muster und hatte keine Ahnung, wozu es diente. Das Ende der Klinge besaß keine Runen, sondern wies wahllos wirkende zarte Streifen und Flecken auf, die in ihrer Gesamtheit an fließendes Wasser erinnerten.

Mirandas Blick glitt an der Klinge entlang. »Sie ist mit

Magie aufgeladen, nicht wahr? Jemand hat viel Zeit mit der Arbeit an diesem Schwert verbracht.«

Caldan nickte. Er wischte sich einen Wassertropfen von der Nase und öffnete seine Quelle, die er mit dem Schwert verknüpfen wollte. Dann runzelte er die Stirn. Es war nicht möglich. Da war nichts, woran er seine Quelle festmachen konnte.

»Ich schaffe es nicht, mich mit ihr zu verbinden. Und das Metall der Klinge ... Ich habe nicht die geringste Ahnung, wie sie geschmiedet wurde. Es ist keine Schmiedemagie – zumindest keine, die ich kenne.« *Könnte es sein, dass ...?*

»Ich glaube, es handelt sich um ein Kleinod.«

Miranda riss den Mund vor Überraschung auf und bedeckte ihn mit der Hand. »Das ist unglaublich«, keuchte sie. »Ich habe noch nie gehört, dass auch ein Schwert ein Kleinod sein kann.«

Das war ihm ebenfalls unbekannt gewesen. Mit dem Geld, das er für dieses Schwert bekommen konnte, wäre er in der Lage, sich eine ganze kleine Stadt zu kaufen. Kein Wunder, dass Simmon es versteckt hatte. Caldan hatte keine Ahnung, wie es dem Meister gelungen war, sich von der zwingenden Magie zu befreien, aber er konnte verstehen, dass Simmon alles in seiner Macht Stehende getan hatte, um diese Waffe, die für die Protektoren so wichtig war, vor dem Feind zu schützen.

»Das ist unglaublich.«

Miranda sah Caldan in die Augen. »Und jetzt befindet es sich in unserem Besitz.«

Er reichte ihr das Schwert, damit er sich wieder Hemd und Stiefel anziehen konnte. Sie packte es, und in dem Augenblick, in dem er es losließ, fiel es aus ihren Händen und prallte mit einem dumpfen Laut auf den Boden. Miranda fluchte und mühte sich mit dem Schwertgriff ab.

»Es ist so schwer. Warum hast du mich nicht gewarnt?« Sie hob die Klinge eine Handbreit über den Boden, ließ sie dann wieder fallen und fluchte erneut. »Du bist offenbar stärker, als du wirkst«, murmelte sie.

Nachdem Caldan Hemd und Stiefel angezogen hatte, nahm er den Gürtel mit dem leeren Futteral an sich. Dann packte er den Griff des Schwertes. Erleichtert ließ sie es los, und er steckte die Klinge in die Scheide. »Es passt nicht perfekt, aber es muss reichen.«

Nun, da die Klinge von dem Futteral verborgen wurde, wirkte der Griff völlig unscheinbar, abgenutzt und schlicht. Vielleicht war das der Sinn der Sache. Mit raschen Griffen band er sich den Gürtel um die Hüfte und hob seinen Sack auf.

»Hast du vergessen, dass es verboten ist, in der Stadt ein Schwert zu tragen?«, fragte Miranda.

»Ich glaube nicht, dass das Gesetz gegenwärtig noch große Bedeutung hat, oder?«

Sie gingen zurück zum Garten. Er schickte sein hundeartiges Gebilde voraus, und kurze Zeit später hatten sie das Gebiet unbemerkt durchquert und standen vor der Tür nach draußen.

Wenige Augenblicke darauf befanden sie sich schon auf dem Weg zum Hafen.

42

Im Schutz der Nacht geleiteten Quiss und zwei weitere Mitglieder der Handelsgesellschaft der Fünf Ozeane - ein junger Mann und eine junge Frau - Vasile hinunter zum Hafen und setzten ihn dort in ein Ruderboot. Vasile nahm im Bug Platz, während Quiss im Heck blieb. Der junge Mann und die Frau begaben sich an die Ruder, und das Boot legte ab.

Obwohl Vasile sehr nervös war, weil er in dieser seltsamen Gesellschaft nachts auf dem offenen Wasser in einem so kleinen Boot saß, überwand er schließlich doch sein Widerstreben, zu reden. Als er fragte, ob es denn weise sei, in der Dunkelheit hinauszufahren, kicherte die junge Frau und ruderte einfach weiter. Quiss sagte, er müsse sich keine Sorgen machen, denn auf diese Weise würde man sie nicht entdecken. Vasile setzte sich zurück - die Wahrheit in Quiss' Bemerkung beruhigte ihn.

Die Hafenanlagen wichen schnell zurück, während der junge Mann und die junge Frau mit bemerkenswerter Kraft und Geschicklichkeit weiterruderten.

Anasoma brannte in der Ferne. Nicht wortwörtlich, aber von Vasiles Sitz aus konnte er die blauen Flammen auf den Stadtmauern deutlich sehen. Sie tauchten die Szenerie in ein unheimliches Schimmern: Es war, als ob die ganze Stadt

Feuer gefangen hätte. Die Flammen zogen sich überdies vor ihnen durch das ganze Hafenbecken und bildeten eine einschüchternde und vermutlich tödliche Barriere für jeden, der auf dem Wasserweg entkommen wollte. Als sie sich diesem Hindernis näherten, klappte ihm der Kiefer herunter. Denn ein kleines Loch öffnete sich: Es war gerade so groß, dass das Boot hindurchpasste. Die anderen lachten leise über seine Verwirrung.

Er schüttelte den Kopf und sah zu, wie die Lichter von Anasoma verblassten, als das Boot die südliche Mole umrundete und weiter nach Süden fuhr. Schließlich legten sie bei einem großen Handelsschiff an, das in einer abgeschiedenen Bucht vor Anker gegangen war.

Quiss bedeutete Vasile, er möge an Deck warten, während Vorkehrungen für seine Unterkunft getroffen wurden. Ein kleiner, dunkelhäutiger Mann wurde zu seiner Aufsicht abkommandiert, bevor Quiss im Bauch des Schiffes verschwand.

Das Schiff war so unscheinbar wie jedes andere, dem Vasile im Lauf seiner Arbeit begegnet war, und er hatte sich schon oft an Bord von Schiffen befunden, auf denen sich ein Mord oder Diebstahl ereignet hatte. Die Mannschaft war trotz der späten Stunde mit verschiedenen Aufgaben beschäftigt. Jeder Matrose trug eine Zauberkugel mit sich herum, die ihm Licht spendete. Das war ein sehr kostspieliger Luxus.

Vasiles Wächter bot ihm einen Apfel an, den er gern entgegennahm. Er biss herzhaft hinein. Der Mann war kein Matrose, sondern trug genau wie Vasile teure städtische Kleidung. Und seine gepflegten Fingernägel sowie das sorgsam frisierte Haar bewiesen, dass er nicht an harte körperliche Arbeit gewöhnt war.

Vasile setzte sich auf eine kalte Bank im Achterdeck nahe

dem Steuerrad, und niemand kümmerte sich mehr um ihn. Er verspeiste den Rest des Apfels, warf dann das Kerngehäuse über die Reling und hörte, wie es mit einem leisen Platschen ins Wasser fiel.

»Ein Fisch«, sagte sein Wächter plötzlich.

Vasile runzelte die Stirn. »Was?«

»Ein Fisch. Ich habe einen Fisch gehört.«

»Nein, das war mein Apfel.«

Der Wächter hielt den Kopf schräg und sah Vasile eindringlich an. »Nein, der Fisch hat Euren Apfel gefressen.«

»Was? Ach, egal.« Vasile rieb sich die müden Augen und gähnte. »Warum bewacht Ihr mich? Wo ist der Erste Erlöser?«

»Das bin wohl ich.«

Vasile drehte sich um und sah, wie ein gebrechlicher alter Mann mithilfe von zwei Stöcken vorsichtig auf ihn zuging. Stoppelbart und Haupthaar waren grau, und die Kleidung, die er trug - Hose und Hemd -, war äußerst schlicht.

Der Erste Erlöser blieb stehen, beugte sich vor und musste rasselnd husten. Er wies Vasiles Wächter ab, als dieser vortrat und dem alten Mann helfen wollte.

Vasile sah, welche Mühen es den alten Mann kostete, sich zu bewegen. Auf dem Gesicht des Ersten Erlösers lag eine Schweißschicht, und bei jedem Schritt zog er eine Grimasse. Vasile konnte nicht anders, er musste einfach auf den alten Mann zutreten und ihm den Arm anbieten.

Gemeinsam gingen sie zu der Bank, und der alte Mann setzte sich mit einem Seufzer der Erleichterung.

Vasile stand unbeholfen vor ihm.

Der alte Mann schaute kurz zu ihm hoch und bedeutete ihm, sich neben ihn zu setzen. Der Erste Erlöser atmete schwer und schwieg für eine Weile. Dann räusperte er sich und sah Vasile mit durchdringendem Blick an.

»Quiss hat Euch von uns erzählt?«, fragte er und wusste offensichtlich die Antwort bereits.

Vasile nickte vorsichtig. Wenn das hier Quiss' Herr und Meister war, dann musste er derjenige sein, der die Morde angeordnet hatte. Nichts war so, wie es schien.

»Hat er Euch all Eure Fragen beantwortet, die Ihr sicherlich hattet?«, fuhr der Erste Erlöser fort.

»Ich ... ja. Es war schwer, alles in so kurzer Zeit zu begreifen.«

»Das kann ich mir vorstellen.«

»Ich habe weitere Fragen, aber ich bin sicher, dass mir einige der Antworten in den nächsten Tagen klar werden.«

»Ich würde es bevorzugen, wenn Ihr Eure Fragen mir oder Quiss und niemandem sonst stellt.«

Vasile sagte nichts darauf. Er verlagerte sein Gewicht auf der Bank und schaute hinaus auf das Meer im Mondlicht.

»Aber ich vergesse meine Manieren«, sagte der Erste Erlöser und streckte die Hand aus. »Ich bin Gazija. Man nennt mich den Ersten Erlöser, aber wovon ich meine Leute erlöst habe, ist eine Frage, über die ich tagtäglich nachsinne.«

Trotz seiner Bedenken ergriff Vasile die dargebotene Hand, ließ sie aber sogleich wieder los. »Und ich bin Vasile, früherer Hauptermittler und Richter. Woher wusstet Ihr von mir?«

»Wir haben viele Freunde. Die Nachricht über Eure Fähigkeiten hat mich schon vor einiger Zeit erreicht, aber ich muss gestehen, dass nicht ich es war, dem Eure Nützlichkeit aufgefallen ist. In Wahrheit hatten wir nicht erwartet, dass sich die Ereignisse so rasch entwickeln würden. Es war Quiss, dem Euer wahres Potenzial aufgefallen ist, als er gesehen hat, wie Ihr Recht gesprochen habt. Zu der Zeit wussten wir schon, dass drastische Maßnahmen nötig werden, und ... nun, dann haben wir Euch gefunden.«

Sie saßen schweigend da. Die Wellen schlugen gegen das Schiff.

»Wir brauchen Euch«, sagte Gazija. »Die Invasion hat uns zum Handeln gezwungen. Ihre Anführer beherrschen eine Form der Zauberei, der Euer Reich nicht das Geringste entgegenzusetzen hat.«

»Das könnte sogar etwas Gutes haben«, erwiderte Vasile schärfer, als er es beabsichtigt hatte. »Das mahrusische Reich ist ... nun ja, ich habe so einiges gesehen. Die Invasoren können nicht schlimmer sein.«

Gazija schüttelte den Kopf. »Dem muss ich widersprechen. Ihr Anführer ist unvorstellbar gefährlich.«

»Zum Beweis habe ich nichts als Euer Wort. Aber Ihr könnt sie besiegen, nicht wahr? Nein, das stimmt nicht ganz ... Ihr könnt die meisten von ihnen besiegen.«

»Ihr habt recht. Wie ich sehe, hat Quiss Euch richtig eingeschätzt. Ihr habt tiefe Einsichten. Vielleicht müssen wir Euch früher einsetzen, als uns lieb ist. Es gibt mächtige Menschen, die von der Wahrheit überzeugt werden müssen.«

»Ich habe keinen Kontakt mehr zu den Ratgebern – nun ja, nur noch zu einem. Zwar kann ich ihn sicher von Eurer Aufrichtigkeit überzeugen, aber ich weiß nicht, was Euch das nützen würde.«

»Vergesst Anasoma. Für lange Zeit wird niemand mehr die Stadt betreten oder verlassen. Nein, wir müssen Kontakt mit jemand anderem aufnehmen: mit dem Kaiser.«

»Was? Das ist Euer Plan? Ich kenne ihn kaum ... ich bin ihm einige Male begegnet, das ist alles.«

Gazija tat seine Einwände mit einer Handbewegung ab. »Aber Ihr kennt ihn. Und er weißt von Euch und von Eurer Gabe. Das reicht, um Euch bei ihm einzuführen und ihn zu überzeugen, nicht wahr?«

Vasile runzelte die Stirn und kratzte sich am Kopf. »Möglicherweise. Wahrscheinlich.«

Falls er mich überhaupt sehen will. Es war schwer, die Verbitterung im Zaum zu halten, die er empfand, seit er vor Jahren aus der Gegenwart des Kaisers verbannt worden war.

»Dann stimmen wir überein«, sagte Gazija mit großer Endgültigkeit. »Ich fürchte, Anasoma ist verloren, aber es gibt noch Hoffnung für Euer Reich - natürlich nur, falls sich der Kaiser auf unsere Seite stellt. Wenn er das nicht tut ... nun ja, dann gibt es noch andere Möglichkeiten. Wir müssen alles tun, um eine neue Zerschmetterung zu verhindern. Also können wir nur hoffen, dass das Böse, das uns gefolgt ist, aus seinen eigenen Fehlern gelernt hat. Eine tote Welt ist schließlich für niemanden von Nutzen.«

Ihnen war das Böse gefolgt? Was für ein Böses? Von wo kam es? Vasile stieß einen tiefen Seufzer aus und richtete den Blick auf Gazija. »Ihr stellt mir keine leichte Aufgabe.«

»Es ist auch kein einfacher Weg, den wir beschreiten werden. Wir tun, was wir tun müssen. Schließlich wurden wir in Zugzwang gebracht.«

Gazija hustete. Er wirkte schwach, krank, ausgezehrt. Sicherlich würde er nicht mehr lange auf dieser Welt bleiben.

»Wir müssen versuchen, diese Sache friedlich beizulegen«, fuhr Gazija fort. »Meine Leute ... diejenigen, die noch übrig sind, sind die Letzten.«

Die letzten wovon?, fragte sich Vasile. *Wer sind diese Leute in Wirklichkeit?*

Quiss kam über das Deck auf die Bank zu und gesellte sich zu ihnen. In dem schwachen Licht wirkte er schmaler als gewöhnlich. Respektvoll verneigte er sich vor Gazija.

»Mazoet ist auf dem Weg. Er hat ein paar Versprengte aufgesammelt«, teilte Quiss Gazija mit und sah ihn missbilligend an. Dann zog er aus seiner Hosentasche einen Zeitmesser heraus. »Er wird bald hier sein.«

Gazija gab ein zischendes Geräusch von sich. »Er sollte es besser wissen. Je weniger, desto besser.«

»Er wird seine Gründe haben, wie üblich.«

Unter Ächzen mühte sich Gazija auf die Beine. »Kommt, wir wollen ihn begrüßen.«

Der Erste Erlöser bedeutete Vasile, ihm zu folgen. Mit unsicheren Schritten begab er sich zum Hauptdeck. Einmal hielt er inne und ruhte sich aus. Sie stellten sich an die Reling, die dem Land zugewandt war. Ein Licht schimmerte in der Ferne und kam langsam näher. Schweigend warteten sie, während es heranschwebte. Gazija konnte seine Ungeduld kaum verbergen, Quiss hingegen war ruhig und still, während Vasile nervös von einem Bein auf das andere trat.

Das Licht kam von einem weiteren Ruderboot. Mit einem dumpfen Geräusch knirschte Holz gegen Holz.

Vasile sah eine hager wirkende Frau, die vermutlich zu Gazijas Leuten gehörte und freundlich mit einem großen Herrn mittleren Alters plauderte, der eine offensichtliche Schwäche für gutes Essen hatte. Der Mann stand aufrecht im Bug des Bootes, und sein mit Silberknöpfen besetztes Hemd spannte über dem großen Bauch.

Ein Fallreep wurde heruntergelassen, und sogleich kletterten die dünne Frau und der rundliche Mann an Bord, gefolgt von einigen anderen Personen: einem jungen Mann mit befehlsgewohntem Gehabe, einem Zauberer, der eine große Zahl magisch aufgeladener Gegenstände an sich trug, und einem dunkelhäutigen, grob wirkenden Stammeskrieger mit zwei Schwertern. Alle beäugten sich zunächst argwöhnisch, dann entspannten sie sich, als ob jeder den anderen eingeschätzt und ihn als nicht bedrohlich eingestuft hätte.

Selbstbewusst richtete sich Vasile auf.

Der Mann mit den Silberknöpfen verneigte sich aus der Hüfte und wandte sich an Gazija.

»Erster Erlöser, ich hatte nicht erwartet, Euch hier anzutreffen.« Er machte einen Schritt zurück und deutete auf seine Begleiter. »Ich bringe Neuigkeiten ...« Dann verstummte er wieder und warf einen seitlichen Blick auf Vasile.

»Er gehört zu uns, Mazoet«, sagte Gazija. »Welche Neuigkeiten hast du?«

»Wie Ihr wünscht«, sagte Mazoet und verneigte sich erneut. Diesmal wirkte es flüchtiger, aber noch immer ehrerbietig. »Diese Männer haben eine Gruppe ... abtrünniger Zauberer verfolgt, die sich an einem Ort verschanzt hatten, der einige Wochenreisen von hier entfernt liegt. Ich hatte das Glück, mit ihnen in Kontakt treten zu können, bevor die Zauberer, hinter denen sie her waren, sich gegen sie wandten.« Seine Blicke flogen von Gazija zu Quiss und zurück.

Vasile spürte, dass er die Wahrheit sagte, aber er hielt etwas zurück.

»Ich war in der Lage, die gegnerischen Zauberer zu vertreiben, aber ich sah es als meine Pflicht an, die Männer herzubringen, damit sie ihre Geschichte selbst erzählen können.«

Mit feierlicher Miene legte Mazoet dem jungen Mann die Hand auf die Schulter und schob ihn einen Schritt nach vorn.

Nach einem ermunternden Lächeln von Mazoet begann er zu sprechen. »Erster Erlöser«, sagte er mit ruhiger, gleichmäßiger Stimme und verneigte sich aus der Hüfte, wie Mazoet es vorhin getan hatte.

Vasile glaubte, das Gespenst eines Lächelns über Gazijas Lippen huschen zu sehen.

»Diesen Titel habe ich nie zuvor gehört, auch wenn ich

mich mit allen Titeln des Reiches und der umliegenden Länder gut auskenne«, sagte der junge Mann.

»Offensichtlich aber nicht gut genug. Sprich weiter. Ich werde nicht jünger, während ich hier herumstehe.«

Der junge Mann hob seine Brauen und lächelte. »Wie Ihr wünscht. Mein Name ist Aidan. Ich bin der Anführer einer Truppe von Männern und Frauen, die sich der Aufgabe verschworen haben, das Böse und Falsche im Reich aufzuspüren und die Übeltäter zur Rechenschaft zu ziehen. Wir haben den Auftrag vom Kaiser höchstpersönlich, auch wenn er diesen ursprünglich unserer früheren Anführerin erteilt hat.«

»Diese Rechenschaft fordert Ihr mit dem Schwert ein, wenn ich mich nicht irre«, sagte Gazija.

»Wenn es nötig ist.«

Vasile hatte den Eindruck, dass er schon früher ihre Taten hatte rechtfertigen müssen.

»Das Böse nimmt viele Gestalten an und ergibt sich selten kampflos. Es liegt in seiner Natur, dass es sich der Gerechtigkeit widersetzt.«

Gazija hüstelte in seine Hand. »In der Tat. Fahrt bitte fort.«

»Ich hatte meine Truppe auf die Spur einiger Zauberer gesetzt ...« Er verstummte, als sich Vasile laut und vernehmlich räusperte.

Gazija sah Vasile scharf an und kniff die Augen zusammen, dann wandte er sich wieder an Aidan. »Verzeiht, aber sagtet Ihr soeben, dass Ihr die Truppe angeführt habt?«

»Ah. Nun ... zu jener Zeit war es jemand anders.« Aidan starrte Vasile an. »Erst später haben mich gewisse Umstände dazu gezwungen, die Führerschaft für mich zu beanspruchen.«

»Ich verstehe«, sagte Gazija tonlos und mit gleichmütiger Miene. »Fahrt fort.«

Aidan zögerte und sah die beiden Männer vor sich fragend an, dann erzählte er seine Geschichte weiter. »Wir sind ihnen bis zu einem Ort gefolgt, an dem wir einige eingekerkerte Frauen gefunden haben ...« Seine Stimme wurde kälter, und er machte ein grimmiges Gesicht. »Sie waren nicht nur Gefangene. Sie ... wurden gezwungen, schwanger zu werden und Kinder zu bekommen.« Seine Stimme brach beim letzten Wort, und erschüttert wandte er den Blick ab. Der Zauberer und der Schwertkämpfer neben ihm traten vom einen Bein auf das andere und schauten eingehend das Schiffsdeck an.

»Den Grund dafür kennen wir nicht, und er ist uns auch gleichgültig. Wir haben die Frauen befreit, aber die Zauberer sind entkommen. Wir waren ihnen noch auf der Spur, als Mazoet erschien und sie uns kurz darauf angegriffen haben. Es handelte sich bei den Angreifern um einen jungen Mann und eine junge Frau. Wir stehen tief in Mazoets Schuld. Ohne seine Magie, die er gegen sie eingesetzt hat, wären wir sicherlich unterlegen gewesen und hätten Euch diese Nachrichten nicht überbringen können.«

»Ah. Eine wirklich düstere Geschichte«, sagte Gazija wie jemand, der sich angestrengt bemühte, nicht die Beherrschung zu verlieren. »Sie sind weiter eingedrungen, als ich es für möglich gehalten hätte.«

Quiss bewegte stumm den Unterkiefer. Mazoet stand reglos und mit starrem Blick da.

Gazija rieb seine Hände in der kalten Nachtluft. »Vasile, entspricht das, was sie sagen, der Wahrheit?«

Alle Augen richteten sich auf ihn. Unter ihrem Starren nickte er.

»Dann ist die Sache geklärt. Wir müssen vieles besprechen und Pläne machen.« Gazija wandte sich an Mazoet. »Bitte sorge dafür, dass diese Herren es bequem haben, und weise ihnen ihre Quartiere zu. Wir sollten genug freie Kajüten haben. Morgen früh treffen wir uns wieder, aber vorher versuchen wir, uns auszuruhen. Es ist schon spät - Oh, Mazoet ... du hast dich gut geschlagen.«

Die drei Männer folgten Mazoet und verließen zusammen mit ihm zögerlich das Deck, während sie ihn mit Fragen bestürmten und immer wieder Blicke zurück auf Vasile, Gazija und Quiss warfen. Sobald sie außer Sichtweite und ihre Stimmen verklungen waren, hustete Gazija erneut und schüttelte den Kopf.

»Es ist schlimmer, als ich dachte«, sagte er und verzog das Gesicht vor Schmerzen.

Quiss packte die Reling mit beiden Händen, bis die Knöchel weiß hervorstachen.

Vasile zitterte. Die Kälte war nicht der Grund dafür. »Diese Männer, Aidan und seine Gefährten ... was werdet Ihr mit ihnen machen?«

»Aidan und die anderen gehören jetzt zu uns, ob sie es wissen oder nicht. Sie werden in jedem Fall in diesen Konflikt hineingezogen, mit oder ohne unser Zutun. Ich jedenfalls verschmähe kein Geschenk, wenn es mir dargebracht wird.«

43

Seit sie Simmon im Kerker gefunden hatten, war Caldans Stimmung düster geworden. Ihm war nicht nach Reden zumute, und er sagte nur dann etwas, wenn Miranda ihm eine direkte Frage stellte. Sie wirkte gleichermaßen bedrückt.

Überdies versagte Caldans hundeartiges Gebilde allmählich. Es schwankte, wenn es sich bewegte, und konnte nur noch wenige Schritte gehen, bevor es umkippte. Inzwischen zog es ein Bein nach sich. Die Stäbe wiesen Flecken in verschiedenen Farben auf: Gelb, Blau, Purpurn, als wären sie in einen Ofen gelegt und unterschiedlich stark erhitzt worden.

»Caldan«, rief Miranda. »Ich glaube, du musst etwas unternehmen. Es ist uns keine Hilfe mehr und ... ich mag es so nicht ansehen.«

»Ich weiß. Aber ich bringe es nicht über mich, es zu ... zerstören.«

»Aber es wirkt so deprimierend. Wir haben doch keine Verwendung mehr dafür, oder?«

»Nein«, sagte Caldan und seufzte. »Vermutlich hast du recht.«

Caldan berührte seine Quelle und verband sie zum letzten Mal mit dem Gebilde. Er spürte die Schäden, die durch den Kraftfluss entstanden waren: zerbrochenes Metall innerhalb der Stäbe und unterschiedliche Temperaturen, da bestimmte Abschnitte schneller ermüdeten als andere. Sobald die Auflösung einmal begonnen hatte, setzte sie sich immer schneller fort.

Mit einem Gedanken schloss er die Verbindungen zu dem Schmiedewerk, und das Simulacrum fiel auf dem Boden zu einem Haufen aus Stäben und Draht zusammen.

»Oh!«, rief Miranda und lächelte traurig. »Es ist fast so, als ob es gestorben wäre.«

»Allerdings hat es nie gelebt, zumindest nicht im üblichen Sinne. Es war mit einer rudimentären Intelligenz ausgestattet, aber seine Fähigkeiten waren sehr begrenzt. Das, was ich bei seiner Erschaffung gelernt habe, wird mir immerhin beim nächsten Gebilde helfen.«

Während der letzten Stunden hatte er sich mit weiteren Metallstäben beschäftigt und Runen und Muster mit Tinte aufgetragen. Die Teile waren länger und dicker und besaßen statt der Drähte richtige Gelenke. Das neue Gebilde war größer und schwerer und besaß dickere Gliedmaßen und einen mächtigeren Kopf.

»Kannst du das Metall noch gebrauchen?« Miranda zeigte auf den Haufen aus Stäben vor ihnen.

»Ja. Ich kann die Einzelteile entweder verkaufen oder sie einschmelzen und neu verwenden.« Er hob das schlaffe Gebilde auf und warf es in seinen offenen Sack. Miranda zuckte zusammen, als es mit einem Klappern und Klirren auf dem Boden landete.

Sie trat hinter Caldan, als er sich wieder daranmachte, die Teile für seine neue Schöpfung zu untersuchen, und legte ihm die Hände auf die Schultern. Er erzitterte zunächst unter ihrer Berührung, dann erstarrte er.

Miranda übte sanften Druck auf seine Schultern aus.

»Weißt du, es ist nicht deine Schuld. Wir hätten sie niemals retten können. Die Indryallaner hatten es sorgsam geplant.«

Caldan ließ den Kopf hängen. Er wollte wegen Simmon Rache an ihnen üben und wegen der Protektoren und auch wegen Senira ... Aber er konnte nichts unternehmen, solange sie die Stadt fest im Griff hatten. Und Simmon hatte ihm einen Auftrag gegeben. »Ich weiß ... aber ich werde den Gedanken einfach nicht los, dass ich doch etwas hätte tun können.« Er drehte den Kopf und sah Miranda an, die ihn besorgt betrachtete. Aber da war noch etwas anderes in ihrem Blick ... Ihm blieben die Worte im Hals stecken, doch schließlich gelang es ihm zu sagen: »Danke.«

»In den letzten Tagen hast du sehr viel verloren: das neue Zuhause, das du dir geschaffen hast, deine Freunde, den Ort, den du gefunden und an den du gehört hast, weil deine Fähigkeiten dort anerkannt wurden.« Miranda ließ seine Schultern los, ging zum Ofen und goss sich eine weitere Tasse Tee ein. »Ich habe nicht viel für dich getan, aber ich kann dir versichern, dass es Menschen gibt, denen du nicht gleichgültig bist. Ich weiß, dass du seit langer Zeit keine solchen Menschen mehr in deiner Nähe gehabt hast.«

»Und wer soll das sein?«

»Ich zum Beispiel, du Dummkopf.« Miranda nahm einen Schluck Tee. »Ich will damit nur sagen, dass es in Ordnung ist, wenn man sich um andere Menschen Gedanken macht.«

»Ja«, begann Caldan, doch dann zögerte er. Im Kloster hatte er nicht viele Freunde gehabt, und es fiel ihm schwer, seine Gefühle auszudrücken. Miranda hatte die besondere Begabung, ihn in Verlegenheit zu bringen. Ihre Nähe und ihre Berührung waren zugleich erregend und erschreckend. »Ich ... bin nicht daran gewöhnt, das ist alles.« Er spielte mit einem Metallteil herum.

»Caldan, ich ...« Miranda verstummte und runzelte verärgert die Stirn, als genau in diesem Moment ein lautes Klopfen an der Tür ertönte.

Caldan sprang auf die Beine, legte die Hand an den Griff seines Schwertes und war bereit, es zu ziehen.

Miranda stellte ihren Becher auf den Tisch und durchquerte das Zimmer.

»Wer ist da?«

»Elpidia«, antwortete eine gedämpfte Stimme.

Miranda seufzte erleichtert, während Caldan reglos, aber wachsam blieb. Sie nahm den Riegel von der Tür und öffnete sie unter einem Klacken.

Elpidias Gesicht war schweißüberströmt, und sie atmete schwer. Sie wirkte gehetzt. Als sie Caldans Kampfbereitschaft sah, hob sie eine Braue. Er entspannte sich und lockerte den Griff um das Schwert. Dann bemerkte er, dass sie Reisekleidung trug: einen schweren Rock und ein Hemd unter der dicken Jacke. Sie hatte außerdem einen Rucksack und eine Ledertasche dabei.

»Es herrscht Aufruhr in den Straßen«, sagte Elpidia. »Die indryallanischen Soldaten sind überall und suchen nach jemandem.«

Caldan und Miranda tauschten einen raschen Blick aus. »Was macht Ihr hier?«, fragte Caldan die Ärztin. Aber er wusste genau, warum sie hier war und wie sie ihn gefunden hatte. Er hätte ihr den magischen Kompass einfach abnehmen sollen.

Elpidia stellte ihre Ledertasche behutsam auf den Boden, schüttelte ihren Rucksack von den Schultern und warf ihn mit einem dumpfen Geräusch neben die Tasche. »Erinnert Ihr Euch an unser Gespräch?«, fragte sie Caldan spitz. »Habt Ihr etwa geglaubt, dass ich es nicht ernst meine? Meine Forschungen sind wichtig.« Sie schaute hinüber zum Ofen. »Ist das Tee, meine Liebe?«, wollte sie von Miranda wissen, die auf die Frage mit einem Nicken antwortete. »Wunderbar. Ich werde mir eine Tasse genehmigen.« Elpidia durchquerte den Raum und spähte in den Teekessel.

Caldan trat neben sie und wollte ihr gerade seine Meinung sagen, als es plötzlich erneut an der Tür klopfte. Er wirbelte herum und packte wieder den Schwertgriff.

»Wurdet Ihr verfolgt?«, flüsterte er Elpidia zu.

Sie schüttelte den Kopf. »Nein, ich glaube nicht. Ich ... habe nicht darauf geachtet.«

Caldan bedeutete Miranda mit einem Nicken, die Tür zu öffnen, während er kampfbereit davor wartete.

Amerdan stand vor der Tür, ein Ausdruck der Panik lag auf seinem Gesicht. Auch er steckte in Reisekleidung, aber er hatte kein anderes Gepäck dabei als ein paar Gürteltaschen und zwei Messer in Futteralen. Er beachtete Caldans feindselige Pose nicht und machte einen Schritt in das Lagerhaus hinein.

»Sie sind in meinen Laden gekommen und haben nach Euch gesucht. Dann haben sie alles kurz und klein geschlagen.«

Haben sie das wirklich getan?, fragte sich Caldan.

»Ich bin durch die Hintertür entwischt und habe mich versteckt. Als ich mich zurückgetraut habe, hatten sie mein Geschäft schon in Brand gesteckt. Ich konnte nichts dagegen tun. Ihr hattet die Hundshaistraße erwähnt, und so bin ich hergekommen. Ich wusste nicht, wohin ich sonst gehen sollte. Allerdings hatte ich eigentlich erwartet, dass Ihr schon lange nicht mehr hier seid.« Er sah Caldan und Miranda erwartungsvoll an.

Du bist geflohen und warst rein zufällig passend für eine Reise gekleidet?, wunderte sich Caldan. Amerdan musste Zeit zur

Vorbereitung gehabt haben ... mehr, als seine Geschichte nahelegte.

»Wer seid Ihr?«, fragte Miranda.

»Verzeihung. Ich bin Amerdan. Caldans Freund.«

»Ah, wir sind Freunde?«, fragte Caldan.

»Aber gewiss doch! Ich habe Euch immerhin Unterschlupf gewährt. Und ich hatte gehofft, dasselbe hier zu finden. Ich bin davon ausgegangen, dass dieses Lagerhaus leer ist und es mir als Versteck dienen kann. Wie ich schon gesagt habe, bin ich überrascht, Euch an diesem Ort anzutreffen.«

»Wir hatten noch einiges zu erledigen«, erwiderte Miranda. »Wir haben allerdings vor, die Stadt so schnell wie möglich zu verlassen.«

»Einen Augenblick ... wie bitte?«, warf Elpidia ein. Sie sah Caldan flehend an. »Meine ... Forschungen.«

Caldan hob die Hand. »Nicht jetzt, Elpidia. Es reicht. Ihr seid ungebeten hier aufgetaucht und könnt nicht bestimmen, was wir tun.« Er sah Amerdan an, der unbeeindruckt schien. Die Panik, die ihn vorhin noch im Griff gehabt hatte, schien sich aufgelöst zu haben.

Amerdan lehnte sich gegen die Wand und sah alle Anwesenden eingehend an, bevor er sagte: »Ich werde mit Euch gehen. Falls das für Euch annehmbar ist.« Sein Tonfall deutete an, dass etwas anderes erst gar nicht infrage kam.

»Und ich auch!«, rief Elpidia.

Miranda fluchte. »Vier! Ich habe meinem Kontaktmann gesagt, dass wir nur zu zweit sind. Das wird ihn aber gar nicht freuen. Bei vier Personen steigt die Gefahr um das Zehnfache, genau wie der Preis.« Sie fuhr sich mit der Hand durch die Haare und rieb sich den Hals. »Wie wollt Ihr dafür bezahlen?«, fragte sie, als ob dies das Gespräch beenden würde.

Amerdan lächelte und griff in eine der Börsen an seinem

Gürtel. Er legte einen Stapel Münzen auf den Tisch. *Goldmünzen.* »Das sollte wohl für meinen Teil reichen.«

Elpidia suchte in ihrem Rucksack herum und holte einige Dukaten heraus. »Und das ist für mich. In dieser Stadt habe ich nichts mehr verloren.«

Caldan seufzte. Auch wenn die Gründe der beiden für ihr plötzliches Erscheinen zweifelhaft waren und sie alles nur verkomplizierten, konnte er sie doch nicht einfach zurücklassen. Er hatte bereits Senira in den Tod geschickt. So etwas sollte Elpidia und Amerdan nicht zustoßen, solange er die Möglichkeit hatte, es zu verhindern.

»Wenn er zwei herausbringen kann«, sagte Caldan, »dann sollte er auch in der Lage sein, es mit vier zu schaffen.«

Miranda warf ihm einen wütenden Blick zu.

Er konnte diese neuen Schwierigkeiten wirklich nicht gebrauchen, aber er wusste nicht, wie er sich den beiden verweigern sollte. Es war zu gefährlich für sie, in der Stadt zu bleiben. Außerdem hatte Simmon ihm eine Aufgabe gestellt, und er hatte geschworen, sie auszuführen. Überdies vermutete er, dass Elpidia ihm mit ihrem verdammten Kompass überallhin folgen würde. Apropos ... Er streckte die Hand aus. »Gebt mir den Kompass.«

»Was ist das?«, fragte Miranda.

»Ein magischer Gegenstand«, erklärte Caldan, »dazu erschaffen, jemanden aufzuspüren. In diesem Fall war der Jemand ich selbst.«

Miranda bedachte Elpidia mit einem eindringlichen Blick.

Das Gesicht der Ärztin rötete sich. »Ihr wisst, warum ich ihn gebraucht habe.« Sie kniff die Lippen zu einer schmalen Linie zusammen.

»Oh ja, ich weiß es, und jetzt hat es seinen Zweck erfüllt. Ihr habt mich gefunden, und Ihr werdet mitkommen. Aber mir gefällt die Vorstellung nicht, dass irgendjemand auf diese Weise weiterhin in der Lage wäre, mich aufzuspüren. Insbesondere nicht in Anbetracht der letzten Ereignisse.«

Elpidia wirkte ausgesprochen unglücklich, als sie den magischen Gegenstand mit einem säuerlichen Blick auf Caldans ausgestreckte Handfläche legte.

Caldan steckte ihn in seine Hosentasche. »Ihr kommt gerade von der Straße«, sagte er. »Wie sieht es dort aus? Ist es schlimmer geworden? Werden wir in Schwierigkeiten geraten?«

»Die Indryallaner holen die Leute von der Straße und halten sie für Befragungen fest«, sagte Elpidia. »Zumindest habe ich das gehört. Sie werden irgendwo im westlichen Gräberviertel zusammengetrieben, aber wo genau, das weiß ich nicht.«

»Vermutlich in der Festung«, sagte Amerdan. »Es ergibt einen Sinn, wenn die Indryallaner dort ihr Hauptquartier aufgeschlagen haben. Insbesondere seit es so aussieht, dass sie die Bevölkerung zufriedenstellen und einen reibungslosen Machtwechsel vollziehen wollen. Sie haben sogar Küchen am Hafen aufgestellt und geben den Armen zu essen.«

»Lassen sie die Leute wieder gehen?«, fragte Miranda.

»Soweit ich gehört habe, ja. Wenn sie befragt wurden, werden sie freigelassen.« Elpidia zögerte, runzelte die Stirn und schaute in ihren Teebecher. »Sie versuchen, so zu tun, als hätte sich nichts verändert. Wegen all der guten Projekte, die sie auf den Weg gebracht haben, heißen die meisten Bewohner den Wechsel inzwischen sogar willkommen.«

»Sie führen nichts Gutes im Schilde«, knurrte Caldan.

Elpidia drehte sich zu ihm um. »Woher wollt Ihr das wissen?«

»Ich weiß es«, sagte er nur und verspürte ein Frösteln. *Weil sie Menschen zwingen, gegen ihren Willen andere zu töten*, wollte er sagen. »Wir müssen so bald wie möglich aufbrechen. Ihr könnt mitkommen, wenn Ihr unbedingt wollt. Miranda, wann wird uns dein Kontaktmann von hier wegbringen?«

Miranda zuckte die Achseln. »Er hat gesagt, er wird uns irgendwann heute Nachricht geben. Mehr kann er in der kurzen Zeit nicht tun. Ich glaube, die Schlepper nehmen den Vorteil wahr, den ihnen die Blockade bietet, und benutzen die Tunnel, um eine Menge Dukaten zu machen. Ich vermute, wir befinden uns in einer Warteschlange.«

»Also bleibt uns nichts anderes übrig, als geduldig zu sein.«

»Ich fürchte, so ist es.«

Caldan nickte. »Dann macht es euch bequem. Wir müssen warten, und ich habe noch zu tun.« Er wandte sich wieder seinen Metallteilen zu.

Miranda ergriff Elpidias Hand und zog sie in einen angrenzenden Raum, wo sie sich darüber unterhielten, was sie auf die Reise mitnehmen sollten.

Caldan spürte, wie Amerdans Blicke auf ihm ruhten, als er sich wieder an die Arbeit machte. Er verband die Metallstäbe miteinander und schlug mit einem Hammer gegen die Enden, bis sie klackend einrasteten. Die Stäbe waren so lang wie sein Unterarm und dicker als sein Daumen. Dann überprüfte er die Gelenke, bewegte die Stäbe vor und zurück und vergewisserte sich, dass sie sich sanft und leicht bewegen ließen. Vier dieser Gelenkverbindungen lagen bereits vor ihm, als er sich daranmachte, eine fünfte zusammenzufügen, die aus insgesamt fünf Stäben bestand, von denen jeder dünner als der vorangehende war.

»Warum besteht dieses Gebilde aus fünf Stäben?«, fragte Amerdan plötzlich.

Caldan warf ihm einen raschen Blick zu, als der letzte Stab

einrastete. Er legte diesen Teil neben die anderen. »Das ist der Schwanz. Wenn es läuft, ist er für das Gleichgewicht entscheidend.«

»Es ... läuft?« Amerdan starrte ihn neugierig an.

Caldan zuckte die Achseln, holte weitere Metallteile aus seinem Sack und legte sie neben Beine und Schwanz. »Das sollte es, wenn ich alles richtig gemacht habe.« Er drehte sich zu Amerdan um. »Seid Ihr hungrig? Ich brauche jetzt unbedingt etwas zu essen.« Also durchsuchte er ihre Nahrungsmittelvorräte und machte sich daran, eine Mahlzeit aus knusprigem Brot und Käse zuzubereiten. Er lud auch die Frauen dazu ein, und sie alle bedienten sich mit großem Appetit. Wie gewöhnlich aß Caldan zweimal so viel wie alle anderen.

»Ich dachte schon, dass Amerdan gut zugelangt hat, aber du ...« Miranda verstummte und schüttelte den Kopf. »Ich weiß nicht, wo du das alles hinsteckst.«

Elpidia grinste und bedeckte sich rasch den Mund mit der Hand.

»Ich wachse noch«, wandte Caldan ein.

»Das bezweifle ich.«

Caldan öffnete den Mund und wollte etwas erwidern, als es erneut an der Tür klopfte. Alle erstarrten und schauten einander an.

Miranda stand auf und wischte sich die Hände an der Hose ab. »Vermutlich ist das mein Kontaktmann«, sagte sie und ging zur Tür. »Wer ist da?«

»Rennen«, ertönte die Antwort durch das dicke Holz.

Elpidia schaute auf, als der Name genannt wurde.

Miranda öffnete die Tür, und ein dunkelhaariger Mann trat ein. Er sah einen nach dem anderen an und hob eine Braue, als er Elpidia bemerkte, während sie seinen Blick ruhig erwiderte.

»Ihr beiden kennt euch wohl?«, fragte Amerdan und sprach damit Caldans Gedanken aus.

»Wir hatten geschäftlich miteinander zu tun«, erwiderte der Mann namens Rennen.

»Er ist eine der besten Informationsquellen in der Stadt«, sagte Elpidia. »Und die findigste, wenn es darum geht, Dinge zu suchen.«

Rennen verneigte sich kurz in ihre Richtung.

»Rennen, ich bin froh, dass du endlich da bist«, sagte Miranda scharf. »Wann können wir gehen?«

»Du kommst immer als Erste an die Reihe, Miranda. Darum solltest du lernen, dich zu entspannen.« Rennen lächelte und nahm damit seinen Worten die Spitze. »Ich hatte Mühe, den Patrouillen aus dem Weg zu gehen, die für die Indryallaner nach bestimmten Leuten suchen. Zum Glück haben sie zur Ergreifung dieser Flüchtigen keine Belohnung ausgesetzt, denn ansonsten wären sie wohl sehr schnell ausgeliefert worden.«

»Ist das eine Drohung?«, fragte Miranda.

Rennen schlug sich mit den Händen oberhalb des Herzens gegen die Brust. »Gute Güte, nein! Ich wäre nicht mehr lange im Geschäft, wenn ich meine Kunden bedrohen würde, oder?« Sein Tonfall war halb ernst, halb spöttisch.

»Gibt es für uns einen Weg nach draußen?«, fragte Miranda. »Ich vermute, deshalb bist du doch hier?«

Rennen runzelte die Stirn. »Du hast mir gesagt, dass ihr zu zweit seid, aber hier sehe ich vier Personen.«

»Die Umstände haben sich geändert.«

»Das vergrößert das Risiko. Und das wiederum kostet mehr.« Er rieb Daumen und Zeigefinger gegeneinander.

»Wie viel mehr? Versuch nicht, mich übers Ohr zu hauen.«

»Das würde ich nicht einmal im Traum wagen.« Rennen tat so, als würde er angestrengt nachdenken.

Caldan war sich sicher, dass er den neuen Preis in dem Augenblick kalkuliert hatte, in dem er die vier Personen in dem Raum gesehen hatte, und nun versuchte er nur, die Verhandlungen in die Länge zu ziehen.

Rennen schenkte Miranda einen verschlagenen Blick. »Ich habe gehört, dass die Invasoren die Häuser und Lagergebäude in der Gegend des Hafens durchsuchen ... Sie sind nicht mehr sehr weit von hier entfernt.«

Caldan und Miranda tauschten wieder einen raschen Blick. Wenn das stimmte, dann bedeutete das, dass die Invasoren ungefähr wussten, wo sie zu suchen hatten. Es war nur eine Frage der Zeit, bis Caldan und die anderen entdeckt wurden, falls sie noch länger hierblieben.

»Ich habe den Eindruck, dass das Risiko stark gestiegen ist, seit wir uns das letzte Mal unterhalten haben. Der neue Preis lautet acht.«

»Acht!«, rief Miranda aus. »Es waren zwei für zwei ausgemacht, und jetzt sollen es acht für vier sein?«

Rennen hob die Hände in einer Geste der Hilflosigkeit. »Mehr Risiko, mehr Bestechungsgeld, mehr Leute, die bezahlt werden müssen. Ich mache euch einen Sonderpreis, weil ich Elpidia kenne. Allerdings hätte ich nie vermutet, dass sie die Stadt verlassen will. Vielleicht steckt eine besondere Geschichte dahinter?« Er bedachte Elpidia mit einem fragenden Blick.

Sie schüttelte den Kopf, sagte aber nichts.

»Ah. Auch wenn man nichts sagt, sagt man damit etwas, nicht wahr?«

Miranda zählte sechs Golddukaten ab. Sie hielt die aufgestapelten Münzen zwischen Daumen und Zeigefinger. »Bei sechs sind wir im Geschäft.«

Rennen sah sie mürrisch an. Er warf wieder einen Blick auf

Elpidia, zögerte und schüttelte dann langsam den Kopf. »Nein, dem kann ich nicht zustimmen. Es heißt, dass sie nach jemandem suchen - nach einem jungen Zauberer mit kurzen Haaren.« Er sah Caldan eindringlich an.

Caldan stieß die Luft zischend zwischen seinen zusammengepressten Zähnen aus, und Miranda fluchte leise.

Er war von den beiden Indryallanern, die ihn in den Kerker geworfen hatten, und auch von Glöckchen lange genug gesehen worden. Also würde er nicht durch die Straßen laufen können, ohne erkannt zu werden. Seine Brust zog sich vor Angst zusammen. Caldan war der Einzige, der hier in Gefahr war, aber er durfte Miranda nicht im Stich lassen. Es war zwar selbstsüchtig von ihm, aber er wollte nicht ohne sie gehen.

»Bezahle ihn«, sagte Caldan. »Wir müssen hier verschwinden, bevor sie uns finden. Und je länger wir verhandeln, desto höher wird der Preis.«

»Ein kluger Mann«, sagte Rennen und streckte die Hand aus.

Widerstrebend gab Miranda ihm acht Golddukaten, die Rennen mit einem dankbaren Nicken annahm. »Wir sind also im Geschäft?«

»Gewiss. Seid ihr bereit, sofort aufzubrechen?«

»Wir brauchen nur ein paar Minuten, bis wir unser Gepäck zusammengesucht haben.« Miranda sah Elpidia und Amerdan an. »Habt Ihr alles, was Ihr braucht?«

Elpidia zeigte auf ihre Habseligkeiten. »Ich bin mir sicher, dass ich die Dinge, die mir noch für meine Forschungen fehlen, dort auftreiben kann, wohin uns die Flucht verschlägt.«

Amerdan klopfte gegen den Gürtel, an dem seine Beutel und Messer hingen. »Bereit«, sagte er.

Caldan bemerkte, dass der Händler auch noch ein Bündel unter seinem Hemd trug, und er fragte sich, was darin sein mochte. Er schüttelte den Kopf. *Vermutlich etwas Wertvolles, das er besonders schützen will.*

»In Ordnung«, sagte Miranda. »Caldan, bist du ebenfalls fertig?«

»Ja. Ich brauche nicht lange zum Zusammenpacken.« Er legte die Metallstäbe wieder in den Sack und nahm die Decke entgegen, die Miranda ihm reichte.

Miranda verschwand im angrenzenden Zimmer und kam kurz darauf mit zwei ausgebeulten Satteltaschen zurück, von denen sie eine an Caldan weitergab.

»Darf ich fragen, wohin ihr dann gehen werdet, sobald ihr die Stadt verlassen habt?«, wollte Rennen wissen.

»Du darfst«, sagte Miranda, »aber wir wissen es selbst noch nicht. Zunächst wollen wir nur von hier verschwinden, bis sich die Lage beruhigt hat. Im Augenblick wird alles beständig schlimmer.«

»Im Gegenteil. Ich finde alles sehr gut.«

»Das hängt davon ab, womit man sein Geld verdient.«

Rennen kniff die Augen zusammen und nickte, als ob Miranda damit etwas sehr Weises gesagt hätte. »Allerdings.«

Miranda sah sich zum letzten Mal in dem Raum um und machte dann eine entschlossene Miene. »Es ist Zeit zu gehen.«

Nach einem nervösen Marsch bergauf durch die südlichen Bereiche von Kohldorf führte Rennen Caldan und die anderen zur Rückseite eines unscheinbaren Gebäudes. Ein großer, gedrungener Mann öffnete die Tür, nachdem Rennen Klopfzeichen gegeben hatte. Es wurden geflüsterte Worte und Dukaten ausgetauscht. Sie betraten einen mit Pflanzen überwucherten Garten und gelangten von dort in ein Steinhaus.

Caldan sah sich in dem kahlen Raum um, der sie empfing. Er war nicht besonders beeindruckt. Zwei große Fenster hoch oben in den Wänden spendeten Licht, und der Raum war leer mit Ausnahme einer offenen Falltür in der Bodenmitte. Neben der Öffnung stand eine brennende Öllampe.

Rennen rieb sich die Hände in der kalten Luft. »Ich hoffe, ihr habt nichts gegen ein bisschen Dunkelheit.« Er hob die Lampe auf.

»Ich hatte schon vermutet, dass wir ein wenig Licht gebrauchen können«, sagte Caldan. Er holte einige Glaskugeln aus der Hosentasche und gab jedem eine. In die Mitte jeder Kugel hatte er einen Edelstein gesteckt, der mit winzigen Mustern bedeckt war. Sie waren die ersten magischen Kugeln, die er je hergestellt hatte, und er hatte festgestellt, dass ihm die Herstellung keinerlei Schwierigkeiten bereitete.

Rennen stieß einen leisen Pfiff aus. »Teuer«, bemerkte er. »Wir dürfen sie nicht verlieren.«

Caldan zuckte die Achseln. »Sie werden nicht lange vorhalten, aber ich kann neue machen.«

Rennen klopfte ihm auf die Schulter. »Wir sollten uns einmal darüber unterhalten, wenn ihr zurück seid.«

Elpidia betrachtete ihre Kugel und schüttelte sie. »Sie funktioniert nicht. Ist sie kaputt?«

Alle sahen Caldan an.

»Nein«, sagte er. Es überraschte ihn noch immer, wie wenig die Menschen über Magie wussten. »Sie nutzen sich ab. Und deshalb ist es nicht sinnvoll, sie die ganze Zeit über brennen zu lassen, wenn man kein Licht braucht. Hier.« Er berührte seine Quelle und verband sie mit den Ankern der vier Kugeln, die sich in den Steinen befanden. Caldan hatte sie so konstruiert, dass er nur einen einzigen Strang benötigte. Mirandas Kugel war die Hauptkugel, von der aus alle anderen gespeist wurden. Nun leuchtete jede schwach auf und spendete ein sauberes weißes Licht.

Rennen trat an den Rand der Öffnung im Boden. »Ich bin euer Geleitschutz. Es gibt eine Leiter zu dem Raum unter uns.«

»Wo sind wir hier?«, fragte Miranda. »Das Gebäude, die Qualität der Steinarbeiten ... es wurde nicht errichtet, um Güter aus der Stadt und in sie hineinzuschmuggeln.«

»Gute Güte, nein«, lachte Rennen. »Es ist ein Teil der Aquädukte - ein Reparaturzugang zum Entfernen von Verstopfungen. Wir brauchen keinen Tunnel zu graben, wenn uns der Kaiser so etwas zur Verfügung stellt.«

»Das ergibt Sinn.«

Caldan kniete sich vor das Loch. Er hatte sich die Satteltaschen über die Schulter geworfen und hielt seinen Sack in der linken Hand. Dann trat er auf die Leiter. Sein Schwert behinderte ihn ein wenig, aber er stieg trotzdem recht schnell in das Zwielicht hinab.

»Äh«, meinte Rennen, »hast du keine Kugel für dich selbst?«

Caldan verfluchte seine Dummheit. Er konnte gut in der Dunkelheit sehen, aber er wollte nicht, dass die anderen dies wussten. Er würde vorsichtig sein müssen. »Nicht nötig«, erwiderte er gelassen. »Es wird genug Licht da sein ... wenn alle anderen hier unten sind, reichen ihre Kugeln aus.« Er trat auf den Boden eines Raumes, von dem aus zwei offene Türen an den gegenüberliegenden Enden wegführten.

Miranda folgte ihm nach unten, und bald drängten sich alle in dem Raum zusammen und streckten ihre Kugeln aus, damit sie etwas sehen konnten. Rennen hielt seine Lampe hoch.

»Hier entlang.« Dann schritt Rennen durch eine der Türen in einen dahinter gelegenen schmalen, niedrigen Korridor, dessen Decke er beinahe mit dem Kopf berührte.

Caldan ließ den anderen den Vortritt und schloss sich ihnen dann an. Obwohl es hier unten kalt und feucht war, zeigten sich an den Wänden des Tunnels kaum Schimmel oder Moose. Sie waren erst etwa zehn Ellen weit gekommen, als Caldan einen Geruch nach Zitronen aufschnappte. Er blieb stehen und hob den Kopf. Etwas kitzelte an seiner Quelle und wurde nach und nach zu einem sanften Zupfen.

»Was ist los?«, flüsterte Miranda.

»Da ist ... etwas«, begann er.

Plötzlich krachte ein Donner und hallte ohrenbetäubend durch den Tunnel. Die Luft erzitterte, als ein starker Blitz sie zu Boden warf. Ein neuer Knall war zu hören. In Caldans Kopf vibrierte alles.

Von oben drangen Rufe und ein reißendes, knirschendes Geräusch herab, als Stein brach und splitterte. Sonnenlicht strömte durch den entstandenen Spalt und erhellte den Raum hinter ihnen und ebenso die Staubwolken, die ihn nun erfüllten.

Miranda zog an seinem Arm. Er drehte sich um und sah, dass ihre Augen rot und feucht waren. Ein blutiges Rinnsal tropfte aus ihrer Nase. Elpidia lag zu einer Kugel zusammengerollt auf dem Boden. Amerdan hockte daneben, wachsam und anscheinend unverletzt. Rennen war in die Knie gegangen, sein Gesicht war ausdruckslos.

»Geht!«, brüllte Caldan.

»Was ...?«, fragte Miranda benommen.

Caldan schob sie auf die anderen zu: »Lauft!« Dann drehte er sich um und durchsuchte sein Gepäck. Hinter ihm taumelten die anderen so schnell weiter, wie sie konnten.

Er musste etwas unternehmen, aber was? Caldan griff in seine Hosentasche, und da wusste er es. Mit einem Ruck zog er vier Steinkuben hervor. Jeder war so groß wie die Würfel, die in den Tavernen benutzt wurden, und die Oberflächen waren mit Runen bedeckt. Bisher hatte er sie noch nicht einsetzen wollen, aber es blieb ihm nicht die Zeit, etwas anderes herzustellen, und er brauchte unbedingt etwas, das stärker und haltbarer als Papier war.

Rasch stellte er einen Kubus vor die linke und einen vor die rechte Wand. Die anderen steckte er als Reserve wieder in die Tasche. Dann berührte er seine Quelle und aktivierte die magischen Gebilde. Eine Lichtbarriere zuckte auf und blockierte den Tunnel. Sie glühte in einem sanften Blau und glitzerte dort, wo Staub auf sie traf.

Auf der anderen Seite des Schildes näherten sich zwei Gestalten von der Falltür her. Caldan erkannte in einer der Gestalten die Frau, die ihn in seiner Zelle besucht hatte. Glöckchen. Neben ihr befand sich ein Mann mit einer großen Anzahl von Schlüsseln, die um seinen Hals hingen. Das war wohl Schlüsselchen.

Beide wurden von ihren Schilden umgeben. Ihre Blicke fielen auf Caldan. Er riss sein Gepäck an sich, drehte ihnen den Rücken zu und lief los.

Als Caldan die anderen erreicht hatte, stellte er fest, dass sich Miranda und Rennen gerade heftig stritten.

»Nach oben, nach unten, rechts, links – kennst du den Weg überhaupt?«, fragte Miranda.

»Natürlich kenne ich ihn!«, brüllte Rennen sie an.

»Ich habe den Tunnel blockiert«, sagte Caldan. »Aber ich glaube, sie werden die Sperre bald überwinden. Ich habe uns nur ein wenig Zeit verschafft.«

Das beendete die Streiterei sofort.

Sie kletterten eine weitere Leiter hinunter, liefen einen Tunnel entlang, hasteten dann eine neue Leiter hoch und gelangten in einen breiten Gang, der in der Mitte eine Vertiefung aufwies. Die Seite, auf der sie sich befanden, besaß einen steinernen Steg. Die andere, abgeschrägte Seite fiel zu einem rasch dahinfließenden Strom in der Mitte ab, der in einem schwarzen Loch in der Mauer verschwand. Wenn einer von ihnen in das Wasser fiel, würde nichts und niemand ihn mehr retten können - und wer wusste schon, wo der Strom endete oder ob es in dem Loch noch Luft über dem Wasser gab. Auf dem steinernen Steg wuchsen schleimige graue Flechten, die jeden Schritt zu einem Wagnis machten.

Sie eilten den Pfad entlang, so schnell sie konnten, und warfen immer wieder nervöse Blicke hinter sich. Vor ihnen führte in der Dunkelheit eine Leiter hoch zu einem Loch in der Mauer.

Elpidia rutschte einmal aus und fiel auf die Knie. Miranda half ihr, wieder aufzustehen, und sie eilten dann weiter den schmalen Steg entlang.

Bei der Leiter blieben sie stehen, während Rennen bereits so schnell wie möglich die Sprossen hocheilte. Alle außer Caldan und - was ihn sehr überraschte - Amerdan schwitzten und atmeten schwer.

»Wer waren diese Leute?«, fragte der Kaufmann, als Rennen das obere Ende der Leiter erreicht hatte und Elpidia zuwinkte.

»Die Invasoren ... Indryallaner«, antwortete Caldan knapp. »Offenbar haben sie Kenntnis von den Tunneln und wollen jede Flucht aus der Stadt verhindern.«

Amerdan musterte ihn mit starrem Blick. »Aha. Dann können wir nur hoffen, dass die Barriere, die Ihr errichtet habt, eine Weile hält.«

Der Kaufmann wusste offenbar, dass sie Caldan irgendwie aufgespürt hatten, aber er sagte nichts. Caldan hatte keine Ahnung, was er von Amerdan halten sollte.

»Das wird sie«, sagte Caldan, aber er musste vor sich selbst zugeben, dass diese Indryallaner möglicherweise mächtiger waren, als er es sich vorstellen konnte. Er schaute die Leiter hoch und sah, dass Elpidia nur langsam auf den schlüpfrigen Sprossen vorwärts kam. »Könnt Ihr Euch bitte etwas beeilen?«

»Ich klettere, so schnell ich kann«, sagte Elpidia.

Ein scharfes Krachen war plötzlich über dem Rauschen des Wassers zu hören, und Caldan spürte, wie seine Wächter versagten. Die anderen waren *viel* mächtiger. »Bei den Ahnen«, fluchte er leise.

»Was ist los?«, fragte Miranda besorgt.

Caldan packte sie am Arm und schob sie auf die Leiter zu. »Hinauf. So schnell du kannst.« Er sah Amerdan an. »Ihr auch. Ich verlasse mich darauf, dass Ihr Euch um die anderen kümmert.«

Der Kaufmann lächelte schwach. »Das werde ich.«

Caldan nickte. »Sie haben meinen Schutzzauber überwunden. Ich kann einen neuen herstellen, aber das würde sie vermutlich nicht lange aufhalten, wenn sie den ersten schon so schnell zerstört haben.« Er warf einen Blick auf das rasch dahinströmende tiefe Wasser in der Mulde neben ihnen. Eine Idee formte sich in seinem Kopf.

»Was hast du vor?«, fragte Miranda.

»Ich weiß es selbst noch nicht genau«, sagte er mit einem angespannten Grinsen, »aber ich glaube, es wird funktionieren.« Er warf seinen Sack zu Boden und zog das Gewirr von Stäben heraus, aus denen sein neues Gebilde bestand.

»Ich hoffe, du weißt, was du tust.«

»Vertraue mir.«

Miranda legte die Hände auf die Leiter. »Caldan ... geh kein Risiko ein. Bitte. Ich bin sicher, dass wir sie hier drinnen abschütteln können, denn im Gegensatz zu ihnen kennt Rennen den Weg.«

Caldan schenkte ihr ein schiefes Lächeln. »Mach dir keine

Sorgen. Ich werde nicht hier warten, bis sie kommen.« Er schickte sie mit einer Handbewegung weg. »Geh. Uns bleibt nicht mehr viel Zeit. Ich bin gleich hinter dir.«

Wie zur Unterstreichung seiner Worte schwebten etliche magische Kugeln aus der Öffnung am Ende des Tunnels auf sie zu. Zwei stiegen unter die Decke, blieben dort kleben und erhellten den Tunnel, während eine andere langsam auf sie zutrieb.

Miranda warf Caldan einen letzten besorgten Blick zu und machte sich daran, die Leiter hochzuklettern.

Caldan setzte schnell sein neues Simulacrum zusammen. Er berührte seine Quelle und steckte die vier Beine in den Körper. Dann rasteten die Gelenke ein, und gleichzeitig verband er die einzelnen Teile durch seine Magie miteinander. Das Metall vibrierte in seinen Händen, als die Anker, Puffer, Verbindungen und Gestalt gebenden Runen aktiviert wurden. Aus den Augenwinkeln sah er, wie Amerdan rasch die Leiter hochstieg und Miranda und den anderen folgte.

Er brauchte nur noch ein wenig Zeit ...

Eine Bewegung erhaschte seine Aufmerksamkeit, als zwei Gestalten in den Tunnel traten. Beide waren von dem verräterischen Schimmern eines Schildes umgeben. Obwohl sie noch in weiter Ferne waren, erkannte Caldan an der mangelnden Stärke ihrer Quelle, dass es sich nicht um Zauberer, sondern um einfache Soldaten handelte. Sie bewegten sich vorsichtig auf dem schlüpfrigen Weg. Hinter ihnen erschienen zwei weitere Gestalten, die mit einer Zuversicht auf den Steinsims traten, die schon an Anmaßung grenzte.

Entschlossen befestigte Caldan den Kopf des Simulacrums an dem Metallkörper, und mit einem leisen Zischen der Energie verschmolzen die beiden Teile miteinander. Diese Gestalt war schmaler als der ursprüngliche Hund – sie wirkte eher wie eine Katze. Der neue Automat erhob sich auf die Beine und reichte Caldan bis zum Knie. Die blauen Steinaugen gaben ein schwaches Schimmern von sich, während das magische Schmiedewerk vor Energie so leise summte, dass er es kaum hören konnte. Der Schwanz stand vom Körper ab und zuckte hin und her.

Caldan nahm sich die Zeit, kurz die Hand auf seine Schöpfung zu legen und sie mit Bewunderung zu betrachten. Im Vergleich zu diesem Automaten war der erste eine Ansammlung von einzelnen Geistesblitzen ohne jede Anmut gewesen. Doch dieser neue war vollendeter und komplexer sowohl im Hinblick auf die Metallarbeiten als auch auf die Kunst des magischen Schmiedens.

Und er war mächtiger.

Mit einem Gedanken schickte Caldan ihn den Indryallanern entgegen, dann hob er seinen Sack auf und kletterte die Leiter hoch. Nachdem er oben angekommen war, drehte er sich um und versuchte abzuschätzen, wie viel Zeit ihm blieb. Die Indryallaner bewegten sich nun schneller, da sie keinem Widerstand begegnet waren, und sie schickten ihre magischen Lichtkugeln vor ihnen den Tunnel hinunter. *Also nicht viel Zeit.*

Er kauerte sich in das Loch in der Wand am oberen Ende der Leiter. Hinter ihm hörte er Gemurmel und das Trampeln von Stiefeln über den Steinboden, als Miranda und die anderen davoneilten.

Caldan schloss die Augen, sein Bewusstsein floss durch die Verbindung zu seiner mechanischen Schöpfung. Dann veränderte sich sein Blickfeld, als er plötzlich durch die Augen des Gebildes sah, und er stützte sich mit der Hand an der Mauer ab, weil ihm dadurch schwindlig geworden war. Aus der neuen kniehohen Perspektive wirkte der Tunnel höher und breiter.

Vor ihm näherten sich die beiden Soldaten. Er schickte den Automaten in schnellem Lauf vorwärts. Vermutlich war er nicht in der Lage, so viel Energie aufzubringen, dass er vier Schilde überladen und zwei Männer und zwei Zauberer besiegen konnte. Aber das war auch nie Caldans Plan gewesen.

Es war Zeit, den Indryallanern eine Überraschung zu bereiten.

Sein Automat brach vor den Soldaten durch die Dunkelheit. Überraschte Rufe begrüßten sein plötzliches Erscheinen.

»Was ist das?«, hörte Caldan durch seinen Automaten einen der Männer sagen.

Er schickte das magisch aufgeladene Gebilde nach links, in die Nähe der Wand, und ließ es weiterlaufen, als wollte es an den Männern vorbeihuschen.

»Keine Ahnung«, sagte der andere. »Glöckchen oder Schlüsselchen werden es wissen. Beim Gottkaiser, ich will nicht in die Nähe dieses Dinges kommen.«

Glöckchen kannte er ja schon, aber nun wusste er mit Sicherheit, wer der andere Zauberer war, der ihnen folgte. Es war also wirklich derjenige, dessen Namen er zusammen mit dem von Glöckchen gehört hatte, als er eingekerkert worden war. Doch im Augenblick brachte ihm dieses Wissen keinen Vorteil.

Caldan hielt den Automaten an, als er auf gleicher Höhe mit den beiden Männern war, die sich nun zwischen ihm und dem Wasser befanden. Als Nächstes verband Caldan seine Quelle mit einigen magischen Runen am Körper des Metalltieres. Licht flackerte um den Automaten herum auf – er hatte einen eigenen Schild.

»Mist! Wo sind Glöckchen und Schlüsselchen?«, kreischte der eine der Männer. Er wich einen Schritt zurück und drehte sich zu den beiden Zauberern um. »Hey!«, rief er.

Caldan schickte dem Automaten einen weiteren Befehl. Der Schild um den Metallkörper blitzte auf und dehnte sich aus, die eine Seite drückte gegen die Wand, die andere zuckte auf die beiden Soldaten zu.

»Was zum ...«

Funken stoben auf, als der Schild des Automaten mit denen der Soldaten in Berührung geriet. Diese Schutzmechanismen waren dazu gemacht, alles von sich fernzuhalten und so undurchdringlich wie möglich zu sein, und nun drückten die einzelnen Kräfte mit aller Macht gegeneinander. Caldan zog noch mehr Kraft aus seiner Quelle und presste sie durch die Verbindung. Der Schild des Automaten dehnte sich weiter aus und stieß sich von der Wand ab. Die beiden Männer fanden keinen Halt mehr. Ihre Stiefel glitten über den glatten Steinboden. Sie rutschten immer weiter auf das Wasser zu. Verzweifelt schrien sie um Hilfe - erhielten aber keine - und flogen über den Rand des Weges in das rasch strömende Wasser. Sofort wurden sie mitgezogen. Sie schossen von Caldan weg und auf Glöckchen und Schlüsselchen zu, während sie hilflos mit den Armen ruderten.

Ihre Rufe erregten die Aufmerksamkeit der Zauberer, und beide blieben stehen. Caldan schickte jetzt ihnen den Automaten entgegen. Wenn er die Soldaten als Ablenkungsmanöver benutzen konnte, war er vielleicht in der Lage, das Metallgebilde so nahe an die Zauberer heranzubringen, dass er die gleiche Methode noch einmal anwenden konnte.

Glöckchen trat an den Rand des Wassers und sah, wie die Männer schreiend und mit den Händen rudernd an ihnen vorbeitrieben. Sie und Schlüsselchen erstarrten gleichzeitig und drehten sich zu dem näher kommenden Automaten um. Mit einem Mal fassten sie sich an den Händen. Ihre Schilde verschmolzen und breiteten sich auf dem Fußsteig zu einer flachen Barriere aus. Zwischen ihnen und dem Wasser war kein Durchkommen mehr.

Caldan spürte ein Kratzen und Zerren an seiner Verbindung zu dem Simulacrum. Entsetzt tastete er tiefer in seine Quelle hinein und bemühte sich, die Verbindung zu festigen. In seiner Panik zog er das magische Gebilde zu sich. Gehorsam eilte es den Pfad zurück und schwankte dabei ein wenig, während Caldan noch mehr Kraft aus seiner Quelle holte. Je näher es kam, desto schwächer wurden die Angriffe darauf. Schweiß tropfte von Caldans Gesicht, und er rang nach Luft. Sein Kopf schmerzte. Plötzlich verschwanden die Kräfte, die eben noch auf den Automaten eingewirkt hatten.

In der Ferne standen die Zauberer still wie Statuen da. Sie beachteten die an ihnen vorbeitreibenden Männer nicht weiter. Die Soldaten schrien, während das Wasser sie unbarmherzig zu dem Loch in der Mauer und in die Dunkelheit zog.

Am Fuß der Leiter sprang der Automat hoch und benutzte seinen Schwung, um sich die Sprossen hochzukatapultieren, während er sich mit den Metallkrallen am Holz festhielt. Der Automat landete zu Caldans Füßen, während erneut der Duft nach Zitronen zu ihm schwebte und er spürte, wie sich die Kräfte der Zauberer aufbauten.

Er griff tief in seine eigene Quelle und schirmte sich ab, als drei rote Kugeln auf ihn zuschossen. Dann fiel er zu Boden und machte sich so klein wie möglich.

Blendendes rotes Licht explodierte. Ein gewaltiger Druck stieß gegen ihn und presste ihn auf den Boden.

Sein Armreif ächzte unter der Spannung, und seine Haut fühlte sich heiß an. Caldan spürte, wie ihn die Kraft immer weiter verließ. Jetzt ächzte er vor Anstrengung und schöpfte weitere Kraft aus seiner Quelle. Er wollte seine Magie verstärken und sie bis an die Grenze treiben. Ein stechender Schmerz erfüllte seinen Kopf.

Ich kann ... das ... nicht ... aufrechterhalten ...

Doch nach wenigen Augenblicken gelang es ihm, seinen Schild wieder ins Gleichgewicht zu bringen. Was immer die Zauberer ihm entgegengeschleudert hatten, wäre fast sein Ende gewesen. Während er sich vorhin bloß unsicher gewesen war, wusste er es jetzt mit letzter Gewissheit: Sie waren ihm überlegen.

Auf Händen und Knien kroch er von der Leiter weg und durch den Tunnel, sodass die Zauberer ihn nicht mehr sehen konnten. Er fasste sich an den Kopf, richtete sich dann auf und eilte hinter den anderen her, geduckt und unerträglich erschöpft. Der Automat sprang vor ihm her.

Caldan rannte durch die Dunkelheit auf die Gruppe zu. Je näher er kam, desto langsamer wurde er, und Miranda sah ihn prüfend von oben bis unten an. Ihre Miene war sorgenvoll. Er bedeutete ihr zu schweigen und gab der Gruppe zu verstehen, dass sie weitergehen sollte. Vor ihnen wichen die von Menschenhand geschaffenen Wände langsam natürlichem Stein und öffneten sich in eine Höhle.

»Du konntest sie nicht aufhalten?«, fragte Miranda so laut, dass auch die anderen es hörten.

Caldan schüttelte niedergeschlagen den Kopf. »Nein. Ich ... habe die beiden Soldaten, die bei ihnen waren, beseitigt, aber die Zauberer sind zu mächtig.«

Amerdan sah ihn neugierig an. »Was habt Ihr genau getan?«

»Ich habe sie ins Wasser gestoßen.«

Rennen wirkte entsetzt. »Sind sie ...«, sagte er. »Sind sie ertrunken?«

»Ich weiß es nicht«, antwortete Caldan. »Vielleicht.«

Elpidia wirkte elend, sie hatte die Augen weit aufgerissen und zitterte.

»Sie oder wir, Elpidia. Es gab keine andere Möglichkeit. Da ist Licht«, sagte er und deutete mit dem Kinn nach vorn. »Wir sind fast draußen.«

»Ja«, bestätigte Amerdan und sah Caldan eindringlich an. »Da ist Licht.« Der Kaufmann beobachtete den Automaten, als dieser sich an der Gruppe vorbeischlängelte und voranlief. »Bemerkenswert«, sagte er und bedachte Caldan mit einem respektvollen Blick.

Sie traten auf den natürlichen Felsboden. Einige Minuten zogen sie schweigend weiter und begaben sich immer tiefer in die Höhle hinein. Die Luft war erfüllt vom Geruch nach Staub und Moschus. *Vermutlich Fledermäuse*, dachte Caldan. Die Architekten, die die Aquädukte erbaut hatten, hatten dafür sicherlich alle Höhlen der Umgebung einbezogen. Warum sollte man graben, wenn es viel leichter war, natürliche Formationen zu benutzen?

Das Geräusch rauschenden Wassers hinter ihnen wurde umso schwächer, je weiter sie voranschritten. Caldan bildete die Nachhut und warf immer wieder prüfende Blicke über die Schulter. Er versuchte, heimliche Bewegungen in der Dunkelheit zu erkennen, aber er hielt es für wahrscheinlicher, dass die Zauberer mit ihren Schilden heranrücken würden und er das verräterische Glimmen sofort bemerken würde.

Caldan hielt Verbindung zu seiner Quelle, weil er in Kontakt mit dem Automaten bleiben musste, den er als Späher vorausgeschickt hatte, und weil er seine Sinne über die Gruppe hinaus erstrecken wollte.

Der Boden führte allmählich nach oben, zuerst sehr sanft, beinahe unmerklich, doch dann wurde er immer steiler.

Ein Prickeln berührte den Rand von Caldans Geist, es kam

von irgendwo hinter ihm. Sofort blieb er stehen, drehte sich um und betrachtete die Finsternis. Da war etwas gewesen ... eine Präsenz ... aber jetzt war sie verschwunden.

Auch die anderen hielten an, als sie bemerkten, dass er ihnen nicht mehr folgte.

Caldan machte sich bereit, seine Quelle in viele verschiedene Stränge aufzuspalten. Er griff in seine Tasche, holte einen Schwarm von Papiervögeln hervor und warf sie in die Luft. Obwohl er für sie nur dünne Stränge aus seiner Quelle benötigte, führte der Druck bald zu noch mehr Kopfschmerzen. Stacheln schienen in seinen Geist einzudringen, und auf seiner Stirn brach Schweiß aus. Der Metallautomat huschte an seinen Beinen vorbei und lief durch die Höhle zurück.

Die Vögel flatterten in der abgestandenen Luft mit den Flügeln. Mit der Kraft eines Gedankens schickte er sie auf immer größer werdende Kreisbahnen. Sie flogen in verschiedenen Höhen, die einen dicht über dem Boden, andere knapp unter der Decke und wieder andere in Kopfhöhe. Er spähte in die Finsternis.

»Geht weiter«, sagte er zu den anderen. »Ich hole euch so bald wie möglich wieder ein.« Er wandte sich Miranda zu, als er sah, dass sie zögerte. »Geht«, sagte er noch einmal mit Nachdruck.

Miranda kniff den Mund zusammen und runzelte besorgt die Stirn. Dann drehte sie sich um und scheuchte Elpidia und Rennen auf das Licht in der Ferne vor ihnen zu. »Beeilt Euch«, sagte sie.

Caldan hörte Amerdans Atmen durch das schwache Flattern der Flügel hindurch – er stand offenbar ganz in der Nähe. Der Kaufmann hatte seine beiden Messer gezogen und hielt sie lässig in den Händen, was bei Caldan den Eindruck erweckte, dass der Mann durchaus wusste, wie er mit ihnen umzugehen hatte. Kurz überlegte Caldan, ob er das kostbare Schwert, das zugleich ein Kleinod war, ziehen sollte, aber er entschied sich dagegen. Wenn er weglaufen musste, würde es ihn nur behindern.

»Sie werden nichts nützen«, sagte er leise zu Amerdan. »Ihre Schilde werden die Messer abfangen.«

Amerdan sah kurz seine Klingen an, dann steckte er sie wieder in die Futterale an seinem Gürtel. Er wich ein paar Schritte zurück und leckte sich die Lippen. Mit einem Schulterzucken drehte er sich um und folgte Rennen und Elpidia. Schnell lief er an Miranda vorbei, die plötzlich kehrtgemacht hatte und nun zu Caldan zurückrannte.

Als sie ihn erreicht hatte, schenkte Caldan ihr einen missbilligenden Blick. »Warum bist du nicht bei den anderen?«, zischte er.

»Ich kann auf mich selbst aufpassen.«

»Normalerweise würde ich dem zustimmen. Du bist einer der stärksten Menschen, die ich kenne, Miranda. Aber ich habe keine Ahnung, wozu diese Zauberer in der Lage sind. Ich wünschte, du wärst bei den anderen geblieben.«

»Gute Güte, wie weit wärst du wohl ohne mich gekommen? Ich bin mit dem Leben an Bord fertiggeworden. Warum glaubst du, dass ich hiermit nicht fertigwerde?«

Caldan sah ihr tief in die Augen. Verblüfft erkannte er, dass sie recht hatte, und er bewunderte ihren Mut. Er entspannte sich, wollte sie berühren, wagte es aber nicht. »Ich will bloß verhindern, dass dir etwas zustößt.«

Miranda hob die Hand und berührte sein Gesicht. Mit den Fingern fuhr sie über die Narbe an der Wange. »Du kannst mich nicht vor allem schützen.« Sie seufzte und ließ die Hand wieder sinken. »Glaubst du, sie sind in der Lage, sich irgendwie unsichtbar zu machen?«

»Ich weiß es nicht, aber ich will nicht riskieren, wieder gefangen genommen zu werden ... oder zu sterben.«

Ein Licht blitzte in der Dunkelheit auf, als einer der Papiervögel gegen ein festes Hindernis stieß. Funken stoben in alle Richtungen und breiteten sich über einem Schild aus, der eine menschliche Gestalt umhüllte. Dann wurde es wieder dunkel.

Caldan fluchte und schickte sofort den Automaten und die Vögel auf diese Stelle zu. Ein Stoß dieser Kraft aus dem Schild brach aus, und all seine Vögel gingen in Flammen auf. Der Automat taumelte rückwärts, seine Metallglieder waren auf einmal verbogen. Das Gebilde brach schließlich in einem Haufen zusammen. Stränge aus Caldans Quelle zuckten zu ihm zurück, als sie durchtrennt wurden, und in seinem Geist explodierte der Schmerz.

Es entstand ein Augenblick der Stille. Die Papiervögel rieselten als Asche zu Boden.

Zwei schimmernde Umrisse brachen durch die Dunkelheit. Glöckchen und Schlüsselchen.

Caldans Gedanken waren plötzlich träge und zäh. Sein Geist tastete nach dem Armreif und verband sich damit, sodass er seinen Schild aktivieren konnte. Er griff nach Mirandas Hand.

Ein gewaltiger Ausbruch roher Energie traf ihn. Sofort wurde er nach hinten geworfen und fiel zu Boden. Sein Schild zitterte. Währenddessen vibrierte sein Armreif unregelmäßig und wurde heiß. Es gelang Caldan, die Energie aufzuhalten, die in seinen Schild drang, doch nach einem Augenblick nahm die brutale Kraft ab, und er konnte wieder Luft holen.

Eine weitere Energiewelle prallte gegen seinen Schild und hielt ihn am Boden fest. Sein Armreif knirschte unter dem Druck und brannte sich allmählich in seine Haut.

Caldan fluchte und schnitt seine Quelle von dem Reif ab, bevor dieser zerbrechen konnte. Der Schild um ihn herum löste sich auf.

Er sah sich nach Miranda um und wollte ihr zurufen, sie solle fliehen. In diesem Moment trafen sich ihre Blicke.

Sie zitterte und fiel auf Hände und Knie. Ihr Körper bebte heftig. Langsam stand sie auf. Der Blick ihrer Augen war leer. Vollkommen leer.

Caldan war erstarrt vor Entsetzen. Was ihn da ansah, war nicht Miranda. Er stieß einen Schreckensschrei aus.

In der Ferne hörte er Glöckchens Lachen.

Miranda erhob sich und ging auf ihn zu, unsicher zuerst, doch dann immer selbstbewusster.

Caldan konnte sich nicht bewegen. Ein ungeheurer Druck presste ihn gegen den Boden. Er warf Miranda einen flehenden Blick zu, aber sie blieb nicht stehen. Verzweifelt suchte er nach der Verbindung zu seinem Automaten und fand sie. Schnell füllte er die Kreatur wieder mit Kraft. Klappernd erhob sie sich und taumelte den Zauberern entgegen.

Miranda zog ihr Messer. Sie kniete sich neben Caldan und hob die Klinge mit beiden Händen.

»Nein«, krächzte Caldan unter großen Mühen. Jetzt konnte er nichts mehr tun. Er war gelähmt. Vollkommen hilflos.

Sie senkte das Messer und stach ihm in die Seite. Schmerz hüllte ihn ein, und sein Blickfeld wurde weiß. Sein Geist beschwor das Bild von Meister Simmon herauf, wie er im Griff der zwingenden Magie Jacintha in Stücke hackte. So musste es sich für die arme Frau angefühlt haben.

Caldan rief alle Kraft zusammen, die ihm noch verblieben war, und drückte die Hand gegen die Wunde. Erneut flog sein Bewusstsein durch die Verbindung zu dem Automaten.

Glöckchen und Schlüsselchen standen nebeneinander.

Ihre Schilde glühten, und sie hatten beide die Arme gehoben. Die Luft knisterte, als sich die Energie um sie herum sammelte.

Caldan trieb sein Metallgebilde weiter auf sie zu.

Aus den Augenwinkeln sah er, wie Miranda das Messer zu einem zweiten Stoß hob.

Der Automat hatte jetzt Glöckchen und Schlüsselchen erreicht. Caldan ächzte vor Erschöpfung, als er den Anker zerriss. Die Kräfte aus seiner Quelle vernichteten den Automaten vollständig. Ein Donner hallte bis in die Höhle hinein, und Funken stoben um Glöckchen und Schlüsselchen auf. Ihre Schilde glitzerten unter dem Druck zuerst blau, dann dunkelrot, als sie versuchten, die auf sie einwirkenden Kräfte abzulenken. Einer der magischen Schlüssel um den Hals des Zauberers schmolz, und sein Schild wurde hellrot. Er warf Glöckchen einen Blick der Verzweiflung zu, dann brach sein Schild zusammen. Sofort wurde seine Haut schwarz, und Rauch stieg von ihr auf. Sein Körper erschlaffte mit einem Schlag.

Mirandas Pupillen rollten genau in diesem Moment nach oben, sodass nur noch das Weiße zu sehen war, und sie sackte bewusstlos zu Boden. Blut tropfte aus ihrer Nase.

Glöckchen stieß einen jammernden Schrei aus.

Und eine weitere Welle tödlicher Zauberei.

»Bei den Ahnen«, ächzte Caldan, als er seine Quelle wieder öffnete und rasch mit seinem Armreif verband. Obwohl dieser heiß und kaum mehr wirkungsfähig war, blieb ihm keine andere Wahl. Licht flackerte um ihn herum auf, und er packte Miranda und umschloss sie mit seinem Schild.

Die Luft erbebte, und Lichtblitze zuckten auf, hell wie die Sonne. Caldan kniff die Augen zusammen. Der Boden unter ihm schwankte heftig.

Die Haut unter seinem magischen Reif zischte ... Caldan konnte nicht länger durchhalten. Sobald der Reif brach, würden sie alle untergehen. Inzwischen spürte er, wie das Metall Risse bekam. Es blieb ihm nichts anderes übrig. Er drückte Miranda eng an sich und schnitt die Verbindung zu seiner Quelle ab.

Sein Geist zuckte vor Qual, und dann, innerhalb eines einzigen Augenblicks, war der Schmerz verschwunden, obwohl der Angriff weiterging. Er wagte es nicht, die Augen zu öffnen, aber er wusste, dass er irgendwie abgeschirmt war.

Der Angriff dauerte länger, als er es für möglich gehalten hätte. Aber schließlich endeten die Blitze, die er durch die geschlossenen Lider wahrnehmen konnte. Ein überwältigender Gestank nach Schmutz, geschmolzenem Metall und vor allem nach Zitronen erfüllte seine Nase.

Vorsichtig hob er ein Lid. Die Luft um ihn herum flirrte vor Hitze.

Glöckchen kroch auf Schlüsselchens verkohlten Leichnam zu und jammerte wortlos.

Ein Glühen erschien unter Caldans Hemd. Er zog an der Kette, die er um den Hals trug, und der Knochenring kam zum Vorschein. Seine kryptischen Runen strahlten in einem inneren Licht. Das Kleinod an seinem Finger hingegen war leblos und kalt.

Hat der Knochenring mich abgeschirmt?, fragte er sich ungläubig. *Das würde bedeuten, dass ... dass er ebenfalls ein Kleinod ist.* Er hatte noch nie von einem Kleinod gehört, das nicht aus Metall bestand – aus einer Legierung, deren Zusammensetzung schon seit Jahrhunderten nicht mehr bekannt war. Die Zauberer bemühten sich seit jeher, sie nachzuahmen, aber es gelang ihnen nicht. Jahrhundertelang waren alle Experimente misslungen und alle Theorien falsch gewesen, denn alles hatte auf einer falschen Annahme beruht. Das war der Grund, warum seine Familie ermordet worden war – dessen war er sich nun sicher. Es war um *beide* Kleinodien gegangen.

Amerdan trat aus der Dunkelheit und ging auf Caldan zu. Seine Kleidung war angesengt und sein Haar mit Staub überzogen. Er streckte die Hand aus. »Ich glaube, ich muss noch viel lernen«, sagte er kryptisch und mit ausdrucksloser Miene.

»Ihr ... Ihr seid zurückgekommen.« Amerdan erwiderte nichts darauf, sondern hielt nur seine Hand ausgestreckt. Caldan ergriff sie und ließ es zu, dass der Kaufmann ihn auf die Knie zog, während er sich den Bauch festhielt. Blut quoll zwischen seinen Fingern hindurch. Miranda lag auf dem Boden und regte sich nicht mehr. Er hielt die Hand gegen seine Wunde gepresst und versuchte auf diese Weise, die Blutung zu stillen. Kopf, Arm und Bauch pulsierten vor Schmerz. Mühsam kämpfte er sich auf die Beine und taumelte auf Glöckchen zu. Miranda war verletzt, aber sie musste warten. Glöckchen war wichtiger. Die Zauberin hatte die Arme um Schlüsselchen geschlungen und fuhr ihm mit der Hand durch die Haare. Sie schluchzte immer wieder dieselben Worte: »Schlüsselchen, mein Geliebter, bleibe bei mir.« Caldan bedeutete Amerdan, er möge sich um Miranda kümmern, dann ging er auf Glöckchen zu.

Sie schenkte ihm keinerlei Aufmerksamkeit. Schon stand er hinter ihr, vornübergebeugt vor Schmerz. Langsam zog er sein Schwert, sein Kleinod, das ihm von Meister Simmon anvertraut worden war. Er hob es, drehte es aber im letzten Augenblick und schlug Glöckchen dann nur mit der flachen Seite der Klinge auf den Kopf.

Unter einem ekelhaften Knacken brach sie bewusstlos zusammen, und ihre silbernen Glöckchen klingelten und klirrten noch einmal.

Caldan schlang den Arm um sie und zog sie zu Miranda, die noch auf dem Boden lag, während Amerdan neben ihr hockte.

Er trat neben Miranda, kniete nieder und nahm sie in die Arme. Sie starrte ihn mit leerem Blick an, doch dann blinzelte sie. Ein Speichelfaden tropfte aus ihrem Mundwinkel.

»Wa…«, begann sie und schluckte. »Wa…«, versuchte sie es erneut, dann runzelte sie die Stirn und schaute auf ihre zitternden Hände.

Sie wirkte unverletzt, aber ihr Geist … Die Zauberei, die die Angreifer benutzt hatten, musste abgerissen sein, als Schlüsselchen gestorben war. Mirandas Geist war dabei in völlige Unordnung geraten.

Caldan weinte. Zuerst war Senira getötet worden, und dann war Meister Simmon verloren gewesen. Er hatte so viel Elend gesehen. Mehr noch, er hatte alles verloren, was er seit seiner Ankunft in Anasoma gewonnen hatte.

Und jetzt auch noch Miranda …

Eine Hand legte sich auf seine Schulter, und er schaute hoch in Amerdans Gesicht.

»Sie wurde in Mitleidenschaft gezogen. Wir sollten sie hierlassen.«

Caldan traute seinen Ohren nicht. Heftig schüttelte er den Kopf. »Nein. Ich kann sie heilen. Ich …« Mit steigendem Entsetzen begriff er, dass er Miranda *nicht* heilen konnte. Nichts, was er bisher gelernt oder gelesen hatte, bezog sich auf heilende Zauberei. Es bestand nur die geringe Hoffnung, dass jemand, der sich mit zwingender Zauberei auskannte, ihren Geist untersuchte und herausfand, was mit ihm nicht stimmte und wie er geheilt werden konnte.

Caldan holte tief Luft und rieb sich die Tränen aus den Augen, aber sofort kamen neue nach. Benommen erhob er sich und half Miranda beim Aufstehen. Sie stolperte. Er nahm sie in die Arme.

»Glöckchen«, knurrte er Amerdan durch seinen Schmerz hindurch zu. »Holt sie.«

Der Ladenbesitzer nickte und hob die schlaffe Zauberin mit scheinbarer Mühelosigkeit auf.

Caldan hielt Miranda fest. Er konnte sich keinen Grund vorstellen, warum er sie je wieder loslassen sollte.

Sie kamen aus der Höhle und kletterten dann mühsam über lockeres Gestein die sanfte Steigung hinauf. Aufgescheuchte Fledermäuse umflatterten sie. Die Luft war bald nicht mehr so kalt und feucht und wurde sofort trocken und warm, als sie endlich den Höhleneingang erreicht hatten.

Caldans Blut tropfte in Mirandas Kleidung und durchtränkte sie, doch er kämpfte sich weiter hoch bis zum Kamm des Hügels hinter der Höhle, wo die anderen stehen geblieben waren und durchatmeten. Sanft setzte er Miranda auf dem Boden ab. Er riss sich das Hemd vom Leib und band es sich um den Bauch, damit die Blutung gestillt wurde, doch dabei bemerkte er, dass sie bereits gestillt war.

Elpidia kam zu ihm herüber und machte eine besorgte Miene. »Lasst mich einmal sehen.«

Caldan schob ihre Hände weg und befestigte das Hemd über der Wunde. »Nein, es ist schon in Ordnung. Sie heilt bereits.« Er sah ihren fragenden – und hungrigen – Blick, aber es war ihm gerade egal. Im Moment hatte er andere Sorgen.

Dann schaute er auf Anasoma, über dessen Stadtmauern noch immer die blauen Flammen flackerten. Sie hatten eine lange Strecke unter der Erde zurückgelegt und befanden sich inzwischen in einiger Entfernung von der Stadt. Caldan stieß einen Seufzer der Erleichterung aus – sein erster, seit sie das

Lagerhaus verlassen hatten. Er wusste, dass die Indryallaner Soldaten auf die Suche nach Schlüsselchen und Glöckchen schicken würden, sobald sie vermisst wurden, und vielleicht wurden die Tunnel nach dem Aufruhr des magischen Kampfes bereits in diesem Augenblick schon durchkämmt.

»Bei den Ahnen«, fluchte Caldan. Ihre zunächst so reibungslose Flucht hatte sich in Chaos, Verwirrung und Zerstörung verwandelt.

Er kniete sich vor Miranda und berührte ihre Wange. Sie reagierte nicht darauf, ihre Augen starrten ins Leere. Simmons Schwert drückte gegen seinen Rücken.

Caldan stand auf und wischte sich erneut über die Augen. Nun hatte er zwei Ziele. Er musste das Schwert an die Protektoren übergeben, und er musste Miranda heilen. Allerdings hatte er keine Ahnung, wie er beides schaffen sollte. Die Hauptstadt lag weit entfernt ... und er war sich nicht sicher, ob die Protektoren etwas gegen zwingende Magie ausrichten konnten.

Meister Simmon jedenfalls war dazu nicht in der Lage gewesen.

Er warf einen raschen Blick auf Rennen, dessen Gesicht ganz düster war, und auf Amerdan, der sich Glöckchen über die Schulter gelegt hatte. Vielleicht konnte er die beiden überreden, ihm zu helfen. Oder er konnte sie dazu zwingen.

Was immer dazu nötig ist, dachte er, *ich werde es tun.*

»Die Pause ist vorbei«, sagte er, während er sich bückte und Miranda aufhob. »Sie werden bald hinter uns her sein, falls sie es nicht schon sind.«

Er wusste, dass es einen Weg gab, Miranda wieder gesund zu machen. Das spürte er in seinen Knochen.

EPILOG

Im Süden, in einer geschützten Bucht an der Küste, ankerte das Schiff an einer seichten Stelle und wartete auf Nachrichten aus Anasoma.

Vasile war von Gazija beauftragt worden, Aidan zu überreden, sich ihnen anzuschließen, und so verbrachte er seine Zeit in einer Kabine bei einem hitzigen Gespräch mit Aidan und seinen Gefährten.

Er hatte heftige Gegenwehr erwartet, und er wurde nicht enttäuscht.

Savine Khedevis näherte sich der Festung in Anasoma, er war umgeben von einem Dutzend seiner Gefolgsleute. Drinnen, zwischen den kühlen Steinmauern, wurde er kurz von einem hochrangigen indryallanischen Soldaten begrüßt, dessen Gesicht hager und von Anspannung gezeichnet war.

Savine gab seinem Gefolge ein Zeichen, und die Männer knieten vor dem Kommandanten der Invasoren nieder. *Erst einmal*, dachte er und unterdrückte ein Grinsen des Abscheus. Sobald Gazija tot war, konnte er sein Volk auf den rechten Pfad leiten.

Hoch im Norden erhielt Kelhak, der Gottkaiser von Indryalla, die Nachricht, dass seine Streitkräfte Anasoma eingenommen hatten, doch es hatte ihn zwei seiner Kinder gekostet. Er befand sich an Bord seines persönlichen Kriegsschiffes und befahl dem Kapitän, schneller zu segeln.

Danksagung

Liebe und Dank gehen besonders an meine Frau Angela. Ohne ihr unerschöpfliches Verständnis und ihre Unterstützung wäre dieses Buch nicht möglich gewesen.

Liebe und Dank gehen auch an meine Mutter Robyn, die mich mit *Der kleine Hobbit* und der *Herr der Ringe*-Trilogie bekannt gemacht hat, als ich elf Jahre alt war.

Ein herzlicher Dank an all jene, die so freundlich waren, mir ihre Meinung und ihren Rat zu den frühen Entwürfen zu geben, insbesondere an Barney Chambers und Valerie Combes.

Bei einigen Leuten stehe ich tief in der Schuld: bei Stephanie Smith, Deonie Fiford und Kate Forsyth. Ihre Ermunterungen haben meinen Traum viele Jahre hindurch wachgehalten, auch wenn sie es vielleicht gar nicht wissen.

Ein besonderer Dank geht an die Lehrer und Lektoren, die mir geholfen haben, die Geschichte und auch meinen Stil zu verbessern: Keith Stevenson, John Jarrold und Derek Prior. Ihr positiver Rat und ihre Unterstützung haben mir sehr viel bedeutet.